D1356527

Stil pleidooi

Het is God die door Christus de wereld met zich heeft ver-
zoend: hij heeft de wereld haar overtredingen niet aangere-
kend. En ons heeft hij de verkondiging van de verzoening
toevertrouwd. Wij zijn gezanten van Christus, God doet
door ons zijn oproep. Namens Christus vragen wij: laat u
met God verzoenen. God heeft hem die de zonde niet kende voor ons één gemaakt met de zonde, zodat wij door hem
rechtvaardig voor God konden worden.

2 Korintiërs 5:19-21 (NBV)

Ter herinnering aan onze lieve neef, Mark Mercer Patterson,
24 december 1954 – 14 april 2000.
Hij speelde met Cheryl en verdedigde haar toen ze klein was.
Moge zijn moed en gevoeligheid voortleven in het perso-
nage Clarence Knight.

HANNAH ALEXANDER

Stil pleidooi

Vertaling Rika Vliek

Stil pleidooi
Hannah Alexander
[vert. uit het Engels] Silent Pledge, Copyright © 2001, Hannah
Alexander. Published by arrangement with Lennart Sane Agency AB.

ISBN 978-90-8520-102-1
NUR 340

Vertaling: Rika Vliek
Ontwerp omslag: Bas Mazur

Bijbelteksten worden geciteerd uit De Nieuwe Bijbelvertaling

Uitgeverij Barnabas is onderdeel van Uitgeversgroep Jongbloed te
Heerenveen

www.jongbloed.com

Proloog

Odira Bagby zat op de rand van een tweepersoonsbed met verkreukeld beddengoed. Ze doopte een dunne washand in een oude mengkom met water, kneep de washand uit en legde hem op de gloeiende buik van haar achterkleinkind Crystal. De washand werd snel warm. Telkens wanneer de zevenjarige Crystal hoestte, kromp Odira ineen.

Het schorre geblaf en de piepende ademhaling klonken luid in hun kleine tweekamerflat, en het meisje sloeg dubbel, zo veel moeite kostte het haar om adem te halen. Ze had blosjes op haar bleke, door blauwe adertjes ontsierde gezicht en sperde haar mond open wanneer ze naar adem hapte. Odira betrapte zichzelf erop dat zij als vanzelf vaker en dieper doorademde, alsof ze zo kon zorgen voor extra lucht voor Crystal. De hele kamer rook naar Vicks; Odira had Crystals borst ermee ingesmeerd, al wist ze dat ze er waarschijnlijk geen baat bij had. Het had tot nog toe alleen maar tijdelijk geholpen tegen Odira's artritis, maar ze had nu tenminste het idee dat ze nog iets had kunnen doen. Haar handen bleven pijnlijk en gezwollen doordat ze Crystal vaak op de rug en de borst klopte. Crystal had cystic fibrosis, een erfelijke ziekte die ook wel taaislijmziekte wordt genoemd.

Crystal strekte haar hals, omdat ze anders geen woord kon uitbrengen. 'Oma,' fluisterde ze, terwijl ze haar hand op haar borst legde, 'pijn.'

'Weet ik, kleintje.' Crystal huilde nooit, maar Odira kreeg nu zelf wel tranen in de ogen, merkte ze. 'We gaan hulp zoeken.' Moeizaam stond ze op en sjokte naar haar eigen bed aan de andere kant van de kleine kamer.

Ze tuurde naar de wijzers van de tweedehandswekker. Het was tegen twaalven. Wat kon ze op een zaterdagavond rond deze tijd nog uitrichten? Greta, Crystals moeder en Odira's kleindochter, had vorig jaar de benen genomen. Ze was nooit getrouwd en ze wisten niet wie Crystals vader was. Crystals oma was overleden en haar man wilde niks te maken hebben met 'heel die knoeiboel'. Meer familie had Crystal niet.

Beddenveren begonnen te knerpen toen Odira ging zitten en de hoorn van haar oude zwarte telefoon oppakte. Ze boog zich naar voren om de lijst met nummers voor noodhulp op het nachtkastje beter te kunnen zien. Er was in Knolls geen SEH – spoedeisende hulp – sinds er zich afgelopen najaar in het streekziekenhuis een explosie had voorgedaan. Ze kon Crystal ook niet naar een andere SEH brengen, want ze had geen auto. Wie zoals zij van een bijstandsuitkering moest rondkomen, kon zich geen auto veroorloven. Daar kwam bij dat een autorit over de kronkelwegen door het Ozarkgebergte een uur zou duren. Zo lang wilde ze niet van hulp verstoken zijn.

Ze deed het enige wat ze, voor zover ze wist, kon doen: ze belde het privénummer van dokter Richmond.

Buck Oppenheimer schrok wakker in de slaapkamer die hij deelde met zijn vrouw Kendra. Het was stil en donker in de kamer en op deze winternacht in januari even koud als in de niet-verwarmde hobbyschuur in de achtertuin. Zou de waakvlam van de centrale verwarming weer zijn uitgegaan? Toen hij ging liggen luisteren naar de geluidjes die vanuit alle delen van het huis tot hem doordrongen, hoorde hij de verwarming aanslaan. Ook voelde hij warme lucht uit een ventilatieschacht aan zijn kant van het bed komen. Waarom was het hier dan toch zo koud?

Nu drong het pas tot hem door dat hij zijn vrouw niet zachtjes naast zich hoorde ademhalen. Hij betastte de plek naast zich, maar voelde niets dan koud beddengoed.

'Kendra? Schat?'

Wanneer Kendra niet kon slapen, ging ze soms in de keuken iets eten. Er kwamen nu echter geen geluiden uit de keuken en ook niet uit de badkamer. Er werden geen laden open- en dichtgeschoven en er werd ook niet met bestek gerammeld.

Wanneer ze niet kon slapen, ging ze ook weleens ...

Buck gooide het beddengoed van zich af, stapte uit bed en deed de lamp op het nachtkastje aan. De deur van de slaapkamer stond open, maar er brandde verder nergens in huis licht. Dit stond hem helemaal niet aan. Hij trok de spijkerbroek aan die hij nog maar een paar uur geleden had uitgetrokken, toen hij terugkwam van de brandweerkazerne. De broek stonk naar rook.

'Kendra?' riep hij opnieuw.

Geen reactie.

Ze had niet veel gezegd toen hij thuiskwam, twee uur nadat zijn dienst was afgelopen. In een oud huis ten noorden van Knolls was brand uitgebroken in een schoorsteen en hij had niet eerder weg gekund. Niet dat ze nog kwaad werd wanneer dat gebeurde, maar sinds de brandstichtingen en de explosie in het ziekenhuis, afgelopen najaar, was Kendra bang. Dat was begrijpelijk; haar vader was ook brandweerman en hij was anderhalf jaar geleden bij de uitoefening van zijn beroep omgekomen. Kendra was ervan overtuigd dat dit Buck ook zou overkomen.

Hij liep naar de keuken. Kendra was daar niet, maar de deur naar de veranda aan de achterkant van het huis stond wijd open. Er waaide ijskoude lucht naar binnen die beet in zijn blote borst en schouders. Hij keek door de hordeur naar buiten, zijn tenen gekruld omdat het linoleum zo koud was.

'Kendra?'

Het bleef stil. Was ze weer naar buiten gegaan? Hij probeerde niet te denken aan die keer, twee maanden geleden, dat hij om één uur 's nachts wakker was geworden. Ze was toen met een trui over haar arm en uitgelopen make-up door deze achterdeur binnengekomen, terwijl hij een auto had horen wegrijden. Naar haar gedrag te oordelen was ze op dat moment onder invloed geweest, niet van alcohol maar van iets anders. Hij wilde er liever niet meer aan denken hoe ze het die avond met elkaar hadden uitgepraat!

Nu hoorde hij weer een auto. Het geluid van een stationair draaiende motor kwam vanuit het donker op hem af. Er zweefde ook vaag muziek door de ijzige buitenlucht. Dat was niet voor het eerst, toch voelde hij zich opeens hevig gekwetst.

Had ze het hem toch weer geflikt? Hield ze niet eens genoeg van hem om eerlijk te zijn na alles wat hij voor haar had gedaan?

Hij ademde diep in en keek naar het witte wolkje dat daarna uit zijn mond kwam. Hij voelde zich vanbinnen even koud als het buiten was. Hoeveel moest je over je kant laten gaan?

Kendra was naar zijn idee niet meer de vrouw met wie hij vijf jaar geleden was getrouwd. De afgelopen paar maanden was ze niet zichzelf geweest en had ze steeds meer last gekregen van stemmingswisselingen. Als ze zich niet ergens in huis had afgezonderd om een potje te janken, lachte ze te luid en flirtte ze met alle mannen op de brandweerkazerne. Of ze ging met haar vriendinnen naar shows in de grote stad en kocht meer sieraden en dure kleren dan verantwoord was, gezien zijn salaris als brandweerman. Ze verviel van het ene in het andere uiterste.

Hij duwde de hordeur open en stapte de veranda op. Zou ze dit keer dronken binnenwandelen of misschien zelfs met een andere vent? Hij probeerde zich er zo goed mogelijk op voor te bereiden.

Hij hoorde de motor van de auto nog steeds stationair draaien, maar het geluid kwam niet van de straat. En hij herkende dat geluid. Fronsend keek hij in de richting van de garage waarin Kendra haar vijf jaar oude Ford Taurus stalde. De muziek was nu duidelijker te horen: Kendra's favoriete zanger. De garagedeuren zaten potdicht. De motor bleef gestaag doordraaien.

Maar dat was dom. Ze wist toch wel beter dan dat ze de motor liet draaien, terwijl …

'Nee', fluisterde hij en toen luider: 'Kendra, nee!' Hij reikte naar de schakelaar vlak naast de deur om de lamp op de veranda aan te doen. Toen draaide hij zich om en rende het houten trapje af, over het gras naar de zij-ingang van de garage. Door het raam zag hij het binnenlampje van de auto branden, maar waar zij was kon hij niet zien. Aan de muur naast de deur hingen planken waar hij niet omheen kon kijken.

Hij pakte de deurkruk vast en probeerde de deur open te duwen, maar die gaf niet mee. 'Kendra!' Hij bonsde op de deur. 'Doe open! Wat doe je daarbinnen?'

Er kwam geen reactie. En alleen zij had een sleutel van de garage – de reservesleutel was ze vorige maand kwijtgeraakt.

Buck bukte zich om een vuistgrote steen uit Kendra's rotstuin te pakken. Hij sloeg er een van de ruiten mee in en probeerde de glasscherven te ontwijken die alle kanten op vlogen. Hij stak een hand door het gat, maakte de deur van binnenuit open en stapte naar binnen. 'Kendra!'

Zijn ergste nachtmerrie werd bewaarheid: haar goudblonde haar spreidde zich uit over de achterbank, een portier van de auto stond open en het licht van het binnenlampje van de auto viel op haar bleke huid. Er hing zo'n zware damp in de garage, dat hij zich moest vermannen om niet achteruit weg te lopen.

Hoestend en proestend en met tranende ogen liep hij naar haar roerloze lichaam en knielde ernaast neer. Hij raakte haar gezicht aan, haar nek, voelde haar de pols en tilde haar oogleden op om haar pupillen te bekijken. Ze kreunde. Ze leefde nog!

Kokhalzend vanwege de stank stak Buck zijn hand tussen de twee stoelen door om de motor uit te zetten. Toen nam hij zijn vrouw in zijn armen en tilde haar op. Hij moest zorgen dat ze zo snel mogelijk hulp kreeg.

Delphi Bell tuurde uit het kleine voorraam van haar rommelige woonkamer. Op het trapje naar de veranda zag ze haar man met opgetrokken schouders zitten. Aan de manier waarop zijn gestalte zich aftekende in het maanlicht, kon ze zien dat hij in somber gepeins was verzonken. Hij droeg slechts een spijkerbroek vol gaten en een wit T-shirt, met in de opgerolde rechtermouw een pakje sigaretten. Zijn smerige, piekerige haar, dat zover over zijn voorhoofd viel dat het in zijn ogen hing, deed denken aan wat men in de jaren vijftig een vetkuif noemde.
Hij zou daar kunnen doodvriezen. Een mens mocht toch hoop houden …
Ze zag het uiteinde van een sigaret opgloeien. Toen keek de donkere gedaante om, in de richting van het raam. Ze deed snel een stap achteruit, maar ze wist dat hij haar had gezien.
Hij had de hele avond boos voor zich uit gestaard, zonder iets te zeggen. Ze werd bang wanneer hij zich zo gedroeg. Soms kreeg je de indruk dat het om hem heen donker werd, precies zoals buiten vlak voor zwaar onweer waarbij bomen met wortel en al uit de grond werden gerukt en de luiken van huizen werden weggeblazen. En dat terwijl hij tegenwoordig niet zoveel meer dronk. Hij had vanavond nog geen druppel gedronken, maar veel verschil maakte dat niet sinds hij was teruggekeerd uit het ziekenhuis. Hij bleef haar voorhouden dat het haar schuld was dat hij daar was terechtgekomen.
Ze dacht aan de sporttas onder haar kant van het bed, met daarin een jack en een trui. Ze had de fooien opgespaard die ze kreeg tijdens haar werk in …
Ze schrok van een bons op de veranda. Even later kwam de deurknop in beweging en zwaaide de deur open. Hij knalde tegen de zijkant van de salontafel. Delphi slaakte een kreet en sprong opzij.
Abner doemde op in de deuropening. 'Wat mankeert jou?'
Ze boog zich naar voren, haar schouders opgetrokken, haar

armen over elkaar, en durfde geen adem te halen. Ze schudde haar hoofd.

Hij keek de kamer rond voordat hij met een van afschuw vertrokken gezicht naar binnen stapte. De kou van buiten wervelde om hem heen. 'Hoe lang moet het nog duren voordat je een keer aan de slag gaat? Wat een zwijnenstal. Zorg dat ik wat te eten krijg.' Hij schopte een hoop vieze kleren naar het midden van de kamer. Daarbij raakte zijn voet verstrikt in een van de twee spijkerbroeken die Delphi bezat. 'Waarom liggen die spullen hier? Kun je dan niets goed doen?' Hij raapte een handvol kleren op en slingerde ze door de kamer. Toen keerde hij zich tegen haar, zijn armen langs zijn zij, als een achterspeler die van plan is een bepaalde manoeuvre onmogelijk te maken.

'Ik ... ik ben naar mijn werk geweest, Abner', sputterde ze tegen, zonder naar zijn hoogrode gezicht te kijken, en naar zijn ogen waarin ze de laatste tijd weer veel vaker een boosaardige blik zag.

'Ik ook!' Hij draaide zich snel om en liet de deur met een klap dichtvallen. Met een tevreden grijns op zijn gezicht keek hij even over zijn schouder naar haar voordat hij weloverwogen de deur op slot draaide.

Delphi kon opeens niet meer helder denken. Dat had hij de laatste keer ook gedaan, vlak voordat ze naar haar zogenaamde vrienden van het werk was gerend en hen had gesmeekt haar onderdak te geven. Die keer had hij haar flink te grazen genomen. Hij had haar een kapotte lip, een blauw oog en bijna een gebroken arm bezorgd voordat ze had weten weg te komen. Maar ze hadden haar weer aan hem uitgeleverd, alsof ze een vervelende zwerfhond was die ze niet bij zich in de buurt wilden hebben.

'Kom hier', gromde hij terwijl hij wees naar een plek vlak voor zich.

Ze deed een stap achteruit.

Er kwam geen verandering in zijn gezichtsuitdrukking. 'Kom hier, zei ik.'

Delphi moest weer denken aan de sporttas onder haar bed. Die zou ze pakken zodra hij naar bed was gegaan. Dat wil zeggen, als hij naar bed ging vannacht; soms deed hij dat niet wanneer hij zo'n bui had als nu. Maar als hij wel naar bed ging, zou ze weggaan en nooit meer terugkomen.

'Je hebt met die dokter Richmond gesproken, hè?' Zijn stem werd donkerder en hij sprak onduidelijk, ook al rook hij totaal niet naar alcohol. 'Dokter Mercy', zei hij op spottende toon. 'Ze heeft je zeker weer verteld dat je bij me weg moet gaan?'

Delphi kon niet voorkomen dat er een verbaasde uitdrukking op haar gezicht verscheen. Ze had dokter Mercy gisteren een paar minuten gesproken, toen ze haar in een winkel tegen het lijf was gelopen.

Abner snoof en kreeg een grimmige trek rond zijn mond. Zijn bruine ogen begonnen te gloeien als die van een waanzinnige. 'Weet zij veel! Weet ze dat jij dit najaar met mijn hoofd op de vloer in de garage hebt gebonkt?'

'Ja.' Iedere keer wanneer hij haar voorhield wat ze had gedaan, voelde ze zich schuldig en dat gebeurde nu ook weer. Hij had die keer met een dronken kop tegen haar geschreeuwd en haar geslagen. Toen hij viel en bewusteloos raakte, had ze geprobeerd hem voorgoed het zwijgen op te leggen. Ze had zichzelf daar niet van kunnen weerhouden. Maar hij was slim. Of, liever gezegd, sluw. Misschien was hij aanvankelijk nog niet helemaal bewusteloos geweest. Misschien had hij geprobeerd ...

Opeens versmalden zijn ogen zich tot spleetjes en hij kwam als een donderwolk op haar af. Zijn rechterarm schoot omhoog en ze kromp ineen toen zijn hand op haar schouder neerkwam. Met een van pijn vertrokken gezicht schreeuwde ze het uit en probeerde weg te duiken. Hij greep haar bij haar T-shirt en trok haar met een ruk naar zich toe. Ze trok zich los, probeerde het op een lopen te zetten, maar viel over de voet die hij had uitgestoken.

Ze viel plat op haar gezicht op de houten vloer. Haar rechterkaak en -elleboog begonnen te bonzen van de pijn. Ze deed haar ogen stijf dicht en knarsetandde, in afwachting van een schop in haar zij of een mep tegen haar hoofd.

In plaats daarvan greep hij haar bij haar haren vast en rukte haar hoofd achterover. Met geweld.

Ze kromp ineen, maar ze was intussen gewend geraakt aan pijn. Toen hij haar optilde, trok ze haar voeten onder zich, bracht haar linkerelleboog omhoog en liet die rondzwaaien zodat hij Abners kaak ramde.

Grommend liet hij haar los.

Ze struikelde, maar wist te voorkomen dat ze viel. Hard schopte ze hem in zijn kruis. Zonder af te wachten wat hij nu zou doen, dook ze langs hem heen en rende met een hand voor haar oog in de richting van de keuken.

Vloekend kwam hij achter haar aan. Ze kreeg niet de tijd om een jas mee te grissen, laat staan de sporttas. Zonder zich nog één moment te bedenken rende ze de achterdeur uit, het trappetje af en bleef rennen. Waar naartoe, dat maakte haar niet uit.

1

Het geknerp van de banden echode over de ongeplaveide parkeerplaats, toen Mercy Richmond naar het flatgebouw reed waarin Odira Bagby woonde met haar achterkleinkind Crystal Hollis. Boven de smalle betonnen stoep voor de deur het dichtst bij de galerij gloeide een kaal peertje, zodat ze wist welke flat van Odira was.

Mercy stopte zo dicht mogelijk bij de stoep en reikte naar het dashboard om de verwarming in haar auto hoger te draaien. Het gordijn voor het raam naast Odira's voordeur was niet dicht. Daardoor was te zien dat een kamertje van drie bij drie vol stond met een oude kale bank, een stoel met rechte rug en een oude tv op een nachtkastje. Boven op de tv lag een witkanten kleedje. Mercy was er nog niet eerder geweest, maar ze wist dat de zesenzestigjarige vrouw en de zevenjarige Crystal moesten leven van een bijstandsuitkering. Mevrouw Bagby kon niet in een bejaardenflat gaan wonen omdat kinderen daar niet welkom waren.

Voordat Mercy de pook in de parkeerstand had kunnen zetten, ging de voordeur open. Odira kwam met haar honderdvijfendertig kilo naar buiten gebanjerd. Crystal liep naast haar, van top tot teen in een dikke doorgestikte deken gewikkeld, zodat ze deed denken aan een geestverschijning.

Mercy stapte uit en haastte zich in de ijzige wind om de auto heen om het portier voor hen open te doen. Crystal begon op dat moment weer te hoesten. Het was hetzelfde schorre, droge geluid dat Mercy op de achtergrond had gehoord toen mevrouw Bagby haar een paar minuten geleden belde. Dit was typerend voor een kind dat last had van bronchitis, misschien zelfs longontsteking, met als onderliggende oorzaak cystic fibrosis.

'Ik hoop dat u uw eigen kleine meisje niet alleen thuis heeft hoeven laten om hiernaartoe te komen', zei Odira met haar diepe stem. Wanneer ze bij Mercy op het spreekuur kwam, leken de muren van de praktijk van haar stemgeluid te trillen.

'Nee, ik heb Tedi onderweg hiernaartoe bij mijn moeder afgezet.' Mercy liet Crystal en Odira plaatsnemen in de auto, stapte zelf ook weer in en reed de rustige straat in voor de vijf minuten durende rit naar haar praktijk.

Toen ze bij een verkeerslicht moesten stoppen, viel haar op dat Odira's boezem hevig op en neer ging. Probeerde ze te voorkomen dat ze in snikken uitbarstte? Haar tranen kon ze kennelijk niet bedwingen; die parelden over haar wangen. Doordat ze ook nog luid ademhaalde van bezorgdheid en Crystal piepte en kuchte, wist Mercy dat ze er goed aan had gedaan hen op te halen. Odira stond erom bekend dat ze meer praatte dan dat ze ademhaalde, terwijl Crystal altijd stilletjes toekeek. Maar vanavond hield Odira zich stil.

Mercy wierp nog een keer een bezorgde blik op de vrouw. De lampjes op het dashboard verlichtten haar brede, plompe gezicht en het roestkleurige haar dat geknipt leek met een schaar die even oud was als Odira. Het smalle, bleke gezicht van haar kleindochter naast haar stond verdrietig omdat ze wist wat er met haar aan de hand was. Ze deed haar hand voor haar mond toen ze hoestte, precies zoals Odira het haar had geleerd. Aan haar dikke, korte vingers was te zien dat ze tijdens heel haar gevecht tegen de taaislijmziekte last had gehad van zuurstoftekort in haar armen en benen.

'Hebben jullie tweeën het warm genoeg?' vroeg Mercy.

'Ik heb het warm zat.' Odira keek neer op Crystal en sloeg een dikke arm om haar heen. De versleten plekken op de mouwen van haar dertig jaar oude jas waren met zorg versteld. 'Jij ook?'

Crystal knikte en duwde haar hoofd tegen haar overgrootmoeders zij.

'Hebt u gekeken of Crystal koorts heeft?' Mercy had niet de moeite genomen om dat over de telefoon te vragen. Ze wist dat Crystal flink ziek was als bij Odira de nood zo hoog was gestegen dat ze om hulp vroeg.

'Ja, de thermometer liep op naar 40 graden. Het lukte me niet om de koorts te laten zakken en het gehoest werd alleen maar erger. Dat bracht me op het idee dat ze misschien wel weer longontsteking heeft.' Ze snufte en veegde met de rug van haar hand haar natte gezicht af. 'Sorry ... ik wist gewoon niets anders te bedenken dan u maar te bellen.'

'Daar hoeft u zich niet voor te verontschuldigen, mevrouw Bagby.' Mercy stopte even en legde haar hand tegen Crystals gezicht. Ja, het gloeide. Terwijl ze verder reed, bedacht ze dat Crystals onderontwikkelde lichaam constant strijd leverde tegen infecties. Sinds Odira vorig jaar voor haar was gaan zorgen, had ze al bronchitis en longontsteking gehad. Wie weet wat voor nachtmerries het kind daarvoor al had doorstaan? Ze praatte nu meer dan toen ze voor het eerst in Knolls aankwam, nadat haar moeder de benen had genomen. Ze was ook gezonder. Dat verbaasde Mercy niet. Ziekten werden in hoge mate positief beïnvloed door liefde en aandacht en niemand kon een klein meisje zo met liefde overladen als de gezette, onbeholpen Odira Bagby.

Mercy hoopte mét Odira dat ze nog zouden meemaken dat Crystal volwassen werd. Misschien werd ze zelfs wel veertig dankzij nieuwe behandelingen en toegenomen kennis over deze slopende erfelijke ziekte. Tegen die tijd konden ze de ziekte wellicht al genezen.

Terwijl Crystals gehoest en gepiep steeds erger werd, draaide Mercy de straat in die voor het streekziekenhuis van Knolls en haar praktijk langsliep. Het ziekenhuis kwam in zicht.

Het kleurde donkerrood op in de lampen die ter beveiliging op strategische plekken rond het terrein waren neergezet. Mercy reed nog maar dertig kilometer per uur toen ze langs het pand kwam; harder mocht niet in deze mooie woonwijk met veel open grasvelden en winterharde bomen en struiken. Kale takken van eiken en esdoorns staken uit tussen de met jutezakken beschermde rozenstruiken.

Toen ze opkeek, zag ze dat op de bovenverdieping, waar de directie was ondergebracht, nog licht brandde. Daar keek ze niet van op. Mevrouw Pinkley had er na de explosies, waarbij de SEH in een grote puinhoop was veranderd, voor gekozen haar werkzaamheden voorlopig voort te zetten in een niet-gebruikte opslagplaats. Dat deed ze liever dan wachten totdat ze haar eigen kamers, die bij de explosie ook zwaar beschadigd waren geraakt, weer in gebruik kon nemen. De SEH ging bij Estelle Pinkley voor alles. Het streekziekenhuis had normaal ongeveer tweehonderdvijftig mensen in dienst, van wie velen zonder werk zaten totdat de westvleugel was herbouwd, met daarin een afdeling spoedeisende hulp. Estelles verantwoordelijkheidsbesef als burger had dertig jaar lang zijn uitwerking gehad op haar carrière als aanklager. Waarom zou daar een eind aan moeten komen, alleen maar omdat ze van baan was veranderd? Ze had op haar zeventigste meer in haar mars dan een hele kamer vol advocaten.

Odira haalde haar neus op en veegde opnieuw haar gezicht af. 'Ik mis dokter Bower.' Haar stem klonk voor haar doen ongewoon verdrietig. 'En u vast ook. Omdat er geen SEH meer is, krijgt u natuurlijk al dit soort telefoontjes.'

Mercy keek even over haar schouder en glimlachte naar Odira. 'U weet best dat ik het geen probleem vind om naar u toe te komen.' Maar de vrouw had gelijk. Mercy's praktijk had de laatste drie maanden meer te verwerken gekregen dan ze feitelijk aankonden. Ze miste Lukas erg en niet alleen vanwege zijn vakbekwaamheid.

Lukas Bower was het hoofd van de afdeling spoedeisende hulp, maar werkte nu tijdelijk in een ziekenhuis aan de oever van het meer bij het Ozarkgebergte, drie uur rijden van Knolls verwijderd. Patiënten en ziekenhuispersoneel bleven aan Mercy vragen wanneer hij terugkwam. Dat vroeg zij zich ook af. Niemand miste hem meer dan zij.

'Ik vind het niet eerlijk dat hij geen werk meer heeft, alleen maar omdat een monster de SEH in brand heeft gestoken.' Odira trok Crystal dichter naar zich toe. 'Ik vind het ook niet eerlijk dat wij daar allemaal onder moeten lijden.'

'Ik denk er precies zo over.' Mercy keek nu even om naar Crystal. 'Gaat het een beetje, meisje?'

'Ik heb pijn op mijn borst.'

Mercy beet op haar lip en bad in stilte, zoals Lukas het haar had geleerd. *God, help me alstublieft met dit meisje. Ze is nog zo jong. Waarom moet zij zo lijden?* Die vraag kwam de laatste tijd vaak bij Mercy op. Ze had het ook al vaak met Lukas over dit onderwerp gehad, maar een bevredigend antwoord had ze nog niet gevonden. Telkens wanneer ze zichzelf erop betrapte dat ze die vraag voorlegde aan God, werd ze bang. Het leek soms dat al die grote, diepzinnige waarheden waarover Lukas en zij afgelopen zomer en najaar hadden gesproken, haar in de kou lieten staan, en dat haar geloof in Christus slechts een sprookje was.

Ze reed het donkere parkeerterrein bij haar praktijk op. 'Laten we maar gauw naar binnen gaan en daar beginnen met de behandeling om de ademhaling te verbeteren.'

Clarence Knight was op zaterdagavond in Ivy Richmonds keuken bezig de koelkast te plunderen. Hij had bijna drie bevroren koekjes met chocoladesnippers tegelijk doorgeslikt toen de telefoon ging.

Hij deed verschrikt een stap achteruit en stootte zijn hoofd tegen het vriesvak boven in de koelkast, waarin Ivy de lekkere dingen voor hem had verstopt. Hij bezeerde zijn elleboog aan de deur en knoeide kruimels op zijn XXL T-shirt, zo veel haast had hij om bij de telefoon te komen voordat Ivy wakker werd van het gerinkel. Als ze de keuken binnenkwam en ontdekte dat hij bezig was zich vol te stoppen, zou ze hem met heel zijn tweehonderdtien kilo roosteren boven een open vuur.

Hij rukte de hoorn van de haak, maar realiseerde zich dat hij zijn mond nog steeds vol had. Hij kauwde en slikte. 'Mmm-hmmm?'

'Hallo? Met wie spreek ik?' Het was een mannenstem die hem bekend voorkwam. Zo te horen was de man van streek. 'Clarence?'

'Mmm-hmm.'

'Is dokter Mercy daar?'

Clarence slikte opnieuw. 'Hmm-mm.'

'Weet je waar ze is? Je spreekt met Buck. Ik heb net geprobeerd haar thuis te bereiken, maar ik kreeg geen gehoor. Ik heb haar hard nodig. Kendra heeft geprobeerd –' Zijn stem brak. 'Ze heeft hulp nodig. Ik moet haar ergens naartoe zien te brengen waar ze haar aan de zuurstof kunnen leggen.' Na een korte pauze vroeg hij met schorre stem: 'Clarence? Ben je daar nog?'

Clarence slikte voor de zoveelste keer. 'Houd moed, Buck. Het komt allemaal goed.' Hij slikte nog een keer. Toen was eindelijk zijn mond leeg. 'Dokter Mercy heeft Tedi een poosje geleden hier afgezet omdat ze vanwege een spoedgeval naar haar praktijk moest. Wat is er met Kendra aan de hand?'

Buck haalde een keer diep adem voordat hij antwoordde: 'Ze heeft geprobeerd zelfmoord te plegen. Koolmonoxidevergiftiging. Ik vond haar in de garage terwijl ze met alle deuren en ramen potdicht de motor van haar auto liet lopen.'

Clarence gromde, alsof hij door een bal in zijn kruis was geraakt. 'O, man.' Arme Kendra. En arme Buck. 'Leeft ze nog? Waar ben je nu?' Hij wist dat ze nog steeds huwelijksproblemen hadden, maar dat ze had willen sterven ... Vond ze het leven zo zwaar?

'We zijn nog steeds thuis. Ik moet zien dat ik haar bij dokter Mercy in de praktijk krijg', zei Buck. 'Daar beschikken ze vast wel over zuurstof.'

'Ja, en dan kan dokter Mercy meteen kijken hoe het er met haar voorstaat. Zal ik naar de praktijk bellen om haar te laten weten dat jullie eraan komen?'

'Ja, doe dat maar. Bedankt, Clarence.'

Er klonk zo veel opluchting door in Bucks stem dat Clarence nog een stapje verderging. 'Je komt hier vlak langs onderweg daarnaartoe ...' Hij aarzelde een moment. Hij had zich nog maar net weer in het openbaar vertoond nadat hij heel veel was afgevallen, maar hij had nog een lange weg te gaan. Kon hij dit aan?

Ja, voor Buck deed hij alles. Buck had hém ook bijgestaan toen hij in de problemen zat. 'Ik zou buiten op straat op je kunnen wachten. Je hoeft dan alleen maar even te stoppen om mij te laten instappen. Dan hoef je dit niet helemaal in je eentje te doen.' En hij kon dan misschien ook nog even met Kendra praten. Hij wist uit eigen ervaring wat depressiviteit met je kon doen.

Het bleef even stil. Clarence stelde zich er al op in dat Buck zijn aanbod van de hand zou wijzen. Hij was sinds dit voorjaar vijftig kilo afgevallen, maar zou nog steeds als attractie op een kermis veel mensen trekken. Hij was kolossaal en onhandig en nam overal waar hij kwam, twee zitplaatsen in beslag. Mensen die hem niet kenden, staarden hem aan en lachten hem uit. De weinige vrienden die hij had, geneerden zich er waarschijnlijk voor om zich met hem –

'Zou je dat voor me willen doen, Clarence?' vroeg Buck. 'Dat zou een hele opluchting voor me zijn.'

Clarence blies een heleboel lucht uit waarvan hij niet had geweten dat hij die had binnengehouden. 'Ja, natuurlijk, maat. Ben je vergeten wat jij dit najaar voor mij hebt gedaan? Ik sta buiten op je te wachten wanneer je komt aanrijden.'

Hij legde neer en wierp een blik in het gangetje dat naar Ivy's slaapkamer leidde. Mooi zo. Er brandde geen licht en hij meende dat hij haar boven het zoemen van de koelkast uit kon horen snurken. Mercy's dochter Tedi was in de logeerkamer onmiddellijk in slaap gevallen, zonder haar oma wakker te maken. Hij vermoedde dat ze hem geen van beiden hadden horen telefoneren.

Ivy had zijn stemgeluid ooit vergeleken met een uit de rails gelopen locomotief die los door het huis dendert. Ze reageerde narrig wanneer hij haar midden in de nacht wakker maakte. Vooral wanneer ze hem erop betrapte dat hij zich volpropte.

Clarence en zijn zus Darlene waren drie maanden geleden bij Ivy Richmond, de moeder van dokter Mercy, ingetrokken. De reden daarvan was dat hun gezondheid zozeer achteruit was gegaan dat ze niet voor zichzelf konden zorgen. En Ivy had hem sindsdien iedere dag op de huid gezeten om ervoor te zorgen dat hij gezond at, oefeningen deed, vitaminen slikte, oefeningen deed, zijn medicijnen innam, een emmer water per dag dronk en oefeningen deed. Ze had zelfs geprobeerd hem zover te krijgen dat hij met haar meeging naar de kerk. Hij had alles gedaan, behalve dat.

Omdat hij zich niet kon bukken om alle kruimels op te rapen die hij her en der had laten vallen op weg naar de telefoon, schoof hij ze met zijn voet opzij. Dat was niet zoals het hoorde, maar misschien redde hij er zijn leven mee. Hij moest gauw de praktijk bellen, zijn tanden poetsen en dan maken dat hij buiten kwam. Hij wilde al op de stoeprand staan wanneer de pick-up kwam aangereden.

'k Had die plaspil een paar uur geleden niet moeten innemen. Dokter Mercy had hem verteld dat dat middel voorkwam dat hij vocht vasthield, maar het zorgde er ook voor dat hij de hele nacht naar de wc bleef rennen.

Crystal Hollis lag op Mercy's zachtste, meest comfortabele onderzoekstafel in een extra verwarmde kamer. Over het onderste gedeelte van haar lichaam was een met roze teddybeertjes bedrukt laken gelegd. Ze had weer een beetje kleur op haar gezicht gekregen, haar ademhaling was niet meer zo moeizaam en ook haar lippen waren niet meer zo blauw als daarnet.

Mercy drukte de warm gemaakte klok van haar stethoscoop op de borst van het meisje. 'Kun je een keer diep zuchten, Crystal?'

De zevenjarige Crystal had het lichaamsgewicht van een vijfjarige. Ze had bonenstaken van armen en benen en haar buik stak enigszins naar voren. Dat waren allemaal overduidelijke tekenen dat de taaislijmziekte zowel haar alvleesklier als haar longen had aangetast. Dit hield in dat Crystal evenveel kon eten als een volwassene zonder aan te komen. Het was een voortdurende strijd. Haar gezicht, dat was getekend door langdurig lijden, had een volwassen uitstraling en haar trieste grijsblauwe ogen pasten bij iemand die zeventig jaar ouder was.

Haar ademhaling was zo te horen enigszins verbeterd, maar niet voldoende. Ze hoestte en Mercy's gezicht vertrok. Met de pufjes gingen ze het deze keer niet redden.

'Hoe gaat het met haar, dokter Mercy?' vroeg Odira vanuit een stoel die anderhalve meter verderop stond. Ze zat voorovergebogen, haar gerimpelde gezicht opgeblazen en gespannen van bezorgdheid.

Zuchtend hing Mercy de stethoscoop weer om haar hals. Ze trok het laken op tot over Crystals benige schouders en pakte de hand van het meisje. 'Ik zou graag willen dat ze nog iets beter ging ademhalen, mevrouw Bagby.' Ze ging op het krukje naast het bed zitten en keerde haar gezicht naar de overgrootmoeder van het kind. 'De röntgenfoto's geven niet te zien wat ik vermoedde, maar het zou toch een beginstadium van longontsteking kunnen zijn. Ik wil haar graag laten nakijken door een longarts in Springfield. Daarvoor moet ik haar laten overbrengen naar Cox South en …' Omdat er opeens een angstige uitdrukking op Odira's gezicht verscheen, maakte ze de zin niet af.

'Maar u bent haar dokter', protesteerde de oude vrouw. 'In u hebben we vertrouwen. Kunt u niet gewoon om een second opinion vragen zoals ze altijd op tv doen? Dat ziekenhuis in Springfield is zo groot dat Crystal er waarschijnlijk bang van wordt. Bovendien zullen ze mij daar waarschijnlijk niet toestaan bij haar te blijven. U weet hoe ze in dat soort grote instellingen zijn.'

Mercy liet Crystals hand los nadat ze er een klapje op had gegeven. Toen stond ze op en liep naar de röntgenfoto's die aan de lichtbak hingen. Die foto's leverden het onomstotelijke bewijs dat ze te maken had met een geval van bronchitis. Het werd tijd om de longen te bestoken met krachtige antibiotica. Odira zorgde er nauwgezet voor dat Crystal de bijvoeding kreeg die Mercy had voorgesteld. Daar hoorden enzymsupplementen voor de alvleesklier en vitamines bij, maar Mercy was van plan nu ook nog voor een tijdje het aantal calorieën dat ze moest binnenkrijgen te verhogen. Crystals koorts was enigszins gedaald, maar Mercy wilde geen enkel risico nemen.

Terwijl Odira met horten en stoten ademhaalde, beluisterde Mercy nog een keer Crystals hart. Bij ernstig zieken kon zwakte van de rechterharthelft optreden, maar niets wees erop dat de cystic fibrosis al zover was voortgeschreden. Was het mogelijk hen hier te houden?

Mercy draaide zich om. 'Voelt u zich wel goed, mevrouw Bagby?'

'Maakt u zich nu om mij maar geen zorgen, dokter Mercy. Ik ben alleen maar bang dat ons meisje niet in Knolls kan blijven. Jullie weten precies hoe jullie je het beste om ons kunnen bekommeren.'

'Ik zal mijn best doen om haar hier te houden', zei Mercy. 'Voor ik definitief beslis, wil ik graag nog zien dat de koorts daalt.'

'Zal ik voor verpleegkundige spelen?' vroeg Odira. 'Ik weet hoe ik bevelen moet opvolgen, hoor.'

'Ja, dat zou fijn zijn.' Mercy droeg haar op uit de vriezer in de koffiekamer voor het personeel een ijslolly voor Crystal te gaan halen. Een dergelijk ijsje was voor het kind een traktatie en de kans was groot dat het op een pijnloze manier de koorts deed dalen. Bovendien kreeg ze zo weer wat vocht binnen.

Het duurde even, maar toen slaagde Odira er toch in op te staan. 'Ik heb er in ieder geval waardering voor dat u zich zo in onze situatie inleeft, dokter Mercy.'

Mercy wist dat haar patiënten er een hekel aan hadden buiten Knolls in een ziekenhuis te worden opgenomen, al ging het om de best aangeschreven ziekenhuizen in de streek. Mercy nam het hun niet kwalijk. Ze verbleven liever in een klein streekziekenhuis met zorg op maat, dicht bij hun woonplaats. Estelle Pinkley, de onbedwingbare directeur van het ziekenhuis hier, nam patiënten op die niet konden betalen voor de geleverde zorg. Ze liet zelfs af en toe de kosten voor hun behandeling afschrijven van haar eigen rekening. Dit werd waarschijnlijk weer een pro-Deogeval.

Het kleine meisje keek haar met een ernstige blik in de ogen aan. 'Dokter Mercy,' zei ze hees, 'mag ik alstublieft hier blijven?'

Mercy zuchtte. Haar teerhartigheid bracht haar altijd in de problemen. Maar goed, ze kon natuurlijk best dokter Boxley bellen voor een second opinion. Hij was gespecialiseerd in cystic fibrosis-patiënten, vooral kinderen, en hij had haar al eerder van advies gediend over de manier waarop Crystal behandeld moest worden. En Robert Simeon wilde Crystal vast wel grondig nakijken bij wijze van vriendendienst. Als internist had hij de nodige ervaring met cystic fibrosis en hij woonde en werkte hier in Knolls. En nergens waren de artsen en verpleegkundigen op de intensive care beter dan hier. Misschien ...

Ze keek naar het hoopvolle gezicht van Odira en ging na een diepe zucht overstag. 'Ik ga een bed voor jullie regelen.'

De zorgrimpels verdwenen geleidelijk uit het gezicht van de somber kijkende oude vrouw. Ze liep door de gang naar het achterste gedeelte van de praktijkruimte. 'Zo mag ik het horen, dok', riep ze over haar schouder.

2

Op de spoedeisende hulp in Herald, Missouri, gaf een zware stem al vloekend en tierend lucht aan ongenoegen. Het daverde door de korte gang, gevolgd door een flard marihuanarook en de stank van verschaald bier. Het ziekenhuis op de oever van het meer had weer een opwindende zaterdagavond voor de boeg.

In de koffiekamer van het personeel liep dokter Bower naar een raam zonder gordijn ervoor en staarde naar het glinsteren van het maanlicht op het ijskoude water. Alleen langs de oever was het meer bedekt met een ijskorst. Hij zag de kale boomtakken heen en weer gaan in de wind, alsof het vingers van skeletten waren die door de lucht graaiden om de flarden bewolking die langs dreven te pakken.

Hij huiverde. Hij kreeg de kriebels van dit plaatsje terwijl hij er nog maar een paar dagen was. Waarom hij er niets mee ophad, kon hij niet precies zeggen. Misschien kwam dat gewoon doordat hij Mercy en Knolls miste, en ook de vrienden en kennissen die hij in Knolls had opgedaan. Hij was in ieder geval van plan zijn leven daar weer op te pakken zodra de nieuwe afdeling spoedeisende hulp klaar was, en de korte tijd was verstreken waarvoor hij hier onder contract stond. Het zou ook nog zo kunnen zijn dat hij in mineur was omdat de samenwerking met sommige personeelsleden hier zo moeizaam was. Of lag dat aan zijn eigen opstelling?

Hij keek fronsend naar de weerspiegeling van zijn een meter achtenzeventig lange lijf in de ruit, naar het verblindende schitteren van fluorescerend licht dat werd opgevangen en teruggekaatst door zijn brillenglazen. Hij had de laatste tijd vaak medelijden met zichzelf vanwege al het werk dat hij de afgelopen twee en een halve maand in tijdelijke dienst had verzet. Hij had zo vaak 's nachts en in het weekend dienstgedaan dat hij bijna was vergeten hoe de kerk er op zondagochtend vanbinnen uitzag, en hoe de vrieslucht in het Mark Twain National Park rook.

Maar hij was beslist niet vergeten hoe Mercy Richmond eruitzag. Hij wist nog precies hoe mooi haar altstem had geklonken, hoeveel warmte ze had uitgestraald en hoe heerlijk ze had geroken, die enkele keer dat ze elkaar de laatste tijd hadden gezien. Waarom moest hij zo vaak aan haar denken?

De gedachten die bij hem opkwamen, maakten het er alleen maar erger op.

Er werd opnieuw luidkeels gescholden; het galmde over de hele afdeling. Lukas draaide zich om en wierp een blik in de richting van de openstaande deur van de koffiekamer. De laatste tien minuten had hij alleen maar het gekrakeel van de motorrijders gehoord. Zij waren verwikkeld geweest in een stevige knokpartij op de weg die langs de appartementen liep – als je de gammele reeks betonnen gebouwen bij het meer al appartementen kon noemen. De enige reden dat de clubleden niet hun tenten hadden opgeslagen naast hun Harley, was dat er eerder deze week een koufront was komen opzetten dat alle warmte had weggezogen uit de lucht. Dit front had hen kennelijk overvallen.

Het getier werd luider. Lukas trok een lelijk gezicht. Hij had al te vaak te maken gekregen met dronkaards die een arts of een verpleegkundige liever een oplawaai gaven dan dat ze hun toestonden de bloeddruk op te nemen.

Misschien moest hij toch maar de politie bellen om de wacht te komen houden, gewoon voor het geval er iets voorviel. Ze zouden er niet van opkijken. Knolls was drie keer zo groot als Herald. Toch had de politie in dit plaatsje met hooguit drieduizend inwoners evenveel mensen in dienst. In het voorjaar, de zomer en het najaar had men het er druk met lieden die de hele vakantie feestvierden – deze streek was een soort mekka geworden voor motorrijders. Hoe dat zo gekomen was, kon Lukas niet bedenken.

Hij liep terug naar de spoedeisende hulp, waar ze slechts vijf bedden hadden, om te zien of de röntgenfoto's van de patiënt die het hardst schreeuwde, al beschikbaar waren. Dat was niet het geval. Brandon Glass, de laborant die vanavond dienst had, moest zowel de röntgenafdeling als het lab draaiende houden en kon dat af en toe niet helemaal aan. Wanneer Lukas hem nog meer opdrachten gaf, deed hij geen enkele poging om te verhullen dat hij er niet blij mee was. Niemand probeerde hier verborgen te houden dat ze niet blij waren. Somberheid was troef hier in het ziekenhuis van Herald.

Lukas schudde de sombere gedachten van zich af en liep naar de wastafel om zijn handen en onderarmen grondig te wassen. Hij wilde niet dat de stemming hier invloed op hem kreeg. Hij vond het niet prettig om somber gestemd te zijn. Hij was hier de arts; van hem werd verwacht dat hij ervoor zorgde dat men zich beter ging voelen, niet gedeprimeerd.

'Je bent nog niet van me af, Moron', mompelde een van de motorrijders tegen een andere door het dunne gordijn. 'Als mijn baby ook maar een schrammetje vertoont, komt je dat duur te staan.'

De gordijnen aan de kant van het gangpad, bedoeld om enige privacy te bieden, waren niet dichtgetrokken. Lukas draaide zich om en keek even naar beide mannen. De praatzieke motorrijder hield een ijskompres tegen zijn neus en de huid rond zijn ogen begon blauw te worden. Zijn bruine haar zat vol bloed, zodat er lange slierten van aan elkaar gekoekt waren, en op zijn zwarte T-shirt wemelde het van de bloedvlekken. Doordat hij geen moment zijn mond hield, wist iedereen binnen gehoorsafstand dat zijn 'baby' zijn Harley-Davidson was. Het was aan zijn opvliegendheid – en de opvliegendheid van zijn tegenstander in het kamertje ernaast – én aan een gebroken bierflesje te danken dat zijn linkeronderarm even eerder voorbehandeld was om de aangerichte schade met hechtingen te verhelpen.

Lukas snoof. Het rook hier naar motorolie en alcohol … en naar wiet.

De andere motorrijder, die een zwarte spijkerbroek, laarzen en een zwart leren vest met niets eronder droeg, lag met zijn hoofd afgewend van zijn tegenstander. Hij heette Marin, maar zijn maten hadden daar kennelijk als kleine kinderen die elkaar plagen Moron van gemaakt. Marins vijandige houding was klaarblijkelijk vervlogen nu de invloed van de alcohol en de andere verslavende middelen die door zijn aderen stroomden, afnam. Nog terwijl Lukas naar hem stond te kijken, vielen langzaam zijn ogen dicht. Mooi zo. Ze begonnen rustiger te worden. Misschien kon de politie zich vanavond toch maar het beste concentreren op het tussenbeide komen bij gevechten in de cafés. Misschien hielden ze dan nog wat tijd over om naar dat kleine meisje te zoeken dat hier vorige week was verdwenen uit het plantsoen – als je dat stuk volledig door gras overwoekerde terrein met roestige schommels al een plantsoen kon noemen.

Lukas had gisterochtend ongewild een gesprek afgeluisterd tussen een paar politiemensen, die op een gevangene zaten te wachten van wie röntgenfoto's moesten worden gemaakt. Volgens de geruchten ging het om ontvoering en ze was kennelijk niet het enige kind dat de laatste tijd in Missouri was verdwenen. Lukas werd misselijk als hij eraan dacht.

'Dokter Bower, de foto's zijn er', zei ergens achter Lukas een krachtige, diepe vrouwenstem.

Hij draaide zich om en zag Tex McCaffrey staan. Ze heette eigenlijk Theresa, maar niemand durfde haar zo te noemen. Ze hing de foto's aan de lichtbak.

'Ik heb ze zelf moeten maken. Frankenstein is vanavond niet te genieten.' Ze wierp een blik vol afschuw in de richting van de openstaande deur die rechtstreeks toegang bood tot de röntgenafdeling. Toen mompelde ze: 'Je kunt hier tegenwoordig niet eens meer aan goed personeel komen.'

Het kwam niet bij Lukas op tegen haar in te gaan. Tex was de overal inzetbare en bijna altijd aanwezige verpleegkundige in deze tent. Op zaterdagavond en heel wat doordeweekse dagen deed ze dienst als SEH-verpleegkundige, naar wat Lukas uit het rooster voor de verpleegkundigen kon opmaken. Als er iets binnenkwam waarmee ze niet uit de voeten kon, kon ze een beroep doen op een verpleegkundige op de verpleegafdeling met twintig bedden. Niet dat dit ooit was voorgekomen voor zover Lukas wist. Hij kon zich ook niet voorstellen dat de efficiënte, zelfverzekerde Tex met iets te maken zou krijgen dat ze niet aankon. In de korte tijd dat hij nu met haar samenwerkte, was hij diep onder de indruk geraakt van haar vaardigheden … en van haar lengte. Hij durfde niet te vragen hoe lang ze was, maar hij moest naar haar opkijken om oogcontact te maken.

Lukas bekeek de foto's, knikte en liep terug naar de wastafel. Niets gebroken. 'Kun je me helpen met de hechtingen?' vroeg hij.

'Ik heb alles al klaargezet. Verder heb ik de wond schoongemaakt en met 500 ml zoutoplossing uitgespoeld.'

In de korte stilte die nu viel, grijnsde ze in de richting van de boos kijkende patiënt in kwestie. Ze blies een paar losgeraakte, krullende sprieten donkerblond haar voor haar gezicht vandaan. 'U raadt nooit hoe hoog zijn alcoholpromillage was. 2,3!' Ze zei het op een toon alsof ze trots op hem was. 'Ik heb het karretje met de spullen voor het hechten buiten zijn bereik neergezet.'

De breedgeschouderde Tex was begin dertig en waarschijnlijk in staat de hele club motorrijders af te remmen wanneer ze te veel lawaai schopten. Ze woonde naast Lukas in een duplexwoning aan de rand van Herald en ze was een nicht van Lauren McCaffrey. In Knolls was Lauren een van Lukas' favoriete verpleegkundigen geweest, totdat ze ervoor zorgde dat hij betrokken raakte bij deze chaotische toestanden.

Lukas trok een paar steriele handschoenen aan terwijl hij achter de atletische Tex aan liep naar het met gordijnen afgeschermde behandelkamertje. Ze had hechtdraad klaargelegd en de vereiste hoeveelheid lidocaïne voor de verdoving. Mooi. Hij keek nog een keer op de status om te zien hoe de patiënt ook alweer heette, in de hoop dat hij de achternaam op de juiste wijze zou uitspreken. Het goed uitspreken van de naam hielp de patiënt zich meer op zijn gemak te voelen en er was hem veel aan gelegen dat vooral deze patiënt zich ontspande.

'We zijn zover dat we met hechten kunnen beginnen, meneer Golho...'

'Toen ik binnenkwam, heb ik al gezegd dat jullie me geen meneer moeten noemen!' gromde de gespierde, getatoeëerde man van onder het ijskompres dat hij nog steeds tegen zijn neus hield. 'Niemand noemt mij meneer wanneer ik rondtrek.'

O, ja. Lukas wierp een blik op een notitie die Tex op de status had gekrabbeld. Het op de juiste wijze uitspreken van de naam was helemaal niet van belang in dit geval. Hoe kon hij dat hebben vergeten? 'Catcher.' Vanger betekende dat. Waar haalden deze lieden ...

'Hé!' zei een stem aan de andere kant van het gordijn. Catchers tegenstander was kennelijk toch niet in slaap vallen. 'Waarom vertel je hun niet hoe je aan die naam bent gekomen?'

'Houd je kop.'

'Wilt u weten waar die naam vandaan komt, dok? Ja? Ze gingen hem zo noemen omdat hij vroeger op een motor zonder windscherm reed. Daardoor ving hij met zijn tanden insecten op en –'

'Ik zei dat je je kop moest houden!' Catcher had zich al half van de onderzoekstafel laten glijden toen Tex hem bij de arm greep en terugtrok.

'Behoefte aan een nieuwe tatoeage, Catcher?' vroeg ze terwijl ze hem spottend aankeek en ervoor zorgde dat hij weer rustig op de onderzoekstafel kwam te liggen. 'Dokter Bower gaat zo dadelijk uitproberen hoeveel pijn u kunt verdragen.'

Lukas vond haar woordkeus niet zo gelukkig, maar Catcher drukte het ijskompres weer tegen zijn neus en legde zijn hoofd op het kussen. 'Geen probleem. Ga uw gang.' Hij sloot zijn ogen.

Lukas knikte. 'Oké, Catcher. Hebt u in het verleden ooit een allergische reactie gekregen op een verdovend middel?'

Er ging één oog open. 'Waarom wilt u dat weten?'

'Omdat ik zo dadelijk lidocaïne in de wond ga –'

'Helemaal niet.' Beide ogen waren nu open. Ze waren donkerbruin met grijs en probeerden Lukas strak aan te kijken. Ze draaiden echter weg doordat hij onder invloed was – en waarschijnlijk niet alleen van alcohol.

'Pardon?'

'Geen "caïnes". Daar hoeft u niet mee aan te komen.'

Geen lidocaïne? Geen verdoving? Dit was niet wat Lukas wilde horen. Hij voelde zich niet veilig wanneer hij een naald met hechtdraad in het vlees moest steken van een al opstandige dronkaard. 'Wil dat zeggen dat u een allergische reactie –'

'Dat wil zeggen dat ik aan cocaïne verslaafd ben geweest en dat ik er bijna een jaar over heb gedaan om af te kicken. Ik ben niet van plan om daar weer mee te beginnen.' Catcher pakte zijn ijskompres steviger vast. 'Doet u het nu maar gewoon.'

Lukas kreunde bijna, maar wist zich op tijd in te houden. Hij keek Tex hulpeloos aan en haalde toen zijn schouders op. Het was een grote vergissing geweest om in Herald te gaan werken. *Heer, zorgt U alstublieft dat mijn vingers voorzichtig te werk gaan; anders moet ik ze misschien opeten.*

Crystal verbrak opeens de stilte in de behandelkamer. 'Ga ik nu dood?' vroeg ze op nuchtere toon

Mercy's adem stokte. Ze zat bij de telefoon te wachten op de reactie van dokter Boxley op haar telefoontje. Ze keerde zich om naar Crystal, blij dat Odira nog niet terug was. 'Nee, li. Ze stond op, ging naast de onderzoekstafel staan en legde de rug van haar hand tegen Crystals gezicht. 'Je bent gewoon niet in orde. Voel je je zieker?'

'Nee.'

Mercy stak voorzichtig de thermometer in Crystals oor. Enkele seconden later trok ze hem er weer uit. Opluchting. De temperatuur was bijna weer normaal. 'Voel je je niet een beetje beter?'

Crystal liet haar hoofd een beetje opzij zakken en dacht serieus over de vraag na. 'Ja.'

Mercy ging op het krukje naast het bed zitten en pakte Crystals hand. 'Waarom denk je dan dat je doodgaat?' Crystal keek Mercy een poosje strak aan met haar helderblauwe ogen, zonder iets te zeggen. Lichtbruin haar omlijstte haar gezicht en bleef in vochtige sprieten op de doorzichtige huid plakken op plekken waar zich veel zweetdruppeltjes hadden opgehoopt. Ze ademde makkelijker. 'Omdat een meisje op school dat tegen mij heeft gezegd.'

Mercy's gezicht vertrok. 'Luister maar niet naar haar.'

'Maar ik heb het later aan oma gevraagd. Die zei dat dat zou kunnen gebeuren, maar als het zover komt, dat ik dan rechtstreeks naar de hemel ga en nooit meer ziek zal zijn.' Ze zweeg een paar seconden en voegde er toen aan toe: 'Dat zou ik wel graag willen.'

Omdat Mercy zelf moeder was, bedacht ze onwillekeurig hoe het op haar zou overkomen als haar eigen dochter dit zou zeggen. De gedachte was hartverscheurend. Ze had nog nooit een zo jong kind uiting horen geven aan het verlangen om te sterven. Het pijnlijkste was echter dat ze hierdoor besefte hoezeer Crystal zowel lichamelijk als psychisch leed. Omdat ze Crystal al een jaar onder behandeling had, wist Mercy dat dit teergevoelige meisje zich meer zorgen maakte over haar overgrootmoeder dan over zichzelf. Odira was niet echt gezond met haar buitensporig hoge gewicht en hoge bloeddruk. Wat zou er met Crystal gebeuren als haar overgrootmoeder iets overkwam?

'Maar wij willen je graag nog een poosje bij ons houden, Crystal', zei Mercy zacht. 'Ik weet dat dat misschien egoïstisch van ons is omdat het zo heerlijk is in de hemel, maar denk je dat je de moed er nog een poosje in kunt houden, al was het maar voor oma en voor mij?' *Heer Jezus, wat zeg ik nu? Hoe kan dit gebeuren?* Ze probeerde er niet verder over na te denken, maar er kwamen te snel te veel vragen bovendrijven. Haar geloof was voor haar gevoel nog steeds heel broos.

'Oma heeft mij nodig', zei Crystal rustig. 'Ik blijf nog wel een poosje.'

Ze hoorden voetstappen en gepuf. Even later sjokte Odira door de openstaande deur de behandelkamer binnen. 'Ik had niet bedacht dat ik Crystals temperatuur naar beneden zou kunnen krijgen met behulp van een ijslolly. Ik heb een rode meegenomen, die vindt ze het lekkerst. Jullie hebben hier een handige kleine vriezer staan. Zo te zien hebben jullie die kamer achterin helemaal ingericht als behandelkamer voor noodgevallen. Ik neem aan dat jullie er vaak gebruik van maken sinds het ziekenhuis –'

Ze hoorden in de wachtkamer een deur met veel lawaai openvliegen, gevolgd door gebulder van een bekende stem, dat deed denken aan het opstijgen van een vliegtuig. 'Dokter Mercy! Waar bent u?'

Clarence hield de deur open, zodat Buck Kendra naar binnen kon dragen. Daarna liet hij de deur achter zich dichtvallen. Hij had geweten dat de deur niet op slot zou zijn, ook al was het al laat op de avond. Dokter Mercy verwachtte hen.

'Dokter Mercy!' riep hij opnieuw. ''k Heb hier die patiënt voor u.' Hij tikte Buck op de schouder en gebaarde in de richting van de openstaande deur die toegang bood tot de behandelkamers achter de wachtkamer. Toen hij Mercy had gebeld, had ze tegen hem gezegd dat hij Kendra naar behandelkamer 1 moest brengen. Clarence wist waar dat was. Dat mocht ook wel. Hij was hier vaak genoeg geweest.

Nadat hij eindelijk zo veel was afgevallen dat hij zich wat beter kon verplaatsen, had dokter Mercy hem opgedragen tweemaal per week naar haar praktijk te komen zodat ze hem kon wegen en onderzoeken. Hij had daar een hekel aan; hij had een hekel aan de manier waarop de andere patiënten in de wachtkamer hem aanstaarden en tegen elkaar fluisterden. Maar wanneer Mercy hem vroeg iets te doen, deed hij dat. Dat wil zeggen: als ze het lief vroeg.

Mercy kwam aangerend door de gang. Haar lange donkere haar had ze opgebonden in een paardenstaart en ze droeg een slobberige oude spijkerbroek en een dikke wollen trui. Ze had een vermoeide blik in haar donkere ogen. 'Hallo, Buck. Breng haar maar naar achteren. Daar heb ik een bed voor haar klaarstaan. Jij en Clarence moeten mij helpen haar in de gaten te houden.' Ze legde een hand tegen Kendra's wang en opeens was de blik in haar ogen minder vermoeid. 'Volhouden, Kendra. We zullen je aan de zuurstof leggen.' Ze trok de stethoscoop van haar nek, liet de klok even warm worden in haar hand en zette hem toen op Kendra's borst.

Clarence keek toe, terwijl Mercy Buck meenam naar de behandelkamer en hem hielp zijn vrouw op het bed te leggen. Hij vond het heerlijk om haar bezig te zien. Wanneer ze patiënten behandelde, gedroeg ze zich alsof ze familie van haar waren. Dat hield natuurlijk ook in dat ze hen evenveel aan het hoofd zeurde als familieleden. Met haar een meter achtenvijftig was ze tien centimeter kleiner dan Clarence. Op sommige momenten leek ze echter veel groter, vooral wanneer zij in haar volle lengte naast een gammele, te smalle onderzoekstafel stond en hij erop lag, met onder het laken niets anders aan dan zijn onderbroek.

Maar ze maakte de meeste indruk op hem wanneer ze doorhad dat hij weer in de put zat, en zij hem op de huid zat om hem te dwingen er weer uit te krabbelen. Dit overkwam hem niet meer zo vaak als vroeger, maar soms was hij toch nog zo zwaarmoedig dat hij niet wist waar hij het zoeken moest. Op zulke dagen weigerde hij zich aan zijn dieet te houden, weigerde hij zijn oefeningen te doen, weigerde hij zelfs uit bed te komen. In een dergelijke situatie bleek dat deze aardige dokter je ook hard kon aanpakken. Ze keek hem dan recht aan en zei: 'Clarence, we gaan een eindje lopen. Trek je schoenen aan', of: 'Je bent niet zover gekomen om het nu op te geven. Zorg nu maar gewoon dat je de dag van vandaag doorkomt', en dan droeg ze Ivy op hem in de gaten te houden. En niemand kon het hem zo moeilijk maken als Ivy.

Zodra Buck Kendra voorzichtig op het bed had gelegd, sloeg Kendra haar handen voor haar gezicht. Haar lichaam schudde van het snikken en het gesnik werd luider en heftiger. 'Waarom heb je me niet laten doodgaan?' Ze keerde haar hoofd op het kussen naar de muur en haar lichtbruine haar dat even zacht leek als de veren op de borst van een mus viel over haar wang. 'Dan was iedereen beter af geweest.'

Buck haalde een keer diep adem en boog zijn hoofd; zijn forse kaken bewogen alsof ze iets moesten vermalen. Buck was een grote, gespierde man met haar dat zo kort was geknipt dat zijn grote oren deden denken aan deurknoppen. Hij had een groot hart en niemand twijfelde eraan dat hij van zijn vrouw hield. Behalve zij.

Clarence wenste dat hij iets zou kunnen doen om hen allebei te helpen. Er was naar zijn gevoel zo veel pijn en verdriet in deze kamer dat zelfs hij zin had om een potje te janken, terwijl hij eigenlijk nooit huilde.

Mercy boog zich over Kendra heen. 'Vertel me eens hoe je je voelt, Kendra. Heb je erge hoofdpijn?'

Tranen drupten van Kendra's neus op het kussen en haar onderlip trilde. Ze zag eruit als een klein meisje met een gebroken hart. 'Ja, heel erg.'

Mercy gebaarde naar Buck. 'Wil jij haar aan de zuurstof leggen? Geef haar maar via het masker honderd procent.' Ze stak een hand uit naar een doos die naast het bed stond. 'Kendra, ik ga een soort wasknijper aan het uiteinde van een vinger bevestigen. Die knijper zit vast aan iets dat we een oxymeter noemen. Dat apparaat gaat mij vertellen hoeveel zuurstof je in je lichaam hebt.'

Nadat ze de knijper op Kendra's linkerwijsvinger had gezet, haalde ze een injectiespuit uit een la en bevestigde er een naald op. 'Het spijt me, Kendra, maar ik moet wat bloed afnemen. Het zal pijn doen omdat ik diep genoeg naar binnen moet om een slagader aan te prikken. We moeten vaststellen hoe agressief we je moeten behandelen. Buck, is ze verward geweest?'

'Ja, in het begin.' Buck rommelde wat, totdat hij de slangen en het masker had gevonden die hij nodig had. 'Tijdens de rit hiernaartoe heb ik de raampjes open laten staan en daarvan knapte ze op. Nu doet ze alleen maar niets dan huilen.' Hij kwam weer naast zijn vrouw staan.

Mercy boog zich weer over Kendra heen. 'Ben je duizelig? Ben je misselijk?'

Kendra's gezicht vertrok. Ze bedekte het opnieuw met haar handen en gaf geen antwoord.

Buck schraapte zijn keel, probeerde iets te zeggen en schraapte zijn keel opnieuw. 'Ze is inderdaad misselijk geweest, dokter Mercy. En ze was een beetje kortademig.'

Mercy draaide zich om en zag Clarence in de deuropening staan. 'Wil jij een ambulance voor me bellen?'

'Nee!' riep Kendra. Ze stak een hand uit naar Buck, haar ogen wijd opengesperd van angst, en probeerde rechtop te gaan zitten. 'Je moet niet goedvinden dat ze me afvoeren. Je moet niet –'

'Die ambulance is niet voor jou', zei Mercy zacht, terwijl ze Kendra bij de arm pakte en voorzichtig terugduwde op de onderzoekstafel. 'Ik heb vanavond nog een patiënt. Ze moet naar het ziekenhuis worden vervoerd en ik kan jou nu niet aan je lot overlaten.'

Clarence pakte de hoorn van de telefoon die in de kamer stond, maar aarzelde toen. Fronsend keek hij Mercy aan. 'U wilt een ambulance bellen om iemand te laten vervoeren naar het eind van de straat? Dat vind ik vreemd.'

Mercy keek in de doos waarin de oxymeter had gezeten. 'Heb jij een beter idee? Ik heb in de behandelkamer hiernaast een ziek kind liggen en haar overgrootmoeder is er niet veel beter aan toe. Ik kan moeilijk tegen hen zeggen dat ze moeten lopen –'

'Laat mij hen ernaartoe brengen.' Clarence zei dit niet uit eigen vrije wil; het was alsof iets buiten hemzelf de beslissing voor hem nam.

Iedereen in de behandelkamer staarde hem verbaasd aan, alsof er een ballon uit zijn oor was gekomen of iets dergelijks. 'Wat is er nou?' vroeg hij. 'Ik kan autorijden als er genoeg ruimte voor me is achter het stuur. Ik ben monteur, weet je. Mijn rijbewijs is –'

'Oké, Clarence. Neem mijn auto maar.' Mercy boog zich weer over Kendra heen. 'De sleutels liggen op het bureau in mijn spreekkamer. Maak gebruik van de ingang van het ziekenhuis aan de zuidkant. Opschieten nu. Ze staan op de patiënt te wachten.'

Hij staarde haar een moment ongelovig aan. Ze ging zomaar overstag? Hij had twee jaar niet gereden en ze vertrouwde hem haar nieuwe auto toe?

Ondanks Kendra's tranen en Bucks stoïcijnse zwijgen voelde hij zich opeens warm worden vanbinnen. Zo veel voldoening had hij lange tijd niet gevoeld, misschien wel nooit. Voor deze ene keer was hij degene die niet nam, maar gaf.

3

Tex depte en hield vast, depte en hield vast, terwijl Lukas de laatste hand legde aan een van de twaalf hechtingen in Catchers arm. De stoere motorrijder had niet één keer gepiept tijdens deze bezoeking. Lukas was er eigenlijk van overtuigd dat alleen zijn eigen gezicht was vertrokken, telkens wanneer de naald in het vlees drong. Het moest pijn hebben gedaan, al had alcohol de pijn gemaskeerd. Deze man was bepaald niet kleinzerig.

Halverwege de procedure waren met Catcher bevriende motorrijders op de SEH aangekomen. Ze zaten allemaal in de wachtkamer met plastic bakjes met boterhammen, zakken chips en blikjes frisdrank uit de automaat bij zich. Tex had even geïrriteerd een blik in hun richting geworpen, maar verder niet op hun komst gereageerd. Ook toen een van Catchers maten binnenkwam en hem een halve boterham toestak, had Lukas geen commentaar geleverd. Er mochten geen etenswaren op de spoedeisende hulp aanwezig zijn. Als ontdekt werd dat deze regel was overtreden, zouden klachten gevolgd worden door boetes en formulieren die in drievoud moesten worden ingevuld. Maar Lukas was niet in de stemming om op een zondagochtend vroeg op te treden als ordebewaker voor een stelletje getatoeëerde kerels dat hun beste tijd had gehad. De meesten waren alleen maar even binnengekomen om te kijken hoe het er met hun maten voorstond. Daarna keerden ze terug naar de wachtkamer die van de behandelkamers werd gescheiden door een deur.

Een potige dame in een strakke blauwe spijkerbroek en een dikke grijze trui baande zich een weg naar binnen. Met haar linkerarm drukte ze iets te eten en een blikje frisdrank tegen zich aan, in haar rechterhand had ze een pakje sigaretten en een aansteker.

'Hé, Catcher!' blèrde ze. 'Behandelen ze je hier goed? Anders zal ik ze wel even met de koppen tegen elkaar slaan.' Ze snoof de lucht op de SEH diep op. 'Bah, het stinkt hier naar medicijnen en braaksel. Hebben jullie hier geen luchtverfrisser?'

Lukas meende dat hij Catcher hoorde kreunen, maar de man verroerde zich niet.

De vrouw kwam heupwiegend verder de hechtkamer in. 'Dat kan maar beter geen litteken worden, dok.' Ze liet het eten en het ongeopende blikje frisdrank onder haar arm uit vallen op de extra stoel in de kleine kamer. Toen kwam ze naar de onderzoekstafel om te kijken hoe vakkundig Lukas bezig was. Ze zoog lucht tussen haar tanden door naar binnen. 'Man, wat ziet dat er afschuwelijk uit.'

'Houd je kop', mompelde Catcher.

Schouderophalend trok ze een sigaret uit het pakje en maakte aanstalten om die op te steken.

'Mevrouw, roken is hier verboden', zei Lukas automatisch. Omdat hij voelde dat Catcher verstijfde, vroeg hij zich af of hij zo dadelijk een pak rammel zou krijgen omdat hij de euvele moed had gehad deze opmerking te plaatsen.

De vrouw keek hem met tot spleetjes dichtgeknepen ogen aan en liet een vlammetje uit de aansteker komen. 'Dus er mag hier niet gerookt worden?' Ze hield het vlammetje bij de sigaret. Lukas merkte dat Catcher nog meer verstijfde.

'Domme koe, heb je niet gehoord wat de dokter zei?' zei de patiënt op ruwe toon. 'Hij zei dat hier niet gerookt mag worden!' Hij spande zijn spieren en Lukas liet bijna de hechtnaald vallen. 'Als je ook maar een keer hierbinnen rook uitblaast, duw ik die sigaret in je neus!'

De vrouw keek hem met knipperende ogen aan. Omdat ze in beschonken toestand was, duurde het even voor de woorden tot haar doordrongen. Toen haalde ze haar schouders op, drukte het gloeiende uiteinde van de sigaret tegen de zijkant van de aansteker en stopte de weerzinwekkende voorwerpen in de zak van haar spijkerbroek. Nadat ze haar spulletjes van de stoel had gepakt, liep ze op haar gemak de kamer uit.

Lukas knipte de hechtdraad door. 'Oké, nog twee en we hoeven niet meer in u te prikken, Catcher.'

Vanuit de wachtkamer kwam weer iemand in leer en vol tatoeages in de deuropening van de SEH staan. 'Hé, moet je kijken, ze hebben hier een tv! Hé, zuster, hebben jullie hier kabel?' Schelle muziek schalde over de afdeling.

Lukas hoorde dat Tex opeens even diep doorademde en ving een glimp op van haar boze gezicht. Hij keek haar aan en schudde zijn hoofd. 'We zijn hier bijna klaar.' *Heer, zorg alstublieft dat het hier niet uit de hand loopt. Maak dat ik mijn geduld niet verlies en met deze mensen begaan blijf. Gebruik mij hier en nu als uw instrument ... en zorg alstublieft dat wij allemaal nog in leven zijn wanneer dit achter de rug is.*

Lukas hoorde hier helemaal niet meer te zijn. Hij had nu fulltime aan het werk moeten zijn in een weldadige, bemoedigende omgeving waar mevrouw Pinkley de ziekenhuisdirecteur was.

Hij raakte uit zijn concentratie doordat er iets met veel lawaai op de grond viel. Het scheelde niet veel of hij trok de laatste hechting te strak aan. Tex en hij konden geen van beiden opkijken van hun bezigheden, maar zodra hij de laatste draad had doorgeknipt, legde Tex haar spullen neer en trok met een ruk haar handschoenen uit.

'Als u het hier afmaakt, ga ik kijken wat dat lawaai te betekenen had', zei ze.

Doordat ze haar spieren spande, zag Lukas haar bijna veranderen van Tex de verpleegkundige in Tex de uitsmijter.

O o. Ze stond niet alleen op het punt een scène te schoppen; ze ging er ook voor zorgen dat hij een lafaard leek. Nu
was hij in deze situatie ook echt een lafaard, maar hij bezat
nog wel zo veel gevoel voor eigenwaarde dat hij dit niet kon
laten gebeuren.

'Zeg, Tex, waarom ga je niet –'

Catcher kreunde. 'O, dok, ik geloof dat ik moet kot...'

Lukas keek nog even over zijn schouder en zag Tex met
grote passen weglopen om sommige lieden de schedel in te
slaan. Toen pakte hij gauw een braakbakje en zei: 'Adem in
door uw neus als dat kan, Catcher, en uit door uw mond.
Goed zo.' Hij pakte het ijskompres uit Catchers verslapte
hand en legde dit op het voorhoofd van de man. Toen
ademde hij tegelijk met hem in, alsof hij hem terzijde stond
bij de geboorte van een kind.

Er werd in de wachtkamer van alles door elkaar heen geschreeuwd. Tex' stem klonk erbovenuit. 'Ik zei: zet die stoel
weer neer waar hij hoort te staan, en geef mij die koffiepot!'

De man in de behandelkamer naast die van Catcher kreunde aan de andere kant van het gordijn net zo hard als Catcher. Vermengd met het geblèr en getier in de wachtkamer
was het alsof horen en zien je verging.

Dit alles had Lukas te danken aan Lauren McCaffrey met
haar lieve gezicht en onschuldige ogen. Toen haar nicht Tex
via de tamtam in hun familie had gehoord dat een SEH-arts
tijdelijk zonder werk zat, had ze Lauren opgebeld; bij haar
in het ziekenhuis zochten ze een vervanger voor een arts die
geschorst was.

'Prachtige vergezichten, pal aan het meer', had Lauren gezegd. 'Een kleinsteedse SEH die waarschijnlijk veel weg heeft
van die in Knolls. Je zult het idee hebben dat je op vakantie
bent. Zo veel problemen kan een SEH met maar vijf bedden
toch niet opleveren?'

Lukas had getekend voor drie maanden – tot het tijdstip
waarop volgens de eerste ramingen de SEH in Knolls herbouwd zou zijn.

Er werd nog steeds luid geschreeuwd in de wachtkamer,
toen Lukas de sirene van een ambulance hoorde die met

zijn zwaailichten aan voor de ingang van de SEH stopte.

Ze hadden hier van zaterdag op zondag meer personeel nodig. Het werd tijd om de politie te bellen. En hij zou Lauren McCaffrey nooit meer op haar woord geloven.

'Nee!' schreeuwde Kendra. In haar wanhoop kwamen haar hoofd en schouders omhoog van het kussen en grepen haar handen Bucks schouders vast. Boven het doorzichtige zuurstofmasker werden haar ogen groot van angst. 'Jullie gaan me opsluiten omdat jullie denken dat ik gek ben!'

Mercy zag dat Bucks gezicht verstarde, en dat er een gekwelde blik in zijn ogen verscheen terwijl hij zijn vrouw vasthield.

'Nee, Kendra,' zei ze vastberaden, 'zo is het niet.' Ze pakte de jongere vrouw bij de schouders, duwde haar met zachte hand weer op het kussen en zorgde dat het masker weer op de goede plek kwam te zitten. 'Luister nu eens even naar me.' Ze wachtte totdat ze voelde dat de spanning voor een deel uit Kendra's armen wegvloeide. Toen pakte ze haar hand en kneep er even in. 'Je bent in moeilijkheden. Je hebt een ziekte die maakt dat je je gedraagt zoals je je gedraagt. Daarom moeten we zorgen dat je hulp krijgt.' Ze zweeg een moment. Hoe moest ze dit aan een kind uitleggen? Kendra dacht als een klein meisje dat verdriet had. 'We moeten je beschermen totdat we je ziekte met medicijnen onder controle hebben gekregen. We laten je voor zesennegentig uur, dat is vier dagen, in het ziekenhuis opnemen. De artsen en verpleegkundigen zullen je daar goed in de gaten houden en ervoor zorgen dat jou niets overkomt.'

Kendra keek Mercy een ogenblik strak aan. Ze richtte haar verwarrend intense blik eerst op Mercy's linkeroog en toen op haar rechteroog. Haar hele lichaam trilde en er biggelden opnieuw tranen over haar wangen. 'Waar?'

'Cox North in Springfield. Daar zijn ze speciaal opgeleid voor dit soort gevallen.'

'Over wat voor geval hebben we het hier?'

Mercy deed haar best om haar woorden zorgvuldiger te kiezen, maar ze moest eerlijk zijn. 'Op grond van wat ik gehoord en gezien heb en van wat ik van jou persoonlijk weet, zou ik zeggen dat je een bipolaire stoornis hebt, maar ik ben geen psychiater dus ...'

Kendra verstevigde haar greep op Mercy's hand. 'Betekent dat dat ik gek ben?'

'Nee!' snauwde Buck gefrustreerd. Hij sloot zijn ogen en zuchtte, terwijl hij zijn vingers door zijn korte haar haalde. Hij liep bij het bed vandaan, bewoog zijn schouders en vroeg op vermoeide toon: 'Wat moet ik met haar aan, dokter Mercy?'

'Praat niet over mijn hoofd heen, alsof ik een kind ben!'

'Gedraag je dan ook niet als een kind!'

Het was alsof er een bliksemschicht tussen hen heen en weer schoot, terwijl ze elkaar een hele tijd vijandig aankeken.

'Hier schieten we niets mee op', zei Mercy zacht. Ze gaf hun een paar seconden om te kalmeren. In die tijd zag ze hoe op Kendra's gezicht de emoties elkaar afwisselden. Met haar uitzonderlijke schoonheid die op film of op het televisiescherm heel goed zou overkomen, leek ze op Michelle Pfeiffer in haar jonge jaren. Maar ze had nooit naar meer verlangd dan naar een echtgenoot en kinderen. Een heleboel kinderen. Ze waren echter slechts een paar maanden nadat haar vader in zijn functie van brandweerman was omgekomen, tot de ontdekking gekomen dat ze geen kinderen kon krijgen.

'Ik ga niet naar een psychiater.' Kendra's zachte stem klonk opnieuw als die van een boos, gekwetst kind.

'O, jawel', zei Buck. In zijn stem klonk nog steeds frustratie door.

'Het spijt me, Kendra', zei Mercy, nog steeds op vastberaden toon. 'Je hebt vanavond geprobeerd zelfmoord te plegen en we kunnen niet het risico nemen dat dit nog een keer gebeurt. Te veel mensen houden van je.'

Kendra snoof. 'Laat me niet lachen.'

Mercy boog zich naar voren. 'Je denkt er op dit moment zo over, omdat je je gevoelens niet op de juiste manier verwerkt. Daar is iets tegen te doen, zoals we ook een behandeling kunnen instellen wanneer je een bepaalde soort bacterie in je lichaam hebt waarvan je ziek wordt. We kunnen je iets geven dat de werking van je hersenen zal verbeteren. We gaan ervoor zorgen dat er niets met je gebeurt terwijl je de tijd krijgt om met behulp van medicijnen te genezen.'

Kendra keek de kleine behandelkamer rond, alsof ze naar een uitweg zocht. 'Kunt u dat niet gewoon hier doen? Waarom moet ik daarvoor helemaal naar Springfield?'

'Omdat ons ziekenhuis niet over de faciliteiten beschikt om je goed te behandelen.'

Kendra sloot haar ogen en haar hele lichaam verstarde. 'U bedoelt dat jullie hier geen isoleercel hebben', zei ze bitter.

Mercy had er begrip voor. Ze kon zich zelfs indenken wat Kendra Oppenheimer nu doormaakte, en dat was verwarrend. Een depressie was pijnlijk, maar wanneer je manisch depressief was had je waarschijnlijk het idee dat je op een breuklijn stond tijdens een aardbeving. Het was beangstigend hoe gemakkelijk je geestelijk verward kon raken.

Kendra haalde haar neus op en veegde met de rug van haar hand een paar verdwaalde tranen van haar wangen. Toen stak ze haar handen voor zich uit en keek ernaar. Buck pakte een tissue uit een doos op het tafeltje in de behandelkamer en stak hem Kendra toe, maar zij negeerde hem. En ze wilde ook niet dat hij haar aanraakte.

Mercy onderdrukte een zucht. Ze had diverse keren geprobeerd aan Buck uit te leggen waarom Kendra zich volgens haar gedroeg zoals ze zich de afgelopen paar maanden had gedragen. En Buck had tevergeefs geprobeerd Kendra mee te krijgen naar Mercy voor een grondig onderzoek. Het was hem een paar maanden geleden alleen maar gelukt haar zover te krijgen dat ze liet nakijken of ze keelontsteking had.

De tranen in Kendra's ogen glommen als blauwe kristallen, en ze had meer kleur op haar wangen gekregen doordat ze zo van streek was geraakt dat ze moest huilen. Ze deed denken aan een engel met een gebroken hart, maar geestelijk was ze brozer dan een van die glasgeblazen figuurtjes met vleugels die ze in een winkel op het plein van Knolls verkochten.

'Wat voor medicijnen zullen ze me laten innemen?' vroeg Kendra uiteindelijk.

'Dat weet ik niet precies', zei Mercy. 'De dokter in Springfield zal daarover beslissen.'

'Ik wil geen dokter uit Springfield. U kent mij beter dan die artsen daar.'

Buck legde zijn hand over die van haar. Ze probeerde haar hand er met een ruk onder vandaan te trekken, maar hij hield haar stevig vast. 'Verzet je er nu niet langer tegen, Kendra.' Hij keek Mercy aan. 'Ik weet hoe dit in zijn werk gaat. Als u de papieren invult en Cox North opbelt, breng ik haar daarnaartoe. Ik ben opgeleid tot ambulancebroeder, dus dat mag, wettelijk gezien. Ik zal kijken of Clarence met ons mee wil gaan, al was het maar om ervoor te zorgen dat ze in de auto blijft zitten.' Hij wierp Kendra een nijdige blik toe. 'Wanneer je er niet mee akkoord gaat, Kendra, moet de ambulance je ernaartoe brengen met voorin een politieman.'

'Wat kan het je eigenlijk schelen?' snauwde ze terug. 'Voor jou is alleen maar belangrijk dat je dan van me af bent. Ze zouden me evengoed naar de vuilnisbelt kunnen afvoeren, alleen maar –'

'Cox is een goed medisch centrum', zei Mercy rustig. 'Dat weet ik uit eigen ervaring. Ik ben daar vijf en een half jaar geleden ook voor zesennegentig uur onvrijwillig opgenomen. Ik herinner me die periode nog goed. Het personeel was geduldig en zorgzaam wanneer ze met me bezig waren.'

Man en vrouw richtten opeens hun aandacht op haar. Ze gaven geen van beiden blijk van verbazing over wat ze daarnet had gezegd; de meeste mensen in Knolls wisten wat er destijds was gebeurd.

Mercy sprak echter zelden over die tijd. Het had haar nu ook moeite gekost om erover te beginnen. Tijdens een onverkwikkelijke strijd om de voogdij over Tedi, in dezelfde tijd dat Mercy's vader op sterven lag vanwege levercirrose, had Mercy zelf hulp gezocht voor een depressie. De arts die die avond dienst had, was echter een vriend van haar ex Theo geweest. Met vereende krachten hadden ze Mercy misleid en voordat ze iets kon doen om hen tegen te houden, hadden ze haar voor vier dagen laten opnemen. Toen Theo deze opname voor de rechtbank tegen haar gebruikte, verloor ze de voogdij over Tedi. Ze had vijf jaar alles op alles moeten zetten om haar praktijk opnieuw van de grond te krijgen.

Na die afschuwelijke tijd in haar leven had ze zichzelf maandenlang beloofd dat ze nooit een patiënt gedwongen zou laten opnemen. Daar had ze zich strikt aan gehouden, tot een patiënt die ze uit de goedheid van haar hart had ontslagen, bijna stierf doordat ze nog een keer een zelfmoordpoging ondernam.

Ze legde haar hand op Kendra's arm. 'Het spijt me, Kendra, maar je hebt het nu niet meer voor het zeggen. Je gaat naar Cox North.'

Clarence parkeerde Mercy's auto voorzichtig op precies dezelfde plek als waar hij hem vandaan had gehaald. Hij trok de sleutels uit het contact en stapte moeizaam uit, zwaar leunend op het portier en het stuur. Hij kon het kleine meisje en haar oma niet uit zijn gedachten zetten. Dankzij zijn hulp zaten Crystal en mevrouw Bagby nu veilig en wel in een comfortabele ziekenhuiskamer met vriendelijk glimlachende, goedgemutste verpleegkundigen. Hij had hen natuurlijk alleen maar naar het eind van de straat gereden, wat ook goed met een taxi had kunnen gebeuren, maar in Knolls reden zo laat op de avond geen taxi's meer.

Het was een hele tijd geleden dat Clarence had gegeven in plaats van genomen. De meeste mensen begrepen niet wat voor gevoel het hem gaf dat hij zo hulpeloos was. Omdat zij zichzelf konden redden, dachten ze daar niet echt over na. Maar tot een paar maanden geleden had hij meestal nog het bed moeten houden omdat hij te zwaar was en te veel pijn had aan overbelaste spieren om de deur uit te gaan. Hij was er zo slecht aan toe geweest, dat zelfs zijn eigen zuster bijna was overleden doordat ze had geprobeerd voor hem te zorgen. Als volwassen vent kon je in een dergelijke situatie het gevoel hebben dat je geen knip voor de neus waard was, maar vanavond had hij de laatste paar uur …

Het piepen van de scharnieren aan de voordeur van Mercy's praktijk onderbrak Clarences gedachtestroom.

Buck Oppenheimer stapte het donker in. 'Clarence, ben jij dat?' Hij kneep zijn ogen half dicht om beter te kunnen kijken en bracht zijn hand omhoog om zijn ogen af te schermen voor het licht in de ruimte achter hem. 'Ik moet je om een grote gunst vragen.' Zijn hese stem brak van vermoeidheid terwijl hij het trottoir op stapte.

Clarence huiverde in de ijzige wind. 'Mij? Best. Zeg het maar.'

'Zou je voorin met ons mee willen rijden? Dokter Mercy heeft gezegd dat ze het goedvindt dat ik Kendra naar Springfield breng zonder politie-escorte als jij meegaat. Ik wil geen enkel risico nemen. Kendra verzet zich hiertegen en er is geen peil op te trekken wat voor kunsten ze misschien nog uithaalt. Het spijt me, jongen. Ik weet dat het een lange nacht voor je zal worden, maar —'

'Wanneer vertrekken we?'

Buck staarde hem een ogenblik zwijgend aan. 'Bedankt, Clarence. Je hebt er geen idee van hoeveel je me hebt … geholpen.' Omdat hij een moment niet verder kon praten, boog hij zijn hoofd en keerde Clarence de rug toe. 'Je weet niet wat dit voor mij betekent.'

'Dat denk je maar.' Clarence wist maar al te goed dat je tegenover Buck niet sentimenteel moest worden en dat je je ook niet van de domme moest houden. 'Weet je nog dat jij mij naar de SEH hebt gereden toen Darlene bijna doodging? Je hebt me opgezocht in het ziekenhuis toen ik niet echt een aardige vent was om mee om te gaan.' In Bucks leven was het destijds ook een en al ellende geweest. Kendra had hem buiten de deur gezet en hij was als brandweerman geschorst vanwege een onderzoek naar brandstichting.

Buck draaide zich weer om en stak hem de hand toe. 'Dan staan we na vanavond quitte, oké?'

Clarence schudde Buck de hand en keek hem recht aan. 'We zullen nooit quitte staan, weet je. Als je met elkaar bevriend bent, gaat het daar ook helemaal niet om.'

In de wachtkamer bleef het een herrie en uit twee andere behandelkamers kwam het gesnurk van slapende motorrijders. Lukas boog zich dicht naar de zeventigjarige mevrouw Flaherty toe om haar boven het lawaai uit te kunnen verstaan.

''k Snap niet wat er is gebeurd', zei mevrouw Flaherty zo zacht dat je het fluisteren zou moeten noemen. 'Het ene moment stond ik nog mijn tanden te poetsen bij de wastafel en het volgende –'

'Vangen, Boots, anders valt het!' werd er in de wachtkamer geschreeuwd.

'… ik weet niet hoelang daarna, kwam ik weer bij. Ik heb toen mijn dochter gebeld, maar voordat –'

'Hé! Ga voor die tv vandaan! Ik wil –'

'… en u kunt zich wel voorstellen hoe ze zich voelde toen ze binnenkwam en ontdekte –'

Tex kwam het kamertje binnen. 'Ik heb de politie gebeld, dokter Bower, maar ze hadden het te druk met een inbraak bij de haven om meteen te komen.' Ze keek nijdig over haar schouder; achter haar was het nog steeds een en al lawaai. 'Als ik een pistool waarmee je mensen of dieren tijdelijk kunt uitschakelen, tot mijn beschikking had …'

Mevrouw Flaherty raakte Lukas' arm even aan. 'Dokter Bower, denkt u dat ik een beroerte heb gehad of iets dergelijks?'

Lukas keek even naar de dochter van deze mevrouw, die van middelbare leeftijd was en helemaal aan de andere kant van de behandelkamer zat, haar handen gevouwen om haar knieën.

'Mijn moeder lag roerloos op de grond toen ik haar vond, dokter Bower. Het duurde ten minste vijf minuten voordat ik erin slaagde haar weer bij haar positieven te brengen. Toen dat gelukt was, heb ik haar meteen hiernaartoe gebracht. Ik heb geen tijd verloren laten gaan met het bellen van een ambulance of iets dergelijks. Denkt u dat het haar hart is?'

Lukas bestudeerde het intakeformulier van zijn patiënt – dat wil zeggen, dat deel ervan dat Tex had weten in te vullen voordat ze was weggelopen om de politie te bellen. In dit ziekenhuis beschikten ze niet over beveiligingspersoneel. Mevrouw Flaherty was in staat geweest om, ondersteund door haar dochter, het ziekenhuis binnen te lopen en uit niets bleek dat ze last had van spierzwakte. Een snelle test middels een prikje in de vinger en een druppel bloed op een teststrip had uitgewezen dat het glucosegehalte normaal was. Suikerziekte was dus niet de oorzaak van het voorval.

Er werd nu in de wachtkamer opnieuw uitzinnig gelachen. Mevrouw Flaherty kromp ineen. Ze zag er op dit moment niet slecht uit. Ze had een normale, gezonde huidskleur en er parelden geen zweetdruppeltjes meer op haar huid. Het leek Lukas het beste haar aan een monitor te leggen en …

Er werd voor de zoveelste keer geschreeuwd. Uit de behandelkamers waarin Catcher en zijn maat lagen te slapen, kwam nog steeds luid gesnurk.

Lukas kon nu wel proberen mevrouw Flaherty's borst te beluisteren, maar hij wist dat dat op dit moment geen zin had. In al dat lawaai zou hij toch niets horen. Er moest in deze plaats door militairen worden ingegrepen. Hij haalde de stethoscoop van zijn nek, legde hem op een tafeltje en haalde een keer diep adem. Hij zat nog een paar uur met Catcher en zijn vriend opgescheept, totdat ze hun roes hadden uitgeslapen, maar hij zou niet toestaan dat dat zootje ongeregeld in de wachtkamer het leven van andere patiënten in dit ziekenhuis in gevaar bracht. Dat kon hij niet toestaan terwijl hij hier de dienst uitmaakte – nou ja, in ieder geval niet zolang hij zelf nog leefde. Hoe lang dat nog zou duren nadat hij zichzelf vrijwillig voor de wolven had gegooid …

Niet aan denken, Lukas. Streng optreden nu.

'Tex, houd mevrouw Flaherty in de gaten. Leg haar aan een monitor, maak een hartfilmpje, controleer het elektrolytengehalte en neem haar ziektegeschiedenis met haar door als jullie elkaar tenminste boven het lawaai uit kunnen verstaan. Als ik niet binnen vijf minuten terug ben, moet je de plaatselijke politie weer bellen. En misschien ook een ambulance … Nee, wacht eens, Quinn heeft nog steeds dienst. Laat dat maar zitten.'

Tex staarde hem aan. 'U waagt zich in de wachtkamer?'

'Ja, waarom niet? Dat heb jij daarnet toch ook gedaan?'

'Bedenk dat ze daar nog steeds zijn en ik ben groter dan u.'

'Bedankt voor deze bemoedigende opmerking.' Lukas verliet het kamertje.

Hij had een hekel aan dit soort confrontaties. Hij vond het vreselijk wanneer hij met herrieschoppers moest afrekenen, vooral wanneer ze dronken, onder invloed van drugs en onberekenbaar waren. Maar ja, wanneer wist je wat je aan een herrieschopper had?

Je bent boos en die boosheid moet je nu in je voordeel laten werken. Hij rukte de deur open die vanaf de SEH toegang gaf tot de wachtkamer en liet deze tegen de muur aan knallen. Omdat de deur terugdraaide, kwam hij hard tegen zijn schouder aan en werd hij erdoor opzijgeschoven. Dat deed zoveel pijn dat hij nog bozer werd. Toen hij de wachtkamer binnenstapte, zag hij dat deze helemaal op zijn kop was gezet en dat ten minste tien paar ogen hem aankeken. In de korte stilte die viel, kwam hij in actie.

'Wegwezen! Iedereen! Nu!' riep hij zo luid en zo boos als hij maar kon. Aan hun gezichten was te zien dat ze hiervan schrokken, maar op dat moment schalde er net een reclameboodschap door de wachtkamer die het effect tenietdeed. Hij benutte echter de paar seconden dat hun schrik nog duurde, in de hoop dat zijn woede ook zo lang nog sterk genoeg zou zijn om de angst te overvleugelen die, besefte hij, onderhuids aanwezig was en naar een uitweg zocht.

'Moet je deze bende zien!' Hij gebaarde naar de stoelen die omver lagen en de vloer die met krantenpapier was bezaaid. De koffiepot was leeg, maar de helft daarvan was, zo te zien, op het tapijt gemorst.

Hij liep naar het televisietoestel en trok de stekker uit het stopcontact. Doodstil, weldadig stil werd het in de wachtkamer. 'Wegwezen, zei ik! Het is hier geen nachtclub waar jullie je eigen gang kunnen gaan.' *Wie had daarnet ook alweer gevraagd om geduld en mededogen?*

De motorrijders staarden hem aan alsof hij een buitenaards

wezen was. Toen knikten drie van de grootste en ogenschijnlijk ook gevaarlijkste mannen elkaar toe en kwamen langzaam op hem af.

Lukas slikte, maar hij nam zich vastberaden voor geen stap achteruit te doen en zich ook niet om te draaien en weg te rennen. *Heer? Ik zou uw hulp nu goed kunnen gebruiken.*

'Wij gaan nergens naartoe totdat Catcher en Moron met ons mee kunnen gaan!' riep een vrouw. Het was dezelfde vrouw die tijdens het hechten zonder succes had geprobeerd een sigaret op te steken waar Catcher bij was.

Catcher? Moron? Hoe werd zij ook al weer door de leden van de motorclub genoemd? Domme koe? Wat een vreemde lui. Hij keek even naar de drie mannen die nog steeds vanuit drie verschillende hoeken van de kamer op hem af kwamen, voetje voor voetje, alsof ze bezig waren een wild dier in het nauw te drijven. Hij hoopte nu maar dat het niet al te pijnlijk zou zijn wanneer ze hem te grazen namen.

Hij schraapte zijn keel en deed zijn best om niet telkens even zenuwachtig in de richting van de mannen te kijken die hem te na kwamen. *Laat niet blijken dat je bang bent.* 'Ik zal hen met genoegen ontslaan als iemand van jullie nuchter genoeg is om het ontslagformulier te tekenen, en voor hen te zorgen totdat ze weer voor zichzelf kunnen zorgen.'

Hij keek iedereen om de beurt aan: drie vrouwen en zeven mannen met smerige gezichten, die hun ogen niet op een vast punt gericht konden houden. Niemand bood zich vrijwillig aan. 'Nou, goed, dan houd ik hen hier.'

'Nou, goed, dan blijven wij ook hier!' riep de vrouw.

'Alleen als jullie je fatsoenlijk gedragen', zei Lukas.

'Hoezo?' vroeg ze uitdagend. 'Bellen jullie anders de politie?'

Een van de mannen die nog steeds op Lukas af kwamen, snoof en liet een laag, spottend lachje horen. Zijn twee maten en hij begonnen iets sneller te lopen.

'Ja, die is al onderweg.' Lukas probeerde zich op het onvermijdelijke voor te bereiden. 'Maar wanneer Catcher tot de ontdekking komt dat jullie je feestje hier hebben voortgezet en zijn motor onbeheerd hebben achtergelaten bij het meer, zal zelfs de politie jullie niet kunnen redden.'

'Mijn motor!' Het luide, rauwe stemgeluid kwam uit de ingang van de SEH en alle aandacht ging nu die kant uit. Ook Lukas' belagers hielden in en draaiden zich om. In met spetters stollend bloed bezaaide kleren stond Catcher daar in zijn volle lengte van een meter zesentachtig en met zijn volle gewicht van honderdvijfentwintig kilo op de drempel boos naar hen te kijken.

Hij deed een stap naar voren. Zouden alle anderen ook zien hoe wankel hij op zijn benen stond?

'Jullie hebben mijn baby daar helemaal alleen achtergelaten!' bulderde hij. 'Wat voor een ...' In plaats van de zin af te maken, kreunde hij en boog zich voorover.

Lukas liep snel naar hem toe om hem beet te pakken voordat hij viel. Maar Catcher richtte zich weer op en keek Lukas op een zodanige manier aan, dat Lukas begreep dat hij maar beter bij hem uit de buurt kon blijven.

Catcher wees met zijn ongeschonden arm naar de deur. 'Maak dat je wegkomt! Maak allemaal dat jullie wegkomen! Boots, jij gaat lopen want ik neem jouw motor. Als mijn baby ook maar een krasje heeft opgelopen, zullen jullie het allemaal flink bezuren!'

Lukas' belagers liepen als eersten de deur uit, gevolgd door Domme koe en de andere vrouwen. Catcher sloot zich als laatste bij de stoet aan en Lukas hield hem niet tegen.

4

Om twee uur zondagochtend stond Mercy op de stoep voor haar praktijk Buck Oppenheimers grote rode pick-up na te kijken totdat de achterlichten verdwenen in het donker. Kendra's toestand was gestabiliseerd. Strikt objectief gezien had ze zich hersteld van de koolmonoxidevergiftiging. Nu was ze, op de voorbank tussen Buck en Clarence in, op weg naar Springfield voor een gedwongen opname van vier dagen.

Mercy had niets anders kunnen doen, daarvan was ze overtuigd.

Waarom vond ze het dan toch zo pijnlijk om terug te denken aan de verwijtende blik en de tranen in Kendra's ogen toen de mannen haar behoedzaam in de cabine van de pick-up hielpen? Huiverend omdat de wind koud was, stapte Mercy de wachtkamer weer binnen, maar ze deed de deur niet achter zich dicht.

Terwijl ze naar de sneeuwvlokjes keek die glinsterden in het licht van de lamp boven de ingang, werd ze achtervolgd door herinneringen. Er kwamen beelden bovendrijven uit de tijd dat haar dochter in gevaar was geweest en ze niet in staat was geweest haar te helpen; uit de tijd dat ze zelf bang was geweest voor haar aan alcohol verslaafde vader. De pijn en het verdriet uit haar verleden maakten al zo lang deel uit van haar leven dat het haar vaak moeite kostte om te genieten van het hier en nu.

Een windvlaag blies sneeuwvlokjes tegen haar gezicht. Daarom deed ze de deur nu toch maar dicht en draaide hem op slot. 'Heer, help Kendra in te zien dat U ook van haar houdt', fluisterde ze. 'Genees haar, Heer. En voltooit U alstublieft mijn eigen innerlijke genezingsproces.'

Kendra en Buck hadden zo veel meegemaakt ... Zouden ze ooit weer een normaal leven kunnen leiden? En er leek ook geen einde te komen aan de moeiten die het mevrouw Bagby kostte om goed voor Crystal te zorgen.

De laatste paar maanden had Mercy haar patiënten zo snel mogelijk in Gods handen gelegd wanneer ze zich zorgen over hen begon te maken. Ze moest nu alleen nog leren hen daar ook te laten, op te houden met haar pogingen om iedere situatie onder controle te houden. Dat vond ze moeilijk.

Ze liep naar de receptie en liet de laatste paperassen die ze in Cox North nodig zouden hebben om Kendra op te nemen, door de fax glijden. Terwijl ze dat deed, las ze elke pagina na om er zeker van te zijn dat ze alle goede hokjes had aangekruist, en dat de informatie klopte die ze daarmee verschafte.

Terwijl de laatste pagina door het apparaat ging, rinkelde naast haar de telefoon. Snel nam ze op. De kans was groot dat het de dienstdoende secretaresse in Cox North was; misschien wilde zij nog wat meer informatie hebben.

'Met dokter Richmond.'

'Hallo, dokter Mercy, met Vickie van het streekziekenhuis in Knolls. Ik had er al zo'n idee van dat u nog in uw praktijk zou zijn.'

Mercy had de stem al herkend, maar het verbaasde haar dat ze een van haar favoriete verpleegkundigen in het ziekenhuis verderop in de straat aan de lijn had. 'Zeg het eens, Vickie', zei ze.

'Ik wilde u alleen maar laten weten dat Crystal en mevrouw Bagby zich hier geïnstalleerd hebben, en dat Crystal al sliep toen ik de kamer verliet. We zullen hen vannacht allebei goed in de gaten houden', zei de verpleegkundige op geruststellende toon.

Mercy merkte dat ze iets minder gespannen werd. 'Dankjewel, Vickie. Morgenochtend kom ik kijken hoe het er met Crystal voorstaat.'

'Als u van plan bent nog een poosje te gaan slapen, kunt u maar het beste meteen de daad bij het woord voegen. Maar wat ik ook nog zeggen wilde, dokter Mercy: als u hiernaartoe komt, zult u waarschijnlijk ook mevrouw Bagby moeten nakijken. Ik heb gezien dat ze een paar keer haar hand op haar borst legde terwijl wij Crystal in bed stopten, en ze heeft ook dikke voeten. We zullen ervoor zorgen dat ze de nacht goed doorkomt, maar het leek me goed u dit nog even te laten weten.'

Mercy masseerde haar slapen en sloot haar ogen van vermoeidheid. 'Bedankt, Vickie. Ik zal haar onderzoeken als ze me dat toestaat.' Zuchtend legde ze neer en liep naar haar spreekkamer. Ze had er eerder die avond al een vermoeden van gekregen dat er iets mis was met mevrouw Bagby. Die gedachte had ze echter van zich af moeten zetten, omdat ze met Crystal en Kendra bezig was geweest en daarbij zelf alle dingen had verricht die normaal tot de taken van haar personeel behoorden.

Ze liet zich voor een moment neerploffen in de leren stoel achter haar bureau. Ze strekte haar armen en bewoog haar schouders, maakte een draaiende beweging met haar hoofd en haalde een paar keer diep adem. Odira maakte zich voortdurend zoveel zorgen om Crystal dat ze zelden de tijd nam om aandacht te besteden aan haar eigen kwalen. Dat kon echt een probleem worden. In de nabije toekomst of misschien morgenochtend al …

Het werd tijd dat ze naar huis ging, maar ze was op dit moment te moe om in beweging te komen. Zou het er nog ooit weer van komen dat ze acht uur ononderbroken kon slapen? Moest ze overwegen van haar praktijk een groepspraktijk te maken zodat ze niet overal alleen voor stond? Ze had gehoopt dat Lukas in de buurt zou blijven om haar te helpen met de toestroom van patiënten totdat de SEH klaar was. Ze had er ook meermalen op gezinspeeld, die paar keer dat zij tweeën de laatste twee maanden bij elkaar waren geweest. De hint was niet bij hem geland en zij had haar teleurstelling niet laten blijken. Ze hield zich voor dat hij echt op en top een SEH-arts was. Daardoor was de kans groot dat hij het werk van een huisarts saai vond.

Toch merkte ze dat ze zich diep vanbinnen afvroeg ... Meed hij haar misschien om een andere reden?

Ze wist dat hij om haar gaf. Dat wist ze gewoon. Ze zag tederheid in zijn blik wanneer hij naar haar keek, en hoorde hoe lief hij iets tegen haar kon zeggen. Hij gaf ook heel veel om Tedi. Die twee konden samen urenlang lachen, praten en huiswerk maken wanneer Lukas in Knolls was.

Dat nam niet weg dat er toch twijfels bij Mercy bovenkwamen, herinneringen aan het afgelopen najaar toen Lukas tegen haar had gezegd dat hij niet meer met haar kon omgaan. Maar daarin was toch verandering gekomen? Tijdens de explosie in het ziekenhuis had Mercy in haar eigen leven te maken gekregen met een nog krachtigere explosie: ze was gaan beseffen dat ze niet langer kon ontkennen dat God machtig was en dat ze Hem nodig had. Ze had Christus aangenomen als haar Heer en Koning en in het bijzijn van de hele baptistengemeente van Knolls getuigd van haar bekering. Sindsdien was op vele manieren gebleken hoe sterk haar nieuwe geloof doorwerkte. Het opvallendst was geweest dat ze opeens veel beter met Theodore kon opschieten. Het ging niet altijd allemaal van een leien dakje en ook niet altijd zonder irritatie, maar wel zo goed dat Tedi zich op haar gemak voelde wanneer ze elkaar ontmoetten.

Ze wierp een blik op de ingelijste kiekjes van Tedi die ze op de lage kast had staan: babyfoto's en foto's van de kleuterschool tot de meest recente foto in groep acht van de basisschool. Tedi zorgde voor vreugde in haar leven. Ze hoefde alleen maar tijd door te brengen met dit sprankelende, openhartige kind om weer helemaal op te fleuren. Tedi maakte haar aan het lachen en gaf haar moed. Haar dochter had veel meegemaakt, van de scheiding bijna zes jaar geleden tot de bijna-doodervaring vorig jaar, maar ze zag hoe Tedi met de dag herstelde en groeide. Ze was zo trots op haar!

Mercy's blik dwaalde naar de niet-ingelijste foto van Lukas, de enige foto van hem die ze had. Ze wist nog goed wanneer ze die genomen had. Hij had die dag onder de modder gezeten omdat hij in de regen een trektocht had gemaakt. Zijn brillenglazen waren zo beslagen dat verborgen bleef dat zijn ogen blauw waren. Daar stond tegenover dat de anders altijd ernstig kijkende Lukas zo stralend lachte dat zijn gezicht ervan oplichtte. Zijn lichtbruine haar had op de foto een koffiekleur. De manier waarop hij daar in de lens stond te kijken, onthulde dat het hier om een aardige, zorgzame man ging. Het zou ook zo kunnen zijn dat de manier van doen van deze tengere man zoveel indruk op haar had gemaakt dat ze dit automatisch zag wanneer ze naar hem keek.

Ze liet haar hoofd achterover zakken en sloot haar ogen. Hun eerste trektocht samen in het Mark Twain National Park vorig jaar augustus zou ze nooit vergeten. Op het smalle, overgroeide pad dat ze volgden, wemelde het van de spinnenwebben. Lukas had per se voor haar uit willen lopen, bedacht op slangen, en had de spinnenwebben voor haar weggeslagen, al had hij een afkeer van spinnen. Zijn zorgzaamheid was een van de vele karaktertrekken waarmee hij haar voor zich ingenomen had. Ze kon het niet over haar hart verkrijgen hem duidelijk te maken dat ze gewend was geraakt aan spinnen, slangen, teken en mijten omdat ze al jarenlang over deze paden rondtrok. Ze liet toe dat hij haar hielp op moeilijk begaanbare plekken, zoals hij haar ook sinds april had bijgestaan wanneer ze het moeilijk had. Maar ze verkeerde momenteel weer in een lastige situatie en hij was er niet.

Wist hij niet hoe hard ze hem nodig had?

Lukas Bower bleef even op de drempel van de piketkamer op de SEH staan. Een grote zwarte spin met een lijf dat misschien wel drie centimeter in doorsnee was, nam een aanloop over de muur en verdween achter het gordijn naast het bed. Lukas had een hartgrondige afkeer van spinnen. Zijn oudste broer Ben was jaren geleden gebeten door een Afrikaanse spin en had er een diep, lelijk litteken op zijn rechteronderarm vlak boven de pols aan overgehouden. Hij had er anderhalve week voor in het ziekenhuis gelegen. Lukas was destijds pas acht en de herinnering aan dit voorval had hem psychisch ernstiger beschadigd dan Ben.

Wat een geluk dat Mercy Watje Bower nu niet in actie zag. Wanneer Mercy er wel bij zou zijn geweest, was hij natuurlijk moedig op jacht gegaan naar de spin en had hij hem doodgemaakt, knarsetandend en griezelend bij iedere beweging. Mercy zou hebben gelachen en hij zou dat niet erg hebben gevonden; hij vond het heerlijk haar te horen lachen. Ze lachte tegenwoordig ook veel vaker dan in de tijd dat hij haar nog maar net kende.

Wel ja, stond hij hier alweer aan haar te denken.

Het rook in de piketkamer enigszins naar schimmel, maar daar schonk hij verder geen aandacht aan. Hij stapte naar binnen en liep naar het tafeltje onder de telefoon die daar aan de muur hing.

Precies op dat moment ging de telefoon. Van schrik sprong hij achteruit, alsof de spin die zich ergens in het donker ophield, zich opeens had laten horen ten teken dat hij in de aanval ging.

Geïrriteerd door deze reactie van zichzelf griste hij de hoorn van de haak. 'Ja.'

'Dokter Bower, er is zojuist per ambulance een man binnengekomen', zei de nieuwe, onervaren secretaresse Carmen. 'Ze denken dat hij een beroerte heeft gehad. Ze hebben hem goed vastgebonden, en Tex is daarnet naar het restaurant gegaan om wat te eten, en ik ben hier nu alleen, en –'

'Is hij aanspreekbaar?' Lukas had niet gehoord dat er zich een ambulance had gemeld, en hij was nog maar een paar minuten geleden weggelopen naar de piketkamer.

'Ogenblikje, dan vraag ik het even.'

'Laat maar. Ik kom eraan. Roep Tex op via de intercom.' Lukas hing op en keerde terug naar de SEH, terwijl hij boven zijn hoofd hoorde hoe Carmen veel te luid de oproep deed. Toen hij de behandelkamer die met hartbewakingsapparatuur was uitgerust binnenging, trof hij daar de ambulanceverpleegkundigen Quinn Carnes en Sandra Davis aan. Ze hevelden een kennelijk bewusteloze man op leeftijd van een brancard op de onderzoekstafel. De patiënt was volledig geïmmobiliseerd op een plank met *head blocks* en droeg een nekkraag. Hij had een zuurstofmasker over zijn gezicht, maar geen infuus en geen buisje in de keel om beter adem te kunnen halen.

'Hallo, dok', zei Quinn, terwijl hij naar de schrijftafel in de behandelkamer liep en er zijn paperassen op neersmeet. Toen deed hij wat hij heel vaak deed: hij krabde in het dikke, golvende, bruin met grijze haar dat tot op het boord van zijn shirt hing. 'Ik heb hier een noma voor u.'

Lukas' gezicht vertrok. Noma betekende 'niet op mijn afdeling' en dat vond hij een afschuwelijke uitdrukking. De term werd gebruikt door uitgeblust, onprofessioneel personeel dat vond dat de patiënt in kwestie de moeite niet waard was.

'Zijn echtgenote heeft hem op de grond en niet aanspreekbaar aangetroffen en het alarmnummer gebeld', vervolgde Quinn zijn rapportage. 'We denken aan een beroerte. Ter plekke is een glucosebepaling gedaan; de uitslag was 17. De echtgenote komt in haar eigen auto hiernaartoe, maar deze plaat blijft niet lang meer draaien.'

Lukas kromp even ineen, maar leverde geen commentaar terwijl hij naast de onderzoekstafel ging staan. Sandra keek haar collega met een overduidelijke afkeer boos aan, zag hij. Hoewel Quinn waarschijnlijk midden veertig was, maakte hij klaarblijkelijk toch nog maar sinds een paar jaar deel uit van het ambulanceteam. Lukas was van mening dat het beter zou zijn geweest wanneer het Quinn niet was toegestaan met patiënten te werken, maar in een plaatsje als Herald had je waarschijnlijk maar weinig andere mensen die deze baan wilden hebben. Lukas wist dat de man momenteel zo veel mogelijk uren werkte, en dat hij bij het ziekenhuispersoneel zeurde om diensten op de SEH. Als Lukas er iets over te zeggen had, gebeurde dat niet.

Lukas slaagde er niet in de irritatie uit zijn stem te weren toen hij vroeg: 'Hoe heet deze meneer?'

'Meneer Powell', antwoordde Sandra in plaats van Quinn. Ze klonk aarzelend, vriendelijk, net als de vorige keer dat Lukas met haar te maken had gehad. 'Zijn vrouw was bijna hysterisch toen ze belde.'

Lukas boog zich naar voren en kneep even zacht in de bovenarm van de patiënt. 'Meneer Powell?'

'Ik zei toch dat hij uitgeteld is, dok', zei Quinn over zijn schouder, terwijl hij ging zitten om de nodige administratieve handelingen te verrichten.

Lukas greep de arm van de patiënt iets steviger beet. 'Meneer Powell! Meneer Powell, kunt u mij horen?' riep hij. 'Ik ben dokter Bower. Kunt u misschien even uw ogen opendoen?'

Geen reactie.

Tex kwam de kamer binnen, lichtelijk buiten adem omdat ze door de gang was gerend. Vanwege haar lange lijf en brede schouders was er eigenlijk geen ruimte meer voor haar in de al overvolle kleine behandelkamer. 'Je kunt hier niet eens even weglopen zonder dat ... O-o, wat hebben we hier?'

'Ik ben nog bezig met pogingen om dat te weten te komen.' Lukas wreef met zijn knokkels over het borstbeen van de man en ontlokte hem daarmee niet eens een kreun. 'Meneer Powell, hoort u mij?' riep hij nog een keer, al wist hij dat het geen zin had. Er was geen betere manier om hem bij te brengen dan hard over zijn borstbeen te wrijven. 'Tex, we hebben hier een niet-aanspreekbare patiënt met onbeschermde luchtwegen', zei hij over zijn schouder. 'Leg alles klaar voor een intubatie, maar laten we allereerst zorgen dat er slijm kan worden weggezogen.' Hij snapte niet dat Quinn hem niet had geïntubeerd, maar hij had op dit moment geen tijd om de man uit te leggen hoe riskant deze nalatigheid van zijn kant kon zijn. Als meneer Powell overgaf terwijl hij nog steeds niet aanspreekbaar was, kon dit zijn dood tot gevolg hebben of leiden tot aspiratiepneumonie – longontsteking doordat hij iets schadelijks inslikte. In het laatste geval zou hij ook kunnen overlijden. Elke verpleegkundige met wie Lukas ooit had samengewerkt, wist dat.

Tex draaide zich om naar de kasten tegen de linkermuur en trok een deur open om eruit te halen wat ze nodig had.

Quinn keek wat ze aan het doen waren en liet van ergernis een hoog lachje horen. 'Rustig aan maar, dok. Denkt u niet dat ik dat wel gedaan zou hebben als dat nodig was? Hij geeft niet over of wat dan ook. Zijn luchtwegen zijn niet geblokkeerd.'

Lukas pakte de zwarte doos aan die Tex hem aanreikte. Hij verbrak de verzegeling, maakte de doos open en haalde er een keelbuis en een laryngoscoop uit. 'Wanneer de luchtwegen niet geblokkeerd zijn, betekent dat niet dat ze ook beschermd zijn. Als deze patiënt een beroerte heeft gehad, is de kans op aspiratiepneumonie groot.'

Tex kwam aan zijn kant van de onderzoekstafel staan met alle benodigdheden voor het afzuigen. 'Ik ben er klaar voor, dokter Bower.'

Lukas stond op het punt het zuurstofmasker weg te trekken toen meneer Powell kokhalsde. 'Tex, breng de zuigslang in. Quinn, Sandra, kom even helpen.' Hij pakte de handvatten aan de plank en draaide de patiënt naar zich toe, terwijl Sandra hem te hulp schoot. Mooi zo. De man gleed niet weg. Ze hadden hem goed vastgebonden. Quinn kwam op zijn dooie gemak aanzetten.

'Slordig werk, Quinn', snauwde Tex boven het geluid van het afzuigen uit. 'Slordig, slordig. Waarom heb je deze man niet ter plekke geïntubeerd? Ik zou je zo nodig hebben geleerd hoe dat moet. Misschien kan ik je dan tegelijk bijbrengen hoe je een infuus inbrengt en hoe je een patiënt aan een monitor legt. En ik heb ook niet gehoord dat je via de mobilofoon verslag hebt uitgebracht. Ik ben nog geen minuut weg geweest. Probeerde je ons te overvallen?'

'Geen tijd voor', zei Quinn. 'We hadden het druk en we waren al bijna hier. Er was geen tijd voor dingen die niet echt belangrijk zijn.'

'Noem jij het redden van een leven en voorbereidingen treffen onbelangrijk?' snauwde Tex. 'Misschien moet je je eens wat vaker zorgen maken over je patiënten en wat minder vaak over je bankrekening. Misschien word je dan ooit nog een keer een goede ambulanceverpleegkundige.'

'Ga jij dan maar eens af en toe met de ambulance mee. Zullen we zien hoe goed jou dat bevalt.'

Tex keek hem boos aan en schudde haar hoofd. 'Dat heb ik jarenlang gedaan.'

'Ja, jaren geleden', hoonde Quinn. 'Sindsdien is er van alles veranderd. Jij denkt zeker dat je een bijzondere positie inneemt omdat je een blauwe maandag medicijnen hebt gestudeerd.'

'Wil je daarmee zeggen, stom —'

'Tex,' snauwde Lukas, 'houd je gedachten bij je werk.'

'Neem niet kwalijk, dokter Bower.' Ze bleef nog een paar seconden bezig met afzuigen en trok de slang toen terug. 'Hij lijkt schoon.'

'Mooi zo. Laten we hem dan maar weer op zijn rug leggen. Ik heb nu een infuus nodig. Geef hem maar benzodiazepine, 2 milligram. Sandra, houd de slang bij de hand en zuig zo nodig slijm weg.' Naar de secretaresse aan de balie riep hij: 'Carmen, ik heb een ECG nodig, een volledig bloedbeeld, elektrolyten, bepaling van bloedstollingsfactoren II en III —'

Carmen draaide zich om in haar stoel, haar ogen groot van paniek. 'Wat? Langzamer graag, zo snel kan ik het allemaal niet opschrijven.' Ze pakte een pen en een blocnote. 'Ja, zegt u het maar.'

Lukas herinnerde zich dat deze secretaresse nog maar enkele dagen hier werkte. Daarbij kwam dat ze zich erover had beklaagd dat degene die ze verving, slechts één keer samen met haar had dienstgedaan. Een inwerkperiode van twaalf uur was te kort. In Knolls trokken ze er vier weken voor uit.

'Laat maar gewoon de standaardonderzoeken bij hartproblemen verrichten', zei Lukas vriendelijk. 'Rechts van de telefoon is er een lijstje van vastgeplakt op de muur.' Hij wendde zich weer tot meneer Powell en deed nog een poging om hem bij bewustzijn te brengen. Geen reactie. Hij haalde zijn lampje tevoorschijn en controleerde de pupillen van de man. Die reageerden traag en de linker leek enigszins verwijd. Niets opvallends.

'Dokter Bower,' riep Carmen vanaf de balie, 'moet er ook een röntgenfoto van de borstkas worden gemaakt? Volgens het lijstje dat hier hangt wel.'

'Ja, maar pas nadat ik de patiënt heb geïntubeerd.' Hij kon dan meteen controleren of de beademingsbuis goed was ingebracht. 'En bel of ze een mobiel medisch team willen sturen. Deze patiënt moet naar Columbia worden gevlogen.' Het leek inderdaad om een beroerte te gaan. Omdat de luchtwegen aanvankelijk niet waren beschermd, was de kans op aspiratiepneumonie groot.

Terwijl Tex een infuus inbracht en de medicamenten toediende waar hij om had gevraagd, bleef Lukas de toestand van de patiënt in de gaten houden. Zijn hart klopte regelmatig en hij had een sterke pols, maar er waren onmiskenbaar verlammingsverschijnselen aanwezig in zowel het rechterbeen als de rechterarm. Omdat er in dit ziekenhuis geen beademingsapparaat aanwezig was, konden ze nog geen CT-scan van het hoofd laten maken. Lukas trok een van meneer Powells schoenen uit en liet de punt van een ballpoint van de hiel naar de bal van de voet gaan. De grote teen kwam omhoog.

Dit was de zogenaamde reflex van Babinski, die bewees dat de diagnose juist was geweest: de man had een beroerte gehad.

'Ziet u nu wel? Ik zei toch dat het een beroerte was', hoorde hij Quinn achter zich zeggen. Lukas draaide zich om. De ambulanceverpleegkundige stond met zijn armen over elkaar vlak achter hem toe te kijken.

'Maar u blijft van mening dat ik deze man had moeten intuberen voordat we hem hiernaartoe brachten?' vroeg Quinn op onaangename toon.

'Ja.' Lukas zag dat Tex na het inbrengen van het infuus en het toedienen van de medicamenten toch weer zelf slijm wegzoog om de intubatie te vergemakkelijken.

'Zo is het mij niet geleerd', zei Quinn.

Lukas zag dat Tex boos begon te kijken. Hij schudde zijn hoofd. Dit was niet het juiste moment om met Quinn in discussie te gaan. Hij boog zich weer over meneer Powell.

'Dokter Mercy, help me.' Vanuit een donkere nevel drong een zachte vrouwenstem tot haar door, klaaglijk en niet erg duidelijk. Ze hoorde opeens ook verwoed gebons en daarna opnieuw zacht de stem: 'Help me.'

Mercy schrok wakker en merkte dat ze met haar gezicht op het harde blad van haar bureau lag. Ze knipperde met haar ogen tegen het schelle licht van de lamp boven haar hoofd; haar rechterschouder en -arm hing verkrampt en stijf over de rugleuning van haar stoel. Het gebons uit haar droom bleef klinken in haar hoofd, maar toen ze luisterde hoorde ze slechts zuchtjes wind tegen het raam en geschraap van takken van de ceder langs de dakgoot.

Ze stond op, rekte zich uit en verliet de spreekkamer. Via de met vloerbedekking belegde gang liep ze naar de in duister-nis gehulde wachtkamer. Het was overal stil. Had ze over Kendra gedroomd? Eisten de spanningen en de zorgen van de laatste paar maanden hun tol?

Om zeker van haar zaak te zijn opende ze de toegangsdeur. IJskoude windvlagen kwamen naar binnen, vermengd met een vleugje poedersneeuw. Huiverend stapte ze achteruit, de warm-te weer in, maar de deur deed ze niet meteen weer dicht.

'Hallo?' riep ze de kou in. Ze vond dat ze voor gek stond. Ze had het natuurlijk alleen maar gedroomd. 'Is daar iemand?'

De sneeuw bleef nauwelijks liggen. Volgens het weerbericht voor het weekend zou er ook niet veel vallen, maar daar kon uiteraard verandering in komen.

Nog steeds huiverend maakte ze aanstalten om de deur dicht en op slot te doen, maar toen zag ze opeens in de rondwervelende sneeuw vlak voor de deur een duidelijke voetafdruk. Nog terwijl ze ernaar keek, vaagde de sterke wind hem weg.

'Hallo?' riep ze nog een keer.

Er werd niet op gereageerd.

Lukas zat op zijn werkplek op de SEH, enkele meters verwijderd van de secretaresse. Carmen mompelde binnensmonds, telkens wanneer ze een nieuw dossier pakte om er de juiste codes in aan te brengen. Ze had hem het laatste half uur zo veel vragen gesteld dat hij bijna had aangeboden de codering zelf te doen, ware het niet dat hij zelf ook niet goed wist hoe je dat deed. Dat was op iedere SEH weer anders.

Met zijn kin op zijn vuist luisterde hij naar het gesnurk van Marin in de met gordijnen afgeschermde behandelkamer aan het eind van een gangetje tegenover de balie en deed verwoede pogingen om zijn ogen open te houden. Tex en Carmen sloten een weddenschap af of de motorrijders al dan niet zouden terugkomen om hun maat op te halen.

Carmen floot opeens. 'Wie had gedacht dat Catcher zo goed verzekerd zou zijn? Jammer dat hij tegen het advies van de behandelend arts in is vertrokken. Nu blijven wij waarschijnlijk met de rekening zitten.'

Hoofdschuddend pakte Lukas de telefoon om na te vragen hoe het met mevrouw Flaherty ging. Ze was op zijn verzoek en met toestemming van haar huisarts opgenomen op de afdeling hartbewaking. Hij wist wel dat hij niet verantwoordelijk voor haar was, maar hij wilde toch weten hoe ze eraan toe was. Zou ze nog weer een keer last hebben gekregen van syncope, zoals een plotseling optredende, kortdurende flauwte officieel heet? Maar er nam niemand op.

Nadat de telefoon tien keer was overgegaan, hing Lukas op. Misschien hadden ze op de hartbewaking problemen.

'Dokter Bower, ik kan uw handschrift niet lezen', zei Carmen. 'Wat staat hier over Catchers hechtingen?'

Het kostte hem een paar minuten om aan de secretaresse uit te leggen wat hij in zijn eigenaardige handschrift had opgeschreven. Daarna pakte hij de telefoon weer. Als er iets mis was met mevrouw Flaherty, wilde hij dat weten. Deze keer liet hij de telefoon vijftien keer overgaan.

Uiteindelijk nam een vrouw op. Buiten adem en niet al te vriendelijk vroeg ze: 'Ja, wat is er?'

'Eh, ja, hallo, u spreekt met dokter Bower. Ik wil graag weten hoe het met onze patiënt op de hartbewaking, mevrouw

Flaherty, is. Gaat het goed met haar? Ik heb daarnet ook al een keer gebeld, maar er werd niet opgenomen.'

Na een korte stilte volgde er een zucht. 'Neem het ons niet kwalijk, dokter Bower, maar het lukte steeds maar niet om extra personeel op te roepen voor de hartbewaking. Dokter Cain heeft toen bepaald dat zij niet per se bewaakt hoefde te worden.'

Lukas liet dit even bezinken. 'Mevrouw Flaherty ligt niet op hartbewaking?' Niemand hield haar in de gaten? Zijn verzoek was genegeerd? 'Dokter Cain was het zonder meer met mij eens –'

'Moet u horen, dokter Bower, we zitten hier met een structureel personeelstekort. Het gaat naar ons idee prima met de patiënt en ze ligt alleen maar een paar deuren verderop. We gaan zo vaak mogelijk bij haar om het hoekje kijken. Een extra verpleegkundige laten komen om slechts één patiënt in de gaten te houden, kost te veel. Meneer Amos vindt dat dan ook vast niet goed.'

Lukas klemde een ogenblik zijn kaken op elkaar om te voorkomen dat hem iets onbedachtzaams ontglipte. Sinds wanneer had de directeur van dit ziekenhuis de bevoegdheid om zich als arts te laten gelden? Er werd weleens besmuikt opgemerkt dat de man in alle staten raakte wanneer er geld moest worden uitgegeven, maar sinds wanneer was geld meer waard dan een mensenleven?

'Hoe veel verpleegkundigen zijn er vanavond op de afdeling?' informeerde Lukas.

Na een korte stilte was het antwoord: 'Eén gediplomeerde en één leerling-verpleegkundige.'

'Meer niet? Hoe veel patiënten zijn er opgenomen?'

'Negentien.'

'En u bent vanavond de enige gediplomeerde verpleegkundige in heel het ziekenhuis?'

'Ja, zo is het wel zo ongeveer, dokter Bower', zei ze en opeens klonk ze vermoeid. 'En laat meneer Amos maar niet horen dat u zich daarover beklaagt, dokter Bower, want dan hebben we weer een arts minder.' Ze hing op.

Lukas kreunde. Waar was hij aan begonnen?

5

De dromen van Marla Moore werden verstoord door het luide, doordringende gehuil van een hongerige pasgeboren baby. Als een meermalen afketsende kogel echode het door de donkere slaapkamer van de negentienjarige. Het was haar baby. Haar kleine Jerod. En alleen zij kon ervoor zorgen dat het huilen ophield.

In de slechts door een nachtlampje verlichte kamer duwde ze de dekens van zich af, terwijl ze haar ogen nog niet eens helemaal open had. Met stijve benen en gezwollen voeten stapte ze uit bed, alsof Jerod op het knopje van een afstandsbediening had gedrukt waarmee hij mama kon laten doen wat hij wilde.

Ze zette haar voeten voor de zoveelste keer op de koude, geverfde betonnen vloer. Voordat ze aankwam bij de wieg die ze op een rommelmarkt op de kop had getikt, struikelde ze over de sloffen die ze had uitgedaan toen ze naar bed ging. Ze viel tegen het nachtkastje en slaakte een kreet; een hoek van dat kastje boorde zich in haar rechterdij. Om overeind te blijven greep ze de rand van de wieg vast.

Jerod begon nog luider en dringender te huilen.

'Houd daarmee op!' snauwde ze. 'Houd daar nu toch eens mee op!' Ze wreef over haar dij en pakte toen de baby uit de wieg. Als ze hem nu zo snel mogelijk voedde, kon ze misschien nog weer een paar uur slapen voordat het hele ritueel weer van voren af aan begon.

Ze ging met de baby in haar armen op de rand van het bed zitten en frunnikte aan haar vuile pyjamajasje. Alles was vuil. Ze had morgen waarschijnlijk geen schone luiers meer; drie weken geleden had ze voor het laatst gewassen. Hoe had ze dat ook moeten klaarspelen? Voordat Jerod was geboren, had de dokter tegen haar gezegd dat ze in bed moest blijven om te voorkomen dat ze te vroeg weeën kreeg. Na de bevalling had ze op niemand een beroep kunnen doen om haar te helpen. Marla had het plan opgevat een kerk te bellen om om hulp te vragen, maar telkens wanneer ze daaraan dacht, zette ze het uit schaamte niet door.

In dit plaatsje speelde zich een nachtmerrie af en zij speelde daarin de hoofdrol. Ze had onwillekeurig het idee dat ze straf verdiende, maar waarom moest dit kleine kindje lijden voor haar zonden?

Of zag ze dit verkeerd? Haar dokter had haar verteld over een tehuis voor ongehuwde moeders in Jefferson City. Het kaartje zat in haar portemonnee en ze kon hen bellen wanneer ze wilde, dag en nacht. Maar ze had niet kunnen nadenken over wie ze om hulp zou vragen zonder zich verschrikkelijk schuldig te voelen.

Jerods gehuil hield op zodra hij aan zijn eerste voeding van die ochtend begon. De pijn in haar been begon gelukkig minder te worden. Ze kreeg daar vast een grote, lelijke blauwe plek. In het ziekenhuis hadden ze haar gedwongen steunkousen te dragen, herinnerde ze zich. Er werd van haar verwacht dat ze die thuis ook droeg, en dat had ze de eerste dag ook gedaan. Het kostte alleen zoveel moeite om ze aan te trekken en ze was zo moe, dat ze het erbij had laten zitten. Als iemand haar daarmee had kunnen helpen ...

Marla moest nu aan Dustin denken, al wilde ze dat niet. Als ze haar ogen dichtdeed, zag ze zijn lange, magere gezicht voor zich. Nu Jerod stil was, kon ze zich – voor de zoveelste keer – concentreren op die laatste ruzie voordat ze was weggegaan uit Bolivar. Ze wist nog hoe Dustins stem had geklonken toen hij tegen haar zei dat ze het moest laten weghalen. Ze wist ook nog wat voor lelijke dingen hij tegen haar had gezegd, toen ze antwoordde dat ze dat niet wilde. Hij had haar een dikke, vette slet genoemd en meer van dat soort dingen dat ze niet meer wilde ophalen. Uiteindelijk had hij tegen haar gezegd dat hij de vader niet was.

Sindsdien had hij niets meer met haar te maken willen hebben. Wat Dustin betrof bestond Jerod niet eens. En Marla ook niet. Wie zou zich dan verder nog haar lot kunnen aantrekken, nu haar vader was overleden?

Ze snoof en haar gezicht vertrok doordat haar hele lichaam, van haar benen tot halverwege haar rug, pijn deed. 'Here Jezus, wat moet ik nu? Waar bent U? Hebt U nu een afkeer van mij?' Deze vragen had ze de afgelopen weken al heel vaak in de stilte van deze kamer gesteld. Marla Moore was opgegroeid in een kerkelijk meelevend gezin en al tot geloof gekomen toen ze elf was.

Op de avond dat ze zwanger was geraakt, was ze nog maagd geweest. Daarna had ze zich zo schuldig gevoeld en was ze zo bang geweest, dat ze het niet nog een keer zover had laten komen. Toen haar grootste angst bewaarheid werd en de zwangerschapstest positief uitviel, had ze Dustin hiervan op de hoogte gesteld. Ze had het nog niet verteld of hij had haar gedumpt, maar als ze eerlijk was moest ze toegeven dat hun relatie allang in het slop zat. Was het eigenlijk ooit een echte relatie geweest? In hoeverre waren de geruchten waar geweest dat hij meer dan een liefje had?

Ze keek neer op de kruin van Jerods hoofd; in het spaarzame licht van het bedlampje leken de donkere haartjes nog donkerder. De afgelopen negen maanden had ze nooit nagedacht over wat er na deze periode in haar leven moest gebeuren. Ze moest weer denken aan dat tehuis in Jefferson City. 'Alternatief' heette het en ze hielpen daar voornamelijk ongehuwde moeders die hun kind wilden afstaan voor adoptie. De verpleegkundige in het ziekenhuis had haar aangemoedigd dat tehuis te bellen en om hulp te vragen, al was ze van plan Jerod te houden.

Zodra ze weg kon om te gaan bellen, zou ze dat doen. Ze moesten alleen niet denken dat ze Jerod door iemand anders zou laten opvoeden. Daarvoor hield ze te veel van hem, hoewel hij haar nu tot het uiterste dreef.

Ze huiverde. Het was koud in de kamer. Om te voorkomen dat ze volgende maand een torenhoge rekening kreeg, probeerde ze de verwarming zo vaak mogelijk uit te laten. Haar telefoon was al afgesloten. Haar huisbaas was twee keer langs geweest om de huur op te halen voor de goedkope kamer die iedere week aan de eerste de beste gegadigde werd verhuurd, maar ze had het geld gewoon niet. Op dit moment woonde ze tussen een stel motorrijders dat, zo te horen, constant feestvierde.

Toen Jerod uitgedronken was, legde ze hem niet terug in de wieg. In plaats daarvan stapte ze nog steeds bibberend met de baby in bed en trok de dekens over hen heen. Hoeveel had ze ervoor over dat Jerod het warm had, schone luiers had en woonde in een huis waar de huisbaas niet dreigde hem en zijn moeder op straat te zetten?

Maandag ging ze op zoek naar een telefooncel en belde ze naar dat tehuis. Maar ze zou Jerod niet weggeven. Wie kon evenveel van hem houden als zij?

Clarence zat met zijn vetkwabben tegen de hendel van het portier van de pick-up geperst. Hij hoopte maar dat het slot het nodige kon hebben, want hij voelde dat het in zijn zij werd gedrukt. Jammer dat Buck niet over een extra grote cabine beschikte. Dan zou deze rit een stuk gerieflijker zijn geweest en zat Kendra nu niet tussen hen in als een lappenpop tussen twee sumoworstelaars. Clarence had het idee dat hij een reusachtige plastic deksel op een op zijn kant liggende pot was, dat moest voorkomen dat de inhoud eruit stroomde. En Kendra mocht je wel een heel bijzondere inhoud noemen.

Waarom had hij er niet op zijn minst aan gedacht zijn suiker-vrije snoepjes voor een frisse adem mee te nemen? Die had hij anders altijd bij zich omdat hij van Ivy niets anders mocht hebben. En waarom had hij zich vanavond niet gedoucht? En waarom was hij zo dom, zo oerdom geweest om die plas-tablet in te nemen? Het medicijn begon nu te werken, zodat er evenveel water zijn blaas in stroomde als uit de kraan van Ivy's jacuzzi.

Hij ging verzitten en probeerde dat soort gedachten uit te bannen, terwijl hij uit het raam staarde naar het beboste gebied dat in duisternis was gehuld. Hij keek of hij lichtjes zag die de aanwezigheid van boerderijen en af en toe een molen verrieden. Ze passeerden een paar keer een andere auto, maar er was op deze heuvels en in deze bochten meest-al geen ander verkeer te bekennen. Nadat ze de snelweg op waren gereden, hadden ze geen last meer van veel bochten en kon er wat meer vaart gemaakt worden.

Kendra bleef stilletjes snikken. 'Waarom heb je zo'n hekel aan me?' vroeg ze zacht. Het licht van de lampjes op het dashboard deed goed uitkomen hoe knap ze was.

'Ik heb geen hekel aan jou.' Buck verstevigde zijn greep op het stuurwiel.

Clarence wilde haar een klapje op de knie geven en haar vertellen dat alles goed zou komen. Hij wilde dat hij haar kon uitleggen hoeveel Buck van haar hield. Waar was het voor nodig dat vrouwen een heel andere taal spraken dan mannen?

Hij zou mensen zonder beperkingen en met een doorsnee gewicht en lengte een heleboel dingen kunnen vertellen waarvan ze zich waarschijnlijk niet bewust waren. Bijvoor-beeld dat ze soms mensen die anders waren, negeerden. Dat deden ze niet opzettelijk, maar men zei en deed dingen in zijn bijzijn die men niet zou zeggen of doen in het bijzijn van magere mensen. Wanneer hij zich in zichzelf terugtrok en zijn mond dichthield, was het soms alsof hij uit hun ge-zichtsveld verdween – maar dat was natuurlijk idioot, ge-zien zijn omvang. Misschien was het in dat geval belangrij-ker dat hij zweeg dan dat hij zo omvangrijk was.

Ja, het had met zijn zwijgen te maken. Twee jaar lang had hij met niemand anders gesproken dan met Darlene. Zij was echter zo druk bezig geweest om te voorzien in hun onderhoud dat ze niet veel tijd had gehad om te praten. Maar sinds Lukas en Mercy zich afgelopen voorjaar met hem waren gaan bemoeien en zijn hele leven op zijn kop hadden gezet, was alles anders geworden. Sindsdien was er ook bij hem vanbinnen iets veranderd. Hij had geleidelijk aan minder last gekregen van de depressieve gevoelens die er voornamelijk de oorzaak van waren geweest dat hij in een ellendige situatie verzeild was geraakt. De gesprekken die hij met Lukas had gehad over God, over het tegemoetkomen aan menselijke behoeften, hadden hem ontroerd en waren hem bijgebleven. Lukas en Mercy hadden allebei een bijzondere roeping om mensen te helpen. Lukas had er een keer iets over verteld en lange tijd had Clarence dat gesprek niet uit zijn hoofd kunnen zetten. Zijn zuster en hij leefden allebei nog omdat Lukas en Mercy die roeping eer hadden aangedaan.

Terwijl Kendra bleef snikken en Buck het stuur veel te stevig bleef vasthouden, kwam Clarence op de gedachte dat het hem op de een of andere manier nog steeds iets deed dat ze deze roeping hadden. Misschien was het besmettelijk – het was alsof er ook bij hem voorzichtig op aangedrongen werd aan anderen door te geven waar ze genezing konden vinden.

Hij moest denken aan wat Lukas een paar weken geleden tijdens een van hun gesprekken tegen hem had gezegd. 'Ik weet zeker, Clarence, dat God ook voor jou iets in gedachten heeft. Volgens mij roept Hij jou en probeer jij je ervoor af te sluiten omdat je denkt dat God jou niet kan gebruiken, maar dat zie je verkeerd. Luister nu maar gewoon naar Hem, Clarence. Houd je gereed.'

Clarence had daarop een hem typerende domme opmerking gemaakt in de trant van 'God heeft geen behoefte aan nog meer kuipjes vet in zijn voorraadkamer'. Daarna was het onderwerp niet meer ter sprake gekomen.

Tot op dit moment. Lukas, Mercy en Ivy waren kilometers bij hen vandaan, maar Clarence wist opeens waarover Lukas het had gehad. En opeens was hij even overtuigd van Gods aanwezigheid als hij ervan overtuigd was dat hij Buck moest vragen de auto langs de kant te zetten, als ze niet gauw stopten bij een benzinestation.

Voordat hij iets kon zeggen, kwamen de eerste reclameborden in zicht en doken boven de bomen opeens de lichtjes van Springfield op. Kendra boog haar hoofd en sloeg haar handen voor haar gezicht. Haar schouders schokten van het snikken.

'Het komt wel goed, schat', zei Buck met een stem die brak van bezorgdheid en gebrek aan slaap.

'Dat weet je niet.' Ze haalde een verfomfaaid papieren zakdoekje uit haar zak om haar neus te snuiten. 'Je weet niet eens hoe het is om je te voelen zoals ik me nu voel. Jij verdient je brood met het redden van levens en het blussen van branden. Jou vinden ze fantastisch. Mij vinden ze alleen maar een waardeloos geval, te vergelijken met een parasiet die zich aan jou heeft vastgeklampt.'

'Alleen jij denkt dat dat zo is. Ik dacht dat we al een hele tijd geleden besloten hadden het hier niet meer over te hebben.' Buck minderde vaart toen ze dichter bij de stad kwamen en er meer verkeer was op de vierbaansweg.

'Waarom heb je eigenlijk de moeite genomen om mij uit de auto te halen? Als je dat niet had gedaan, was je nu voorgoed van me af geweest.'

Clarence vond dit zo schokkend, dat hij even naar Bucks gezicht keek dat werd verlicht door een tegemoetkomende auto. Ze had hem hiermee diep geraakt. Zijn kaakspieren verstrakten en zijn ogen vulden zich met tranen. Zelfs de stoerste man kon niet voorkomen dat hem dat overkwam wanneer zijn hart door de mangel werd gehaald. Maar hij zei niets.

Clarence schraapte zijn keel. 'Hier schiet je niets mee op, Kendra.'

Ze haalde haar neus op en keek hem aan.

'Buck zal zich er in geen geval toe laten verleiden deze pick-up stil te zetten, om te draaien en je mee terug te nemen naar huis. De kans is namelijk groot dat jij dan opnieuw een zelfmoordpoging doet, precies zoals dokter Mercy heeft gezegd. Hoe zou Buck dat kunnen verdragen? Wanneer hij jou kwijtraakt, zal hij niet weten waar hij het zoeken moet.'

De tranen op haar wangen schitterden in het licht van de stad.

'Probeer te bedenken wat voor uitwerking dat op hem zou hebben', zei Clarence, hoewel hij wist dat ook dat op dit moment moeilijk voor haar was. Iemand die depressief is, vindt het moeilijk om zich in te leven in de gevoelens van anderen.

Terwijl hij zich probeerde voor te stellen wat er op dat moment door haar heen ging, werd hem opeens nog iets duidelijk. Hij bedacht nu zelf wel hoe andere mensen zich voelden. Alles wat Lukas hem had verteld, was waar: je voelde je er goed bij wanneer je je naaste liefhad als jezelf, voorzag in de behoeften van anderen en deed wat je hart je ingaf. Lukas had gezegd dat dat zo ongeveer het belangrijkste was wat je in je leven kon doen.

Lukas had ook gezegd dat een ding nog belangrijker was: God liefhebben boven alles. Ivy had precies hetzelfde gezegd en Mercy ook. Wanneer je God liefhebt boven alles, valt al het andere vanzelf op zijn plek. God zorgde er zelf voor dat jouw leven betekenis kreeg.

Knipperend met zijn ogen keek Clarence uit het raam naar de lichtjes van een woonwijk aan de oostkant van Springfield. In het raam zag hij Buck en Kendra in silhouet weerspiegeld en zichzelf als een tweemaal zo grote zwarte vlek als van die twee samen.

Terwijl Buck afremde om de snelweg te verlaten, overdacht Clarence nog een keer wat Lukas allemaal had gezegd. Was het echt zo dat God hem vanavond gebruikte om Odira, Crystal, Buck en Kendra te helpen?

Dat vond hij zo'n indrukwekkende gedachte dat de tranen hem in de ogen schoten. Hij haalde zijn neus op en Kendra draaide zich om en keek naar hem op. O, fantastisch! De dikke, stuntelende Clarence zat zo hard te huilen dat het niet lang zou duren of alles in zijn buurt was nat van de tranen.

'Wat is er?' vroeg Kendra zacht.

Er klonk zoveel medeleven door in haar stem dat de tranen nog sneller begonnen te stromen. Waarom dat zo was, wist hij niet goed. Misschien kwam het gewoon doordat alle pijn en al het verdriet in de cabine van deze pick-up onwillekeurig zijn uitwerking op hem hadden.

Of had het met iets anders te maken? Misschien was God nu werkelijk bij hen. Wat stopte Ivy eigenlijk in die koekjes met stukjes chocola?

'Clarence?' zei Kendra.

Hij schudde zijn hoofd. 'Het gaat wel weer.' Hij wilde haar vertellen dat het met haar ook goed zou komen, maar hij wist niet of dat waar was. Wie was hij dat hij zou kunnen voorspellen hoe alles uiteindelijk zou uitpakken?

Wat moest hij volgens Lukas ook al weer doen als hij graag wilde dat het weer wat beter ging? O ja, bidden.

Kon hij bidden?

Uit respect voor Ivy boog hij altijd zijn hoofd wanneer ze voor de maaltijd een gebed uitsprak. Dat vond hij zelf niet zo nodig; hij had een maaltijd voor zijn neus staan waar hij het eigenlijk niet mee kon doen. Maar als zij ter wille van hem met God kon praten, dan kon hij dat toch ook doen ter wille van Kendra en Buck?

Hij sloot zijn ogen en voelde de tranen over zijn wangen lopen. Dankzij de dominees op de televisie naar wie Ivy luisterde, wist hij dat hij het gebed niet per se hardop hoefde uit te spreken.

God, maak dat ik hen kan helpen. Maak dat ik hun kan laten zien dat alles goed komt, omdat U erbij bent en het U niet onverschillig laat wat er met ons gebeurt. U bent er nu toch ook bij?

Hij deed verschrikt zijn ogen open toen hij opeens de zachte aanraking van een hand voelde.

'Clarence?' zei Kendra. 'Weet je zeker dat je in orde bent?'

Glimlachend keek hij op haar neer. 'Ja, hoor. Ik moet alleen nodig naar de wc. Buck, kun je bij dat benzinestation daarginds stoppen? Het is zo te zien open.'

Marla hoorde baby Jerod voor de zoveelste keer huilen. Ze draaide zich naar hem om, maar voelde toen opeens een scherpe pijn in haar borst. Happend naar adem greep ze naar de plek tussen haar ribben. Ze ademde snel en oppervlakkig en merkte dat haar hart sneller begon te kloppen. Angst nam bezit van haar. Had ze een hartaanval? Kreeg je daarvan een gevoel zoals zij nu had?

Jerod huilde nog harder. Met enige moeite slaagde Marla erin zichzelf omhoog te werken uit de kussens.

Even later verdween de pijn en vulden haar longen zich weer met zuurstof. Dat was zo'n opluchting dat ze erdoor overspoeld werd als door een krachtige golf. Wat was er aan de hand?

Ze haalde een paar keer diep adem en maakte aanstalten om haar huilende baby op te pakken. Voordat ze hem in haar armen kon nemen, werd ze echter opnieuw overvallen door een hevige pijnscheut die haar dwong zich achterover te buigen. Ze slaakte een kreet van schrik. 'God, help!'

De pijn nam weer af en haar longen vulden zich opnieuw. Was dit soms een vreemdsoortige astma-aanval? Naar haar gevoel niet en meestal voelde ze een aanval aankomen. Haar pufjes, die haar huisarts haar gratis had gegeven omdat ze er het geld niet voor had, lagen in de bovenste la van haar gammele nachtkastje. Die kon ze nu maar beter tevoorschijn halen.

Behoedzamer deze keer stak ze haar handen uit naar Jerod. Hij moest allereerst verschoond worden. Ze pakte een van de laatste drie schone luiers en duwde daarbij op de verse blauwe plek op haar rechterdij.

'Au!' Ze kon haar eigen stem niet horen omdat Jerod zo hard krijste. En ze had nog maar net weer een keer diep ademgehaald toen er opnieuw een pijnscheut door haar borst trok, erger dan alle keren hiervoor. Ze liet de luier op de grond vallen en hapte naar adem. De pijn werd erger en het werd een paar seconden donker in de zwak verlichte kamer.

Jerods gehuil bracht haar weer bij haar positieven.

Ze ademde oppervlakkig en probeerde haar hart te dwingen langzamer te slaan. Ze voelde zich nu zwakker; ze had niet de kracht om de luier op te pakken. Ze trok de la open en haalde beide pufjes eruit. Terwijl Jerod bleef huilen, deed ze onhandige pogingen om te inhaleren. Ze kon zich nauwelijks op haar ademhaling concentreren.

Bij het hoofdeinde van haar bed werd er in de kamer naast die van haar op de flinterdunne muur gebonsd. 'Zorg dat dat kind daar stil wordt!' snauwde een hese vrouwenstem.

Die vrouw maakte vast deel uit van die groep motorrijders. Marla had haar het liefst toegevoegd dat ze haar mond moest houden, maar daarvoor had ze de moed en ook de energie niet.

Haar gezicht vertrok omdat haar been pijn bleef doen. Als ze de kousen was blijven dragen die ze haar hadden gegeven, zou ze hiertegen beschermd zijn geweest.

Ze was bezig Jerods vieze luier af te doen toen de pijn in haar borst weer kwam opzetten. Deze keer bezorgde het haar eenzelfde schok als wanneer haar een mes tussen de ribben zou zijn gestoken. Ze viel bijna boven op de baby; nog net op tijd kon ze zich bij hem vandaan duwen. Het werd steeds donkerder in de kamer. In haar wanhoop liet ze zich van het bed op de koude, smerige vloer glijden en zocht op de tast naar de telefoon. Totdat ze zich herinnerde dat die was afgesloten.

Ze moest zorgen dat ze hulp kreeg. Stel dat er iets met haar gebeurde? Dan zou Jerod helemaal alleen zijn en voordat het licht werd in deze kamer al zijn bezweken van de kou.

Toen de pijn weer wegebde, keek ze even naar de dunne muur. 'Help me!' riep ze zo hard als ze kon. 'Help me alstublieft!'

Ze hoorde gesmoord gekreun en er bonsde weer iemand op de muur. 'Zet die tv uit!'

Ze voelde zich zo machteloos en zo wanhopig dat ze haar ogen sloot. 'Laat dit nu alstublieft niet gebeuren, God.' Met haar laatste krachten en aangemoedigd door het gehuil van haar gezonde baby stopte ze de pufjes in de zak van haar pyjamajasje. Toen wankelde ze naar de deur, maakte die open en hield zich vast aan de deurpost om op de been te blijven.

Dit was een grote vergissing. Het werd weer helemaal donker om haar heen. Ze liet zich op de knieën vallen en duwde de deur verder open. De koude wind kreeg vat op de plekken van haar lijf die niet bedekt waren.

'Help! Help me!' riep ze de nacht in. 'Alstublieft!' Terwijl ze dat laatste woord uitsprak, kwam de pijn weer opzetten. Toen viel ze voorover op het trottoir dat voor de deur langsliep. Het gehuil van haar baby vervaagde.

Clarence huiverde toen hij weer in de donkere cabine van de pick-up stapte. 'Sorry, jongens, hier kon ik niks aan doen. Mercy heeft me van dat spul gegeven dat ...' Hij maakte de zin niet af omdat tot hem doordrong dat Kendra weer huilde en Buck recht voor zich uit staarde. Daarbij hield hij het stuur zo stevig vast, dat zijn handen praktisch wit waren. De pijn en het verdriet van deze mensen waren bijna tastbaar.

Ze hadden weer ruziegemaakt. Hij voelde zich schuldig dat hij er de oorzaak van was geweest dat ze hadden moeten stoppen. Terwijl hij weg was, hadden ze elkaar vast nog erger gekwetst dan al eerder was gebeurd. Maar misschien kon hij hen helpen.

'Luister eens. Ik weet dat het al heel laat is en dat jullie allebei moe zijn, maar ik kan jullie vertellen dat het niet altijd zo slecht zal gaan als nu.' Hij gaf Kendra een klapje op de arm. 'Ik heb dit ook allemaal meegemaakt, ik heb ook het verlangen gehad om dood te gaan, maar dat is nu niet meer zo. Er zijn echt mensen die met jullie begaan zijn, al zie je dat nu niet. Vertrouw me nu maar; wat ik nu zeg, is echt waar.'

Bucks handen op het stuur verslapten en hij wierp een blik door de cabine, eerst op Clarence en toen op Kendra. Zij verroerde zich niet. Het was alsof ze voelde dat haar man naar haar keek, en ze er niet op reageerde omdat ze hem die voldoening niet gunde.

Clarence hoopte dat wat hij nu ging doen, goed was. 'Willen jullie mij nu alstublieft iets laten doen om jullie te helpen?' Hij wachtte tot ze zich allebei omdraaiden om hem aan te kijken. Toen ademde hij een keer diep in en uit. Hoe moeilijk kon het zijn? 'Ik wil voor jullie bidden.'

Clarence geloofde zelf pas dat hij dit had gezegd nadat de woorden uit zijn mond waren gekomen. Opeens had hij het idee dat hij weer naar de wc moest.

Bucks ogen werden groot en hijzelf werd van top tot teen warm. Waar haalde hij het domme idee vandaan dat hij kon bidden? Wie had ooit gedacht dat hij, Clarence Knight die een hekel had aan de kerk, op een zondagmorgen half vier een dergelijke stunt zou uithalen? Dat kwam vast door gebrek aan slaap.

Maar opeens veranderde Bucks gezichtsuitdrukking. Verbazing leek geleidelijk aan plaats te maken voor hoop. Misschien kwam dit door het vage licht in de cabine of de vreemde schaduwen die het aan en uit floepende uithangbord aan de gevel van een winkel wierp, maar Clarence geloofde niet dat hij zich dit verbeeldde. Hij herinnerde zich waar Ivy voortdurend op had gehamerd: 'Bid en het zal je gegeven worden ... God verhoort onze gebeden.' En hij kende niemand die nu meer gebed nodig had dan deze twee.

'Ja, ik weet dat dit vreemd klinkt uit mijn mond, maar kwaad kan het toch niet?' zei hij uiteindelijk. 'Ik wil maar zeggen – wat hebben jullie te verliezen?'

Buck zuchtte en sloot zijn ogen. 'Niets, Clarence. We hebben niets te verliezen. Ga je gang maar.' Hij boog zijn hoofd.

Kendra draaide zich om naar haar man en staarde hem een hele tijd aan. Clarence bleef naar haar kijken. Heel even verdween de verdrietige blik uit haar ogen.

Toen boog ook Clarence zijn hoofd. 'God, ik wil U allereerst vertellen dat wij bidden in de naam van Jezus, voor het geval ik dat aan het einde vergeet te zeggen.' Hij begreep dit allemaal nog niet zo goed omdat hij nooit erg zijn best had gedaan om te luisteren, maar hij wist dat Ivy die woorden altijd had uitgesproken aan het eind van haar gebed. 'Verder wil ik U vragen Buck en Kendra ook wat van de liefde te geven die U volgens mij de laatste tijd mij hebt bewezen.

En ik wil graag dat U bij Kendra blijft nadat Buck en ik zijn weggegaan, omdat ik denk dat zij U het allerhardst nodig zal hebben. Meer kan ik nu niet bedenken om te zeggen.' Hij hief zijn hoofd op en keek hen aan. 'Zo moet het volgens mij goed zijn.'

6

Lukas was op zondagochtend in alle vroegte bijna in de piket-kamer in slaap gevallen toen hij een sirene hoorde loeien. Hij deed zijn ogen open, vloog overeind en slaakte een kreet: rode en oranje vlammen flakkerden over de muur.

Het duurde even voor hij zich realiseerde dat het geflakker afkomstig was van een ambulance buiten. De zwaailichten drongen als felgekleurde strepen door de blindering van de ramen. Lukas duwde het beddengoed van zich af en stapte uit bed. Hij had af en toe nog nachtmerries over de explosie. In oktober had hij met Buck Oppenheimer op de in-stortende seh gevochten tegen de vlammenzee die hen bijna had verzwolgen.

De telefoon ging. Hij tastte naar zijn bril op de schrijftafel en nam op.

'Dokter Bower, met Tex.' Ze klonk geïrriteerd, maar Tex had een diepe stem, zodat niet goed uit was te maken of het ook echt zo was. 'Quinn en Sandra zijn aangekomen met een patiënt. Ze hebben natuurlijk weer geen contact met ons opgenomen via de mobilofoon. Daarom weet ik niet wat er aan de hand is. Die man hoort geen uniform te dra-gen, zeg ik u. Wilt u komen?'

'Ik kom eraan.' Lukas griste zijn stethoscoop van de schrijftafel en probeerde de glazen van zijn bril schoon te wrijven met de zoom van zijn witte jasje. Omdat hij zonder bril niet veel zag, verliet hij met half dichtgeknepen ogen de piketkamer.

Toen hij op de SEH aankwam, zag hij dat Quinn en Sandra een enigszins te zware jonge vrouw vanuit de ambulancesluis de afdeling op reden. Tex hield de deur open en hielp met duwen. Quinn was aan het reanimeren. Met beide handen oefende hij druk uit op de hartstreek van de patiënt om het hart weer op gang te krijgen. In haar linkerarm was een infuus ingebracht en de patiënt was geïntubeerd. Sandra kneep met regelmatige tussenpozen in een beademingsballon om het de vrouw gemakkelijker te maken adem te halen. Met haar vrije hand duwde Sandra de brancard. De vrouw was tot aan haar middel uitgekleed. De onaangename lucht van zure melk hing om haar heen.

Lukas haastte zich naar hen toe. 'Carmen,' riep hij over zijn schouder naar de secretaresse, 'roep om dat we een patiënt in levensgevaar hebben en roep een MMT op.'

Carmen draaide zich met stoel en al om en staarde hem wezenloos aan. 'Wat?'

Lukas schudde zijn hoofd. 'Laat een verpleegkundige van de afdeling naar beneden komen. Zeg tegen haar dat het om een noodgeval gaat. Bel dan de meldkamer dat ze een traumaheli moeten sturen.' Hij greep het voeteneinde van de brancard vast en hielp Sandra en Tex deze naar binnen te duwen. 'Hoe is het hartritme?'

'De hartkamers fibrilleren', zei Quinn. 'Ik had haar geïntubeerd toen haar situatie zorgwekkend werd.' Hij sprak snel, bijna alsof hij Lukas ervan probeerde te overtuigen dat hij alles goed had gedaan. 'Ze reageerde nergens op en in de zak van haar pyjamajas zaten pufjes. Het moet wel astma –'

'Hoeveel keer heb je al geklapt om te defibrilleren?' vroeg Lukas.

'Drie keer.'

'Veranderde er iets aan het hartritme?'

'Nee.'

Toen Lukas zich omdraaide, zette Tex de crashkar al naast de onderzoekstafel in de traumakamer.

Ze telden tot drie en hevelden toen de patiënt over van de brancard op de onderzoekstafel. Tex bevestigde onmiddellijk plakkers op de blote borst van de vrouw en legde haar aan een ziekenhuismonitor. Het snelle en ongecontroleerde samentrekken van de hartspier duurde voort. Op het scherm van de monitor boven het bed was een onregelmatige, gekartelde lijn te zien. De monitor liet aanhoudend een hoog gepiep horen.

'Deze keer bent u op uw wenken bediend, dokter Bower. De patiënt is geïntubeerd', mompelde Quinn. 'Ik hoop dat u er blij mee bent; ze schiet er zelf niets mee op.'

Lukas negeerde de opmerking. 'Welke medicijnen heb je haar gegeven?'

'Ik had net de eerste dosis epinefrine toegediend toen we hier aankwamen.'

'Dan zullen we nu gauw opnieuw moeten klappen. Stop met de borstcompressie, maar ga door met de beademing.' Lukas beluisterde met zijn stethoscoop de borst van de vrouw en fronste. 'Ze ademt zo te horen niet goed door.'

'Nou en? Haar luchtwegen waren duidelijk verkrampt', snauwde Quinn. 'Ze had pufjes bij zich, weet u nog? Of hebt u niet geluisterd?'

'En jij ging er maar op voorhand van uit dat dat dan vaststond?' Tex' stem ging omhoog als het kwik in een thermometer. Als ze al zag dat Quinn rood werd van woede en boos keek van toenemende irritatie, liet ze dat niet merken. 'Heb je nog gecontroleerd of de beademingsbuis goed zat, nadat je die had ingebracht?'

'Wat heeft dat voor zin als haar luchtwegen verkrampt zijn?' Quinns lippen werden smaller en witter.

Lukas stak zijn hand op ten teken dat hij wilde dat ze hun mond hielden. Vervolgens beluisterde hij met de stethoscoop de buik. Nu hoorde hij wel ademgeruis en daar kreeg hij het koud van; dat voorspelde niet veel goeds. 'De buis zit niet goed. Hij zit in de slokdarm in plaats van in de luchtpijp.' De patiënt kreeg geen zuurstof binnen doordat die rechtstreeks in haar maag stroomde. 'We zullen opnieuw moeten intuberen.' Hij wendde zich tot de anderen. 'Sandra, stop met beademen en neem de borstcompressie over. Snel! Tex, geef me een spuit en zorg dan dat alles gereed is om slijm af te zuigen.'

Tex kwam snel in actie. 'Dat je de buis niet correct hebt ingebracht, is één ding, Quinn', zei ze terwijl ze doorwerkte. 'Dat is ons allemaal wel eens overkomen. Maar dat je die zo hebt laten zitten, is onvergeeflijk! Doordat de zuurstof in de maag terechtkomt in plaats van in de longen, krijgen de longen niet voldoende lucht binnen om uit te zetten. Je had evengoed een kussen op haar gezicht kunnen drukken om haar te laten stikken! Waarom heb je niet eens gecontroleerd of hij goed zat?'

Quinn stak zijn kin naar voren. 'Ik zei toch al dat ze pufjes bij zich had. Als jij niet zo veel ophef had gemaakt over het intuberen van die oude man, zou ik aan deze patiënt niet eens tijd verspild hebben.' Hij deed een stap achteruit, draaide zich om en liep met grote passen de kamer uit.

'Nee!' riep Lukas hem na. 'Quinn! Je loopt niet weg wanneer een patiënt in levensgevaar is!'

'Laat hem nu maar gaan, dokter Bower', zei Sandra nog zachter dan normaal omdat ze hard bezig was de borstcompressie voort te zetten. 'Hij luistert toch niet. Ik probeerde hem zover te krijgen dat hij controleerde wat hij had gedaan, maar hij had te veel haast. Als ik geen andere partner krijg, kan ik er net zo goed mee ophouden. Dit slaat nergens op.'

Zodra Tex Lukas een spuit had overhandigd, gebruikte hij die om het ballonnetje leeg te laten lopen dat om de buis heen zat om hem op zijn plek te houden, en om te voorkomen dat er zich lucht ophoopte buiten de longen. Toen trok hij de buis uit de mond van de patiënt en keek op de monitor om te zien of ze nog steeds fibrilleerde.

'Nu moeten we nog een keer klappen. Sandra, beadem haar weer.'

Sandra ging aan het hoofdeinde van de onderzoekstafel staan en plaatste het zuurstofmasker aan de beademingsballon op het gezicht van de patiënt. Tex laadde de defibrillator op tot 360 joules en overhandigde de peddels aan Lukas.

'Bed los', riep hij. Nadat hij zich ervan overtuigd had dat ze allemaal de onderzoekstafel hadden losgelaten, drukte hij de peddels op de borst van de patiënt. Op het moment dat de elektrische stroom knetterde, trok het lichaam krom en verhief zich van de onderzoekstafel om er even later op terug te vallen. Iedereen keek op de monitor. Het hartritme was veranderd.

'Helemaal goed!' riep Tex uit. Het fibrilleren van de hartkamers was opgehouden; het signaal dat over het scherm danste, gaf nu een krachtiger hartritme weer.

Lukas drukte zijn vingers op de keel van de vrouw om naar de halsslagader te voelen. De hoop die in hem was opgevlamd, doofde. Hij voelde niets. 'O nee! Elektrische activiteit, maar geen polsslag.' Dit was nog erger! Dit hartritme konden ze niet met een elektrische schok doorbreken. Wat was er aan de hand?

'Sandra, beadem haar maar weer handmatig', zei hij.

De verpleegkundige van de afdeling kwam binnengerend. Lukas knikte haar toe. 'Precies op tijd, zuster. Ik wil dat je borstcompressie toepast.' Wat kon er de oorzaak van zijn dat de ademhaling was stilgevallen en dat er bij deze jonge vrouw sprake was van elektrische activiteit in het hart, maar geen polsslag? 'Laten we nu maar intuberen, Tex, en vocht toedienen.' Wat kon nu toch de oorzaak zijn?

'Dokter Bower,' zei Sandra zachtjes, 'de beha die we hebben moeten doorknippen, was een voedingsbeha.' Ze wees naar de jonge vrouw. 'Ze geeft borstvoeding. Ze hebben haar echter helemaal alleen voor het flatgebouw aangetroffen.'

Lukas had het idee dat hij op een loopband stond die hem dwong vijfentwintig kilometer per uur af te leggen. Hij moest het tempo zien bij te houden. 'Carmen, neem contact op met de politie', riep hij in de richting van de secretaresse terwijl hij doorwerkte. 'Zij moeten op onderzoek uitgaan; er moet ergens in of bij dat flatgebouw een baby zijn.' Hij moest zich goed concentreren. De vrouw was on-

langs bevallen ... een ernstig bemoeilijkte ademhaling ...
elektrische activiteit van het hart zonder polsslag ... Zijn
adem stokte.

'Het zal toch niet waar zijn, dokter Bower', kreunde Tex.
'Het ziet ernaar uit dat we hier te maken hebben met een
ernstige vorm van longembolie.'

Lukas knikte. Een bloedprop in de long was dodelijk.

Quinn kwam de kamer binnengerend, hijgend van inspanning, en haalde een hand langs zijn ogen. 'Het spijt me,
dokter Bower. Het zal niet meer voorkomen. Dat meen ik.
Het spijt me. Ik was alleen zo –'

'Houd daarmee op, Quinn', snauwde Tex. 'We hebben nu
geen tijd voor jouw theatrale gedoe.'

Lukas besteedde geen aandacht aan de onderbreking. 'Laten we haar gereedmaken om een pacemaker in te brengen
en haal dopamine voor me.' Nu wist hij wat hem te doen
stond. Maar hadden ze daar nog voldoende tijd voor?

Marla zweefde rond in een donkere mist, zich niet meer
bewust van de pijn, de kou en de angst, maar dat duurde
slechts enkele momenten. Haar baby ... Jerod! Ze hoorde
hem ergens in de verte huilen, maar ze kon niet bij hem
komen. Hij moest verschoond worden. Hij moest zo dadelijk weer gevoed worden en er was niemand bij hem die
hem kon helpen ...

Opeens drong er vaag een stem tot haar door. 'We hebben
een pols.' Marla had weer last van pijn op de borst. Iemand
oefende er druk op uit, veel druk. Haar keel deed ook
pijn.

Ze hoorde nog meer mensen om zich heen praten. 'We
kunnen de bloeddruk weer meten, dokter.' Ze voelde iets
knellen om haar arm. 'De helikopter staat op het punt te
landen, dokter.'

Er streek iets langs haar schouder. Door haar gesloten oogleden zag ze even een lichtstraal, maar ze kon haar ogen niet
opendoen. Ze voelde dat haar borst op en neer ging en ze
had nog steeds een scherpe pijn onder haar ribben, alsof
iemand haar van binnenuit met iets scherps stak.

De pijn was niet te harden. Jerods gehuil echode nog steeds door haar hoofd. Toch kon ze zich er niet toe brengen over de barrière van pijn heen te reiken. Ze probeerde met haar lippen woorden te vormen, maar er zat iets in de weg. Ze kon niet praten. *Here Jezus, zorg alstublieft voor Jerod. Hij is zo klein en zo hulpeloos.*

Ze kon haar baby weer horen huilen en wenste dat ze terug was in de koude, armoedige kamer met de natte luiers, en met buren die op de muur bonsden omdat ze wilden dat het stil werd.

Van een plek buiten de kamer waarin ze lag, drong een krachtige, bekende stem tot haar door. Het was een stem die sterk verschilde van de stemmen die met zakelijke effi-ciëntie de ene na de andere opmerking maakten. Dit was een rustige stem die zelfs blij klonk. 'Het wordt tijd om thuis te komen, Marla. Ik zal daar bij je zijn.'

Het geluid van de stem nam bezit van haar en bezorgde haar een warm gevoel. Even vroeg ze zich af of ze in coma lag, maar die stem ... Papa? Het woord vormde zich in haar hoofd en ze hoorde haar eigen stem, al bewoog haar mond niet.

'Herinner je je de bijbelverzen die ik je zo vaak heb voorge-lezen nadat mama was overleden? "De rechtvaardige gaat te gronde en niemand bekommert zich erom; ook trouwe mensen sterven, maar niemand ziet in dat de rechtvaardige sterft doordat er onrecht heerst."'

'Wilt u daarmee zeggen dat ik stervende ben?' vroeg ze.

'"Toch – wie de rechte weg bewandelt, zal rust hebben op zijn sterfbed en de vrede binnengaan."'

'Maar, papa, ik heb niet de rechte weg bewandeld', zei ze verdrietig. 'Kijk maar naar wat ik heb gedaan.'

'Wie zijn zonden belijdt, wordt tot de rechtvaardigen gere-kend. De prijs voor je zonden is betaald. Het wordt tijd om naar huis te komen.'

'Maar mijn baby ...'

'Dokter Bower, ik voel geen polsslag meer', zei vlakbij een kordate stem.

De muur van pijn verbrokkelde en viel weg. Marla had het gevoel dat ze in een weldadig warme deken werd gewikkeld. Ze kon weer zien. Haar vader stak haar zijn hand toe.

'Geen bloeddruk', zei een andere stem. Deze leek verder weg en vervaagde. 'Dokter, asystolie ... hartstilstand!'

De schrik in de vervagende stemmen verontrustte haar niet. Haar vader nam opnieuw het woord. 'Er zijn hier bij mij een paar mensen die jou willen ontmoeten.' Hij nam haar in zijn armen en voerde haar mee naar huis.

Lang nadat er op de monitor een vlakke lijn was verschenen, moest Lukas nog strijd leveren met zijn eigen gevoelens van afschuw en verdriet. De strijd om deze jonge moeder aan de dood te ontrukken, had hij verloren. Voor de goede orde noemde hij het tijdstip van overlijden. Toen haalde hij een keer diep adem en beheerste zich.

Sandra snufte en liet haar tranen de vrije loop terwijl ze het afval dat zich op de vloer had opgehoopt, bij elkaar raapte. Tex mompelde binnensmonds terwijl ze de monitor loskoppelde. Ze hield er even mee op om een blik op Quinn te werpen. Haar groene kattenogen versmalden van boosheid en afkeer. Hoofdschuddend ging ze door met haar bezigheden.

'Wat is er, Tex, kun je de druk niet aan?' Quinn begon de apparatuur te verwijderen van het lichaam van de overledene. 'Geen wonder dat je het als coassistent in de praktijk niet hebt gered. Je –'

'Nee!' Lukas stak een arm uit om het Quinn onmogelijk te maken verder te werken. 'Raak niets op haar lichaam aan.'

Op een overdreven manier hief Quinn zijn handen op om te laten zien dat hij gehoorzaamde. 'Rustig maar, dok. Ik probeer alleen maar een handje te helpen. Ze was per slot van rekening nog in leven totdat we haar bij u afleverden.'

Met open mond keek Sandra naar haar partner.

Tex stopte afval in een zogenaamde biohazard container, bestemd voor mogelijk besmet afval. Toen richtte ze zich in haar volle lengte op, zodat ze boven de man uitstak. 'Zuurstof haar buik in pompen de hele weg hiernaartoe – dat is de oorzaak van haar overlijden. Misschien hadden we haar kunnen redden als jij haar om te beginnen een kans had gegeven. Maar nee, je nam niet eens de moeite om te controleren wat je had gedaan. Je nam gewoon op voorhand aan dat ze –'

'Tex.' Lukas was te moe en te verdrietig om tijdens deze dienst nog meer ruzies te beslechten. 'Quinn, alles moet blijven liggen waar het ligt voor het geval de patholoog-anatoom een lijkschouwing wil verrichten. Tex, wil jij hem bellen?' Misschien bleef ze zo lang genoeg bij Quinn uit de buurt om haar woede onder controle te krijgen. Om het haar gemakkelijker te maken liep hij met haar mee de kamer uit.

'Het zou die man verboden moeten worden om met patiënten in aanraking te komen', mopperde ze terwijl ze de met gordijnen afgeschermde ruimte verlieten.

Lukas verzocht haar zachter te praten. Haar stemgeluid drong door de dunne barrière van gordijn als het gegrom van een woedende krokodil. Hij was het met haar eens, maar hij moest het van beide kanten bekijken. 'Je weet dat een intubatie in gevallen als dit problemen kan geven. Zelfs iemand die er al heel veel ervaring mee heeft, zou onder deze omstandigheden over het hoofd hebben kunnen zien dat de buis niet goed zat.'

'Ja, maar ik zou op zijn minst haar ademhaling hebben gecontroleerd. Zag u niet aan Quinns gezichtsuitdrukking dat hij dat niet had gedaan?' Zachter, bijna hees fluisterend voegde ze eraan toe: 'Ik zal het er straks nog met Sandra over hebben. Dat meisje is bang voor haar eigen schaduw, maar misschien kan ik zo veel druk op haar uitoefenen dat ze me de waarheid vertelt. Quinn is niet op zijn taak berekend. Dat komt waarschijnlijk doordat hij te veel uren maakt, maar dat is geen excuus voor het feit dat een mensenleven bij hem niet in tel is. Ze moeten hem ontslaan.'

'En wie moet hem dan vervangen?' vroeg Lukas droog.

Ze trok een lelijk gezicht. 'Goede vraag. Het ziekenhuis wil geen geld uitgeven. Dat is de reden dat hier een stelletje prutsers rondloopt.'

'En wat is daarmee gezegd over jou en mij?'

Ze knipperde niet eens met haar ogen. 'U bent hier om aan de slag te blijven totdat de SEH in Knolls herbouwd is.'

'En waarom ben jij hier?' vroeg Lukas. 'Jij bent geen prutser. Ik heb je aan het werk gezien. Je weet waar je mee bezig bent. Ik heb uiteraard opgevangen wat Quinn jou toevoegde. Ben jij in opleiding geweest voor arts?' Hij bestudeerde haar aandachtig.

Haar lippen verstrakten opeens en er verscheen een behoedzame blik in haar ogen. Ze keek hem niet aan toen ze zei: 'Ik ben op dit moment verpleegkundige, dokter Bower. Ik ben hier omdat dit mijn thuisbasis is ... of was.' Ze zuchtte. 'En de man die u vervangt? Dokter Moss? Dat is een huisarts die hiernaartoe was gekomen om een poosje wat anders te doen. Ha! Hij is hier buiten zijn schuld geschorst en het is nog maar de vraag of hij zijn bevoegdheid houdt. U kunt hier maar het beste voortdurend over uw schouder kijken. Straks wil iemand u nog een mes in de rug steken.' Ze wierp nog een boze blik in de richting van de traumakamer. Toen liep ze weg om gebruik te maken van de telefoon op de balie.

Carmen draaide zich met stoel en al om om Lukas aan te kijken. 'Dokter Bower, een vriend van mij op het politiebureau heeft daarnet gebeld. Ze troffen geen baby aan; toen hebben ze de huisbaas van het flatgebouw waarin de vrouw woonde opgebeld. Hij had de afgelopen twee, drie dagen klachten gekregen van de buren over een huilende baby.'

'Heeft hij gezegd hoe veel mensen er in dat eenkamerappartement van haar woonden?'

'Alleen de vrouw. Toen hij een paar weken terug langsging om de huur te innen, zag hij dat ze zwanger was. Het huurbedrag kreeg hij niet; ze zat op zwart zaad. Ook was het een puinhoop in de kamer, alsof ze een poosje ziek was geweest. De baby was overduidelijk nog maar kortgeleden geboren.'

'Hebben ze een naam aan je doorgegeven?'

'De vrouw heette Marla Moore. Ze bleef meestal binnen. Ik denk dat de huisbaas naar het ziekenhuis zal moeten komen om haar te identificeren. De politie heeft nog geen familieleden kunnen traceren.'

'Maar hoe zit het dan met die baby?' vroeg Lukas.

Carmen haalde haar schouders op. 'Als het een pasgeboren baby is, kan hij niet ver weg gekropen zijn. Er zorgt vast wel iemand voor die baby.' Omdat de telefoon ging, keerde zij zich weer om naar de balie.

'Hé, dokter Bower', zei achter hem een kalme mannen-stem.

Toen Lukas zich omdraaide, stond Quinn daar, zijn hoofd berouwvol gebogen, zijn armen over elkaar. 'Ik had het u daarnet niet zo moeilijk moeten maken. Ik denk dat ik be-hoorlijk van slag was.'

'Je loopt niet weg in een noodsituatie, Quinn. We hadden je nodig. Waar ben je naartoe gegaan?'

'Het ... het spijt me. Ik verloor bijna even mijn kalmte. Ja, hoor eens, we waren bezig te vechten voor het leven van een jonge moeder en Tex liet doorschemeren dat ik de zaak echt had verknald.' Hij keek gauw even in de richting van Car-men en Tex, die beiden aan de telefoon zaten. 'Wat gaat u in uw verslag zetten?'

'Hoe bedoel je?'

Quinn haalde zijn schouders op. 'Ik heb deze baan zo hard nodig dat ik het me niet kan veroorloven die te verliezen. Wat bent u van plan over mij te rapporteren?'

Lukas merkte dat het verdriet over het overlijden van de jonge vrouw zijn tong scherper maakte. 'De waarheid; dat is gewoonlijk het beste.' Hij wendde zich af en liet Quinn staan waar hij stond.

Hij liep even de piketkamer binnen. Hij moest, behalve verslagen schrijven, nog het een en ander doen, maar hij wist uit ervaring dat hij na een dergelijke pijnlijke toestand het beste even tot zichzelf kon komen als geen andere pa-tiënten hem nodig hadden. Op geen enkel moment had hij meer behoefte aan gebed dan ...

Opeens realiseerde hij zich iets. Tijdens die hele levensbe-dreigende situatie, te midden van alle verwarring, boze woorden en moeilijke beslissingen was hij het belangrijkste vergeten. Tijdens zijn eerste diensten op de SEH, jaren gele-den, had hij het zich aangewend te bidden wanneer hij bezig was ernstig zieken of traumapatiënten te behandelen. Bidden was een tweede natuur geworden. Hij deed het zonder erbij na te denken. Maar deze keer ... deze keer was hij door de hele situatie overrompeld. Doordat hij zo boos was geweest op Quinn, was hij aan de belangrijkste behandeling niet toegekomen.

Had hij nog meer fouten gemaakt? Een verkeerde procedure toegepast? Hij ging stap voor stap na wat hij allemaal had ondernomen en welke opdrachten hij aan het personeel had gegeven. Hij deed de deur achter zich op slot en liet zich kreunend van vermoeidheid in de stoel achter de schrijftafel zakken. In gedachten werkte hij zijn lijstje af. De medicijnen die hij had gebruikt om de bloedprop in de longen uit elkaar te laten vallen, behoorden tot de standaardzorg. Een agressieve behandeling was nodig en daarvoor waren alle juiste middelen in voorraad geweest. Hij had al vele malen eerder dezelfde procedure toegepast. Hij zou later de verslagen nog grondig bestuderen, maar op dit moment kon hij niets bedenken dat niet was geweest zoals het hoorde te zijn. Op die allerbelangrijkste stap na.

'Vergeef me, Heer.' Hij sloeg zijn handen voor zijn gezicht. Hij wist dat God zijn toestemming niet nodig had om een leven te redden, of de handen en harten van het personeel te leiden wanneer ze met patiënten bezig waren. Dat nam niet weg dat hij van mening was dat het buiten kijf stond dat bidden een energiegevende activiteit was, die een sterke band tussen God en de zorgverleners tot stand bracht. Ja, het gebed functioneerde op geestelijk niveau, maar waren mensen niet evenzeer geest als lichaam?

Een stel dat de vrouw – heette ze eigenlijk wel echt Marla Moore? Stel dat ze werkelijk een baby had? Waar was dan de echtgenoot? Ze was zo jong ...

Krap drie maanden geleden was hem het slachtoffer van een verdrinking, ook een jonge vrouw, ontglipt. Een paar vissers hadden haar aangetroffen op de oever van het meer. Ze hadden via een mobieltje contact met hem gehouden terwijl ze op hoge snelheid met haar van het meer naar het ziekenhuis reden. Ze waren ontredderd geweest toen ze haar niet hadden kunnen redden. Lukas zelf ook. Een patiënt verliezen deed de meeste pijn wanneer het om jonge mensen ging. Het was dan alsof er een nieuw stuk schilderslinnen was losgerukt uit het midden van een schilderij in wording. In het geval van Marla had het er alle schijn van dat er een nog priller leven bij betrokken was.

Heer, help me alstublieft mijn aandacht te richten op wat me nog te doen staat, in plaats van op wat er is gebeurd. En zorg alstublieft voor de baby van die vrouw, Heer. Raak de familieleden van de vrouw aan met uw genezende kracht, Heer, wanneer ze hen hebben opgespoord. En, Heer ... help mij om de volgende keer niet aan U voorbij te gaan.

In de stilte die nu volgde, haalde hij opnieuw een keer diep adem. Hij moest weer aan het werk, maar kreeg waarschijnlijk niet snel de kans om hier terug te komen. Daarom kon hij nu maar beter iets eten om op krachten te komen en alert te blijven – het was al acht uur geleden dat hij had gegeten en hij had bijna niet geslapen.

Hij trok snel de bovenste la van de schrijftafel open en haalde er de boterham met pindakaas uit die hij gisteren had klaargemaakt voordat hij naar zijn werk ging. Hij vouwde het aluminiumfolie open en griezelde. Iemand had een paar happen uit zijn boterham genomen; hij kon duidelijk de tandafdrukken in het brood zien. Waar een paar happen uit de boterham waren genomen, lag een dode vlieg.

Hij vouwde het aluminiumfolie weer dicht, gaf een klap op de boterham en smeet het hele pakketje in de afvalemmer die de hele week nog niet was geleegd.

Hij begon een afkeer te krijgen van dit ziekenhuis.

Mercy had een slaappil genomen om er zeker van te zijn dat ze een poosje zou kunnen slapen, voordat ze terugkeerde naar het ziekenhuis. In het donker drong een zacht roepen tot haar door, maar wat er precies werd gezegd kon ze niet ontcijferen; daarvoor was ze te zeer onder invloed van het slaapmiddel. Toch vlogen haar ogen open. Ze luisterde. In haar praktijk was ook iets te horen geweest. Was het iemand die haar naar huis was gevolgd? Wat ...

'Mam?' Haar slaapkamerdeur ging open en in het licht van het nachtlampje op de gang tekende Tedi zich af; haar haren stonden bijna recht overeind. 'Mag ik bij jou in bed?'

Werktuigelijk schoof Mercy een eindje op en hield het dekbed omhoog. Tedi kwam snel naar haar toe en nestelde zich op de warme plek waar Mercy eerst had gelegen. Ze duwde haar ijskoude voeten tegen Mercy's benen en giechelde toen haar moeder naar adem hapte.

'Nachtmerries?' vroeg Mercy. Ze trok een vies gezicht omdat de adem van haar dochter nog rook naar wat ze laat op de avond had gegeten. Ze had Tedi beter de rest van de nacht bij haar moeder kunnen laten, in plaats van haar wakker te maken en mee te sleuren de koude nacht in om met haar mee naar huis te gaan. Ze voelde zich heel eenzaam zonder haar ... maar dat was een egoïstisch motief.

'Ja.' Tedi zweeg even en voegde er toen op zachtere toon aan toe: 'En ik heb u gemist.'

'Ik ben hier, vlak bij je.' Mercy trok haar dochter dicht tegen zich aan, met vieze adem en al.

Tedi kroop lekker tegen haar aan. 'Ja, maar u bent te vaak weg. Kan Lukas niet gewoon terugkomen om u in de praktijk te helpen, totdat de SEH weer opengaat en u niet meer zo veel patiënten krijgt?'

'Ik denk het niet, lieverd.' Zuchtend wierp Mercy een blik op de klok. Ze had nog maar drie uur geslapen. Hier kreeg ze het ook weer moeilijk mee. Ze zou wakker liggen en zich er zorgen over maken dat ze haar dochter niet genoeg aandacht gaf; dat te veel patiënten van haar tussen wal en schip vielen. Als ze wel weer in slaap viel, miste ze misschien opnieuw een noodoproep. Had ze er goed aan gedaan Odira en Crystal hier in het streekziekenhuis te laten opnemen? Als ze zich op deze manier zorgen bleef maken, zou ze dan ooit wel weer kunnen slapen?

Tedi haalde gelijkmatig adem en haar lichaam ontspande zich. Mercy kreeg het niet eens voor elkaar haar ogen dicht te doen. Daarom begon ze te doen wat ze de laatste tijd steeds deed wanneer ze werd geplaagd door slapeloosheid: ze bad. En ze bad om te beginnen om Lukas' terugkeer.

Lukas probeerde zijn frustratie te boven te komen terwijl hij terugliep naar de SEH. Hij had zijn hele leven al arts willen worden, maar in zijn jeugd had hij het zich anders voorgesteld. Hij had een trouwe huisarts moeten worden die een spreekkamer bij zich aan huis had, op huisbezoek ging, en zo wijs en zo meelevend was dat men zich alleen al daardoor beter ging voelen. In die tijd had hij vast te vaak naar tv-series gekeken waarin een huisarts werd gevolgd. Tegen de tijd dat hij derdejaarsstudent geneeskunde was, had hij moeten inzien dat het leven van een arts er anders uitzag dan voorheen. Dat nam niet weg dat hij nog steeds niets liever wilde dan arts worden.

Pas tijdens zijn eerste ervaring als coassistent in een trauma-kamer had hij de adrenaline snel door zijn aderen voelen stromen. Daar werden beslissingen genomen over leven en dood. Sindsdien had hij er niet meer van los kunnen komen. Hij kon euforisch worden wanneer hij met succes een kind in levensgevaar had behandeld. Het kwam echter ook voor dat zijn hart brak om het overlijden van een bejaarde uit een verpleegtehuis. De mensen kwamen bij hem nog steeds op de eerste plaats.

Dat maakte het werk juist zo moeilijk. Het ging zo vaak om mensen in extreme situaties en mensen die doorsloegen. Hij bleef in gedachten houden dat het hem ook kon overko-men. Vlak voor zijn negende verjaardag had hij het voor het eerst helemaal gehad met mensen.

Hij was destijds een mager, verlegen jochie dat een bril op moest. Zijn twee oudere broers moesten hem toen voortdu-rend hebben; ze plaagden hem als zijn vader en moeder niet keken. Hij wist nog dat hij zich steeds verder in zichzelf had teruggetrokken. Uiteindelijk praatte hij met helemaal nie-mand meer, maar hun geplaag werd alleen maar erger.

Op een gegeven moment ging zijn vader een wandeling met hem maken. Met hun tweeën liepen ze via de moestuin naar een kleine appelboomgaard. In heel de boerengemeen-schap waarin ze woonden, was geen boom te vinden waar-aan hardere, zoetere appels groeiden.

Zijn vader plukte een appel van de boom en stak hem Lukas toe. Aan de bovenkant van de appel zat een lelijke, bruine plek. 'Zie je dat, Lukas? De appel heeft zo dicht tegen de tak aan gezeten, dat de tak erlangs wreef wanneer het waaide. Er zijn zomers dat ik die appels het lekkerst vind omdat ze vaak het zoetst smaken.'

Lukas beet in de appel en keek lelijk; de appel was erg zuur. Zijn vader grinnikte.

'Ach ja, ik vergat nog iets', zei zijn vader. 'Vreemd, hè, dat in sommige jaren het fruit zoet wordt van dat wrijven, terwijl het er in andere jaren juist erg zuur van wordt. Ik denk dat dit ook te maken heeft met hoeveel zonneschijn de appels hebben gehad.' Hij sloeg een arm om Lukas' schouders. 'Nou ja, zo denk ik erover. Mensen zijn ook zo, en jij bent niet te jong om die les te leren. Gods liefde is jouw zonneschijn, weet je. Laat Hem maar gewoon door jou heen schijnen, ook al is het slecht weer en word je steeds door je broers geplaagd. Je wordt er blij van als je dat doet.'

Met een geforceerde glimlach op zijn gezicht liep hij naar de balie. Dit was Carmens eerste kantoorbaan. Het was begrijpelijk dat ze nerveus was, vooral gezien het feit dat veel personeelsleden niets door de vingers wensten te zien. Naar haar gekwelde gezichtsuitdrukking te oordelen scheelde het steeds niet veel of ze raakte in paniek wanneer er een ambulance binnenkwam, of wanneer Lukas opdrachten doorgaf. Ze was een van de jongste personeelsleden en zat op dit moment achter de computer te werken.

'Hoe gaat het, Carmen?' vroeg hij terwijl hij naar haar toeliep.

Verschrikt keek ze naar hem op en haar vingers verdwaalden op het toetsenbord. Haar blik schoot naar een voorwerp op haar bureau en weer terug. 'Goed, dokter Bower. De lijkschouwer is onderweg en Quinn en Sandra zijn een paar minuten geleden vertrokken. Tex is eindelijk gaan eten; ze verging van de honger. Er heeft zich verder niemand gemeld.'

Met grote ogen en nerveuze bewegingen kwam ze overeind. Lukas wenste dat het arme kind zich een beetje zou ontspannen. Als ze dat niet deed, zou ze het hier niet lang uithouden. Fronsend wierp hij weer een blik op een voorwerp op haar bureau dat hij er al eerder had zien liggen: een blauw met witte tube met ontsmettende gel.

Hij haalde zijn schouders op en maakte aanstalten om weg te lopen. Op dat moment ging de telefoon naast Carmens linkerelleboog. Ze maakte een sprongetje van schrik, rukte de hoorn van de haak, meldde op scherpe toon wie men aan de lijn had en luisterde. Ondertussen kreeg ze in de gaten dat Lukas' blik op haar rustte. Ze bedankte de persoon aan de andere kant van de lijn en hing hoofdschuddend op. 'Dat was Sandra. Quinn en zij zijn teruggegaan naar het flatgebouw waar ze Marla hadden aangetroffen. Wist u dat de motorrijders ook in dat flatgebouw logeren? De politie heeft het gebouw uitgekamd. Ze hebben er babyspullen gevonden, maar geen baby. Enkele bewoners hoorden al dat gedoe en kwamen naar buiten. Zij wisten te vertellen dat ze meermalen een baby een poosje hebben horen huilen, maar dat ze er de laatste paar dagen aan gewend waren geraakt. Niemand heeft nog iets kunnen vinden.' Schouderophalend ging ze weer achter haar toetsenbord zitten.

Lukas staarde naar haar gebogen hoofd. 'Maar ze zijn nog wel aan het zoeken, neem ik aan?'

Ze haalde opnieuw haar schouders op. 'Dat weet ik niet, dokter Bower. Volgens Quinn had de politie het vanavond druk. Misschien hebben ze gewoon geen tijd om op onderzoek uit te gaan.'

Lukas keek op de klok aan de muur. Het was vier uur en het vroor deze zondagochtend. 'Waar zou een pasgeboren baby gebleven kunnen zijn? Als iemand een baby vindt, belt hij of zij toch zeker onmiddellijk de politie?'

'Dat zou je wel denken,' zei Carmen op sombere toon, 'maar mij zijn een paar geruchten ter ore gekomen. Weet u dat er vorige week een klein meisje is verdwenen uit het plantsoen? Sommige mensen denken dat ze is ontvoerd. Quinn zei tegen Sandra dat er in deze streek een bende actief is die baby's op de zwarte markt verkoopt. Volgens hem hebben die motorrijders er iets mee te maken. Ik acht hen daartoe in staat.'

7

Mercy Richmond liep op zondagochtend zeven uur op de eerste verdieping van het streekziekenhuis van Knolls door de gang. Haar maag knorde toen ze de aangename luchtjes van het ontbijt rook. Ze hoorde aan het gekletter van plastic en het gerammel van porselein en glazen, dat de verpleeghulpen bezig waren de ontbijtbladen weg te halen uit de drieënvijftig eenpersoonskamers. Het aantal patiënten was gestegen. Er moesten meer meters worden afgelegd dan normaal. Het zachte ruisen van dossiers en paperassen achter de balie waar de verpleegkundigen zaten, en het gepraat en gelach op de televisie in de kamers drongen zich sterker op.

'Eindelijk heb ik je gevonden!' zei een diepe vrouwenstem achter haar. Toen ze zich omdraaide, zag ze hoe mevrouw Pinkley, de directeur van het ziekenhuis, om een hoge etenskar heen stapte.

Mevrouw Pinkley, die de pensioengerechtigde leeftijd al enkele jaren was gepasseerd, had de houding en vitaliteit van een student. Doordat haar witte haar was weggekamd uit haar gezicht, kwamen haar hoge voorhoofd en fijne gelaatstrekken goed uit. Ze was even groot als Mercy en ze gaf

Mercy altijd het gevoel dat zij slordig gekleed was. Vandaag droeg Estelle een elegante blauwe jurk met opstaande kraag. Het blauw accentueerde haar levendige, intelligente grijze ogen. Als het Mercy vanochtend al lukte om naar de kerk te gaan, zou ze dat moeten doen in wat ze aanhad: een blauwe spijkerbroek en een rode gebreide kabeltrui.

Aan Estelle was nauwelijks te zien dat ze bij de explosie in oktober letsel had opgelopen. Over het algemeen had men zelden in de gaten dat de artritis, waaraan ze intussen al vele jaren leed, het tijdens opvlammingen vooral voorzien had op de arm en het been waaraan ze gewond geraakt was. Men wist gewoonlijk pas wat er zich in haar persoonlijke leven afspeelde wanneer ze dat zelf aan de openbaarheid prijsgaf. Iedereen in Knolls wist dat ze een dame was met gevoel voor normen en waarden, die intelligente beslissingen nam. Iedereen wist dat ze naar de kerk ging. Slechts enkele mensen wisten dat zij en haar man met het merendeel van hun gezamenlijke inkomen drie zendelingen ondersteunden: een in Minsk in Wit-Rusland, een in Guatemala en een in China. En ze liet in het ziekenhuis zelden blijken hoever haar bijbelkennis strekte.

Estelle trok Mercy met zich mee naar de kleine vergaderzaal naast de balie van de verpleegkundigen. De sterke geur van pasgezette koffie vulde het vertrek. Mercy snoof de lucht diep op. Wat rook die koffie heerlijk! Maar ze had koffie van haar menu geschrapt. Ze werd er de laatste tijd nerveus van.

'Ik heb daarnet met onze aannemer getelefoneerd', zei Estelle.

'Zo vroeg en dat ook nog op zondagochtend?' zei Mercy droog. 'Dat telefoontje heeft hij vast gewaardeerd.'

'Hij heeft zich er niet over beklaagd.' Estelle haalde een dollarbiljet uit haar zak en stopte het in een mok. Het daarin verzamelde geld werd gebruikt om opkikkertjes te kopen voor het personeel. Toen pakte ze de koffiepot en schonk een schone mok vol. 'Hij heeft verstand van zaken. Hij is beleefd en hij weet hoe hij zijn medewerkers het best kan motiveren. Ik zou willen dat meer leidinggevenden zo waren. We lopen minstens drie weken voor op het oorspronkelijke schema.' Estelle had een scherpe, resoluut klinkende stem die knarste op een manier die Mercy zich nog kon herinneren uit haar prille jeugd. Estelle en Mercy's moeder Ivy waren al met elkaar bevriend sinds ze samen in Knolls op de basisschool hadden gezeten.

'Hij heeft afgelopen week op mijn verzoek drie man extra in dienst genomen', vervolgde ze.

'Om wat voor reden als ze al voorliggen op schema?'

'Omdat ik graag wil dat het karwei eerder geklaard is. Ik hoop dat onze afdeling spoedeisende hulp eind februari weer in bedrijf zal zijn.'

'Dat krijgt u dan waarschijnlijk wel voor elkaar', zei Mercy.

Heel even verscheen er op Estelles gezicht een glimlach; ze was kennelijk ingenomen met deze opmerking. Wanneer ze in vorm was – en dat was ze altijd, ook nadat haar leven als gevolg van de explosie aan een zijden draadje had gehangen – was ze in staat de strijd aan te binden met een stier en dat gevecht nog te winnen ook.

'Ik heb gezien dat u uw werk nog steeds in de opslagruimte moet doen', zei Mercy.

Estelle nam een slokje koffie en grimaste. 'De kantoorruimten van de directie zullen daar blijven tot de rest van het ziekenhuis voltooid is. Patiënten gaan voor het leggen van vloerbedekking en het behangen. Als iemand zich daarover wenst te beklagen, kunnen ze er met mij over komen praten.'

Mercy lachte. 'Als dat gebeurt, wil ik het graag meemaken.'

Voordat Estelle vijf en een half jaar geleden directeur van het ziekenhuis was geworden, was ze aanklager geweest voor Knolls en omgeving. Een vijftal wetsovertreders uit de streek haatte haar, de overigen vonden haar sympathiek en respecteerden haar. Mercy was een van hen. Estelle stond voor veiligheid en stabiliteit in deze kleine plaats, en het streekziekenhuis van Knolls was tot voor kort een van de beste kleinere ziekenhuizen in de wijde omgeving – en zou dat weer worden zodra de afgebrande afdelingen herbouwd waren.

'Wat ik verder nog zeggen wou ...' Estelle keek Mercy doordringend aan. 'Die donkere kringen onder je ogen staan me niet aan. Kun je ervoor zorgen dat Lukas terugkomt om ons uit de brand te helpen tot het zover is?'

'Ik? Maar mevrouw Pinkley, u weet toch –'

'We hebben hem allebei nodig.'

Die woorden waren zo waar dat ze Mercy een stekende pijn bezorgden. Tegelijk wist ze dat mevrouw Pinkley niet doelde op haar eigen persoonlijke behoefte om hem deel uit te laten maken van haar leven.

De directeur zette de koffie neer en deed er wat poedermelk in, roerde, proefde de koffie en knikte tevreden. 'Denk aan je patiënten als je niet aan je eigen gezondheid wilt denken. Onze SEH-arts moet voor hen beschikbaar zijn. Bij jou in de praktijk kunnen wel enkele laboratoriumonderzoeken verricht en röntgenfoto's gemaakt worden, maar je kunt het onmogelijk allemaal zelf doen. Men moet meer dan een uur rijden om bij een andere SEH te komen.'

'We hebben hier in Knolls nog meer artsen.'

'Ja,' snauwde Estelle, 'maar zij klagen dat ze overwerkt raken terwijl ik onder hun ogen geen donkere kringen zie.'

'Dat komt doordat zij niet in de overgang zitten', zei Mercy.

'Dat zou bij jou misschien ook nog niet het geval zijn als je minder last had van stress. We hebben behoefte aan een extra arts en Lukas zou alleen maar met jou hoeven te praten om zich dat te realiseren.' Ze liet een korte stilte vallen waarin ze Mercy een peinzende doordringende blik toewierp. 'Jullie tweeën gaan toch nog wel met elkaar om?'

Mercy vroeg zich af en toe af of mevrouw Pinkley gedachten kon lezen. 'Mijn moeder heeft het weer met u over mij gehad.'

Estelle haalde haar schouders op. 'Ivy weet dat je al het werk in je praktijk niet meer aankunt. Ze maakt zich zorgen over je.'

'Dat geeft haar nog niet het recht om zich te mengen in het beleid van het ziekenhuis.'

'Ze doet wat iedere bezorgde moeder zou doen.'

Mercy kon alleen maar haar schouders ophalen en haar hoofd schudden. Haar moeder bedacht het ziekenhuis met royale giften en soms, wanneer ze had bedacht dat ze aan bepaalde touwtjes wilde trekken, deed ze daar haar voordeel mee.

'Ik heb maatregelen genomen om de overbelasting te verminderen', zei Mercy. 'Ik heb Lauren McCaffrey in dienst genomen om bij te springen in de praktijk totdat de SEH weer in bedrijf is. Ze is een goede SEH-verpleegkundige. Met haar erbij hebben we meer armslag.'

'Zij is niet vierentwintig uur per dag oproepbaar zoals jij', zei Estelle. 'Zorg dat Lukas terugkomt; daar zijn we allemaal bij gebaat.'

'Ik ben er niet van overtuigd dat hij wíl terugkomen.'

'Dan haal je hem maar gewoon over.'

'Hij zal eerder naar u luisteren dan naar mij.'

Estelle bestudeerde een moment Mercy's gezicht en knikte toen instemmend. 'Maar naar jou luistert hij met zijn hart.' Ze legde een hand op Mercy's schouder en kneep er even in. 'Zorg dat hij terugkeert naar waar hij thuishoort, meisje.' Ze keek even op haar horloge. 'Ik moet zorgen dat ik de eerste ochtenddienst nog kan meemaken; anders denken de gemeenteleden nog dat ik onberekenbaar ben geworden en gaan ze voor mijn zielenheil bidden. Daarna ligt er nog voor een dag werk in mijn werkkamer op mij te wachten.'

'Zo te horen moet u de preek die u net hebt afgestoken, zelf ook nog in praktijk brengen', zei Mercy.

Estelle gaf Mercy nog een klapje op de schouder, goot het restje koffie in het fonteintje in de hoek van de kamer, waste de mok af en liep met grote passen de kamer uit. De geur van lavendel bleef achter.

Voordat Lukas zondagochtend om zeven uur aan het eind van zijn dienst was gekomen, had hij drie baby's van tussen de twee weken en drie maanden behandeld. Hun gehuil achtervolgde hem en deed hem voor de zoveelste keer denken aan Marla Moores vermiste baby. Naar wat hij had opgevangen van de gesprekken tussen andere personeelsleden, gingen de meeste mensen ervan uit dat het kind was ontvoerd. Er werd met de meeste argwaan gekeken naar de motorrijders die zo dicht bij de plek waar de baby was verdwenen, verbleven. De huurbaas was uitvoerig ondervraagd en de autoriteiten hadden besloten dat er op Marla sectie moest worden verricht.

Lukas had van de politie vernomen dat de hulp van de eenheid Bijzondere Delicten van Missouri was ingeroepen. Er was contact opgenomen met de arts die de bevalling had gedaan en hij had aanvullende informatie over Marla verstrekt. Ze was negentien, alleenstaand, angstig. De naam van de baby was Jerod Andrew Moore. Er stond niets in het dossier over de vader. De grootouders van moederskant waren allebei overleden.

Lukas behandelde de laatste patiënten van zijn dienst voor het in januari gebruikelijke assortiment kwalen: kougevat, influenza of een zere keel. Ondertussen kon hij het doodsbleke gezicht van de jonge vrouw niet van zijn netvlies krijgen. En ook niet de grote vraag uit zijn hoofd zetten die hem altijd achtervolgde, tot ver na een overlijden: wat was haar bestemming in de eeuwigheid geweest? Was ze christen?

Hij nam plaats op de kleine werkplek aan de balie om het dossier van zijn laatste patiënt bij te werken. Even later hoorde hij achter zich een hese, gemakkelijk te herkennen vrouwenstem.

'En ... zijn ze al begonnen met de initiatie?'

Hij draaide zich om en zag Tex met grote passen vanuit behandelkamer 2 op zich afkomen. Haar witte pak zat iets te strak om haar schouders. Oppervlakkig gezien leek ze op haar nicht Lauren. Ze had net als zij groene ogen, regelmatige witte tanden en hoge jukbeenderen. Lauren bezat echter een verfijnde schoonheid die mannen aantrok, waar ze ook kwam, terwijl Tex een onafhankelijkheid uitstraalde die zei: 'Kom me niet te na'. Haar lichaamstaal versterkte die indruk nog. Ze had een stem die daarmee in overeenstemming was, en een felle blik in haar ogen die een stoere vent nog van zijn stuk zou kunnen brengen. Ze had Lukas nog niet zo fel aangekeken, maar hij vermoedde dat Quinns dagen geteld waren.

'Initiatie?' vroeg Lukas.

Ze trok een stoel onder de balie uit, draaide hem om en ging erop zitten alsof ze op een paard zat. 'We hebben onder het personeel een paar jeugdige delinquenten die proberen door te gaan voor menselijke wezens. Ze halen graag geintjes uit met nieuwelingen en jij bent er het laatst bij gekomen.'

Lukas moest aan de boterham met pindakaas denken die hij had weggegooid. 'Wat voor geintjes?'

'Ze hebben de banden van dokter Moss laten leeglopen en de rugleuning van zijn stoel losgeschroefd, zodat die eraf viel toen hij ging zitten. Zijn suède jasje was volgeplakt met plakband. Toen hij het eraf trok, was het jasje helemaal bedorven.'

Lukas knikte. Hier stond hij niet van te kijken.

'Dokter Moss nam het sportief op', zei ze. 'Als ze dat met mij hadden uitgehaald, waren ze nog niet jarig geweest.'

Lukas zette zijn paraaf op het dossier waar hij mee bezig was geweest, en legde het op het stapeltje. Het was zondagochtend; hij wilde een kerkdienst bijwonen, al was hij erg moe. Hij hoopte alleen maar dat hij nog zo lang wakker zou kunnen blijven dat hij niet snurkte tijdens de preek.

'Waar staan hier in de omgeving kerken?'

Er kwam geen antwoord.

Hij draaide zijn hoofd om en keek recht in Tex' ogen die hem strak aanstaarden.

'Tex?' Wat mankeerde haar? 'Zijn er in Herald kerken?'

'Wat moet je daarmee?' De toon waarop ze dit zei, was opeens enkele graden koeler geworden.

Fronsend keek Lukas op zijn horloge. Ja, het was zondagochtend. 'Ik had bedacht dat ik er onder andere voor Jerod Moore zou kunnen bidden.'

Ze schudde langzaam, verdrietig haar hoofd. 'Dat kun je beter thuis doen naast je bed.' Ze stond op en reed de stoel terug naar de plek waar ze hem vandaan had gehaald. 'Als je dan toch bezig bent, kun je misschien ook voor het kind bidden dat vorige week uit het plantsoen is verdwenen, en voor de kinderen die in Sedalia en Columbia zijn verdwenen. Vele mensen hebben voor hen gebeden, maar niemands gebed is tot nog toe verhoord. Tot je volgende dienst.'

Clarence werd wakker doordat hij zichzelf luid hoorde snurken. Zijn hoofd was slap achterover gezakt tegen de hoofdsteun in Bucks pick-up. Hij hief zijn hoofd op en kreeg het bord in het oog dat aangaf dat ze nu Knolls binnenreden. Tjonge. Hij moest de laatste dertig kilometer hebben geslapen. Hij keek even naar Buck. 'Sorry, maat, ik geloof dat ik even was weggedoezeld. En dat terwijl het mijn bedoeling was jou te helpen wakker te blijven.' Hij strekte zijn armen en wreef over zijn verkrampte nek. 'Alles oké?'
Buck knikte, maar zijn ogen waren bloeddoorlopen en vielen bijna dicht van vermoeidheid. 'Ik ben eraan gewend.'
Clarence wist dat dat waar was. Buck was als brandweerman vierentwintig uur achtereen in de weer als hij pieperdienst had, maar dat was niet vlak nadat zijn vrouw had geprobeerd zelfmoord te plegen. Daar kwam bij dat hij, voordat dat allemaal was gebeurd, nog maar een paar uur thuis was geweest na een lange dienst.
'Ik neem aan dat jij nu naar huis gaat om nog een poosje te slapen', zei Clarence.
Buck sloeg bij het eerste stoplicht af en reed in de richting van Ivy Richmonds huis. 'Ik weet niet.' Hij haalde een hand van het stuur en wreef over zijn gezicht vol stoppels. 'Ik blijf hopen dat ik eigenlijk nog slaap en dat dit alleen maar een nachtmerrie is.'
'Daar kan ik inkomen. Heel vaak heb ik hetzelfde gewenst. Maar Ivy houdt me dan steeds iets voor en ik ben bijna zover dat ik kan zeggen dat dat waar is.' Clarence keek uit het raam naar de kleurenschittering van het ochtendlicht. 'Zij zegt dat dit leven niet het belangrijkste is. Wat je doet is belangrijk en wat je gelooft, niet wat jou hier op aarde overkomt.'
Buck keek hem even van opzij aan voordat hij de straat in draaide waar Ivy woonde. 'Dat komt op mij nogal wrang over. Wordt er van mij verwacht dat ik zo aankijk tegen wat

er met Kendra is gebeurd? Moet ik mezelf voorhouden dat het er niet toe doet?'

Clarence fronste. Dat had hij niet goed onder woorden gebracht. 'Ik geloof niet dat Ivy het zo bedoelt. Al die maanden dat ik een hongerdieet volgde en Darlene haar best deed om haar astma beter onder controle te krijgen, heeft ze me voorgehouden dat God heel veel om ons geeft. Je zou kunnen zeggen dat Hij de Grote Baas is; dat Hij weet wat er gaat gebeuren terwijl wij dat nog niet weten. Misschien heeft Hij zijn eigen plannen met ons, weet je, en moeten wij ons soms gewoon laten meenemen en dan maar zien wat er gebeurt.' Hij wist niet goed hoe hij zelf dacht over alles wat hij daarnet had gezegd, maar doordat Ivy er maar niet over ophield, begon het nu toch op hem in te werken. Hoe dat precies in zijn werk ging, wist hij niet, maar soms had hij wel iets aan wat ze zei.

Buck reed Ivy's oprijlaan op en duwde op de knop om het slot van de portieren te laten opspringen zodat Clarence kon uitstappen. 'Ik weet het niet, hoor.'

'Ik ook niet, maar ik begin te denken dat dat bidden en zo wel iets oplevert. Vond je niet dat in Springfield alles wat vlotter ging nadat we hadden gebeden? Kendra hield in ieder geval op met huilen.'

Buck moest lang over die vraag nadenken. In de tussentijd ging de voordeur van Ivy's huis open en kwam Ivy de veranda op. Haar lange peper- en zoutkleurige haar hing in een vlecht op haar rug en ze droeg een rode wollen trui op een bijpassende rok. Ivy Richmond zag er nog heel goed uit voor een vrouw van zesenzestig. Eigenlijk maakte het helemaal niet uit hoe oud ze was; ze zag er gewoon goed uit.

'Ja, maar het bleef niet zo, Clarence', zei Buck uiteindelijk. Clarence keek zijn vriend aan. 'Misschien moeten we gewoon doorgaan met bidden.' Hij duwde het portier open en hees zich met zijn zware lijf uit de auto.

'Dat kan nooit kwaad, denk ik', zei Buck. 'Lauren McCaffrey heeft heel vaak tegen me gezegd dat ze voor me bad, in de tijd dat Kendra me het huis uit had geschopt en ik bij de brandweer geschorst was. Naderhand heb ik me wel eens afgevraagd of alles op zijn pootjes terecht is gekomen dankzij die gebeden. Maar moet je zien wat er nu is gebeurd.' Hij spreidde zijn handen en liet ze meteen weer terugvallen op het stuur. 'Kendra wil dood.'

'Maar ze is niet dood. Denk daar eens over na, Buck.' Clarence sloot het portier, zwaaide zijn vriend na en draaide zich om. Wat zou hij nu van Ivy te horen krijgen?

Mercy liep de kamer binnen waarin Crystal Hollis en haar overgrootmoeder Odira Bagby de vorige avond waren ondergebracht. Ze glimlachte. Omdat alle kamers in het streekziekenhuis van Knolls eenpersoonskamers waren, was Mercy bang geweest dat Odira op een van die stoelen zou moeten slapen die je kon uitklappen – geen comfortabele slaapplaats voor een vrouw die tijdens haar laatste medische onderzoek honderdvijfendertig kilo had gewogen. Iemand was zo aardig geweest nog een ziekenhuisbed in de kamer neer te zetten, naast dat van Crystal, zodat Odira 's nachts dicht bij haar kleinkind kon zijn. Waarschijnlijk de nachtzuster Vickie. Ze was een van de beste krachten die ze de afgelopen paar maanden in dit ziekenhuis hadden aangenomen – Lukas Bower niet meegerekend.

Twee dienbladen met lege borden en kopjes stonden op de tafel te wachten tot ze werden weggehaald. Crystal lag op haar bed met haar hoofd op een paar kussens; haar steile, zachte bruine haar was gekamd en hing tot op haar schouders. Ze had de televisie niet aangezet, maar haar waterig blauwe ogen waren open. Die richtten zich met een heldere blik op Mercy zodra zij kwam binnengewandeld.

Mercy zag op het andere bed een kinderboek liggen, op zijn kop. Odira had er hoogstwaarschijnlijk uit voorgelezen.

'Goedemorgen, Crystal. Waar is je oma?'

Crystal wees naar de gang. 'Ze is weggelopen om aan de zuster te vragen wanneer u zou langskomen.' Haar ernstige blik bleef op Mercy's gezicht rusten. 'Ze wil weten of u het goedvindt dat wij vandaag naar huis gaan.'

'Goed, dan ga ik jou nu vast onderzoeken en praat ik met je oma zodra ze terug is.' Mercy trok de stethoscoop van haar hals en liet de klok een paar seconden warm worden in haar handpalm. 'Hoe voel je je vanochtend?'

'Beter, dokter Mercy.' Om dit te bewijzen ademde Crystal een keer diep in en uit. Ze hoestte niet. Haar gezicht was weer even bleek als anders.

'Mooi.' Mercy wierp een blik op de dienbladen waarop niets eetbaars meer lag. 'Heb jij je eigen boterhammen opgegeten?'

'Ja, en ook nog een paar van oma.'

Mercy glimlachte. Dat moest voor Odira een opoffering uit liefde zijn geweest. 'Dan is jouw eetlust weer normaal, merk ik.' Ze bekeek de aantekeningen van de verpleging op het klembord dat aan het voeteneinde van het bed hing. Crystal was vanochtend nogmaals behandeld met pufjes, het hoesten was beduidend minder geworden en haar temperatuur was 37.5.

Mercy was bijna klaar met Crystal toen Odira puffend binnenkwam. Haar gezicht was nat van het zweet, haar grijsbruine haar bleef aan haar voorhoofd plakken. 'Hallo, dokter Mercy. Ik had daarnet al tegen Crystal gezegd dat u er waarschijnlijk zo aankwam.' Haar stem was net als altijd krachtig, maar ze ademde luider en moeizamer dan normaal. Ze had blosjes op haar gezicht en ze bewoog zich trager. 'Ik geloof dat ze zich vandaag beter voelt. U ook?' Odira gaf haar achterkleinkind een klapje op de arm en boog zich naar voren om haar een kus op het voorhoofd te geven. 'Ik heb altijd al gezegd dat ze snel geneest al is er van alles mis. Hoe vindt u vanochtend haar longen klinken?'

'Veel beter.' Mercy hing het klembord weer aan het voeteneinde en trok Crystals beddengoed glad.

'Denkt u dat we vandaag naar huis kunnen?' Odira pakte het openliggende kinderboek en liet zich langzaam op het ziekenhuisbed naast dat van Crystal zakken.

Mercy hield de vrouw een moment zwijgend in de gaten. Toen Mercy de afgelopen nacht Crystal met pufjes had behandeld in haar praktijk, had ze tweemaal gezien dat Odira zwijgend haar hand tegen haar borst drukte en haar gezicht vertrok van pijn. Ze had nu een opgeblazen gezicht en haar voeten waren zo gezwollen dat ze over haar wandelschoenen puilden, zoals Vickie al had opgemerkt.

Crystal, die altijd alles in de gaten had, keek met een bezorgde blik in haar ogen toe. Er was iets niet goed.

'Ik wil jullie graag nog minstens een nacht hier houden', zei Mercy terwijl ze geruststellend over Crystals arm wreef.

Odira's gezicht versomberde. 'O.' Ze moest weer een paar keer naar adem happen. 'Ik hoef u vast niet te vertellen hoe groot mijn waardering voor u is, dokter Mercy, maar u weet dat het voor Crystal heel gevaarlijk is om hier te zijn, met al die bacillen die hier rondzweven. Mij is verteld dat je in een ziekenhuis de meeste kans hebt om longontsteking op te lopen. Omdat zij taaislijmziekte heeft, is het risico dat ze iets opdoet nog groter.'

Mercy knikte. 'Het spijt me. Ik heb begrip voor uw bezorgdheid. Ons personeel neemt altijd alle nodige voorzorgsmaatregelen om te voorkomen dat bacteriën zich verspreiden, maar waar ziekte is komt besmetting voor. In dit ziekenhuis ligt het aantal patiënten dat longontsteking oploopt ruim onder het landelijke gemiddelde. Misschien stelt dat u enigszins gerust.' Ze liep naar Odira's bed en haalde een klein flesje uit haar doktersjas. 'Dit heb ik voor u meegebracht. Alstublieft.' Ze overhandigde het plastic flesje aan Odira. 'Het is een middel om je handen te ontsmetten. Ik wil dat u en Crystal een paar keer per dag de handen inwrijven met dit goedje zolang jullie hier zijn. Wanneer Crystal weer naar school gaat, wil ik dat zij het bij zich houdt en het daar ook gebruikt.'

Odira draaide het witte dopje van het flesje en snoof de lucht op. 'Het ruikt nergens naar.'

'Het zal heel wat bacteriën doden voordat ze Crystals gezicht kunnen bereiken. Op die manier lopen we meestal ziektes op, door besmette voorwerpen met onze handen en vervolgens ons gezicht, onze neus of andere gevoelige plekken aan te raken. Dit spul moet eraan meehelpen dat de bacteriën dood zijn voordat dat gebeurt, maar dan moet je het wel op de juiste manier gebruiken.' Ze keek toe, terwijl Odira het flesje op zijn kop hield om een kloddertje ontsmettingsmiddel in haar handen te laten glijden en zich vervolgens naar Crystal overboog om haar er ook een beetje van te geven.

Zoiets simpels kon levensreddend zijn voor iemand met cystic fibrosis. Men besefte vaak niet hoe gevaarlijk een eenvoudige verkoudheid voor dit kind kon zijn. Wanneer Crystal bij haar in de spreekkamer kwam, moest Mercy er ook zelf aan denken dat er misschien bacteriën van andere patiënten op haar kleding waren blijven zitten. Om het risico dat zij die verspreidde uit te sluiten, trok ze altijd een schone witte jas aan. Het kleine meisje had slechts behoefte aan liefdevol contact.

'En hoe is het met oma? Lukt het een beetje om dit alles goed te doorstaan?' vroeg Mercy zo terloops mogelijk. Ze vond het moeilijk te geloven dat mevrouw Bagby bijna even oud was als haar moeder, en die was echt nog niet oud. 'Bent u een beetje moe?'

'Wie? Ik? Ik heb me nog nooit zo goed gevoeld.' Mercy had haar dit vaker gevraagd, maar dit keer klonk haar antwoord niet zo energiek als anders. De vrouw probeerde het ontsmettende middel op haar handen sneller te laten drogen door met haar handen te wapperen. Toen pakte ze het boek, legde het op haar schoot en begon erin te bladeren. Ze keek Mercy niet aan.

Mercy bleef haar in het oog houden. 'Weet u eigenlijk wel, mevrouw Bagby, dat het al even geleden is dat u voor het laatst bent nagekeken? We willen graag zeker weten dat we u op de been kunnen houden, zodat u voor Crystal kunt zorgen.'

Odira bromde. 'Er is niets mis met mij dat niet is te verhelpen met lekker thuis slapen in mijn eigen bed.'

Mercy wierp een blik op Crystal. Ze zag dat het meisje steeds bezorgder ging kijken terwijl zij Odira bleef ondervragen over haar gezondheid. 'Mevrouw Bagby, wat zou u ervan vinden als u en ik even een eindje over de gang gingen lopen? U kunt de lichaamsbeweging goed gebruiken nadat u zo lang in deze kamer hebt vastgezeten.'

Odira keek met een onzekere blik in haar ogen naar haar achterkleinkind. 'Ik weet eigenlijk niet of ik Crystal hier helemaal in haar eentje kan achterlaten. En stel dat ik dan een ziekte oploop en die aan haar doorgeef?'

De vrouw probeerde haar om de tuin te leiden. 'We zullen voorzichtig zijn. En ik kan een verpleeghulp roepen om Crystal even gezelschap te houden.' Mercy duwde even tegen Odira's been. 'Kom, het zal ons allebei goed doen.' Misschien kon Mercy haar er tijdens de wandeling van overtuigen dat ze zich moest laten onderzoeken. Niet Crystals, maar Odira's gezondheid was voor Mercy aanleiding om hen nog een dag of twee hier te houden. Een vraag kwelde haar en het lukte haar niet om die vraag van zich af te zetten: stel dat Odira iets overkwam, wat zou er dan met Crystal gebeuren?

8

Clarence wist welke regels er golden bij Ivy Richmond in huis. Iedereen at er een voedzaam ontbijt; niemand sloeg het over. Tot zijn grote opluchting was dat vanmorgen niet anders. Ze had het bord met zijn ontbijt met folie omwikkeld in de koelkast gezet. Hij rammelde van de honger. Van al die indringende gedachtewisselingen kreeg je kennelijk trek.

Hij zag hoe Ivy de folie van het bord haalde en een papieren servet over het eten legde. Geweldig! Als hij het goed had gezien, kreeg hij boterhammen met eieren en kaas! Ze schoof het bord in de magnetron. Met afkeer op haar gezicht draaide ze aan de knop waarmee je het aantal minuten instelde en drukte vervolgens op de startknop. Hij wist dat Ivy een hekel had aan de magnetron; ze gebruikte het apparaat zo min mogelijk. Clarence daarentegen maakte er vaak gebruik van, vooral voor de popcorn met een laag vetgehalte waarvan Ivy in een keukenkastje voor hem een voorraadje had neergelegd. Hij had alleen nog geen manier gevonden om de popcorn geluidloos klaar te maken. Dat was de reden dat hij altijd probeerde er een beetje van achter te houden voor een lekker hapje laat op de avond. De popcorn hielp hem – af en toe – om van de koekjes met chocolade-snippers af te blijven. 'Waar is Darlene?' vroeg Ivy.

Clarence keek in de richting van de ingang van het apparte-ment die zich, vanuit de keuken gezien, helemaal aan de andere kant van de huiskamer bevond. Zijn zus wilde op dat moment juist naar binnen gaan. Ze had een nieuw kap-sel – het korte, voortijdig grijs geworden haar hing sluik om haar hoofd – en ze ging gekleed in een mooi roze wollen jasje met bijpassende rok. Daardoor zag ze eruit als een ech-te dame in plaats van als de ziekelijke, uitgemergelde vrouw die zo lang voor hem had gezorgd. Toen ze haar naam hoor-de noemen, keek ze over haar schouder, zwaaide lachend naar Clarence, ging naar binnen en verdween uit het zicht. 'Ze is zich aan het verstoppen voor het vuurwerk', mom-pelde Clarence. Hij zag Darlene de laatste tijd bijna nooit meer. Ze had het te druk met het samenstellen van registers en met vrijwilligerswerk in de kerk en in het ziekenhuis.

'O. Nou, ik hoop maar dat ze vanochtend niet weer achter haar computer gaat zitten', zei Ivy. 'Ik heb haar gewaarschuwd niet weer te veel van zichzelf te vergen.' Ze liet haar werk-zaamheden even voor wat ze waren om Clarence met een moederlijke blik in de ogen strak aan te kijken; haar handen legde ze daarbij op haar heupen. 'Je had ons kunnen vertellen waar je naartoe ging. Denk je soms dat het ons niet kan sche-len wat je doet? Hoe haal je het in je hoofd om midden in de nacht weg te gaan, zonder ook maar een briefje of –'

'Sorry, mam, het zal niet weer gebeuren. Mijn zus heeft zich kennelijk niet zo veel zorgen gemaakt.'

'Je hoeft niet zo sarcastisch te doen.'

Hij onderdrukte een grijns. Haar bazige optreden vond hij niet meer zo irritant. Hij had namelijk ontdekt dat ze het goed bedoelde. 'Ik kreeg niet de tijd om op te bellen', legde hij uit. 'Buck en Kendra waren in moeilijkheden en Buck vroeg of ik hen wilde helpen. Dat was de reden dat ik ervan-door ben gegaan. Het spijt me dat u zich zorgen hebt ge-maakt.'

Aan Ivy's donkere ogen was opeens te zien dat haar interesse was gewekt. Dat was eigenlijk niets voor haar, want hij wist dat ze er een hekel aan had afgeleid te worden wanneer ze bezig was een tirade af te steken. 'Wat voor moeilijkheden?' Ze haalde een vork uit een la en griste een pannenlap van het aanrecht. Ze zag er mooi uit in die rode trui met rok. En ze rook lekker. Alleen niet zo lekker als het eten.

Hij grijnsde arrogant. 'Mag ik niks over zeggen. Het gaat om geheime medische informatie.'

De magnetron piepte. Ivy pakte het bord eruit, haalde het servet eraf en zette het bord voor Clarence neer. 'Ik hoor toch wel hoe het zit, in de kerk.'

'Niet van mij.' Hij keek van het gezicht van deze sterke vrouw naar het ontbijt dat ze voor hem had klaargemaakt. 'Dit zijn volkoren eieren?'

'Waar heb je het over?'

'U weet toch wel wat ze bedoelen met volkoren? Bruine eieren, bedoel ik. Als volkorenbrood bruin is, dan zijn bruine eieren volkoren. Dat is toch logisch.'

Ze schudde haar hoofd. 'Je hebt slaap nodig.'

'Weet ik.' Hij had liever niet dat ze bij hem in de buurt bleef en elke hap die hij nam, telde. Het probleem met het dieet dat hij volgde, was dat hij veel aandacht moest geven aan wat zijn mond inging. Als hij dat niet deed, deed Ivy dat voor hem. 'Als u voortmaakt, kunt u de vroege dienst nog halen, denk ik.'

'Weet ik.'

'Wilt u een zegen voor het eten vragen?'

De interesse in haar ogen nam toe. Ze trok een stoel onder de tafel uit en ging tegenover hem zitten. 'Wil je graag dat ik dat doe?'

Clarence dacht terug aan de wilde nacht, de rit naar Springfield en weer terug, aan de diepgaande ontdekkingen die hij had gedaan. 'Ja.'

Haar ogen werden groot. Ze boog zich naar voren en legde een hand op zijn arm. 'Meen je dat nou, Clarence?'

'Ik ben niet zo dom dat ik iets over God zeg wat ik niet meen. Niet meer, in elk geval.'

En zo kwam het dat Ivy bad en hij deze keer aandachtig luisterde.

'Ik moet een paar onderzoeken laten verrichten, mevrouw Bagby, maar ik weet zo al wel dat u een hartprobleem hebt. Daar moeten we zo snel mogelijk iets aan doen.' Mercy had Odira meegenomen naar een onbezette behandelkamer en haar daar onderzocht. Ze vond haar toestand niet geruststellend.

Terwijl ze samen de gang opliepen, bleef de oudere vrouw opeens staan. Haar grote, ronde gezicht vertoonde zorgrimpels, haar haren hingen in ongelijke pieken rond haar gezicht. Ze leunde onwillekeurig even tegen de muur. 'Ik heb toch geen hartaanval gehad of zoiets?'

'Nee, ik denk dat u lijdt aan wat wij congestieve hartinsufficiëntie noemen.' Mercy weerstond de impuls om mevrouw Bagby een arm aan te bieden ter ondersteuning. Ze was al een hele tijd geleden tot de ontdekking gekomen dat Odira een van de meest onafhankelijke vrouwen in Knolls was. Ze stond altijd klaar voor anderen, maar moest wanhopig zijn voordat ze zelf hulp aanvaardde. Dat zou ze alleen maar doen wanneer dat omwille van Crystal noodzakelijk was.

'Wat betekent dat?' vroeg Odira terwijl ze zichzelf wegduwde van de muur en verder de gang inliep. 'Dat mijn hart het niet meer goed doet en dat ik doodga?'

'Nee, we zullen al het mogelijke doen om te voorkomen dat dat gebeurt.' Mercy paste haar tempo aan aan dat van Odira. 'Het betekent om te beginnen dat u te veel vocht in uw lichaam hebt, en dat uw hart momenteel niet in staat is dat vocht voldoende weg te pompen. Dat is de reden dat uw voeten en benen dik worden. Dat noemen we oedeem. Ik wil u graag medicijnen geven om het vocht kwijt te raken.'

'Oké, laten we dat dan maar doen.' Odira bleef opnieuw een moment staan om op adem te komen. 'Dat lijkt me beter dan dat we allerlei onderzoeken en meer van dat soort dingen overhoophalen.'

Omdat er een ontbijtkar door de brede gang kwam, deed Mercy een stap opzij. Toen draaide ze zich om om Odira aan te kijken. 'Ik wil graag een beter idee krijgen –'

'Kunnen we niet gewoon dat medicijn uitproberen en kijken of het werkt?' Na een paar moeizame stappen bleef

Odira alweer staan, maar nu om Mercy doordringend aan te kijken. 'U bent een verstandige vrouw, dokter Mercy. Het ontbreekt u niet aan gezond verstand. Ik heb meer vertrouwen in u dan in al die rare apparaten.'

'Die rare apparaten kunnen mij meer vertellen over de omvang van uw problemen dan de stethoscoop. Daar komt bij, mevrouw Bagby, dat u gezond moet zijn om voor Crystal te kunnen zorgen. We hebben hier in het ziekenhuis alles wat nodig is om de onderzoeken te verrichten. Ik kan regelen dat ze morgen plaatsvinden, terwijl u nog steeds hier bent.'

'Maar kost dat niet –'

'Er is een speciaal fonds voor mensen die hun medische kosten niet kunnen betalen.' Mercy legde een hand op Odira's arm. 'Wij nemen de overige kosten op ons. Goed?'

Odira haalde een paar keer moeizaam adem en de rimpels rond haar ogen werden dieper; ze bestudeerde Mercy's gezichtsuitdrukking. 'Omwille van Crystal moet ik er zeker mee instemmen?'

'Dat zou ik fijn vinden.'

'Goed, dokter Mercy, ik heb vertrouwen in u. Maar nu moet ik terug naar mijn meisje!' Ze draaide zich om en slofte door de gang naar de ziekenkamer waar een verpleeghulp Crystal gezelschap hield.

Ivy trok de mouwen van haar trui op tot boven haar ellebogen en liep naar de koelkast. 'Ik vind dat we vanmorgen maar naar de late dienst moeten gaan. In de tussentijd zal ik de koolsla die je zo lekker vindt, voor je klaarmaken.'

Clarence pakte zijn vork en prikte ermee in het spul op zijn bord. 'Ik weet dat ik er niet naar moet vragen, maar wat is dit allemaal?'

'Hoelang moet het nog duren voordat je vertrouwen in me krijgt?' Ze pakte een rodekool en rode, gele en groene paprika's uit de koelkast.

'Misschien wil ik het ooit wel een keer zelf klaarmaken.'

Ze zette een schoteltje met verkruimelde geitenkaas en een zakje zonnebloempitten op de tafel naast haar snijplank. 'Nou, goed dan. Ik gebruik een vervangmiddel voor eieren dat ik vermeng met in stukjes gesneden magere ham, groene pepers en uien. En magere kaas.'

Clarence legde kreunend zijn vork neer. 'Niet ook nog magere kaas!'

'Weet je wel hoeveel vet er in gewone kaas zit? Daar heb je geen behoefte aan. Om het goed te maken strooi ik er zonnebloempitten overheen. Deze bevatten de juiste soort vet en geen zout.'

Clarence rukte zijn bord onder de zak uit die ze boven zijn eieren hield. 'Zonnebloempitten met eieren! Bent u nu helemaal? Ik ben geen vogel.'

Ivy bleef de zak schuin houden. 'Zet dat bord weer neer. Jij wilde graag niet meer uitsluitend havermout als ontbijt en ik kom aan dat verlangen tegemoet. Dit is gezond. Ik eet het zelf ook, met een paar toefjes lekkere pastasaus erbovenop. Doet wonderen voor het cholesterolgehalte.'

Clarence zette zuchtend zijn bord neer en trok een lelijk gezicht toen Ivy de pitten uitstrooide over zijn eieren. Nou ja, bedacht hij, de zonnebloempitten zullen in ieder geval niet de smaak van de magere kaas bederven. Maar voordat hij zijn vork kon oppakken, liet Ivy nog iets anders op het bord vallen.

'Alsjeblieft, mijn zelfgemaakte dipsaus. Doop je eieren er maar in. Je zult niet weten wat je overkomt, zo lekker is dat.'

Clarence keek Ivy een moment strak aan. Probeerde ze een gemene streek met hem uit te halen om het hem betaald te zetten dat hij de hele nacht was weggebleven? Nee, daarvoor keek ze te onschuldig. Hij haalde een keer diep adem om moed te verzamelen en bracht toen een vork vol naar zijn mond. Hij sloot zijn ogen terwijl hij de massa in zijn mond schoof en kauwde.

Ivy kon niet het geduld opbrengen om zijn reactie af te wachten. 'Niet slecht, hè?' zei ze.

Clarence hield op met kauwen, slikte de hap door en voelde de spanning in zijn schouders deels wegebben. Nee, dit smaakte helemaal niet slecht. Eigenlijk was het bijna …

'Zie je nu wel?' zei Ivy, terwijl ze een tros druiven uit de koelkast pakte en de ingrediënten die ze had klaargelegd, klein begon te snijden. 'Ik had toch gezegd dat je het lekker zou vinden? Waarom geloof je me nooit?'

Hij zag nog net de triomfantelijke lach in de expressieve donkere ogen die precies zo waren als die van Mercy. Onwillekeurig lachte hij terug. Als antwoord op haar vraag laadde hij zijn vork weer vol met ei. 'Koekjes met chocoladesnippers zijn stukken lekkerder,' zei hij, 'maar ik vind het niet echt erg als ik dit af en toe krijg voorgezet.' Hij stopte de volgende hap in zijn mond.

'Nou, dat is volgens mij een groot compliment, zeker wanneer het uit jouw mond komt', zei ze droog. 'En nu we het daar toch over hebben: heb jij gisteravond, voordat je wegging, hier binnen een eekhoorn gezien?'

Clarence at door. 'Hm-mmm.'

'Geloof ik niks van.' Ze trok het deurtje van het vriesvak in de koelkast open. 'De eekhoorns bij ons in de bomen weten niet hoe het in een huishouden hoort toe te gaan en jij wel. Daarom bedacht ik dat jij niet degene geweest kon zijn die de pakken bevroren groenten had bestrooid met kruimels.'

Hij slikte. 'Sorry.'

Ze bleef nieuwsgierig naar hem kijken terwijl hij nog een paar happen nam, maar dat vond hij nu niet erg. Ivy werkte hem soms op de zenuwen, vooral wanneer ze net zolang aan zijn hoofd zeurde totdat hij meer water dronk, minder warm eten opschepte en lichaamsbeweging nam. Maar al was hij nu uitgeput van de lange, slapeloze nacht, hij voelde een warmte die hem tot op dat moment vreemd was geweest. En hij leek niet te kunnen ophouden met glimlachen.

Ivy bleef hem onderzoekende blikken toewerpen terwijl ze haar groenten kleinsneed. 'Clarence, wat heb je de afgelopen nacht nu eigenlijk gedaan? Voer je iets in je schild?'

Hij nam een hap van een volkoren cracker en beklaagde zich er niet eens over dat er geen boter, jam of iets anders op zat. 'Helemaal niet. Niet zo argwanend.'

'Niet met je mond vol praten. Wil je beweren dat je de hele nacht weg bent geweest om Buck en Kendra te helpen?'

'Klopt.'

'Waarom lijk je dan zo ... in je nopjes?'

Clarence verslikte zich in zijn cracker. 'In mijn nopjes?!'

'Je hebt vanochtend iets over je dat anders is dan anders.'

Clarence bleef kauwen en dacht hier ondertussen even over na. Hij voelde zich inderdaad anders. Hij kon niet precies zeggen wat hij voelde, behalve dan dat hij op dit moment het idee had dat hij een doel had.

Dat was het. Hij bekeek zichzelf van top tot teen. Hij was nog steeds dik. Hij raakte nog steeds buiten adem wanneer hij een blokje om ging. Zijn zus en hij waren nog steeds van Ivy afhankelijk, maar daar stond tegenover dat Ivy het volgens hem heerlijk vond om de baas over hem te spelen, hem te dwingen aan zijn conditie te werken en de kilo's eraf te zien vliegen.

Maar dat was niet de reden dat hij zich zo voelde. Er was de afgelopen nacht iets gebeurd. Hij ervoer nu een gemeenschap die er eerder niet was geweest ... gemeenschap met God? En betekende dat dat hij niet meer met depressieve gevoelens zou hoeven te worstelen?

Daar was hij nog niet van overtuigd. Volgens de artsen was depressiviteit een psychische ziekte en ook Ivy, Lukas en Mercy werden af en toe ziek. Hun levens waren niet volmaakt ... maar dat nam niet weg dat ze een doel hadden in hun leven. En misschien gold dat nu ook voor hem.

Maar hij was nog niet zover dat hij kon praten over wat er was gebeurd. Op dit moment wilde hij het nog graag als een kostbaar geheim voor zich houden. Hij wilde het nieuwe in zijn leven nog een poosje koesteren, voordat hij het risico nam dat hij het aan iemand vertelde en die persoon hem uitlachte. Hij wist dat God hem niet uitlachte. Hij wist dat God hem afgelopen nacht had gebruikt. Hij was er echter nog niet aan toe de ervaring die hij nog maar net had opgedaan, te delen met andere mensen. Eerst wilde hij er nog op zijn eigen manier stilletjes met God over praten.

'Verstoppertje aan het spelen?' vroeg een kille, ruwe mannenstem achter Mercy in de gang. Ze begon onmiddellijk te huiveren van angst, nog voordat ze zich realiseerde waar ze die stem eerder had gehoord.

Snel draaide ze zich om en keek in de glinsterende, kwade ogen van Abner Bell. Hij keek verwilderd om zich heen en zijn haar hing in slierten om zijn hoofd. Zijn dikke handen spanden en ontspanden zich, alsof hij aanstalten maakte om ze rond de eerste de beste nek te klemmen die hij tegenkwam. Abner Bell was altijd al een onaangename man geweest. Hij kon maskeren dat hij gauw aangebrand was wanneer hij wilde, maar meestal wilde hij dat niet. Mensen die hem niet zo goed kenden, vonden hem aantrekkelijk. Dat was echter uiterlijke schijn die niet lang standhield; een heleboel mensen in Knolls waren bang voor hem. Mercy hoefde nu maar een blik op zijn gezicht te werpen of de rillingen liepen haar over de rug.

'Waar is mijn vrouw?' Zijn gegrom klonk alsof het uit een betonmolen kwam, en hij keek Mercy met zo'n beschuldigende blik aan dat ze zich niet durfde te verroeren.

Mercy weerstond de impuls om een stapje achteruit te doen voor deze hoog boven haar uit torenende reus van een vent. Ze hoefde niet bang te zijn. Ziekenhuispersoneel liep bedrijvig door de gang en in de kamers werd er met dienbladen en borden gekletterd.

Ze richtte haar aandacht op zijn vraag. 'Je vrouw? Abner, waar heb je het over? Je vrouw is –'

'Verdwenen!'

Hij boog zich zover naar voren dat hij half over haar heen hing. Zijn adem stonk. Ze voelde zich niet zo bedreigd dat ze nog banger werd, maar ergerde zich eerder aan hem. Op grond van de ervaring die ze eerder met hem had opgedaan, wist ze dat deze man een lafaard was die er vooral genoegen in schepte om andere mensen te manipuleren en angst aan te jagen. Ze weigerde zich door hem te laten intimideren.

Zijn stem schoot uit. 'U hebt haar maandenlang voorgehouden dat ze bij me weg moest gaan en gisteravond heeft ze dat gedaan. Waar houdt u haar verborgen? U hebt niet het recht om de echtgenote van een man stiekem –'

'Neem me niet kwalijk', snauwde ze. 'Ik heb helemaal niemand stiekem ergens mee naartoe genomen. Wat heb jij gedaan, Abner, om aangeschoten te raken en haar weer te lijf te gaan?' Haar stem klonk een paar decibellen luider dan haar bedoeling was; het trok de aandacht van verschillende personeelsleden.

'Wat ze u ook heeft verteld, het was gelogen!' Hij boog zich nog dichter naar haar toe.

Instinctief stak Mercy een hand uit en duwde hem achteruit. 'Houd wat meer afstand! Ik heb je vrouw niet gezien, dus ze heeft niet de kans gehad om mij ook maar iets te vertellen. Maak nu dat je wegkomt.' Zonder zich nog om hem te bekommeren draaide ze zich snel om en liep weg. Ze had vanmorgen belangrijkere dingen te doen dan te luisteren naar de woede-uitbarstingen van een man die zijn vrouw mishandelde. Delphi had kennelijk eindelijk haar advies ter harte genomen.

Maar terwijl Mercy wegliep, voelde ze hoe de donkere blik van Delphi's echtgenoot zich in haar rug boorde. Stilzwijgend zond ze een gebed op voor Delphi. Was ze dit keer voorgoed vertrokken? Was ze veilig?

9

Op maandagmiddag om kwart over vijf rook Lukas aan de boterham met ham en salade die hij in het personeelsrestaurant van het ziekenhuis uit de automaat had gehaald. Hij nam er een klein hapje van om zich ervan te overtuigen dat de boterham niet vreemd smaakte, kauwde en slikte de hap door. Hij controleerde de datum op het cellofaan waarin de boterham verpakt was en pakte een glas sinaasappelsap. Hij wilde net nog een hap nemen toen er uit de luidspreker recht boven zijn hoofd een oproep schalde.

'... Oktar Ower wordt verzocht naar de spoed ... hulp te komen', zei een niet erg duidelijk sprekende vrouwenstem. 'Oktar Bower naar de SEH.' Zijn gezicht vertrok vanwege het lawaai en het geruis op de achtergrond, totdat hij besefte dat ze zíjn naam zo verhaspelden.

Hij wikkelde de folie weer om zijn boterham en nam nog gauw even een slok sinaasappelsap. Toen liep hij met alles bij zich de deur uit, al zag het er niet naar uit dat hij nog aan eten toe zou komen. Het werd vanavond waarschijnlijk weer even druk als altijd. Dat kwam onder andere doordat ouders bij thuiskomst van hun werk constateerden dat hun kinderen ziek waren en de praktijk van de huisartsen dan al was gesloten. Wanneer ze wachtten tot de volgende ochtend, schoot er een dag werken bij in en moesten ze ook nog de doktersrekening betalen. Wie het minimumloon kreeg uitbetaald, kon niet een paar uur vrij nemen en dan toch nog alle rekeningen voldoen.

Janice Carter, de SEH-verpleegkundige die altijd op maandag dienst had, stond hem bij de balie op te wachten. 'Er is een vrouw binnengekomen bij wie een van de vingers bijna is geamputeerd, dokter Bower.' Janice was een slanke vrouw van in de vijftig met kort, bruin haar dat grijs begon te worden, en stroopkleurige ogen. Dat ze een even aangenaam karakter had als stroop zoet was kon je niet zeggen, maar ze deed wat ze doen moest en klaagde zelden. Vergeleken met de meeste andere personeelsleden op deze SEH was ze een uitstekende kracht.

'Het is er weer eentje van de kippenslachterij.' Janice schoof het intakeformulier naar hem toe. 'Ik heb nog geen controles gedaan. U wilt in dit geval zo snel mogelijk ingrijpen, had ik zo gedacht. Het is de pink van haar linkerhand.'

Lukas wierp een blik op het formulier. 'Welke kamer?'

'De traumakamer. Ze hebben niet van tevoren aangekondigd dat ze er aankwamen. Ze werd gewoon binnengebracht.' Janice dempte haar stem. 'Veel informatie zult u niet krijgen, want de veiligheidsfunctionaris van het bedrijf is meegekomen. Ze proberen ons altijd voor te spiegelen dat een ongeval de schuld is van de werknemer, maar er gebeurt daar op zijn minst tweemaal per maand een ongeluk. En dan heb ik het alleen nog maar over de tijd dat ik zelf dienst heb.'

Lukas liep achter Janice aan naar de traumakamer, waar hij op de onderzoekstafel een angstige vijfenveertigjarige vrouw aantrof. Ze had haar werkkleding nog aan, bespetterd met stukjes kippenvet waar ze niet was afgedekt door een voorschoot. Ze verspreidde dezelfde lucht als een slagerij. Op haar hoofd had ze een wit kapje en ze droeg zwarte rubberlaarzen die nog nat waren omdat ze er constant door druipend water en kippenvocht waadden. De linkerhand van de vrouw was in verschillende lagen dik verband gewikkeld. Toch sijpelde er nog bloed doorheen.

'Dag mevrouw Morrison, ik ben dokter Bower. Mag ik er even naar kijken?' Hij wees naar het verband en begon het voorzichtig los te wikkelen. Hij hield daarbij haar hand vast en die hand trilde. Op enkele vegen zwarte oogschaduw na was haar gezicht even vaal als een winterlucht. 'Wat is er vandaag gebeurd?' vroeg hij op geruststellende, vriendelijke toon.

Haar kin trilde. Haar blik schoot naar meneer Gray die helemaal aan de andere kant van de kamer op een stoel zat en zwijgend toekeek. Ze maakte geen oogcontact met hem.

Toen Lukas de gewonde hand had uitgepakt, kwam hij tot de ontstellende ontdekking dat 'bijna geamputeerd' een goede diagnose was geweest. De pink was tussen twee gewrichtjes in finaal doorgesneden. Er welde nog steeds bloed op uit de snee, maar Lukas kon toch diep in het vlees bot zien zitten. De top van de pink werd al wit doordat het vier seconden duurde voor de haarvaatjes zich weer met bloed vulden. Door er snel even met een naald in te prikken werd duidelijk dat ze in de pink minder gevoel had, vergeleken met de pink aan de andere hand. Hij zou snel in actie moeten komen. Hij keek nog even op het intakeformulier. Toen wendde hij zich tot Janice die aan de andere kant van de onderzoekstafel stond. 'Laat Shirley een ambulance voor ons bellen. We moeten haar hiervoor naar Columbia laten overbrengen.'

Op dat moment richtte meneer Gray zich op. 'Momentje, dokter Bower.' Het klonk bijna alsof hij zich verveelde. 'Voordat we dat kunnen doen, moet ik daarvoor toestemming hebben van het hoofdkantoor.'

'Ik zou het op prijs stellen wanneer u daar dan onmiddellijk werk van maakt, meneer Gray', zei Lukas. 'Wij willen graag dat die ambulance ondertussen al op weg gaat. Ik denk dat de pink nog te redden is.'

Janice keek Lukas fronsend van bezorgdheid aan. 'Eh, dokter Brouwer,' zei ze op aarzelende toon, 'meneer Amos wil dat we hem bellen voordat we een patiënt naar een ander ziekenhuis laten overbrengen.'

Lukas slaagde er niet in te verbergen dat hij dit frustrerend vond. 'Dat zou in dit geval geen probleem horen te zijn. Dit is bijna een amputatie en dit ziekenhuis beschikt niet over de apparatuur die nodig is om een vinger weer aan een hand te zetten.'

Janice haalde haar schouders op. 'Het spijt me, maar dat is ons opgedragen.'

'Zorg dan maar dat ik hem aan de telefoon krijg, maar ik wil hebben dat mevrouw Morrison klaar is voor vertrek zodra het ons gelukt is een ambulance te laten komen.' Hij hoopte nu maar dat Quinn vandaag geen dienst had. Hij was niet in de stemming om weer een discussie aan te gaan. Hij wendde zich tot de patiënt. 'Mevrouw Morrison, hebt u voor zover u weet ooit een allergische reactie gekregen op pijnstillers of antibiotica?'

Ze schudde haar hoofd.

'Hebt u de laatste vijf jaar een tetanusprik gehad?'

Opnieuw schudde ze haar hoofd, maar toen schraapte ze haar keel en sprak zo luid dat de veiligheidsfunctionaris, die juist de gang op liep om een telefoon op te zoeken, het nog kon horen. 'Mij is zoiets nog nooit overkomen. Ik heb nooit een tetanusprik nodig gehad. Ik ben altijd voorzichtig als er mensen in de buurt zijn.'

'Dan ben ik bang dat wij u nu een injectie zullen moeten geven', zei Lukas. 'Ook zal ik de verpleegkundige vragen een infuus in te brengen in uw arm, zodat we u vocht, pijnstillers en een antibioticum om infectie te voorkomen kunnen toedienen. We zullen ook een röntgenfoto moeten maken.'

Zodra ze hoorde dat meneer Gray aan de balie midden op de SEH een telefoongesprek voerde, stak mevrouw Morrison haar gezonde hand uit naar Lukas en gebaarde dat hij dichterbij moest komen.

Hij boog zich naar haar toe.

'Ik word hiervoor waarschijnlijk ontslagen, maar de lopende band ging veel te snel.' Haar stem trilde van angst én woede. 'Dat doen ze altijd! Daarom raken er zo veel mensen gewond. Ik ben een van de mensen die de poten afsnijden. Ze zorgen er nooit voor dat mijn mes scherp genoeg is en telkens wanneer ik denk dat ik het tempo kan bijhouden, laten ze de band sneller lopen. Het gevogelte vliegt daar door de hal alsof het nog steeds veren aan zijn vleugels heeft!'

'Kunt u niet tegen hen zeggen –'

De vrouw snoof. 'Wie in de kippenslachterij moppert, wordt ontslagen. Omdat we onze baan nodig hebben, houden we onze mond.' Omdat Janice haar arm ontsmette om een infuus in te brengen, hield ze zich een moment stil. 'U mag dat aan niemand vertellen, dokter. Als u dat toch doet, zullen ze me ontslaan. Zeker weten.' Haar gezicht vertrok even toen Janice een infuusnaald door de huid stak.

'U hebt het niet aan meneer Gray verteld?' vroeg Lukas

De patiënt schudde haar hoofd. 'Hij zal ook niet het risico willen lopen zijn baan te verliezen. De vorige veiligheidsfunctionaris werd meteen ontslagen nadat hij het bedrijf had aangegeven.'

'Dokter Bower,' riep Shirley van achter de balie, 'ik heb meneer Amos aan de lijn.' Ze schakelde door naar de telefoon op Lukas' werkplek, een eindje verderop. Lukas haastte zich ernaartoe om op te nemen terwijl zij snel wegliep, alsof ze niet in de vuurlinie terecht wilde komen.

'Meneer Amos, met dokter Bower. Ik bel u omdat dat volgens het protocol verplicht is wanneer we een patiënt willen laten overbrengen naar een ander ziekenhuis. De patiënt in kwestie is gewond geraakt in de kippenslachterij en ze moet –'

'Dat is niet acceptabel', zei kortaf een nasale stem. De man sprak zo te horen via een telefoon met luidspreker. 'Neem contact op met de bedrijfsarts van de kippenslachterij en laat hem de zorg voor de patiënt overnemen.'

'Ik heb hem al laten oppiepen, maar deze patiënt moet zo snel mogelijk worden overgebracht –'

'Dokter Jeffries moet haar onderzoeken voordat ze dit ziekenhuis verlaat.'

'Maar er is al een ambulance op weg hiernaartoe', snauwde Lukas. 'Er moet een handenchirurg aan te pas komen, anders verliest ze –'

'Ja, maar pas nadat de bedrijfsarts van de kippenslachterij haar heeft gezien.' Een klik gaf aan dat er aan de andere kant van de lijn was neergelegd.

Op maandagavond vond Mercy pas om acht uur de tijd om Lukas te bellen. Ook als hij vandaag had moeten werken, zou hij nu toch wel thuis zijn.

De telefoon ging vier keer over. Mercy stelde zich erop in dat ze de door Lukas ingesproken boodschap op zijn antwoordapparaat te horen zou krijgen. Daar had ze een hekel aan, maar het had er alle schijn van dat ze de laatste tijd een hechtere relatie met dat apparaat had dan met Lukas.

De boodschap klonk metaalachtig, maar ze kon in ieder geval nog aan de veranderingen van toon horen dat Lukas deze had ingesproken. Ze liet de woorden over zich heen komen totdat er een piep klonk.

'Hallo, Lukas.' Hoe hard ze er ook haar best voor deed, ze kon niet voorkomen dat er teleurstelling doorklonk in haar stem. 'Jammer dat ik je weer niet thuis tref.' Ze keek even op haar horloge. 'Probeer me maar niet terug te bellen want ik moet zo dadelijk Tedi ophalen. Zij kan ieder moment thuiskomen van een excursie en daarna moeten we boodschappen doen om niet om te komen van de honger.' Ze aarzelde een moment omdat ze zich afvroeg wanneer ze weer de kans zou krijgen om met hem te praten. Ze wist niet eens meer hoe zijn werkrooster eruitzag. 'Ik neem later nog wel een keer –'

Er kwam een luid gekraak uit de telefoon dat zeer deed aan haar oren. Toen hoorde ze Lukas met vervormde stem zeggen: 'Niet ophangen!' Weer gekraak en daarna werd het opeens stil.

'Mercy? Ben je daar nog?' Aan de levendige toon waarop hij dat zei, kon ze horen dat hij het fijn vond dat ze belde.

Ze merkte dat er een warme glimlach op haar gezicht verscheen. Ze ontspande zich en ging op de bank naast de telefoon zitten. 'Wanneer schaf je nu eens een digitale telefoon aan, zodat ik echt jou hoor in plaats van je boosaardige tweelingbroer?'

Hij grinnikte. 'Wanneer deze kapot gaat.'

'Dat wordt dan zo te horen tijd. Ik heb gisteren ook al gebeld, maar je nam niet op.' Wist hij hoe fijn ze het vond om zijn stem te horen?

'Ik lag te slapen. Belde je me gisteren om een speciale reden?'

Nee, ze had alleen maar zijn stem willen horen. 'Het is op zondag goedkoper, weet je. Bovendien had ik een afschuwelijke zaterdagavond achter de rug en wilde ik er iemand de schuld van kunnen geven. Jij staat bovenaan de lijst van kandidaten omdat je niet hier bent om jezelf te verdedigen.'

'Daar kan ik helemaal inkomen. Mijn dienst verliep zaterdag ook beroerd. Maar vertel maar. Ik heb brede schouders.' Er viel een korte stilte. 'Nou ja, bij wijze van spreken.'

Ze sloot haar ogen en stelde zich die schouders voor, de ernstige uitdrukking die ze zo vaak op zijn gezicht zag, de glinstering die in zijn ogen leek te verschijnen wanneer hij haar zag – niet dat ze elkaar tegenwoordig nog vaak zagen. 'Jawel, je hebt wel brede schouders', zei ze.

'Kom dan maar op met je verhaal', drong hij aan.'Wat is er allemaal gebeurd?'

Ze vond het heerlijk dat hij dit zo gemoedelijk en zo nuchter zei. Wat had ze nu graag naast hem gezeten om van hart tot hart met hem te praten! Terwijl ze hem vertelde wat er met Crystal en Odira en met Buck en Kendra was voorgevallen, voelde ze eindelijk de spanning van die zaterdagavond en -nacht wegebben uit de spieren van haar nek en schouders. Ze bevonden zich op dit moment tweehonderd kilometer bij elkaar vandaan en toch was het alsof hij naast haar zat. Ze kon voelen dat hij aandacht voor haar had en om haar gaf. Ze hoefde alleen maar met hem te praten om zich te realiseren dat niets zo erg was als het soms leek.

'Mevrouw Pinkley wil dat ik jou eraan herinner dat wij jou hier nodig hebben.' Na een korte aarzeling voegde Mercy eraan toe: '*Ik* heb jou hier nodig.'

'Meen je dat?'

Onmiddellijk kwamen de twijfels waarvan ze voorheen last had gehad, weer bij haar op, én de gevoelens van angst die ze zes maanden geleden met wortel en tak meende te hebben uitgeroeid. *Maak het hem niet te moeilijk. Laat niet merken hoe graag je zijn stem wilt horen, al is het maar over de telefoon.* 'Ja', zei ze. 'Er komen zo veel patiënten op het inloopspreekuur dat ik soms pas om zeven uur de praktijk dicht kan doen. En momenteel word ik ieder weekend, iedere dag dat ik vrij ben, opgebeld. Vaak 's nachts. Knolls is zich aan het uitbreiden en Tedi wordt daarvan het slachtoffer. Ik kan niet meer zo veel tijd met haar doorbrengen.'

'Je kunt niet alles op je nemen, Mercy. Er zijn nog meer artsen in Knolls. Zorg dat zij hun steentje bijdragen aan al dat werk dat jou boven het hoofd groeit.'

Ze liet zich tegen de armleuning aan zakken. Hij begreep er weer niets van. En zij deed natuurlijk weer te veel haar best om niet al te duidelijk te zijn. 'Sommigen doen dat ook wel, maar …'

'… maar iedereen weet dat ze een loopje met je kunnen nemen.'

Ze hoorde de humor en de genegenheid in zijn stem. 'Ja, maar dat geldt ook voor jou. Als jij nu hier was, zouden we allebei telefoontjes krijgen en de werkzaamheden een beetje kunnen verdelen.'

Het bleef een paar seconden stil totdat Lukas zachtjes zei: 'De SEH is er niet meer, Mercy. Pas wanneer die is herbouwd, is er weer een plek voor mij in het ziekenhuis van Knolls.'

'Neem dan in overweging mij tijdelijk bij te staan in de praktijk. Volgens Estelle lopen ze met de bouw voor op het schema. Ze hoopt dat het nog hooguit een maand duurt, maar als ik geen hulp krijg ben ik tegen die tijd dood.'

'Kun je geen patiënten doorverwijzen naar andere praktijken? Of op zijn minst Estelle ervan overtuigen dat ze voor het weekend extra personeel moet inhuren, en dat ze een plek moet zien te vinden voor een nood-SEH?' Er werd aan de andere kant van de lijn diep gezucht. 'Mercy, ik heb hier een contract getekend.'

Ze pakte de telefoon steviger beet. 'Wat zeg je nou? Maar je was toch al in Knolls in vaste dienst? Wanneer heb je je handtekening gezet?'

'Twee weken geleden. Het is een kortdurend contract tot eind april. Dat betekent dat ik nog tweeënhalve maand hier moet blijven.'

Hij zei dit op zakelijke toon, alsof dat logisch was en hij

niets anders had kunnen doen. Mercy liet haar hoofd achteroverzakken tegen het kussen van de bank. Hij had er niet eens eerst met haar over gesproken. Was haar mening opeens niet meer belangrijk? Was zíj niet meer belangrijk?

'Mercy? Moet je horen, voor zover ik wist zou de herbouw van de SEH niet voltooid zijn voor eind maart of begin april.'

'Dat was ook zo.' Ze wist dat hij aan haar stem kon horen dat ze teleurgesteld was, maar waarom zou ze niet teleurgesteld zijn? Wanneer je vanuit Knolls naar Herald reed of omgekeerd, was je drie uur onderweg. Wanneer dit zo doorging en het bovendien zo bleef dat ze het allebei waanzinnig druk hadden, zagen ze elkaar nooit meer.

De stilte aan beide zijden van de telefoon werd gespannen. 'Sorry, Lukas', zei ze uiteindelijk. 'Ik ben gewoon verbaasd. Je hebt meer dan genoeg kansen gehad om dichterbij dan in Herald, Missouri een tijdelijke baan te vinden.'

'Maar dan kon ik niet op een plek blijven – had je dat niet begrepen? Ik doorkruiste in het begin heel het zuidelijke deel van Missouri, van Cassville tot Poplar Bluff. Daar krijg je snel genoeg van. Nu hoef ik alleen nog maar van de ene naar de andere kant van Herald te rijden.'

De teleurstelling werd nog groter. 'Wil je daarmee zeggen dat je niet van plan bent om de komende tweeënhalve maand terug te komen naar Knolls?' Ze hoorde zelf hoe zielig dat klonk en ze wist dat het hem niet zou ontgaan.

Ophouden nu, Mercy. Niemand houdt van zeurpieten.

'Zo heb ik dat niet bedoeld. Natuurlijk kom ik af en toe terug naar Knolls.'

Hij klonk opeens heel afstandelijk, heel gereserveerd, of verbeeldde ze zich dat maar? Ergerde hij zich aan haar?

De stilte duurde deze keer langer en de spanning was bijna tastbaar.

Hij schraapte zijn keel. 'Ehm, Mercy? Als ik jou zo hoor, ben je moe. Heeft iemand nog geprobeerd contact op te nemen met Cherra Garcias? Ze heeft ervaring als huisarts én als SEH-arts en ze is goed. Als alles volgens schema verloopt, komt ze over een paar maanden in Knolls werken, maar misschien kun je haar zover krijgen dat ze eerder komt.'

'Ik wil Cherra Garcias niet hebben, ik wil jou', flapte ze eruit.

Er werd aan de andere kant van de lijn diep gezucht. 'Mercy, ik ... het spijt me. Ik had niet voorzien dat jij het zo druk zou krijgen. Als ik had geweten ... Ik vind het echt heel vervelend voor je.'

Ze liet zich enigszins vermurwen. 'Ik kan er natuurlijk een telefoontje aan wagen. Laten we dan maar hopen dat ook Cherra niet ergens anders een contract heeft getekend. Bereid jij je maar voor op vuurwerk, Lukas, want het is wel duidelijk dat je Estelle niet op de hoogte hebt gesteld van je nieuwe contract. Ik denk niet dat ze ermee ingenomen zal zijn.'

'Nou, dan is er nog geen man overboord. De kans bestaat dat ik hier binnenkort word geschorst. Mensen schorsen en ontslaan schijnt hier een geliefd tijdverdrijf te zijn.'

Mercy vergat opeens hoe teleurgesteld ze was. 'Vertel me nu niet dat je weer in moeilijkheden verkeert', zei ze. Ze beet daarna meteen op haar lip. Dit was geen goed moment om hem te herinneren aan de problemen die hij in het verleden had gehad.

'Niets ergs, alleen maar een onbeduidende onenigheid. Onze directeur denkt dat hij de wetten die voor de gezondheidszorg gelden, kan herschrijven; dat hij mag bepalen wanneer en onder welke omstandigheden wij patiënten laten overbrengen naar een ander ziekenhuis. Hij heeft me gedwongen een patiënt met een bijna geamputeerde vinger vast te houden tot de bedrijfsarts ernaar had kunnen kijken, enkel en alleen om de verzekering tevreden te stellen. Hij heeft zelfs de ambulancedienst gebeld om de aankomst van de bestelde ambulance te vertragen! Stel je voor! Het schijnt zo te zijn dat het bedrijf in kwestie zijn werknemers wel heeft verzekerd, maar dat die verzekering niet alles betaalt als de bedrijfsarts niet op de SEH langs is geweest.'

'En is hij langs geweest?'

'Ja, en snel ook. Hij heeft in Herald een praktijk en kwam

meteen toen ik hem persoonlijk had opgebeld om de situatie uit te leggen. De patiënt was na aankomst van dokter Jeffries binnen tien minuten het ziekenhuis uit. Het staat me niet aan dat dit ziekenhuis het ziekenvervoer in zijn zak heeft. De vertraging die daardoor optreedt, staat me evenmin aan. Volgens de wettelijke bepalingen dient het vervoer binnen een bepaald tijdsbestek plaats te vinden. Wat zou er zijn gebeurd als Jeffries niet zo snel was gekomen?'

'Jou kennende zou je andere maatregelen hebben getroffen.' Mercy had Lukas altijd al bewonderd als pleitbezorger van patiënten. Ze wenste dat hij er even gedreven voor zou zorgen dat hij meer tijd voor haar had. 'Je zou je rechtstreeks tot de waakhond van de overheid, de Inspectie voor de Gezondheidszorg kunnen wenden.'

'Ik hoop dat dat niet nodig zal zijn.' Lukas had zelf een aanvaring gehad met deze overheidsinstantie die onder andere de afdeling eerste hulp in ziekenhuizen controleerde. Het onderzoek van deze instantie, gebaseerd op uit de lucht gegrepen aantijgingen, had hij als een nachtmerrie ervaren. Toen hij verder niets meer zei, begon ze over iets anders. 'Er is zaterdagnacht nog iets anders gebeurd', zei ze. 'Delphi Bell verdween en Abner kwam naar het ziekenhuis om verhaal te halen. Ik liep hem tegen het lijf toen ik gisterochtend mijn ronde deed. Hij beschuldigde mij ervan dat ik haar verborgen hield.'

'Denk je dat ze eindelijk voorgoed de benen heeft genomen?' vroeg Lukas.

'Dat hoop ik.' Ze dacht aan Abners woede, zijn beschuldigingen. Zou het toneelspel of iets van dien aard geweest kunnen zijn? Stel dat er iets was voorgevallen dat onheilspellender was? 'Ik hoop dat ze het land uit is.'

Mercy vertelde Lukas de laatste nieuwtjes uit Knolls, over het gebakkelei tussen Ivy en Clarence, over de veranderingen die in het ziekenhuis waren doorgevoerd en over een paar veranderingen in haar eigen leven. 'Tedi schijnt het leuk te vinden om haar vader te zien. Daarom ontmoeten we elkaar sinds kort twee keer in plaats van slechts een keer. Op donderdagavond komt hij naar ons toe en helpt hij haar met haar huiswerk voor wiskunde. Hij was altijd goed in wiskunde.'

Lukas merkte dat hij de hoorn steviger beetpakte als een automatische reactie op plotseling opkomende gevoelens. Hij ging rechtop in zijn stoel zitten en slikte. Theo zag Mercy tweemaal per week? 'Dat is mooi.' Hij wachtte, in de hoop dat Mercy er nog iets meer over zou vertellen. Dat deed ze niet. Hij drong aan. 'Dus het gaat goed met Theo?' 'Ja. Hij gaat trouw naar zijn AA-bijeenkomsten en hij heeft eenmaal per week een pastoraal gesprek met onze nieuwe dominee. Hij lijkt in geen enkel opzicht meer op de man die hij een jaar geleden was.'

'Dat is mooi.' Lukas wist dat hij in herhaling viel, maar het was inderdaad mooi dat Theo vorderingen maakte. Hij wilde graag dat Tedi zich verzoende met haar vader en dat Theo groeide in zijn geloof. De man was afgelopen najaar tot geloof gekomen, nadat Lukas er met hem over in gesprek was geraakt zonder dat dit nu direct zijn bedoeling was geweest. Dat nam niet weg dat Lukas moeite had met de relatie tussen Mercy en Theo. Dat vertelde hem meer dan hij ooit had willen weten over zijn eigen neigingen tot egoïsme. Tot jaloezie. Ja, dat was wat hij voelde. Mercy had tien jaar geleden genoeg van Theo gehouden om met hem te trouwen. Theo's alcoholisme, zijn gewelddadigheid en zijn verlangen naar andere vrouwen hadden een scheiding tot gevolg gehad. Zou ze nu in Theo, die beweerde dat hij Christus had gevonden en een nieuw leven was begonnen, weer de man zien van wie ze ooit had gehouden?

Maar zo zou in Gods ogen hun relatie toch ook moeten zijn, omwille van Tedi?

'Dat is mooi', zei hij, en hij realiseerde zich dat hij dat nu al drie keer had gezegd.

'Ja, dat is het.' Er viel een korte stilte. 'Zeg, Estelle kan me zeker wel aan het nummer van Cherra helpen? Ik ga haar bellen en dan moet ik maar zien of ze ons uit de brand wil helpen.'

Lukas fronste. Waarom veranderde ze opeens van onderwerp? Hij wilde, nee, hij moest meer horen over deze groeiende vriendschap met Theo. Hij was ook maar een mens. Daarom wilde hij dat ze zonder dat hij ernaar vroeg, zei dat ze haar ex slechts tweemaal per week ontmoette omwille van haar dochter, en dat …

'Lukas, hoorde je wel wat ik zei?'

'Wat? Ja.' Vanuit een ooghoek zag hij iets bewegen. Toen hij omkeek, zag hij dat de voordeur die hij niet achter zich had dichtgedaan omdat hij zo snel mogelijk de telefoon wilde opnemen, langzaam een klein stukje opening. Met de kou van buiten kwam duisternis naar binnen … en bleef naar binnen komen in de gedaante van de grootste zwarte kat die Lukas ooit had gezien.

'Wat doe jíj hier?' vroeg Lukas aan het dier.

'Lukas?' zei Mercy. 'Is er iets?'

'Nee, hoor. Er is zojuist een kat via de voordeur binnengekomen.'

'Een wat?'

Op dat moment hoorde hij buiten luid geroep. 'Poes, poes, poes!' Het klonk niet als de vleiende smeekbede waarvan men vanouds gebruikmaakte om een kat ertoe te bewegen tevoorschijn te komen. Het klonk als een door merg en been gaand bevel. Dat was Tex' krachtige stem, dat kon niet missen. De kat negeerde echter haar geroep en keek bedachtzaam de kamer rond, alsof hij er in zijn eigen boudoir was.

'Lukas, ben je er nog?' klonk Mercy's stem.

'Ja, neem me niet kwalijk. Ik heb net uitgevogeld van wie die kat is. Ken jij Tex, de nicht van Lauren? Ze woont in de andere helft van dit gebouw. Ik heb haar horen praten over Monster. Zo heet haar kat en nu zie ik waarom.'

'Tex. Is dat niet de verpleegkundige over wie Lauren het altijd heeft?'

'Ja, precies. Maar ze is niet alleen verpleegkundige. Ze studeert ook nog medicijnen of zoiets.' Hij wierp nog gauw even een blik op Monster die regelrecht naar de keuken liep via de opening zonder deur.

Na een korte stilte vroeg Mercy zacht: 'Is ze even knap als Lauren?'

Zelfs Lukas had door dat er op dit moment een geladen pistool tegen zijn hoofd werd gedrukt. Wat voor antwoord moest hij geven? Als hij nee zei, zou Mercy denken dat hij Lauren knap vond. Als hij ja zei, zou hij liegen. Als hij een aantrekkelijke vrouw zou moeten beschrijven, kwamen allereerst de woorden *klein* en *vrouwelijk* bij hem op. Je kon van Tex niet zeggen dat ze het tegendeel was, maar de meeste mensen zouden haar niet knap noemen, maar haar niet. Dat ze snel aangebrand was zou iets kunnen hebben wat je aantrok, maar dat was niet aantrekkelijk op de manier die Mercy bedoelde.

'Tex is een best mens. Ze is een goede verpleegkundige en laat zich nog meer gelden dan Lauren.'

'Dus zij praat ook zo veel?'

'Klopt.' Hij hoorde dat Tex dichterbij kwam, al zoekend naar haar weggelopen poes. Toen hoorde hij opeens een bons, alsof er in de keuken iets op de vloer viel. 'Momentje, Mercy. Ik geloof dat die kat iets in zijn schild voert.' Hij legde zijn hand over de hoorn en riep: 'Tex, je kat is hierbinnen.'

Aan de andere kant van de lijn werd gezucht. 'Zullen we ruilen? Lauren werkt voor mij totdat de SEH klaar is.'

'Echt waar? En je hebt haar nog niet vermoord?'

'Ik heb geleerd niet naar haar geratel te luisteren en ze heeft mijn leven gered.' Na een korte stilte voegde ze eraan toe: 'Lukas, ik heb jóu hier nodig.'

Hij voelde zich dankzij deze uitspraak opeens opgetogen, maar hij schudde dat gevoel van zich af. Wat zij nodig had was tijd, of ze zich dat nu realiseerde of niet. Ze had tijd nodig om wijs te worden uit haar gevoelens en te ontdekken wat Gods wil was voor haar leven. En Lukas wist dat hij ook tijd nodig had. Dat wist hij met zijn verstand. Als hij naar zijn gevoel te werk ging, zou hij veel meer willen en liefst nu meteen.

'Ik mis je', zei ze.

'Echt?' Ja, dat was waar. Hij kon het aan haar stem horen. En hij miste haar ook. Hij moest zo vaak aan haar denken ...

'Lukas, ik –'

'Klop, klop!' hoorde hij Tex chagrijnig zeggen bij de voordeur. Ze wachtte niet op een reactie. Gekleed in een slobberige grijze trainingsbroek en een oude groene jas drong ze zijn huis binnen. 'Zei jij nu dat mijn kat – o, sorry, ik wist niet dat je aan de telefoon zat.'

Lukas zwaaide naar haar. 'Ik denk dat jouw kat bij mij in de keuken in de vuilnisbak heeft gezeten.'

Mercy hield zich even stil, zuchtte en schraapte haar keel. 'Ik moest nu maar ophangen. Je hebt bezoek.' Ze klonk teleurgesteld.

'Ja.' Lukas was ook teleurgesteld. 'Ik denk dat ik nu maar het beste mijn vuilnisemmer kan gaan redden van –'

'Lukas, kun je dat contract niet op de een of andere manier verbreken?' zei ze opeens nog gauw even, maar voordat hij antwoord kon geven praatte ze alweer verder. 'Ja, ik weet dat het niet is zoals het hoort. Sorry. Nu heb ik je nog niet echt gesproken. Kun je niet dit weekend hiernaartoe komen, als je geen dienst hebt tenminste?'

Hij wilde niets liever dan haar dit weekend ontmoeten. 'Ik heb vrijdagavond en zondag dienst, maar –'

''k Heb 'm!' Tex kwam als overwinnaar terug uit de keuken. Haar krullende blonde haar hing warrig voor haar gezicht en ze hield de abnormaal grote zwarte kat onder haar rechterarm.

'Goed, Lukas. Ik spreek je nog wel.'

Mercy klonk gekwetst en dat was nu precies wat hij had willen vermijden. Ze legde neer voordat hij de kans had gekregen om te reageren. Hij keek toe terwijl Tex het dier in de richting van de voordeur zeulde.

'Dokter Bower,' zei ze over haar schouder, 'u hebt nu kennisgemaakt met de last van mijn leven. Ik ga hem terugbrengen naar mijn appartement. In uw keuken is niets gebroken en ik heb de rommel opgeraapt – al die lege verpakkingen van bevroren diepvriesmaaltijden. Kookt u wel eens?'

Hij legde de hoorn op de haak en probeerde vriendelijk te kijken. 'Waarom zou ik koken wanneer ik hier in de supermarkt gezonde diepvriesmaaltijden kan kopen?' Die diepvriesmaaltijden waren Mercy's idee geweest.

Tex snoof, trok de voordeur open en smeet de kat naar buiten. Hij hoorde een deur dichtslaan, toen kwam zij weer naar binnen.

Ze keek de kleine huiskamer rond. 'Ik heb nog tegen de verhuurster gezegd dat ze deze tent zou moeten schilderen voordat ze hem weer verhuurde. Maar ja, wie niet te veel geld wil uitgegeven aan huur ...' Ze liep naar de tweedehandse bank met bloemenbekleding en liet zich erop neervallen. Ze veegde het donkerblonde haar uit haar ogen en blies een paar pieken van haar neus. 'U hebt niet veel kaas gegeten van het inrichten van een huis, geloof ik.'

'Ik ben niet van plan hier lang te blijven', zei hij droog.

Ze keek naar de kale muren. Haar blik viel op de enige decoratie die hij had meegebracht: een plaat met Psalm 23 erop die Tedi hem als kerstcadeau had gegeven. In de rechterbovenhoek was een vliegende duif afgebeeld als symbool van de heilige Geest. Lukas had op dit moment die verbinding met zijn thuisbasis nodig.

Hij gebaarde naar de plaat. 'Zelfgemaakt door een jonge vriendin van mij.'

Tex wendde haar blik af van de plaat, alsof ze getuige was geweest van iets waarbij ze zich niet op haar gemak voelde. Ze leunde achterover en sloeg haar armen over elkaar. Ze had een stevige kin en haar kaaklijn was hoekig, vooral wanneer ze van plan was een discussie aan te gaan – zo veel was Lukas nog wel over haar te weten gekomen, die paar keer dat ze samen dienst hadden gedaan. Haar groene ogen, die niet opgemaakt waren, stonden wijd uit elkaar en keken onderzoekend de wereld in. Ja, ze was intelligent. Lukas kreeg voor de zoveelste keer de indruk dat achter haar stoere houding en haar soms ruwe taalgebruik een scherp verstand en een gevoelig hart schuilgingen, maar misschien verbeeldde hij zich dat maar. De manier waarop ze met patiënten omging, was in ieder geval prima en getuigde van medeleven.

Het klonk nogal onbeholpen toen ze uiteindelijk zei: 'U gaat naar de kerk, hè?'

'Ja.'

'Van welk slag bent u er een?'

'Pardon?'

'Wat is voor uw type gemeente kenmerkend? Doen jullie aan onderdompeling of aan besprenkeling, of roepen jullie om de haverklap halleluja?'

'Als je wilt weten tot welke denominatie ik behoor, is het antwoord: ik ben baptist.'

Haar gezicht vertrok en ze knikte alsof ze er alles van wist. 'Aha.'

Lukas keek haar fronsend aan. Aha? Wat wilde ze daarmee zeggen?

'Ik hoorde dat u vandaag door meneer Amos bent uitgekafferd.'

Hij raakte van zijn stuk doordat ze opeens van onderwerp veranderde. 'Ja.'

'Die vent deugt niet', zei Tex. 'Hij probeert iedereen te laten denken dat hij een soort god is omdat hij aan een of andere universiteit heeft gestudeerd. Dat neemt niet weg dat ik mijn best moet doen om hem te vriend te houden. Ik wil niet mijn baan kwijtraken. Het zou te ver rijden zijn wanneer ik voor iedere dienst naar Sedalia of Columbia zou moeten.'

Lukas ging op de stoel tegenover haar zitten en bestudeerde haar gezicht. Ze keek opeens nors. 'Maar als je hier nu toch maar in een huurhuis woont en je medisch –'

'Weet u dat de laatste twee maanden drie verpleegkundigen hun baan op de SEH zijn kwijtgeraakt?' Ze had er duidelijk geen behoefte aan haar professionele status met hem te bespreken. 'En ze zijn niet vervangen. Meneer Amos voerde hiervoor het onzinnige excuus aan dat dat niet gebeurt om de efficiëntie op de werkvloer te verbeteren, maar iedereen weet dat dit te maken heeft met uit lafheid gesloten compromissen. Hij is bang dat hij zijn eigen baan verliest als hij niet aan kostenbesparing doet. De enige reden dat ik hier nog ben, is dat ik minder verdien dan een verpleegkundige die zich heeft gespecialiseerd. Ik kan u verzekeren dat Quinn onmiddellijk zal proberen mijn positie te ondermijnen als hij weet hoeveel ik verdien. Hij denkt dat ik gebeiteld zit.'

'Over wat voor uit lafheid gesloten compromissen had je het daarnet?' vroeg Lukas.

Ze keek hem met een blik vol medelijden in haar groene kattenogen aan en legde een voet op de gehavende salontafel die voor de bank stond. In het profiel van de zolen van haar oude loopschoenen zat een beetje verdroogde modder dat nu verkruimelde en op het hout viel. Ze merkte het niet op. 'Het Brandt Project, een gezondheidsorganisatie in Kansas City, heeft ons twee maanden geleden opgekocht. Het zou om een goed bedrijf gaan, maar ik heb geruchten gehoord dat ze een kwaliteitscontrole door hun eigen mensen laten uitvoeren. Dat hebben ze hier nog niet geflikt, maar onze briljante directeur verwart kwaliteit met inkomsten. Weet u dat die man helemaal geen ervaring had met de medische wereld toen hij hier kwam? De vorige eigenaar van het ziekenhuis heeft hem van de straat geplukt omdat hij een gecertificeerd accountant is. Het zou me niet verbazen als hij nergens anders werk heeft kunnen vinden. Dat is de reden dat het momenteel een chaos is in dit ziekenhuis. De arme ziel snapt helemaal niet hoe je een ziekenhuis bestuurt. Hij probeert wel net te doen alsof, met zijn nepaccent, dure woorden en schoenen met plateauzolen.'

Ze richtte haar aandacht weer op de plaat met Psalm 23. 'Als u op zoek bent naar een kerk in Herald, kan ik u daar niet bij helpen. De enige waar ik wel eens ben geweest, sloot haar deuren nadat ze alle nietsnutten en huichelaars eruit geschopt hadden; toen was er namelijk nog maar een persoon over.'

Lukas reageerde er niet meteen op. Hij weerstond de verleiding om haar erop te wijzen dat ze zijn huis was binnengedrongen, een privételefoongesprek had onderbroken en zonder dat ze daartoe was uitgenodigd op zijn bank was neergeploft. Hij werd zich ervan bewust dat ze hem nauwlettend in de gaten hield, en dat ze in afwachting van een antwoord tegen haar gewoonte in haar mond hield. Maar wat moest hij zeggen?

'Wie was de enige persoon die overbleef?'

Ze boog zich met de armen over elkaar naar voren en keek hem strak aan. 'Mijn moeder.'

De manier waarop ze dit zei, sprak boekdelen. Een wereld van verdriet stak erachter. Hij had de verhalen eerder gehoord. Hij had in de loop der jaren talloze mensen ontmoet die niet meer naar de kerk gingen, die zich zelfs van God hadden afgewend omdat iemand die van zichzelf beweerde dat hij christen was hen had gekwetst.

'Weet u wat de kerk is?' vroeg ze. De wond was overduidelijk nog steeds niet genezen. Zonder op antwoord te wachten vervolgde ze: 'Dat is de plek waar satan zijn beste mensen naartoe stuurt.' Deze intens bittere opmerking galmde door de kamer. Onmiddellijk zoog ze zacht lucht naar binnen en was vervolgens zo tactvol om haar ogen neer te slaan. Ze keek naar haar handen die gebald op haar schoot lagen. 'Sorry, dokter Bower, ik heb het niet over u.'

Lukas zweeg even voordat hij vroeg: 'Woont je moeder nog steeds hier in de buurt?'

Na een kort stilzwijgen antwoordde ze: 'Mijn moeder is zes maanden geleden overleden.' Er glinsterden tranen in haar ogen; ze probeerde ze terug te dringen door heftig haar neus op te halen. 'Haar nieren begaven het. Omdat ze niet in aanmerking kwam voor een transplantatie, ben ik naar huis gekomen om voor haar te zorgen. In mijn eentje.'

'Je familieleden hebben je er niet bij geholpen?'

'Ze zijn een paar keer op bezoek geweest, maar niemand kon het zich veroorloven vrij te nemen en bij ons te blijven. Bovendien was ik daar toch.' Uit de manier waarop ze dat zei, kwam duidelijk naar voren dat ze van mening was dat ze van niemand hulp nodig had. 'En weet u wat die mensen deden met wie ze vroeger naar de kerk ging? Ze namen niet eens de moeite om te komen kijken hoe het met haar was. Ze kwamen pas te weten dat ze ziek was toen ze al was overleden.'

Lukas wenste dat hij haar op een zachtmoedige manier kon vertellen dat christenen evenmin gedachten konden lezen als niet-christenen. 'Wat erg, Tex. Ik kan me niet indenken wat voor gevoelens dat moet hebben opgeroepen.'

Ze bleef een ogenblik naar de vloer kijken. Toen keek ze naar hem op. 'Ik waarschuw u daarom maar eventjes – probeer niet tegen me te preken of me mee te vragen naar uw kerk.' Ze haalde de voorpanden van haar groene jack naar elkaar toe, trok de rits omhoog en salueerde min of meer voor hem voordat ze de deur uitliep.

Lukas zag dat ze overal op de hardhouten vloer moddersporen achterliet.

10

Op woensdagochtend trok Lukas het laatste schone witte pak onder uit zijn kast in het ziekenhuis. Hij gooide het op het bed, schopte zijn schoenen uit en gespte zijn riem los. Hij was vijf minuten te laat, de arts die nachtdienst had gehad was al weg en er zat een patiënt op hem te wachten. Er waren er nog drie bijgekomen voordat hij in de piketka-mer was aangeland. Vanochtend was bij hem thuis de stroom uitgevallen. Geen licht, geen wekker, geen tijd om ergens onderweg te ontbijten en koffie te drinken, of zich te laten bijpraten over de laatste nieuwtjes uit de gemeenschap over de vermiste baby en de andere vermiste kinderen. Als hij niet toevallig wakker was geworden en op zijn horloge had gekeken, was hij hier nog niet geweest.

Hij pakte het witte pak op en schudde het uit. Het bleef in de vouw zitten. Hij schudde het nog een keer uit en zag toen even iets kleins en glimmends in de stof. Hij hield het pak onder de lamp.

Iemand had de vouwen in het witte pak vastgeniet. Er zaten minstens twintig nietjes in de dunne stof, alsof een boos kind in een vast ritme driftig de kop van het nietapparaat naar beneden had gedrukt totdat het apparaat leeg was.

Welke volwassene met gezond verstand deed nu zoiets?

Zo had hij niets aan het pak. Hij smeet het weer op het bed en pakte zijn spijkerbroek. Hij had geen ander wit pak meer. De afspraak met het ziekenhuis was dat zij voor beroepskleding zouden zorgen, en dat hij op zijn beurt op een professionele manier zou optreden. Vandaag moest hij zich noodgedwongen zo presenteren dat hij niet meteen als arts te herkennen was. Als hij daardoor zijn tijdelijke baan kwijtraakte, kon hij daar niet mee zitten. Misschien was dat wel het beste. De eerstvolgende keer dat hij weer een contract tekende, zou hij zich van tevoren wat beter oriënteren. Hij zou niet nog een keer genoegen nemen met een rondleiding over de SEH en een handdruk van een aan één stuk door ratelende secretaresse.

'Doe niet zo zielig', zou mevrouw Pinkley nu allang tegen hem gezegd hebben. En gelijk had ze.

Hij pakte zijn riem en zag toen pas de envelop die op het kussen lag. *Dokter Bower* stond er in getypte letters op. 'Wat zullen we nu krijgen?' mompelde hij terwijl hij de envelop van het kussen griste.

Het was een memo van meneer Amos, de ziekenhuisdirecteur. Daarin herinnerde hij Lukas eraan dat hij voortaan de juiste weg diende te bewandelen voordat hij een ambulance bestelde voor het vervoer van een patiënt naar een ander ziekenhuis. Lukas scheurde het vel papier doormidden en stopte het in de overvolle prullenmand.

Dikke wolken pakten zich samen als een bolwerk dat de zon verhinderde door te breken, lang nadat het die woensdagochtend al licht had moeten worden in Knolls. Uit diezelfde wolken was die nacht regen gevallen die bevroor zodra de druppels op de bomen, huizen en straten terechtkwamen. De winters in het Ozarkgebergte en omstreken stonden erom bekend dat het er geregeld ijzelde omdat de temperatuur vaak net onder het vriespunt bleef. De neerslag kon maar niet uitmaken of het als regen of als sneeuw omlaag wilde komen; daarom bevroor ze maar eenvoudigweg. Dat was althans Mercy's redenering. Ze kon geen betere

bedenken omdat ze nog helemaal niet uitgeslapen en in gedachten met andere dingen bezig was.

De telefoon ging. Omdat er verder nog niemand aanwezig
was, nam Mercy zelf op. 'Goedemorgen, met de praktijk
van dokter Richmond.'

Het bleef even stil en aan de andere kant van de lijn ademde
iemand uit. 'Eh, zou ik dokter Richmond aan de lijn kunnen krijgen?' Het was een diepe mannenstem en hij sprak
onduidelijk. Ze kreeg er een onbehaaglijk gevoel van, nog
voordat ze wist wie ze aan de lijn had. Ze gaf niet meteen
antwoord.

'Hallo, is daar iemand?' vroeg hij.

'Ja.' Ze wist opeens zeker dat hij het was; ze herinnerde zich
de boze stem in het ziekenhuis, zondagmorgen. Toch wilde
ze dat hij zelf vertelde wie hij was. 'Met wie spreek ik?'

'Eh ... u spreekt met Abner Bell, maar als u dat aan haar
vertelt, zal ze niet aan de telefoon willen komen.' Hij klonk
niet zo boos als hij zondag was geweest en hij leek te aarzelen. Hij haalde een keer diep adem en blies de lucht toen
met kracht uit in de hoorn. 'Vraag maar gewoon aan de
dokter of ze iets van mijn vrouw heeft gehoord, goed?'

Mercy probeerde niet eens te voorkomen dat haar antwoord
kortaf klonk. 'Abner, je spreekt al met dokter Richmond. Ik
begrijp niet waarom je volhoudt dat je vrouw contact met
mij zou hebben. Ik heb geen idee waar ze is.'

En hij zou de laatste zijn die iets van haar te horen kreeg als
ze wel contact met haar had. Ze hoopte maar dat Delphi
intussen een heel eind hiervandaan was, maar waar zou dat
moeten zijn? Ze had geen familie en dat was waarschijnlijk
de reden dat ze zich zo lang door haar man had laten mis-
handelen. Mercy kon er slechts naar raden welke omstandigheden het arme mens zover zouden brengen dat ze de
kou in vluchtte. Was dat het geval geweest? Er waren nog
meer mogelijkheden en die bleven haar dwarszitten.

Hij haalde nog twee keer hoorbaar adem voordat hij zei: 'Ik
heb de meiden in het koffiehuis opgebeld, maar ze is niet
komen opdagen. Ze moet toch ergens zijn.' In tegenstelling
tot zondag klonk de man vandaag meer bezorgd dan drei-

gend en hij was schor, alsof hij de hele nacht op had gezeten. 'Ik mis haar echt, dokter Mercy. Ik weet dat we problemen hebben, maar ik weet ook dat we wel een oplossing vinden als ze maar terugkomt en het er nog een keer met mij op waagt.'

Mercy begon onwillekeurig medelijden met hem te krijgen. Dat overkwam haar altijd in een situatie als deze, wanneer een jonge echtgenoot op zoek was naar zijn verdwenen vrouw, maar nu verzette ze zich ertegen. Deze vrouw moest blijven waar ze was, buiten het bereik van haar echtgenoot. Mercy herinnerde zich de onaangename glinstering in Abners ogen, de kwaadaardigheid die hij zondag naar haar idee had uitgestraald, en ook dat dit bij haar woede had opgeroepen. Dat soort kwaadaardigheid kende ze uit eigen ervaring, uit de tijd dat haar vader zich onzeker had voortbewogen door het duister van zijn alcoholverslaving, en van de keren dat Theo dronken en kwaad op haar was geweest. Een dergelijke vijandigheid had in het voorjaar bijna tot Tedi's dood geleid.

'Als iemand bij u in de praktijk iets van haar hoort, wilt u me dan bellen?' vroeg Abner.

Mercy beet op haar lip om haar eigen woede, opgeroepen door schrikbeelden uit het verleden, onder controle te houden. Abner was te vergelijken met een gifslang; je moest behoedzaam met hem omgaan. 'Ik heb niets van haar gehoord, Abner.' Ze verbrak abrupt de verbinding, haalde een keer diep adem en ging de deur van de praktijk van het slot doen.

Ze bleef even staan voordat ze de sleutel omdraaide. Met inzet van al haar wilskracht probeerde ze zich te ontspannen om makkelijker te kunnen ademhalen en niet meer het gevoel te hebben dat haar maag verkrampt was tot een ijsbal die harder was dan de grond buiten. *Heer, zorg alstublieft dat Delphi veilig is, waar ze ook mag zijn.* Haar moeder had haar de laatste maanden geleerd een dergelijk eenvoudig gebed uit te spreken wanneer ze het zo druk had met haar patiënten dat ze geen tijd had om langdurig te bidden. Ze had Mercy ervan overtuigd dat God naar haar schietgebedjes luisterde, ook al was het niet zo'n compleet gebed als het eigenlijk hoorde te zijn.

Ze was er de laatste tijd goed in geworden. Te goed. Ze nam alleen 's avonds nog de tijd om langer te bidden, nadat Tedi een stukje uit de Bijbel had voorgelezen, zoals ze elke dag deed. Maar op de avonden dat Mercy werd weggeroepen, was ook dat niet eens mogelijk.

Soms had ze het idee dat niemand vond dat zij recht had op een privéleven.

De telefoon ging opnieuw. Het was de eerste patiënt die een afspraak afzegde. Mercy verwachtte dat nog velen zijn voorbeeld zouden volgen.

Toen Theodore Zimmerman die woensdag halverwege de ochtend de sleutel in het slot van zijn postbus stak, zag hij door het raampje van de postbus dat er een envelop in lag met het embleem van het ziekenhuis. Hij haalde de envelop er snel uit en scheurde hem open. Het begeleidende schrijven legde hij onder op het stapeltje andere paperassen, zodat hij meteen de uitkomsten van het laboratoriumonderzoek kon bestuderen.

Hiv ... negatief. Hij voelde zich zwak van opluchting terwijl hij doorbladerde. Sinds hij meer tijd was gaan doorbrengen met Mercy en Tedi en het een reële mogelijkheid begon te worden dat hij weer met hen een gezin zou vormen, was hij op de gedachte gekomen dat zijn vroegere levensstijl nog gevolgen zou kunnen hebben. Hereniging met zijn gezin was een droom geworden en intussen ook een concreet doel. Mercy en Tedi zouden meer tijd nodig hebben om aan het idee gewend geraakt, maar hij kon de gedachte al niet meer uit zijn hoofd zetten. Samen weer een gezin vormen ...

Chlamydia ... negatief. Gonorroe ... negatief. Herpes ... negatief. Syfilis ... negatief.

'Dank U, God!' murmelde hij, terwijl hij zijn ogen sloot en even tegen de zware marmeren tafel leunde die in het stille postkantoor stond. Hij had zich een week lang zorgen gemaakt over de mogelijke uitkomsten van het bloedonderzoek dat hij een week eerder in Springfield had ondergaan. Hij was de afgelopen zes jaar met heel veel vrouwen naar bed geweest – tot zijn grote verdriet en schaamte ook al voordat hij van Mercy gescheiden was. Dat hij die levensstijl eropna had gehouden, bleef hem dwarszitten ondanks het feit dat vele mensen hem verzekerden dat God het hem had vergeven.

Hij bekeek de onderste pagina en zijn aandacht werd onmiddellijk getrokken door het woord *positief*, als een pijl naar de roos van een schietschijf. Hij keek gauw op welke regel dat stond. Zijn vingers werden zo slap dat ze bijna alle vellen papier lieten vallen toen hij op die regel las: hepatitis B.

Hij bladerde terug naar het begeleidende schrijven dat hij in ieder geval eerst had moeten lezen, besefte hij. Er stond in dat ze tevergeefs hadden geprobeerd hem te bellen. Hij bezat geen antwoordapparaat. Hij had hun het telefoonnummer van zijn werk moeten geven. Dat had hij alleen niet gedaan, omdat hij liever niet wilde dat iemand van het bloedonderzoek afwist. De brief sloot af met de alinea waarin stond dat hij een afspraak moest maken voor een consult en eentje om het onderzoek voor de zekerheid te herhalen.

Hij stopte alles weer in de envelop en haastte zich het postkantoor uit. Herhaling van het onderzoek. Dat betekende dat de uitslag van dit onderzoek volledig op een vergissing kon berusten. Op een verkeerde interpretatie. Het had waarschijnlijk niets te betekenen.

Op de SEH van het ziekenhuis in Herald werd op de deurstijl van de openstaande deur van de piketkamer getikt. Toen Lukas over zijn schouder keek, zag hij Tex McCaffrey met grote stappen binnenkomen zonder een reactie af te wachten. Typisch Tex.

'Dokter Bower, 'k heb twee kinderen in kamer 2. Moeder maakt zich zorgen omdat ze suffig zijn. Ze snurken allebei als een dierentuin vol leeuwen, tijgers en beren. Wilt u hen onderzoeken?'

Even later luisterde hij bezorgd naar wat Angela Jack te vertellen had. Haar smalle gezicht was getekend door bezorgdheid. Het driejarige zoontje dat ze op schoot had, hield zijn ogen dicht en had zijn hoofd tegen haar rechterschouder laten vallen. 'Ik kan hen gewoon niet goed wakker krijgen, dokter Bower.' Ze wierp een blik op haar vierjarige dochtertje dat slap op de onderzoekstafel lag, haar blonde krullen wijd uitgespreid, en op het kussen kwijlde. 'Ik probeerde hen vanmorgen net als anders op te laten staan. Normaal proberen ze er altijd voor te zorgen dat ik te laat op mijn werk kom door van hot naar her te rennen, maar deze keer kropen ze meteen weer in bed. Er klopt iets niet.'

Lukas beluisterde met zijn stethoscoop de borst van het meisje. Haar ademhaling was normaal. Het hart klonk ook goed. Ze bewoog zich even, gaapte en nestelde zich nog dieper in het kussen.

Tex schoof het gordijn voor de ingang een stukje opzij. 'Dokter Bower, in de wachtkamer zit een man die zichzelf heeft verwond met een mes.' Fronsend boog ze zich over het kleine meisje en bestudeerde haar gezicht. Hoofdschuddend richtte ze zich op en keek Lukas aan. 'Ik wil alleen maar weten of u snel even naar zijn wond wilt kijken om te zien of die gehecht moet worden. Als dat niet nodig is, hoeft hij zich niet te laten inschrijven en krijgt hij ook geen rekening.'

'Heb je de wond onderzocht?'

'Ja. Het bloeden is vrijwel gestopt en de wond lijkt niet al te diep, maar u bent natuurlijk de dokter.'

Lukas zuchtte diep en keek Tex hoofdschuddend aan, gefrustreerd door alle regeltjes die door de overheid aan de gezondheidszorg waren opgelegd. 'Je weet dat ik, wettelijk gezien, niet even naar hem kan gaan kijken zonder hem in te schrijven.'

'Hij betaalt contant.'

'Wat zou jij in dit geval doen, als jij de arts was, Tex?'

'Ik zou me ervan overtuigen dat hij niet al te lang geleden nog een tetanusinjectie heeft gehad. Dan zou ik hem naar huis sturen met de raad de wond schoon te maken en er een verband omheen te doen.'

'Ik ga af op jouw oordeel.'

Ze knipperde met haar ogen en schudde lachend haar hoofd. 'Maar ik ben de dokter niet, ik ben de verpleegkundige.'

Lukas hing de stethoscoop om zijn nek, draaide zich om en vroeg aan mevrouw Jack: 'De kinderen hebben geen koorts en zijn ook, voor zover u weet, niet misselijk geweest? Hebt u medicijnen in huis die ze gevonden zouden kunnen hebben?'

Mevrouw Jack schudde haar hoofd. 'Ik bewaar alles hoog in de kastjes en alles lag vanochtend nog waar het hoort te liggen. Dat heb ik gecontroleerd.'

'Ze zijn erg slaperig, maar verder vertonen ze geen ziekteverschijnselen. Ik wil graag een paar onderzoeken verrichten –'

Tex legde een hand op zijn schouder. 'Wacht even, dokter Bower. Er schiet me net iets te binnen. Een paar weken geleden heb ik hier een kind gezien met dezelfde soort problemen, alleen was dat tijdens een avonddienst.' Met de handen op de heupen boog ze zich voorover om oogcontact te maken met de moeder. 'Angela, wie past momenteel voor jou op de kinderen?'

De vermoeide moeder keek Tex niet aan toen ze antwoordde: 'Mevrouw Ramey, een paar huizen verderop.'

'Ramey!' riep Tex uit. 'Dat mens is altijd dronken!' Ze richtte zich op. 'Dokter Bower, zij paste ook op dat meisje dat onlangs uit het plantsoen is verdwenen.'

'Ach, kom nu toch, Tex', protesteerde Angela. 'Ze was vreselijk van streek door wat er was voorgevallen, meer dan wie ook. Ze heeft de hele week naar het kind gezocht wanneer ze niet aan het oppassen was.'

'Ja, dat wil ik best geloven', zei Tex. 'Ze moest zich indekken omdat Sandra heeft gemerkt dat haar adem naar whisky rook toen ze op onderzoek uit waren gegaan. En daar komt nog bij, dokter Bower, dat ze zes maanden geleden ontslag heeft gekregen als lid van het ambulanceteam. Ze deed parttime dienst op de meldkamer, hield de boeken bij en schreef te hoge rekeningen uit. En verder is ze doorlopend dronken.'

Angela's mond verstrakte tot een streep. 'Ik heb nog niet één keer meegemaakt dat ze naar alcohol rook, en ze is goedkoop.'

'Ja, logisch.' Tex' stem werd donkerder van toenemende ergernis. 'Ze heeft geen vergunning terwijl ze waarschijnlijk voor tien kinderen zorgt, waarvan de jongsten nog baby's zijn.'

'Ze ... ze kan goed overweg met kinderen. Zij vinden haar aardig.'

'Wil jij dat ze net zo worden als zij? Verdien je dan zo weinig bij het bedrijf waar je werkt?' Tex schudde haar hoofd en deed haar armen over elkaar. 'Hoe denk jij dat ze hen onder controle houdt? Waren je kinderen ook slaperig toen je hen gisteravond na je werk afhaalde?' Angela sloeg haar ogen neer. 'Ik heb gisteravond overgewerkt. Omdat we een extra lading kippen moesten verwerken, sliepen de kinderen al toen ik hen kwam ophalen.'

Tex maakte een handgebaar dat zoveel betekende als 'zie je nou wel'.

'Je hebt de geruchten toch ook gehoord, Angela. Iedereen heeft ze gehoord. Ze geeft hun een slaapmiddel wanneer ze haar op de zenuwen werken. Een vriendin van mij heeft haar er een keer in een winkel over horen praten. Stel dat ze –'

'Houd er nu maar over op, Tex', snauwde Angela. 'Ik ben trouwens toch al op zoek naar een andere oppas. Ze heeft gezegd dat ze er binnenkort mee ophoudt; ze gaat verhuizen.'

Het meisje op de onderzoekstafel kwam in beweging en haar gezicht vertrok. Haar ogen gingen halfopen. 'Mama?'

Terwijl Angela zich om haar dochter bekommerde, boog Tex zich naar Lukas toe en zei op gedempte toon: 'Dokter Bower, ik weet zeker dat, wanneer u controleert op –'

'Vraag een urinescreening aan en laat ze daarbij vooral letten op de mogelijke aanwezigheid van aceton en aspirine. Laat hen vervolgens een kwantitatieve screening op gifstoffen verrichten.' Lukas keek nog even naar de kinderen. 'Als het echt om een overdosis slaapmiddelen gaat en die gisteravond is toegediend, is het al te laat om hun maag leeg te pompen. We zullen hen voor observatie hier moet houden, totdat ze bijkomen.'

Tex knikte. 'Het zou me verbazen als het niet zo in elkaar steekt.' Ze maakte een paar notities en wendde zich toen weer tot de moeder. 'Ik vind dat je met de politie moet gaan praten, Angela.'

'Waarover? Niemand kan iets bewijzen en ik heb geen tijd voor al dit gedoe. De politie in deze streek is trouwens geen cent waard. Het zijn net kleine jongens die met wapens spelen.'

Lukas glipte de behandelkamer uit en slenterde in de richting van het raam dat uitzicht bood op de wachtkamer. Achter zich hoorde hij mevrouw Jack klagen dat ze haar baan zou verliezen als ze weer een dag niet op haar werk verscheen. Lukas vroeg zich af hoe het kon bestaan dat men in een kippenslachterij van de werknemers verwachtte dat ze tot laat in de avond doorwerkten, en dat men met ontslag dreigde wanneer diezelfde werknemers met hun zieke kinderen naar het ziekenhuis moesten. Omdat de slachterij voorzag in het merendeel van de banen in Herald, leken de meeste mensen niet veel te voelen voor pogingen om verandering in de situatie te brengen.

Lukas' oog viel op een man met verband om zijn hand; hij zat in zijn eentje in de wachtkamer. Toen Lukas naar het loket liep waar de patiënten zich moesten laten inschrijven, zag de man hem. Lukas knikte naar hem en de man knikte terug terwijl hij Lukas nauwlettend in de gaten hield.

Het was mooi dat er wetten waren om patiënten op de spoedeisende hulp te beschermen tegen inhalige ziekenhuizen en andere zorginstellingen. Frustrerend was dat ze er nu ook de oorzaak van waren dat die man op zijn minst tweehonderd dollar zou moeten betalen, alleen omdat hij hier was binnengelopen en waarschijnlijk te horen had gekregen dat zijn wond gehecht moest worden. En dat terwijl hij een patiënt was die contant kon betalen. Geen enkele verzekeringsmaatschappij en ook geen van de overheidsfondsen als Medicare en Medicaid die de ziektekosten van armen en oude mensen voor hun rekening namen, zouden zijn rekening voldoen. Daar stond tegenover dat dankzij die wetten de afdelingen spoedeisende hulp geen mensen konden wegsturen die wel in grote nood waren maar niet voor de zorg konden betalen. Het was een kwestie van ethiek. Dat was toch niets nieuws?

De man – een timmerman, gezien zijn overall en met zaagsel besprenkelde werkoverhemd – wikkelde het verband van zijn hand. Hij keek op naar Lukas en hield zijn blik vast. Zelfs van deze afstand kon Lukas zien dat het geen ernstige snijwond was. Ze leek niet meer te bloeden en zag er rustig uit.

Glimlachend schudde Lukas zijn hoofd en liep toen bij het raam vandaan. Hij zou Tex vragen tegen de man te zeggen dat het niet nodig was om zijn halve maandloon neer te tellen voor een paar hechtstrips. Tex kon hem nog meer vertellen. Als het niet langer dan vijf jaar geleden was dat de man een tetanusinjectie had gehad, hoefde hij zich nergens zorgen over te maken.

Mercy bekeek de röntgenfoto's van de borst van Crystal Hollis en de uitslagen van het bloedonderzoek van vanochtend.

'Ze zien er veel beter uit, in vergelijking met zondag', vertelde ze aan mevrouw Bagby. 'De zuurstof doet haar goed, het gehalte is bijna weer normaal.'

'Goed zo!' Odira sloeg op haar knieën en grinnikte. Toen kreeg ze het benauwd en begon te hoesten.

Mercy bestudeerde het ronde, gerimpelde gezicht van de oude vrouw. Het liep rood aan en kreeg vervolgens geleidelijk weer een normale kleur. Odira en Crystal zouden hier op zijn minst nog een dag moeten blijven. Ze kon hen nog niet ontslaan. De verpleegkundigen hadden zich ervan verzekerd dat Odira haar nieuwe medicijnen innam en ze konden bewijzen dat die medicijnen haar goed deden, maar Mercy wilde hen nog even onder controle houden.

Odira was al dertig jaar patiënt in de huisartsenpraktijk van de familie Richmond. Ze was een van de patiënten op wie Mercy's vader bijzonder gesteld was geweest, al had ze af en toe de neiging om zich niet te houden aan wat was afgesproken. Ze had zich bereidwillig laten overschrijven naar de nieuwe arts, toen Mercy onmiddellijk nadat ze was afgestudeerd de tweede huisarts in die praktijk was geworden. Ze had Mercy altijd aangemoedigd, altijd blijk gegeven van haar dankbaarheid. Mercy vond haar een bewonderenswaardige vrouw; was ze maar gezond.

Door even zacht op Crystals schouder te tikken liet ze het meisje weten dat ze zich naar voren moest buigen. 'Goed, Crystal, je weet wat er nu van je wordt verwacht. Diep ademhalen.'

Crystal deed wat er van haar werd gevraagd. Haar ademhaling klonk goed. Mercy richtte zich op en bestudeerde het bleke gezicht en de blauwe ogen van het kleine meisje. Crystal beantwoordde haar blik zonder met haar ogen te knipperen.

'Er zit me iets niet helemaal lekker', zei Mercy terwijl ze Crystal nog steeds aankeek. 'Zaterdagavond was je heel ziek. In het najaar werd je ook ziek nadat je een paar weken naar school was geweest. Ik weet dat het onmogelijk is om uit de buurt te blijven van de andere kinderen wanneer ze verkouden zijn, maar, Crystal, heb je wel iedere dag al je medicijnen ingenomen op het moment dat je ze moest innemen?'

Het meisje verbrak het oogcontact en keek naar haar handen die gevouwen op haar buik lagen.

Mercy raakte haar schouder aan. 'Vertel eens, Crystal? Het is belangrijk.'

Crystal keek Mercy weer aan en schudde haar hoofd. 'Nee, dokter Mercy.'

'Hoe vaak heb je ze niet ingenomen?'

Crystal haalde haar schouders op. 'Soms wacht ik ermee totdat de school uitgaat en neem ze dan in voordat ik naar huis ga, maar ik laat ze ook wel eens in mijn kastje liggen.'

Mercy keek Odira even aan. 'Haar juf is toch wel op de hoogte van haar lichamelijke problemen?'

'Natuurlijk, dokter Mercy.' Odira werd opeens ernstig en richtte haar aandacht op haar achterkleinkind. 'Je weet toch dat je dat spul per se moet innemen, lieverd? Als je dat niet doet, word je weer ziek.'

Crystal keek weer naar haar gevouwen handen. 'Soms vergeet de juf om me eraan te herinneren. Ze heeft het vaak te druk om er iedere keer weer aan te denken. Ik neem ze ook wel eens in wanneer ik in de pauze in mijn eentje ergens op het schoolplein sta. De andere kinderen zeggen dingen ...'

'Plagen ze je?' vroeg Mercy.

Crystal knikte. 'Ze noemen me "junkie".'

'En wat zegt jouw juf daarvan?' vroeg Odira.

'Die hoort het niet.'

En Crystal wilde natuurlijk niet voor klikspaan spelen.

'Nou, dan zorg je maar dat jij het ook niet hoort!' zei Odira zo luid dat je het waarschijnlijk halverwege de gang nog kon horen. 'Wanneer ze je plagen, moet je maar gewoon bedenken dat zij niet lichamelijk iets mankeren maar ziek van geest zijn. Je hebt niet voor niets pillen van dokter Mercy gekregen. Slik ze dan ook. En laat me niet horen dat je niet dat spul gebruikt om je handen mee schoon te maken. Ik wil dat het goed met je blijft gaan.' Haar stem brak en ze viel stil.

Crystal keek op. 'Sorry, oma. Ik zal beter mijn best doen. Huil nu maar niet. Ik zal echt braaf zijn.'

Clarence concentreerde zich op het een voor een verzetten van zijn voeten. Het was nog niet zo moeilijk om op Ivy's loopband, die op dat moment op een kilometer per uur was afgesteld, het tempo bij te houden, maar hij wist wat hem te wachten stond. Ivy zat op dat moment achter de computer, maar het zou niet lang meer duren of ze draaide zich om, hield hem een moment in het oog en zei tegen hem dat hij meer tempo moest maken. Hij moest de snelheid aanpassen, hoe hard hij op dat moment ook al liep. Daarom begon hij altijd in een langzaam tempo.

Die vrouw kon Hercules nog het gevoel geven dat hij een watje was!

'Clarence, hoe vond je die havermoutkoekjes die ik gisteren heb gebakken?' riep ze over haar schouder vanuit de hoek van de grote kamer.

Hij snoof verontwaardigd. Ze verlangde niet alleen van hem dat hij in beweging kwam, ze wilde ook nog dat hij praatte terwijl hij bezig was. 'Wat voor koekjes?'

'De koekjes die jij gistermiddag stiekem uit de vriezer hebt gehaald toen ik weg was. Kom me nu niet aan met de smoes dat je daar niets van weet; ik heb ze geteld voordat ik wegging.'

'Waren dat havermoutkoekjes?' Hij had ze niet lekker gevonden. Het waren restanten van het van sojabonen en maïs gebakken brood dat ze hem gisteravond door de strot had geduwd, had hij gemeend.

Ze draaide zich met draaistoel en al om en keek hem aan. 'Ze zouden lekkerder zijn geweest als je had gewacht tot ze ontdooid waren.'

Hij trok een lelijk gezicht. Ivy meende dat ze als geen ander wist hoe je gezonde voeding lekker maakte, en hij was haar proefkonijn. Het werd nog zijn dood als hij niet oppaste! 'Er had wat meer zoetstof in gekund.' Plus een paar noten, wat chocoladesnippers, een beetje boter, wat kruiden en een paar eieren …

'Ik moet er nog een beetje mee experimenteren.' Ze draaide zich om naar haar computerscherm. 'Moet je horen wat ik heb geschreven voor mijn column in de plaatselijke krant.'

'Wat voor column?'

'Over afvallen. Doordat Harvey naar New Jersey is verhuisd, hebben we een nieuwe hoofdredacteur. Murray is in alle opzichten tegengesteld aan Harvey. Ik weet niet hoe de krant al die jaren zonder hem heeft kunnen voortbestaan.'

'Maar waarom wil hij dat u een column schrijft over afvallen? U bent nooit dik geweest.'

'Ik heb jou toch geholpen om af te vallen? Hij had gehoord hoeveel lichter jij de laatste paar maanden bent geworden, en kwam bij me met het verzoek iedere week een column te schrijven over hoe je gezond eten klaarmaakt en hoe je je gewicht onder controle houdt. Jij bent mijn proefpersoon.' Ze draaide zich opnieuw om. 'Ben je echt sinds het voorjaar ongeveer vijftig kilo kwijtgeraakt? Denk je eens in hoeveel mensen te kampen hebben met zwaarlijvigheid.

Die mensen kunnen nu allemaal aan jou als hun held een voorbeeld nemen en zich laten inspireren –'

Clarence snoof. 'Ik een held?!'

Ze keerde hem weer de rug toe. 'Rustig maar. Luister nu maar gewoon even naar het volgende: "Dikzakken, verenigt u! Kom naar buiten en –"'

'Momentje! Wat bedoelt u met "Dikzakken, verenigt u!"' snauwde Clarence.

'Dat staat boven de column.'

'Het is beledigend.' Had dezelfde persoon hem een held genoemd terwijl ze hem al die maanden bijna de hongerdood had laten sterven?

'O, dan verander ik het opschrift wel. Wat vind je van: "Wacht u voor de vijand"?'

'Dat klinkt alsof je op het punt staat iemand een griezelverhaal te vertellen.'

'Wil je nou gewoon even luisteren? "Kom naar buiten en zet je in beweging om de kersenbonbons, de gebakjes en de gefrituurde kippenpoten van drie jaar geleden eruit te zweten. Overgewicht is je vijand. Telkens wanneer je een hap van iets neemt dat voldoende vet bevat om een olifant het loodje te laten leggen, moet je bedenken dat een ruimtemonster binnendringt in –"'

'Mevrouw Richmond! Is het uw bedoeling uw lezers te laten griezelen? Als een klein kind het leest, denkt het waarschijnlijk dat er in mijn buik een ruimtewezen op de loer ligt dat ieder moment naar buiten kan springen om het te pakken te nemen.'

Ze zuchtte hartgrondig. 'Oké, ik wis dat en begin weer helemaal opnieuw. Het is mijn bedoeling duidelijk te maken hoe gevaarlijk het is om te zwaar te zijn. Ik wil de te dikke inwoners van Knolls voorhouden dat dit de oorzaak van hun dood wordt als ze zo doorgaan. Tot slot wil ik jou als voorbeeld gebruiken om te bewijzen dat het zo niet hoeft te gaan.'

Daar moest Clarence even over nadenken. 'U vindt mij dus echt een held?'

Ivy begon het toetsenbord weer te bewerken. 'Haal je maar niets in je hoofd, maar alle krantenlezers in Knolls komen te weten hoe ze er zelf voor kunnen zorgen dat ze afvallen. Je zult wat meemaken wanneer ze de volgens mijn recept gebakken kaneelbroodjes met een minimum aan vet proeven! En volgende week komt er dan weer een nieuw recept in te staan.'

'Kaneelbroodjes? Dan kun je net zo goed een alcoholist een glas voorzetten met een drankje waarin een minimum aan alcohol zit!'

'Nee, dat is niet waar, want alcohol heb je niet nodig om in leven te blijven, maar eten moeten we allemaal. Waarom zouden we dan niet alleen maar lekkere dingen eten?' Ze keek weer even over haar schouder. 'Als je voldoende energie overhebt om hierover met mij in discussie te gaan, ga je niet snel genoeg. Wat is nu je loopsnelheid?'

Werktuigelijk, zonder tegen te stribbelen, draaide hij aan een knop om het tempo iets op te voeren en lachte bij zichzelf. Hij begon te leren hoe hij Ivy kon overbluffen. 'Ik heb gisteren in uw bijbel gelezen dat lichamelijke beweging tot weinig nut is.'

Ivy hield op met tikken en draaide zich voor de zoveelste keer om. Haar donkere ogen keek hem vragend aan. 'Dan heb je vast niet in mijn bijbel in de modernste vertaling gelezen.' Er verscheen een glimlach op haar gezicht. 'Je leest in mijn bijbel?'

'Af en toe.' Hij begon buiten adem te raken.

'Je moet een flink stuk hebben gelezen voordat je aan dat bijbelgedeelte toekomt.'

O nee, nu waren de rapen gaar. Nu zou Ivy hem aan het hoofd gaan zeuren dat hij met haar mee moest naar de kerk. Had hij maar niets gezegd. Hij zag al helemaal voor zich hoe hij zich mengde tussen allemaal heiliger dan heilige zuurpruimen die erg hun best deden om hem niet aan te staren, maar dat onwillekeurig toch deden. Ze zouden fluisterend tegen elkaar zeggen dat hij een verschrikkelijke zondaar was omdat hij zijn eetlust niet onder controle had. Nee, naar de kerk gaan was niets voor hem. God nam bij hem de eerste plaats in, maar hij kon heel wat plekken bedenken waar hij liever zou willen zijn dan in de kerk.

'Zou je er zelf een willen hebben?' vroeg Ivy.

'Een eigen kopie van uw krantencolumn, bedoelt u?'

'Nee, een eigen bijbel!'

'Nee, ik doe het wel zo lang met die van u. Ik heb er alleen maar gedeelten in gelezen die over voedsel en lichaamsbeweging gaan. U weet toch wel dat achterin allerlei onderwerpen op een rijtje gezet zijn om je te laten weten waar je ze kunt vinden?' Hij liet een korte stilte vallen om op adem te komen. 'Ik had bedacht dat ik misschien wel een paar bijbelteksten zou kunnen vinden die ervoor zouden zorgen dat u me niet zo op de huid zit.'

Zuchtend zette ze de computer uit. 'Ik schiet niet op wanneer jij tegen me aan blijft kletsen. Ik zit in de bibliotheek als je me nodigt hebt, maar ik wens niet te horen dat dat apparaat langzamer gaat.'

11

Ivy was de kamer nog niet uit of Clarence drukte op de tiptoets om de loopband op een langzamer tempo te zetten. De vrouw was een slavendrijver. Zou ze het prettig vinden als zij zoveel kilo's met zich mee moest dragen? Omdat ze een poosje aan het andere eind van het huis zou zijn, kon hij er misschien mee wegkomen. Hij greep de stang voor zich vast die ervoor zorgde dat hij zijn evenwicht niet verloor, en liep in een prettig tempo verder. Jammer dat er in dit gedeelte van de kamer geen televisie stond. Deze activiteit zou minder saai zijn wanneer je ondertussen naar een soapserie kon kijken. Maar Ivy keek niet graag televisie; in heel haar huis stond er maar één.

Als Clarence zo goed bij kas had gezeten als Ivy, zou hij in de keuken en in de slaapkamer een breedbeeldtelevisie neergezet hebben, en misschien ook wel een kleintje in de badkamer – 'Hoi, Clarence.'

Hij schrok zo erg dat hij bijna van de loopband af stapte. Zijn handen grepen de stang steviger vast en toen hij achterom keek, zag hij Tedi vanuit de keuken de kamer annex fitnessruimte binnenkomen. Ze zag er met haar nieuwe bril te serieus uit voor een kind. Met een groot notitieblok onder haar arm liep ze tussen de fitnessapparaten door naar de computer op Ivy's bureau.

'Hallo, Tedi. Geen school vandaag?'

Ze liet zich neervallen op de bureaustoel en legde het notitieblok naast de computer. Toen draaide ze zich met stoel en al om en keek hem aan. 'Nee, maar ik heb wel huiswerk meegekregen. Oma heeft tegen me gezegd dat ik moest gaan kijken hoe het met je gaat, en of je wel snel genoeg loopt. Welke snelheid geeft het apparaat aan?' Ze draaide helemaal in het rond met de stoel.

Clarence wierp een boze blik in de richting van de bibliotheek. 'Anderhalve kilometer per uur.'

Ze hield zichzelf tegen door met haar handen de rand van het bureau vast te pakken en draaide de andere kant op. Haar lange donkerbruine haar vloog heen en weer, telkens wanneer ze van richting veranderde. 'Oma zegt dat je op zijn minst drie kilometer per uur moet lopen, wil je baat hebben bij deze vorm van lichaamsbeweging.' Ze hield op met draaien en keek Clarence met ernstige, donkerbruine ogen aan. 'Als je dat niet doet, moet ik het aan haar gaan verklappen.'

'Hé! Ik dacht dat jij het enige maatje was dat ik nog overhad', protesteerde hij. Tedi was heel lief en ook heel ondeugend, zodat hij er meestal op kon rekenen dat ze hem iets lekkers toestopte wanneer Ivy tegen hem had gezegd dat hij niets meer mocht eten. Ze gaf hem wel altijd iets gezonds, zoals fruit of een boterham, maar dat was meer dan Ivy hem wilde geven wanneer ze vond dat hij die dag al te veel had gegeten.

Tedi wervelde drie keer achter elkaar met haar stoel in de rondte. 'Sorry, maar volgens oma kom je weer evenveel aan als je bent afgevallen wanneer je niet blijft oefenen.' Ze remde af en keek hem opnieuw aan. 'Het is voor je eigen bestwil, Clarence.'

Hij drukte drie keer op de tiptoets waarmee je het tempo regelde. 'Ik kom nergens meer mee weg', sputterde hij.

Tedi grinnikte. 'Oma zit mij ook voortdurend achter de broek, hoor. Waarom zou ze dat bij jou dan niet doen?'

'Heeft iemand jou wel eens verteld dat je heel erg op je moeder én op je oma lijkt?'

'Ja', zei ze trots.

'Dacht ik al.' Hij keek naar het controleschermpje van de loopband terwijl Tedi weer ronddraaide in de stoel. 'Als je zo doorgaat, gaan er allerlei schroeven loszitten en vlieg je er zo dadelijk af.'

Tedi hield er lang genoeg mee op om de computer aan te zetten en draaide zich toen weer om naar Clarence. 'Heb jij behalve Darlene nog meer broers en zussen?'

'Nee, zij is mijn enige zus.'

Er verscheen een sombere blik in Tedi's ogen. 'Zijn je vader en je moeder overleden?'

'Nee, zij wonen ergens anders. Wat voor huiswerk heb je?'

Dit kind had af en toe de gewoonte onderwerpen ter sprake te brengen waarover hij liever niet praatte. Ze had het helaas vaak door wanneer hij over iets anders wilde beginnen.

'Ik moet een verslag schrijven over de brand op school. Waar wonen je ouders?'

'Minstens honderdvijftig kilometer hiervandaan. Ooit gehoord van Poplar Bluff? Daar wonen ze.' Darlene en hij waren er niet meer geweest sinds ze ruim twintig jaar geleden uit het ouderlijk huis waren ontsnapt. Het sprak voor zich dat pa en ma contact met hen hadden gehouden, vooral in de tijd dat Clarence en Darlene allebei genoeg verdienden om ieder een eigen huisje te kopen.

Hij begon buiten adem te raken. Hij moest er zo onopvallend mogelijk voor zorgen dat dit apparaat langzamer ging. 'Zeg, vertel me eens wat meer over dat verslag van jou.'

Tedi begreep de hint en draaide zich om naar het computerscherm. Clarence drukte heel even op de tiptoets waarmee je de loopsnelheid van de band regelde; de vertraging was zo gering dat het Tedi niet zou opvallen.

Tedi drukte een paar toetsen in op het toetsenbord van de computer en draaide zich weer naar hem om. 'Waarom komen je ouders jou en Darlene nooit opzoeken? Ik heb ze nog nooit gezien.'

'Omdat ze niet weten waar wij nu zijn, en we het hun ook niet gaan vertellen omdat het geen aardige mensen zijn.' Ze waren te vergelijken met stripfiguren die dollartekens in hun ogen krijgen wanneer ze denken dat ze kunnen profiteren van iemand met geld – van iemand als Ivy. Ze leefden al zo lang ten onrechte van een uitkering, dat ze niet meer wisten hoe het anders zou moeten. De laatste keer dat ze contact met elkaar hadden gehad, hadden ze drieduizend dollar van Darlene 'geleend' en daarvan had ze nooit een cent teruggezien.

Af en toe vroeg Clarence zich bezorgd af of hij net zo werd als zij, ondanks alle moeite die Darlene en hij zich hadden getroost om zich niet te verlagen tot een dergelijke manier van leven. Ze woonden nu al drie maanden in dit mooie huis en alle onkosten werden betaald. Op deze manier afhankelijk zijn van iemand, stond hem helemaal niet aan. Hij had een paar keer een poging gewaagd om het met Ivy te hebben over de afspraken die ze gemaakt hadden voordat ze bij haar introkken, maar ze wilde niet luisteren. Het enige wat ze tegen hem zei was, dat hij aan zijn zuster moest denken en dat hij moest zorgen dat hij verder afviel. Wanneer hij dat deed, liet hij blijken dat hij zijn verantwoordelijkheid nam en meer kon hij op dit moment niet doen. Diep vanbinnen wist hij dat ze gelijk had. Voor hem was momenteel het belangrijkste dat hij weer gezond werd, dat hij niet weer achteruitging. Ook moest hij nog breken met een paar oude gewoonten.

'Ben je nog steeds boos op hen?' vroeg Tedi, terwijl ze weer met de stoel ronddraaide. Clarence begon misselijk te worden van dat gedraai.

'Nee, ik vind hen alleen maar niet aardig.'

'Maar er wordt toch van je verwacht dat je hen vergeeft?'

'Dat zou alleen maar tot gevolg hebben dat ze ons weer oplichten. Dacht het even niet!'

'Mijn vader heeft mij bijna vermoord.'

'Weet ik. Heb jij hem dat al helemaal vergeven?'

Ze bleef even stilzitten, de blik in haar ogen verdoezeld doordat haar brillenglazen de glinstering van het licht weerkaatsten. 'Weet ik niet', zei ze zo zacht dat het bijna niet te verstaan was boven het geluid van de motor van de loopband uit.

'Je ziet hem tegenwoordig toch vaak?'

'Ja, maar nooit in mijn eentje. Mijn moeder is er altijd bij.'

'Ik dacht dat je je vader wel weer aardig vond.'

'Is ook zo.' Ze leunde achterover en bleef Clarence een moment aankijken. Toen liet ze de stoel voor de zoveelste keer in de rondte draaien, maar deze keer langzamer. 'Als hij goed zijn best doet, kun je plezier met hem hebben.'

'Maar je weet niet of je het hem al hebt vergeven?'

'Ik weet niet ... misschien wel. Soms ben ik bang dat hij weer net als vroeger kwaad wordt.' Ze sloeg haar notitieblok op en pakte haar pen.

Clarence drukte onopvallend weer op de toets om de band iets langzamer te laten lopen. Niet te veel langzamer. Nu hij minder snel hoefde te lopen, raakte hij toch ook nog buiten adem. En hij transpireerde als een glas ijsthee tijdens een hittegolf. De meeste mensen konden twee of drie keer zo snel op dit apparaat lopen zonder in de problemen te raken. Toen Clarence voor de eerste keer op dit fitnessapparaat stapte, kon hij niet eens het laagste tempo volhouden. Hij was trots op zichzelf dat hij nu anderhalf kilometer per uur haalde. Ivy haalde zes kilometer per uur en deed er minder lang over.

Tedi verbrak de stilte. 'Hoe snel ga je nu, Clarence?'

Hij richtte zijn aandacht weer op haar en kwam tot de ontdekking dat ze met haar armen over elkaar even uitdagend naar hem zat te kijken als hij Ivy en Mercy vaak had zien doen. Met een boos gezicht antwoordde hij: 'Anderhalve kilometer per uur.'

'Als je het tempo niet opschroeft, moet ik oma waarschuwen.'

Als Tedi later arts werd, zou ze net zo bazig zijn als haar moeder. 'Als Ivy anderhalve kilometer per uur te langzaam vindt, moet ze zelf maar eens een uur lang met honderd kilo extra rondlopen door het huis. Denk je dat jij anderhalf kilometer zou kunnen lopen met je vriendin Abby op de schouders?'

'Nee. Ik zou haar misschien wel kunnen voortslepen. Toen ik een keer op de grond lag, ging ze op mijn buik zitten en kon ik geen lucht meer krijgen.'

'Dan weet je hoe moeilijk het voor me is om anderhalve kilometer op dit apparaat te lopen. Jouw oma begrijpt dat niet omdat zij nooit veel te dik is geweest.'

Daar moest Tedi even over nadenken. Toen stond ze op en liep de kamer door. Clarence dacht dat ze naar haar oma toeging om hem te verraden. In plaats daarvan ging ze op de hometrainer zitten.

'Hoe voelt het eigenlijk om zo ... zwaarlijvig te zijn?'

'Veel te dik, bedoel je?' Hij haalde even sneller adem dan hij normaal deed. 'Zeg maar gewoon waar het op staat. Al die extra kilo's aan mijn lijf bestaan uit vet, niet uit spieren, niet uit grove botten.'

'Oké. Hoe voelt het om veel te dik te zijn? Mijn moeder is de laatste tijd mopperig omdat ze zwaarder is geworden, maar ik blijf tegen haar zeggen dat ze helemaal niet te dik wordt.'

'Daar heb je gelijk in. Het is ook niet zo.' Mercy was precies zoals ze zijn moest ... ook als ze de laatste tijd een klein beetje was aangekomen.

Zweetdruppeltjes trokken een spoor van zijn voorhoofd naar zijn kin. 'Weet je wat, Tedi. Je haalt de grote rugzak van je oma uit haar kast en vult die met stenen, totdat de rugzak even zwaar is als jij. Met die rugzak moet je dan een week lang rondlopen zonder hem af te doen, ook niet als je gaat slapen. En je moet de riem van die rugzak zo strak aantrekken rond je borst, dat je niet goed kunt ademhalen. Daarna scheer je je hoofd kaal, verf je je neus rood en trek je je kleren binnenstebuiten aan. Dan zul je, waar je ook gaat, worden aangestaard en uitgelachen. Jij moet alleen doen alsof je dat niet kwetsend vindt.'

Hij had het vrijwel nooit over zijn zwaarlijvigheid, hoewel het iets was wat hij altijd in zijn achterhoofd had. Maar Tedi zat hem zo serieus aan te kijken ... en het was een aardig meisje. Het kostte geen moeite om een praatje met haar te maken. Daarin leek ze ook op haar moeder.

Hij vertraagde het tempo, stapte van de band en zette het apparaat uit. 'Ik heb het nu helemaal gehad. Straks doe ik nog een poging en dan mag Ivy ernaast komen staan om me in de gaten te houden, als ze wil.' Het zweet stroomde over zijn voorhoofd, borst en buik omlaag. Zijn kleren waren doorweekt. Hij zou niet te lang moeten wachten met in bad gaan; dan joeg hij iedereen het huis uit. Maar goed dat ze hier een badkuip hadden waar hij in paste. Omdat Ivy hiervoor haar moeder in huis had gehad, waren er beugels waaraan hij zich kon vasthouden wanneer hij het bad in- en uitstapte.

Tedi liet haar voeten onder de riempjes van de pedalen van de hometrainer door glijden en legde haar handen op het stuur. 'Word je boos wanneer mensen elkaar iets toefluisteren over jou?'

Hij moest eerst even op adem komen. Toen antwoordde hij: 'Ja.' Hij had weleens het idee dat men het hem kwalijk nam dat hij leefde, en dat hij zoveel ruimte in beslag nam.

'Ik ook. Sommige kinderen op school deden een tijd terug alsof het iets heel bijzonders was dat mijn vader in de gevangenis zat.'

Clarence liep langzaam om het fitnessapparaat heen om af te koelen. 'Daar word ik pas echt boos om. Niemand heeft het recht jou zo te behandelen. Als ik iemand iets gemeens over jou hoor zeggen, ga ik bovenop hem zitten.'

Tedi lachte. 'Hoeft niet. Ze zeggen er niet veel meer over. Abby begon hen in elkaar te slaan en ze kan echt hard slaan. Ze is dan ook mijn beste vriendin en ik denk dat iedereen zo iemand nodig heeft.'

Clarence liet zich op de stoel met rechte rug neerzakken die Ivy altijd bij de fitnessapparaten liet staan. 'Ja, dat denk ik ook.'

Ze liet de pedalen van de hometrainer een paar keer rondgaan en kreeg een serieuze uitdrukking op haar gezicht. 'Soms wou ik dat Abby een poosje bij mij zou mogen komen logeren.'

Hij scheurde een stuk papieren handdoek van de rol naast de stoel en depte er zijn gezicht en nek mee. 'Waarom?

Je bent iedere middag hier, en je weet dat je moeder het niet goed zal vinden dat jullie tweeën alleen thuis zijn. Jullie zouden de helft van de tijd kattenkwaad uithalen.'

'Ja, maar Abby zou me dan wel beschermen.'

Clarence liet de papieren handdoek in de afvalemmer vallen, liet zijn elleboog op zijn knieën rusten en boog zich naar voren. Het stond hem niet aan dat ze dit opeens zo stilletjes had gezegd. 'Waartegen?'

Ze sloeg haar ogen neer en haalde haar schouders op. 'Gisteravond heb ik een paar keer een oude bruine auto langs ons huis zien rijden. Eén keer stopte die auto zelfs voor de deur en zag ik er een man in zitten. Ik zag alleen maar een schaduw, maar het was alsof hij het huis om de een of andere reden in de gaten hield.'

Clarence bestudeerde haar sombere gezicht. Hij probeerde zichzelf voor te houden dat ze goed kon fantaseren. Wanneer ze hier een nachtje bleef slapen, werd ze soms krijsend wakker omdat ze een nachtmerrie had gehad. 'Weet je moeder hiervan?'

'Dat denk ik niet. Ik heb haar er niets over verteld.'

'Zou het je vader niet geweest kunnen zijn?'

'Mijn vader heeft geen auto en hij rookt niet, en deze man zat te roken.'

Op dat moment riep Ivy vanuit de andere kamer: 'Tedi, ben je met je huiswerk bezig?' Aan haar luider wordende stem te horen kwam ze naar hen toe. Even later stapte ze inderdaad de kamer binnen. Haar lange haar viel in slordige slierten om haar schouders. Ze droeg een oude spijkerbroek en een te groot sweatshirt. Toen ze Clarence op de stoel zag zitten, legde ze haar handen op haar heupen. 'Ben je al klaar met je oefenprogramma?'

'Oma,' zei Tedi streng, 'u zou uw rugzak eens moeten vullen met stenen en dan een poosje met die rugzak moeten gaan rondlopen. Dan weet u pas hoe moeilijk dit allemaal voor Clarence is.'

Lukas rommelde in de bovenste la van het bureau in de piketkamer; hij zocht de sleutels van zijn jeep. Die had hij vanmorgen allereerst daarin gelegd, zoals hij altijd deed. Hij schoof de la dicht en trok de volgende open. Geen sleutelbos met daaraan de plastic sleutelhanger in de vorm van gevouwen handen.

Wat had hij er vanmorgen dan mee gedaan toen hij binnenkwam? Had hij nog lopen slapen? Hij hoopte maar dat hij de jeep niet had dichtgegooid met de sleutels er nog in. Dat was namelijk een bijzonder irritante gewoonte van hem die hij zichzelf maar niet kon afleren. Gelukkig bewaarde hij uit voorzorg een sleutel in een magnetisch gemaakt doosje in een van de wielkasten. Straks zou hij gaan kijken of dat doosje er nog zat.

Hij liep de piketkamer uit en keek de verlaten afdeling rond. Hij zag dat Shirley, de secretaresse, achter haar computer zat te typen. Hij hoorde hoe een afdelingsverpleegkundige en een röntgenlaborant een beetje te luid met elkaar stonden te praten in de lege wachtkamer.

'... hebben geen enkele aanwijzing. Het is alsof de kinderen gewoon in het niets zijn opgelost. Deze ontvoerder kan er wat van, maar neem maar van mij aan ...' – de stem ging zo zacht praten, dat het niet meer was dan gefluister – 'ik denk nog steeds dat die motorrijders iets te maken hebben met –'
'Sst! Als ze je horen –'
'Weet ik, weet ik.'

Na een korte stilte begonnen ze over iets anders. 'Toch gebeuren er hier veel dingen die het daglicht niet kunnen verdragen. Neem bijvoorbeeld dokter Moss. Hij wordt waarschijnlijk ook niet aangepakt.'
'Dat staat nog te bezien. Ik ben blij dat Tex er niet over mag oordelen. Wat mannen betreft is die vrouw zo dom. Ze denkt dat hij fantastisch is, en niemand kan haar op andere gedachten brengen.' Er viel weer een stilte. 'Ze heeft geen enkele reden om nog in Herald te blijven sinds haar moeder is overleden, maar dokter Moss hoefde alleen maar naar haar te lachen om haar te laten denken dat hij een engel is.'
'Hij heeft meer weg van de duivel', zei de laborant. 'Weet je dat die man me nog nooit recht heeft aangekeken? Hij richt

zijn blik altijd op een lagergelegen punt. Als Tex niet naar ons wil luisteren, moet ze maar door schade en schande wijs worden, vind ik.'

'Maar ze lijkt zich van geen kwaad bewust. Ik vind dat dokter Moss niet ongestraft –'

'Dokter Bower, wilt u deze aanvragen even controleren?' klonk achter Lukas een resolute stem.

De roddelaars deden er opeens het zwijgen toe.

Lukas draaide zich om; Shirley stond achter hem. Ze stak hem een klembord toe, met daarop een formulier voor het aanvragen van onderzoeken.

'Ik ben er niet zeker van dat ik alles goed heb opgeschreven', legde ze uit.

Hij las het door en knikte. 'Ik heb er niets op aan te merken.'

Shirley bedankte hem en zei toen op gedempte toon: 'Als u verstandig bent, gelooft u nog niet de helft van wat u hier hoort.'

Hij hoorde dat de roddelaars de gang inliepen. Opkijkend naar Shirley vroeg hij: 'Wat is er dan aan de hand?'

'Ik neem aan dat u weet wat er is gebeurd met de arts die u vervangt. Hij is beschuldigd van ongepast gedrag tegenover een van onze patiënten. Hij beweert uiteraard bij hoog en bij laag dat het niet waar is. Het gevolg is dat we nu te maken hebben met twee tegenover elkaar staande partijen. De meeste personeelsleden geloven de patiënt, maar Tex en sommige anderen zijn er boos om dat hij is geschorst. Ik houd me afzijdig omdat ik niet betrokken wil raken bij deze onverkwikkelijke situatie.'

'Dat lijkt me een goed idee.'

Omdat alle dossiers waren bijgewerkt en opgeborgen in het archief, had Lukas tijd over. Dit was een uitstekende gelegenheid om Mercy op te bellen en haar te laten weten dat hij van plan was morgen na werktijd terug te keren naar Knolls en er een nacht zou blijven slapen. Hij was van plan eerst thuis een paar dingen te gaan ophalen die hij nodig had. Daarna zou hij bij het ziekenhuis langsgaan om te zien hoe ver men al was gevorderd met de wederopbouw van de westvleugel. Hij moest verder mevrouw Pinkley nog te spreken zien te krijgen over het inhuren van medisch personeel voor de nieuwe SEH.

En hij wilde met Mercy praten. Hij wilde in eigen persoon van dichtbij haar stem horen.

Hij droeg de secretaresse op hem te roepen als er een patiënt kwam opdagen. Toen maakte hij gebruik van zijn belkaart om Mercy vanuit de piketkamer op te bellen.

'Met de praktijk van dokter Richmond', zei een bekende stem aan de andere kant van de lijn. Hij fronste. Het was niet de stem van Mercy's praktijkassistente.

'Hallo? Met wie spreek ik?' zei de stem. Toen wist hij wie hij aan de lijn had.

'Lauren?'

'Spreekt u mee.' Er volgde een korte stilte en dat kwam niet vaak voor wanneer je met Lauren in gesprek was. 'Dokter Bower? Bent u het?'

'Neem me niet kwalijk. Ik ben verkeerd –'

'Nee, u bent wel verbonden met de praktijk van dokter Mercy, maar Loretta en Josie zijn gaan lunchen en dokter Mercy doet momenteel haar ronde in het ziekenhuis. We worden heel vaak gebeld, en u weet dat dokter Mercy het vervelend vindt als haar iets ontgaat. Daarom heb ik aangeboden later te gaan lunchen.'

'O ja, nu weet ik het weer. Jij werkt daar nu, hè?' Lauren lachte vrolijk, en dat was een geluid dat Lukas zich nog goed herinnerde uit de maanden dat hij met haar had samengewerkt in het streekziekenhuis van Knolls.

'Het was mijn idee', zei ze. 'Er stroomden zo veel patiënten toe, dat dokter Mercy er bijna aan onderdoor ging. Omdat we in Knolls tijdelijk geen SEH hebben, zoals u weet, komen er veel patiënten binnen met ernstige klachten, en dokter Mercy doet haar best om hen allemaal te onderzoeken. Als de overige artsen in deze plaats even toegewijd waren als zij, hoefde zij niet zo hard te werken. Weet u dat Odira en Crystal weer in het ziekenhuis liggen? Crystal was degene die ziek was geworden natuurlijk, maar wanneer je Crystal krijgt, krijg je Odira op de koop toe. Als alle ouders zo liefdevol waren als Crystals overgrootmoeder, zouden we in deze praktijk minder zieke kinderen te zien krijgen.' Ze vertelde hem ook nog over een paar andere gevallen, waarmee ze te maken hadden gekregen nadat hij was weggegaan.

Hij moest er inwendig om grinniken. Lauren was nog geen steek veranderd. Tex en zij hadden weinig dingen gemeen, maar je kon toch merken dat ze familie van elkaar waren. Door de aderen van de familie McCaffrey stroomde geen vreemd bloed. Toch verschilden Lauren en Tex evenveel van elkaar als een cactus en een kitten.

'Maar vertel eens, hoe gaat het ginds bij het meer?' vroeg Lauren, toen ze eindelijk behoefte had aan een adempauze.

'Ik ben alleen nog maar bezig met pogingen om er mijn plek te vinden. Je weet dat dat altijd lastig is in het begin.' En het zag ernaar uit dat het in Herald lastig zou blijven, totdat er een einde kwam aan zijn verblijf daar.

'Daar weet ik niks van. Ik werk mijn hele leven al in Knolls, behalve in de tijd dat ik in opleiding was en dat is twaalf jaar geleden.'

Het was voor Lukas een teleurstelling dat hij nu niet met Mercy in gesprek was, maar het was fijn om een bekende, vriendelijke stem uit Knolls te horen.

'Hebt u gehoord dat het hier heeft geijzeld?' Het typeerde haar dat ze niet op antwoord wachtte. 'Dokter Mercy heeft u dat vast al verteld. Het was niet leuk meer. Ze strooien momenteel voortdurend, maar ik heb haar toch gewaarschuwd om extra voorzichtig te zijn op de gladde wegen. De meeste winkels en andere zaken zijn vandaag dicht en de scholen zijn gesloten, maar ik weet bijna zeker dat alles weer normaal zal zijn voor de avond valt omdat het nu niet meer vriest. Theodore Zimmerman belde vanochtend om te vragen of hier alles in orde was en om te kijken of Mercy veilig op haar werk was aangekomen. God verricht echt wonderen met die man. Hij is compleet veranderd.'

Lukas was opeens een en al aandacht. 'Oh, echt? Het gaat goed met Theo?'

'Jazeker. Ik zie hem vaak in de kerk. Maar vertel eens, kunnen mijn nicht en u goed met elkaar opschieten?'

Hij had eigenlijk liever nog iets meer over Theo gehoord. Moest hij nog steeds strijd leveren tegen zijn alcoholverslaving? Zagen Mercy en hij elkaar vaak? Werkte hij nog steeds in de drukkerij en had hij nog steeds geen auto? 'Tex is een goede verpleegkundige.' Ging Theo al weleens met iemand uit? 'In jouw familie kiest men kennelijk vaak voor werken in de zorg.'

'Ja, dat klopt. Een andere nicht van mij is verpleegkundige in Californië en er is er ook een ambulanceverpleegkundige in Kansas. We hebben aan vaderskant ongeveer dertig nichten en neven. De vader van Theresa en die van mij waren broers en oom Fred zette een softwarebedrijf op en verhuisde naar Arizona. Omdat hij goed verdiende – en daarmee bedoel ik écht goed – probeerde hij Tex te helpen. Hij bood haar geld aan om niet zo te hoeven sappelen in de tijd dat ze als coassistent werkte, maar ze sloeg het aanbod af. Ze wil zichzelf kunnen bedruipen en houdt daar koppig aan vast.'

Lukas zuchtte geluidloos. Hij hoefde er niet op te rekenen dat Theo nog ter sprake zou komen. 'Je hebt me nooit verteld dat Tex coassistent is geweest.'

'Breng dat onderwerp niet ter sprake als ze er niet zelf over begint. Het ligt bij haar heel gevoelig. Ze was net als coassistent aan de slag gegaan toen ze voor tante Beth moest gaan zorgen.'

'Maar ze heeft me verteld dat haar moeder een half jaar geleden is overleden.'

'Klopt, en u vraagt zich natuurlijk af waarom ze nog steeds in Herald is. Ze heeft het huis leeggeruimd, schoongemaakt en verkocht om van de opbrengst onder andere de doktersrekeningen te kunnen betalen, maar daarna is ze niet verdergegaan met haar studie geneeskunde. Weet u wat ik denk? Ik denk dat ze bang is dat ze straks als arts het werk niet aankan.'

'Ze doet het als verpleegkundige prima. Ze zou een uitstekende arts zijn.'

'Dat moet u haar maar eens vertellen.' Lauren deed er bijna een seconde het zwijgen toe. 'Het zal u wel zijn opgevallen dat Tex soms onomwonden haar mening geeft.'

Sóms? 'Ja, die neiging heeft ze.'

'Trek het u niet aan. Ze is altijd zo geweest. Ze heeft dat van moederskant.'

'O ja?' Ze kon hem nog meer vertellen. Dan had Lauren het zeker van de lucht die ze inademde.

'En dat zou zo erg nog niet zijn, als ze anders was opgegroeid. Wist u dat haar ouders gescheiden waren?'

'Nee, daar heeft ze niets over gezegd.'

'Ze gingen scheiden toen zij en ik tieners waren. Omdat haar moeder de voogdij kreeg, zag ik haar daarna niet meer zo vaak. En haar moeder raakte toen betrokken bij een kerkgenootschap waar men heel streng in de leer is. Dat zou zo erg nog niet zijn geweest als de voorganger ... nou ja, dat was geen aardige man. Die vent behandelde tante Beth als een stuk oud vuil. Hij zei tegen haar dat ze een bezoedelde vrouw was omdat ze gescheiden was, en dat ze daarom alleen maar door goede werken te doen in de hemel kon komen. Vervolgens zorgde hij dat ze altijd wat te doen had. De manier waarop hij haar moeder behandelde, maakte dat Tex niets meer van het geloof moest hebben. Zodra ze oud genoeg was om daar zelf over te beslissen, ging ze niet meer naar de kerk en ze gaat nog steeds niet. Ze steekt de draak met me wanneer ik een poging waag haar duidelijk te maken wat het nu echt inhoudt dat God liefde is.'

Dus daar kwam die irritatie van Tex vandaan. 'Ze heeft me gewaarschuwd dat ik geen preek tegen haar moet afsteken, en dat ik haar ook niet moet vragen mee te gaan naar de kerk', zei Lukas.

Het bleef even stil en dat was eigenlijk niets voor Lauren. 'Ik vind het een gemis dat het tussen ons niet meer is zoals het was. We vertelden elkaar echt alles.'

'Wat jammer is dat, Lauren. Maar misschien draait ze nog bij.'

'Ja, dat hoop ik – oeps, ik heb een beller op de andere lijn. Ik zal tegen dokter Mercy zeggen dat u hebt gebeld. We missen u. Dag!'

'Wacht ... Lauren?'

De verbinding was verbroken. Teleurgesteld hing Lukas op. Hij kreeg niet de tijd om erbij stil te staan: de telefoon in de piketkamer ging zodra hij had opgehangen. Over drie minuten zou er een ambulance aankomen. Een tiener was in botsing gekomen met een trein.

Dertig kilometer per uur leek bijna nog te snel op deze spekgladde weg. Mercy was blij dat haar Subaru Forester vierwielaandrijving had. Ze remde voorzichtig en reed de kleine parkeerplaats op voor het flatgebouw waarin Odira woonde. Ze zag de ineengedoken gestalte van een man op de stoep voor Odira's deur pas toen ze toevallig die kant op keek.

Hij stond daar voorovergebogen, met in zijn in handschoenen gestoken handen een schop waarmee hij langzaam maar weloverwogen de met zand bestrooide ijslaag te lijf ging waarmee de stoep bedekt was. Naast het gebouw lagen minstens drie centimeter dikke stukken ijs op een hoop, tegen een muur aan zodat men er niet over kon struikelen. De man droeg een groene overall en werkschoenen waar ijzers onder waren bevestigd om meer grip te hebben op het ijs. Zijn hoofd, gezicht en nek gingen schuil onder een bivakmuts, maar de manier waarop hij telkens omzichtig met de schop het ijs los bikte, kwam Mercy bekend voor. Hij keek op. Mercy zag de helderblauwe ogen van Theodore Zimmerman.

Vorig jaar om deze tijd zou ze in de verleiding zijn gekomen met haar auto de stoep op te rijden om hem vol te spetteren. Nu kon ze hem wel zoenen. Wat attent!

Lachend zwaaide ze, terwijl ze behoedzaam parkeerde naast de plek die hij ijsvrij had gemaakt. Hij leunde even op zijn schop terwijl ze uitstapte. Ze hoorde hem zwaar en snel ademen en zag de condens van zijn adem.

'Inademen door je neus, weet je nog', waarschuwde ze. 'Je wilt niet dat deze vrieslucht je longen in brand zet, nu het buiten zo koud en droog is.'

Hij grinnikte. 'Ik zal eraan denken, dokter Richmond.'

'Hoe wist je dat de stoep voor Odira's flat ijsvrij gemaakt moest worden?' vroeg Mercy. Ze liep ondertussen voorzichtig naar het portier aan de achterkant om de boodschappen die op de achterbank stonden uit de auto te halen.

'Tedi heeft me vanmorgen verteld dat jij vandaag je best zou doen om ervoor te zorgen dat Odira en Crystal naar huis konden. Mag ik twee keer raden?' Hij gebaarde in de richting van de zakken. 'Die boodschappen zijn voor Odira en Crystal.' Hij zette zijn schop tegen het gebouw aan en kwam naar haar toe om haar een handje te helpen. Hij ademde nog steeds moeizaam.

Mercy gaf hem een zak. 'Je hebt Tedi vanmorgen gesproken?'

'Eh, nou, ik belde eigenlijk voor jou, maar je stond onder de douche en je was al laat, volgens Tedi.'

'Ik kom altijd tijd tekort. Waarom ben jij niet in de drukkerij?'

'Jack heeft me pas na de middag nodig omdat we het momenteel niet druk hebben.' Theodore liep voor haar uit naar de deur. 'Ik bedacht dat ik wel kon gaan kijken of Tedi vandaag niet naar school was vanwege de ijzel. Ik hoopte dat ik bijtijds met jullie tweeën zou kunnen gaan lunchen, maar zij had al plannen gemaakt om de dag door te brengen bij haar oma.'

Mercy kon aan zijn stem horen dat het een teleurstelling voor hem was geweest. 'Maak je niet dik, je bent niet afgescheept. Tedi moet een artikel schrijven over de brand van afgelopen najaar. Als haar meester het artikel goed genoeg vindt, gaat hij zijn best doen om het hier in de plaatselijke krant gepubliceerd te krijgen. Omdat ze het artikel bij mijn moeder op de computer wil zetten, was het voor haar een enorme meevaller dat het was gaan ijzelen.'

Hiervan fleurde Theo een beetje op.

Odira had Mercy de sleutel van de flat gegeven. Die diepte Mercy nu op uit haar jaszak en ze hevelde de zak met boodschappen over naar Theo, die zijn arm al had uitgestoken.

'Ik wil ervoor zorgen dat Odira voldoende voorraad in huis heeft. Wanneer ze eenmaal thuis is, hoeft ze dan niet de spekgladde straat op. Ze valt nog liever en breekt een been dan dat ze om hulp vraagt.' Ze draaide de sleutel om in het slot van de voordeur en deed een stap opzij, zodat Theo met de zakken met boodschappen naar binnen kon gaan. 'Zet maar op het aanrecht. Ik kijk even rond om te zien waar alles thuishoort.'

Hij trok zijn bivakmuts van zijn hoofd en stak een hand in de papieren zak. 'Hoe gaat het met Lukas? Ik heb hem al een hele poos niet gezien.'

'Voor zover ik weet prima. Hij zit in een klein plaatsje aan het meer bij het Ozarkgebergte.'

'O?'

'Naar wat ik heb gehoord, zit hij daar nog minstens een week of tien.' Negen weken, drie dagen en zes uur om precies te zijn, maar wie hield dat bij? 'Ik weet niet of Estelle op de hoogte is van het feit dat hij daar een contract heeft getekend. Als dat niet het geval is, doet er zich in het ziekenhuis nog een explosie voor, ben ik bang, wanneer ze erachter komt. Lang voordat zijn termijn daar is verstreken, hebben we hem hier al nodig. Het zou mij heel goed uitkomen als hij nu hier was.'

'Ik voel met je mee, Mercy.' Theo bleef met weloverwogen gebaren de zakken leegmaken. Hij zette elke blik voorzichtig op het aanrecht, alsof hij diep in gedachten was gezonken. 'Ik weet dat jullie tweeën ... goede vrienden van elkaar zijn. Tedi heeft het voortdurend over hem.'

Mercy reageerde er niet op. Wat had ze kunnen zeggen?

'Is hij van plan terug te komen naar Knolls wanneer de SEH klaar is?'

'Hij heeft geen keus', zei Mercy snel. 'Hij staat hier onder contract.' Maar de vraag was of hij dat wel wilde. De afgelopen paar dagen had die vraag haar al diverse keren dwarsgezeten.

Theo ging nog even zwijgend door met zijn werk. Toen vroeg hij: 'Mercy, heeft Tedi nog steeds last van nachtmerries?'

'Ja. Gisteravond is ze nog bij me in bed gekropen, maar dat gebeurt niet meer zo vaak.' En Tedi plaste niet meer in bed, zoals ze in de maanden nadat hij haar had geslagen een paar keer had gedaan. Mercy keek snel even op naar Theo en zag dat hij zijn schuldgevoelens nog steeds niet helemaal te boven was. Ze kon ze van zijn knappe gezicht aflezen.

Ze wist dat hij nog steeds af en toe in de verleiding kwam om een borrel te nemen. Hij vertelde eerlijk dat dat een strijd bleef, maar wanneer de verleiding toesloeg, belde hij iemand op om voor hem te bidden. Soms belde hij haar. Maar ook dat gebeurde steeds minder vaak. Was het mogelijk dat bij hen alle drie de in het verleden geslagen wonden aan het genezen waren?

'Volgens dominee Jordan is innerlijke genezing een voortgaand proces', zei Theo terwijl hij een doos macaroni uit de volgende zak haalde.

'Ik denk dat hij daar gelijk in heeft.' Mercy had intussen ontdekt waar Odira haar voorraden bewaarde. Ze vulde de planken met de blikken die ze net had gekocht. Hun nieuwe dominee Joseph Jordan leek de menselijke tekortkomingen scherp te doorzien – tot op zekere hoogte. Maar hij was jong en had nog maar weinig ervaring. Wat wist hij van scheidingen? Wat wist hij van alcoholverslaving, kindermishandeling en de moeite waarmee men in het leven te maken kon krijgen? Hij was nog maar net dertig en was opgegroeid in een harmonieus christelijk gezin.

'Geef je nu niet over aan schuldgevoelens, maar richt je aandacht op waar je mee bezig bent', zei Mercy tegen Theo. 'Omdat je zo dadelijk naar de drukkerij moet, wil ik nu nog zo veel mogelijk van je hulp profiteren.'

Hij vouwde weer een lege zak op, legde zijn handen even op de rand van het aanrecht en ademde langzaam in. 'Mercy ...' Hij praatte niet meteen door. Zijn kaakspieren bewogen als een stil getuigenis van het feit dat er allerlei gedachten door hem heengingen. Toen flapte hij eruit: 'Denk je dat het erin zit dat ik Tedi vaker te zien krijg?'

Het kon haar niet ontgaan dat dit feitelijk een smeekbede was. Dit riep bij haar automatisch zo'n onbehaaglijk gevoel op, dat het haar veel moeite kostte om rustig te blijven.

'Ik was van plan om nog een poosje te wachten voordat ik er met jou over praatte,' zei Theo, 'maar ik wou gewoon ...'

'Het is een begrijpelijk verzoek', zei Mercy zacht. 'Welke vader zou zijn dochter niet meer dan twee keer in de week willen zien?'

Nu maakte hij pas oogcontact met haar. Aan zijn gezicht was duidelijk te zien dat hij het een hele opluchting vond dat ze zo reageerde. 'Ik zie haar altijd alleen maar onder toezicht, maar dat is eigenlijk een prima regeling. Als we wat meer tijd samen zouden kunnen doorbrengen, is het misschien ...' De blik in zijn ogen werd ernstiger en doordringender.

Mercy's gevoel van onbehagen nam toe en ze liep bij hem vandaan. 'Ik ga de rest van de boodschappen halen. Ik wil niet dat de diepvries –'

'Nee, ik –'

Ze werden opgeschrikt door het gerinkel van een ouderwetse telefoon. Mercy ontdekte waar het geluid vandaan kwam en nam op.

'Dokter Mercy? Wat een opluchting dat ik u nu te pakken heb.' Het was Lauren. 'Uw pieper ligt nog hier in uw spreekkamer en ik kon u in het ziekenhuis niet bereiken. We hebben u nodig.'

'Waarom? Wat is er gebeurd?'

'De politie heeft Delphi Bell gevonden. Ze hebben haar hier gebracht. Kunt u zo snel mogelijk komen?'

'Ik kom eraan.'

12

De achttienjarige Chase Riddle was er slecht aan toe, maar had eigenlijk nog geluk gehad. De trein was met zo veel vaart tegen de voorkant van zijn vrachtauto aangereden, dat het voertuig na de klap een eind achteruit was gevlogen. De brandweer moest hem uit het wrak zagen en dat had twintig minuten geduurd. Wanneer je in aanmerking nam dat er al tien minuten waren verstreken voordat de reddingswerkers ter plaatse waren, en nog eens vijf minuten om hem naar het ziekenhuis te vervoeren, had Chase al vijfendertig minuten verloren van het uur dat voor hem goud waard was – die waardevolle, maar o zo korte tijd waarin behandeling het heilzaamst is.

Lukas liet regelen dat er een helikopter stand-by was zodra hij de patiënt zag. Deze lag op een lange plank, met zijn hoofd tussen zogenaamde *headblocks*, en hij had een nekkraag om. Gaasjes van vier bij vier bedekten nauwelijks de bloedende wond op Chases voorhoofd. Hij deed zijn ogen open toen hij Lukas hoorde praten. Hij wist hoe hij heette en waar hij was, maar hij wist niet welke dag het was. Zijn bovenlichaam was bedekt met bloeduitstortingen en schaafwonden en hij kromp ineen toen Lukas druk uitoefende op zijn borst en buik.

Lukas liep naar de balie en verzocht de secretaresse de standaardbloedonderzoeken en röntgenfoto's aan te vragen. 'Heb je al geregeld dat er een helikopter stand-by is?' vroeg hij.

'U kunt maar beter meneer Amos op de hoogte stellen als u de patiënt naar een ander ziekenhuis laat vervoeren', waarschuwde Shirley, terwijl ze een pen pakte om op te schrijven welke onderzoeken ze moest aanvragen.

Lukas wist nog net te voorkomen dat hij een lelijk gezicht trok. 'Ik weet dat nog niet zeker. Zou jij hem niet willen informeren dat dat tot de mogelijkheden behoort? Graag. Ik heb het er op dit moment een beetje te druk voor. Welke chirurg heeft vandaag dienst? Ik heb er een nodig om onze patiënt te beoordelen.'

'Dokter Hemmel.'

'Fantastisch', mompelde Lukas. Hemmel was de enige chirurg die hij liever niet consulteerde. Maar regels waren regels. 'Vraag hem namens mij hiernaartoe te komen.' Lukas keerde terug naar de traumakamer, waar Tex de patiënt intussen al aan de monitor had gelegd en bezig was een infuus in te brengen met de op één na grootste naald. Chase was nu weer helemaal bij bewustzijn. Je kon aan zijn gezicht zien dat hij zich bewust was van alles wat er om hem heen gebeurde, maar ook dat hij angstig was. Hij lag volledig geïmmobiliseerd op de onderzoekstafel. Op zijn neus en wangen zaten schrammen en blauwe plekken. In zijn korte, warrige blonde haar zat hier en daar geronnen bloed.

'Mijn vrachtauto – hoe staat het met mijn vrachtauto? Mijn vader slaat me dood als ...' Zijn gezicht vertrok. 'Mijn borst doet pijn.'

'Ik heb u al verteld dat uw vrachtauto total loss is', zei Tex tegen hem.

Lukas boog zich over hem heen. 'Hebt u moeite met ademhalen?'

'Een beetje. Echt pijnlijk is het wanneer ik diep dooradem. Kunt u daar iets aan doen?'

'Ja, zodra we weten hoe zwaargewond u bent.' Toen Lukas zich omdraaide, duwde de röntgenlaborant juist haar verrijdbare apparaat de kamer binnen. 'Wij moeten nu even de kamer uit. We blijven voor de deur staan.'

Tex en hij liepen de gang op terwijl de laborant haar werk deed.

'Ik maak me zorgen over hem, dokter Bower', zei Tex zacht. 'Hij is helemaal in de war. Hij blijft aan me vragen of zijn vrachtauto in orde is, en of zijn ouders onderweg zijn. Ik heb hem minstens drie keer verteld dat zijn ouders op weg hiernaartoe zijn en dat zijn vrachtauto moet worden afgeschreven.'

'Hoe zijn zijn vitale functies?'

'Zijn hartslag is verbeterd nadat er vocht is toegediend, en zijn bloeddruk is goed, maar hij lijkt veel pijn te hebben. Dat zou de reden kunnen zijn dat zijn bloeddruk hoger is dan je eigenlijk zou verwachten. En raad eens wat?' Tex' blonde wenkbrauwen trokken zich samen in een diepe frons. 'Ik heb net te horen gekregen dat het CT-apparaat kapot is. Ze zijn ermee bezig, maar het zal even duren voordat het probleem is verholpen.'

'Waarom ben ik helemaal niet verbaasd?' zei Lukas. 'Nu moeten we hem wel naar een ander ziekenhuis laten overbrengen. Een CT-scan is voor deze patiënt noodzakelijk.'

Nadat ze de traumakamer weer waren binnengegaan, verrichtte Lukas een uitvoeriger neurologisch onderzoek. Hij werd er niet geruster op. Chase reageerde absoluut traag.

De assistent van de echoafdeling arriveerde met haar apparaat en Lukas stapte opnieuw de gang op om haar de ruimte te geven voor haar werkzaamheden. In de tijd dat hij moest wachten, ging hij nog gauw even op zoek naar zijn autosleutels. Hij trok toch nog maar een keer de bovenste la van het bureau in de piketkamer open – de sleutels lagen op de plek waar hij ze vanochtend had neergelegd. Was hij bezig gek te worden?

Er werd hard op de deurpost getikt. 'Slecht nieuws, dokter Bower.' Tex kwam met grote stappen binnengelopen. 'We hebben de röntgenfoto's binnen.'

Hij draaide zich om en liep achter haar aan naar de licht-
bak. 'Dat is toch niet verkeerd?'
'Bekijkt u ze zelf maar, maar volgens mij heeft hij een van
de bovenste ribben gebroken.'
'Zou je hem naar een ander ziekenhuis laten overbrengen
als jij de dienstdoende arts was?'
'Absoluut.'
Nadat Lukas de röntgenfoto's had bekeken, was hij het met
Tex eens. 'Shirley,' riep hij naar de secretaresse, 'laat die he-
likopter opstijgen.'

De ijzers onder Mercy's schoenen maakten een knerpend
geluid op het laagje ijs waarmee het trottoir voor haar praktijk was bedekt. Twee onderhoudsmonteurs van het ziekenhuis gingen het ijs te lijf met schoppen en sneeuwschuivers
en strooiden zout rond de ingang. Mercy had hen wel kunnen omhelzen. Dat zou anders haar volgende taak zijn geweest. Als dit zo doorging, hoefde ze misschien vandaag
helemaal niet meer zelf ijs weg te bikken.
De mannen knikten haar toe toen ze even bleef staan om de
ijzers onder haar schoenen vandaan te halen, de voordeur
opendeed en de behaaglijke warmte van de wachtkamer
binnenstapte. Ze werd begroet door knappe kletskous Lauren McCaffrey.
'O mooi, daar bent u, dokter Mercy.' De opgewekte verpleegkundige met lang blond haar en voortdurend een
glimlach rond de mond boven een spitse kin kwam overeind om de deur naar de behandelkamers voor haar open te
houden. 'Mevrouw Bell ligt in behandelkamer 2. We hebben haar opgewarmd en haar vitale functies gecontroleerd.
Josie is nu bij haar. Ze heeft een lelijke bloeduitstorting op
haar gezicht en ze ontziet haar rechterarm. Ik denk dat die
gebroken of uit de kom is. U zult dat moeten vaststellen. Ik
had vast een röntgenfoto kunnen maken, maar het was belangrijker dat ze warm werd dan dat wij wisten wat er met
haar arm aan de hand is.'

'Bedankt, Lauren.' Mercy moest af en toe nog moeite doen om deze verpleegkundige niet met een zekere terughoudendheid tegemoet te treden, hoewel met haar komst vele gebeden waren verhoord toen in oktober het aantal te behandelen patiënten zo sterk toenam. Lauren had er altijd blijk van gegeven dat ze meer dan vriendschappelijke belangstelling voor Lukas had, en sinds hij elders een tijdelijke baan had aangenomen, vroeg ze vaak naar hem.

'Raadt u eens waar ze haar hebben gevonden?' vroeg Lauren.

Mercy keek Lauren aan en wachtte tot ze zelf antwoord gaf.

'Aan de oostkant van Knolls staat langs de snelweg een camper te koop. Misschien hebt u dat wel eens gezien. Ze heeft op de een of andere manier het slot geforceerd en sliep in die camper. Je hebt in zo'n ding alleen geen verwarming. Ze had een van die dunne matrasjes om zich heen geslagen toen de politie haar vond. Ze zeiden dat ze de indruk hadden dat ze bijna stijf bevroren was, maar toen ze hier aankwamen, bleek het zo erg niet met haar gesteld te zijn. Ze hadden een telefoontje gekregen van iemand die er vlakbij woont. Die persoon had gezien dat iemand meermalen de camper in- en uitstapte, waarschijnlijk om naar het toilet te gaan of iets te eten te halen. Ze maakt het goed, beter dan je gezien de omstandigheden kunt verwachten.'

'Goed, ik zal haar onderzoeken.'

'Josie is bij haar, zoals ik daarnet al heb gezegd.' Lauren boog zich over een dossier dat op haar geïmproviseerde werktafel lag, maar keek nog op voordat Mercy had kunnen weglopen. 'O, dat vergat ik bijna. Dokter Bower heeft opgebeld en naar u gevraagd terwijl u weg was. Ik heb hem verteld dat het hier heeft geijzeld. U weet toch dat mijn nicht in Herald op de spoedeisende hulp werkt? Nou ja, doet er niet toe. Dokter Bower en ik hebben even gezellig bijgepraat en ik weet zeker dat hij later nog contact met u opneemt.' Ze boog zich naar voren en zei op gedempte toon, hoewel er niemand in de buurt was die haar zou kunnen horen: 'Hij klonk eenzaam, vond ik. Was onze eigen seh maar klaar en weer in bedrijf, dan kon dokter Bower terugkomen. En ik zou dan weer voor hem kunnen gaan werken en u zou geen last meer van mij hebben. Ja, dan zou alles weer precies zo zijn als het moet zijn.'

Fronsend liep Mercy weg. Het was haar kennelijk niet altijd gelukt te verbergen dat ze zich ergerde aan Lauren. Misschien moest ze voortaan beter haar best doen – en daarbij ook blijk geven van haar waardering voor Laurens efficiënte manier van werken en goede instelling ten opzichte van de patiënten.

In de behandelkamer lag Delphi op haar zij onder drie dekens, met haar rug naar de deur.

'Wat is haar gemiddelde temperatuur, Josie?' vroeg Mercy terwijl ze om de onderzoekstafel heen liep.

'Bij binnenkomst 33.1,' antwoordde Josie, '35 een paar minuten geleden. Het is ons gelukt haar een beetje warme thee te laten drinken, voordat ze haar mond stijf dichtdeed en weigerde er nog meer van op te drinken.' De praktijkassistente met zwart haar en grote vriendelijke ogen keek op Delphi neer. 'Ze heeft hooguit vijf woorden gezegd sinds ze is binnengekomen.'

Delphi hield haar ogen stijf dicht; aan haar wimpers hingen druppeltjes traanvocht. Rond haar rechteroog zat een donkerpaarse bloeduitstorting en op haar wang had ze felrode striemen. Ze bibberde, maar verder verroerde ze zich niet. Je kon ook aan niets merken dat ze zich bewust was van Mercy's aanwezigheid.

Mercy trok een krukje naar de onderzoekstafel toe en ging erop zitten met haar gezicht naar de patiënt toe. Ze pakte Delphi's linkerhand. Die was koud.

De vrouw verstrakte en schoof een eindje bij Mercy vandaan.

Mercy liet de hand los. 'Je moet me nu toch vertellen, Delphi, wat er is gebeurd, zodat wij je kunnen gaan behandelen.' Ze streek een lok smerig bruin haar uit Delphi's gezicht. 'Waar doet het pijn?' Ze probeerde op luchtige toon te praten en haar zo voorzichtig mogelijk aan te raken, omdat Delphi na een aanvaring met Abner altijd overgevoelig was.

Mercy drong aan. 'Ik weet dat je bij hem weg bent gegaan en dat je bent ondergedoken.'

Geen reactie.

'Delphi, ik heb je hulp nodig. Je man was naar je op zoek. Hij kwam bij mij in het ziekenhuis en hij heeft hiernaartoe gebeld.'

De tranen begonnen nu echt te stromen en sijpelden onder de gesloten oogleden uit. Delphi's bleke, angstige gezicht vertrok alsof ze pijn had. Haar mond ging open en er ontsnapte half een kreet, half een zucht van angst aan haar gebarsten droge lippen.

'Daarmee wil ik maar zeggen dat hij niet weet waar je bent', stelde Mercy haar snel gerust. 'En niemand hier in de praktijk zal hem helpen je te vinden.' De mensen die bij haar in dienst waren, waren loyaal en toegewijd. Er werd nooit vertrouwelijke informatie over patiënten bekend, voor zover dat mogelijk was in een plaatsje als Knolls waar men graag roddelde.

'De politie vertelt het hem misschien wel.' Delphi's ogen gingen open, haar nasale stemgeluid kwam nauwelijks boven gefluister uit. Ze bleef bibberen. 'Er stonden mensen toe te kijken toen ze me uit de camper sleurden.'

Mercy wist dat Delphi daarin gelijk had. De meeste mensen die in Knolls bij de politie werkten, wisten hoe het er met Abner voorstond – feitelijk wisten de meeste inwoners van Knolls hoe het zat. Er hoefde echter maar een persoon zijn mond voorbij te praten en Delphi was de klos.

'Tijd om nogmaals de temperatuur te meten', zei Josie vrolijk terwijl ze de deur van de behandelkamer dichtdeed en de dekens optilde.

Delphi reageerde niet terwijl Josie met haar bezig was, maar haar ogen bleven open en richtten zich op Mercy, alsof ze in haar haar laatste redmiddel zag. 'Hij haat u.'

'Mij?' Die gedachte vervulde Mercy een moment met angst, maar ze weigerde resoluut om eraan toe te geven. Abner haatte ongeveer iedereen.

'Ik heb een keer tegen hem gezegd dat u wilde dat ik bij hem wegging.'

Dat was geen nieuws. Abner had haar al duidelijk gemaakt dat hij Mercy de schuld gaf. 'Hoe zou je er nu aan toe zijn als je was gebleven?'

Delphi bestudeerde Mercy's gezicht een poosje. Toen vertrok haar gezicht en begonnen er weer tranen uit haar ogen te druppen. 'Maar hij weet dat ik het liefst hiernaartoe zou gaan.'

'Je bent niet hiernaartoe gekomen. De politie heeft je hier gebracht.'

'Ik ben wel hiernaartoe gekomen. Zaterdagavond, nadat ... Ik zag hier licht branden en probeerde binnen te komen. Ik heb geroepen, maar er kwam niemand.'

'O, Delphi', fluisterde Mercy. Ze had het zich dus niet verbeeld. 'Als het ooit weer gebeurt, moet je naar het ziekenhuis gaan.'

'Ik wil nooit meer mishandeld worden. Ik kan niet naar hem teruggaan, dokter Mercy.'

'Ik wil het graag zo regelen dat je de praktijk zo snel mogelijk verlaat, gewoon voor de zekerheid.' Mercy wist dat de kans niet groot was dat Abner zijn vrouw op een voor iedereen toegankelijke plek te na zou komen, maar ze had ook niet verwacht dat hij haar in het ziekenhuis zou opsporen en haar de schuld zou geven van Delphi's verdwijning. Toch werden echtgenoten zelden in het bijzijn van getuigen agressief omdat hun gedrag dan de beschuldiging van het slachtoffer zou bevestigen.

'Mevrouw Bell, u begint al lekker warm te worden', zei de verpleegkundige. 'U bibbert ook niet meer zo erg. Dokter Mercy, de eigenaars van de camper hebben geen aangifte gedaan en de politie komt niet terug, of u moet hen zelf om de een of andere reden bellen ... U weet wel ...' Josie liep naar het raam en tuurde tussen de luxaflex door. 'Bijvoorbeeld voor het geval dat u door de politie beschermd wilt worden.'

'Om er zo voor te zorgen dat ze hun auto's hier voor de praktijk parkeren en fungeren als een baken om Abner hier rechtstreeks naartoe te leiden zeker?'

'Ik dacht ook niet dat u voor die gedragslijn zou kiezen,' zei Josie, 'maar mijn busje staat achter geparkeerd, met sneeuwkettingen om de banden. Het enige wat we hoeven te doen, is mevrouw Bell mee naar achteren nemen, haar daar in het busje stoppen en wegrijden, voor het geval meneer Bell hier ergens de boel in de gaten houdt.'

Mercy kon de verleiding niet weerstaan om haar verpleegkundige op een plagerige manier toe te lachen. 'Je hebt te veel herhalingen van de serie *Mission: Impossible* gezien.'

'Nee hoor, daar kijkt manlief alleen maar naar.' Josie gebaarde naar de patiënt. 'Mevrouw Bell heeft er niets over gezegd, maar er is duidelijk iets mis met haar rechterelleboog. Die kan ze niet verder buigen dan vijfenveertig graden.'

Mercy overhandigde Delphi een papieren zakdoekje en observeerde de vrouw toen ze haar linkerhand uitstak en er onhandig haar gezicht mee afveegde en haar neus erin snoot. Dat deed ze zo onhandig omdat ze op haar linkerzij lag. 'Ik heb mijn rechterelleboog bezeerd toen ik viel', zei Delphi.

'Of toen Abner je een zet gaf?' Mercy tilde de dekens ver genoeg op om een blik op de arm te kunnen werpen.

'Hij liet me struikelen. Daardoor ben ik ook gewond geraakt aan mijn gezicht.' Ze kromp ineen toen Mercy haar onderzocht.

Er zat iets niet goed in de elleboog, maar de bloedtoevoer naar de rest van de arm werd er zo te zien niet door belemmerd. Haar vingers waren roze en de polsslag was goed.

'Oké, Josie,' zei Mercy, 'laat maar röntgenfoto's maken. De kans bestaat dat we mevrouw Bell toch eerst nog voor een paar dagen naar het ziekenhuis moeten brengen.'

'Nee!' riep Delphi uit. 'U zei toch dat hij daar al naar me heeft gezocht. Hij weet dat ik gewond ben geraakt. Als hij hoort dat ze me hebben gevonden, gaat hij daar het eerst kijken.'

'Hij zal je niet op de kraamafdeling zoeken.' Mercy stak een hand onder de dekens en duwde de klok van haar stethoscoop tegen Delphi's borst. De longen en het hart klonken goed. 'Omdat er verder geen patiënten zijn, zal niemand je zien behalve de praktijkassistente en ik. Laten we nu eerst maar zorgen dat die röntgenfoto's gemaakt worden.'

'Dokter Bower, hebben we onlangs niet eenzelfde soort gesprek gevoerd?' zei Amos knorrig aan de andere kant van de lijn.

'Ja, dat klopt,' zei Lukas, 'maar ik heb net de foto's van mijn patiënt binnengekregen. Hij heeft drie gebroken ribben, plus een halsribfractuur. Er moet een CT-scan worden gemaakt, maar ons apparaat is defect. Het is mijn verantwoordelijkheid op te komen voor de patiënt en te zorgen dat hij de best mogelijke zorg krijgt.'

Er volgde een lange stilte. Lukas hoorde Chases ouders de afdeling op komen. Ze repten zich naar de traumakamer.

'Wees zo vriendelijk onze dienstdoende chirurg erbij te halen', zei Amos uiteindelijk. 'We zullen doen wat hij op basis van zijn onderzoek beslist.'

Lukas hing opgelucht op. Dokter Hemmel was nu bij Chase. Die zou er ongetwijfeld de noodzaak van inzien dat de jongeman werd overgebracht naar een ander ziekenhuis. Alles kwam goed.

'Buck? Ben jij dat?' Geleund tegen het aanrecht in Ivy's keuken hield Clarence Knight de hoorn van de telefoon tegen zijn oor. Hij had naar de brandweerkazerne gebeld; op de achtergrond hoorde hij de mannen praten en lachen. Daardoor duurde het even voordat hij Bucks stem herkende.

'Ja, spreek je mee.'

'Met Clarence. Ik bel je om te informeren hoe het met Kendra gaat.'

'Ze mag donderdagochtend naar huis.'

'Geweldig! Dus het gaat beter met haar?'

Buck zuchtte voordat hij op gedempte toon antwoordde: 'Dat weet ik zo net nog niet, Clarence. Ze hebben haar veel sterke medicijnen gegeven; ze klinkt alsof ze helemaal van de wereld is wanneer ik bel. Haar psychiater zegt dat ze niet de indruk heeft dat ze nog zelfmoordneigingen heeft, maar ...' Hij zuchtte nogmaals. 'Ik weet het gewoon niet.'

Clarence wist niet meer wat hij moest zeggen. Hij had dat boekje met bijbelverzen, dat Ivy in de bestekla had liggen, doorgebladerd, maar had er niet één kunnen vinden over zelfmoord. 'Nou, maat, houd je haaks. Als je graag ... wilt praten of wat dan ook, weet je waar je me kunt vinden.' Hoe kwam hij daar nu op? Buck had in de kazerne talloze maten met wie hij kon praten als hij dat wilde. Buck had vrienden te over.

'Maar stel nou dat ze weer zoiets doet?' vroeg Buck opeens. 'Het had niet veel gescheeld of ik had haar niet op tijd gevonden.'

'Weet je wat ik denk? Iets of, liever gezegd, Iemand had besloten jou op de hoogte te brengen, zodat je haar kon tegenhouden. Misschien gebeurt dat de volgende keer ook.'

'Hoezo? God kent ons niet beter dan Hij alle andere mensen op de wereld kent, en er gaan voortdurend mensen dood doordat ze zichzelf ombrengen of door iemand anders gedood worden.' Aan Bucks stem was goed te horen hoe gefrustreerd hij was. 'Ik weet het niet, hoor.'

Clarence wachtte af. Wanneer iemand graag iets kwijt wilde, kwebbelde de ander soms maar een eind weg om de stilte op te vullen. In dat geval was de kans groot dat de persoon geen zin meer had om te vertellen wat hem dwarszat.

'Ze haat me, Clarence', vervolgde Buck uiteindelijk. 'Ik ben er sinds zondag iedere dag naartoe gereden, maar ze staat niet toe dat ik haar aanraak. Als ik te dichtbij kom, doet ze gauw een stapje terug. Jij weet niet hoe pijnlijk het voor een man is wanneer zijn echtgenote zo doet.'

Daar had Buck gelijk in – dat wist Clarence niet. Hij was nooit getrouwd. Ook voordat hij veel te dik was geworden, leken zijn grote mond en grove praatjes vrouwen af te schrikken voordat hij de kans had gekregen om hen mee uit te vragen.

'Je zult haar veel, heel veel tijd moeten gunnen', zei Clarence na lange stilte. 'Ze weet momenteel eigenlijk niet goed wat ze doet. Ze doorziet het niet. Wat dat betreft moet je me vertrouwen. Ik weet waar ik het over heb.'

'Ik heb geen keus. Ik houd van haar.' Na een korte aarzeling voegde hij eraan toe: 'Clarence, denk je echt dat God zich bekommert om wat er hier beneden voorvalt?'

Dat was een goede vraag. Voorheen zou Clarence erom gelachen hebben. Nu wist hij beter. 'Ja, dat denk ik echt. Weet je, gisteravond onder het eten heeft Ivy iets over God gezegd dat me goed in de oren klonk. "Als je God wilt vinden, moet je gewoon op zoek gaan." Zo zei ze het niet precies, maar volgens mij kwam het daar wel op neer. Toen ze dat zei, snapte ik het nog niet helemaal, maar ik geloof niet dat Hij verstoppertje met ons speelt. Volgens mij betekent het dat God bereid is je gebed te verhoren, als je biddend naar Hem op zoek gaat en je Hem niet alleen maar je eigen verlanglijstje voorlegt. Als ik bijvoorbeeld niet egoïstisch bezig ben, niet alleen voor mezelf, maar ook voor jou en voor Kendra bid, zal Hij naar me luisteren.' Nog terwijl hij dit zei, merkte hij hoeveel indruk de woorden op hemzelf maakten. Hij had het dan ook over God, de Schepper van hemel en aarde. 'Maak je geen zorgen, Buck. Volgens mij kent God ons, ook al kennen wij Hem nog niet zo goed.'

Na een korte stilte volgde er iets wat typerend was voor een man: van verlegenheid schraapte Buck zijn keel. 'Niemand kan het zo mooi zeggen als jij, Clarence. Ik moet het hierbij laten. De commandant is naar me op zoek. Bedankt.'

Nadat hij had opgehangen, had Clarence het gevoel dat hij weer vijf kilo was kwijtgeraakt. Hij had het idee dat wat hij tegen Buck had gezegd, waar was. De laatste paar dagen had hij gemerkt dat God op de een of andere manier met hem bezig was ... misschien zelfs in stilte tot hem sprak als hij onhandig iemand de helpende hand toestak. Hoewel hij veel te stellen had met zijn lichaam, met alle pijn, teleurstellingen en handicaps, had hij toch meer energie dan anders. Hij wilde niet dat daar een einde aan kwam.

Een stemmetje in zijn hart zei dat het dom van hem was dat hij probeerde te praten met Iemand die hij niet eens kon zien. Dat stemmetje werd echter steeds vager. Vaker voelde hij zich gedrongen andere mensen bij te staan. Tot nu toe had hij alleen gemerkt dat hij zelf de eerste stap moest zetten, maar dat men dan wel degelijk zijn hulp aanvaardde.

Clarence was nooit verlegen geweest. Ongezellig, maar niet verlegen. Darlene en hij waren in armoede opgegroeid. Als kind droegen ze de krijgertjes van andere mensen, terwijl hun ouders rondliepen in mooie kleren, betaald door de belastingbetalers. Zo lang hij zich kon heugen, was hij vervuld geweest van wrok. Hij had op school moeten toekijken terwijl andere kinderen Darlene uitscholden en belaagden, totdat ze uiteindelijk zo gekwetst was dat ze zich terugtrok achter een muur van schaamte en verlegenheid. Bij Clarence was het een muur van woede geweest. Diezelfde woede maakte dat hij zo goed zijn best deed, dat hij op school goede cijfers haalde en uiteindelijk een beurs had gekregen voor de universiteit. Maar omdat hij Darlene niet had willen achterlaten, was hij niet gegaan.

In plaats daarvan had hij ruziemakend en manipulerend een technische opleiding gevolgd aan een school vlakbij. Hij draaide zijn hand niet om voor de bouw van een tractor met aanhanger en alles wat daar nog bijkwam, en dankzij die kennis was het Darlene en hem gelukt te ontsnappen.

'Als ik jou zo bekijk, heb je iets op je lever', klonk Ivy's stem door de keuken.

Verschrikt keek hij op. Ivy had haar oude blauwe trainingspak en loopschoenen aan en haar haar hing in een vlecht op haar rug.

'Wat zou je zeggen van een tochtje naar de fitnessclub?' vroeg ze. 'Je kunt wel een verandering van omgeving gebruiken.' Ze liep naar het aanrecht en haalde uit een kastje erboven een van de waterflessen die ze altijd bij zich had. 'Ik mag een keer per week een introducé meebrengen.'

Clarence snoof. 'Ze zullen je heus wel extra entree laten betalen. Dank je, maar ik houd het maar bij de loopband. Dat apparaat staart me niet met open mond aan wanneer ik de kamer binnenkom.'

Ze schroefde de dop van de fles en vulde hem met kraanwater. 'Jij je zin. Als je ondergedoken wilt blijven totdat je nog honderd kilo bent kwijtgeraakt, moet je maar voor kluizenaar spelen. Ik had zo gedacht dat je al wel schoon genoeg zou hebben van Darlene en mij.'

'Helemaal niet. Weet je wat ze hier in Knolls nodig hebben? Een dikzakkenclub voor mensen die minstens vijftig procent boven het gewicht zitten dat gemiddeld voor hen geldt op het moment dat ze lid worden. Ze zouden de club moeten bouwen op een betonnen fundering. U zou er de exercitiemeester kunnen worden.'

Ivy nam een slok water. 'Waarom zet je zelf niet een dergelijke club op, Clarence?' Ze zette de fles neer en keek hem aan met een doordringende blik onder gefronste wenkbrauwen.

Hij dacht even na over wat ze net had gezegd. Moest hij dat doen? Op die manier kon hij anderen helpen die hetzelfde moesten doormaken als hij. Hij zou er het levende bewijs van zijn dat er hoop was. Hij kon foto's van hoe hij er eerst en hoe hij er nu uitzag op een mededelingenbord prikken. Hij trok een gezicht alsof hij moest overgeven.

'Nee, ik zou me dan niet willen beperken tot dikke mensen. Er lopen nog heel wat meer mensen rond die hulp zouden kunnen gebruiken, weet ... u.' Het was niet zijn bedoeling geweest zijn gedachten hardop uit te spreken.

Ivy bleef een moment zwijgend staan waar ze stond, alsof ze moest verwerken wat hij zojuist had gezegd. 'Wat heb je nu eigenlijk precies in gedachten, Clarence?'

'Nog niets concreets.'

Tot zijn verbazing drong ze niet aan. Toen hij eindelijk de moed vond om haar aan te kijken, zag hij een vriendelijk lachje over haar gezicht glijden die een verzachtende uitwerking had op de blik in haar ogen.

'De uitnodiging blijft staan, dus je hoeft het alleen maar te zeggen wanneer je toch een keer mee wilt.' Ze draaide zich om en liep de keuken uit.

Dokter Hemmel, een gezette vijftiger met brede schouders, schoof het gordijn van de traumakamer opzij en stapte de gang op om Lukas en de familie Riddle te woord te staan. 'Ik geloof niet dat we ons ernstig zorgen hoeven te maken', zei hij bemoedigend terwijl hij mevrouw Riddle een schouderklopje gaf. 'We zullen hem opnemen om hem een nachtje hier te houden voor observatie. Op de echo was niets bijzonders te zien en het rectale onderzoek gaf geen aanwijzingen voor bloedverlies. Omdat ook de uitslagen van het bloedonderzoek normaal zijn, is er geen enkel bewijs dat hij bloed verliest. Ik ben van mening dat wij ons niet hoeven op te winden over buikpijn en een paar gebroken ribben. Jongens van achttien staan erom bekend dat ze wel een stootje kunnen hebben.'

Lukas kon zijn oren niet geloven. Dat de uitslagen van het lab aangaven dat het Hb normaal was, had niets te betekenen. Wanneer er nog maar kort sprake was van bloedverlies, was het hemoglobinegehalte altijd normaal. En deze arts moest toch weten wat het betekende wanneer er sprake was van een halsribfractuur.

Lukas nam de chirurg even apart. 'Eh, neem me niet kwalijk, dokter Hemmel, maar er is een helikopter op weg hiernaartoe.'

Hemmel haalde zijn schouders op. 'Zeg maar af. Het heeft geen zin om de familie Riddle helemaal naar Jefferson City te laten gaan.' Hij keek om naar de ouders. 'We zullen voor de zekerheid een CT-scan laten maken. Ik zal hem pijnstillers geven en –'

'Weet u dat wel zeker?' onderbrak Lukas hem, terwijl hij naar de monitor keek aan het hoofdeinde van de onderzoekstafel waarop Chase lag.

Hemmel richtte zijn aandacht weer op Lukas en begon de eerste tekenen van irritatie te vertonen. 'Wat zou ik zeker moeten weten? Of ik wel pijnstillers moet geven?'

Lukas vroeg zich even af of hij er goed aan deed opnieuw het oordeel van een collega in twijfel te trekken. Nadat hij een verontschuldiging had gemompeld tegen de ouders, gaf hij dokter Hemmel met een gebaar te kennen dat hij mee moest lopen naar een behandelkamer die op dat moment niet in gebruik was. Hij werd er niet populair van wanneer hij een arts achteraf bekritiseerde, en al helemaal niet wanneer hij dat deed in het bijzijn van anderen.

Toen ze buiten gehoorsafstand waren, schraapte hij zijn keel en wendde zich tot de chirurg. 'Dokter Hemmel, bent u zich ervan bewust dat ons CT-apparaat kapot is? Ik vind dat er vooral een CT van Chases boven- en onderbuik en van zijn hoofd nodig is, voordat ik er met een gerust hart in toestem dat hij onder observatie wordt gehouden.'

Hemmels gezicht verstrakte. 'Verder nog iets?'

'Ja, zijn hartslag is nog steeds te snel, terwijl die had moeten vertragen nadat hij via het infuus pijnstillers had gekregen. En zijn bloeddruk daalt niet, hoewel er extra vocht is toegediend. Verder moet er ook een cardiogram gemaakt worden, maar het daarvoor benodigde apparaat hebben we hier ook al niet. Er is nog iets anders aan de hand.'

'Maar waarom hebt u dan de moeite genomen mij te laten oproepen?' snauwde Hemmel.

'Omdat een chirurg mij moet vertellen dat het niet nodig is om onmiddellijk te opereren. Ik weet pas of ik de patiënt mag laten overbrengen naar een ander ziekenhuis wanneer ik u heb geconsulteerd.'

'En ik heb u net verteld dat ik dat niet nodig vind.'

Lukas moest aan een andere merkwaardig vooringenomen, tegenwerkende arts denken die nog niet zo lang geleden zijn pad had gekruist. Hij was het spuugzat om politieke spelletjes te spelen en ego's te strelen. 'U bent dus van mening dat deze patiënt niet onmiddellijk geopereerd hoeft te worden?'

Dokter Hemmel liep rood aan. Hij draaide zich om en beende de afdeling af zonder nog iets te zeggen.

Lukas keerde terug naar de traumakamer en richtte zich tot de ouders van Chase. 'Het spijt me, mevrouw en meneer Riddle, maar ik maak me zorgen over uw zoon. Hij heeft talloze breuken, beschermt onwillekeurig zijn onderbuik en zijn vitale functies zijn abnormaal. Dat wijst volgens mij op inwendige bloedingen, tot het tegendeel is bewezen.'

'Maar dokter Hemmel zei dat de echo niet had uitgewezen dat er sprake was van bloedingen', sputterde meneer Riddle tegen.

'Weet ik, maar een echo is niet zo betrouwbaar als een CT-scan en ons CT-apparaat is kapot. Er moet een CT van zijn hoofd gemaakt worden om zeker te weten dat hij geen bloed verliest. Hij is in de war en reageert te traag.'

'Maar dat komt toch zeker van de pijnstillers?' zei mevrouw Riddle.

'Hij gedroeg zich al zo voordat hij pijnstilling kreeg', vertelde Lukas haar. Nog terwijl hij die woorden uitsprak, hoorde hij het onmiskenbare geluid van een naderende helikopter. Het helikopterteam had geen toestemming van meneer Amos nodig om Chase over te brengen naar een ander ziekenhuis. Dit ziekenhuis had daar niets over te vertellen. Hij mocht erover beslissen en hij koos er op dit moment voor dat ook te doen.

'Mevrouw en meneer Riddle, uw zoon heeft een halsribfractuur. Er moet enorm veel kracht aan te pas komen om een halsrib te breken. Een derde van de patiënten met dat soort verwondingen sterft als gevolg van de daarmee verband houdende verwondingen, zoals scheuren in de grote bloedvaten.'

Mevrouw Riddle hapte naar adem.

'Mijn advies is dat we Chase zo spoedig mogelijk naar een gespecialiseerd traumacentrum laten vervoeren om elk risico uit te sluiten.' Hij kreeg hiervoor toestemming en bereidde de patiënt voor op vervoer.

Delphi's elleboog gleed met een tevredenstellende klik op zijn plek en Mercy knikte naar Josie. Er was niets gebroken geweest, maar de ontwrichting had Delphi veel pijn bezorgd – dat wil zeggen, totdat Mercy haar een flinke hoeveelheid pijnstillers had toegediend. Nu leunde de jonge vrouw als een kind vol vertrouwen tegen Mercy aan.

'Goed werk, Josie.' Mercy controleerde nog een keer of de doorbloeding van de arm goed was. 'Nu wil ik nog een keer een röntgenfoto laten maken en het daarna afmaken met een spalk en een mitella. Delphi, ik wil graag dat je een paar kennissen van mij ontmoet, maar ze zijn momenteel niet in Knolls.' Ze hielp Delphi van de onderzoekstafel in de wachtende rolstoel, zodat ze haar weer naar de röntgenkamer konden brengen. 'Heb je wel eens iets gehoord over dat zendelingenechtpaar dat laatst bij het gerechtsgebouw werd aangereden?'

Delphi keek fronsend naar haar op; door de pijnstilling keek ze een beetje glazig uit haar ogen. 'Ik geloof van wel.'

'Omdat Alma, de echtgenote, door dat ongeluk haar been is kwijtgeraakt, konden ze niet terugkeren naar hun zendingspost in Mexico. Toen hebben ze hier in Knolls een hulporganisatie in het leven geroepen. Crosslines heet die organisatie.' Mercy realiseerde zich dat nadere uitleg vergeefse moeite was. Doordat Delphi onder invloed van pijnstillers was, onthield ze er waarschijnlijk niets van. Maar daar stond tegenover dat Delphi voortdurend behoefte had aan geruststelling.

'Crosslines?'

'Je moet denken aan zoiets als het Leger des Heils, alleen wordt deze vorm van dienstverlening plaatselijk georganiseerd en toegankelijk gemaakt. Vele kerken in de omgeving ondersteunen dit project. Arthur en Alma hebben overal in het land contacten. Zij kunnen jou vast wel aan een nieuwe woonplek helpen, en aan een nieuwe baan ver hiervandaan.' Ze kwamen aan op de röntgenkamer en Josie en Mercy hielpen Delphi overeind.

'Hoever hiervandaan?' vroeg Delphi.

'Zover als volgens ons nodig is om Abner bij jou uit de buurt te houden.' Nadat de controlefoto was gemaakt, hielpen Mercy en Josie Delphi weer in de stoel plaats te nemen en reden haar terug naar de behandelkamer.

'Dan ben ik daar ... alleen?' vroeg Delphi een poosje later.

'Nee. Ze laten je daar heus niet in je eentje aanmodderen.' Mercy pakte een spalk en een mitella. 'Ik zei daarnet toch al dat ze overal vrienden hebben. Iemand zal je bijstaan totdat je het in je eentje kunt redden. Maar Arthur en Alma bevinden zich momenteel in Springfield; daar wordt haar een beenprothese aangemeten. Zodra ze terug zijn, zal ik je aan hen voorstellen.' Ze legde de spullen die nodig waren om de arm te spalken op het aanrecht en hielp Delphi weer op de onderzoekstafel. Omdat ze merkte dat de jonge vrouw bibberde, pakte ze een deken.

'Dokter Mercy, ik ben zo bang. Wat gaat er met me gebeuren?'

Mercy zag zo veel troosteloosheid en zo veel angst in de ogen van Delphi, dat ze Delphi's gezicht tussen haar handen nam. 'Kijk me eens aan, lieverd.' Ze wachtte tot de jonge vrouw haar aankeek. 'Ik zal zorgen dat Abner niet bij je in de buurt komt. We regelen dat je elders onderdak krijgt, en dat je daar niet alleen zult zijn. Vertrouw me maar.'

'Hé, ik heb een uurtje geleden je nicht gesproken', zei Lukas, terwijl Tex en hij naast elkaar bij het aanrecht hun handen en onderarmen grondig stonden te wassen. Ze hadden daarnet twee kinderen met griep behandeld en naar huis gestuurd.
'Welke? Ik heb er geloof ik wel honderd.'
'Lauren, de nicht aan wie ik het te danken heb dat ik in deze wantoestand ben terechtgekomen.'
Tex proestte het even uit. 'Daar is ze goed in. Ze denkt dat ze alle problemen kan oplossen. Ze ziet er ook geen been in er tegen iedereen over uit te weiden, of je er nu prijs op stelt of niet. Volgens haar komt alles goed, als je maar bij een kerk hoort.' Ze spoelde haar handen af en droogde ze af.
'Ik geloof niet dat ze het zo bedoelt.' Hij pakte de papieren handdoek aan die Tex hem gaf. 'Lauren kan zich een leven zonder Christus niet voorstellen.'
Tex haalde haar schouders op. 'Ja, ja. Het is al goed. Hé, als we vanavond voor middernacht weg kunnen, zal ik dan eens een fatsoenlijke maaltijd voor u klaarmaken? Daarmee maak ik dan goed dat Monster gisteren uw vuilnisemmer omver heeft gekieperd. Ik ben het trouwens ook zat om alleen maar voor mezelf te koken.'
'Bedankt voor het aanbod, maar –'
'Ik zal u niet vergiftigen. Ik zal u ook de restjes meegeven, zodat u die kunt invriezen om later op te eten.' Ze keek hem even aan en spreidde toen op een theatrale manier haar handen. 'Maakt u zich geen zorgen, dokter Bower. Het is niet mijn bedoeling u te strikken. U bent mijn type niet. Ik heb het niet op christenen, maar ik heb af en toe wel medelijden met ze. Ik ben zelfs bereid het eten bij u thuis op te dienen, ook al is dat best veel moeite.'

Hij moest toegeven dat een versgekookte maaltijd een aanlokkelijk idee was. Maar kon Tex echt koken? 'Wat eet je?'

'Spaghetti met gehakt en tomatensaus, een salade erbij en als toetje een bepaald soort ijs. Als u wilt, doe ik er ook nog stokbrood bij.'

Onwillekeurig vroeg hij zich af wat Mercy ervan zou zeggen. 'Weinig vet?'

'Ik zal het vet van het gehakt afgieten en wat er dan nog over is, opdeppen.'

Lukas was gek op spaghetti. Hij dacht aan de laatste keer dat Mercy en hij bij de Italiaan hadden gegeten, en glimlachte.

Tex gaf hem een stomp tegen de schouder. 'Afgesproken. Ik kook, u ruimt de boel op.'

13

Toen Lukas over het onverlichte parkeerterrein van het ziekenhuis liep, zag hij in de buurt van de plek waar hij die ochtend zijn jeep had geparkeerd een lichtschijnsel dat hij niet kon thuisbrengen. Toen hij dichterbij kwam, realiseerde zich dat het schijnsel afkomstig was van zijn jeep. Het binnenlampje brandde.

Dat kon toch niet waar zijn? Had hij het portier niet goed dichtgedaan? Was de accu nu uitgeput? Hij wist zeker dat hij de auto had afgesloten. Hier in Herald deed hij altijd alles op slot. Toen hij bij de jeep aankwam, kwam hij echter tot de ontdekking dat het portier niet was afgesloten – het zat niet eens goed dicht. Hij stapte in, gooide zijn tas op de stoel naast zich en stak met een bang voorgevoel de sleutel in het contactslot. De motor sputterde, viel stil en sputterde opnieuw. Het duurde even, maar uiteindelijk sloeg de motor toch aan en begon in een regelmatige cadans te draaien. Opgelucht trok Lukas het portier dicht en greep het stuurwiel vast.

Zijn vingers belandden in een ijskoude, zompige kleffe smurrie. Hij trok zijn handen met een kreet terug, maar de smurrie bleef bij hem. Slierten van het kleverige spul overspanden de afstand tussen het stuurwiel en zijn bovenbenen. Hij bleef een moment verbijsterd zitten waar hij zat. Toen bracht hij een hand naar zijn neus en snoof. Het spul rook naar niets. Hij raakte het spul aan en wreef zijn vingers over elkaar. Het was een ontsmettende gel waarvan in het ziekenhuis vaak gebruik werd gemaakt. Iemand zat zich op dit moment te verkneukelen. Hij kon er de grap niet van inzien.

De woorden die dominee Jordan voorlas uit het Nieuwe Testament, zweefden die woensdagavond door het warme zaaltje in het souterrain van het gebouw waarin Mercy's gemeente samenkwam. Mercy probeerde zich erop te concentreren, al vond ze niet dat ze betrekking op haar hadden. 'Een vrouw mag niet scheiden van haar man (is ze al gescheiden, dan moet ze dat blijven of zich met haar man verzoenen), en een man mag zijn vrouw niet wegsturen.'
Ze deed haar best om niet te geeuwen, maar werd opgetild en meegevoerd door een golf van loomheid. Nee, dit bijbelgedeelte had niets met haar te maken. Haar ex was jaren geleden van haar gescheiden, zodat hij van zijn affaires kon genieten zonder dat zij hem daarbij in de weg stond. Toch had ze haar ex vooraan tussen de groep van circa dertig personen zien zitten. Ze zaten er op een kluitje, omdat het zaaltje vast voor niet meer dan twintig personen bedoeld was.
Ze geeuwde opnieuw en wenste dat ze niet was gekomen. De bijbelstudie was niet saai – verre van dat. Ze had het tot nog toe fijn gevonden om met een groep Paulus' brief aan de Korintiërs te bestuderen, al kon ze de discussie soms niet volgen. De meeste mensen in deze groep lazen hun hele leven al in de Bijbel, terwijl zij daarmee nog maar drie maanden bezig was en dus nog een hele inhaalslag te maken had. Dat de laatste paar dagen haar nachtrust was onderbroken, droeg ook niet bij aan een heldere kijk op de zaken. Zelfs de beste spreker van de wereld verloor zijn aantrekkingskracht wanneer haar hoofd naar haar idee een lekkende ballon met water was.
'Wanneer ze een ongelovige man heeft ...'

Haar oogleden werden zo zwaar dat ze besloot ze even rust te geven ... Ja, vermoeidheid van de ogen kon afmattend zijn. Ze kreeg een even vredig en behaaglijk gevoel als wanneer ze thuis in haar extra grote bed het zachte donzen dekbed om zich heen trok ... Ze vond het heerlijk om zich zo een paar minuutjes te ontspannen, niet meer te denken aan de werkdruk waaronder ze bijna bezweek, niet meer bang te zijn dat de osteoporose van mevrouw Robinson erger zou worden ... om op te houden met zichzelf te bekritiseren over de manier waarop ze van plan was Crystal Hollis en haar overgrootmoeder Odira Bagby te behandelen ...

Om kwart over acht geloofde Lukas er niet meer in dat Tex nog zou binnenwandelen met een eigengemaakt gerecht. Op aandrang van zijn knorrende maag liep hij naar de keuken. Daar had hij nog een paar appels in de koelkast liggen, en in het kleine vriesvakje een paar sneden brood met beleg, bij de bevroren kant-en-klaarmaaltijden. Hij wilde net een appel pakken toen er op de voordeur werd geklopt.

Ze was dus aan de late kant, maar wat gaf dat? Tex deed nooit iets voorspelbaars. Opnieuw viel de klopper op de deur, deze keer luider, en hij rende het appartement door. Hoewel ze had beloofd voor hem te koken, had ze waarschijnlijk een zak bij zich met de boterhammen uit de automaat in het ziekenhuis. Hij vond het moeilijk om zich Tex in een huiselijke omgeving voor te stellen.

Hij deed de deur van het slot en trok hem open. Zijn adem stokte. Voor de deur stond een lange, hem niet bekend voorkomende dame met een grote boodschappentas bij zich. Ze droeg een korte, zwarte nauwsluitende jurk die weinig aan de verbeelding overliet en die laag was uitgesneden. Een jasje van zachte stof bedekte haar armen en schouders. Haar blonde haar golfde rond haar gezicht en over haar voorhoofd; groene ogen keken hem aan vanuit een mooi opgemaakt gezicht.

'Hé,' zei ze, 'blijft u me daar de hele avond staan aanstaren, of laat u me door zodat ik dit spul naar de keuken kan brengen?'

Lukas deed een stap opzij. 'Sorry.' Waarom had ze zich zo opgetut? Ze had toch niet het idee dat dit de eerste stap was om zijn vriendin te worden? Dat was niet zo. Tex was niet meer dan een buurvrouw met wie hij samen ging eten; die haar best deed om hem zich thuis te laten voelen in een plaatsje waar klaarblijkelijk nooit een rode loper werd uitgerold. Als zij er anders over dacht –

'Vanavond ben ik Theresa', zei ze terwijl ze met haar hoge hakken over de hardhouten vloer van de woonkamer liep.

Tex op hoge hakken? En met een panty aan? Was dit dezelfde vrouw die een paar dagen geleden een modderspoor in zijn appartement had achtergelaten?

'Zo noemt dokter Moss me', zei ze.

Lukas liep achter haar aan. 'Dokter Moss? Wat heeft hij –'

'Hij kan elk moment hier zijn.' Ze liep de keuken in en zette de tas op het aanrecht.

'Hier? Hoezo?' sputterde Lukas.

'O, sorry dat ik dat niet van tevoren tegen u heb gezegd. Hij eet vanavond met ons mee. Ik kon de verleiding niet weerstaan. Hij belde me vanavond om me mee uit te vragen, maar ik had al beloofd dat ik voor u zou koken. Wist u dat hij huisarts is in een plaats hier vlakbij?' Ze keek hem vragend aan. 'Weet u dan ook niet dat hij vorige week de baby van Marla Moore ter wereld heeft geholpen? U weet wel, die baby die ze nog niet gevonden hebben?'

'Heeft híj Jerod ter wereld geholpen?'

Ze liet haar jasje van haar schouders glijden en gaf het aan Lukas. 'Ja. U hebt toch wel ergens een kapstok? Anders gooit u het maar op uw bed. Tachtig dollar heeft dat stukje wollen stof me gekost, bedenk ik nu opeens. Vindt u de jurk mooi? Die heb ik in de uitverkoop gekocht, maar u mag dat niet doorvertellen.' Ze stak haar armen uit en draaide in het rond. 'Nou, wat vindt u ervan?'

'Je ziet er fantastisch uit, Tex. Was het daarnet je bedoeling mij te vertellen dat je interesse hebt in een man die –'

'Theresa! Denk eraan: vanavond heet ik Theresa.' Ze draaide zich om naar het aanrecht en haalde een krop sla en een paar tomaten uit de tas. 'En de roddelaars weten niet waar ze het over hebben. Een man houdt vast aan zijn principes – en dat is meer dan ik van heel wat mensen hier in Herald kan zeggen – en al het personeel begint onmiddellijk achter zijn rug kwaad over hem te spreken. Dat slaat toch alles? De man heeft zo veel ruggengraat dat hij zich niet door meneer Amos laat manipuleren, maar een patiënt beschuldigt hem al van seksuele intimidatie terwijl ze hem slechts vijf minuten alleen heeft getroffen.'

'Hoe heeft meneer Amos precies geprobeerd hem te manipuleren?'

'De verpleegkundigen hebben van meneer Amos de opdracht gekregen altijd tijd te rekken bij de behandeling van een ziekenfonds- of onverzekerde patiënt bij wie de verwonding of de aandoening niet levensbedreigend is.'

'Hoe doen ze dat?'

Ze haalde haar schouders op en begon slablaadjes van de krop te trekken. 'Ze laten de patiënt in de wachtkamer zitten, totdat hij geen zin heeft om nog langer te wachten en zijn heil ergens anders zoekt. Kijk me nu maar niet zo raar aan, dokter Bower. Ik negeer Amos. Heb ik altijd gedaan. Hoe dan ook, drie weken geleden zag Hershel iemand in de wachtkamer zitten terwijl er op de SEH niemand meer aanwezig was. Toen hij de verpleegkundige verzocht het personeel terug te roepen, weigerde ze dat te doen. Hij behandelde de patiënt zonder de hulp van een verpleegkundige en bracht rapport uit over haar weigering hem te gehoorzamen.'

'Was je erbij? Heb je dat zien gebeuren?'

'Nee, maar dat hoefde ook niet. Een week later kwam er een vrouw naar de SEH en wilde diezelfde verpleegkundige niet bij hen in de behandelkamer blijven. De vrouw verkondigde luidkeels dat hij haar had misbruikt, en hij had geen getuige.' Tex haalde nog weer een keer haar schouders op. 'Meneer Amos greep dit met beide handen aan als excuus om Hershel te schorsen. Omdat Hershel voor de tuchtraad moet verschijnen, heeft hij een advocaat in de arm genomen en dat kost natuurlijk geld. Ik wil niet te veel zeggen hoor, maar volgens mij staat die vrouw bij iemand op de loonlijst.'

In mineur omdat hij er ogenblikkelijk depressieve gevoelens van kreeg, ging Lukas het jasje weghangen. Voor de zoveelste keer moest hij concluderen dat in alle hoeken van de wereld inhalige lieden zonder normen en waarden op de loer lagen. Hij wist dat zulke lieden niet alleen in de medische wereld voorkwamen, maar omdat hij in die wereld de meeste ervaringen opdeed, was hij geneigd te denken dat ze hem overal achtervolgden. Tijdens de studie geneeskunde had hij het schokkend gevonden dat medisch studenten werden ondergedompeld in een overvloed aan informatie, en dat er van hen werd verwacht dat ze al deze informatie opsloegen in hun hersenen. Dat je zowel op de universiteit als tijdens je coschappen vaak in de verleiding werd gebracht om je niet aan de regels te houden, had hem verbaasd. Hij moest waarschijnlijk dankbaar zijn dat een dergelijk hoog percentage medestudenten weerstand had geboden aan die verleidingen. En ook hun patiënten zouden daar dankbaar voor moeten zijn. Boden ze nog steeds weerstand, of werden steeds meer mensen negatief beïnvloed doordat managers in de zorg druk op hen uitoefenden en er steeds minder geld beschikbaar was voor de zorg?

Terwijl hij terugliep naar de keuken, realiseerde hij zich dat dit een domme vraag was. Hij was weer bezig mensen etiketten op te plakken en dat was typisch iets voor hem. In de medische wereld waren de omstandigheden zodanig, dat het soms moeilijk was om op ethisch gebied een lijn te trekken. Had hij bijvoorbeeld niet ook zelf onlangs de regels aan zijn laars gelapt door naar de verwonding van die man in de wachtkamer te kijken, zonder hem daarvoor te laten betalen? En was hij door dat te doen, op grond van welke gevoelens dat ook was geweest, niet even schuldig aan het overtreden van regels als meneer Amos? De kans was trouwens groot dat meneer Amos er zijn goedkeuring aan zou hebben gehecht. De man was niet verzekerd. Patiënten die contant wilden betalen, stonden erom bekend dat ze de rekeningen van hun behandeling op de SEH niet voldeden — nog een voorbeeld van personen zonder normen en waarden die de hele groep een slechte reputatie bezorgden.

Tex stond nog steeds bij het aanrecht. Ze haalde net een pak pasta en een pakketje gehakt uit de boodschappentas.

'Kan ik ergens mee helpen?' vroeg Lukas.

'U kunt vast de oven voorverwarmen om straks het stokbrood af te bakken.' Ze maakte het pakketje gehakt open en haalde het vlees eruit. 'Maakt u zich geen zorgen, mijn handen zijn schoon. Ik heb ze nog gewassen vlak voordat ik hiernaartoe kwam. U hebt toch zeker wel een braadpan en een slakom? Zo niet, dan ga ik ze even bij mij thuis halen.'

Lukas keek naar de kastjes onder het aanrecht. Hij had het appartement gemeubileerd gehuurd, maar –

Tex stak een arm omhoog omdat ze jeuk had aan haar neus. Toen ze de arm weer liet zakken, liet hij een streep vleeskleurige make-up achter op de zwarte stof. 'Nou, komt er nog wat van? Slakom en braadpan graag.'

Schouderophalend bukte hij zich om in de kastjes te kijken. Ja, daar stonden ze, zij het enigszins gehavend. De antiaanbaklaag was op sommige plekken van de bodem geschraapt, maar ze zagen er bruikbaar uit. Hij haalde ze uit het kastje en hield ze omhoog.

Fronsend keek ze hem aan. 'U hebt hier nog nooit gekookt, hè?'

'Ik heb afgelopen voorjaar hamburgers gebakken op de barbecue. Overal in mijn huis ging het brandalarm af.' Dat was geweest op die avond dat Mercy een keukenkastje had opengetrokken en een kreet had geslaakt toen er een opgevulde ratelslang uit viel.

'Het is al goed', zei Tex. 'U houdt de gasten bezig terwijl ik het eten voorbereid en kook. Ik hoop dat u een aardappelschilmesje hebt en misschien ook nog een broodmes. Het mag van alles zijn, als het maar geen vlees –'

'Gásten!' riep Lukas uit. 'Komt er meer dan één –'

'Dokter Bower, verknal dit nu niet voor mij.' Ze schepte het gehakt om en om in de braadpan. 'Waar is dat mes? Of hebt u geen mes?'

Lukas had een gevoel alsof hij door een goederentrein was geschampt; hij begon zich groen en geel te ergeren. Hij moest drie laden openrukken voordat hij een mes had gevonden. Hij haalde het uit de la en legde het met een klap op het aanrecht. 'Wie komt er verder nog vanavond?'

Ze begon haar handen te wassen boven de gootsteen. 'Zeep? Kom op, dokter Bower, u moet toch ergens een stuk zeep hebben liggen. En hebt u een rol keukenpapier? Ik wil niet dat dat helemaal –'

'Tex, je omzeilt de vraag. Wat ben je van plan, een feestje te bouwen met alles erop en eraan?'

Ze liet de kraan lopen en kwam met druppende handen voor hem staan. Van de zenuwen beten haar voortanden in haar onderlip, terwijl ze hem in onverwacht berustend zwijgen aanstaarde.

'Hoeveel mensen komen er?' vroeg hij.

'Maar twee', antwoordde ze, opeens gedwee.

Hij kreeg met haar te doen en haalde uit een la een nog verpakte rol keukenpapier. Hij trok de verpakking eraf en scheurde voor haar een paar velletjes van de rol. 'Denk je dat je me vanavond Lukas zou kunnen noemen? Dokter Moss en wie nog meer?'

'Zijn zus.'

Lukas kon nog net voorkomen dat zijn mond openviel. 'Zijn zus?' O nee. Ze had hem erin laten lopen. 'Dit is dus zoiets als een afspraak om met zijn vieren uit te gaan?'

Ze droogde haar handen af en keek hem met een smekende blik in haar ogen aan of, beter gezegd, op hem neer gezien haar indrukwekkende lengte. 'Ze blijven alleen maar eten. Jullie zullen genoeg met elkaar te bepraten hebben. Nancy is vierendertig, slechts een paar jaar ouder dan ik, en ze is momenteel erg verdrietig. Ze is een tijdje terug gescheiden en worstelt nog steeds met het verlies. Omdat u zo meelevend van aard bent, had ik gedacht dat jullie tweeën het samen goed zouden kunnen vinden.'

'Maar, Tex, ik ben niet geïnteresseerd –'

'Theresa.' Het geluid van de deurklopper galmde door het appartement. Tex verstarde, met nog steeds een smekende blik in haar ogen. 'Wilt u opendoen? U hoeft haar geen zoen te geven of zo, dokter Bower –'

'Lukas heet ik.'

'Laat haar het woord maar doen. Dat heeft ze nodig. Wees aardig voor haar ...'

Er werd opnieuw op de deur geklopt en Lukas ging opendoen. Ja, dat kon hij wel opbrengen. Hij zou het gebeuren van vanavond zien als een therapeutische sessie.

De vrouw die links van Mercy zat, stootte haar per ongeluk aan. Ergens in de verte hoorde ze dat zij zich verontschuldigde. Mercy moest alle mogelijke moeite doen om haar ogen open te doen, maar uiteindelijk lukte het haar. Toen ze opkeek, zag ze dat de aanwezigen hun boeken, jassen en tassen bij elkaar raapten. Ze hoorde voetgeschuifel, toenemend geroezemoes en het lawaai van stoelen die werden ingeklapt en als een weinig ruimte innemende rij tegen de achtermuur werden gezet. Ze had de bijbelstudie gemist en ook het afsluitende gebed. Ze was in slaap gevallen.

Ze keek even schuldbewust naar de dames die aan weerskanten van haar hadden gezeten. Had ze gesnurkt? Ze wierpen haar geen boze blikken toe. Ze keurden haar niet eens een blik waardig. Ze lachten en praatten met anderen om hen heen. Hoe had ze hier in deze overvolle zaal in slaap kunnen vallen, terwijl het haar thuis niet lukte om zonder haar vertrouwde slaappil in te slapen?

Ze onderdrukte een geeuw en pakte haar eigen jas. Ze had slaap nodig. Tedi moest er maar begrip voor hebben dat ze vanavond vroeg naar bed ging.

Er kwam iemand naast haar staan die even een hand op haar schouder legde. Toen ze zich omdraaide, zag ze dat Lauren glimlachend op haar neerkeek. Haar blonde haar viel als een waterval van krullen om haar gezicht en schouders. In haar groene ogen had ze een vriendelijke, alerte blik. Afgrijselijk alert.

'Hallo, dokter Mercy. Wat een grote opkomst, hè? En dat ondanks de ijzel. Ik vroeg me af of u er vanavond de moed voor zou kunnen opbrengen, nadat u op het werk de hele middag had zitten gapen. Het zou echt het beste zijn als u vanavond eens lief voor uzelf zou zijn en voor een paar uurtjes extra slaap zou zorgen.' Ze droeg een vale spijkerbroek, hoge laarzen en een grijs sweatshirt. Ze had makkelijk voor een twintiger kunnen doorgaan.

'Bedankt voor de goede raad', antwoordde Mercy droog. 'Ik zal mijn best doen.' Was het soms haar eigen wil en zin om de halve nacht door het huis te zwerven? Ze genoot er echt niet van dat ze tot in de vroege ochtend naar het plafond van haar slaapkamer lag te staren.

Ongevraagd trok Lauren een stoel naar zich toe en ging naast Mercy zitten. 'Wat vindt u van dominee Jordan – eh, Joseph bedoel ik. Hij wil graag Joseph genoemd worden. Hij weet waar hij het over heeft, vindt u niet? Ik zou best een hele avond naar hem kunnen luisteren. Ik heb van de bijbelstudie van vanavond ook iets geleerd, hoewel ... eh ... hoewel ik zelf nooit ben gescheiden ... Maar Joseph heeft uitgelegd dat relaties veel dieper gaan dan de regels en voorschriften aangeven; ze zijn even diepgaand als de relatie tussen Christus en zijn kerk. Ik heb het idee dat ik meer te weten kom over wat God beweegt, weet u, en over de redenering achter de zienswijze die de mozaïsche wet stelt boven het evangelie.' Ze boog zich naar voren en liet haar ellebogen op haar knieën rusten. Haar lange glanzende haar viel als een gordijn voor haar gezicht. 'Ik wil maar zeggen: Joseph heeft gelijk. Wie kunnen de kinderen beter opvoeden dan de biologische ouders? Ik weet alleen niet of ikzelf zover zou kunnen komen. Vergeven is al moeilijk genoeg, na wat Tedi en u hebben doorgemaakt, maar ik heb de indruk dat u dat al hebt gedaan', zei Lauren, terwijl ze een paar slierten haar achter haar oor streek.

Mercy merkte dat ze zich begon af te vragen waarom deze bijzonder aantrekkelijke vrouw nooit was getrouwd. Mannen voelden zich onmiskenbaar aangetrokken tot deze argeloze blondine en de patiënten hielden van haar. Maar toen drong tot haar door wat Lauren had gezegd. Mercy rechtte haar rug. 'Lauren, waar heb je het over?' Het klonk scherper dan haar bedoeling was.

'Neem me niet kwalijk. Ik zinspeelde nergens op, dokter Mercy. Ik zei alleen maar dat het moeilijk zou worden, als u de beslissing zou nemen om u met uw man te verzoenen.'

Mercy dacht terug aan de paar verzen die ze vanavond wel had gehoord; ze herinnerde zich vaag waar de bijbelstudie over was gegaan. 'Me verzoenen? Je wilt toch niet beweren dat ik opnieuw met Theo zou moeten trouwen!' Ze merkte zelf hoe kil de toon was waarop ze dat zei. En Lauren hoorde het ongetwijfeld ook.

'Nee, dat zou ik niet tegen u durven zeggen', zei Lauren snel. 'Ik zeg alleen maar dat het moeilijk is om tot verzoening te komen ... als u daartoe zou besluiten. Omdat Theo en u nu allebei christen zijn ... en Tedi ...' Haar wangen kregen een gezonde rode kleur en ze sloeg haar handen voor haar gezicht. 'Neem me niet kwalijk, praat ik weer voor mijn beurt. Ik zeg niet dat u en Theodore moeten hertrouwen. Ik weet ook niet goed of de dominee dat wel heeft gezegd. Het gaat me niets aan. Ik was –'

'Je hebt gelijk, niemand heeft daar iets mee te maken.' Mercy was opeens klaarwakker en naarmate ze zich meer bewust werd van haar omgeving, nam ook haar verontwaardiging toe. 'Hoe kan ook maar iemand verwachten dat Tedi en ik terug gaan, als men weet wat voor een huwelijk het was?'

Lauren voelde zich duidelijk ellendig en dat werd alleen maar erger. 'Maar het zou niet –'

Mercy wuifde Laurens woorden weg. 'Als ik al masochistisch genoeg zou zijn om dat mezelf aan te doen, zou ik dat toch nooit Tedi aandoen. Echt nooit!' Ze schrok ervan dat ze opeens zo veel weerzin voelde.

Lauren leunde achterover en legde haar handen in haar schoot. 'Maar dat is nu juist het punt', zei ze zacht. 'Als jullie besluiten om weer samen verder te gaan, zal jullie huwelijk niet meer zijn zoals het is geweest. Wanneer je je overgeeft aan Christus, worden alle dingen nieuw, weet u nog? Theo en u hebben dat allebei gedaan. Jullie relatie is daarmee ook nieuw geworden.'

'Waarom zou God dan van me verwachten dat ik mijn daarvóór gesloten huwelijk weer oppak?'

Lauren deed haar mond open om hierop te reageren, maar haar aandacht werd getrokken door iets achter Mercy.

'Oeps', murmelde ze. 'Dokter Mercy, wist u dat Theo hier is? Hij komt deze kant op.'

Mercy hield haar adem in en voelde aan heel haar lichaam dat ze geschokt was doordat ze zich opeens iets realiseerde, voordat ze zich omdraaide. De boosheid en de weerzin die bij haar waren opgekomen, veranderden in een draaikolk van verwarring, frustratie en teleurstelling. Ze was moe, snel geïrriteerd en totaal niet voorbereid op de maalstroom van emoties die haar overspoelde. De laatste drie maanden had ze, meende ze, gedaan wat ze volgens de Bijbel moest doen: haar best doen om Theodore vergiffenis te schenken. Ze had gedacht dat ze bezig waren een hechte vriendschap op te bouwen, op basis waarvan Tedi op een gezonde manier zou kunnen opgroeien. Maar de boosheid had op de een of andere manier weer vat op haar gekregen. Bovendien had ze al die tijd niet een keer de mogelijkheid overwogen dat er van haar en haar dochter verwacht zou worden dat ze zonder bedenkingen terugkeerden naar het verleden en het risico om die tijd opnieuw te beleven op de koop toe namen – dit keer met een man van wie ze niet meer hield. Zou God haar zoiets willen aandoen?

Lauren raakte even haar arm aan. 'Wilt u dat ik hier blijf of dat ik ophoepel?'

Mercy keek achterom en zag dat Theo nauwelijks twee meter bij haar vandaan was. Zijn knappe gezicht, blonde haar en blauwe ogen waren haar heel vertrouwd toen hij lachend en zwaaiend zich een weg naar haar toe baande langs een groepje lachende mensen. Heel even kreeg Mercy een ander beeld voor ogen: van een dronken, boze, kwaadaardige Theodore. Dat was een beeld dat ze langer kende. Het leek om twee verschillende personen te gaan. Zou de persoon die haar meer vertrouwd was, ooit nog terugkeren?

'Dokter Mercy?' fluisterde Lauren.

Mercy keek haar aan en vond de kracht om haar hoofd te schudden. 'Eh ... neem me niet kwalijk, Lauren. Ga maar. Ik red me wel.' Ze haalde een keer diep adem en zette zich schrap, terwijl Theo dichterbij kwam.

'Oké. Dan zie ik u vrijdag', zei Lauren. Ze pakte haar spullen bij elkaar, zei Theo nog even gedag en liep weg.

Mercy dwong zichzelf ertoe haar ex-man recht aan te kijken. 'Hallo, Theodore. Ik wist niet dat jij vanavond ook hier zou zijn.'

'Dominee Jordan en ik hadden het maandag over de scheiding en over vergeving, en hij meende dat ik wel geïnteresseerd zou zijn in deze bijbelstudie.' Hij ging op de stoel zitten waarop Lauren even eerder had gezeten. Hij was op zijn hoede, aarzelde. Had hij Mercy's uitbarsting gehoord?

'Joseph is jong en hij is hier nog maar pas', zei ze snel. Ze merkte dat haar boosheid als vanzelf overging op de dominee, die in de buurt van de achteruitgang met een paar mensen stond te praten. 'Hij weet niet hoe diep we waren gezonken voordat we uitkwamen waar we nu zijn. Als hij denkt dat wij gewoon weer vrolijk kunnen beginnen waar we gebleven waren …' begon ze, maar ze legde toen zichzelf het zwijgen op. Ze maakte nu wel een erg grote gedachtesprong en daar was niemand bij gebaat. 'Sorry, Theo. Ik ben erg moe. Ik ga naar huis.' Ze stond op, pakte haar jas en trok die aan.

Theo kwam ook overeind. Hij pakte haar stoel, klapte die op en schoof hem onder zijn arm. 'Ik loop met je mee naar je auto. Het parkeerterrein is op een heleboel plaatsen glibberig.'

'Maak je daar maar niet druk over. Ik heb de klemmen met ijsnagels voor onder mijn schoenen bij me.' Ze moest maken dat ze wegkwam, om na te denken, om alles weer op een rijtje te krijgen, en ze kon dat absoluut niet doen waar Theo bij was.

Hij pakte nog een stoel en klapte die op. 'Ik moet met je praten.'

Ze verstarde. 'Waarover?'

'Over Tedi. Jij werd bij Odira in huis opgebeld voordat we een besluit konden nemen.'

'O.' Opluchting. 'Prima.' Ze draaide zich om naar de deur en Theo paste zijn tempo aan dat van haar aan terwijl hij met haar meeliep.

'Hoeveel tijd besteed je per dag aan je praktijk?' vroeg hij.
'Te veel momenteel, maar ik weet niet wat ik eraan kan doen.'

'Ik wel.' Hij zette de stoelen bij de andere en liep snel voor Mercy uit om de deur voor haar open te houden. 'Leren nee te zeggen.'

Ze perste haar lippen opeen. Die uitspraak had ze hem vaak horen doen toen ze nog getrouwd waren en de werkdruk haar bijna te veel werd. 'Zo werkt dat niet. Ik kan mijn patiënten niet zomaar aan hun lot overlaten omdat ik toevallig de nacht ervoor niet lang genoeg heb geslapen.' Haar inzet voor haar patiënten was zijn zaak niet en zou ook nooit meer zijn zaak worden. Nooit meer.

Ze liepen zwijgend door de gang naar de uitgang. Ze haalde de verwijderbare klemmen uit haar jaszak en boog zich voorover om ze onder haar schoenen te bevestigen, terwijl Theo de deur opendeed. Het was koud buiten.

'Je hebt ook nog een eigen leven', zei hij terwijl hij voor haar uit naar buiten stapte, bijna uitgleed en opzij schuifelde, zodat ze naast hem kon komen lopen.

'Wanneer je Tedi buiten beschouwing laat, ís mijn werk mijn leven.' De ijsnagels aan de klemmen sloegen zich met een tevredenstellend gekraak vast in de laag ijzel. Ze versnelde haar pas, hoewel ze wist dat het Theodore moeite kostte om haar bij te houden. Ze had het idee dat ze dit al eens eerder had meegemaakt, en dat vond ze afschuwelijk. Jaren geleden hadden ze deze discussie ook al gevoerd, toen Tedi nog klein was. Mercy vertraagde haar pas, haalde de autosleutels uit haar jaszak en drukte op het knopje van de afstandsbediening om de portieren van de auto te ontgrendelen. De koplampen lichtten op en de sloten klikten, terwijl ze dichter naar haar auto toeliep.

Theo had haar intussen ingehaald, maar hij gleed nogmaals uit en wist zich nog net vast te grijpen aan het portier. 'Ik heb 's avonds een heleboel tijd over. Zou het geen goed idee zijn Tedi na schooltijd naar mijn huis te laten gaan? Ik kan haar dan bij me houden tot jij naar huis kunt.' Hij hield het portier voor haar open.

Ze ging zijwaarts in de auto zitten om de klemmen van haar schoenen te halen. 'Moet je horen, Theo, het is buiten koud en ik ben moe. Ik weet dat je graag meer tijd met Tedi wilt doorbrengen en dat je daar met mij over wilt praten. Ik begrijp hoe je je voelt. Vergeet niet dat ik vijf jaar lang hetzelfde gevoel heb gehad.' Haar woorden — en de verbittering die er overduidelijk in doorschemerde — leken onverhoeds naar buiten te komen en als ijskristallen in de koude lucht tussen hen te blijven zweven.

Theo's moeizame ademhaling was opeens niet meer te horen. Hij knikte en keek een moment de andere kant op.

Mercy boog haar hoofd. *Waarom, God? Waarom gebeurt dit? U kunt toch niet van mij verwachten ...* Maar hoe zou ze eigenlijk kunnen weten wat God van haar verwachtte? Ze kende Hem nog maar drie maanden. Ze las minstens vijf avonden per week samen met Tedi in de Bijbel, maar dat kon je geen grondige bijbelstudie noemen. Hoe moest ze tijd vinden om ook dat nog te doen, terwijl ze al bijna bezweek onder alles wat er verder nog van haar werd verwacht?

Op dit moment was ze heel erg in verwarring. Enerzijds wilde ze best weer goede vrienden zijn met Theo, wilde ze graag dat hij weer Tedi's vader kon zijn. Anderzijds had ze het liefst tegen hem gezegd dat hij moest ophoepelen. Wist hij hoe ingewikkeld hun leven door zijn toedoen was geworden, en hoeveel innerlijke strijd het kostte om deze geforceerde vriendschap in stand te houden?

'Mercy, ik weet dat dit geen goed moment is om over dit alles te praten, maar –'

'We zullen het stapje voor stapje uitbreiden. Kun je proberen daar genoegen mee te nemen?' zei ze terwijl ze zich omdraaide op haar stoel en de sleutel in het contactslot stak. 'Ik zal het er met Tedi over hebben. Als zij het fijn vindt om je te zien, kun je haar zaterdag komen ophalen. Jullie mogen je dan een paar uur met zijn tweeën vermaken. Ik blijf thuis.'

Ze wachtte tot hij ermee instemde en haar toestond het portier dicht te trekken en weg te rijden.

Hij bleef echter staan waar hij stond en reageerde niet.

Ze probeerde in het zwakke schijnsel dat de verlichting van het kerkgebouw op deze plek nog afgaf, een glimp van zijn gezichtsuitdrukking op te vangen. 'Theodore, komt het jou niet uit?'

Zuchtend boog hij zijn hoofd. 'Wat vind jij van ... van wat dominee Jordan vanavond heeft gezegd?'

Nee. Daarover ging ze het nu niet hebben, terwijl ze al in de put zat en haar tong niet in bedwang had. 'Hij wil graag Joseph genoemd worden.'

'Mercy ...' Hij boog zich naar voren en keek haar met half dichtgeknepen ogen in het zwakke licht aan. 'Ik wil maar zeggen ... heb je de verzen die hij voorlas, begrepen ... begrepen wat hij heeft gezegd over echtscheidingen?'

'Ik heb ... niet alles gehoord. Ik ben bang dat ik een beetje ben weggedoezeld. Luister nou eens, ik ben erg moe en ik wil naar huis. Zeg nu maar of zaterdag jou goed uitkomt.'

Hij keek haar even aan en boog zich nog verder naar voren, totdat zijn ogen zich op dezelfde hoogte bevonden als die van haar. 'Ik denk dat we zaterdag beter met ons drieën tijd kunnen doorbrengen. We zouden bijvoorbeeld naar Branson kunnen rijden als het niet glad meer is. We zouden er een middagje uit van kunnen maken ... gaan winkelen, een film huren of —'

Mercy stak een hand op. 'Wacht even. Ik dacht dat jij zonder toezicht samen wilde zijn met Tedi. Daarvoor heb ik je net toestemming gegeven.'

'Hoe kom je daar nu bij? Ik heb het er helemaal niet over gehad dat ik Tedi zonder toezicht wil zien. Daar ben jij over begonnen. Ik wil alleen maar vaker met jullie allebei optrekken.'

Nee. Dit droomde ze. Ze zat midden in een van Tedi's nachtmerries. 'Je hebt het nooit eerder gehad over een uitstapje naar Branson met ons drieën.' Ze nam niet meer de moeite om de irritatie uit haar stem te weren. 'Ik moet zaterdag werken en thuis moet ik ook nog allerlei dingen doen die zijn blijven liggen. Dus maak je geen zorgen over —'

'Best', zei hij op iets luidere, enigszins afgemeten toon. 'Ook goed. Neem me niet kwalijk dat ik het vroeg.' Hij stak zijn handen even in de lucht en liet ze toen weer langs zijn zij vallen. 'Het spijt me, Mercy. Ik doe mijn best, oké? Ik weet alleen niet hoe ik dit moet aanpakken.'

Zijn stem klonk smekend, hoorde ze, en haar irritatie verdwloog voor een deel. Haar gevoel van vermoeidheid werd sterker. Hij had gelijk. Hij had erg zijn best gedaan om volwassen te worden en te veranderen, met de bedoeling uiteindelijk echt een goede vader voor Tedi te zijn. En wat betreft het genieten van de tijd dat ze samen waren: Mercy genoot altijd wanneer ze met Tedi samen was en Tedi was aan het genezen. Dat was veel waard.

'Theodore, ik moet jou ook mijn excuses aanbieden. Geef me nu maar gewoon nog wat tijd.' Maar diep vanbinnen wist ze dat ze nooit meer op die manier van hem zou kunnen houden, al verstreek er nog zo veel tijd.

Omdat ze zag hoe droef zijn ogen stonden, kreeg ze met hem te doen. Een beetje, niet al te veel. 'Je zult moeten toegeven dat het allemaal een stuk beter gaat dan zes maanden geleden.'

Hij dacht er even over na en knikte toen. 'Veel beter. Het gaat over het geheel genomen zeker beter.'

'Zal ik je een lift naar huis geven?' Ze hoopte dat hij dat niet nodig vond, maar ze moest het aanbieden. Als haar op dit moment echter zou zijn gevraagd wat ze het liefst deed, zou haar antwoord zijn geweest: wegrijden en alles vergeten.

'Nee, niet nodig. Ik moet de dominee ... Joseph nog spreken. Tot ziens, Mercy.' Hij draaide zich om en glibberde over de ijzel terug naar de kerk.

14

Tex zwikte één keer te veel op haar hoge hakken. Nog voordat de spaghetti klaar was, schopte ze haar schoenen uit en liep verder gewoon op kousenvoeten.

Hershel Moss rolde zijn mouwen op en hielp ongevraagd bij de bereiding van het eten. Hij was bijna drie centimeter langer dan Tex. Zijn zachte stem vormde een mooi contrast met haar sonore stemgeluid en dankzij zijn vriendelijke lach was hij met zijn stoere uiterlijk extra aantrekkelijk. Hij lachte vaak. Nerveus gelach was het, alsof hij zich niet helemaal op zijn gemak voelde onder de huidige omstandigheden. Maar misschien kwam dat alleen maar doordat hij merkte dat Lukas zich onbehaaglijk voelde, want hij scheen te genieten van Tex' gezelschap – of op zijn minst van haar verschijning. Hij genoot er nog meer van wanneer Tex het niet zag.

Lukas kwam tot de ontdekking dat hij lelijk naar de man zat te kijken. Waarom was hij naar zijn gevoel opeens te vergelijken met een oudere broer die haar wilde beschermen?

En Tex was tot zijn verbazing opeens veranderd in een charmante gastvrouw. Mercy zou gezegd hebben: 'Hoe bestaat het!'

Hershels zuster Nancy was minstens tien centimeter kleiner dan Tex. Ze had platinablond haar en droeve bruine ogen, alsof ze te veel nare dingen hadden aanschouwd. Ze droeg een grijze lange broek en een lichtgrijze trui die losjes afhing van haar tengere schouders. Haar broer wekte de indruk dat hij opgewekt van aard was; zij niet. Ze zat met haar armen over elkaar tegenover Lukas aan het ene uiteinde van de tafel, terwijl Tex en Hershel helemaal aan de andere kant zaten.

'Ik maak hier geen gewoonte van, weet je', zei Nancy zacht tegen Lukas. De andere twee hoorden het niet, omdat Tex juist schudde van het lachen om een van Hershels grappen.

Lukas richtte zijn aandacht op haar, verbaasd dat ze haar mond had opengedaan. 'Hoe bedoel je? Heb je je hiernaar-toe laten lokken, zonder te weten waar het om ging?'

De nauwelijks waarneembare lijntjes rond Nancy's ogen verdiepten zich tot een glimlach die haar mond niet be-reikte. 'Zo zou ik het niet willen zeggen. Dat klinkt nog te positief. Laten we maar precies zeggen waar het op staat: ze hebben me gewoon voor de gek gehouden.'

Lukas knikte meelevend. Tijd voor de therapeutische sessie. 'Is jou dat al vaker overkomen en pakte het nooit goed uit?'

Ze keek een moment peinzend de andere kant op en knikte toen. 'Dat zou je zo kunnen zeggen. De laatste keer ben ik er voor tien jaar door in de gevangenis beland.' Toen ze aan Lukas' gezicht zag dat zijn belangstelling was gewekt, mocht ze van zichzelf even glimlachen. 'Sommige huwelijken zijn zo. Ik heb eigenlijk niet vaak meegemaakt dat huwelijken af en toe niet zo waren.'

'Ik ben nog niet getrouwd, dus daar kan ik niet over mee-praten', zei hij.

Haar blik richtte zich belangstellend op zijn gezicht. 'Nog niet?'

Hmm, kleine vergissing. Hij knikte. 'Ik hoop natuurlijk ooit een keer te trouwen. Ik ben vijfendertig, dus je zou kunnen zeggen dat ik wat langer heb gewacht dan de mees-ten.'

'Lijkt een slimme zet van je. Waarom zou je een volmaakte reputatie bederven?'

'Oké, jongens, de soep is klaar', kondigde Tex aan. 'Ga maar met je bord naar het fornuis om zelf op te scheppen. Op dokter Bowers tafel is niet genoeg ruimte voor al het lekkere eten dat ik heb klaargemaakt.'

Nancy zei weinig tijdens het eten, waarschijnlijk omdat Tex en Hershel zo hun best deden om het gesprek gaande te houden dat niemand anders de kans kreeg om iets te zeggen. Lukas vond het allang goed. Nancy en hij waren tegen hun zin hierbij betrokken geraakt en die gedachte had op hem een ontspannende uitwerking. Ze hadden er geen van beiden behoefte aan dit te laten uitlopen op een afspraak om samen uit te gaan.

Lukas wilde niet met haar, maar ook met niemand anders 'verkering'. Hij had naar zijn idee nog steeds een liefdesrelatie met Mercy, ook al speelde Theodore nu weer een rol in haar leven. Dankzij het feit dat hij in heel Missouri op jacht was geweest naar een baan, waren ze sinds oktober slechts een keer of vijf bij elkaar geweest. Toch voelde hij zich zowel lichamelijk als emotioneel met haar verbonden, al hadden ze elkaar hooguit een keer of vijf omhelsd en nog minder vaak gekust.

Toen Tex haar laatste hap vanille-ijs met citroensnippers had doorgeslikt – ze hield kennelijk niet net als Mercy van chocola – schoof ze haar stoel achteruit. 'Zo, mijn werk zit erop.' Ze ruimde de tafel af en stapelde de borden op het aanrecht op, bij de gootsteen, terwijl Hershel toekeek.

Het viel Lukas onwillekeurig opnieuw op hoe aandachtig Hershel toekeek. Hij nam iedere beweging van Tex in zich op. Geneerde hij zich dan nergens voor?

Tex was zich niet bewust van de aandacht. Nadat ze het laatste bord op de stapel had gezet, keek ze Hershel lachend aan en wenkte hem met haar vinger. 'Ik heb aangeboden eten te koken, niet om ook de afwas te doen. Ik heb thuis foto's van een personeelsfeestje op onze SEH; die zou ik even kunnen gaan ophalen. Kom jij dan bij me op de bank zitten?'

Lukas schudde een gevoel van onbehagen van zich af toen hij hen de keuken uit zag lopen. Misschien was hij gewoon overgevoelig na wat Tex hem eerder had verteld ... Het kon ook zo zijn dat ze echt zo onnozel was als ze nu deed voorkomen. Ze was onmiskenbaar gek op Hershel, maar moest ze niet wat meer op haar hoede zijn na het voorval in het ziekenhuis? Stel dat Hershel werkelijk een man was die eropuit was vrouwen te versieren?

'Zo gaat het nu altijd', mopperde Nancy. 'Laat mij maar zitten met de vuile vaat.' Ze stond op, verzamelde het bestek dat nog op tafel was blijven liggen, en de glazen, en liep ermee naar de gootsteen.

Lukas kwam ook bij de gootsteen staan. Omdat hij geen vaatwasser had, draaide hij de kraan open. 'Als jij liever foto's wilt gaan bekijken, doe ik de vaat wel. Ik weet hoe dat moet. Als kind moest ik altijd afwassen omdat ik de jongste was.' En Nancy kon dan ondertussen optreden als chaperonne van Tex en Hershel.

Ze wierp hem een veelbetekenende blik toe. 'Volgens Theresa heb je er sindsdien niet meer veel ervaring mee opgedaan, dus ik kan maar beter hier blijven om je te helpen. Bovendien willen ze volgens mij graag alleen zijn.'

Toen Tex terugkwam uit haar appartement met het fotoalbum, kon Lukas hen duidelijk horen praten omdat de deur naar de woonkamer openstond.

'Deze voor in het album moet je beslist zien, Hershel. Quinn was bezopen en Delaney moest in zijn plaats dienstdoen, weet je nog? Quinn wilde zich er niet bij neerleggen, want hij kon het zich niet veroorloven, zei hij, om een keer geen dienst te doen. Ik zou Quinn met deze foto's kunnen chanteren als hij zo veel geld had dat het de moeite waard was om hem af te persen, maar ik zou die man niet graag de rug toekeren als ik zoiets flikte. Ik vind nog steeds dat het hem verboden zou moeten worden in de buurt van patiënten te komen.'

Terwijl Tex doorpraatte, keek Nancy Lukas aan en stopte toen een paar borden in het afwaswater. 'Vertel me eens wat je in dit rare plaatsje doet als je op zoek bent naar een huwelijkspartner.'

'Mijn tijd uitzitten.'

'Blijf je geheimzinnig doen? Je hebt geen verleden en geen toekomst; je bent gewoon hier midden in de rimboe blijven steken?'

'Nee. Heeft Tex je dan helemaal niets over mij verteld?'

'Ze had het te druk met pogingen om mijn broer zover te krijgen dat hij een afspraak met haar maakte. Hershels vrouw is een jaar geleden overleden en sindsdien komt hij nog maar zelden zijn huis uit. Tex is vastbesloten om daar verandering in te brengen. Ze heeft jou vast ook niet veel over mij verteld.'

'Nee, niet veel.' Handel het nu maar af. Vertel de belangrijkste dingen, dan heb je het maar gehad. 'Ik heb twee broers die computerprogrammeur zijn, en twee neefjes, en mijn vader en stiefmoeder wonen in Mount Vernon. Ik woon in Knolls, dicht bij de grens tussen Missouri en Arkansas.'

'Maar waarom ben je dan niet daar?'

'Onze afdeling spoedeisende hulp is in oktober afgebrand. Ze zijn bezig met de herbouw.'

'Heb je iemand in Knolls achtergelaten die een bijzonder plekje bij jou heeft?'

'Een bijzonder plekje?'

Ze schudde haar hoofd van ergernis, terwijl ze een braadpan afspoelde en op de theedoek neerzette die ze had uitgespreid op het aanrecht. 'Ik ken niet een man die toegeeft dat hij wil trouwen, terwijl hij nog niemand in gedachten heeft.'

Lukas probeerde zich te herinneren of hij ooit de wens om te trouwen had uitgesproken, voordat hij Mercy had ontmoet. Hij wist dat hij zich eenzaam voelde, maar tegenwoordig zat de kern van dat gevoel van eenzaamheid zoveel dieper, dat er een groter vacuüm in zijn hart was ontstaan. 'Een relatie zal niet altijd uitpakken zoals jij graag wilt, alleen maar omdat je al iemand in gedachten hebt.'

Ze werkten een poosje zwijgend door.

Trouwen ... Lukas wenste dat het allemaal niet zo ingewikkeld was wat Mercy aanging. Hij had nooit veel aandacht besteed aan de passages in de Bijbel die gingen over scheiden en hertrouwen. Nu wenste hij dat hij dat wel had gedaan. Dat nam overigens niet weg dat hij kon merken dat God hem leidde in zijn relatie met Mercy. Hij wist dat God een afkeer had van echtscheiding. Het lichamelijke en geestelijke verbond tussen twee mensen werd erdoor verbroken en gezinnen werden erdoor uiteengerukt. De bedoeling van een huwelijk was te voorzien in een basis voor kinderen. Theo en Mercy waren nu allebei christen en Theo had duidelijk laten blijken dat hij weer een plek wilde innemen in het leven van zijn dochter. Hij wilde helpen bij de opvoeding. Wie kon dat beter doen dan haar eigen biologische vader?

'Is ze al getrouwd?' vroeg Nancy zacht.

Deze vraag deed Lukas opschrikken uit zijn gedachten. 'Wat? Nee. Natuurlijk niet. We zijn al een poosje gewoon goede vrienden en ...' Hij had geen zin om aan een vreemde nadere uitleg te geven. 'Het is gewoon zo dat het momenteel niet haalbaar is.' *Houd erover op. Begin met de therapeutische sessie. Nancy is toch degene die iets kwijt moet?*

'Weet ze dat?'

Hij scheurde een paar velletjes van de rol keukenpapier en veegde er de tafel mee af. Zijn gezicht vertrok toen er in de andere kamer opeens luid werd gelachen. 'Weet ze dat?' Hij begon een beetje moe te worden van al die vragen. Tex zou hem nooit meer tot zoiets als dit kunnen overhalen.

'Dat je van haar houdt en met haar wilt trouwen?' Nancy snoof, maar op een delicatere, meer damesachtige manier dan Tex. 'Voor een goed opgeleide man ben je niet erg snel van begrip. Als ze niet getrouwd is en jij van haar houdt –'

'Eh, ze is niet getrouwd, niet echt.'

'Wat bedoel je nou eigenlijk?' Nancy droogde haar handen af en legde ze op haar heupen. 'Ze is getrouwd of ze is niet getrouwd. Is ze gescheiden? Is haar man –'

'Ze is gescheiden, als je het per se wilt weten.' Lukas vond dit geen prettig gesprek, maar hij liet het niet blijken. Deze vrouw was niet zo ingetogen en verdrietig als hij eerst had gedacht. Aan haar manier van doen kon je merken dat ze over een heel arsenaal aan bittere gevoelens beschikte. Klaarblijkelijk was ze op zoek naar een uitlaatklep en koos daarvoor het dichtstbijzijnde doelwit uit. 'Haar ex probeert het goed te maken met haar en hun dochtertje. Ik moet me afzijdig houden om haar haar eigen beslissingen te laten nemen.' Klonk dat niet te simpel? Maar waarom wilde hij het eigenlijk uitleggen aan een vreemde? Daar zou hij niet eens een poging toe moeten ondernemen.

Nancy keek hem met afschuw in haar ogen aan. 'Moet ik aannemen dat je er niet eens met haar over hebt gesproken? Ze heeft dus geen keus? Denk je niet dat ze intelligent genoeg is om zelf een beslissing te nemen? Dan moet ze natuurlijk wel eerst weten hoe de zaken ervoor staan.' Ze was iets harder gaan praten; het gepraat en gelach in de kamer naast de keuken viel opeens stil. 'Kom op zeg, dat kun je toch niet maken?'

'O nee.' Mercy had het medicijn nog niet ingeslikt of ze besefte dat ze haar slaappil had ingenomen in plaats van haar hormoonpil. En het was pas acht uur 's avonds! 'Ik kan niet geloven dat ik dat heb gedaan', mompelde ze. Dat ze afhankelijk was van medicijnen om een normaal leven te kunnen leiden, was bijzonder vervelend.

'Wat is er, mam?' riep Tedi vanuit de andere kamer.

Mercy sloot hoofdschuddend het kastdeurtje. 'Niets bijzonders, lieverd. Ik heb het daarnet alleen zo geregeld dat ik vroeger naar bed moet dan anders.' Voordat ze naar bed ging, had ze er met Tedi over willen praten dat ze zaterdag alleen met Theo tijd zou doorbrengen.

'Hebt u uw slaappil al ingenomen?'

Mercy trok een scheef gezicht. Ze had haar medicijnen al eens eerder te vroeg ingenomen. Tedi leerde snel een en ander bij. 'Niet opzettelijk.'

'Dan kan ik maar het beste de boterhammen die ik voor morgen heb klaargemaakt, verstoppen', plaagde Tedi. 'Anders eet u ze op, net als vorige week.'

Mercy wilde protesteren, maar Tedi had gelijk. De pil werkte snel en had altijd tot gevolg dat ze enorme trek kreeg. Dat was de reden dat het haar momenteel zo veel moeite kostte om af te vallen. Vanaf het moment dat ze de slaappil innam tot het moment dat ze in slaap viel, veranderde ze in een vraatzuchtig wezen en maakte het haar niet uit wat ze in haar mond stopte. Die uitwerking had die pil op haar en ze wist niet wat daarvan de reden was. Normaal werd het middel dat ze gebruikte, voorgeschreven aan mensen met kortstondige slaapproblemen. Omdat Mercy zelf geen patiënten had die deze pil slikten, had ze geen vergelijkingsmateriaal voor deze bijzondere bijwerking. Ze was blij dat ze nooit etenswaren inkocht met veel vet erin. Crackers voldeden wanneer ze niets beters kon vinden, maar ze was verzot op een bepaalde soort kaaschips waaraan geen vet was toegevoegd. Ze stak preken af over gezond eten en nu was ze zelf 's nachts, op een heel verkeerd tijdstip, bezig zichzelf vol te stoppen met van alles en nog wat. Van die extra calorieën kwam ze nu juist steeds aan.

Tedi was gewend geraakt aan haar moeders vreetbuien. 'Zal ik een boterham voor u klaarmaken, mam? Een broodje gezond bijvoorbeeld met sla, paprika en taugé? Krijgt u honger, dan kunt u dat opeten. U zult er zo'n vol gevoel van krijgen, dat u verder niets meer hoeft.'

'Doe maar', zei Mercy met een zucht. Ze liep naar het raam aan de voorkant van haar huis en staarde de ijskoude nacht in. Doordat ze vroegtijdig in de overgang was terechtgekomen, moest haar eigen dochter laat op de avond voor haar zorgen. Hoe kon ze zo dom zijn geweest om haar medicijnen door elkaar te halen? Als gevolg daarvan kon ze nu kennelijk niet meer helder nadenken.

Ze was nota bene pas negenendertig! Ze had een paar patiënten die het prima vonden dat ze aan de overgang toe waren. Zij vond het afschuwelijk dat haar lichaam onderhevig werd aan allerlei veranderingen. Met hormoontherapie was het merendeel van de opvliegers en andere symptomen te onderdrukken, maar ze sliep er niet beter door.

Ze kreeg er ook haar vruchtbaarheid niet mee terug. Wanneer ze logisch nadacht, moest ze erkennen dat het in deze periode van haar leven een slecht idee zou zijn geweest om nog een kind te krijgen, maar ze kon het niet waarderen dat haar de keus was ontnomen. Ze had de laatste paar maanden verschillende keren met God getwist over wat er gaande was, maar Hij was niet te vermurwen.

Terwijl ze hierover nadacht, voelde ze dat het slaapmiddel zich verspreidde door haar lichaam en een ontspannende uitwerking had. Opeens zag ze buiten de koplampen van een auto die langzaam door de straat reed die voor haar huis langsliep. Het licht weerspiegelde zich in de ijzel en brak in verschillende kleuren, zodat het haar deed denken aan een caleidoscoop. Aan de koplampen te zien reed de auto aanvankelijk niet verder, maar even later toch weer wel. Nadat de auto opnieuw was gestopt, bleef hij ergens in het donker staan.

Fronsend schudde Mercy haar hoofd. Had ze opeens last van hallucinaties? Had iemand zijn auto bij haar in de straat geparkeerd en vergeten zijn koplampen te doven? Ze dacht terug aan die keer dat ze voor het eerst een slaappil had ingenomen. Bij Tedi was toen ineens een extra paar ogen uit haar voorhoofd tevoorschijn gekomen. Een hele week had Mercy geen slaapmiddel ingenomen, maar ze bleef last houden van slapeloosheid. Uiteindelijk had ze besloten dat het gebrek aan slaap voor haar – en voor haar dochter en haar patiënten – meer risico's opleverde dan voor het naar bed gaan een pilletje innemen om haar door de overgang heen te helpen.

'Mosterd?'

Knipperend met haar ogen draaide Mercy zich om. 'Wat?'

Tedi hield een potje omhoog. Mercy kon al niet meer ontcijferen wat er op het etiket stond. 'Wilt u mosterd op uw broodje gezond, mam? Ik maak er ook een voor mezelf klaar.'

'Ja, mosterd. En als je toch nog bezig bent: doe er ook nog maar pindakaas en banaan op.'

Tedi giechelde. 'Mam, u bent al uitgeteld.'

'Weet ik.' Ze fronste. Waar had ze daarnet ook alweer over staan nadenken? Dat was ook nog een probleem met die slaappillen: verlies van je kortetermijngeheugen vlak voordat je door slaap werd overmand.

Nou ja, een zekere mate van vergeetachtigheid kon op dit moment niet even belangrijk zijn als iets te eten. Ze liep achter Tedi aan naar de keuken.

Lukas vond dat hij er niet boos om mocht zijn dat Tex hem in deze situatie had gebracht, maar hij vroeg zich wel af of er ooit een eind zou komen aan deze avond. Nancy en hij waren bij Tex en Hershel in de woonkamer gaan zitten en Nancy had zojuist de details van zijn dilemma met Mercy uit de doeken gedaan. Het was zo vernederend geweest, dat hij er vast niet meer overheen kwam. Hij flapte er weleens iets uit, maar dat was niet te vergelijken met wat Nancy daarnet had gedaan. En hij had nog wel gedacht dat Téx een flapuit was.

Maar het zat hem het meest dwars dat Nancy tot op zekere hoogte gelijk had. Hij had alleen liever niet dat dat in heel Herald bekend werd. Hij had met Mercy over Theodore moeten praten, maar daar zag hij erg tegen op. Ze zagen elkaar toch al zo weinig. Wat moest hij doen? Aan tafel, waar iedereen bij was, uitkramen: 'Het spijt me, Mercy, maar ik kan je niet meer ontmoeten vanwege een paar theologische problemen die voortvloeien uit jouw huwelijk met Theo?' Hoe bracht je een dergelijk persoonlijk onderwerp ter sprake wanneer een spraakzaam meisje van elf niet ophield te praten over haar projecten op school, over afspraken met haar vader en over de scheiding waar de ouders van haar beste vriendin middenin zaten?

'Dokter Bower, ik kan niet geloven dat u er nooit iets over tegen haar hebt gezegd!' riep Tex uit. 'Waar bent u bang voor?'

Hershel sloeg een arm om haar schouders. 'Kom op zeg, val deze man nu niet af. Hij is nooit getrouwd en jij verwacht van hem dat hij een vrouw met een kind ten huwelijk vraagt, terwijl haar ex probeert haar terug te krijgen?'

Lukas schraapte zijn keel. 'Dat is niet precies –'

'Maar ik vind het vooral irritant dat hij weigert tegen haar te zeggen hoeveel hij van haar houdt!' zei Nancy. 'Heeft ze niet het recht –'

'Ho eens even.' Lukas vroeg zich af of hij het recht had Tex te ontslaan. In Knolls, waar hij tijdelijk hoofd van de afdeling spoedeisende hulp was geweest, had hij dat misschien wel ongestraft kunnen doen. Hier zaten ze met een zo groot tekort aan personeel, dat ze het zich niet eens konden veroorloven zich te ontdoen van luidruchtige, drammerige krachten die jou probeerden te koppelen aan gescheiden dames met een scherpe tong. 'Sinds wanneer mag iedereen onbekommerd een kritisch oordeel vellen over mijn privé-leven? Dat is mij niet duidelijk, maar we maken nu volgens mij van een mug een olifant.'

'En Lukas heeft het recht om zijn gevoelens voor zich te houden', voegde Hershel eraan toe. 'Het gaat niet aan de emoties van een man onder een microscoop te leggen en nauwkeurig te bestuderen, zoals jullie vrouwen doen.' Hij schoof iets dichter naar Tex toe.

Tex keek hem vragend aan.

'Neem me niet kwalijk', zei Nancy, opnieuw met stemverheffing.

Lukas vroeg zich af of een avondje uit met Domme koe, de vriendin van die motorrijder, aanlokkelijker geweest zou zijn. 'Ik ben niet tegen mijn zin helemaal hiernaartoe gekomen om me door jou te laten beledigen –'

'Hé, dat neem je terug', vloog Tex op. Ze schoof een stukje opzij, zodat Hershel zich gedwongen zag zijn arm van haar schouders te halen. 'Ik heb een heleboel moeite gedaan om het zo te regelen dat jij hem kon ontmoeten. Lukas is een goeie vent. Hij gaat naar de kerk en zo.'

Nancy negeerde haar. 'Weet je wat jij bent?' Ze wees naar Lukas. 'Bang! Bang om een vaste verbintenis aan te gaan. Je denkt dat je het niet kunt opbrengen het kind van een andere man op te voeden.'

Lukas wierp haar een boze blik toe. Wat voor gevolgen zou het hebben als hij zijn gasten alle drie de deur wees?

'Daar kan ik inkomen', zei Tex. 'Ik zou ook geen goede stiefmoeder zijn.'

'Hij is in ieder geval zo slim dat hij het probleem onderkent en zich terugtrekt', zei Hershel. 'De meeste mensen nemen de rol op zich zonder aan de kinderen te denken, en dan verwachten ze ook nog dat alles precies verloopt zoals het moet verlopen. Nou, zo werkt het niet. Ik vind dat hij laat zien dat hij zijn verstand gebruikt.'

Lukas keek hen een voor een aan; hun gezichten stonden ernstig. Gebeurde dit allemaal echt? Ontfutselden ze hem zijn meest intieme gedachten en bekeken ze die alsof –

'Dat mag dan wel zo zijn, maar hij kan toch op zijn minst aan deze arme vrouw vertellen wat hij voor haar voelt.' Nancy sloeg haar armen over elkaar en leunde achterover. 'Als hij dat niet doet, behandelt hij haar als een stuk oud vuil. Je maakt er gebruik van en je gooit het weg. Ik kan het weten. Ik ben op die manier behandeld.'

'Maar zo is –'

De telefoon, die naast de keukendeur aan de muur hing, rinkelde. Het klonk Lukas in de oren als de bel die tijdens een worstelwedstrijd werd geluid voor een time-out. Hij sprong overeind en haastte zich naar het apparaat om op te nemen, onwillekeurig in de hoop dat hij aan het andere eind van de lijn Mercy's stem zou horen. Hij had er alleen geen behoefte aan dat de drie luistervinken hem gingen vertellen hoe hij een gesprek moest voeren.

'Hallo?'

'Spreek ik met dokter Bower? Met Carmen van de SEH. Ik bedacht dat u wel zou willen weten dat ze Jerod Moore hebben gevonden.'

'De baby?' Hij draaide zich om en gebaarde naar de anderen. 'Ze hebben hem gevonden! Marla Moores baby!'

Tex sprong van de bank. 'Te gek!'

Hershel lachte en Tex en hij staken beiden een hand in de lucht en lieten ze tegen elkaar aan kletsen.

'Hoe is het met hem?' vroeg Nancy. 'Er mankeert hem niets?'

Lukas gaf de vraag door aan Carmen. Tot zijn ongenoegen kwamen de drie anderen dicht om hem heen staan om te horen wat ze antwoordde.

'Ze hebben hem hier een paar minuten geleden nagekeken en hij is kerngezond. Twee dames van Jeugdzorg hebben hem opgehaald. Ze brengen hem naar Jefferson City, waar een mevrouw een tehuis runt dat Alternatief heet, en –'

'Alternatief!' riep Hershel uit. 'Serena Tanner runt dat tehuis om een alternatief te bieden voor abortus. Ik heb haar opgebeld toen Marla net –'

'Sst!' zei Tex. 'Er komt nog meer.'

'Een van de maatschappelijk werksters heeft me verteld dat ze hopen dat die mevrouw Tanner en haar man Jerod kunnen adopteren. Ze hebben geen familieleden gevonden die de zorg voor hem op zich zouden kunnen nemen. Het ziet ernaar uit dat het allemaal toch nog goed afloopt.'

'Ja, maar waar hebben ze hem gevonden?' vroeg Lukas. 'Wat is er gebeurd?'

'Dat is een vreemd verhaal, dokter Bower. U weet toch dat er momenteel motorrijders in dat armoedige flatgebouw verblijven? Nou, iemand heeft vanavond bij Catcher op de deur gebonsd. Toen hij naar buiten kwam, zag hij daar Jerod liggen, dik ingepakt naast een Harley. Hij nam de baby mee naar binnen en de politie heeft het hem heel moeilijk gemaakt. Het was hier een paar minuten een hele consternatie, maar ze hebben hem laten gaan. Het is wel zeker dat Catcher lichamelijk niet in staat was om vorige week zondag vroeg in de ochtend een baby te stelen. O, sorry, ik moet nu ophangen. Er wordt weer een patiënt binnengebracht.'

Lukas zuchtte van opluchting.

Hershel legde een hand op Tex' schouder.

Nancy verbrak de stilte. 'Jij trekt dus binnenkort de stoute schoenen aan om aan die vrouw in Knolls te vertellen dat je van haar houdt, Lukas?'

Lukas keek op zo'n opvallende manier op zijn horloge, dat het niemand kon ontgaan. 'Is het echt al zo laat? Niet te geloven! De tijd vliegt wanneer je ... eh ... je vermaakt.

Ik zal je jasje gaan halen, Tex. Fijn dat jullie konden komen eten, jongens, maar het is al laat en ik moet morgen werken.'

15

Op donderdagochtend werd Mercy wakker van het piepen van haar mobiele telefoon. Ze keek snel even naar de verlichte wijzerplaat van haar wekker en pakte na verschillende vergeefse pogingen de telefoon op. Ze drukte ook nog drie keer op het verkeerde knopje voordat ten slotte de verbinding tot stand kwam. Het was zeven uur.

'Met wie spreek ik?' Ze veegde het haar uit haar ogen terwijl ze wachtte op antwoord.

Er werd niet gereageerd.

'Met wie spreek ik?' vroeg ze nogmaals, terwijl ze het beddengoed naar achteren duwde en haar benen over de zijkant van het bed liet zwaaien. Ze had over een paar minuten toch moeten opstaan. Tedi moest vandaag naar school en zij moest zelf naar de praktijk; ze had afspraken met patiënten, ook al was het vandaag eigenlijk haar vrije dag.

Er werd nog steeds niets gezegd aan de andere kant van de lijn, maar ze hoorde op de achtergrond stemmen, alsof er een radio of televisie aanstond. En ze hoorde iemand ademen, gevolgd door een klik en de kiestoon.

Ze verbrak de verbinding en legde de telefoon geërgerd terzijde. Wat onbeleefd!

Die donderdagochtend deed Clarence zijn ogen op zijn minst voor de vierde keer open. Eindelijk was het licht. De eerste keer was hij wakker geworden om twee uur, daarna om vier uur en om kwart over vijf, en telkens waren er minstens twintig trage minuten verstreken voordat hij weer in slaap was gevallen. Het was alsof hij aan een ploegendienst begon op het moment dat hij in bed stapte. Voor voldoende nachtrust zorgen was een zware klus. Vanwege zijn omvang duurde het lang voordat hij lekker lag, en welke houding hij ook aannam, meestal begon na een poosje een arm of een been te slapen. Vaak snurkte hij zo hard, dat hij er zelf wakker van schrok en zich afvroeg of er een vrachtwagen door de voordeur van het appartement was gedenderd. Hij was blij dat Darlene niet bij hem in het appartement sliep.

Darlene waagde zich de laatste tijd meer buitenshuis. Ze was betrokken geraakt bij activiteiten van de lokale gemeenschap en de kerk, kookte één keer per week voor tafeltjedek-je in het kerkgebouw van de methodisten en werkte als vrijwilliger achter de informatiebalie in het ziekenhuis. Uitgevers stuurden haar nog steeds opdrachten voor het maken van registers, maar ze had haar werklast teruggebracht tot een beter te behappen niveau. Tot grote opluchting van iedereen was haar astma onder controle.

Clarence ging rechtop zitten en keek naar de scheurkalender die aan de andere kant van de kamer aan de muur hing. Die had hij van Ivy gekregen als kerstcadeau. Op elk blaadje dat hij iedere dag afscheurde, stond een inspirerend gedeelte uit de Bijbel. Gisteren was dat geweest: 'Hij heeft mij gezonden om te verbinden de gebrokenen van hart …'

Ivy had hem op zijn vraag uitgelegd dat het vers betekende dat Jezus Christus de Heelmeester was. Wanneer hij mensen als Kendra en Buck zag lijden, vroeg hij zich soms toch af of ze niet geholpen zouden zijn met een bemoediging van een vriend, terwijl ze bleven wachten op de Here Jezus. Hij moest weer aan zaterdagavond, aan Kendra's gebroken hart denken. Kon ze genezen worden? En Buck? Was er ergens een school waar je kon leren hoe je dergelijke mensen moest helpen?

Het leek een rare gedachte dat iemand van zijn leeftijd en zijn omvang weer naar school zou moeten gaan. Waar moest hij het geld vandaan halen? Hij moest nu zijn eigen kost gaan verdienen, niet pas over vier of zes jaar.

Toch bleef die zaterdagnacht hem bij. Hij had er zijn steentje aan bijgedragen dat twee mensen weer even hoop kregen. Je hoefde toch niet gestudeerd te hebben om dat te doen?

Met wat minder inspanning dan het hem drie maanden geleden gekost zou hebben, stond hij op en liep naar de ladekast. Hij scheurde het blaadje van gisteren van de kalender om te zien wat deze dag bracht. Het nieuwe bijbelvers was zo eenvoudig dat zelfs hij het kon onthouden, al zou hij nooit goed kunnen uitspreken aan wie het vers was gericht. Hij wist niet wat 'Tessalonicenzen' betekende. Het vers luidde als volgt: 'Bid onophoudelijk.'

Gebed. Vanaf het moment dat hij hardop voor Buck en Kendra had gebeden, was er van alles veranderd. Maar onophoudelijk bidden – wat hield dat in?

Wat het vers duidelijk wilde maken, begon hij te begrijpen door erover na te denken. Er werd van hem verwacht dat hij voor Buck en Kendra bleef bidden, niet dat hij het liet bij die ene keer dat hij voor hen had gebeden. Hij zou ook voor Odira en Crystal kunnen bidden. Hij wist niet precies hoe het bidden hielp, omdat het nog steeds een mysterie scheen te zijn dat niemand kon verklaren. Het kwam in ieder geval hierop neer dat zijn gebed Buck en Kendra had geholpen ... al was het maar een poosje.

Hij besloot met gebogen hoofd en gesloten ogen op de rand van zijn bed te gaan zitten om te bidden, precies zoals Ivy altijd deed. Dat had hij al eens gedaan. Dat kon hij best nog een keer doen.

Mercy reed achteruit de garage uit en drukte op de knop van de afstandsbediening aan haar sleutelhanger om de garagedeur dicht te doen. Het was donderdagochtend en op die ochtend vroeg ze zich telkens opnieuw af hoe veel uren van haar vrije dag ze aan het werk zou zijn. Er was afgesproken dat zij deze ochtend om tien uur in haar praktijk een gesprek zou hebben met Buck en Kendra. Daarna moest ze naar het ziekenhuis om te kijken hoe het met Delphi Bell was. Als ze de indruk had dat het goed met haar ging, kon ze haar misschien ontslaan. Ook Odira en Crystal waren zover dat ze weer naar huis konden; Odira smeekte er zelfs om. En dan waren er ook nog patiënten die gisteren niet naar de praktijk hadden kunnen komen vanwege de ijzel.

'Moet je nou toch eens kijken! Allemaal sigarettenpeuken!' riep Tedi verontwaardigd door de auto. Ze tikte met haar vingernagels op het autoraampje, terwijl Mercy achteruit de oprijlaan af reed. 'Die lagen er gisteren nog niet.'

'Tedi, waar heb je het ...?' Mercy keek de kant op die haar dochter aanwees. Op het laagje ijs lagen dicht bij elkaar de peuken van drie opgerookte filtersigaretten, vlak voor een rijtje hoge, winterharde struiken die aan de kant van de straat langs de oprijlaan stond. 'Ja, ik zie ze. Ben je opeens lid geworden van een groep die in de buurt controleert of je je eigen rommel wel opruimt?'

Tedi zuchtte en liet haar ogen rollen. 'Mam, deze liggen op onze grond en het zijn er drie.' Ze schoof dichter naar het raam toe. 'En ze zijn zo te zien van hetzelfde merk. Dat betekent waarschijnlijk dat degene die dat merk sigaretten rookt, lang genoeg op onze grond heeft gestaan om er drie op te roken, terwijl hij er niets te zoeken heeft.'

'Het kan ook zo zijn dat deze drie peuken door de harde wind van een plek ergens in de straat hiernaartoe zijn geblazen, en dat ze achter de struiken zijn blijven steken. Ben je weer een detective aan het lezen?'

Tedi gaf geen antwoord.

Mercy wierp haar dochter een bezorgde blik toe en raakte haar schouder even aan. 'Heb je de laatste tijd weer last van nachtmerries, lieverd?' Tedi had een levendige fantasie en bepaalde gebeurtenissen raakten haar diep. De relatie met haar vader was verbeterd, maar de kans bestond dat ze toch nog te veel in beslag genomen werd door de veranderende situatie.

'Af en toe.' Tedi haalde haar schouders op. 'Het heeft waarschijnlijk niets te betekenen, mam. Maakt u zich er maar geen zorgen over.'

'Zal ik niet doen, maar denk eraan dat je altijd bij me terecht kunt als er iets is wat je dwarszit.' Mercy reed de straat in. Ze moest aan Delphi denken. 'Wat zou je ervan vinden als we een poosje een logé kregen?'

'Een logé?' vroeg Tedi; ze vond het onmiskenbaar een opwindende gedachte. 'Komt Abby vannacht bij ons slapen? Het zou goed voor haar zijn om even niet thuis te zijn. Haar moeder –'

'Nee schat, niet Abby. Zij mag binnenkort ook best een keer komen logeren, maar vandaag ontsla ik een patiënt uit het ziekenhuis die een verblijfplaats nodig heeft totdat Arthur en Alma Collins terug zijn.'

Tedi's gretigheid veranderde in nieuwsgierigheid. 'Is het een dakloze? Hier in Knolls?'

'Ze heeft op dit moment geen onderkomen, maar dat verandert toch als wij haar in huis nemen?'

'Wie is het? Kennen we haar? Wat is er met haar gebeurd?'

Mercy ging aan het eind van de straat langzamer rijden en keek in de achteruitkijkspiegel om er zeker van te zijn dat er niemand achter haar reed. Nadat ze de auto aan de kant had gezet, wendde ze zich tot Tedi en legde een hand op haar arm. 'Nu moet je even heel goed naar mij luisteren, lieverd. Ik wil niet dat je ook maar aan iemand vertelt dat wij iemand in huis hebben genomen, snap je dat? Als haar man het te weten komt, zou hij haar kwaad kunnen doen. Daarom willen we niet dat bekend wordt dat wij weten waar ze is.' Ze hield Tedi's donkere, opeens ernstige blik vast. 'Snap je dat?'

'Natuurlijk, mam. U weet toch nog wel dat ik ooit heb geprobeerd me te verstoppen voor papa? Ik weet hoe het is als je bang bent en niet naar huis kunt.'

Onwillekeurig sloot Mercy haar ogen om de pijnlijke herinneringen die opeens bij haar opkwamen, buiten te sluiten. Op dat moment werd er achter hen getoeterd. Ze zag in de achteruitkijkspiegel dat ze het verkeer ophield. Ze reed de weg op om in te voegen in de rij auto's waarmee kinderen naar school werden gebracht na een dag vrij.

'Weet u dat Abby's vader niet eens heeft geprobeerd de voogdij te krijgen over haar, April en Andy?' vroeg Tedi.

'Huilend heeft Abby me dat op school verteld. Haar moeder laat al het werk in huis aan haar over. Abby moet bovendien op haar broertje en zusje passen wanneer haar moeder af en toe 's avonds naar cursus gaat om een betere baan te kunnen krijgen.'

Mercy schudde verdrietig haar hoofd. Jason en Lindy Cuendet waren afgelopen najaar gescheiden en minstens de helft van de inwoners van Knolls scheen het nodig te vinden beide echtgenoten op de hoogte te houden van wat de ander deed. Jason hoefde maar naar de verkeerde persoon te glimlachen of Lindy hoorde ervan nog voor de dag om was. Als Lindy te vaak haar creditcard gebruikte of met de kinderen uit eten ging, belde Jason haar de volgende morgen al op om zich erover te beklagen. Tedi maakte dit allemaal van dichtbij mee en was soms een actieve deelneemster aan het hele gebeuren, ook al wilde ze dat niet, omdat Abby haar beste vriendin was.

'Wist u dat oma aangeboden heeft een handje te helpen bij Crosslines wanneer Arthur en Alma de hulporganisatie op poten hebben gezet?' Alleen doordat Tedi 's ochtends op weg naar school aan een stuk door kwebbelde, raakte Mercy op de hoogte van de plaatselijke nieuwtjes. 'Ze gaat hun boeken bijhouden. En raad eens wie ze heeft overgehaald op zaterdag mee te helpen in de kliniek?'

Mercy fronste. 'Kliniek? Welke kliniek?'

'Arthur en Alma gaan een kliniek opzetten waar mensen die geen geld hebben voor een dokter, op zaterdag gratis geholpen kunnen worden. Dat is vooral bedoeld voor de Mexicanen die hier nog maar pas wonen. Ze hebben al vrijwilligers geworven en gaan volgende maand van start.'

'Zijn er ook artsen bij betrokken?' Mercy reed de oprijlaan naar de school op en wachtte op haar beurt om Tedi te laten uitstappen.

'Ja. Dokter Heagert is wel met pensioen, maar oma heeft op hem ingepraat totdat hij erin toestemde op zaterdag een halve dag bij te springen.' Tedi giechelde. 'Om dat voor elkaar te krijgen moest oma hem een zoen geven.'

Mercy's mond viel open. 'Wat!?'

Tedi keek over haar schouder naar de auto achter hen. 'Mam, u veroorzaakt een opstopping. U weet best dat oma en dokter Hugh verkering hebben. Het was ook echt niet de eerste keer dat ze hem een zoen gaf. U bent er alleen nooit bij wanneer ze samen zijn.'

Waarom had Mercy opeens het gevoel dat het leven aan haar voorbijging? 'Wie gaan er nog meer in deze kliniek aan het werk?'

'Dokter Jarvis heeft laten weten dat hij ook wil meehelpen, maar dokter Hugh en hij kunnen het niet zo goed met elkaar vinden. Oma bedacht dat dokter Hugh en dokter Jarvis om en om op zaterdag zouden kunnen werken of de een 's ochtends en de ander 's middags. Ze hebben besloten dat laatste te doen. Op die manier worden ze er geen van beiden te moe van.'

'Mij heeft niemand opgebeld om te vragen of ik wil meehelpen.'

'Oma heeft tegen ze gezegd dat ze dat niet moesten doen. Ze zei dat u niet eens tijd genoeg had voor uw familie. En ze zei ook nog dat u die gratis kliniek zelf ook hard nodig hebt, omdat u dan niet meer zo vaak extra hoeft te werken. Ik had het er gisteravond over toen ik papa aan de telefoon had, en hij is het ermee eens. Hij vindt ook dat u er in de praktijk iemand bij zou moeten nemen om u te helpen.'

Mercy keek haar dochter even aan. 'Je meent het.'

'Ja. Gaan we zaterdag naar Branson? Papa zei dat we dat zouden kunnen doen als u tenminste weg kunt.'

'Wanneer zei hij dat?'

'Gisterochtend, toen ik hem aan de telefoon had.'

'Ik wou dat hij er niets over had gezegd totdat hij mij had gesproken. Ik kan me niet zo lang vrijmaken.'

'Ziet u nou wat ik bedoel? Het zou goed voor u zijn om er even tussenuit te gaan, mam. Kunt u het niet in ieder geval proberen?'

Mercy aarzelde voordat ze in zorgvuldig gekozen bewoordingen zei: 'Tedi, hoe zou je het vinden om zaterdag alleen met je vader te gaan lunchen?' Het zou haar absoluut niet lukken er dit weekend even tussenuit te knijpen, niet eens voor een middag. Delphi had veel behoefte aan geruststelling, Kendra was nog maar net ontslagen uit de psychiatrische inrichting en Odira en Crystal hadden allebei nog een moeilijke weg te gaan voordat ze weer beter waren.

Het drong niet meteen tot Mercy door dat de stilte in de auto benauwend was geworden. Toen ze dat besefte, keek ze Tedi aan. 'Lieverd?'

Tedi bleef uit het raam staren naar het schoolplein. De ochtendzon wierp fel licht op haar brillenglazen, die op hun beurt dat licht lieten weerkaatsen in het raam. Hoe Tedi keek bleef daardoor verborgen, maar Mercy zag hoe ze opeens haar kaken op elkaar klemde en hoe ze haar schouders optrok.

'Ben je alleen maar teleurgesteld dat we niet naar Branson gaan?' vroeg Mercy rustig.

Tedi schudde haar hoofd. 'Nee, mam', mompelde ze.

'Vind je het dan nog steeds geen prettig idee om je vader in je eentje te ontmoeten?'

'U had tegen me gezegd dat dat niet hoefde, als ik dat niet wou.' Tedi draaide zich weg van het raam; er was angst van haar gezicht af te lezen. 'U hebt gezegd dat ik nooit –'

'Oké, Tedi, het is al goed. Het hoeft niet per se. We houden ons gewoon aan de gebruikelijke afspraak om samen te gaan lunchen en ik zal er de hele tijd bij blijven. Ik zal je nooit dwingen om samen met je vader iets te doen wat je beangstigend vindt.' Tedi keerde zich weer om naar het raam. Mercy hoorde haar zuchten en de spanning ebde voor een deel weg uit Tedi's lichaam.

'Ik dacht niet dat ik bang zou zijn, mam.'

'Weet ik. Hij is zo veranderd dat ik dacht dat ik hem had vergeven, maar gisteravond gebeurde er iets waardoor ik ging beseffen dat dat niet zo is ... niet echt. Ik denk dat we allebei bang zijn dat hij opeens weer de persoon wordt die hij vroeger was.'

'Maar dat hoeft niet te gebeuren, mam. Hij is nu heel anders dan toen. Hij is christen geworden. Waarom ben ik dan toch nog bang?'

'Omdat jij en ik allebei weten dat ook christenen niet volmaakt zijn. En ik denk dat jij en ik nog een paar dingen uit het verleden moeten verwerken.'

'Ik wil papa geen pijn doen.'

'Ik ook niet, maar we moeten eerlijk zijn want anders komen we er niet uit.' Mercy reed naar de zone die bedoeld was om kinderen te laten uitstappen, gefrustreerd dat ze Tedi in deze stemming moest achterlaten. 'We hebben het er vanavond nog over.'

Tedi maakte aanstalten om het portier open te doen. 'Ik denk dat papa teleurgesteld zal zijn. Hij heeft me verteld dat hij wat extra geld had opgespaard. Hij vroeg me wat ik dacht dat jij het liefst zou willen doen, alleen met ons drietjes. Ik heb bedacht dat we naar Branson zouden kunnen gaan.'

Mercy voelde zich nu nog ellendiger. Theo had ongetwijfeld al een tijdje rondgelopen met het plan om iets speciaals voor hen te organiseren, maar dat had ze niet doorgehad. Waarom had hij alles niet gewoon gelaten zoals het was? 'Het spijt me, lieverd. Als hij blijft sparen, kunnen we misschien later nog iets samen doen.' Maar ze wilde helemaal niet zoveel tijd samen met hem doorbrengen ... of wel soms?

Misschien was het niet belangrijk hoe zij ertegenover stond. Ze had geleerd dat je niet altijd het gevoel had dat je deed wat goed was, ook niet wanneer je er zelf van overtuigd was.

Tedi duwde het portier open en stapte uit. 'Vergeet niet dat we vanavond hier op school een toneelstuk opvoeren. Papa heeft gezegd dat hij zou komen.'

'O ja?' Waarom had ze opeens de indruk dat ze overal waar ze keek Theo zag?

'Dag, mam.' Ze trok haar rugtas met boeken uit de auto, deed het portier dicht en zwaaide.

Mercy moest meer tijd vrijmaken om met Tedi te praten ... dat was altijd al zo geweest totdat gisteravond ... Maar ze wilde niet aan gisteravond terugdenken en al helemaal niet aan het idee dat van haar verwacht zou kunnen worden dat ze opnieuw met Theodore trouwde. Die gedachte kon ze niet uitstaan.

Waarom had ze niet bedacht dat Tedi niet zo graag alleen met haar vader zou willen optrekken? Ze had vijf jaar met hem in een huis gewoond; ze had gezien hoe zijn alcoholisme en zijn woede-uitbarstingen uit de hand liepen en uiteindelijk niet meer onder controle waren te houden en gevaar opleverden. Maar het had er alle schijn van dat er de laatste tijd opnieuw een liefdesband ontstond tussen Tedi en haar vader, een nieuw soort relatie die niets te maken had met de band die ze vroeger hadden gehad. Theo hield voor het eerst van zijn leven zijn blik gericht op de juiste plek. Zijn nieuwe kijk op het leven bewees dat God de macht heeft om mensen te veranderen, ook degene die veel op zijn kerfstok heeft. Waarom vond Tedi, en ook Mercy, het zo moeilijk om dat te aanvaarden?

De vettige rook van bacon en worstjes vermengde zich met de geur van pasgezette koffie en het geroezemoes van alle mensen die op donderdagochtend in het eetcafé kwamen ontbijten. Lukas zat te gapen boven zijn roerei. Hij wist dat hij hier niet om iets met minder vet hoefde te vragen. In stilte verontschuldigde hij zich er bij Mercy en Ivy voor dat hij zijn cholesterolgehalte niet in de gaten hield. Als het ervan kwam dat hij vanavond terugging naar Knolls, konden ze hem daar een flinke dosis olijfolie en avocado toedienen. Hij moest Mercy vandaag alleen nog even bellen, zodat ze van tevoren wist dat hij kwam. Nancy Moss kon trots op hem zijn.

Hij nam nog een flinke slok koffie en luisterde naar het onsamenhangende gesprek dat aan de tafel achter hem werd gevoerd. Vier oude boeren zaten zich daar te beklagen over de veeprijzen op de plaatselijke afslag. Omdat er vorig jaar een tekort aan hooi was geweest, probeerde men zijn vee te verkopen om geld te besparen. Er moest zuiniger aan worden gedaan, maar aan varkens kon je nog genoeg verdienen.

Lukas keek op zijn horloge. Hij had nog twintig minuten voordat hij op zijn werk moest zijn, maar hij wilde eerst nog tanken. Hij spoot wat extra ketchup op zijn eierengerecht en maakte aanstalten om de laatste drie happen in zijn mond te stoppen. Precies op dat moment ging de voordeur van het eetcafé piepend open en kwamen er vier grote kerels in zwart leer binnen. Mede door hun opgezwollen oogleden deden ze denken aan knorrige beren die hun winterslaap hadden onderbroken om iets lekkers tot zich te nemen.

Catcher en consorten.

Lukas slikte de laatste mondvol ei door en nam nog een slok koffie. Hij wist maar al te goed dat er alleen naast hem nog vier lege stoelen stonden – twee aan weerskanten van de verhoogde eetbar. Hij probeerde niet toe te geven aan het gevoel van onbehagen dat hun aankomst bij hem opriep, en ook niet aan de schaamte die daar het gevolg van was. Het woord lafaard kwam bij hem op, en dat gebeurde niet voor het eerst sinds hij in Herald was aangekomen. Hij riep zichzelf tot de orde. Hij was geen jongetje meer dat te klein was voor zijn leeftijd. Hij was een volwassen vent.

Ja, hij had inderdaad zondagavond zelf een hele opschudding veroorzaakt op de SEH, compleet met geschreeuw en het uit het stopcontact rukken van de stekker van de televisie. Uiteindelijk was Catcher in benevelde toestand het ziekenhuis uit gewandeld, tegen het advies van de behandelend arts in. En het was ook waar dat deze motorrijders nog altijd verdachten waren betreffende de ontvoering van Jerod Moore, al werd dat niet door de politie bevestigd. Sommige roddelaars gingen zelfs zover dat ze hun er de schuld van gaven dat er de laatste tijd verschillende kinderen in Missouri spoorloos waren verdwenen, maar dat zeiden ze natuurlijk niet recht in hun gezicht. Van dit stelletje stoere motorrijders zou niemand proberen Lukas te bespringen om hem hier, midden in een overvol eetcafé, in elkaar te slaan. Dat haalden zelfs deze vier luidruchtige kerels, die bier dronken alsof het water was, niet in hun hoofd.

In laarzen gestoken voeten kwamen stampend zijn kant op, totdat de schaduw van de mannen over hem heen viel. Lukas probeerde zichzelf voor te houden dat de meeste mensen hem niet herkenden wanneer hij geen wit pak droeg

'Hé, dok', werd er achter hem gegromd. Een sterke hand greep hem bij de schouder.

Lukas draaide zich met kruk en al om en keek op naar de langharige motorrijder met gebruind gezicht en de blauwe ogen die hij te danken had aan zijn meest recente gevecht.

'Hallo, Catcher.' Lukas knikte naar de andere drie mannen. Een van hen was Marin, Catchers maat die vorige week zaterdagavond Catchers arm had opengehaald met een kapotte bierfles. De andere twee, realiseerde Lukas zich met toenemende ontzetting, hadden deel uitgemaakt van de groep in de wachtkamer, die hem in het nauw had gedreven totdat Catcher op het toneel was verschenen.

'De hechtingen zijn prima blijven zitten', zei Catcher terwijl hij op de kruk zonder rugleuning naast Lukas kwam zitten. De adem van de man rook vanochtend niet zo sterk naar drank dat Lukas omverviel. Hij trok de rits open in de extra lange mouw van zijn leren jasje dat speciaal voor motorrijders was ontworpen. Daarna trok hij de mouw omhoog, zodat op de onderarm een mooi genezende wond zichtbaar werd – zonder verband erom natuurlijk.

Hoe gespannen hij ook was, Lukas kon niet ontkennen dat hij begon te glimmen van trots op het resultaat van zijn verrichtingen. 'Ziet u wel? U bent goed in wat u doet.'

Een minstens veertig jaar oude serveerster in een spijkerbroek en een wit T-shirt kwam achter de eetbar langs op hen af, vier borden met een speciaal ontbijt balancerend op haar armen. 'Alsjeblieft, jongens.' Ze liet de borden op de vier lege plekken aan de eetbar glijden. 'Jullie zijn vanochtend vroeger dan anders. De koffie komt eraan.'

De andere drie mannen trokken hun jasjes uit omdat het in de eetzaal veel te warm was. Catcher trok meteen zijn bord naar zich toe en boog zich toen over naar Lukas. 'U bent zeker niet bereid om die hechtingen er nu meteen uit te peuteren?'

'Nee, het spijt me, dat kan nu nog niet.' Lukas nam nog een laatste slok koffie en voelde welke uitwerking de cafeïne had op zijn lijf. Of was dat misschien het effect van adrenaline?

'Ik wil ze graag nog een paar dagen de tijd geven om te genezen. Anders loopt u de kans dat de wond openspringt en het een groter litteken wordt.'

'Doe niet zo kinderachtig, dok.' Catcher laadde ei met bacon op zijn vork. 'Denkt u dat ik me druk maak over zoiets onbeduidends als een litteken?' Hij stopte de hap in zijn mond.

Terwijl Catcher kauwde, keek Lukas weer op zijn horloge. Hij pakte zijn bonnetje en liet zich van zijn kruk glijden. 'Als u mijn zin doet, laat u ze minstens tot morgenmiddag zitten. Tot zaterdag zou nog beter zijn en vergeet niet ze schoon te houden.' Voordat Catcher kon tegensputteren, betaalde hij de rekening en maakte hij dat hij wegkwam.

Maar eenmaal buiten in de jeep wilde de auto niet starten toen hij het sleuteltje omdraaide in het contactslot. Hij kreeg niets anders te horen dan een klik.

Fronsend trok hij de sleutel terug om te zien of hij de goede sleutel had gebruikt. Ja. Hij stak de sleutel weer in het contactslot en waagde nog een poging.

Klik.

Hij bleef even naar het dashboard staren. Toen sloot hij zijn ogen en kreunde. 'Dit kan niet waar zijn.' Dit kon hij op dit moment echt niet gebruiken. Nu kwam hij te laat op zijn werk, terwijl dokter Denton Lukas had laten weten dat hij op tijd moest zijn omdat hij een vliegtuig moest halen. En zo dadelijk kwamen Catcher en zijn vrienden naar buiten en besloten ze spontaan dat ze vanochtend nog wel wat lichaamsbeweging konden gebruiken. Als hij die hechtingen er dan nog niet uithaalde, werd Catcher misschien kwaad en gooide hij zijn jeep ondersteboven.

Hij rommelde wat met de versnellingspook, trapte de koppeling in en probeerde nog een keer te starten. Zonder resultaat.

Hij gaf een mep op het stuur en wurmde zich uit de jeep. Het portier gooide hij opzettelijk met een harde klap achter zich dicht. Dat hij juist nu een lege accu moest hebben! Kon het nog erger? Het ziekenhuis stond helemaal aan de andere kant van Herald. Het plaatsje besloeg geen groot gebied; het was een lange, smalle strook land dicht langs de kustlijn. De afstand was absoluut niet in acht minuten te overbruggen. In Herald reden geen taxi's. Hij kon natuurlijk het eetcafé weer binnengaan om te vragen of een van de boeren hem een lift wilde geven. Misschien wilde Catcher hem meenemen achter op zijn Harley. Ja, dat idee stond hem wel aan!

Met de handen in zijn zakken bekeek Lukas de grote glimmende motoren. Ze stonden dicht bij elkaar tussen verroeste pick-ups rond het haveloze gebouw waarin het enige eetcafé van Herald was gevestigd. Toen draaide hij zich om en begon de weg af te lopen. Hij kon pas tempo maken wanneer hij een beetje warmer was geworden. De tocht duurde vast niet zo heel lang.

16

Van bidden kreeg je honger. Clarence trok zijn slobberbroek aan, stapte in zijn pantoffels en ging op weg naar Ivy's keuken. Daar hingen nog alle aangename, opbeurende geuren van het ontbijt. En hij had geluk: Ivy was nergens te bekennen.

'Koekjes met chocoladesnippers, ik kom eraan.' Er waren al vier dagen verstreken sinds hij zich te buiten was gegaan aan drie koekjes; hij hunkerde ernaar als een kind naar zijn verjaardag. Hij beloofde zichzelf dat hij slechts drie koekjes zou opeten, terwijl hij naar de vriezer sjokte en de deur opentrok. Van de naar buiten komende vrieslucht kreeg hij een koud gezicht, alsof hij gekust werd door een ijskoningin.

Het bord met in diepvriesfolie verpakte koekjes was weg. Starend naar de bakjes met stoofschotel, kalkoenvlees en bevroren groenten deed hij een stap achteruit. Uit heel zijn houding sprak verslagenheid. Ivy bakte altijd koekjes met chocoladesnippers voor speciale gelegenheden en bewaarde er een flinke voorraad van in de vriezer, voor het geval ze ze onverwacht nodig had. Ze had een keer aan Clarence uitgelegd dat ze geen lekkere dingen meer aanraakte, behalve deze koekjes. Ze bakte er nooit minder dan drie bakplaten vol en maakte gebruik van een recept met zo veel mogelijk magere ingrediënten. Ja, wanneer je naar een manier zocht om zelfs koekjes met chocoladesnippers te bederven, kon je op Ivy rekenen. Hij ging ervan uit dat ze de koekjes in de vriezer bewaarde om zijn wilskracht te testen. Tot nog toe had hij de test niet doorstaan. Vond hij dat erg? Nee, niet echt. Tweemaal per week, meestal midden in de nacht wanneer iedereen sliep, sloop hij naar de keuken om iets lekkers te snaaien.

Omdat in de koekjes die Ivy bakte minder vet zat, betwijfelde hij of zelfs de grootste meer dan vijftig calorieën per koekje bevatte. Hij ging er prat op dat hij van alles wat hij in zijn mond stopte, wist hoeveel calorieën erin zaten en dat hij vijfendertighonderd calorieën naar binnen moest werken om een pond aan te komen. Dus als de drie koekjes die hij meestal opat, gelijk stonden aan tweehonderd calorieën, moest hij er bijna achttien keer zoveel eten om een pond zwaarder te worden.

Hij ging nog even verder met zijn berekeningen. Omdat een normaal persoon zeventig tot honderd calorieën verbruikte wanneer hij anderhalve kilometer liep, moest hij, was zijn conclusie, ten minste twee en een half keer zoveel verbruiken. Hij bedacht dat hij zo veel energie verbruikte wanneer hij op de lopende band liep, dat hij alle calorieën van de koekjes kwijtraakte. Wanneer hij nu een paar koekjes opat, zou hij gemotiveerd zijn om te bewegen.

Zuchtend duwde hij de deur dicht. Hij sjokte zijn appartement juist weer binnen toen hij hoorde dat er werd geklopt. Er stond iemand bij de buitendeur van het appartement — een deur waarvan hij zelf nooit gebruikmaakte.

'Clarence!' hoorde hij vaag iemand roepen. 'Clarence, ben je thuis?'

Hij liep zo snel mogelijk door de kleine woonkamer en het nog kleinere keukentje naar de deur die uitkwam op de veranda aan de zijkant van het huis. Toen hij opendeed, stonden Buck en Kendra daar, dicht tegen elkaar aan vanwege de kou. Kendra's neus was rood en haar ogen waren gezwollen, alsof ze vier dagen aan een stuk door had gehuild.

'Mogen we even binnenkomen?' vroeg Buck terwijl hij door de open deur een blik naar binnen wierp.

'Natuurlijk.' Clarence schuifelde een eindje opzij zodat ze konden binnenkomen. 'Hebben ze je ontslagen, Kendra?'

Haar gezicht vertrok terwijl ze snel even de kamer rond-keek. 'Ja, negenenzestig uur geleden, maar naar mijn gevoel is het al weken geleden. Het was alsof ik in de gevangenis zat bij een stelletje –'

Buck schraapte zijn keel.

Ze keek naar hem op. 'Er zitten in die instelling veel onge-lukkige mensen', maakte ze haar relaas rustig af.

Clarence gebaarde naar de tweezitsbank en de stoelen die in een gedeelte van de kamer waren neergezet dat Ivy de 'praat-cirkel' noemde. 'Ga gerust zitten. Wat is er aan de hand? Is alles in orde? Jullie hebben onderweg toch geen problemen gehad, hoop ik?'

'Nee, aan de pick-up mankeert niets.' Kendra ging op de rand van het tweezitsbankje zitten en keek nerveus naar Buck. Hij nam plaats naast haar.

Clarence liet zich in de stevigste stoel met rechte rugleuning zakken. Hij maakte niet vaak gebruik van dit meubilair. Hij was intussen meer dan vijftig kilo kwijtgeraakt, maar vond die stoelen er nog steeds te broos uitzien om hem te kunnen houden. Hij had tot nog toe geen van Ivy's stoelen vernield, maar er kon ieder moment iets van kapotgaan.

Buck boog zich naar voren. 'Clarence, weet je nog dat je laatst 's nachts voor ons hebt ... gebeden?'

Hoe zou hij zoiets kunnen vergeten? 'Ja.'

'Zou je dat nu weer willen doen?'

Clarence knipperde met zijn ogen en keek Kendra aan. Ze bleef aandachtig naar hem kijken; haar mooie blauwe ogen waren wijd open en ... vervuld van hoop? Ook Buck keek hem hoopvol aan. Hij had de indruk dat ze zich allebei naar hem toe bogen, alsof hij een oplossing had voor hun proble-men. Hij voelde zich een bedrieger. Hij had die nacht alleen maar een paar gedachten hardop uitgesproken, in de hoop – nee, in de wetenschap – dat God luisterde. Maar Clarence wist dat hij hen niet zelf kon helpen; hij was niet bij machte dat te doen.

'Eh, ja.' Zou dit feitelijk de verhoring van zijn gebed zijn? Misschien hadden ze eerder op de ochtend, toen hij met God in gesprek was, het besluit genomen hem op te zoeken. Hij moest denken aan het bijbelvers voor die dag op de scheurkalender in zijn slaapkamer. Als het gebed dat hij eerder had uitgesproken, had geholpen, en als het vanochtend had geholpen, dan zou het ook nu weer helpen. Er was geen reden te bedenken waarom God deze keer niet ook aanwezig zou willen zijn.

Hij schraapte zijn keel, boog zijn hoofd en sloot zijn ogen. *God, bent u erbij?*

Deze onuitgesproken gedachte leek te worden teruggekaatst. 'Eh, we moeten u allereerst bedanken, Heer, omdat U onze gebeden verhoort en ons al eerder uit de brand hebt geholpen.' Een paar weken geleden zou hij het raar hebben gevonden om zijn ogen te sluiten en op deze manier te praten, maar daar had hij nu geen last meer van ... minder in elk geval. Ivy had hem goede dingen bijgebracht. 'We willen nog meer aan U vragen in Jezus' naam. Wilt U Kendra en Buck alstublieft troosten vandaag? Ze hebben zo veel verdriet en pijn doorstaan.' Terwijl hij dit zei, had hij opeens het idee dat hij die pijn en dat verdriet zelf kon voelen. Hij wist dat ze het gevoel hadden dat ze alleen op de wereld waren, en dat ze zich afvroegen wat er nu weer met hen zou gaan gebeuren. Op de een of andere manier leek dat gevoel van eenzaamheid op hem te worden overgedragen.

Tot zijn ontzetting merkte hij dat er achter zijn oogleden tranen prikten. Hij probeerde uit alle macht te voorkomen dat ze zich er onder vandaan persten. Hij hoorde hoe Kendra een paar keer haar neus ophaalde. Moest hij het gebed nu snel afronden, zodat ze een paar papieren zakdoekjes kon pakken om haar neus te snuiten?

'Help Buck, zodat hij weet wat hij moet doen om Kendra te helpen. Help hem om sterk te zijn voor haar, wat het hem ook kost. En, God, laat Kendra zien hoe ze uit de put kan komen waarin ze nu zit. U bent de enige die dat weet.

Ik weet het in elk geval niet. Dank U wel, God.' Toen hij zijn ogen opendeed, zag hij dat de andere twee hun hoofd nog steeds gebogen hielden. Kendra's wangen waren nat van de tranen. Ze realiseerden zich niet dat hij uitgebeden was. 'Amen.'

Ze deden hun ogen open en keken hem aan; Kendra snufte weer. 'Het is alsof je precies weet wat je tegen Hem moet zeggen.' Ze veegde met de rug van haar hand haar neus af. 'Zo is het precies. Alsof ik in een put zit en er niet uit kan komen, en niemand weet hoe ze me daar moeten vinden. Ik heb een gevoel alsof ik alleen maar doelloos ronddwaal.'

Buck trok haar in zijn armen. Haar schouders spanden zich, maar hij liet haar niet los.

'Ik heb dat ook meegemaakt, Kendra', zei Clarence. 'Heel vaak zelfs. Het was zo erg dat ook ik heb geprobeerd zelfmoord te plegen, maar op een andere manier. God bracht toen een paar mensen op mijn weg om mij te helpen. Ik weet dat God hen had gestuurd omdat ze dat zelf tegen me hebben gezegd. Hij zal jou ook iemand sturen, maar zolang dat nog niet is gebeurd, zal ik er voor jullie zijn.'

Tegen de tijd dat Lukas aankwam in het centrum van Herald, was hij in staat de persoon die zich had schuldig gemaakt aan dat gekliede met gel, de nek om te draaien. Hij had ook al bedacht wie de schuldige was. Had hij gisteren niet op Carmens werkplek een tube gel zien liggen? Waarom was het niet tot hem doorgedrongen hoe nerveus ze toen was?

Het was haar schuld dat zijn accu leeg was. Het was haar schuld dat hij te laat op zijn werk kwam en dat hij het zo vreselijk koud had. Het was natuurlijk zijn eigen schuld dat hij geen handschoenen en geen muts bij zich had. De kou die deze ochtend vanaf het halfbevroren meer landinwaarts werd geblazen, was nu nog vinniger, vond hij, dan een paar minuten geleden. Lukas besloot tempo te gaan maken. Hij had liever niet dat zijn longen bevroren.

Op dat moment hoorde hij in de ochtendstilte het lawaai waarmee een motor een paar straten terug gas gaf. Het geluid werd weerkaatst door de bomen en de winkels in het centrum van Herald. Andere motoren begonnen eraan mee te doen. Hun toerental werd ook opgevoerd, met als gevolg dat een kakofonie de lucht deed trillen. Catcher en zijn maten reden klaarblijkelijk ronkend de parkeerplaats van het eetcafé af. Wat dreef volwassen mannen en vrouwen ertoe zich in deze winterkou bijna te laten doodvriezen? Was dat iets wat je als macho moest doen om te laten zien wie het stoerst was?

Lukas sleepte zich voort. Hij wilde echt vanavond naar Knolls rijden. Het had gisteren wel geijzeld, maar het was nu buiten waarschijnlijk tien graden warmer, de mensen daar waren aardiger en Mercy was daar ... en voor zover hij wist, waren er in Knolls geen onschuldige kleine kinderen ontvoerd.

Het motorgeronk zwol aan. De berijders logeerden in een oud flatgebouw in de buurt van het ziekenhuis. Lukas was er lopend naar op weg; hij had niet bedacht dat zij ook die kant op moesten.

Beheers je, Lukas. Ze zijn alleen maar naar buiten gekomen om te ontbijten. Hij geneerde zich er voor de zoveelste keer voor dat de motorrijders angst bij hem opriepen. Omdat hij slechts een meter achtenzeventig lang en tachtig kilo zwaar was, was hij gewend eerder gebruik te maken van zijn hersenen dan van zijn spieren. Op de middelbare school had hij niettemin de gewoonte gekregen om tussen het huiswerk maken door aan gewichtheffen te doen. Ook was hij in die tijd begonnen met joggen en trektochten maken. Hij was al die spierkracht nog niet kwijtgeraakt door het verouderingsproces, maar hij had gewoon een hekel aan lijfelijke confrontaties. Dat was altijd al zo geweest. Hij had er te veel slechte ervaringen mee. Over wat er kon gebeuren tijdens zijn trektochten door de bossen had hij zich nooit druk gemaakt; hij wist dat de echte monsters in dit leven kleren droegen, mensentaal spraken en in auto's reden. Of op motoren ...

Catcher en consorten kwamen dichterbij; hun motoren verstoorden de vredige stilte van een slaapstadje, waar men niet eens wist hoe een verkeersstroom op het spitsuur eruitzag en ook niet hoeveel lawaai dat met zich bracht.

Er werd iets geschreeuwd – zo te horen door Catcher met zijn rauwe stem – en de steeds luider ronkende motoren schakelden terug en minderden vaart. Lukas deed zijn best om niet automatisch sneller te gaan lopen. Hij vond het maar vreemd dat zijn hart nu harder bonsde en sneller klopte dan toen hij afgelopen najaar door een brandend, instortend gebouw was gerend.

'Hé, dok!' riep Catcher boven de herrie van zijn stationair draaiende motor uit.

Lukas vertraagde zijn pas en keek om. Ze waren al dichtbij.

'Spring maar achterop', zei Catcher.

'Wat?'

'U hebt toch een lift nodig? Een van de boeren in die goedkope eettent een eindje terug vertelde dat u problemen had met uw jeep. Heeft waarschijnlijk met uw accu te maken in deze kou. Spring achterop en ik geef u een lift naar uw werk.'

Lukas kon zich niet bewegen en een ogenblik niet eens praten. Het was de man ernst, zo te horen. Zijn maten zaten schrijlings op hun vervoermiddel, waarvan de motor stationair draaide, naar Lukas te kijken, benieuwd wat hij zou doen. Hij zou toch niet zo gek zijn dat hij niet inging op het aanbod om een ritje op een levensgevaarlijke machine op wielen te maken!?

'Waag het niet me op de tenen te trappen, dok', waarschuwde Catcher. Hij liet de motor brullen en grijnsde daarbij zijn rechte rij witte tanden bloot, zodat ze glansden in het licht van de vroege ochtend. 'Wat is er? Nog nooit op een echte motor gereden?'

'Nee, nog nooit.' Hij had alleen maar patiënten behandeld die op echte motoren hadden gereden. Dat was voor hem voldoende.

'Kom op. Na wat er zaterdagavond is gebeurd, sta ik bij u in het krijt.' Catcher stak een hand in de zak van zijn jasje en haalde er een stel sleutels uit dat Lukas bekend voorkwam. 'Daar komt bij dat u deze sleutels in het contactslot van de jeep hebt laten zitten.'

Lukas zuchtte verslagen terwijl hij naar de contactsleutels keek. In een woord geweldig. Door de kou en van frustratie had hij klaarblijkelijk niet meer helder kunnen denken. Hij haalde een keer diep adem en deed een stap in de richting van de motor – wanneer hij met Catcher meereed, kwam hij in ieder geval sneller bij het ziekenhuis aan. En hij moest daar echt op tijd zijn vanochtend. Maar stel nu dat ze te maken kregen met een glibberig stuk weg?

'Wat kan u gebeuren wanneer u een kilometer of twee meerijdt op een Harley?' vroeg Catcher. 'En wie zal er voor uw patiënten zorgen als u niet aanwezig bent?'

De man trof doel met die opmerking. Dokter Benton was gisteren naar huis gegaan voordat Lukas op de SEH was aangekomen, terwijl hij slechts vijf minuten te laat was geweest. Zonder enig gewetensbezwaar zou hij vanochtend op tijd weggaan om zijn vliegtuig te kunnen halen. En Catcher leek verstandig genoeg – voor een man met bont en blauwe ogen die goed pasten bij zijn zwartleren jack.

Zonder zichzelf nog de kans te geven om terug te krabbelen deed Lukas nog een stap naar voren. 'Bedankt, Catcher, dat is aardig van u. U moet me alleen wel even vertellen hoe ik op dit ding moet klimmen.'

Dat bleek eenvoudig te zijn. En verder hoefde hij alleen maar ineengedoken achter de brede schouders van de motorrijder te blijven zitten, en zijn best te doen om het niet uit te schreeuwen toen zijn onbedekte gezicht en oren bijna bevroren in de ijzige kou, het geronk van de motor hem doof maakte en de tranen hem verblindden. Hij kreeg niet de tijd om zich af te vragen wat er zou gebeuren als ze een plek met ijzel tegenkwamen en tegen het asfalt kletterden.

Op het moment dat ze voor de ingang van de SEH stopten, realiseerde hij zich pas dat hij geen helm op had. Dat kon hij als SEH-arts absoluut niet maken, maar ja, het kwaad was al geschied.

En pas toen hij de mannen nakeek nadat hij hen had bedankt, realiseerde hij zich dat Catcher hem de sleutels van zijn jeep niet had teruggegeven.

Mercy parkeerde voor de drukkerij die tegenover het gerechtsgebouw aan de andere kant van het plein stond. Ze had haar boodschap telefonisch kunnen overbrengen, maar het leek haar barmhartiger om het hem persoonlijk te vertellen. Ze zag Theodore zodra ze de drukkerij binnenstapte. Hij was bezig letters uit te leggen op een ouderwetse zetmachine die ze hadden tentoongesteld in de etalage. Een kolossaal rad van grijs metaal aan de zijkant ervan draaide rond omdat Theo een proefdruk maakte. Aandachtig bekeek hij het resultaat, zonder zich vooralsnog bewust te zijn van Mercy's aanwezigheid. Hij had jaren geleden al uit de makelaardij moeten stappen. Hij had waarschijnlijk helemaal geen carrière in die richting moeten ambiëren, maar toen ze pas getrouwd waren, dacht hij dat hij als een makelaar genoeg geld zou kunnen verdienen om niet onder te doen voor Mercy vanaf het moment dat zij het salaris van een huisarts bijdroeg aan hun gezinsinkomen.

Op de een of andere manier was niets zo uitgepakt als zij ieder voor zich hadden gehoopt.

Terwijl ze zijn gebogen hoofd en ernstig kijkende gezicht bestudeerde, had ze opeens met hem te doen. Hij deed zo zijn best om het haar naar de zin te maken, om Tedi's liefde terug te winnen – hij was echt veranderd. Hij was gevoeliger geworden. Hij lachte meer. Als ze niet had geweten hoe hij vroeger was geweest, zou ze denken dat hij een goede, aardige man was.

Maar betekende dat niet dat hij nu inderdaad een goede, aardige man was? Waar was haar geloof? Waarom vond ze het zo moeilijk te geloven dat God de meest duistere, meest afschuwelijke fouten van mensen kan wegwassen – hen van hun zonden kan reinigen?

Hij keek opeens op, alsof hij zich realiseerde dat er iemand naar hem stond te kijken. Toen hij haar daar zag staan, verdwenen de donkere lijntjes van concentratie en breidde er zich een warme glimlach uit over zijn gezicht. Hij liet de lap vol inktvlekken vallen en kwam naar haar toe.

'Mercy! Wat ben jij er vanochtend vroeg bij. Volgens mij is dit de eerste keer dat ik jou hierbinnen zie.' Hij stak zijn handen uit om de rode en blauwe inktvlekken te laten zien waarmee niet alleen zij, maar ook de voorschoot die van borst tot knieën reikte, bedekt waren. 'Je kunt wel zien dat ik er echt in opga. Wat is de reden dat jij niet in je praktijk bent? Ik had zo gedacht dat je vandaag wel weer bedolven zou zijn onder het werk.'

Ze wierp een blik in de richting van het achterste gedeelte van de werkplaats, waar vijf andere werknemers – en de rijzige, knappe achtenzestigjarige Jack zelf – druk bezig waren met ordenen, nieten en letterzetten.

Ze wendde zich weer tot Theo. 'Ik moet je alleen maar even spreken.'

De lach sijpelde langzaam weg uit Theo's ogen. 'Er is iets mis.'

'Sorry. Ik ga zaterdag toch met jou en Tedi mee lunchen.' Ze zei dit op luchtige toon, en een paar seconden keerde de lach terug in zijn ogen en kwam er een zweempje hoop in tot uitdrukking.

Toen dacht hij na over wat ze daarnet had gezegd, en zijn schouders zakten. 'O.' Hij zei even geen woord, maar sloot zijn ogen en boog zijn hoofd. 'Ze is nog steeds bang voor me.'

'Ze doet haar best, Theodore. Het zal tijd kosten.' Het speet haar dat hij zich opeens zo ellendig voelde. Ze legde een hand op zijn arm. 'Misschien heb je gelijk. Misschien moeten we op een zaterdagmiddag naar Branson rijden. Voorlopig komt daar wat mij betreft niets van, maar we kunnen het in gedachten houden als iets wat we nog een keer kunnen doen.'

Hij rechtte zijn rug en wierp een blik op haar hand, die op zijn arm was blijven liggen. Toen keek hij haar recht aan. 'Dat zou ik fijn vinden. Bedankt, Mercy.'

Terwijl Mercy even later de kou in stapte en met gebogen hoofd een eindje over de pas ijsvrij gemaakte stoep liep, kolkte ze inwendig van de schuldgevoelens. Het kostte haar veel moeite om het verdriet uit haar gedachten te zetten dat ze op Theo's gezicht weerspiegeld had gezien. Hij deed zo zijn best. Hij stuurde haar telkens wanneer hij zijn salaris kreeg, een bepaald bedrag aan alimentatie. Hij probeerde werkelijk opnieuw een relatie met Tedi op te bouwen. Het was duidelijk dat hij –

'Dat noem ik nu een echt christelijke instelling', zei iemand achter haar.

Toen Mercy zich omdraaide, zag ze dat mevrouw Eckard haar kant uit kwam. Haar zwaar gerimpelde gezicht was rood van de kou. Deze dame was een oude vriendin van haar moeder, die ze kende uit de kerk. Ze kwam kennelijk net uit de apotheek naast de drukkerij, want in haar hand hield ze een zakje met medicijnen.

'Hallo, mevrouw Eckard. U moet het me maar niet kwalijk nemen, maar ik begrijp niet wat –'

'Ik zag je in de drukkerij praten met Theodore.' De oude dame trok haar wollen sjaal strakker om haar hals en schuifelde iets dichter naar Mercy toe. 'Is het niet verbazingwekkend wat God met ons kan doen wanneer we Hem zijn gang laten gaan? Ik heb nog niet vaak meegemaakt dat een man een dergelijke ommekeer maakte. Jullie dochter mag van geluk spreken dat ze ouders heeft die bereid zijn naar oplossingen te zoeken. Sommige oudere christenen onder ons zouden nog iets van jullie kunnen leren.'

'Dank u, maar het is niet –'

'Bedenk maar eens hoeveel kracht en hoeveel vreugde er van onze eigen gemeente zouden uitgaan, als we even bereidwillig waren om ons met elkaar te verzoenen als jullie!' Ze klopte Mercy even op de arm. 'Nou, ik moet maken dat ik uit deze kou vandaan kom. Tot zondag in de kerk, lieverd!' Ze stak haar duim op naar Mercy en haastte zich weg.

De idioot die kennelijk niets liever deed dan de boel aan elkaar nieten, was weer bezig geweest. Lukas stond naast het bed in de piketkamer zijn jasje uit te trekken en probeerde te ontdooien na zijn rit achterop de motor. Op de werktafel lag een brochure over hoe medicijnen elkaar konden beïnvloeden; alle pagina's waren aan elkaar vastgeniet. Op het onopgemaakte bed was de afvalemmer omgekeerd, waarin zich op zijn minst het afval van een week had opgehoopt.

Proppen papier en lege verpakkingen waren op de grond gevallen. Zijn frustratie en boosheid namen toe. Lukas raapte de rommel op, gooide alles weer in de afvalemmer en zette die daarna met een bons voor de deur. Het was duidelijk dat hier al een tijdje niet was schoongemaakt. Misschien had Amos ook mensen van de huishoudelijke dienst ontslagen.

Hij liep de afdeling op en keek op het rooster boven het bureau van de secretaresse. Alexis had die nacht dienst gedaan als verpleegkundige en Carmen als secretaresse. Brandon – of Frankenstein zoals Tex hem noemde – had dienst gehad in zowel het laboratorium als op de röntgenafdeling. Volgens de verslagen die nog op de afdeling lagen, hadden ze vroeg in de avond tien patiënten gehad. Dat betekende dat ze er niet hard tegenaan hadden gehoeven en dat dokter Denton tijd genoeg had gehad om te slapen. Het zat er dik in dat hij bijna tot aan de wisseling van dienst had geslapen ... en dat betekende dat degene die de afvalemmer had omgekeerd en met een nietapparaat in de weer was geweest, erg weinig tijd tussen de diensten in had –

'Nee, niet weer!' De uitroep kwam van een plek ergens achter hem. Hij draaide zich om; Tex kwam met grote passen op hem af. Haar lange, gespierde arm wees in de richting van de ingang. 'Moet u dat zien! Weer een werknemer van de slachterij.'

Toen Lukas die kant op keek, zag hij dat een man een vrouw door de deuren van de afdeling hielp. Het was meneer Gray van de slachterij. Tot Lukas' verbazing hield de kalende man van in de vijftig de aantrekkelijke jonge vrouw bij de arm en sprak zachtjes met haar. In plaats van de gebruikelijke uitdossing van de man of vrouw die aan de lopende band werkte in die kippenslachterij – kleren vol vlekken, rubberlaarzen en een haarnet – droeg zij een strak zittende spijkerbroek en een nauwsluitende blauwe trui.

'Je zou toch denken dat ze onderhand doorhebben dat die lopende band te snel gaat', mopperde Tex terwijl ze een klembord pakte. 'Maar ja, als ze het tempo vertragen, kost het hun veel geld. Wie bekommert zich om de werknemers? Er zijn in dit plaatsje genoeg andere mensen te vinden die je kunt inzetten.'

'Waarom blijf jij dan hier?'

'Omdat ik hier een baan heb. Geld moet verdienen. Sinds mijn moeders ziekte en begrafenis heb ik een heleboel schulden en ik ben enig kind. Wie moet die schulden anders afbetalen?'

Ze keken zwijgend toe terwijl Shirley de patiënt inschreef. Toen de patiënt zei dat ze Yvonne Barrett heette, vroeg de secretaresse niet verder.

Tex' mond viel open en ze verstijfde. Het klembord in haar hand viel met veel lawaai op de balie. Verontwaardigd en geschokt staarde ze naar de vrouw en wendde zich toen tot Lukas, die nog steeds naast haar stond. Van haar wilskrachtige, zich scherp aftekenende gelaatstrekken was af te lezen dat ze boos was. 'Weet u wie dat is?' siste ze.

De naam kwam hem enigszins bekend voor. 'Yvonne ... was dat niet –'

'Dat is die vrouw! U weet wel! Ik kan niet geloven dat ze het lef heeft hiernaartoe te komen, na wat ze –'

'Over welke vrouw heb je het? Houd je koest. En praat niet zo hard.'

Tex sloeg haar armen over elkaar en bleef boos naar de vrouw kijken. 'Zij is die vrouw die eraan bijgedragen heeft dat meneer Amos en die verpleegkundige Hershel vals konden beschuldigen. Zij heeft hem beschuldigd van "onprofessioneel gedrag". Ik zou haar het liefst zelf onprofessioneel gedrag laten zien; haar met mijn vuist –'

'Houd op', snauwde Lukas. 'Jij bent nu degene die zich onprofessioneel gedraagt. Moet ik een verpleegkundige van de afdeling laten oproepen om jouw plaats in te nemen terwijl ik deze patiënt onderzoek?'

'In geen geval! Ik verlies u geen moment uit het oog. Stel dat dit afgesproken werk is? U hebt al een paar aanvaringen met meneer Amos gehad. Misschien heeft hij haar gestuurd om u ook vals te kunnen beschuldigen.'

Lukas kon niet voorkomen dat hij even aarzelde. Zo dom was toch niemand? Dat nam niet weg dat hij op zijn hoede moest zijn. 'Kalmeer dan en behandel haar als iedere andere patiënt. Doe de controles, Tex, en roep me maar als je ermee klaar bent.'

'Moet ik aardig doen?'

'Niet aardiger dan normaal.'

Ze ontspande zich. 'Oké, dokter Bower.' Ze liep weg om te gaan doen wat haar was opgedragen.

'En, Tex?' riep Lukas haar na.

Ze bleef staan en draaide zich om.

Hij lachte naar haar. 'Ik ben blij dat jij aan mijn kant staat.'

'Ik weet niet hoe we het zonder u hadden moeten stellen, dokter Mercy. U bent echt een engel, neemt u dat maar van mij aan!' Odira's stem galmde luid genoeg door de auto om trommelvliezen te beschadigen.

Mercy merkte zelf dat ze glom van voldoening, terwijl ze haar auto stilzette naast de ijsvrij gemaakte plek voor de kleine woning in het flatgebouw waarin Odira en Crystal woonden.

Crystal zat op de achterbank met haar nieuwe medicijndoos in haar handen. Tijdens de rit naar huis had ze de dekseltjes van alle kleine vakjes omhoog geduwd en hardop de dag van de week en de tijd die op de sticker stond vermeld, opgenoemd. Daarna had ze de dekseltjes weer omlaag geduwd tot ze een klik hoorde die haar tevreden leek te stellen. Ze deed dit een paar keer achter elkaar en keek er steeds ernstig bij; er kon geen lachje af. Ze had de eenentwintig dekseltjes minstens drie keer omhooggeduwd, terwijl Odira lachend en pratend naar haar keek, met een gezicht dat straalde van moederlijke trots.

Hiervoor leefde Mercy onder andere. Ze was blij dat ze hen in Knolls had laten blijven, waar vrienden en bekenden op bezoek konden komen en waar ze bij hen in de buurt was om hen gerust te stellen.

Ze stapte uit en liep met hen mee naar hun woning. 'En nu niet het innemen van die pillen af en toe overslaan, mevrouw Bagby.' Ze wachtte totdat Odira de voordeur had opengemaakt.

'Dat hebt u goed gezien, dokter Mercy! Ik wil niet het risico lopen dat ik ziek op bed kom te liggen en niet voor mijn meisje kan zorgen.' Ze klopte Crystal op de schouder en hield de deur voor haar open, zodat zij als eerste naar binnen kon gaan. 'We zullen allebei trouw onze pillen innemen. Ja toch, Crystal Lee?'

'Ja, oma.'

'En als ze opraken,' voegde Mercy eraan toe, 'belt u me op om me dat te laten weten?'

'Doe ik, dokter Mercy. We zullen voortaan echt precies doen wat u ons hebt opgedragen.'

Mercy nam afscheid en vertrok voordat ze de voorraad etenswaren in de koelkast en de keukenkastjes hadden gezien. Aan wat ze had ingekocht, moesten ze een poosje genoeg hebben.

Yvonne Barrett, de knappe vrouw die aan de lopende band stond in de kippenslachterij, had op haar rechterslaap een recente blauwe plek, veroorzaakt door een val tegen een rek in de koeling. Tex had vastgesteld dat de vitale functies van de vrouw normaal waren. Lukas weerstond de verleiding na te gaan of Tex ervoor had gezorgd dat de band van de bloeddrukmeter goed strak zat. Tex kon flink opspelen, maar ze was en bleef een professional. Ze was bovendien een goede lijfwacht. Ze bleef zo dicht mogelijk bij Lukas staan, zonder hem in zijn bewegingen te hinderen, en hield iedere beweging van de vrouw in de gaten.

'De lopende band gaat veel te snel', klaagde Yvonne. Het scheen haar niet op te vallen dat Tex ten opzichte van Lukas een wat al te beschermende houding had aangenomen. 'Ik was bezig halve kippen op de rekken te leggen. Die dingen bleven gewoon almaar sneller op me afkomen; er vielen er al een paar op de grond. Als dat gebeurt, wordt de chef pas echt nijdig. Ik hoor erbij geholpen te worden, maar we hebben momenteel te weinig personeel. Ik probeerde bij te blijven, maar het lukte gewoon niet. Ik begon me steeds beroerder te voelen en ben uiteindelijk flauwgevallen. Mijn afdelingschef wilde niet dat ik iets vertelde over wat er is gebeurd, maar toen ze de blauwe plek zag, kwam ze tot de conclusie dat ze zich maar beter kon indekken. Dit soort dingen gebeurt voortdurend, nietwaar, meneer Gray?'

De veiligheidsfunctionaris zat op een stoel in de verste uithoek van de behandelkamer. Toen de aandacht van de andere drie mensen in de kamer opeens op hem werd gericht, schoof hij ongemakkelijk heen en weer, liep rood aan en schraapte zijn keel. 'Voortdurend zou ik niet willen zeggen.'

'Ik wel', zei Tex. 'Meneer Gray, alle personeelsleden hier weten hoe u heet omdat u hier zo vaak komt. Al die ongevallen kunnen niet uitsluitend te wijten zijn aan fouten van de werknemers. Zo veel onhandige mensen heb je niet eens in het hele land. Er komt een moment dat de arbeidsinspectie gaat beseffen dat er in Herald iets aan de hand is. Dan zullen ze bij uw bedrijf komen kijken en bloed willen zien. Wie zit er dan in een moeilijke positie?'

'Zo simpel is het niet', zei Gray. 'U hebt nooit in een dergelijk soort bedrijf gewerkt –'

'O jawel, ik wel en ook mijn moeder. Het is alleen jammer dat mijn moeder haar baan daar is kwijtgeraakt, omdat alleen zij het lef had om de gang van zaken aan de kaak te stellen.'

'Tex, je moet even voor mij het aanvraagformulier voor onderzoeken naar de secretaresse brengen.' Lukas moest deze voortdenderende trein tot stilstand brengen voordat hij uit de rails liep.

Tex keek eerst hem en toen Yvonne fronsend aan. 'Eh, dat kan ik nu niet meteen doen, dokter Bower.'

Lukas wierp de andere aanwezigen een blik toe waaruit bleek dat hij dit gênant vond. Toen verontschuldigde hij zich en dwong Tex met hem mee te lopen de behandelkamer uit. 'Ik heb waardering dat je inzit over mijn reputatie', murmelde hij in haar oor. 'Ik geloof alleen niet dat het nodig is.'

'U weet niet wat –'

'Ik kan best op mezelf passen, Tex. Dat heb ik door schade en schande geleerd. Ik zal niets doen waardoor de jonge-

dame gaat denken dat ik geen arts ben die ethisch verantwoord bezig is.'

'Dáme? U maakt zeker een grapje.'

Lukas draaide zich naar haar toe en keek haar recht aan. 'Je
weet niet wat er zich precies achter dat gordijn heeft afge-
speeld. Dat weten slechts een paar mensen. Jij kunt het niet
waarderen wanneer je hoort dat andere personeelsleden
Hershel de schuld geven van het voorval met Yvonne, maar
stel dat ze onschuldig is? Je moet deze situatie van twee kanten bekijken. Jij bent er emotioneel te sterk bij betrokken.'

Ze keek hem boos aan.

'Aanvraagformulier.' Lukas wees naar de secretaresse. 'Ze zit
erop te wachten.'

17

Ooit, heel lang geleden, was de donderdag Mercy's vrije dag geweest. Ze kon zich nauwelijks nog herinneren hoe het was om vrij te hebben. Wanneer Lukas tegelijk met haar vrij had gehad, waren ze samen in het Mark Twain National Park een trektocht gaan maken. Het leven was toen nog eenvoudig geweest en ze was destijds van mening geweest dat ze alle recht had om Theo te haten. In die tijd had ze nog kunnen dromen over een toekomst samen met Lukas, zonder zich er druk over te maken of haar dromen zondig waren. In de tijd dat Tedi zomervakantie had gehad, waren ze met zijn drieën gaan zwemmen in het meer. Had ze zich toen maar gerealiseerd hoe kostbaar die momenten waren.

Nu, om half negen donderdagochtend, miste ze niet alleen haar vrije dagen, maar miste ze vooral de vreugde van die eerste paar maanden dat ze zonder schuldgevoelens met haar dochter in een huis had gewoond. Hoe was ze op het idee gekomen dat ze behoefte had aan een drukkere praktijk? Ze wilde niet meer gaan verdienen. Ze wilde meer tijd hebben voor de belangrijke dingen in het leven. Ze hunkerde ernaar dat ze zich een paar uur in de week geen zorgen zou hoeven te maken over niet meewerkende patiënten.

En wat zou het heerlijk zijn als ze geen strijd meer hoefde te leveren met verzekeringsmaatschappijen en ze niet meer midden in de nacht werd wakker gebeld en bang moest zijn dat de slaappil die ze had ingenomen, een negatieve invloed zou hebben op haar beoordelingsvermogen. Ze hield van haar patiënten en ze hield van haar werk, maar de mogelijkheid bestond dat het te veel van het goede werd. Zij was die grens allang gepasseerd.

De telefoon in de praktijk ging voor de derde keer, terwijl ze zich voorbereidde op een gesprek met de twee patiënten die daarnet waren binnengekomen. Enkele mensen die gisteren hun afspraak hadden afgezegd vanwege de gladde wegen, zouden later vandaag komen. Vandaag was het nog steeds de gebruikelijke vrije dag van het personeel. Dat zou misschien moeten veranderen.

'Met de praktijk van dokter Richmond.' Ze ging achter de receptie zitten en probeerde te ontcijferen wat haar praktijkassistente had opgeschreven in het afsprakenboek.

'Met Lee Becker. Spreek ik met dokter Mercy? Wat ben ik blij dat er iemand aanwezig is.'

De woorden tuimelden over elkaar heen. 'Er is iets mis met Shannon. Als we een spoedeisende hulp hadden gehad, zou ik met haar daarnaartoe zijn gegaan. Omdat ik niet het risico wil lopen dat ik tijdens de lange rit naar —'

'Shannon?' onderbrak Mercy haar, opeens ongerust. 'Wat is er gebeurd?' De vijftienjarige Shannon Becker was afgelopen najaar het slachtoffer van een verkrachting geweest. Haar ouders maakten zich sindsdien zorgen over haar geestelijk welzijn. Mercy was er ook niet gerust op, vooral niet omdat ze het meisje al een paar maanden niet had gezien. Shannon was niet komen opdagen voor haar laatste afspraak.

'Ze is zo zwak geworden dat ze vanochtend bijna tegen de vlakte ging', antwoordde Lee. 'Ze eet weinig en het is me de laatste paar weken niet gelukt om daar verandering in te brengen. Ze zegt dat ze zich aan een of ander dieet houdt, maar het staat mij helemaal niet aan. Ze is veel te mager geworden. Op dit moment vraag ik me af of ze soms ook nog griep heeft. Maar goed, ik heb haar sinaasappelsap gegeven en daar knapte ze een beetje van op, maar ze ziet er gewoon niet goed uit. Wilt u haar nakijken?'

'Geef haar nog meer sinaasappelsap als ze dat kan binnenhouden, en kom dan zo snel mogelijk met haar hiernaartoe.' Mercy keek op naar de klok en onderdrukte een zucht. 'Ik ben hier waarschijnlijk nog wel een poosje.' Misschien moest ze Lauren maar bellen om te vragen of ze wilde komen helpen. Josie was gisteren eerder naar huis gegaan met griepverschijnselen.

'Dank u, dokter Mercy', zei Lee.

'Gaat ze nog steeds naar haar therapeut?' Mercy had er na de verkrachting op aangedrongen dat Shannon iedere week een gesprek had met een therapeut.

'Nee, de laatste paar weken niet', antwoordde Lee. 'Volgens mevrouw Metcalf gaat het goed met Shannon, en Shannon heeft het op school zo druk gehad dat er gewoon geen tijd voor was. Ik geef haar nog wat sinaasappelsap en kom met haar naar u toe.'

Nadat ze de verbinding had verbroken, zette Mercy het antwoordapparaat aan, zodat ze voorlopig niet zou worden gestoord. Ze liep de gang door naar haar spreekkamer en stapte naar binnen. Ze ademde twee keer diep door en bad nog gauw even om kracht.

Kendra Oppenheimer had zijdezacht goudbruin haar en haar ogen hadden de kleur van fonkelend tanzaniet – een blauwe edelsteen uit Tanzania. Aan haar fijnbesneden hartvormige gezicht ontbrak alleen nog een glimlach. Mercy wist dat het nog lang zou duren voor die glimlach doorbrak.

Buck zat onderuitgezakt in de stoel naast zijn vrouw. Hij was hooguit achter in de twintig, maar door de wallen onder zijn ogen wekte hij de indruk dat hij sinds zaterdagnacht tien jaar ouder was geworden. Met de spieren en lengte van een bodybuilder leek hij naast Kendra op een reus. Maar van beide gezichten waren verwarring en verdriet af te lezen. Wat overkwam hen? Wat gebeurde er met hun huwelijk? Hoe zou het verdergaan met Kendra?

Mercy ging in de draaistoel achter haar bureau zitten en keek het jonge stel aan. 'Je ziet er veel beter uit dan zaterdagavond, Kendra. Hoe voel je je?'

Kendra trok haar magere schouder op. 'Als een drugsverslaafde.' Ze had haar handen op de armleuningen van haar stoel gelegd en ze keek enigszins scheel. Haar oogleden hingen half over haar mooie ogen.

'Dat is normaal.' Mercy bestudeerde het verslag dat voor haar lag. Kendra slikte verschillende medicijnen om de bipolaire stoornis te behandelen. 'Wanneer je psychiater je goed heeft ingesteld op de medicijnen, ga je je vanzelf beter voelen.'

'Ze hebben haar al een keer andere medicijnen gegeven', zei Buck. 'Omdat ze van de lithium helemaal in de war raakte, hebben ze haar op haloperidol moeten zetten.' Hij wierp een blik opzij. 'Ze hadden haar niet zo snel naar huis moeten sturen.'

Kendra zette grote ogen op. Ze keek Buck aan en wendde toen haar blik af. De handen op de armleuningen van de stoel verstijfden. 'Misschien had ik maar het beste daar kunnen gaan wonen.'

Buck reageerde er niet op, en Mercy voelde hoe haar hart samenkneep om het verdriet dat ze even op Kendra's gezicht zag. Ze kon met haar meevoelen; ze had dezelfde desillusie en angst doorgemaakt. Het viel Mercy alleen tegen dat ze daar nu aan moest denken. Had ze dat niet drie maanden geleden losgelaten?

'Buck, ze zouden haar niet hebben toegestaan naar huis te gaan, als ze hadden gedacht dat ze nog steeds suïcidaal was', zei Mercy rustig.

'Ik denk alleen maar dat ik mijn vrouw beter ken dan een arts die deze week pas voor het eerst met haar te maken heeft gekregen. Ik denk gewoon –'

'Jij denkt gewoon dat het leven een stuk leuker zou zijn wanneer ik werd opgesloten.' Kendra keek Buck nu niet aan, maar hield haar hoofd gebogen, haar volle lippen opeengeklemd.

'Dat heb ik nooit gezegd en het is niet –'

'Je hoeft het ook niet te zeggen.' Kendra's handen grepen de armleuningen van de stoel zo stevig vast dat haar vingers wit werden.

'Houden jullie nu eens even allebei je mond.' Mercy was al hun huisarts sinds ze getrouwd waren. Ze had al veel met hen meegemaakt; ze kende hen inmiddels goed genoeg, vond ze, om eerlijk tegen hen te zijn. 'Kendra, jij moet begrijpen dat je man van je houdt, en dat hij er alleen maar voor wil zorgen dat je dit alles goed doorstaat.'

Kendra keek even op naar Mercy; aan haar ogen kon je overduidelijk zien dat ze dat betwijfelde. 'En Buck,' vervolgde Mercy, 'jij moet onthouden dat je vrouw je nu niet afwijst. Ze is ziek. Ik denk dat dit allemaal het gevolg is van het verdriet om het verlies van haar vader en van haar teleurstelling dat ze geen kinderen kan krijgen. Op de een of andere manier heeft dat gevoel van verlies zich omgezet in iets duisters, en dat behandelen we nu.'

'Hij vindt dat ik te lang in deze depressie blijf hangen', zei Kendra. 'Dat heeft hij een keer tegen me gezegd.'

'Dat heb ik helemaal niet gezegd!' protesteerde Buck. 'Ik heb alleen maar tegen je gezegd dat je je best moest doen om een poosje niet meer aan al die dingen te denken. Ik kwam met het idee om samen op reis te gaan, in de hoop dat de verandering van omgeving je goed zou doen.'

'Je zei tegen me dat ik niet alleen maar aan mezelf moest denken! Dat zei je!' diende Kendra hem van repliek.

'Zo werkt het niet,' zei Mercy, 'en Kendra doet dit niet om aandacht te krijgen. Hoe ze zich momenteel voelt, heeft niets te maken met zwakke punten in haar karakter –'

'Dat weet ik wel', zei Buck op scherpe toon. 'Dat weet ik heus wel.'

'Dat was anders niet te merken!' stoof Kendra op.

'Rustig nu maar.' Mercy deed haar best om zich niet te laten beïnvloeden door de onaangename, gespannen sfeer in de spreekkamer. 'We zullen er samen aan moeten werken. Vooral jullie tweeën moeten zich realiseren dat de ziekte de vijand is en dat jullie elkaars bondgenoot zijn. Van alle psychische ziekten die er zijn, is de bipolaire stoornis het beste te behandelen.' Mercy boog zich naar voren. 'Met de juiste behandeling en toewijding, en met gebed, kunnen we deze toestand te boven komen.'

'Hebt u al vaker iemand met een dergelijke stoornis behandeld?' vroeg Buck.

'Ja. We hebben helaas moeten vaststellen dat ongeveer een op de zeven mensen in dit land lijdt aan psychische stoornissen.' Mercy haalde een brochure uit haar la en duwde die over het bureau naar Kendra toe. 'Ze hebben je in Cox South vast al een heleboel documentatie gegeven, maar deze heb je misschien nog niet. Statistisch gesproken, Kendra, zijn in Knolls waarschijnlijk vijftienhonderd mensen depressief of manisch depressief.'

'Hoeveel van die mensen hebt u hier onder behandeling gehad?' vroeg Buck.

Mercy merkte dat ze opeens een en al oor waren, en ze begreep meteen waartoe dat zou kunnen leiden. 'Lang niet zoveel als jullie psychiater, neem dat maar van me aan. Dokter Guthrie behandelt voortdurend dit soort patiënten en –'

'Maar dat doet hij twee uur rijden hiervandaan, dokter Mercy', zei Buck. 'Hij wil Kendra iedere maandag en donderdag zien; dat is acht uur rijden per week. Als ik geen vrij kan krijgen voor de afspraken, zal Kendra er zelf naartoe moeten rijden, en dat wil ik niet.'

Mercy zag dat Kendra's gezicht vertrok van teleurstelling, maar tegen de tijd dat Buck haar aankeek, was die gezichtsuitdrukking verdwenen.

Mercy zuchtte en bestudeerde nog weer even het verslag van dokter Guthrie. Kendra kreeg paroxetine tegen depressie, haloperidol tegen manie en lorazepam tegen rusteloosheid. Kendra had vast het idee dat ze met al die medicijnen helemaal zichzelf niet meer was. De doseringen werden waarschijnlijk nog wel aangepast.

Mercy zou dokter Guthrie natuurlijk elke week kunnen bellen om met hem te overleggen ... Ze wist dat dat mogelijk was. Ze was ervan overtuigd dat ze genoeg kennis in huis had om te voorzien in Kendra's behoeften aan medische zorg. Ze was bereid de verantwoordelijkheid op zich te nemen, maar zei het nog niet hardop. Belastte ze zichzelf dan niet nog zwaarder, met nog meer stress als gevolg? Zou er ooit nog een tijd komen dat ze niet het idee had dat ze omkwam in het werk?

Ze schraapte haar keel. 'Kendra, ik weet dat dokter Guthrie al heeft benadrukt hoe belangrijk het is dat je trouw je medicijnen inneemt. Heb je al een medicijnendoos van de apotheek gekregen?'

Het echtpaar keek haar wezenloos aan. Mercy draaide zich om en trok een deur van de lage kast achter haar open. Ze haalde er een plastic doos uit ter grootte van een half pocketboek. De doos was onderverdeeld in veertien vakjes met apart te openen dekseltjes. Op elk dekseltje stond 's ochtends of 's avonds vermeld en een bepaalde dag van de week. De pillendoos was kleiner dan de doos die Mercy voor Crystal Hollis had gekocht. 'Ik wil graag dat je hiervan gebruik gaat maken. Dan kun je alles in het begin makkelijker bijhouden, wanneer –'

'Maar die dingen worden gebruikt door mensen die alles vergeten', zei Kendra op klaaglijke toon. Ze staarde naar de doos alsof het een muizenval was met de muis er nog in.

Mercy voelde opeens irritatie in zich opkomen, maar wist de neiging om onvriendelijk te reageren te onderdrukken. Ze herinnerde zichzelf eraan dat de depressie de wanhoop en verdrietige gevoelens in stand kon houden.

'Kendra,' zei ze vriendelijk, 'je moet wel meewerken. Als je wilt dat ik jou ga behandelen, zal ik dat proberen te doen, maar dat lukt me niet zonder dat jij me erbij helpt.' Ze wachtte totdat Kendra haar aankeek. 'Ben je daartoe bereid?'

Kendra staarde haar opnieuw aan op een manier die Mercy verontrustte. Ze keek eerst naar Mercy's linkeroog, daarna naar het rechter- en vervolgens weer naar het linkeroog. Ze knikte.

'Ook wil ik dat je contact met me houdt. Bel me telkens wanneer je veranderingen bespeurt in je emotionele of lichamelijke reacties. Afgesproken?'

Kendra knikte nogmaals. En Buck ook.

Mercy leunde achterover. 'De eerste paar weken rekenen Kendra en ik ook op jouw medewerking, Buck. Jij moet de waarschuwingstekens opvangen, mochten die zich voordoen. Kendra's depressie kan tot gevolg hebben dat ze het moeilijk vindt mijn instructies op te volgen. Dan moet jij ervoor zorgen dat ze dat toch doet, en dan bedoel ik vooral dat ze haar medicijnen inneemt. Als haar stemming omslaat en ze manisch wordt, zou de euforie die daaruit voortvloeit haar ervan kunnen overtuigen dat ze geen behandeling meer nodig heeft. Je moet me bellen als dat ge...'

'Dan leef ik voortaan dus samen met een gevangenisbewaarder in plaats van met een brandweerman', snauwde Kendra.

'Nee, Kendra, je leeft samen met je echtgenoot, die van je houdt en die weet waar hij op moet letten.' Mercy stond op en liep om haar bureau heen. Ze ging in de lege stoel rechts van Kendra zitten en pakte haar hand. 'Samen kunnen we dit te boven komen.'

'Dus er zitten in mijn hoofd toch hersens, hè?' De zeventigjarige meneer Fletcher zat op de onderzoekstafel en keek naar de CT-foto die Lukas tegen het licht hield. 'Mijn vrouw zal blij zijn dat te horen. Ze zegt dat ik zo dom ben als het achtereind van een varken. 'k Heb bijna bewezen dat ze gelijk heeft, geloof ik.'

'Weet u wat', zei Lukas terwijl hij de foto op de tafel legde en zich weer tot meneer Fletcher wendde. 'Tegen betaling van een gering bedrag kan ik ervoor zorgen dat u er een kopie van mee naar huis kunt nemen. Dan kunt u haar bewijzen dat u hersens heeft.'

De man grinnikte terwijl Lukas hem van de onderzoekstafel hielp. 'Zo'n mooi aanbod kan ik niet afslaan. Maar ik denk wel dat ik maar beter niet meer in de schuur kan gaan rommelen wanneer Mildred bij haar zuster is. Waar moet ik gaan betalen voor die kopie?'

Lukas verwees hem naar de secretaresse en boog zich toen naar voren om nog een paar dingen in het dossier te zetten. De Fletchers waren al vijfenveertig jaar getrouwd en waren nooit van elkaar gescheiden geweest, uitgezonderd de dagen dat zij bij haar zuster in Kansas op bezoek ging. Hij had Lukas verteld dat zijn vrouw had opgebeld om te horen hoe het met hem was, vijf minuten nadat hij tegen de trekker aan was gevallen en met een bult op het hoofd het huis was binnengestrompeld. Ze had gezegd dat ze 'gewoon het gevoel had gehad' dat er iets mis was. Vervolgens had ze erop aangedrongen dat hij gauw naar de spoedeisende hulp ging om zich te laten nakijken. Ze was zelf inmiddels al op weg naar huis.

Hoe zou het zijn om zo nauw verbonden te zijn met iemand die van je hield?

'Puike kar, dok', zei achter hem een diepe stem.

Lukas hield op met schrijven en draaide zich om. Catcher stond in de deuropening naar hem te grijnzen. Zijn brede, verweerde gezicht straalde. Tussen duim en wijsvinger van zijn rechterhand bungelde een sleutelbos die Lukas bekend voorkwam.

'Hij staat op de parkeerplaats', zei Catcher. 'Zo goed als nieuw. Ik heb een poosje met uw jeep rondgereden om de accu op te laden, maar u kunt wel een nieuwe gebruiken.'

Lukas keek naar de sleutels en toen weer naar Catcher. 'Een nieuwe jeep?' Hij stak een hand uit om de sleutels aan te pakken.

'Nee, alleen maar een nieuwe accu. U wilt geen nieuwe jeep, want dan bent u alleen maar bang dat u de mooie nieuwe laklaag beschadigt. Iets goeds moet je niet van de hand doen.'

'Bedankt, Catcher.'

'Als het u lukt die jeep uit te graven uit de modder, kunt u ermee doen wat u wilt.'

Lukas grinnikte als reactie op de gebruikelijke grijns.

'Ligt goed op de weg.' De grijns van de motorrijder werd nog breder, maar toen werd hij weer wat ernstiger. 'Ik heb twee jaar geleden net zo'n jeep voor mijn zoon gekocht, toen hij naar de universiteit ging. Hij heeft hem nog steeds en behandelt hem beter dan ik mijn baby behandel.'

'Hebt u volwassen kinderen?'

Catcher knikte. 'Ik weet wat u wilt zeggen: u lijkt daarvoor nog te jong. Ja toch?' Hij stak zijn hand in de zak van zijn spijkerbroek. 'Het wordt nog mooier! Ik heb ook een kleinzoon.' Met een geoefend soepel gebaar liet hij het fotomapje openvallen op de plek waar er een fotootje van een lachend jongetje van ongeveer drie jaar in zat. 'De zoon van mijn dochter. Ze werkte op een advocatenkantoor in Jefferson City. Ik heb haar drie jaar lang achter de broek gezeten om ontslag te nemen en bij hem thuis te blijven; uiteindelijk heeft ze dat ook gedaan. Ze kunnen het zich veroorloven dat ze thuisblijft. Haar echtgenoot heeft een eigen zaak in auto-onderdelen. Ze is zes maanden zwanger van de tweede. Hoe vindt u hem, dok? Het is me er eentje, hoor.' Het kind had donkerbruin haar dat al zo lang was geworden dat het over zijn oren hing. Het had precies zo'n zwartleren jasje aan als Catcher, alleen vele maten kleiner.

'Hij lijkt sprekend op u', zei Lukas. Arm kind.

'Ja, maar maakt u zich geen zorgen, hij groeit er wel overheen. Hij heeft dat jasje dan wel gekregen, maar hij zal verder op geen enkele wijze betrokken raken bij mijn motorclub.' Catcher sloeg het fotomapje dicht. Terwijl hij dat deed, viel er een visitekaartje uit dat met de goede kant naar boven op de tafel belandde. 'Geen enkel kleinkind van mij zal van de snelweg geschraapt hoeven te worden omdat zijn grootvader te dom is geweest om een beter voorbeeld te geven. Meteen nadat mijn dochter haar baan had opgezegd, heb ik het haar verteld. Die motor die bij haar voor de deur stond, ging in de verkoop en mijn jasje zou ik aan de wilgen hangen.' Hoofdschuddend zweeg hij even. 'Kleinkinderen kunnen ervoor zorgen dat je een andere kijk krijgt op je leven. Ik denk dat ik nu voor het laatst uitgebreid ben gaan pierewaaien. Hebt u kinderen, dok?'

'Ik ben niet getrouwd.'

'Ik ook niet – niet meer.' Catchers stem had een verdrietige klank. 'Politiewerk eist een zware tol van een huwelijk, van een gezin.'

Lukas staarde hem aan. 'U bent politieman?'

'Dat was ik.' Catcher gebaarde naar het visitekaartje dat op de tafel was gevallen.

Lukas pakte het op en bekeek het. De wettige naam van de man was Jef Golhofer. Hij was effectenmakelaar en financieel adviseur bij een bekende financiële instelling. Lukas keek de man weer aan. 'U komt nog eens ergens, Catcher.'

'Ja, op een beetje te veel plekken. Ik raakte bij de politie verslaafd aan cocaïne. Lange tijd heb ik geprobeerd mijn verslaving te wijten aan stress, maar ik had het alleen maar aan mezelf te wijten. Ik was zwak. Ik moest toegeven dat ik een probleem had en het in mijn leven over een andere boeg gooien. Ik ben alleen maar blij dat ik niet even zwaar verslaafd ben geraakt aan geld als ik verslaafd was aan drugs. Ik zou niet lang effectenmakelaar zijn gebleven als dat was gebeurd.' Hij trok een scheef gezicht, alsof hij vond dat hij te veel had verteld. 'Maar goed, u kunt die nieuwe accu maar beter gaan kopen voordat u weer ergens stil komt te staan. De volgende keer ben ik misschien niet in de buurt. Wanneer gaat u die draadjes uit mijn arm plukken?'

'Komt u vrijdagavond maar hiernaartoe.'

'Wat zegt u me daar? Gaat u ervoor zorgen dat ik de avond dat we altijd een feestje bouwen, mis?'

Lukas schudde grinnikend zijn hoofd en overhandigde Catcher het visitekaartje. Catcher liet het in zijn zak glijden, keek even de lege wachtkamer rond en leunde nonchalant tegen de onderzoekstafel.

'U hebt zeker niets meer gehoord over die ontvoeringen?' vroeg hij zacht.

Lukas keek op naar de man en bestudeerde zijn gezicht. Gedroeg Catcher zich niet een beetje te nonchalant? 'Nee. In een plaatsje als Herald doen evenveel geruchten de ronde als er water zit in het meer. Het laatste wat ik heb gehoord, is dat de eenheid Ernstige Delicten nog steeds vragen stelt aan bewoners van Herald en omstreken.'

'Ja, weet ik. Ze zijn ook al een paar keer bij mij langs geweest.' Catcher leek zich er niet druk over te maken. 'Ik heb tegen ze gezegd dat ik zal doen wat ik kan om hen te helpen, ook als dat betekent dat ik mijn eigen mensen moet verlinken. Maar zover komt het niet, hoor. Ooit geprobeerd een baby mee te nemen op een motor? Ziet u het voor zich: zachtgekleurde dekens en babysokjes, wapperend in de wind?' Hij moest erom lachen, maar zag er al snel de humor niet meer van in. 'Ik weet niet wat ik ervan denken moet, dok, wanneer twee kinderen in een plaats verdwijnen. Ook als dat andere kind wordt teruggevonden, moeten ze blijven zoeken naar de ontvoerder, vind ik.'

'Vind ik ook.'

18

Mercy liet zich neerzakken op de stoel van haar praktijkas-sistente en ademde een keer diep door, terwijl Buck en Kendra de voordeur van haar praktijk uitliepen. Ze had hun opgedragen haar te bellen als er zich problemen voordeden. Van Kendra werd verwacht dat ze zich morgen even meldde via de telefoon en dat ze maandag naar de praktijk kwam. Komende donderdag had ze een nieuwe afspraak met haar psychiater in Springfield. Dat ze de eerste paar dagen constant onder toezicht stond, zou geruststellend zijn voor zowel Kendra als Buck, al verzette Kendra zich er nog steeds tegen. Een psychische stoornis kon zo'n overweldigende uitwerking op iemand hebben, dat deze het gevoel had dat hij er als een willoos slachtoffer aan overgeleverd was. De eerste paar weken moest Kendra er herhaaldelijk aan herinnerd worden dat ze dit gevecht niet alleen hoefde te leveren. En dat gold ook voor Buck.

Mercy luisterde het antwoordapparaat af; er stonden geen nieuwe berichten op. Precies op het moment dat ze achter-overleunde in de stoel om zich een paar minuten te ontspannen, ging de voordeur open en kwam Lee Becker bin-nengewandeld met haar dochter Shannon.

Het gezicht van de vijftienjarige Shannon had nauwelijks meer kleur dan de half matte lichte verf op de muren van de wachtkamer. Haar ogen leken te zijn weggezakt in hun kassen. Haar blonde haar was zo kort mogelijk afgeknipt. Waar Mercy echter het meest van schrok was dat de vrouwelijke contouren nog wel zichtbaar waren, maar dat haar roze trui in plooien afhing van haar magere schouders. Doordat haar spijkerbroek afzakte, viel het bovendien op dat haar heupbotten zich scherp aftekenden. Het had er alle schijn van dat het meisje had geprobeerd alles wat erop wees dat ze vrouw was, te laten verdwijnen.

'Hallo, dokter Mercy.' Ook Shannons stem klonk lusteloos.

Mercy stond op om hen tegemoet te gaan. 'Shannon, wat is er aan de hand? Wat is er gebeurd?' Drie maanden geleden had dit meisje op het punt gestaan zich te ontwikkelen tot een mooie volwassen vrouw.

'Weet ik niet. Ik denk dat ik griep krijg of zoiets. Ik voel me niet echt lekker.'

'Zoals ik u al verteld heb, viel ze thuis bijna flauw waar ik bij was.' Lee's hoge, heldere stem klonk erg bezorgd.

'En hoe lang is dit al aan de gang?' vroeg Mercy, terwijl ze met Lee en Shannon meeliep naar de eerste behandelkamer. 'Hoeveel ben je afgevallen?'

Shannon keek met knipperende ogen naar haar op en haalde haar schouders op. 'Weet ik niet.'

'Ik heb geprobeerd haar te wegen,' zei Lee, 'maar dat liet ze niet toe. Ik ga ervan uit dat het een van die dingen is waar ze overheen groeit. Ik weet nog dat ik op haar leeftijd ook erg met mijn gewicht bezig was.'

Voordat ze bij de behandelkamer waren aangekomen, dirigeerde Mercy haar patiënt naar de weegschaal in de brede gang die tussen de behandelkamers, de spreekkamer, de kamer met het röntgenapparaat en het laboratorium doorliep. 'Ga er maar op staan, jongedame. Deze keer ontkom je er niet aan.'

Na een korte aarzeling en enig gekreun deed Shannon wat haar was opgedragen. Nadat Mercy haar snel had gewogen, mat ze ook nog hoe lang ze was. De uitkomsten verbaasden haar niet.

'Je bent niet alleen vijftien kilo afgevallen, Shannon, je bent ook nog twee en een halve centimeter gegroeid. Dat betekent dat je lichaam behoefte heeft aan heel veel extra calorieën die je kennelijk niet hebt binnengekregen. Maar goed, laten we nu maar zien dat we je op een onderzoekstafel krijgen.' Ze pakte Shannon behoedzaam bij de veel te dunne arm en voerde haar mee naar de behandelkamer. 'Zo veel gewichtsverlies kan niet te wijten zijn aan een griepje.'

Lee hielp haar dochter op de onderzoekstafel en de moeder streelde Shannon even over het korte, stoppelige haar. 'Je hebt niet meer zoveel zin in eten na wat er in oktober is gebeurd, hè, lieverd?'

Zuchtend van opluchting liet Shannon zich achterover zakken in het kussen. Ze reageerde niet op de vraag van haar moeder.

Mercy pakte een oorthermometer. 'Heeft de therapeut dit niet gesignaleerd?'

'Ze heeft me er eigenlijk nooit iets over gevraagd', antwoordde Shannon.

'Tegen ons heeft ze gezegd dat het goed ging met Shannon. Ze hoefde alleen nog maar langs te komen als ze er zelf behoefte aan had', verklaarde Lee. 'Ik wist dat Shannon in ieder geval wilde afvallen. Daarom dacht ik er niet zo bij na, totdat ze een paar dagen geleden erg bleek begon te zien.'

Mercy maakte gebruik van de oorthermometer om de lichaamstemperatuur van het meisje te meten. 35.1. Haar huid voelde koel aan. 'Ik ga je in de arm knijpen, maar niet heel hard.' Ze trok de huid omhoog, kneep die met haar duim en wijsvinger samen en liet los. Lee en Shannon keken toe. 'Zie je dat je huid niet meteen terugspringt, maar een paar seconden de vorm blijft houden die ik er met mijn vingers aan gaf?' Ze kneep in haar eigen huid. 'Dit zou jouw huid moeten doen, Shannon, maar de spankracht die daarvoor nodig is, ontbreekt. Dat betekent dat je heel erg uitgedroogd bent. Je voelt je de laatste tijd grieperig. Was diarree of overgeven daar een symptoom van?'

'Nee, ik voelde me gewoon zwak.'

Mercy haalde de bloeddrukmeter tevoorschijn. 'Waarom ben je niet naar me toegekomen toen je je realiseerde dat je te veel afviel?'

Knipperend met haar bleekgrijze ogen keek Shannon Mercy aan. 'Te veel?'

'Je bent te mager.' Mercy kon zichzelf wel wat doen dat ze geen navraag had gedaan toen Shannon niet kwam opdagen voor haar afspraak. En hoe bestond het dat haar moeder dit zo lang had genegeerd?

'Maar dokter Mercy, u hebt vorige maand nog gezegd dat ze kerngezond was', zei Lee. 'Wij dachten dat het goed met haar ging.'

Mercy keek weer naar Shannon en vond opnieuw dat haar uiterlijk schokkend was. Drie maanden geleden had ze nog dikke wangen en heldere, levendige ogen gehad. Nu had ze donkere kringen onder haar ogen. 'Ik heb Shannon vorige maand niet gezien.' Ze bracht de band van de automatische bloeddrukmeter aan rond Shannons arm en drukte op de startknop om haar bloeddruk te meten. 'We moeten ervoor zorgen dat je weer wat aan...'

'Wilt u daarmee zeggen dat u haar niet hebt gezien?' vroeg Lee niet al te vriendelijk.

Het bleef een hele tijd stil. Shannon kreeg even de bekende koppige blik in haar ogen, maar dat was lang zo duidelijk niet als voorheen, en verdwenen was de gezonde blos van een tiener die makkelijk in verlegenheid is te brengen.

Mercy wendde zich tot Lee. De snel verschijnende koppigheid in de ogen en de vastberaden kin waren onmiskenbaar een familietrekje. Lee was een aantrekkelijke Noorse blondine; haar knappe uiterlijk weerspiegelde zich in haar dochter. Het hele gezin, dat bestond uit man, vrouw en vijf kinderen, stond al als patiënt bij Mercy ingeschreven sinds Shannon vijf was. Mercy werkte destijds nog maar kort samen met haar vader in de huisartsenpraktijk.

'Shannons afspraak werd afgezegd, Lee', zei Mercy. 'Ik weet nog dat Josie me dat vertelde, omdat ik haar toen nadrukkelijk heb gevraagd een nieuwe afspraak te maken. Toen ze opbelde, werd haar gezegd dat er later een nieuwe afspraak gemaakt zou worden. Dat is alleen nooit gebeurd.'

Mercy noteerde de uitslag van de bloeddrukmeting. Tussen moeder en dochter hing een gespannen stilte.

'Dat is dus de reden dat je vandaag niet mee wilde naar de dokter', zei Lee. 'Waarom heb je je afspraak afgezegd? Wat had dat voor zin?'

'Ik vond dat ik niet per se naar de dokter hoefde, mam, oké?' Shannon zei dit op enigszins verdedigende toon, waarin ook het voor een tiener gebruikelijke ongeduld doorklonk.

Haar bloeddruk was aan de lage kant, maar de hartslag was normaal. Toch was Mercy niet tevreden. Tot de tekenen van ondervoeding behoorde een trage hartslag, maar daar stond tegenover dat uitdroging het proces zou omdraaien en een onderliggend probleem kon maskeren. Mercy liet de klok van haar stethoscoop warm worden in haar hand. 'Ik wil uiteraard nog een paar onderzoeken laten doen. Dat betekent dat je geprikt moet worden, Shannon.'

Het meisje knikte alleen maar.

Lee zuchtte van frustratie en ging op de stoel zitten die achter haar stond. 'Shannon, wat moet ik met jou beginnen?'

Shannon perste haar lippen op elkaar en sloot haar ogen.

'Het eerste wat we gaan doen, is dit meisje opnemen in het ziekenhuis', zei Mercy, terwijl ze Shannons ademhaling en nog een keer haar hartslag controleerde. 'Ik ga nu meteen de afdeling bellen om –'

'Nee!' Shannon verstarde en ging rechtop zitten; haar ogen waren nu wijd open. 'Waarom kunt u de onderzoeken niet hier laten doen? U kunt toch zelf wel bloedprikken?'

Mercy onderbrak het lichamelijk onderzoek even. Toen ze zich oprichtte, zag ze hoe paniekerig Shannon opeens keek. Dit was zo in het oog springend dat het haar onmogelijk had kunnen ontgaan. 'Ik wil onderzoeken laten doen waarvoor ik hier niet de mogelijkheden heb, Shan...'

'Maar u kunt hier toch wel bloedprikken?' Shannon pakte Mercy op een hardhandige manier bij de arm. 'Kan mijn

276

moeder niet gewoon de buisjes met bloed naar het lab brengen? Dat kunt u toch best doen, mam?'

Lee's stoel protesteerde toen ze zich eruit omhoogduwde en naast haar dochter ging staan.

'Rustig nu maar, schat. Dokter Mercy is niet van plan –'

'Nee! Nee, mam, laat me niet naar dat ziekenhuis brengen!' riep Shannon zo hard dat de woorden door de gang galmden. 'Ik kan daar niet naartoe gaan!' Ze leunde tegen haar moeder aan, die meteen haar armen om haar dochter heen sloeg, en barstte in snikken uit. 'Ik kan niet teruggaan naar die plek ... Dat kan ik gewoon niet.'

Mercy boog zich over de onderzoekstafel en legde een hand op de benige schouders van het meisje, terwijl haar blik die van Lee vond en vasthield. Met die blik wisselden ze uit wat ze hiervan wisten en waaraan ze moesten terugdenken. Shannon leed nog steeds onder de gevolgen van wat haar in oktober was overkomen, en het streekziekenhuis van Knolls speelde een hoofdrol in de traumatiserende gebeurtenissen die daarop waren gevolgd. Lee's ogen vulden zich met tranen en het duurde niet lang of ze biggelden over haar wangen. Mercy zag dat Shannons gezicht vertrok van pijn en angst, en dat ze opeens zo hard begon te snikken dat haar hele lichaam ervan schokte. Maar tranen kwamen er niet.

'Ik denk dat het tijd wordt dat we een nieuwe therapeut voor je zoeken, Shannon', zei Mercy.

'Ik wil geen nieuwe therapeut. Ik heb geen zin om er telkens opnieuw over te praten. Waarom laat iedereen me niet gewoon vergeten wat er is gebeurd?'

'Omdat je niet zomaar kunt vergeten wat er is voorgevallen.' Mercy trok het meisje voorzichtig uit de armen van haar moeder en zorgde dat ze weer plat op de onderzoekstafel kwam te liggen. Shannon greep Mercy's arm met beide handen vast. Er waren nog steeds geen tranen. Dat betekende dat ze op zijn minst voor tien procent uitgedroogd was. Er moest haar vocht worden toegediend.

'Kijk me aan, Shannon.' Mercy wachtte tot de grijze ogen zich met tegenzin op haar richtten. 'Je bent bezig jezelf uit te hongeren. Als je ermee doorgaat, krijg je grote problemen met je gezondheid. Ik begin te vermoeden dat we hier te maken hebben met anorexia nervosa, en we hoeven niet lang na te denken om te weten wanneer dit is begonnen. Allereerst wil ik dat je in een potje plast voor een urinetest. Daarna wil ik je graag aan een monitor leggen om te zien of er al schade aan je hart is opgetreden. We zullen ook bloed afnemen om te zien of de chemische stoffen in je lichaam in balans zijn. Ondertussen wil ik een infuus inbrengen om je alvast vocht toe te dienen. In het ziekenhuis kunnen we dit allemaal sneller doen, en tijd is belangrijk.'

'Dan vind ik dat we dat moeten doen', zei Lee vastberaden.

Shannon sloot opnieuw haar ogen en schudde langzaam haar hoofd. 'Toe nou, dokter Mercy, ik beloof dat ik alles zal doen wat u zegt als we hier blijven. U mag me met allerlei soorten naalden prikken en ik zal alles opdrinken wat u me te drinken geeft, maar stuur me alstublieft niet naar het ziekenhuis.' Haar ogen gingen open om te laten zien hoe wanhopig ze was, en ze greep opnieuw Mercy's arm vast. 'Alstublieft.'

Mercy hield zwijgend haar blik vast. Het was mogelijk om haar buiten het ziekenhuis te behandelen. Alle benodigde apparatuur was hier aanwezig. Ze konden Shannon installeren, de onderzoeken verrichten, haar aan de monitor leggen en haar zorgvuldig in de gaten houden ... Ze beschikten zelfs over flessen met vocht en in de koelkast in de koffiekamer stonden vitaminerijke drankjes. Shannon moest leren hoe ze haar afschuwelijke herinneringen onder ogen moest zien en misschien moest ze naderhand toch nog worden opgenomen, maar niet nu meteen.

'Lee, kun jij een paar uur hier blijven?' vroeg Mercy.

Een paar lijntjes van spanning verdwenen uit Lee's gezicht. 'Zo lang als u nodig vindt.'

'Oké, Shannon, we zullen het proberen.'

Shannon zakte slap achterover tegen het kussen en liet Mercy's arm eindelijk los. Haar gezicht vertrok voor de zoveelste keer van het huilen zonder tranen. 'Dank u wel.'

Lukas keek op zijn horloge en glimlachte voor zich heen. Over drie uur was zijn dienst voorbij en zou hij op weg zijn naar Knolls. Hij had een gevoel alsof hij een man was die zo dadelijk zou worden vrijgelaten uit de gevangenis. Omdat er momenteel geen patiënten gezien hoefden te worden, kwam hij op het idee het patiëntendossier van Marla Moore door te nemen.

De patholoog-anatoom had de lijkschouwing inmiddels afgerond en bewijzen gevonden voor een longembolie, precies zoals Lukas had vermoed. Er waren geen sporen aangetroffen van illegale verdovende middelen. Lukas bestudeerde de verslagen en bevindingen. Hij voelde een diepe droefheid over het overlijden van deze jonge vrouw, en over de baby die zijn biologische moeder niet zou kennen. Wat had haar ertoe gebracht in haar eentje naar Herald te komen? Daar woonden geen familieleden van haar die zich over haar hadden kunnen ontfermen. Hoe angstig had ze zich gevoeld toen ze de flat uit strompelde om op zoek te gaan naar hulp, in de wetenschap dat haar baby hulpeloos in de flat achterbleef?

En wat was er met die hulpeloze baby gebeurd in de dagen voordat hij was teruggevonden? Hij was voor zover bekend als laatste ontvoerd, maar waarom was hij teruggebracht – en dat ook nog praktisch naar de plek van de ontvoering? Probeerde iemand misschien Catcher en zijn motorclub in een kwaad daglicht te stellen, of had werkelijk een van hen hem meegenomen?

Lukas had net de laatste pagina van Marla's dossier opgeslagen toen er een schaduw over zijn schouder viel. Toen hij zich omdraaide, zag hij dat Tex een stoel onder het bureau vandaan trok en zich erop liet neervallen. Dat deed ze anders dan anders omdat ze weer een jurk aanhad.

'Wat doe jij hier?' vroeg hij. 'Je hebt toch vrij vandaag?'

'Klopt.' Ze boog zich naar voren. Ze had weer extra zorg besteed aan haar kapsel, maar ze droeg vandaag geen make-up. 'Wat vindt u van hem?'

'Van wie?' vroeg Lukas.

'Dat weet u best.' Ze keek even om zich heen en zei toen op gedempte toon: 'Hershel.'

'Ik kan niet geloven dat je helemaal hiernaartoe bent gereden om mij om mijn mening te vragen.' En ze zou er spijt van krijgen als hij haar eerlijk vertelde hoe hij over hem dacht.

Haar lachende gezicht straalde van pure vreugde. 'Omdat ik toch deze kant op moest, dacht ik: ik ga even langs.' Aarzelend keek ze opnieuw de afdeling rond. Het was er helemaal stil en er was verder niemand, op Carmen na, die aan de balie telefonisch in gesprek was. 'Wanneer hij vanavond klaar is met zijn werk, gaan we samen uit. Vindt u dat ik niet goed wijs ben?'

Blind was waarschijnlijk een beter woord. Naïef. Onnozel. 'Ik denk niet dat het zinnig is dat ik in dit gesprek jouw geestelijke vermogens beoordeel.'

Lachend gaf Tex hem een klap op de arm. Een harde klap. Toen werd ze weer ernstig. 'Het verbaast me dat mijn nicht met haar grote mond u niet heeft ingelicht over mijn verleden. Omdat ze dat kennelijk niet heeft gedaan, zal ik u nu vertellen dat ik mensen niet altijd goed inschat. U vertelt niemand dat ik met hem uitga, hoor!'

Mooi was dat. 'Goed, ik zal het niet doorvertellen, maar … eh … Tex, zou het niet beter zijn wanneer je het deze keer wat rustiger aan deed?' Hij had het gevoel dat hij een oudere broer was die zijn zusje waarschuwde voor de gevaren die ze liep als ze met jongens uitging. Deze zus was alleen zo jong niet meer. Over haar lichamelijke welzijn maakte hij zich niet zozeer zorgen, wel over haar gevoelens. Moest hij nog meer zeggen?

'Dank u wel, dokter Bower.' Ze stond op en duwde haar stoel achteruit. 'We kunnen alleen maar even samen eten – hij heeft om zeven uur een vergadering.'

Dat was mooi, want dan zou hij niet de tijd hebben om erg veel schade aan te richten. 'Tex, ben je echt alleen maar even langsgekomen om mij naar mijn mening over Hershel te vragen?'

Breed lachend antwoordde ze: 'Denkt u dat ik helemaal hiernaartoe ben gereden om uw mening te horen, terwijl ik thuis alleen maar een deur verder hoef te lopen om bij u te kunnen aanbellen? Ik heb hier iets gefaxt omdat ik thuis niet zo'n apparaat heb.'

'O ja? Een formulier soms om je aan te melden voor de klinische opleiding tot arts?'

De lach verdween niet van haar gezicht. 'Tot later, dokter Bower.'

Zeven uur nadat Lee en Shannon in haar praktijk waren gearriveerd, zag Mercy hen de deur uit lopen. Shannon liep met snelle, stevige pas en haar wangen waren weer gezond roze. Mercy had hen gewaarschuwd dat de verbetering waarschijnlijk niet zou aanhouden. Met Shannon was afgesproken dat ze morgen terug zou komen. Lee zou ervoor zorgen dat ze zich aan de afspraak hield.

De telefoon op de balie had die middag al minstens twintig keer gerinkeld en nu ging hij weer. Mercy noteerde nog snel even iets voor Loretta, geeuwde en wierp een boze blik op de telefoon. Hoelang was donderdag haar vrije dag geweest? Had niemand dan in de gaten dat dit geen praktijk was die vierentwintig uur per dag open was?

Maar stel nu dat men met dit telefoontje opnieuw een noodgeval wilde melden?

Geërgerd griste ze de hoorn van de haak. 'Ja!'

'Ik wil weten waar mijn vrouw is.'

Haar adem stokte en ze voelde op slag verontwaardiging in zich opwellen. Abner Bell. Als hij nu voor haar neus had gestaan, zou ze hem hebben aangevallen. 'Nu moet je eens even goed naar mij luisteren, gestoord monster dat je bent', snauwde ze. 'Het gaat je niets aan waar Delphi is. Je mag van geluk spreken dat je nog niet achter de tralies zit. Je kunt ook maar beter niet te veel risico nemen, want dan zal ik aan alle touwtjes die ik kan vinden trekken om ervoor te zorgen dat je daar terechtkomt!'

Tandenknarsend zweeg ze even om op adem te komen.

Toen concentreerde ze zich op het gelijkmatig en geruisloos inademen terwijl ze de hoorn een eindje bij haar mond vandaan hield. Wie had zich ook alweer voorgenomen om in dit soort situaties rustig te blijven en professioneel te reageren?

'O.' Het klonk als een laag gegrom, waarin doorklonk dat hij meende een ontdekking te hebben gedaan. 'U hebt haar.'

Mercy voelde zich krachteloos worden. 'Ik héb haar niet. Niemand "heeft" haar. Ze is geen ding dat je met je mee kunt sleuren en van je af kunt schoppen. Ze is een mens! Begrijp je niet wat dat inhoudt, Abner?'

Er volgde een lange, gespannen afwachtende stilte, waarin aan de andere kant van de lijn zwaar werd geademd. Waar belde hij vandaan? Ze wierp een blik in de richting van de deur en wenste dat ze die op slot had gedaan.

'Maar u weet wel waar ze is.'

Dit klonk zo beschuldigend, dat het Mercy irriteerde. Ze smeet de hoorn op de haak.

19

Toen Lukas die donderdagavond met zijn jeep door de door bomen overschaduwde straat reed waarin Mercy's huis stond, had hij het idee dat Knolls hem omgaf als een warme deken, ook al was het er koud en donker. Wat hij ervoer, had niets te maken met het helle maanlicht waarin de ver uit elkaar staande stenen en houten huizen zich scherp aftekenden. Dit aangename gevoel had alles te maken met herinneringen.

Lukas had Mercy en Tedi vorig jaar zomer geholpen met verhuizen naar hun nieuwe huis, terwijl Theodore nog in de ontwenningskliniek zat. Het mooie, twee verdiepingen tellende huis van grijze baksteen was modern, maar een ondernemer met een vooruitziende blik had de op het bouwterrein aanwezige esdoorns, eiken en dennenbomen laten staan voor zover ze niet in de weg stonden. Rond het grasveld in de voortuin waren winterharde struiken geplant. Het geheel week zo sterk af van het vervallen huurhuis waarin Mercy vijf jaar lang had gewoond, dat ze totaal geen moeite had gehad met de verhuizing.

Toen Lukas de oprijlaan op reed, zag hij dat de lamp op de veranda brandde. Ze had het bericht gehoord dat hij op haar antwoordapparaat had achtergelaten. Mooi. Ze verwachtte hem.

Het huis zag er fantastisch uit, met zijn pasgeschilderde houten sierlijsten en luiken, terwijl de tochtdeur nu eindelijk ook op zijn plek zat. Ze hadden de voordeur uit de scharnieren moeten tillen voordat ze haar nieuwe bank het huis in hadden kunnen dragen. De verhuizers – vrijwilligers uit het ziekenhuis – hadden per ongeluk een doos vol borden en glazen laten vallen en hadden in de gang een diepe scheur in het behang veroorzaakt. Mercy had om de schade moeten lachen. Ze was heel blij geweest dat ze weer de voogdij over haar dochter had, nadat ze tot haar verdriet vijf jaar lang van elkaar gescheiden waren geweest. Niets dat zo weinig om het lijf had, had die dag afbreuk kunnen doen aan haar vreugde.

Lukas schakelde de koplampen en de motor van zijn jeep uit en stapte uit. Hij had niet gedacht dat hij God ooit zou danken voor motorrijders in leren jasjes die ruwe taal uitsloegen en talloze blikjes bier achteroversloegen. Toch had hij vanavond tijdens zijn drie uur durende rit van Herald naar Knolls diverse keren gebeden of Hij hen wilde zegenen. En hij bracht zichzelf in herinnering dat hij nog een heel eind zou moeten groeien in geloof voordat hij zich geestelijk volwassen mocht noemen. Hij moest zichzelf voorhouden dat je wel een persoonlijkheid kon zijn, maar dat dat soms weinig zei over het karakter dat daaraan ten grondslag lag. Hij moest zichzelf bovendien voorhouden dat God van ál zijn kinderen hield, en dat Hij meer plezier aan Lukas beleefde wanneer hij dat ook deed.

Hij voelde zich pas weer een beetje verlegen worden toen hij aarzelend de drie stenen stoeptreden naar de voordeur van Mercy's huis op liep. Hij kon niet voorkomen dat er een brede lach op zijn gezicht verscheen, en evenmin dat zijn hart bonsde en zijn handpalmen vochtig werden. Hij had haar drie weken geleden voor het laatst gezien. Ze hadden elkaar toen hooguit een kwartiertje gesproken, voordat zij weer aan het werk moest en hij aan zijn volgende tijdelijke baan moest beginnen.

Hij drukte op de verlichte bel naast de voordeur en hield zijn adem in terwijl hij luisterde of hij voetstappen hoorde. Kwam zij of Tedi al snel aangelopen om open te doen? Verheugde zij zich er even erg op als hij om weer een poosje samen te zijn? Of hij dat nu wilde of niet, op weg hiernaartoe had hij bijna alleen maar aan haar kunnen denken. Het waren bitterzoete gedachten geweest, maar nu was het zijn enige verlangen haar terug te zien. Hij voelde zich als een man die in de Grand Canyon rondtrekt zonder water; zij was de verfrissende bron. Telkens te moeten verkassen was niet leuk en in Herald had hij het helemaal niet naar zijn zin, maar hij moest toegeven dat het allerergste de afgelopen paar maanden was geweest dat hij van haar gescheiden was geweest. Hij probeerde nu maar niet te denken aan de mogelijkheid dat hij het heel zijn verdere leven zonder haar zou moeten stellen.

Hij huiverde in zijn zeemleren shirt met lange mouwen. Hij had geen jas aangetrokken omdat hij ervan uit was gegaan dat hij niet lang op de stoep zou hoeven te blijven staan, en hij ook niet had verwacht dat het buiten nog zo koud zou zijn. Voor de zekerheid bonsde hij ook nog even op de deur.

Er werd niet opengedaan.

Hij maakte aanstalten om te controleren of het huis was afgesloten. Precies op dat moment drong het geronk van een motor tot hem door en even later zag hij het licht van koplampen verderop in de straat. Hij stapte bij de voordeur vandaan de kleine veranda op om te zien of het Mercy was. Het bleek tot zijn teleurstelling niet haar auto, maar een champagnekleurige Saturnus te zijn.

Hij zag dat de auto vaart minderde voor Mercy's oprijlaan. Toch weer hoopvol draaide hij zich om en daalde de stoeptreden af. Zijn hart sprong op van blijdschap toen hij zag dat de auto stopte en dat Tedi naar hem zwaaide van de stoel naast de bestuurder. Ze duwde het portier open en sprong uit de auto.

'Lukas!' Ze boog zich de auto in. 'Kijk eens, oma! Daar staat Lukas!'

Een paar seconden voelde hij zich enorm teleurgesteld. Oma, niet mama. Ivy had kennelijk een nieuwe auto gekocht.

Maar hij kreeg niet de tijd om zich aan zijn teleurstelling over te geven, want Tedi kwam op hem af gevlogen, haar boekentas over de schouder, haar lange donkere haar achter op haar hoofd bij elkaar gehouden door een haarknip. En met een bril op.

Een bril? Sinds wanneer had ze –

Ze sprong tegen hem op en sloeg haar armen rond zijn middel. De boekentas gleed van haar schouder en knalde tegen zijn zij terwijl hij zijn armen om haar heen sloeg en haar stevig knuffelde.

Tedi. Mercy's dochter. De liefste, slimste elfjarige die er bestond.

'Lukas, waarom heb je ons niet laten weten dat je kwam?' Haar stem werd gesmoord door zijn shirt, maar hij slaagde erin te ontcijferen wat ze zei. Hij trok er de conclusie uit dat ze zijn bericht niet hadden gekregen. De lamp op de veranda brandde dus niet voor hem. Oké. Tedi wist in ieder geval hoe je een man moest begroeten.

'Het was een in een opwelling genomen besluit', zei hij. 'Ik heb geprobeerd te bellen.'

Ze liet hem nog niet los. 'Heb je ons gemist?'

'Reken maar.'

'Ik heb jou ontzettend gemist en ik weet dat mama je ook heeft gemist. Iedereen heeft je gemist! Waarom kom je niet gewoon weer hier met mama samenwerken totdat de SEH herbouwd is? Dan zien we je iedere dag en kun je me helpen met mijn huiswerk zoals je eerst altijd deed, en –'

'Lukas!' Ivy kwam achter haar kleindochter aan. Ze gaf hem een stevige knuffel zodat hij bijna opzij viel. Ze hield hem even stevig vast, deed toen lachend een stap achteruit en keek naar hem op. 'Wat een verrassing! Ik wou dat we hadden geweten dat je kwam. Dan had je bij mij thuis op Mercy kunnen wachten.'

'Waar is ze?' vroeg hij. 'Gaat het goed bij haar in de praktijk? Ik weet dat ze het druk heeft, maar –'

'Ze zal zo dadelijk wel komen. Je weet hoe graag ze over haar patiënten moedert en ... nou ja, tegen jou mag ik het wel vertellen, denk ik ...' Ivy keek even om de hoek van het huis het donker in, alsof er iemand zou kunnen meeluisteren. Toen zei ze zachtjes: 'Delphi Bell had onderdak nodig. Ze logeert daarom een paar dagen bij mij thuis. Mercy wilde alleen nog graag even voor de nacht controleren of het goed met haar gaat.'

Lukas knikte. 'O ja, ze heeft me er deze week iets over verteld toen we elkaar belden.'

Er gleed een glimlach over Ivy's gezicht. 'Jullie tweeën houden dus toch nog contact met elkaar. Dat hoopte ik al.'

'Ja, we hebben nog steeds contact.'

'Maar niet zo vaak als mama graag zou willen', zei Tedi.

Lukas voelde zich weer als vanouds warm worden. 'Je ziet er goed uit, Ivy.' Ze had geen donkere kringen meer onder haar ogen en haar gezicht was voller geworden. Hij had haar vorig jaar voorjaar voor het eerst ontmoet. Ze was toen met haar stervende moeder naar de spoedeisende hulp gekomen en had erop gestaan dat er maatregelen werden getroffen voor een reanimatie, hoewel haar moeder kanker in het laatste stadium had. Bij die gelegenheid was hij te weten gekomen hoe koppig de vrouwen van de familie Richmond konden zijn.

Ivy keek neer op haar kleindochter. Aan Tedi's gezicht was te zien dat ze helemaal in de wolken was. Met een nog bredere glimlach zei Ivy: 'Doe jij de voordeur maar van het slot, dan gaan we naar binnen.'

'Goed.' Tedi haalde een paar sleutels uit het voorvakje van haar boekentas. 'Sorry dat er niemand thuis was toen je hier aankwam, Lukas. Ik moest vanavond meespelen in een toneelstuk en oma heeft mij opgehaald.' Ze draaide de sleutel om in het slot van de deur en duwde de deur open.

Lukas deed een stap achteruit om Ivy eerst naar binnen te laten gaan. Toen hij achter haar aan liep, werd hij begroet door allerlei aangename luchtjes. De geur van kaneel, appels en eucalyptus maakte dat hij opeens werd bestormd door zoete herinneringen. Hij voelde zich volkomen op zijn gemak in Mercy's huis. Kwam dat doordat hij er al vaak was geweest?

Tedi kwam naar Lukas toe, drukte zijn arm tegen zich aan en keek grinnikend naar hem op. 'Mama zal zo blij zijn als ze je ziet, Lukas. Wist je dat Clarence weer tien kilo is afgevallen? En Darlene heeft geen astma-aanval meer gehad sinds jij bent weggegaan. Oma Ivy heeft nog steeds verkering met dokter Heagert, maar ze wordt boos wanneer ik het verkering noem. Ze zegt dat ze gewoon goede vrienden zijn, maar ik weet wel beter.'

'Hé, oppassen, jongedame!' protesteerde Ivy. 'Dat is allemaal giswerk.'

Tedi giechelde en negeerde Ivy. 'Ze bellen elkaar bijna iedere dag en wanneer ze hem ziet, wordt ze een en al glimlach, net zoals dat bij mama gebeurt wanneer ze jou ziet.' Tedi praatte aan een stuk door terwijl ze hen voorging naar de woonkamer. 'Kom verder en ga zitten.' Ze liet zich neerploffen op het tweezitsbankje naast de grote bank en Ivy ging tegenover haar zitten. Ze gaf Lukas met een gebaar te kennen dat hij naast Tedi moest gaan zitten. Dat deed hij met plezier.

Ivy wees naar het groene operatiepak dat Lukas aanhad. 'Direct na je werk hiernaartoe gekomen?'

'Ja, ik ben rechtstreeks hiernaartoe gereden. Ik heb wel gewone kleding in mijn kast in het ziekenhuis, maar toen ik die wilde aantrekken, bleek iemand een ... eh ... grap met me te hebben uitgehaald.' Hoofdschuddend pauzeerde hij een moment. 'Voor de zoveelste keer. Ik voelde er niets voor om hiernaartoe te komen in een broek met afgeknipte pijpen.' En hij had geen tijd verspild door eerst naar huis te gaan. Wat hem betrof was Herald, Missouri, op zich al een mislukte grap. 'Ik heb thuis alles wat ik nodig heb, maar ik ben er gewoon nog niet langs geweest.'

Ivy knikte. 'Je had kennelijk haast om hiernaartoe te komen', zei ze op plagerige toon.

'Natuurlijk had hij haast, oma', zei Tedi vrolijk terwijl ze achteroverleunde op de bank en haar benen van voor naar achteren liet zwaaien. 'Hij mist mama.' Ze grinnikte. 'Hoe vind je mijn bril, Lukas? Staat hij me goed?'

Wat leek ze toch veel op Mercy! Hij kon het niet helpen, hij grinnikte ook. 'Jazeker, maar je was al het knapste meisje uit de buurt.'

'Ik heb de bril twee weken geleden gekregen. Ik mocht hem van mama zelf uitkiezen. Ik heb hem graag op omdat de kinderen op school nu niet verwachten dat ik een sliding maak wanneer we aan het honkballen zijn. Ik blijf meestal gewoon aan de zijlijn zitten en probeer er zo intelligent mogelijk uit te zien.' Ze hief haar kin op en nam een hooghartige houding aan, maar bedierf het effect daarvan met een ondeugende grijns.

Stralend van trots had Ivy naar Tedi gekeken, maar nu wendde ze zich weer tot Lukas. 'Hoe gaat het in Herald?' Ze wees naar het operatiepak. 'Op de grappen na – wat is dat voor iemand dat hij de pijpen van je broek afknipt?'

Lukas spreidde zijn handen. 'Ik probeer er nog steeds naar te raden. De mensen die in Herald thuishoren, zijn niet al te vriendelijk. Ik dacht dat alle kleine plaatsjes hetzelfde waren, maar dat is niet zo. Het enige wat Herald wel heeft en Knolls niet, is een SEH.'

'Maar dat zal gauw veranderen', verkondigde Tedi. 'Mama zegt dat dat eerder gaat gebeuren dan iedereen verwacht. Ik ben er blij om want mama wordt voortdurend opgebeld en moet heel vaak weg. Soms neemt ze me zelfs mee naar de praktijk, maar meestal zet ze me af bij oma.'

Lukas keek Tedi vragend aan. Hoe zat het dan met Theodore? Waarom logeerde ze niet af en toe bij hem? Hij werkte vast niet op dezelfde uren als Mercy.

Tedi liet zich tegen Lukas aan zakken en keek door dichte, donkere wimpers naar hem op. 'Waarom kom je niet bij mama in de praktijk werken tot de nieuwe SEH klaar is?'

Nee zeg, begon Tedi hem nu ook al schuldgevoelens aan te praten? 'Omdat ik een SEH-arts ben, geen huisarts.'

'Maar mama is huisarts en werkt ook nog op de SEH.'

Lukas voelde voor de zoveelste keer het verlangen om voorgoed deel uit te maken van het leven van Mercy – en van Tedi. Hij keek naar het lieve open gezicht van het kind. Zou hij werkelijk een goede stiefvader voor haar kunnen zijn?

Was hij daarvoor volwassen genoeg? Tedi en hij waren vorig jaar zomer en herfst dikke maatjes geworden.

Maar er moesten nog zo veel vragen worden beantwoord. Hij werd er af en toe door overstelpt, maar op dit moment wilde hij alleen maar genieten van Tedi's stralende gezicht en hopen dat Mercy gauw thuiskwam. Hij had het idee dat hij dit de rest van zijn leven iedere dag zou kunnen doen, en dat hij er nooit genoeg van zou krijgen om tijd met hen door te brengen.

Maar hoe vaak zou hij dan meemaken dat ook Theodore binnenkwam? Hij zou altijd deel uitmaken van hun leven en door zijn band met Tedi zou dat ook altijd zo blijven. Dit was het gezin van Theodore Zimmerman, niet dat van Lukas Bower.

Mercy verzette zich tegen de vermoeidheid die haar in de stoel van de auto leek te duwen met de kracht van een opstijgend vliegtuig. Dat kreeg je als je nooit lang genoeg sliep.

Delphi was via een zijdeur snel weggeglipt uit het ziekenhuis en zat nu veilig ondergedoken. Wat een geluk dat het in januari zo donker was buiten! Mercy had er alles aan gedaan om te voorkomen dat Abner hen zou zien. Stel dat hij de wacht hield op de parkeerplaats! Daarom had ze gebruikgemaakt van de auto van Darlene.

De laatste tijd leken de alledaagse bezigheden haar boven het hoofd te groeien en haar leven was allesbehalve alledaags. Ze had de neiging om zich de problemen van haar patiënten aan te trekken en zich te veel zorgen over hen te maken. Ze probeerde eraan te denken dat ze vaker voor hen moest bidden en zich minder zorgen over hen moest maken, maar soms vergat ze dat. Vaak vergat ze dat. Afhankelijkheid van God was nog steeds een heel nieuw concept voor haar.

Sinds ze christen was geworden, was ze niet alleen milder geworden ten aanzien van haar dochter, haar moeder en Lukas, maar ook ten aanzien van haar patiënten. Die natuurlijke stevige muur die ze om zich heen had opgetrokken om zich als arts niet door haar gevoelens te laten meeslepen, was bovenaan week geworden. Soms was dat goed, soms ook niet.

Ze reed de straat in waarin ze woonde, en gaf zichzelf de opdracht diep door te ademen, zich te ontspannen en te genieten van de luxe uit te kijken naar de verlichte ramen van haar eigen huis. Misschien had Tedi al een beetje popcorn en limonade klaargemaakt. Misschien konden ze nog doornemen hoe hun dag was verlopen voordat ze naar bed gingen. Gelukkig had ze nog net tijd genoeg gehad om aanwezig te zijn bij het toneelstuk, voordat ze moest maken dat ze wegkwam om zich om Delphi te bekommeren. Theo had woord gehouden; hij was er ook bij aanwezig geweest.

Mercy fronste haar wenkbrauwen en voelde dat ze somberder werd toen ze terugdacht aan wat Alice vandaag had gezegd ... 'Wat een fantastisch voorbeeld van verzoening!'

Die uitspraak had haar de hele dag achtervolgd. Alice was kennelijk niet de enige die vond dat het Gods wil was dat Mercy, Tedi en Theodore weer een gezin zouden vormen. Lauren had aangegeven dat dat goed zou zijn, ook al zou een verzoening veel innerlijke kracht kosten. En hun dominee mocht dan wel een onervaren vrijgezel zijn, ook hij had deze boodschap uitgestraald. Maar ze hadden geen van allen ervaren hoe pijnlijk een scheiding was. Ja, ze wisten veel meer van de Bijbel dan Mercy, maar ...

Toch was ze niet van plan om op basis van de opwelling van drie mensen een hartverscheurende beslissing te nemen die haar hele leven op de kop zou zetten, vooral niet omdat deze mensen zich niet eens konden inleven in haar zorgen en moeiten. Ze zou andere mensen om raad kunnen vragen ... ja, misschien moest ze dat maar doen ... ook al wilde ze er niet aan denken wat haar reactie zou zijn, als ze tegen haar zeiden dat ze zich met Theo moest verzoenen. En wat betekende het eigenlijk, je met elkaar verzoenen? Wat zou haar moeder ervan zeggen? Wat zou Lukas ervan zeggen?

Ze zag het licht achter het raam aan de voorkant van haar huis. Glimlachend stelde ze zich al voor hoe lekker het popcorn rook en hoe het harde geluid van de televisie zich vermengde met Tedi's gelach en gekwebbel. Thuis. Misschien was haar moeder er nog, om er zeker van te zijn dat Tedi niet een poos alleen thuis zou zijn, maar ze zou snel weggaan. Dat deed ze altijd.

De lamp op de veranda verspreidde zoveel licht dat ze kon zien dat er twee auto's op de oprijlaan stonden. De achterste was van haar moeder, de auto ervoor had een vertrouwde hoekige vorm ...

Een oude jeep. Ze hield haar adem in. 'Lukas!'

Opeens vervlogen alle zorgen van de dag. Ze remde en stopte op de oprijlaan voor de garagedeur naast de jeep. Ze drukte op de automatische deuropener en reed voorzichtig de garage in, zonder op te merken dat de lamp aan het plafond weer flikkerde en dat op de betonnen vloer nog meer bladeren lagen dan buiten in de tuin.

Lukas was hier!

Ze griste haar tas van de achterbank, sprong uit de auto en duwde de deur open die vanuit de garage toegang gaf tot het huis. 'Hallo! Iemand thuis?' Ze probeerde niet abnormaal snel te lopen terwijl ze zich door de keuken en vervolgens via de eetkamer naar de woonkamer repte. Eenmaal in de woonkamer bleef ze abrupt staan.

Lukas keek vol verwachting naar de deuropening. Zodra ze over de drempel stapte, stond hij op. Zijn armen hingen slap langs zijn zij, maar zijn gezicht lichtte op alsof aan hem een engel was verschenen. Aarzelend deed hij een stap in haar richting, maar bleef toen toch weer staan.

Mercy liet haar dokterstas in een stoel vallen en vloog op hem af om hem te begroeten. De lach die in haar opwelde, kon ze niet binnenhouden. Ze sloeg haar armen om hem heen en gaf hem een zoen op de wang. Hij omhelsde haar op zijn beurt stevig; dat deed haar goed.

Over zijn schouder zag ze dat haar moeder en Tedi toekeken. Het kon haar niet schelen. Ze legde haar handen aan weerskanten van Lukas' hoofd en gaf hem een zoen vol op zijn mond. Een voldaan gevoel doorgloeide haar toen hij haar zoen beantwoordde en haar dichter naar zich toe trok. Tedi kwam naar hen toe gerend en omhelsde Lukas en Mercy allebei tegelijk.

'Lukas, waarom heb je ons niet laten weten dat je kwam?' vroeg Mercy terwijl ze zich losmaakte uit de groepsomhelzing en terugliep naar de keuken. Ze had zoveel haast gehad om bij Lukas te komen dat ze de deur naar de garage wijdopen had laten staan.

Tedi kwam achter haar aan. 'Hij heeft het ons laten weten, mam. We hebben alleen de berichten op het antwoordapparaat niet afgeluisterd. Hij is vanavond helemaal hiernaartoe gereden om u te zien, maar hij moet morgen terug omdat hij morgenavond moet werken. Ik wou dat hij helemaal niet meer terug hoefde. Wist u dat ze daarginds zijn kleren kapot geknipt hebben? Die mensen daar zijn niet erg aardig.'

Mercy moest grinniken om het opgewonden gebabbel van haar dochter. Met een arm om haar heen liep ze met haar terug naar de woonkamer. 'Weet je, Lukas heeft me verteld dat hij een tijdelijk contract heeft met die mensen. Dat betekent dat hij daar moet blijven totdat de afgesproken termijn is afgelopen.' Ze liet zich naast Lukas op de bank neerzakken. Ze kneep even in zijn arm. 'Ik had je toch al verteld dat Delphi was verdwenen? Nou, de politie heeft haar aan de rand van Knolls aangetroffen in een onverwarmde camper. Daarin hield ze zich schuil nadat ze hem had opengebroken. Dat werd, jammer genoeg, snel bekend, ook al was de nieuwe hoofdredacteur van de plaatselijke krant bereid te voldoen aan mijn verzoek het nieuwtje niet in druk te laten verschijnen. We willen ons best doen Delphi uit de buurt van Abner te houden totdat we ergens een veilig onderkomen voor haar hebben kunnen regelen.'

Lukas keerde zich naar haar toe met een bezorgde blik in zijn ernstige blauwe ogen. 'Maar Abner weet dus dat ze haar hebben gevonden?'

Ze moest denken aan de telefoontjes die ze vandaag in de praktijk had gehad, aan zijn grimmige, dreigend klinkende stem, maar op dit moment wilde ze Lukas er niet mee belasten. En Tedi en haar moeder mochten er niet van weten; Tedi zou er bang van worden en haar moeder zou de FBI waarschuwen. 'Dat zou me niet verbazen. Theo heeft me verteld dat hij in de drukkerij diverse malen het bericht had gehoord dat ze "haar te pakken hadden gekregen". Je weet hoe snel alles in Knolls algemeen bekend wordt.'

Ivy wierp een blik op haar horloge en stond op. 'Ik moet maken dat ik thuiskom om me ervan te overtuigen dat het goed gaat met onze gast. Darlene is vanavond naar een vergadering – wat een prachtvrouw is dat! Ze is bijzonder aardig en makkelijk in de omgang, maar het lukt me niet haar zo lang thuis te houden dat wij elkaar ook eens spreken. Nu ze zich geen zorgen meer hoeft te maken over Clarence, heeft ze bij iedere liefdadigheidsinstelling in Knolls en omstreken een vinger in de pap. Maar dat betekent dat Clarence nu alleen thuis is met Delphi en wie weet wat voor gruwelverhalen hij haar over mij vertelt.' Ze gaf Tedi een knuffel, knipoogde naar Lukas en zwaaide min of meer in Mercy's richting terwijl ze wegliep.

Tedi veroverde een plaatsje tussen Lukas en Mercy in. Op dat moment realiseerde Mercy zich dat Tedi met geen stok vroeg naar bed te krijgen zou zijn.

Clarence zag de jonge vrouw ineengedoken in een hoek van Ivy's woonkamer zitten, haar linkerarm dwars voor haar borst alsof ze zich moest beschermen tegen een klap. Sliertig bruin haar hing tot op haar schouders en in haar ogen schemerden angst en verdriet alsof ze erin thuishoorden. Rond haar rechteroog en op haar jukbeen zat een enorme blauwe plek. Haar rechterarm was strak tegen haar lichaam gebonden met een mitella en leek daaronder gedeeltelijk ingetapet.

Ze draaide haar hoofd net ver genoeg om te zien wie er binnenkwam via de deur die toegang gaf tot het inpandige appartement. Hij was blij dat er geen verschrikte of afkerige uitdrukking op haar gezicht verscheen vanwege zijn omvang voordat ze de andere kant op keek.

'Hallo', zei hij terwijl hij verder de kamer inliep.

Ze knikte ten teken dat ze het had gehoord, maar ze keek hem niet opnieuw aan. Ze keek nergens naar.

'Gaat het een beetje?'

Geen reactie, ook geen knikje deze keer, maar hij nam dit niet op als een persoonlijke belediging. Naar wat Ivy hem had verteld, moest deze enigszins mollige jonge vrouw van in de twintig zo veel pijn en verdriet hebben dat ze niet wist waar ze het zoeken moest. Daar kon hij inkomen, al was hij zelf nooit door een echtgenoot bewusteloos geslagen.

Hij liep nog een eindje verder de kamer in en liet zich zo geruisloos mogelijk neerzakken op het tweezitsbankje dat ongeveer twee meter bij haar stoel vandaan stond. Hij wilde haar niet afschrikken.

Hij bleef rustig afwachten terwijl hij af en toe naar de uitgeschakelde televisie keek. Kon hij het toestel aanzetten? Hoe hij daarbij kwam wist hij niet, maar hij ging ervan uit dat de jonge vrouw daar geen behoefte aan had. Daar stond tegenover dat het wel heel stil was in deze kamer. En hij kon toch niet de hele avond haar aanstaren?

'Hoe heet je?' vroeg hij, in de veronderstelling dat dat een goede eerste vraag was.

Verschrikt vloog haar blik weer zijn kant op. Ze schoof heen en weer op haar stoel, schraapte haar keel en knipperde met haar ogen. 'Delphina Bell', fluisterde ze schor. Ze schraapte opnieuw haar keel, maar zei niets meer. Nu wist hij hoe Lukas en Mercy zich moesten hebben gevoeld toen ze voor het eerst bij hem thuis langskwamen, die keer dat hij geprobeerd had hen zijn kamer uit te schoppen.

'Delphina? Een nogal ouderwetse naam. Waar komt die vandaan? Ben je vernoemd naar je oma of iets dergelijks?'

Ze knikte. 'Naar de moeder van mijn moeder. Ze noemen me Delphi.'

'Zie je nou wel dat het helemaal zo erg niet was? Ik wist wel dat je kon praten. Ik ben Clarence Knight. Mijn zuster en ik wonen in dat appartement.' Hij knikte in de richting van de toegangsdeur en ging verzitten met zijn logge lijf. 'Ik ben alleen de enige die daar slaapt. Darlene heeft een slaapkamer in het grote huis. Ivy heeft ons ook in huis genomen.' Hij klonk waarschijnlijk als een kletsmeier die niet goed bij zijn verstand was, maar hij deed zijn best, hoe moeilijk het ook was om een gesprek te beginnen met iemand die nauwelijks iets terug zei. Hij gebaarde naar de mitella. 'Gebroken arm?'

Ze keek naar haar arm en schudde haar hoofd. 'Uit de kom.'

Hij knikte en liet een onbestemd geluid horen. Omdat hij had gehoord wat Mercy tegen Ivy had gezegd over de echtgenoot, wilde hij Delphi graag geruststellen. 'Maak je maar geen zorgen, die lapzwans zal je hier niet vinden. En als dat toch gebeurt, is Ivy mans genoeg om hem weg te jagen. Wist je dat ze zo vaak vuur spuwt dat de haartjes in haar neus ervan verschroeid zijn geraakt?'

Delphi wierp hem een verschrikte blik toe. Toen vertrok haar gezicht een beetje. De tranen schoten haar in de ogen en biggelden over haar wangen.

O-o. Had hij iets verkeerds gezegd?

20

Op vrijdagochtend reed Mercy een paar minuten vóór schooltijd de garage uit en drukte op de knop van de afstandsbediening om de garagedeur dicht te doen. 'Tedi, we moeten eens praten.'

Tedi gaapte alleen maar en liet zich zover opzij zakken als haar autogordel toeliet. Zo zat ze kennelijk het lekkerst, maar haar bril kwam daardoor scheef op haar neus te staan.

Mercy keek even naar haar. Wat hield ze van dit onmogelijke meisje dat zich gisteravond van haar beste kant had laten zien om te bereiken dat ze pas naar bed hoefde nadat Lukas was weggegaan! Zich vastklemmend aan zijn arm was ze zelfs nog meegelopen naar zijn auto. Er was geen tijd geweest voor een gesprek onder vier ogen.

'Heb ik gisteravond niet tegen je gezegd dat je eerder naar best moest gaan? Maar nee, je bleef maar doorkwebbelen tot middernacht. En nu zit je met de gebakken peren.'

Met knipperende ogen keek Tedi naar haar op en er verscheen even een ondeugend lachje rond haar mond. 'Geeft niks. Het was fijn om met Lukas te praten. Ik heb hem zover gekregen dat hij me gaat helpen met mijn huiswerk.'

'Daarbij heb je anders helemaal geen hulp nodig. En wat ik ook nog zeggen wou: de eerstvolgende keer dat je aan een man vraagt of hij met mij wil trouwen, kun je maar beter zorgen dat je bij me uit de buurt blijft.'

Tedi trok een lelijk gezicht en ging rechtop zitten; haar bril zakte daardoor nog schever. Ze zette hem af. 'Ik wist niet dat grote mensen ook nog een kleur kunnen krijgen.'

Mercy wierp haar een vermanende blik toe en richtte toen haar aandacht weer op de weg omdat ze op dat moment invoegde. 'Over mannen gesproken, ik heb tegen je vader gezegd dat jij zaterdag niet alleen met hem iets wilt ondernemen. We zullen net als anders samen gaan lunchen omdat ik op dit moment geen tijd heb voor een uitstapje naar Branson.'

Tedi zette haar bril weer op en draaide zich naar haar om. 'Voelde hij zich niet gekwetst door die beslissing van u?'

'Ja,' zei ze, 'maar hij begrijpt dat het meer tijd kost om jaren van verdriet en pijn uit te wissen.'

Tedi staarde uit het raam terwijl Mercy zich door de drukste ochtendspits ooit heensloeg, wat geen geringe prestatie was. 'Mam?' zei Tedi uiteindelijk. 'U weet toch van mijn nacht-merries?'

Mercy wierp haar even een blik toe. 'Ja, lieverd, heb je er weer last van?'

'Ze zijn anders geworden.'

'Hoe anders?'

Tedi bleef een hele tijd naar de weg kijken. Toen antwoord-de ze zacht: 'Gewoon, anders dan anders.'

'Heb je er de afgelopen nacht ook weer een gehad?'

'Nee, maar ik durfde eigenlijk niet te gaan slapen. Dat is ook de reden dat ik bij Lukas en jou wilde blijven. Nou ja ... een van de redenen.'

'Hoe zijn ze dan veranderd?'

Tedi mompelde haar antwoord zo zacht dat het bijna niet te verstaan was. 'Nu ben ik het monster.'

Voordat Mercy tijd had om zich schrap te zetten tegen de schuldgevoelens, werd ze er al door aangevallen. Haar adem stokte, zo heftig waren de gevoelens die in haar binnenste kolkten. *Nee, Heer, alstublieft, niet Tedi, niet dit onschuldige kind.* 'Dat is wel te begrijpen', zei ze voorzichtig. 'Ik denk dat dat alleen maar betekent dat je nog steeds boos bent.'

Tedi bleef naar het aan haar voorbijschietende landschap kijken.

'Is je vader in deze nachtmerrie het slachtoffer?' vroeg Mercy. Maar ze wist het antwoord al. Ze had zelf ook last gehad van dergelijke dromen. Alleen waren het bij haar geen akelige dromen geweest.

Tedi knikte.

'Dat is normaal.' Het was pijnlijk, maar Mercy deed haar uiterste best om een luchtige toon aan te slaan. Had ze onbewust de nog achtergebleven sporen van wantrouwen en woede ten opzichte van Theo overgedragen op haar eigen dochter? Was dat gekomen doordat ze bepaalde dingen had gezegd, door de manier waarop ze zich ten opzichte van Theo opstelde wanneer ze bij elkaar waren?

Mercy raakte Tedi's arm aan.

Tedi reageerde er niet op. Dat betekende ongetwijfeld dat ze nog over iets nadacht. Een hele poos later keek ze haar moeder met haar ernstige bruine ogen aan. 'Oma zegt dat God niet naar ons luistert wanneer we bidden als we andere mensen niet vergeven. Maar ze zegt ook dat we niet kunnen vergeven zonder Gods hulp. Hoe kan Hij mij helpen papa te vergeven als Hij me niet kan horen bidden? Ik dacht dat ik het papa had vergeven, maar wanneer zo'n droom –'

'Je moet toch blijven bidden.' Mercy had graag aan de kant van de weg willen stoppen om Tedi in haar armen te nemen en tegen haar te zeggen dat het allemaal goed zou komen. *O, God, help ons allebei. De schuldgevoelens zijn het allerergst.* 'Ik heb de laatste tijd geleerd dat God pas kan inspelen op al onze emoties als we ze aan Hem geven. Ik denk dat oma dat bedoelt: begin bij het begin. Ik denk dat we al onze gevoelens van boosheid ten opzichte van je vader grondig moeten verwerken in plaats van ze ook deze keer weer te verdringen, voordat we kunnen verdergaan met ons leven.'

'Maar hoe verwerken we ze dan? Ik dacht dat we dat al gedaan hadden.'

Mercy moest aan iets denken dat Lukas haar een keer had verteld. 'In de Bijbel staat dat we moeten bidden voor onze vijanden.'

Tedi keek haar verwijtend aan. 'Maar papa is onze vijand niet.'

Mercy stopte op de plek, bestemd voor het laten uitstappen van schoolkinderen. Er waren daar ook al enkele andere ouders gestopt. 'Als we heel eerlijk zijn, denk ik dat we moeten zeggen dat hij wel nog onze vijand is. En dat moet veranderen.'

O, Heer, wat bedoelt U met verzoening? Ik ben bereid alles te doen om te voorkomen dat Tedi het moeilijk heeft. Als dat betekent dat ik moet overwegen Theodore ... Heer, help me alstublieft!

Estelle Pinkley zat met rechte rug en hoekige schouders achter haar bureau, Lukas tegenover haar. Aan haar vooruitstekende kaken kon hij zien dat ze vastberaden was. 'Een contract.'

De onverzettelijkheid in haar donkere stem en de staalharde blik waarmee ze hem aanstaarde, deden hem huiveren. Lukas was nog niet eerder het doelwit van de toorn van de directeur van zijn ziekenhuis geweest. Hij nam nu een positie in waarin hij zich niet prettig voelde. 'Slechts een tijdelijk contract', zei hij sussend. 'Alleen maar totdat hier de SEH klaar is. Alleen door dat contract te tekenen kon ik lang genoeg op een plek blijven om op adem te komen. De directeur van het ziekenhuis in Herald wilde me uitsluitend op die voorwaarde in dienst nemen.'

'En je hebt je door hem laten overhalen.'

'Het spijt me, Estelle, maar je had me hier niet nodig.'

'Wie zegt dat? Ik herinner me niet dat je mij om ontbinding van je contract hebt gevraagd! We hebben jou wel nodig. Weet je dat Mercy overspoeld wordt door spoedgevallen? Zij heeft jou nodig; bij haar in de praktijk is ruimte voor nog een arts. De inwoners van Knolls hebben jou nodig. Ik beschik over een bindend contract waarin jou die positie is toegewezen, niet Cherra Garcias of een –'

'Maar de huisartsenpraktijk is niet in het ziek...'

'Mercy's praktijk heeft een directe connectie met Knolls en omstreken en jij hebt een bindend contract met het streek-ziekenhuis in Knolls dat iedere andere contractueel vastge-legde afspraak tenietdoet. Heb je eigenlijk wel een kopie van het contract dat je in Herald hebt ondertekend, be-waard?'

'Jazeker.' Haar sarcasme stak, maar was terecht. Lukas be-schikte niet over organisatorische bekwaamheden. Zijn in Knolls afgesloten contract was zoekgeraakt in zijn oneindi-ge stapels post – twee keer zelfs.

'Fax me een kopie wanneer je vanavond weer in Herald bent', zei ze op onaangename toon. 'Ze hebben daar toch wel een faxapparaat?'

'Ja hoor.'

Ze keek hem over haar leesbril strak aan, opnieuw met een staalharde blik in haar ogen, alsof ze aan de toon waarop hij dat had gezegd, had kunnen horen dat hij niet echt meende wat hij zei.

'Ik zal een kopie faxen', zei hij.

'Goed zo. Als je het niet doet, zal ik die meneer Amos maan-dagochtend in alle vroegte bellen om hem een kopie te laten overleggen. En dan zal ik tegelijk de situatie uit de doeken doen. Als er een manier is om dat contract met Herald te verbreken zonder jou in een juridisch moeras verzeild te la-ten raken, zal ik die weten te vinden en dan daag ik Amos uit om ertegen te protesteren. Als hij dat doet, hebben we een geschil.'

Lukas moest daar niet aan denken; hij had een hekel aan dat soort dingen, maar het stond hem wel aan dat ze het over 'we' had. Ze had dus nog niet helemaal het vertrouwen in hem verloren. Ze wilde dat hij terugkwam.

Ze bleef hem nog even streng aankijken, al was het maar om hem de ernst van de situatie duidelijk te maken. Daarna werd ze iets minder gereserveerd. Ze legde haar handen gevouwen voor zich op het bureau en wreef over haar knokkels. Daarmee verried ze dat ze weer last had van haar artritis.

'Estelle', zei Lukas, maar aarzelde toen. Ze had haar drukke werkschema onderbroken om hem te woord te staan toen hij vandaag onverwacht kwam binnengewandeld. De telefoon in de werkkamer van haar secretaresse had op zijn minst vijf keer gezoemd tijdens dit korte gesprek.

Estelle hield op met het masseren van haar knokkels en richtte opnieuw haar aandacht volledig op hem. 'Zeg het maar, Lukas.'

'Ik weet dat het niet professioneel is om je werk te laten beïnvloeden door je privéleven –'

'Onzin', snauwde ze. 'Iemand die zijn privéleven volledig gescheiden kan houden van de rest van zijn leven, is schizofreen en niet te vertrouwen. Zeg nu maar wat je op je hart hebt, Lukas. Wat is er aan de hand? Ga je nu eindelijk eerlijk aan me vertellen waarom je naar Herald bent uitgeweken en Mercy in de steek hebt gelaten?'

Au. 'Dat heb ik niet gedaan.'

'Het was niet je bedoeling dat te doen.' Ze boog zich naar voren en legde de toppen van haar vingers tegen elkaar. 'Beste Lukas, vergeet niet dat ik al mijn hele leven mensen bestudeer. Ik kan aan iemands gezicht zien wat er in hem omgaat, voorspellen wat iemand gaat doen, en vaak aan de stembuigingen horen dat wat men zegt, niet overeenkomt met wat men had willen zeggen. Ik doorzag jou al voordat we vorig jaar samen dat sollicitatiegesprek hebben gevoerd. Daarom heb ik jou in dienst genomen.'

'Nog bedankt daarvoor, Est...'

'Ik besefte ook dat jij én als privépersoon én als arts obstakels in je leven zou tegenkomen omdat je een idealistische instelling hebt.' Ze zweeg een moment om hem een vluchtige glimlach te gunnen. 'Je verwacht te veel van jezelf en van anderen. Je bent te goed van vertrouwen.'

'Niet altijd.' Hij dacht aan Catcher.

'Jij bent iemand die doet wat in zijn ogen goed is, zonder te bedenken of dat ook verstandig is. Ik noem als voorbeeld die keer dat je opnieuw dit gebouw binnenging om Bailey en mij te redden.'

'Dat was wel verstandig.'

'Ja, maar daarna verdween je uit Knolls, terwijl Theodore Zimmerman zijn leven op orde bracht en duidelijk maakte dat het zijn bedoeling is het goed te maken met Mercy en Tedi.'

Lukas staarde haar verbaasd aan. Was hij zo gemakkelijk te doorzien? Hij had zelf niet eens goed beseft wat hij toentertijd deed.

Estelles gezichtsuitdrukking veranderde net lang genoeg om hem te laten inzien dat ze weer moest lachen. 'Ik heb er bewondering voor dat je bereid bent jezelf op te offeren, maar ik zou je tegelijk toch het liefst een schop onder je kont geven. We hebben het nu weer over een contract, zo je wilt zelfs over een verbintenis die veel meer verplichtingen met zich brengt. Theodore heeft lang geleden die verbintenis verbroken.'

'Maar als het zover komt dat hij zich verzoent met Mercy en Tedi –'

'Op dat punt haal je volgens mij het een en ander door elkaar. Ik begrijp beduidend meer van door mensen opgestelde wetten dan van door God opgestelde wetten, maar ik denk dat ik heel goed weet hoe God hier ten diepste over denkt. Verzoening is nodig, maar God eist mijns inziens niet dat alles weer wordt zoals het was. Dat zijn twee verschillende dingen.'

Lukas ging rechtop zitten en boog zich naar voren. Estelle sprak zelden openlijk over geestelijke zaken, maar Mercy had hem maanden geleden verteld dat deze dame echt werk maakte van de bestudering van de Bijbel. Hoe langer hij haar kende, hoe meer respect hij voor haar kreeg.

'Maar vind je dan niet dat Tedi er het levende bewijs van is dat Theo en Mercy een verbintenis zijn aangegaan?' vroeg hij. 'Dat schept een band die kostbaarder is dan een stuk papier, een mondelinge overeenkomst of handtekeningen op een stippellijn.'

'Maar Theodore heeft die band verbroken, weet je nog?'

'Maar dat –'

Estelle snoerde hem de mond door haar hand op te steken. 'Je wilde zeggen dat Theodore een ander mens is geworden en dat is waar. Hetzelfde geldt voor Mercy. Maar kijk er nu eens zo naar, Lukas. Laten we aannemen dat ze werkelijk andere mensen zijn geworden doordat ze zich hebben overgegeven aan Christus. Dat betekent dat ze niet meer de mensen zijn die jaren geleden hun relatie verbraken. Wordt dan toch van hen verwacht dat ze het opnieuw met elkaar gaan proberen?'

Lukas dacht er even over na. Haar kijk op de zaak stond hem wel aan.

'Zou het niet zo kunnen zijn, Lukas, dat God jou hiernaartoe heeft geleid, naar deze plaats en dat gezin, om een huwelijksbelofte na te komen die Theodore niet heeft kunnen nakomen? Om terug te winnen wat verloren is gegaan?'

Hij probeerde niet te laten blijken dat deze woorden hem weer een beetje hoop gaven, maar hij wist dat van zijn gezicht was af te lezen hoe hij zich voelde. Een gevangene die gratie kreeg voelde zich waarschijnlijk net zo.

Estelle stond op, liep om het bureau heen, ging voor hem staan en legde haar handen op zijn schouders. Ze kneep er even in voordat ze zei: 'Jij bent geneesheer, Lukas, en ik denk dat je hiernaartoe bent gekomen om meer te genezen dan uitsluitend lichamen. Er is tussen Mercy en jou onmiskenbaar iets ontstaan dat in de loop der tijd sterker is geworden. Ik kan op dit moment aan jouw gezicht zien wat voor gevoelens jij voor haar hebt, en ik heb hetzelfde gezien bij Mercy en bij Tedi. Noem het een onuitgesproken gevoel van verbondenheid of een stil pleidooi, maar ik denk dat het om meer gaat dan dat twee mensen zich tot elkaar aangetrokken voelen of met elkaar meeleven. Waarom geef je God niet de tijd om jou duidelijk te maken wat het is?'

Shannon lag op dezelfde onderzoekstafel als een dag eerder. Ze droeg weer een te ruim zittende spijkerbroek en een bruinflanellen blouse die ze tot aan haar kin had dichtgeknoopt. Ze had zich niet opgemaakt en haar vijf centimeter lange haar niet gekamd; het stond als stekeltjes overeind. Op verzoek van Shannon had haar moeder haar met tegenzin alleen achtergelaten bij Mercy in de spreekkamer.

Mercy bekeek de plek waar de infuusnaald had gezeten. Omdat ze nauwelijks kon ontdekken waar ze de naald had ingebracht, glom ze een moment van trots. Niet slecht voor een arts die het prikken meestal overliet aan haar praktijkassistentes. Shannon was gisteren zeven pond aangekomen dankzij het toedienen van vocht en daarna nog een pond doordat haar moeder erop had gestaan dat ze meer dronk dan anders en rust nam. Lee was een oplettende moeder die er een hele dagtaak aan had. Mercy had bewondering voor haar.

'Oké, Shannon, je bent sinds gisteren mooi op gewicht gebleven. Je ziet er beter uit dan gisterochtend. Ik ga nog paar minuten met je moeder praten en dan mag je van mij naar school.'

'Ik ga vandaag niet naar school.' Aan haar stem kon je horen dat ze gepikeerd was. 'Mijn moeder wil dat ik thuisblijf, zodat ze me in de gaten kan houden. Ze vertrouwt me niet meer.'

Mercy bekeek nog een keer de uitslagen van de verrichte onderzoeken. Het uitgebreide bloedonderzoek had niets afwijkends opgeleverd en de bloedsuikerspiegel was goed. 'Ik denk dat je de kilo's die je bent kwijtgeraakt, er wel weer aan krijgt. Je moeder maakt zich momenteel alleen maar grote zorgen over je. Ik geloof niet dat ze zich realiseerde dat jij een groot probleem had voordat jullie gisteren naar de praktijk kwamen.' Mercy legde de uitslagen van de onderzoeken op de onderzoekstafel. 'Shannon ... ik heb je gisteren niet gevraagd hoe het ervoor staat met je menstruatie. Is die normaal? Of ben je wel eens een maand niet ongesteld geworden?'

Er verscheen opeens een angstige blik in Shannons grijze ogen. 'Nee, hoezo? U denkt toch niet dat ik zwanger —'

'Nee. Dit is iets wat kan gebeuren wanneer je te veel bent afgevallen. Misschien krijg je later nog last van een onregelmatige menstruatie. Als dat gebeurt, wil ik dat je het me vertelt.'

'Waarom? Wat gaat u dan doen?' Mercy kon de angst die in Shannons stem en ogen sluimerde, niet negeren.

'Ik zal jou precies zo blijven behandelen als ik tot nog toe heb gedaan, maar ik wil op de hoogte blijven van je lichamelijke toestand zodat ik de juiste voedingssupplementen kan voorschrijven. Ik let vooral op tekenen die wijzen op uithongering.'

Er kwam geen verandering in Shannons starre, behoedzame gezichtsuitdrukking.

Mercy trok een krukje naar zich toe om naast Shannon te gaan zitten. 'Je moet tot je laten doordringen dat ik niet de vijand ben. Je hoeft van mij niet dik te worden. Ik probeer er alleen maar voor te zorgen dat je gezond blijft. Je kunt niet onbeperkt doorgaan met afvallen. Zodra je een bepaalde grens overschrijdt, zal je lichaam niet meer functioneren zoals het hoort te functioneren. Jij bent die grens dicht genaderd. Jonge vrouwen die aan anorexia nervosa lijden, hebben een vertekend beeld van hun lichaam. Wat ze ook zien in de spiegel, of wat hun ouders of vriendinnen ook zeggen –'

'Ik weet dat ik niet te dik ben', verklaarde Shannon op zachte, maar niettemin resolute toon. 'Ik weet hoe ik eruitzie.'

Mercy zweeg in het besef dat ze een blunder had gemaakt. Bij toeval was ze nu iets te weten gekomen wat ze gisteren had moeten onderkennen. Het was zo duidelijk ...

'Natuurlijk weet je dat.' Mercy stak een hand uit om het korte stoppelige haar van Shannon aan te raken, maar bedacht zich. Dit meisje moest voor alles het idee hebben dat zij zelf de baas was over haar lichaam. Niemand mocht zonder noodzaak haar wereld binnendringen. Dat nam niet weg dat ze de problemen die ze had, moesten aanpakken.

'Shannon, waarom loog je tegen je moeder over die afspraak van vorige maand?'

Het meisje sloot haar ogen en draaide haar hoofd weg. Mercy kon bijna voelen hoe ze zich terugtrok, hoe ze zich verschool achter een onzichtbare muur.

Ze hoefde ook eigenlijk geen antwoord te geven, Mercy wist het antwoord al. 'Oké, laat me je dan dit vragen: ben jij bereid tweemaal per week naar de praktijk te komen voor voedingsadviezen en de controle van je gewicht? Ik beloof dan dat ik het eerste halfjaar geen inwendig onderzoek meer bij je zal verrichten, behalve wanneer er zich nieuwe complicaties voordoen.'

Het had er een moment alle schijn van dat Shannon niet naar haar had geluisterd. Maar ze deed even later dan toch haar ogen open en knikte. Ze bleef Mercy met een vragende blik in haar ogen aankijken.

'Ik zal Josie de controles bij jou laten doen,' vervolgde Mercy, 'en we zullen zo nodig om de twee weken bloed afnemen. Maar als je weer te veel afvalt, zullen we drastischere maatregelen moeten nemen.'

Shannon keek opnieuw de andere kant op, maar pas nadat de spanning voor een deel uit haar nog maar kortgeleden hoekig geworden gezicht was verdwenen. Het was veelzeggend dat Mercy tranen zag schitteren in haar ogen. Dat betekende dat ze geen last meer had van uitdroging.

'Ik moest vorige week een verklaring afleggen', zei Shannon terwijl ze de tranen de vrije loop liet. 'Ze dwongen me steeds opnieuw te vertellen wat er is gebeurd. Uiteindelijk werd ik dat zo zat dat ik hun toeschreeuwde dat ze het maar helemaal moesten vergeten! Waarom doen ze me dit aan? Weten ze niet dat ik nog steeds droom over wat hij mij heeft aangedaan, dat ik er nog iedere dag aan moet denken en ook nog iedere dag dat moment opnieuw beleef? Wanneer ik erover praat, gebeurt het gewoon telkens opnieuw, en mijn vader en moeder houden er ook niet over op.'

'En daarom kom je er op de enige manier die je kunt bedenken tegen in verzet.' Mercy gaf haar een paar papieren zakdoekjes. Ze kwam sterk in de verleiding om Shannon in haar armen te nemen en tegen haar te zeggen dat ze mocht huilen totdat de pijn en het verdriet waren verdwenen. Dit meisje was echter innerlijk zo zwaar beschadigd, dat tranen, omhelzingen of troostende woorden dat niet ongedaan konden maken. 'Het verleden verandert er niet door wanneer je jezelf langzaam laat doodgaan, Shannon. En dat gebeurt ook niet wanneer je jezelf uithongert of je haar afknipt om er niet meer zo vrouwelijk uit te zien.'

Shannon ging opeens met de rug naar Mercy toe rechtop zitten en liet haar benen over de rand van de onderzoekstafel bengelen. Ze trok haar magere schouders hoog op, snoot haar neus en depte haar gezicht droog. 'Mag ik nu naar huis als ik beloof dat ik als een braaf kind alles wat me voorgezet wordt opeet en mijn melk opdrink?' Haar stem klonk nogal verbitterd.

Mercy zuchtte. 'Ja, Shannon, je mag naar huis. Denk eraan dat je voldoende vocht ...' vervolgde ze, maar ze merkte toen dat ze tegen een lege kamer praatte. Shannon had zich van de onderzoekstafel laten glijden en was weggelopen zonder nog een keer achterom te kijken.

De geur van uien, knoflook, gesmolten kaas en aardappels steeg op uit de grote papieren zak die Lukas om vijf voor twaalf op Mercy's brede bureau neerzette. Hij kon zijn maag horen knorren, al zat Lauren McCaffrey in de ruimte ernaast te kwebbelen en ging daar voortdurend de telefoon. Tot zijn opluchting had Lauren hem bij aankomst verteld dat Mercy eindelijk weer een keer op tijd klaar zou zijn. Ze konden dus echt samen lunchen. Het was misschien een vergissing om in de praktijk te eten, maar op die manier was de kans groter dat ze een poosje samen zouden kunnen zijn. Mercy had de laatste tijd weinig vrije tijd. Lukas hoopte dat het vandaag anders was.

Hij had het ontbijt overgeslagen, in de hoop dat hij rond de middag een gezonde eetlust zou hebben. Dat was een goed plan geweest. Hij werd al enigszins licht in het hoofd. Maar hoeveel trek hij ook had, zijn verlangen om Mercy weer te zien was groter. Estelles woorden echoden voortdurend door zijn hoofd ... iets tussen hem en Mercy en Tedi werd sterker ... Gods wil ... stil pleidooi. Verzoening stond niet gelijk aan terugkeer ...

Zou ze gelijk kunnen hebben? Bestond de kans dat ...? En als Estelle gelijk had gehad, zou hij dan de moed hebben om aan Mercy te bekennen hoever zijn gevoelens voor haar strekten? Nee ... Hij moest dan niet alleen vertellen wat hij voor haar voelde, maar ook wat zijn geloofsovertuiging inhield en wat hij haar wilde beloven. Mercy moest weten welke gedachten er allemaal door zijn hoofd spookten; daar had ze recht op … maar misschien moest hij ermee wachten totdat het niet meer zo'n warboel was. Hij kon ermee volstaan haar eerst alleen maar te vertellen dat hij van haar hield, dat hij daar geen moment meer aan twijfelde en dat er geen weg terug meer was. Hij wilde dat niet langer uitstellen.

Terwijl hij in Mercy's spreekkamer op de beklede stoel voor het bureau zat te wachten, ving hij flarden van gesprekken op. Eerst hoorde hij Lauren, toen Josie iets zeggen, en daarna Mercy terwijl ze door de gang naar haar spreekkamer liep.

Hij genoot van de klank van haar stem.

De deur ging open en Mercy zag hem meteen toen ze binnenstapte. Haar ogen lichtten op, maar ze begroette hem toch niet zo blij als hij had verwacht, niet zo enthousiast als ze gisteravond bij haar thuis had gedaan. Er was een stille bedachtzaamheid voor in de plaats gekomen. Waarschijnlijk was ze met haar gedachten nog bij een patiënt.

Ze trok de deur snel achter zich dicht en leunde ertegenaan. 'Dit is toch niet te geloven? Gebeurt dit werkelijk?'

In haar stem klonk verwondering door, maar haar donkere ogen weerspiegelden niet de zorgeloze ongedwongenheid waarvan hij zo had genoten wanneer ze samen waren.

'Ik heb een achterstand weggewerkt en nog diezelfde dag ben jij hier.'

Ze droeg een blauw operatiepak onder haar witte jas. Haar bruine haar hing los over haar schouders en een gedeelte van haar rug; het glansde in de zonnestralen die door de ramen naar binnen vielen. Ze had er nog nooit zo mooi uitgezien, vond hij.

'Zeg dat maar niet te vlug', waarschuwde Lukas. 'Misschien is dit wel het oog van een orkaan.'

Zonder hem ook maar een moment uit het oog te verliezen draaide ze achter haar rug de sleutel om totdat het slot zacht klikte. 'Als ze me nodig hebben, zullen ze moeten inbreken.' Eindelijk kon er een glimlach af. 'Je ziet er goed uit, Lukas.

Ik ben zo blij dat je er bent.'

Met een paar passen overbrugde hij de afstand tussen hen en nam haar in zijn armen. Ze rook heerlijk naar ontsmettende middelen en zeep. Hij begroef zijn gezicht in haar haren en hield haar stevig vast, niet van zins haar meteen weer los te laten. Hij merkte dat dit haar verbaasde. Hij had nooit eerder als eerste op een dergelijke directe manier blijk gegeven van genegenheid.

'Mercy, ik heb je zo gemist', zei hij zacht.

Hij hoorde dat haar adem stokte – was er heel even enige aarzeling te bespeuren? Voordat hij erover kon nadenken, trok ze hem dichter naar zich toe.

'Je weet nog niet half hoe vaak ik ernaar heb verlangd jou dat te horen zeggen', fluisterde ze. 'Ik heb er zelfs over gedroomd dat je mij zo zou vasthouden als je nu doet, Lukas.'

Haar woorden waren zo strelend dat zijn nek ervan begon te tintelen. Hij genoot nog een paar minuten van haar nabijheid en liet haar toen met tegenzin los. 'Ik heb zo vaak de telefoon gepakt om jou te bellen, maar je was óf aan het werk óf het was al te laat in de avond.'

'Waarschijnlijk lag ik op die momenten juist aan jou te denken en te wensen dat ik met je zou kunnen praten.'

'Ik heb echt gebeld om je te laten weten dat ik gisteravond hiernaartoe zou komen, maar –'

'Weet ik. Ik had het antwoordapparaat niet afgeluisterd.' Ze sloot haar ogen en schudde verdrietig haar hoofd. 'Het heeft er alle schijn van dat we elkaar steeds mislopen, Lukas. Denk je ... zou het zo kunnen zijn ... dat Iemand niet wil dat wij samen zijn?'

Knipperend met zijn ogen en fronsend staarde Lukas haar aan. 'Iemand?'

'Iemand met een hoofdletter.'

Dit had hij niet verwacht. Al die tijd dat ze van elkaar gescheiden waren geweest, had Mercy hem gemist. Ze had gewild dat hij terugkwam naar Knolls om samen met hem haar huisartsenpraktijk draaiende te houden. En na wat Estelle over haar had gezegd ...

Mercy draaide zich om naar de papieren zak die hij op haar bureau had gezet. 'Heb je dit bij de Italiaan gehaald?'

'Ja. Nu hoop ik maar dat je vandaag niets tegen hebt op een beetje cholesterol. Het is uit zeven lagen bestaande lasagne en dat hoogst ongezonde chocoladetoetje dat je zo lekker vindt.'

Ze trok een lelijk gezicht. 'Je weet dat ik ook gek ben op zo'n pizza waarin weinig vet zit.'

'Ja, maar dit heb je voorgeschoteld gekregen toen we voor het eerst met elkaar uit eten gingen.'

Zuchtend en hoofdschuddend kwam ze op hem af en hief haar gezicht naar hem op, alsof ze van plan was hem te kussen. 'Je bent toch wel degelijk een romanticus. Anderen beweren het tegendeel, maar daar heb ik geen boodschap aan. Bedankt, Lukas.' In plaats van hem te kussen, pakte ze zijn handen vast en verstrengelde haar vingers met die van hem. 'Zal ik om een zegen vragen?'

Lukas nam even de tijd om haar nog een keer in de ogen te kijken voordat hij zijn hoofd boog. Er zat nog steeds iets niet goed. Hij kon het horen aan haar stem.

'Heer ... dank U.' Na de met warmte uitgesproken woorden viel er een stilte. Waarom aarzelde ze nu even? Waarom was ze nu verdrietig? 'Dank U dat U een lieve vriend op mijn pad hebt gebracht die me de laatste maanden veel heeft geleerd over vriendelijkheid. Ik dank U voor zijn grootmoedigheid en wijsheid. U wist precies wat ik nodig had.' Haar stem werd zo onvast dat ze maar gauw haar mond hield. Haar vingers verstevigden hun greep.

Lukas merkte dat zijn eetlust verdween. Er was iets helemaal mis. Hij maakte het gebed voor haar af. Toen hij opkeek, zag hij dat er al gestaag tranen over haar wangen biggelden.

Ze liet zijn handen los, sloeg haar armen om zijn middel en duwde haar gezicht tegen zijn schouder.

Hij pakte haar werktuigelijk ook vast en vroeg: 'Wat is er?'

'O, Lukas ...' Ze hield hem een moment alleen maar vast, haar lichaam gespannen van het huilen.

Lukas kreeg een oud, vertrouwd gevoel: ze had nog steeds macht over hem. Even vertrouwd was het gevoel van hulpeloosheid dat maakte dat hij geen enkel verweer meer had wanneer ze huilde. Maar dat gaf niet. Hij wilde zich niet meer verweren tegen haar macht over hem; dat was niet meer nodig.

'Ik heb je gemist', zei ze uiteindelijk. 'Gisteravond was ik zo blij dat ik je zag. Tedi –' Ze hief haar hoofd op en keek Lukas in de ogen. De tranen schitterden als een stroompje diamantstof. 'Je hebt gezien hoe ze reageerde. Ze heeft jou gemist. We hebben jou allebei gemist.'

'Maar waarom huil je dan? Ik ben nu toch bij je? Als Estelle haar zin krijgt, kom ik terug om jou in je praktijk bij te staan totdat de SEH klaar is.'

Hij had gedacht dat de mogelijkheid dat hij op korte termijn zou terugkeren, eindelijk weer de vreugde in haar ogen zou terugbrengen die hij er zo graag in zag. Dat gebeurde niet. 'Het is een vergissing van me geweest dat ik dat contract in Herald heb ondertekend', zei hij. 'Ik wist al na mijn eerste dienst dat ik die baan daar beter niet had kunnen accepteren. Ik raak waarschijnlijk in de problemen als ik wegga voordat mijn contract is verlopen, maar ik betwijfel of meneer Amos Estelle Pinkley kan trotseren wanneer ze eenmaal goed op dreef is.'

Mercy bleef hem zwijgend aankijken terwijl haar ogen zich opnieuw vulden met tranen. Toen duwde ze nog een keer haar voorhoofd tegen zijn schouder. 'Lukas,' fluisterde ze, 'weet jij wat je precies onder verzoening moet verstaan?'

Het woord verzoening raakte hem, zodat hij het idee had dat er ijskoude lucht zijn kant op werd geblazen. 'Verzoening?' kon hij nog net met schorre stem uitbrengen.

Ze zuchtte. 'Denk jij dat het Gods wil is dat Theo en ik … dat wij proberen ons huwelijk te lijmen?'

Lukas had het idee dat ze op hem af was gevlogen en hem met beide voeten in zijn buik had geschopt. Zijn adem stokte. Zijn handen gleden van haar schouders en hij deed een stap achteruit. Hulpeloos staarde hij haar aan.

Voordat hij antwoord had kunnen geven, drong het doordringende geloei van een sirene tot hen door. Op hetzelfde moment ging de telefoon op Mercy's bureau.

Ze veegde met de rug van haar hand de tranen van haar gezicht, haalde een keer diep adem en griste de hoorn van de haak. 'Ja.' Ze luisterde even. Onwillekeurig gingen haar ogen dicht. Haar gezicht verbleekte. 'We zullen ons erop voorbereiden. Bel alvast het mobiel medisch team. De kans is groot dat ze haar moeten overbrengen naar Cox South.'

Ze hing op en wendde zich tot Lukas. 'Ze hebben Kendra Oppenheimer bewusteloos aangetroffen in de sauna van het fitnesscentrum. Buck denkt dat ze een overdosis medicijnen heeft ingenomen. Ze is per ambulance onderweg hiernaartoe.'

21

Lukas staarde naar Mercy's achterhoofd terwijl hij achter haar aan door de gang liep in de richting van de brede achterdeur van de kliniek. Hij hield zich nog steeds bezig met pogingen om te herstellen van de schok en de pijn die haar vraag had veroorzaakt. Als ze overwoog om opnieuw met Theo te trouwen, waarom had ze hem dan gisteravond zo hartelijk welkom geheten bij haar thuis? Waarom had ze hem dan meermalen opgebeld? Waarom gedroeg ze zich dan alsof ze nog steeds om hem gaf?

Maar daar kon hij op dit moment niet verder over nadenken vanwege al dat lawaai om hem heen waarmee de voorbereidingen op Kendra's komst gepaard gingen. Hij moest zijn persoonlijke problemen uit zijn hoofd zetten. Dit was een noodsituatie.

Een grote ruimte, die ooit was gebruikt als opslagplaats, was nu min of meer zo ingericht dat ze kon dienen als de plaats waar ambulances hun patiënten konden afleveren. Mercy had een paar duidelijke verbeteringen doorgevoerd om de zorg voor ernstig zieke of gewonde patiënten te vergemakkelijken. Het lab kon veel meer onderzoeken verrichten dan voorheen en er was ook met de röntgenapparatuur meer mogelijk dan eerder het geval was geweest. De praktijk leek zo op het eerste gezicht te voldoen aan de eisen om niet al te ernstige spoedgevallen op te vangen. Lukas kon alleen maar bidden dat ze voor deze patiënt alles in huis hadden wat ze nodig had.

Terwijl de ambulance snel naar de plek reed waar de patiënt uitgeladen kon worden, moest Lukas vechten tegen zijn egoïstische gevoelens. Hij hield zichzelf voor dat hij zo van streek was omdat Mercy zijn gevoel van trots geweld had aangedaan. Was hij niet opzettelijk weggebleven uit Knolls zodat zij de vrijheid had om haar eigen beslissing te nemen aangaande Theodore? En nu had ze duidelijk moeite met die beslissing. Wat had hij dan verwacht? Waarom kan hij aan niemand anders denken dan aan zichzelf? Als hij echt van Mercy hield zoals een man van een vrouw hoorde te houden, moest hij toch in staat zijn haar behoeften te stellen boven die van zichzelf?

Nog voor de ambulance tot stilstand was gekomen, stapte Buck vliegensvlug uit. Hij droeg een bodybuildersshirt en een strak zittende fietsbroek, waarin iedere beweging van de spieren in zijn getrainde lichaam zichtbaar was. 'Ik heb haar in de sauna van het fitnesscentrum aangetroffen.' Hij was zo bang dat de woorden over elkaar heen tuimelden. 'Ze was nog bij bewustzijn, maar kon nauwelijks haar hoofd optillen. Toen ze eenmaal op de vloer lag, was ze compleet uitgeteld. Ze is zo stijf als een plank, alsof ze helemaal verkrampt is of zoiets. Ik dacht aan een hitteberoerte, maar ik heb in haar handtas gekeken om te zien of ze soms een overdosis medicijnen had ingenomen –'

'Nee,' zei op zwakke toon Kendra in de ambulance, 'ik heb niet –' Het protest ging op in onverstaanbaar gemompel.

Lukas en Mercy hielden zich op de achtergrond terwijl de ambulanceverpleegkundigen om de auto heen liepen om hun patiënt eruit te halen. Kendra lag op een plank met in haar rechterarm een infuus en op haar borst plakkers met snoertjes eraan die in verbinding stonden met een monitor. Ze was ongeveer net zo gekleed als Buck. Haar oogleden hingen half over haar ogen.

Connie, de ervaren ambulanceverpleegkundige met een kortgeknipte jongenskop, knikte even ten teken dat ze Lukas had gezien. 'Fijn dat u terug bent, dokter Bower.' Ze wendde zich tot Mercy. 'Ik neem aan dat Buck u heeft ingelicht over wat er is gebeurd. Toen we ter plekke aankwamen, was haar hartslag 130, ademhaling 35 en bloeddruk hoog, maar fluctuerend. Haar temperatuur was in het fitnesscentrum 40.2. Ik heb haar niet geïntubeerd omdat haar luchtwegen op dat moment in orde leken. Haar spieren zijn echter zo stijf – niet normaal.'

'Krijgt ze de normale zoutoplossing?' vroeg Mercy.

'Ja. Het infuus staat wijd open.'

'Goed, Connie. Breng nog een infuus in.'

Toen ze Kendra overhevelden, bleef Buck bij de brancard staan alsof hij er met een onzichtbaar koord aan vastzat. 'Stel dat het een overdosis is? Ik heb in haar handtas alleen maar haar medicijnendoos gevonden en daar zaten nog medicijnen in. Al haar flesjes staan thuis.'

'Hoe lang zijn jullie in het fitnesscentrum gebleven?' vroeg Mercy.

'Ongeveer een uur.'

'En is ze al die tijd in beweging geweest?' Mercy's stem schoot uit van schrik.

'S-stop ...' fluisterde Kendra. Er drupten tranen langs de zijkant van haar gezicht tot in haar haar. Haar ogen bleven dicht.

Mercy ging snel naast haar staan. 'Kendra? Kun je met me praten?'

Geen reactie.

Lukas deed een stap naar voren en palpeerde Kendra's benen. Buck en Connie hadden gelijk: de spieren stonden erg strak ... bijna nog te strak voor een geval van hitteberoerte.

'Rijd haar de behandelkamer in en zet haar vlak bij de deur', droeg Mercy hun op. 'Daar hebben we alles klaarstaan om haar te behandelen.' Ze kneep even in Kendra's vingers en hield haar daarbij in het oog.

Ook vanaf de plek waar hij stond, kon Lukas zien dat de haarvaatjes zich traag opnieuw vulden.

'Lauren?' zei Mercy. 'Waar is Lauren?'

'Ik kom er al aan, dokter Mercy', zei Lauren op geruststellende toon vanaf de gang. Ze kwam snel de behandelkamer binnen met ijskompressen, een ventilator en een plastic vernevelaar bij zich. 'Ik heb bedacht dat u waarschijnlijk graag wilt dat haar lichaamstemperatuur zo snel mogelijk daalt.'

'Dat heb je goed gezien.' Mercy bleef haar aandacht op de patiënt richten. 'Kendra?'

Nog steeds geen reactie.

Mercy wreef met haar knokkels midden over Kendra's borst. Het gezicht van de jonge vrouw vertrok. Knipperend met haar oogleden keek ze op naar Mercy. Er drupten nog meer tranen over haar gezicht. 'K-kan me niet bewegen. Z-zo stijf.'

Mercy pakte Kendra's hand stevig vast. 'Het komt allemaal goed.' Ze wendde zich tot Lukas. 'Wil jij ons helpen haar van deze plank te halen? Lauren, neem een bloedgas voor me af. Misschien heb je gelijk, Buck, en heeft ze inderdaad een hitteberoerte. Lauren, is Josie al lunchen?'

'Ja, sorry, ze is ongeveer tien minuten geleden weggegaan. Wilt u dat Loretta haar probeert op te sporen om haar te vragen terug te komen?'

'Nee, we hebben genoeg hulp. Laat Buck haar in ijs verpakken en koud water over haar vernevelen. Maar laten we eerst die strak zittende kleren losknippen. Sorry, Kendra, je zult nieuwe sportkleren moeten aanschaffen. Connie, kun jij nog een poosje hier blijven?'

'Geen probleem, dokter Mercy', antwoordde de ambulanceverpleegkundige. Ze keerde haar de rug toe om haar partner Dan op te dragen Kendra's vitale functies nauwlettend in de gaten te houden. Toen draaide ze zich weer om naar Mercy. 'Waarmee kan ik helpen?'

'Neem bloed af voor een screening op bloedvergiftiging en geef haar dan een zetpil tylenol. Lauren, nadat jij een bloedgas hebt afgenomen, mag je ermee naar het lab. Het komt goed, Kendra. We zullen zorgen dat je lichaamstemperatuur daalt.'

Lukas keek nog een keer hoe stijf de spieren in Kendra's benen waren. Een hitteberoerte veroorzaakt inderdaad verstijving, maar hij had nog nooit een zodanig ernstig geval onder ogen gekregen. 'Mercy,' zei hij zacht, 'voel eens hoe strak haar spieren staan. En kijk eens naar haar – ze heeft geen blosjes, ze is bleek. En ze is niet zo uitgedroogd dat ze niet meer kan huilen of transpireren.'

Fronsend boog Mercy zich over Kendra heen en klopte de jonge vrouw op de schouder. 'Kendra, heb je het gevoel dat je in brand staat?'

'J-ja.'

Mercy keek hoe haar arm- en beenspieren aanvoelden en richtte toen haar blik op Lukas. Van haar gezicht was af te lezen dat ze zich steeds meer zorgen begon te maken. 'Je hebt gelijk. Zo stijf als een loden pijp.'

Buck stopte de ijskompressen onder de armen van zijn vrouw en in haar liezen. Connie knipte de bovenlaag van haar kleding weg. Kendra protesteerde zwakjes en Buck legde zijn hand tegen de zijkant van haar gezicht. 'Het spijt me, maar ik moet dit doen, schat. We moeten zorgen dat je lichaamstemperatuur snel daalt.'

Haar blauwe ogen gingen wijd open toen Connie het tweede infuus begon in te brengen. Ze keek Buck smekend aan. Haar tanden waren nog steeds op elkaar geklemd. 'Ik ben bang, Buck. Wat gebeurt er allemaal?'

Hulpeloos wendde hij zich tot Lukas en Mercy.

'Vernevel verkoelend water over haar heen, Buck', zei Mercy. 'De medicijnen die ze inneemt voor de bipolaire stoornis zouden deze reactie kunnen veroorzaken, vooral in combinatie met lichaamsbeweging. In dat geval hebben we hier te maken met het neuroleptisch maligne syndroom. Dat is iets wat zich zelden voordoet, maar dat in ieder geval met spoed moet worden behandeld.'

'Wilt u daarmee zeggen dat het niet om een overdosis gaat?'

'Nee!' riep Kendra tussen opeengeklemde tanden door. 'Ik heb toch gezegd –'

'Buck, richt de ventilator op haar', zei Mercy. Toen draaide ze zich om en riep over haar schouder: 'Lauren, hebben wij lorazepam en dantroleen op voorraad?'

'Ik geloof van wel, dokter Mercy. Ik ga even kijken. Mocht het niet het geval zijn, dan zal ik Dan naar het ziekenhuis sturen om er een hoeveelheid van op te halen.'

'Nee. Ik weet zeker dat we hier wel een van de verschillende soorten benzodiazepine op voorraad hebben. Zodra je er de hand op hebt weten te leggen, moet je dat middel zo snel mogelijk intraveneus toedienen en dan kijken of de dantroleen werkt.'

'Hartslag versnelt', liet Dan weten. 'Bloeddruk stijgt.'

Mercy keek Lukas met een zorgelijk gezicht aan. Ze moesten zorgen dat de koorts nu snel daalde. Als dit een hitteberoerte was, kon verlaging van de lichaamstemperatuur leiden tot minder ernstige ziekteverschijnselen. Als Kendra leed aan het gevaarlijke neuroleptisch maligne syndroom, was het noodzakelijk de genoemde medicijnen via het infuus toe te dienen om de spierstijfheid op te heffen. Lukte dat niet, dan kon dat ertoe leiden dat haar organen uitvielen. Het verstijven van de spieren kon leiden tot uitval van de nieren en zelfs tot de dood.

'Connie, houd haar luchtwegen goed in de gaten', zei Mercy. 'Kendra, ben je misselijk?'

'Nee, maar ik kan me niet bewegen.' Van angst en frustratie sprak ze nu iets luider dan daarnet.

'Laat het ons even weten als je het idee hebt dat je misselijk wordt. Omdat jij je niet kunt bewegen, zullen wij jou moeten laten bewegen.'

De tranen bleven komen bij Kendra. 'Buck?'

'Ik ben bij je. Ik laat je niet in de steek.' Hij was nog steeds in de weer met de vernevelaar en verplaatste steeds de ijskompressen en de ventilator. 'Het komt allemaal goed. Ik zal zorgen dat er niets met je gebeurt.'

Mercy wendde zich tot Lukas. Ze stak een hand uit om even zijn arm aan te raken, alsof ze steun zocht. 'Ik kan niet wachten tot we zeker weten wat dit is.'

'Nee, dat is zo. Ze zal geen nadelige gevolgen van de medicijnen ondervinden als het om een hitteberoerte gaat, en ze kan er nu niet buiten.'

Ze dempte haar stem. 'Ik zou deze patiënt aan jou kunnen overdragen.'

'Dat is nergens voor nodig.'

'Maar jij bent de SEH-arts.'

'Je doet het prima. Ik volg vandaag uw instructies op, dokter Richmond.'

Theodore Zimmerman zat daar met gevouwen handen alsof zijn vingers schakels waren van een sterke keten. Hij vond het vreselijk wanneer hij naar de dokter moest; hij was bang voor naalden al zou hij dat nooit toegeven. Ook vond hij het vernederend dat hij daar als patiënt op de onderzoekstafel zat met een dun ziekenhuisjasje aan waarvan je de drukknopen op de rug nooit dicht kreeg. Hij kon vanaf de onderzoekstafel niet horen wat er zich in de spreekkamer afspeelde. Zijn hart bonkte.

Wat was er aan de hand? Waarvoor had hij dit jasje moeten aantrekken? Hij had gedacht dat hij langs moest komen om de uitslagen van zijn tweede bloedonderzoek naar hepatitis B te vernemen. Hij had verwacht dat hij in het ergste geval meegenomen zou worden naar een apart kamertje om te bespreken welke behandelingen er beschikbaar waren voor de ziekte, en welke daarvan de beste was. Het beste zou het natuurlijk zijn wanneer hem werd meegedeeld dat de eerste uitslag niet klopte; daar had hij op gehoopt. Hij had niet van tevoren bedacht dat hij hier zo naakt en kwetsbaar zou moeten blijven zitten. Net zo min als het ooit bij hem was opgekomen dat hij hepatitis zou kunnen hebben.

Nee, hij had gehoopt dat Mercy hem met nieuwe ogen zou kunnen bekijken, dat Tedi en zij meer begrip zouden krijgen en meer genegenheid zouden gaan voelen voor de nieuwe Theodore sinds God hem een ander hart had gegeven. Er leek alleen net zo min iets goeds uit voort te komen als uit zijn bloedonderzoeken.

De muren en de zware, met houtsnijwerk versierde deuren in de praktijk van dokter Simeon waren steviger dan meestal het geval was. Een internist kon zich die luxe veroorloven en zijn patiënten verwachtten het eigenlijk ook. Theodore kon nauwelijks het gerinkel van telefoontjes, het geroezemoes van stemmen en snelle voetstappen horen. De aantrekkelijke doktersassistente had zijn vitale functies gecontroleerd. Daarna had ze eenvoudigweg gezegd dat het de standaardprocedure voor onderzoek was dat een patiënt in een apart kamertje werd gezet en een ziekenhuisjasje moest aantrekken. Nou ja, hij kende dokter Simeon goed genoeg om te weten dat hij niets aan het toeval overliet. Mercy had in het verleden verschillende keren opgemerkt dat Robert zeer kundig was en dat zijn werkwijze getuigde van gezond verstand. Hij zou ieder risico uitsluiten.

Theodore had zich jarenlang gestoord aan Robert Simeon, was zelfs jaloers op hem geweest omdat hij als arts zo nauw samenwerkte met Mercy. Na de scheiding had hij zich afgevraagd of Mercy en Robert een persoonlijkere band met elkaar zouden krijgen. Dat was niet gebeurd. Hij had beter moeten weten. Robert reed een Porsche Carrera, Mercy een vierdeurs Subaru met vierwielaandrijving, waarin ze veel kwijt kon in het geval dat ze patiënten moest meenemen naar het ziekenhuis of boodschappen voor hen moest doen.

Nu hij aan Mercy dacht, voelde Theodore de spanning in zijn lijf toenemen. Als hij echt hepatitis had, wat zou er dan terechtkomen van al zijn dromen over een nieuw begin als gezin waaraan hij zich de laatste tijd had durven over te geven? *God, zorgt u alstublieft dat dit allemaal één grote vergissing is. Geef me alstublieft de kans om goed te maken wat ik hun allemaal heb aangedaan.* Stel dat hij echt ziek was en dat hij een paar weken of zelfs een paar maanden niet zou kunnen werken? Hij was goed verzekerd bij de drukkerij, maar hoe zou hij dan zijn rekeningen moeten betalen?

Zo moest hij niet denken. Hepatitis was helemaal zo erg niet. De ziekte kon behandeld worden.

De deurknop werd omgedraaid en de deur zoefde geruisloos open. Theodore greep de rand van de onderzoekstafel beet. Dokter Simeon kwam met grote passen binnen, even ernstig en kwiek als altijd. Theo voelde zich geïntimideerd. De behandelkamer werd kleiner.

'Hallo, meneer Zimmerman.' Hij legde het klembord met het formulier waarop Theo's vitale functies waren genoteerd, op het bureau in de hoek, draaide zich weer om en schudde Theo de hand. Hij was een centimeter of vijf langer dan Theo, zijn bruine haar begon dun te worden en in zijn voorhoofd zaten rimpels als gevolg van het feit dat hij zich voortdurend zorgen maakte. In zijn chique kleding zat nergens een vouw of een vlek en zijn handen waren fraai gemanicuurd.

'Dag, dokter Simeon. Bedankt dat u me er vandaag tussen hebt willen zetten.' Theo spreidde zijn handen om hem te attenderen op het jasje dat hij aanhad. 'Ik weet eigenlijk niet waar dit goed voor is.'

De arts trok de stoel op wieltjes naar zich toe en ging een armlengte bij Theodore vandaan zitten. Hij was een drukke internist. Drukke internisten gingen er toch niet bij zitten? 'Ik zeg maar meteen waar het op staat, meneer Zimmerman.' Hij gebaarde naar het klembord op het tafeltje en de zorgrimpeltjes werden dieper. 'Beide bloedonderzoeken waren positief voor hepatitis B. Omdat u momenteel nog geen klachten hebt, bestaat de mogelijkheid dat de ziekte chronisch is geworden. U hebt er waarschijnlijk al een poosje mee rondgelopen.'

'Maar hoe heb ik hepatitis opgelopen?' vroeg Theo. Dat had hij zich al afgevraagd sinds hij de eerste positieve uitslag per post had ontvangen. 'Nog belangrijker is: kan ik het hebben doorgegeven aan iemand anders? Stel dat Mercy of –'

'Dat is hoogstonwaarschijnlijk gezien het feit dat er al zo veel tijd is verstreken', stelde dokter Simeon hem gerust. 'Hoelang is het geleden dat jullie zijn gescheiden? Zes jaar? We hebben het hier over een niet makkelijk overdraagbaar virus. Mercy en Tedi kunnen zich natuurlijk uit voorzorg laten testen, als ze dat willen. Weet Mercy hoe de zaken ervoor staan?'

'Nog niet. Ik wilde haar niet ongerust maken.' Zodra hij wist dat het goed kwam, zou hij het haar vertellen.

'Daar kan ik begrip voor hebben. Mijn gedachtegang is als volgt.' De internist boog zich naar voren. 'U zat vorig jaar zomer een paar maanden vast om behandeld te worden. Wanneer u daar voortdurend nauw contact hebt gehad met een besmette ... gevangene ... hebt u waarschijnlijk in die tijd de ziekte opgelopen.'

Theodore schudde zijn hoofd. 'Het behandelcentrum leek totaal niet op een gevangenis. Ik heb ook niet veel tijd doorgebracht met de mensen met wie ik een kamer deelde.'

Dokter Simeon aarzelde slechts een paar seconden. 'Er zijn nog meer mogelijkheden. Drugsgebruikers –'

'Nee, ik ben niet verslaafd aan drugs en dat ben ik ook nooit geweest.'

Diep zuchtend leunde de internist achterover. Zijn blik ving Theo's blik en hield die vast. Wat er in de arts omging was niet goed af te lezen uit de opmerkzame ogen, hoe Theo er ook zijn best voor deed. 'Intiem lichamelijk contact met een besmette persoon kan ertoe leiden dat de ziekte zich verspreidt', zei dokter Simeon rustig.

Er viel opeens een diepe stilte en Theodore voelde dat zijn gezicht vuurrood werd van schaamte. Er kwamen opeens allerlei dingen uit het verleden bij hem boven. Dokter Simeon wist waarschijnlijk even goed als de meeste andere inwoners van Knolls dat er zowel voor als na de scheiding andere vrouwen waren geweest. Theodore had niet zijn best gedaan om dat geheim te houden – waarom zou hij ook? Destijds had hij niet het idee gehad dat hij vooral discreet moest zijn. Hij was feitelijk trots geweest op zijn veroveringen. Tegen Mercy had hij er graag over opgeschept, vooral omdat hij het haar betaald had willen zetten dat hij niet op de eerste plek kwam in haar leven.

Nu kwam alles wat hij had uitgespookt aan het licht. 'Dat zou het geval geweest kunnen zijn', zei hij verslagen. Zijn schouders zakten af en hij sloeg zijn handen voor zijn gezicht. De afgelopen maanden had hij al vele malen een afkeer van Theodore Zimmerman gekregen. Nu haatte hij de man die veertig jaar alleen maar voor zichzelf had geleefd. Hij vond het verschrikkelijk dat hij zijn gezin zo had ontluisterd.

'Wanneer voor het laatst?' vroeg de arts vriendelijk.

Theodore wreef in zijn ogen en dwong zijn schouders zich te rechten, maar hij kon er niet toe komen de arts recht aan te kijken. 'Vorig jaar voorjaar, dus een maand of tien geleden. Julie is inmiddels getrouwd en woont hier in Knolls. Denkt u dat zij –'

'Ze kunnen het allemaal geweest zijn. De ziekte is onvoorspelbaar. U hebt sindsdien geen ander meer gehad?'

'Nee.' En dat zou nu ook niet meer gebeuren. Hij kon niet het risico nemen deze ziekte door te geven aan iemand anders.

De zorgrimpels in het voorhoofd van de internist werden nog dieper. 'U hebt nooit aangegeven dat u symptomen hebt die wijzen op een acute infectie, meneer Zimmerman. Dat betekent uiteraard dat u er ook nooit voor bent behandeld. Een paar dingen baren me op dit moment zorgen; de meest voor de hand liggende daarvan is dat u in het verleden verslaafd bent geweest aan alcohol.' Hij stond op en duwde de stoel op geruisloze wieltjes aan de kant. 'Ik moet u onderzoeken om vast te stellen of er sprake is van gevoeligheid rond de lever of misschien zelfs van een vergroting van de lever. Bent u de laatste tijd afgevallen?'

Theodore deed zijn best om gewoon door te ademen. 'Een paar kilo, ja. Waarom? Wat is er volgens u aan de hand?'

'Chronische hepatitis B kan verschillende complicaties met zich brengen die de lever kunnen aantasten. Als gevolg van uw alcoholverslaving bestaat bij u helaas de kans op levercirrose, misschien zelfs op levercarcinoom.'

Het duurde even voordat tot hem doordrong wat dit betekende. Kanker. Nee, dat kon niet waar zijn. Daarvoor was hij nog veel te jong. 'Kanker, bedoelt u.'

'Ja. Ik wil u graag helemaal onderzoeken om te kijken of ik een ontsteking kan ontdekken, maar echt noodzakelijk is een speciaal bloedonderzoek. De uitslag daarvan zou aanleiding kunnen zijn om een biopsie te verrichten.'

Theodore kromp ineen. 'Een biopsie?!' Dat was geen peulenschil. Opeens kwam de angst voor naalden hem voor als een fobie uit zijn kindertijd. Ze hadden het over kanker en het wegnemen van stukjes weefsel voor onderzoek. Hij ging achterover liggen op de onderzoekstafel en staarde naar het plafond. Zijn gezicht vertrok toen dokter Simeon zijn buik beklopte. Het deed pijn. De internist fronste. Theodore bad vuriger dan hij ooit gedaan had, sinds hij was gaan beseffen wat voor puinhoop hij van zijn leven had gemaakt.

Clarence was net bezig te kijken of er nog bevroren koekjes in voorraad waren, toen de klapdeur aan het andere eind van de keuken openging. Hij duwde de deur van de vriezer met een klap dicht en draaide zich schuldbewust om. Onwillekeurig bereidde hij zich erop voor dat Ivy hem de mantel zou uitvegen.

In plaats daarvan zag hij dat Delphi Bell verschrikt bij het aanrecht bleef staan. De blauwe plekken op haar gezicht waren goed te zien in het felle zonlicht dat vanmorgen door het keukenraam naar binnen viel.

Clarence deed een stap achteruit. 'Ik sta te trillen op mijn benen, dame!'

Ineengedoken, alsof ze zichzelf moest beschermen, week ze achteruit. Haar schone, schouderlange bruine haar glansde in het zonlicht. 'Sorry. Ik dacht dat mevrouw Richmond hier was. Ze heeft tegen me gezegd dat ik naar de keuken moest gaan en –'

'Nee, nee, geeft niets, Delphi.' Tjonge, ze leek wel een schichtig huisdier dat een keer te veel slaag had gekregen. 'Kom maar terug. Ik dacht juist dat jij Ivy was. Als zij me er ooit op betrapt dat ik aan haar koekjes zit, krijg ik nog minder te eten en het is al zo'n klein beetje.' *Blijf praten. Zorg dat ze niet afgeschrikt wordt.* 'Ik neem aan dat het jou is opgevallen dat ik er bepaald niet uitzie als een man uit een modeblad. Ivy probeert me te helpen om een veel slankere taille te krijgen, maar ik stuur voortdurend haar plannen in de war. Toch ben ik geen complete mislukkeling, hoor. Ik ben al ongeveer vijftig kilo afgevallen.'

Delphi stapte weer in het licht en keek hem nieuwsgierig aan; haar ogen hadden de kleur van vaal cederhout in de winter. Ze was gewond en schrikkerig, maar gebroken was ze niet. Haar blik richtte zich nooit lang achter elkaar op een bepaald punt, maar ze wekte de indruk dat ze informatie opsloeg om die later op te diepen en te bestuderen. Echt knap was ze niet met haar lange, smalle gehavende gezicht. Dat zou ze misschien wel zijn als ze glimlachte, maar Clarence kon zich haar niet voorstellen met een lach op haar gezicht.

'Heb je al wat gegeten?' vroeg hij. Toen ze haar hoofd schudde, vroeg hij: 'Zal ik een licht ontbijt voor je klaarmaken? Dan heb ik tenminste een excuus om in de keuken te zijn wanneer Ivy jou hier komt zoeken. Ga maar ginds aan de eetbar op een van die barkrukken zitten. Ik heb zelf eigenlijk ook wel trek en ik weet hoe ik een heerlijk eierengerecht moet klaarmaken. Houd je van eieren?'

Aarzelend bleef ze hem nog even bestuderen. Toen verdween de spanning deels uit haar gezicht. 'Ja, daar houd ik wel van. Vindt mevrouw Richmond het niet erg als we aan haar spullen zitten?'

'Dat denk ik niet.' Hij trok de koelkast open en haalde er een doos eieren uit.

Hij zag dat de rood-met-grijsgestreepte blouse van Ivy te strak zat om Delphi's middel. 'Misschien kunnen we wel samen het dieet volgen of ... zeg, je bent toch niet zwanger?' Hij herinnerde zich te laat wat er de laatste keer was gebeurd dat hij aan een dikke vrouw had gevraagd of ze zwanger was. 'O, neem me niet kwalijk, Delphina. Het was niet mijn bedoeling ...'

En toen gebeurde het. Terwijl hij naar haar stond te kijken, maakte de gekwelde blik in haar ogen heel even plaats voor een sprankje humor. Er verscheen uiteraard geen glimlach om haar mond; dat was te veel gevraagd, maar de sfeer in de keuken veranderde. Ze werd wat minder gespannen en waakzaam, alsof ze besefte dat Clarence er de man niet naar was om iemand pijn te doen. Alsof ze wist dat hij alleen maar graag een vriend wilde zijn.

'Ik ben niet zwanger. 'k Zou ook niet willen dat er een band bestond tussen een kind van mij en een vader die –' In plaats van de zin af te maken ging ze op een van de krukken zitten en keek neer op haar dikke buik. 'Een serveerster zal nooit vergaan van de honger.'

'Ach, maak je er maar niet druk over. Ivy zorgt wel dat je binnen de kortste keren zo slank als een den bent. Er hoeft niet heel veel af.'

'Nee, maar ik zal niet de tijd krijgen om af te vallen.'

'O? Waarom niet?'

'Als je Abner Bell kende, zou je dat niet vragen.'

'Je bent toch niet van plan om naar hem terug te gaan?'

Ze schudde haar hoofd en haar schouders zakten weer af. 'Ik ga nog liever dood.'

'Wat ga je –'

'Hij zal me weten te vinden.' Ze zei dit heel rustig, heel zakelijk. Ze keek op naar Clarence. 'Hij bijt zich in mij vast zoals een pitbull zich vastbijt in een kat. Zei je daarnet niet dat je een paar eieren had gepakt?'

Geschokt leunde hij tegen het aanrecht. 'Hoe kom je erbij te denken dat hij je zal weten te vinden? Hij weet niet –'

'Hij stelt zich ergens verdekt op en houdt vandaar de boel in de gaten. Vroeg of laat zal het hem lukken mij op te sporen. Hij is gemeen, maar hij is ook slim. Hij weet hoe hij mensen moet manipuleren en hij houdt zijn ogen open. Deze keer ben ik alleen niet van plan in de buurt te blijven totdat hij komt opdagen.'

Clarence haalde een koekenpan uit een keukenkastje en spoot er spul in tegen het aankoeken. Terwijl hij de eieren bakte, dacht hij na over wat Delphi had gezegd. Hij wist dat ze bang was en dat kon hij goed begrijpen.

'Blijf maar bij mij in de buurt, Delphi', zei hij een tijdje later. 'Je man is een bullebak, maar de meeste bullebakken zijn lafaards als ze te maken krijgen met iemand die groter is dan zij. Blijf maar gewoon bij mij in de buurt.'

'Hij heeft een groot kaliber pistool', zei Delphi. 'Met dat wapen in de hand voelt hij zich vast meer mans dan wie ook.'

'Niet meer mans dan de politie', verzekerde Clarence haar. Maar opeens was dit stiekeme gedoe in de keuken niet meer zo leuk.

Met uitgeprinte uitslagen van bloedonderzoeken keerde Lauren terug naar de geïmproviseerde spoedeisende hulp. Ze legde de paperassen op een hoek van een rek met voorraden. 'De uitslagen van de bloedonderzoeken zijn binnen, dokter Mercy. Ze zijn normaal.'

Dat was precies wat Mercy had verwacht. 'Dankjewel, Lauren. En ook nog bedankt dat je bent gebleven. De traumahelikopter kan ieder moment aankomen, dus ik zou nu maar gauw gaan lunchen als ik jou was.'

Lauren bleef aarzelend op de drempel staan. Er gierde onmiskenbaar nog enige adrenaline door haar lijf, want ze had nog steeds een alerte blik in haar groene ogen. De knappe blondine was op en top een professional en bijzonder efficiënt bezig wanneer ze met spoedgevallen te maken kregen.

Mercy keek even op haar horloge en vervolgens naar haar vredig rustende patiënt. 'Maak nu maar gauw dat je wegkomt, Lauren. Straks is er misschien niet eens meer tijd voor een korte pauze.' Over een paar minuten zouden de eerste patiënten van die middag binnenstromen en er hadden al mensen zonder afspraak gebeld om te vragen of ze er nog tussen gepropt konden worden. Zo ging dat altijd op vrijdag.

'Oké, maar lang zal ik niet wegblijven.' Lauren keek nog een keer hoe het met Kendra was en liep toen de behandelkamer uit.

Mercy had Connie en Dan tien minuten geleden weggestuurd, nadat ze hen had geprezen omdat ze het er zo goed hadden afgebracht. Buck bleef waken over zijn vrouw; hij hield haar hand vast en murmelde geruststellende woorden. Haar lichaamstemperatuur was gedaald tot 37.5. De stijfheid van haar spieren was afgenomen dankzij de via het infuus toegediende medicijnen en met haar bloeddruk was ook de snelheid van haar hartslag en ademhaling gedaald – alles werd geleidelijk weer normaal.

Mercy wist dat de te heftige reactie op een medicijn zich ieder moment opnieuw kon voordoen, zolang het chemische stofje dat de boosdoener was nog in Kendra's lichaam aanwezig was. Ze wist ook dat er nauwelijks iets hoefde te veranderen of Buck zou de symptomen daarvan onmiddellijk signaleren. Ze ging aan de andere kant van de behandelkamer naast Lukas zitten die haar de hele tijd terzijde had gestaan. Hij had geholpen met het controleren van de vitale functies, het toedienen van medicijnen en het geruststellen van Kendra en Buck. Niet een keer had hij Mercy's acties in twijfel getrokken. Niet een keer had hij geprobeerd de leiding over te nemen.

Opeens moest ze denken aan wat hij haar eerder had verteld: hij zou algauw hiernaartoe komen om haar bij te staan. De heerlijke rust die dat vooruitzicht haar gaf, omhulde haar als een gewatteerde deken.

'Ik verheug me enorm op de tijd dat je weer terug zult zijn, partner.'

Hij keek haar aan; de ernstige blik in zijn ogen bleef ernstig. Hij reageerde er verder niet op.

'Lukas? Gaat het wel goed met je?'

Voordat hij antwoord kon geven, hoorde ze het vertrouwde geluid van een naderende helikopter. Bijna tegelijkertijd hoorde ze Loretta hun eerste patiënt van die middag begroeten.

22

De geur van koude lasagne en een warm, hoogst ongezond chocoladetoetje kwam Mercy tegemoet toen ze twee uur later voor Lukas uit haar spreekkamer binnenging. Ze had zoveel trek dat haar maag ervan knorde. Het liefst zou ze het toetje naar binnen werken, maar ze wilde vanavond ook graag slapen. Ze hoefde de laatste tijd alleen maar halverwege de middag een kop koffie te drinken of ze lag al de halve nacht wakker. Het allerliefste wilde ze op dit moment echter dat ze een poosje alleen kon zijn met Lukas.

Ze deed een stap opzij om hem binnen te laten. Toen sloot ze de deur achter hem. 'Ik sta bij je in het krijt, Lukas. Als jij me niet had geholpen de achterstand weg te werken, had ik nu nog een wachtkamer vol patiënten. Heb je trek in koud geworden Italiaans eten?'

Lukas keek haar niet aan. 'Ik kan niet lang blijven.' Zijn stem klonk opeens weer even gespannen als voordat Kendra was gearriveerd.

'Ik ook niet. Je weet dat we op vrijdag altijd met veel patiënten te maken hebben die niet van tevoren een afspraak hebben gemaakt. We eten de lasagne maar koud.' Terwijl ze het eten en de plastic bordjes met bestek van de Italiaan klaarzette, liep Lukas ongedurig het vertrek rond, als een man die op zoek is naar een uitweg uit een gevangeniscel. Ze nam hem van top tot teen op: zijn kaakspieren bewogen en hij klemde telkens opnieuw zijn tanden op elkaar.

'Kom, Lukas, je kunt toch nog wel even iets eten. Je hebt vanochtend zeker ook niet ontbeten?'

Hij grimaste.

'Dacht ik al. Moet je op de terugweg soms flauwvallen van de honger?' Ze duwde een bakje lasagne naar het uiteinde van haar bureau, ging zitten en gebaarde dat hij er ook bij moest gaan zitten.

In plaats daarvan dwaalde zijn blik de spreekkamer rond, totdat hij op de lage kast zijn foto zag staan. Hij keek haar even aan, maar richtte daarna zijn blik meteen weer op iets anders.

'Ik zou het eten voor je kunnen opwarmen', zei ze.

'Doe geen moeite.'

Ze voelde zich lichtelijk geïrriteerd. Als hij met een probleem zat, waarom kwam hij er dan niet gewoon mee voor de dag? Dat deed hij anders ook altijd. Waarom was hij opeens zo zwijgzaam?

De gespannen sfeer tussen hen duurde nog even voort. Ze hoorde dat Lauren met een patiënt door de gang liep naar een behandelkamer. Ze zouden vanmiddag zo veel te doen hebben dat ze tijd tekort kwamen.

Ze moest hem een paar dingen uitleggen voordat hij wegging. Hij had er recht op te weten wat er in haar leven gaande was, en in haar hart. 'Lukas, er is op woensdagavond altijd bijbelstudie in de kerk. Ik heb geprobeerd daar zo vaak mogelijk bij aanwezig te zijn, hoe druk ik het ook had. Ik wou dat ik dat niet had gedaan.'

Dit verbaasde hem kennelijk zozeer dat hij zich naar haar omdraaide. 'Waarom had je dat liever niet gedaan?'

'Omdat de laatste bijbelstudie – waar ik overigens doorheen heb geslapen – veel te maken had met echtscheiding.'

Zo. Nu had ze zijn aandacht. Hij deed een stap in haar richting; van zijn gezicht was opnieuw spanning af te lezen.

'Stel je even voor hoe verbaasd ik was,' vervolgde ze, 'toen ik ontdekte dat er niet alleen van mij werd verwacht dat ik mijn ex vergaf, maar ook nog dat ik opnieuw met hem zou trouwen.' Ze had het hele idee talloze keren herkauwd en nóg voelde ze haar verontwaardiging toenemen. Ze zag dat Lukas een onzekere blik in zijn ogen kreeg. Toen zakten zijn schouders in en hij kwam naast haar zitten.

'En dat wil je eigenlijk niet?' vroeg hij zacht.

Haar verontwaardiging bereikte een hoogtepunt. 'Natuurlijk niet!' Ze bracht haar stem, die even was uitgeschoten, weer onder controle. Zacht zei ze: 'Ik dacht dat je me beter kende. Ik dacht dat jij begreep hoe ik over hem denk. Hoe kon je ook maar –'

'Nou zeg, neem me niet kwalijk.' Hij stak zijn handen op, alsof hij zichzelf moest beschermen. Toen week bij hem opeens alle nervositeit en schoten zijn ogen weer als vanouds vonken. Er verscheen aarzelend een glimlach rond zijn mond. 'Dat is nog niet eerder voorgekomen, Mercy, dat jij je door iemand anders laat voorschrijven hoe jij je leven moet leiden!'

'Ik was ook nog niet eerder christen geworden.' Haar verontwaardiging verdween even snel als ze erdoor was overvallen. 'Wie oreert hier altijd dat we Gods wil moeten doen? Jij! Ik kan nu niet meer alleen voor mezelf leven en dat wil ik ook niet. Ik wil gehoorzaam zijn.'

'En jij denkt dat dit betekent dat je opnieuw met Theodore moet trouwen?'

'Hoe zou ik dat moeten weten? Ik lees nog niet heel mijn leven in de Bijbel, zoals jij en zoals de meeste mensen die deelnamen aan de bijbelstudie.' Op gedempte toon voegde ze eraan toe: 'Lauren schijnt te denken dat ik –'

'Lauren?' riep Lukas uit. 'Sinds wanneer luister jij naar Lauren?'

'Niet zo hard', siste Mercy, gebarend in de richting van de deur. 'Iedereen kan meegenieten.'

'Geeft niets; dan krijgt Lauren misschien eindelijk door dat het tijd wordt dat ze zich met haar eigen zaken bemoeit.' Hij zei dit op verhitte toon; Mercy fleurde er helemaal van op. Hij boog zich naar haar toe en dempte zijn stem. 'Dit is iets tussen jou en God. Daar heeft verder niemand iets mee te maken. Lauren heeft niet het recht je te vertellen dat je een relatie die jou alleen maar pijn en verdriet heeft bezorgd, moet lijmen, alleen maar omdat zij de Bijbel op een bepaalde manier leest.'

'Maar de dominee legde het besproken bijbelgedeelte ook in die zin uit.'

'Hoe weet je dat? Je zei dat je zat te slapen.'

Ook al was het onderwerp er niet naar, Mercy moest onwillekeurig lachen en Lukas lachte mee. Impulsief boog ze zich naar voren om hem een zoen te geven. Langzaam, aarzelend sloeg hij een arm om haar heen. Ze trok zich niet terug. In plaats daarvan duwde ze haar voorhoofd tegen zijn schouder. Zijn andere arm werd ook om haar heen geslagen en ze koesterde zich in de warmte van zijn nabijheid, in de vreugde die nieuwe hoop met zich bracht.

Ze wist heel goed dat je je vertrouwen niet moest stellen op emoties, maar ze vond het heel fijn, heel normaal dat ze door hem werd vastgehouden. Hij bezat onmiskenbaar een gave die ze aanlokkelijk vond. Dat de heilige Geest in hem woonde, had haar altijd aangetrokken, en dat hij God liefhad. Hij was de eerste persoon geweest die haar de mogelijkheid onder ogen deed zien dat God echt bestond. Híj had haar laten inzien dat er in haar hart een onontkoombaar verlangen leefde naar diezelfde God. En als Theo, had ze sinds woensdagavond bij zichzelf overlegd, dezelfde Geest van Christus in zich had en God wilde dat ze naar hem terugkeerde, waarom voelde ze zich dan niet tot hém aangetrokken?

'Ik raak soms zo in de war, Lukas.'

Hij trok haar iets dichter naar zich toe. 'Weet ik. Ik heb daar zelf ook last van.' Zijn bariton had een geruststellende klank. 'Ik raak meestal in de war wanneer ik probeer te raden wat God verder zal doen. Ik vergeet vaak dat Hij niet alleen in de toekomst werkzaam zal zijn in mijn leven, maar dat Hij daar ook nu al druk mee bezig is. Ik moet dan weer helemaal opnieuw leren af te wachten wat Hij gaat doen. Dat komt niet doordat Hij traag is en mij niet kan bijhouden, maar doordat ik nog iets moet leren van de situatie waarin ik me bevind. Hij is zo geduldig, Mercy. Heb dan ook maar geduld met Hem, en met jezelf. Gun jezelf wat tijd. Wacht af wat God gaat doen.'

Mercy liet de stroom van woorden over zich heen spoelen en voelde zich er goed bij. Kon het allemaal zo eenvoudig zijn? Wist ze al wat God haar wilde bijbrengen, welk deel van het genezingsproces nog steeds moest plaatsvinden?

Er drongen opnieuw stemmen tot hen door vanaf de gang. Nog een patiënt. Het begon druk te worden in de praktijk en het werd al later. Lukas kon niet lang meer blijven.

'Lukas, ik wil Gods wil doen. Tegelijkertijd bid ik dat het niet zijn bedoeling is dat ik opnieuw met Theo trouw. Is dat heiligschennis?'

'Nee. In Getsemane bad Jezus of Hij niet aan het kruis zou hoeven te sterven.'

'Maar Hij is die weg toch gegaan.'

'Ik denk dat Hij wist dat het móést gebeuren. Toch maakte Hij God deelgenoot van wat er in zijn hart leefde, precies zoals jij dat doet.'

'Maar ik zie niet in hoe ik er nog toe zou kunnen komen opnieuw met hem te trouwen.' Ze hief haar hoofd op en keek in Lukas' blauwe ogen. De tederheid, de oprechtheid en de kwetsbaarheid die ze erin zag, overweldigden haar. Ze kon zich er niet toe brengen om zich van hem los te maken; ze voelde zich door zijn aanraking bemoedigd. Stel dat dit de laatste keer was dat ze op deze manier tijd kon doorbrengen met Lukas? Stel dat ook hij tot de conclusie kwam dat Theodore en zij vanwege Tedi bij elkaar hoorden? Stel dat hij al tot die conclusie was gekomen? Stel ...?

'Lukas, waarom ben je zo lang weggebleven?' Ze stelde de vraag in een opwelling en ze merkte dat hij verstarde. Hij hield zelfs even op met ademhalen. Antwoord gaf hij niet. Dat was ook niet meer nodig. 'Ik zou niet opnieuw met Theodore kunnen trouwen omdat hij herhaaldelijk onze huwelijksbelofte heeft verbroken', zei Mercy. 'De laatste paar maanden heeft God volgens mij iets heel bijzonders tussen jou en mij laten ontstaan.' Ze bleef naar zijn ogen kijken en ving een glimp van verlangen op, voordat hij ze dichtdeed en zich terugtrok. Ze wist dat ze geen voorbarige conclusies trok, dat ze zich de gevoelens niet inbeeldde. Daarvoor kende ze Lukas te goed. God had het toegestaan dat ze zo veel tijd samen doorbrachten, dat ze van elkaar kwamen te weten hoe ze dachten. Gód had dat toegestaan.

'Goed beschouwd,' vervolgde ze, 'heeft Hij jou en mij in die richting geleid vanaf het moment dat we elkaar ontmoetten.'

Lukas deed zijn ogen open en keek haar een poosje aan. Toen knikte hij.

Mercy voelde vreugde in zich opwellen. 'Misschien heb je gelijk, misschien wil God dat ik afwacht wat Hij gaat doen', praatte ze verder. 'Toch geloof ik niet dat het verkeerd van mij is om eerlijk te zijn. Ik mag Hem laten weten wat er in mijn hart leeft, Hem vertellen dat ik van jou houd. Het was noodzakelijk dat Jezus aan het kruis stierf om voor onze zonden te betalen, onze vervreemding van God op te heffen. Als Hij dan toch mocht uitspreken dat Hij dat liever niet deed, mogen wij Hem ook alles vertellen wat we op ons hart hebben. Ik zeg nu tegen Hem en ook tegen jou dat ik van je houd, Lukas.'

Zonder zijn blik af te wenden van haar gezicht stond hij op, zuchtend. Hij stak een hand uit om haar overeind te helpen en trok haar dicht tegen zich aan. Toen sloeg hij zijn armen zo stevig om haar heen dat haar hele lijf begon te tintelen.

'En God weet dat ik van jou houd, Mercy', zei hij zacht in haar haren. 'Ik wil wat voor jou het beste is, en voor Tedi, en ik weet dat het niet aan mij is om daarover te beslissen. Ik weet alleen maar wat ik graag zou willen dat er gebeurde.'

Er drongen nog meer stemmen vanaf de gang tot hen door en even later werd er zacht op de deur getikt. 'Dokter Mercy?' Het was Laurens aarzelend klinkende stem.

'Ja, Lauren, ik kom eraan.' De plicht riep. Ze trok zich terug en keek nog een keer in zijn ogen. Ze zag er de belofte in, de verzekering dat hij genoeg van haar hield om te doen wat goed was voor haar. En ze wist dat dat een weerspiegeling was van Gods liefde. Het was voldoende.

Impulsief kuste ze hem en hij beantwoordde de kus op een manier die al de liefde die ze voor hem voelde, weerspiegelde. In die kus werd de belofte herhaald. Nu kon ze erop vertrouwen dat het hoe dan ook goed zou komen.

Meteen nadat hij vrijdagavond in Herald was aangekomen om dienst te doen, ging Lukas op zoek naar zijn kopie van het contract met het ziekenhuis. Hij faxte de kopie naar Estelle, met de belofte dat hij met meneer Amos zou praten. Hij stelde een beknopte brief op, waarin hij meneer Amos zijn ontslag aanbood. Ook legde hij erin uit welke conflicten er waren geweest en dat hij de verantwoordelijkheid daarvoor op zich nam.

Zaterdagochtend na afloop van zijn dienst kocht hij bij de drogist in het centrum van Herald een wenskaart voor Mercy. De voorkant van de kaart was versierd met rozen en in het midden stond in drukletters 'Jij bent heel bijzonder voor mij'. Op de blanco binnenkant had hij geschreven: 'Mercy, ik bid voor jou. Ik bid ook voor ons samen. Ik kan op dit moment niet precies zeggen wat Gods wil is, omdat ik weet wat ik heel graag zou willen dat zijn wil is. Ik probeer zijn wil en mijn wil niet met elkaar te verwarren. Neem alsjeblieft geen overhaaste beslissingen en ik zal heel erg mijn best doen om je niet onder druk te zetten. Liefs, Lukas.'

Zoiets had hij nog niet eerder gedaan. Hij schreef het adres op de kaart, plakte er een postzegel op en deed hem op de post voordat hij zich kon bedenken.

Op weg naar huis vroeg hij zich af hoe hij dat had gedurfd. Had hij er goed aan gedaan? Was alleen al het feit dat hij haar de kaart had gestuurd, een poging van zijn kant om haar te beïnvloeden?

Op zaterdagmiddag vouwde Mercy om één uur haar servet op en legde het naast het fijne porselein op de tafel van het restaurant. 'Theodore, dat was heerlijk. Dankjewel.' Een ober kwam geruisloos naast haar staan en vulde opnieuw eerst haar waterglas, toen dat van Tedi en ten slotte dat van

Theo. Ze zaten in het duurste restaurant van Knolls en omstreken. Theodore had kennelijk besloten het geld dat hij had gespaard voor het uitstapje naar Branson vast gedeeltelijk uit te geven.

In dit geheel verbouwde oude herenhuis waren verschillende eetkamers, met ieder hun eigen elegante aankleding en kleuren. Hun tafel stond in een nis vanwaar je uitkeek over een ommuurd tuintje met tussen stenen en watervallen welig tierende planten.

Theodore bedankte de ober en pakte zijn waterglas. Het was al voor de vierde keer opnieuw gevuld. Hij had iets op zijn hart. Wekte hij daardoor de indruk dat hij nerveus was? Of hunkerde hij eenvoudigweg naar een ander drankje? Of was hij misschien van streek geraakt door iets anders?

'Ik heb Jacks vrouw op het werk over dit restaurant horen vertellen', zei hij. Ook in zijn stem klonk de nervositeit door. 'Je kent Marty toch? Volgens haar is dit het beste restaurant in de omgeving. Volgens mij heeft ze gelijk. Tedi, wil je niet nog iets toe?'

Tedi keek hem nieuwsgierig aan. 'Nee, echt niet, papa. Er kan niets meer bij.'

'Mercy? Jij ook niet?'

Mercy schudde haar hoofd en begon Theo's gezicht aandachtiger te bestuderen. Hij had hun nu voor de tweede keer gevraagd of ze nog iets toe wilden. Hij had zijn servet minstens drie keer opgevouwen en weer uitgevouwen en op zijn voorhoofd parelden zweetdruppeltjes, hoewel het hierbinnen koel was.

'Nee, dank je. Ik heb al meer dan genoeg gegeten. Theodore, voel je je soms niet helemaal lekker?'

Hij zette snel zijn waterglas neer, keek eerst Tedi en vervolgens Mercy weer aan. 'Nee hoor, ik voel me prima.'

'Weet je het zeker? Je hebt nog niet de helft van je zalm opgegeten.'

'Ja, pap, en je hebt niet eens gevraagd of ze alles wat is overgebleven in een zak willen doen om mee te nemen', zei Tedi. 'Dat doet u altijd wel in het Mexicaanse restaurant wanneer we niet alles opeten.'

Mercy moest aan de vorige dag denken, aan haar gesprek met Lukas. Opeens begon ze zich even ongemakkelijk te voelen als Theodore. Probeerde hij moed te verzamelen om een soort verklaring af te leggen? Of was hij dat helemaal niet van plan? Nog geen week geleden was hij tot de ontdekking gekomen dat zijn eigen dochter nog steeds zo bang voor hem was dat ze niet in haar eentje met hem samen wilde zijn. Dat moest hem toch niet lekker zitten. Ze wist hoe kwetsend zijzelf dat soort wantrouwen zou hebben gevonden. Misschien moest ze hem maar gewoon vertellen dat hij moest ophouden zo hard zijn best te doen.

Ze legde een hand op zijn arm en voelde dat de spieren zich spanden onder haar vingers. 'Nee, dank je', zei ze nogmaals.

Hij knikte, schraapte zijn keel en pakte opnieuw zijn glas om een slokje water te nemen. 'Eh, misschien voel ik me toch niet zo geweldig.' Hij nam nog een slokje water en zette toen het glas neer. 'Ik –'

De ober stond opeens naast hem met de rekening en Theo koos ervoor onmiddellijk met hem af te rekenen. Terwijl hij zo werd afgeleid, raakte Tedi onder de tafel met haar voet even Mercy's benen aan en liet haar ogen rollen, alsof ze wilde zeggen: 'Wat is er nou met papa?'

Toen ze buiten op de stoep voor het restaurant stonden, wendde Mercy zich tot Theodore. 'Nogmaals bedankt, Theodore. Ik wilde dit restaurant altijd al een keer uitproberen, maar bleek nooit tijd te hebben om er op mijn gemak te gaan eten. Dit was een doorslaand succes.' Ze keek even op haar horloge. 'Ik moet nog even bij de praktijk langs. Daar zijn nog een paar patiënten bij wie ik even wil kijken hoe het er met hen voorstaat. Zullen we jou thuis afzetten?'

Hij aarzelde en het viel Mercy op dat zijn gezicht nogal bleek was. Misschien voelde hij zich echt niet goed. Het was de tijd van het jaar dat griep de kop opstak. Ze had deze week talloze patiënten op haar spreekuur gehad met een zere keel en een ernstige verkoudheid; er waren zelfs een paar gevallen van longontsteking bij geweest.

'Ik denk dat ik maar ga lopen', zei hij.

Tedi stootte Mercy aan en deed een stap in de richting van Theodore. 'Mag ik met u meelopen, papa? Mama kan me dan straks bij u thuis ophalen.'

Mercy en Theodore staarden haar verbaasd aan. Van Theodores gezicht was een moment vreugde af te lezen. 'Weet je het zeker? Ik dacht dat je niet –'

'Ja, ik weet het zeker.' Ze pakte de hand van haar vader. 'Ik had alleen wat tijd nodig om erover na te denken.'

Theo keek op naar Mercy. Het kon haar niet ontgaan dat er verwondering en opluchting opgloeiden in zijn ogen. Het had lang geduurd, maar nu had Tedi dan toch de eerste stap gezet naar herstel van het vertrouwen tussen haar en haar vader.

Mercy was op zondagmiddag bij haar moeder en bood aan haar te helpen in de keuken. Het was de enige manier om haar moeder alleen te spreken te krijgen. Terwijl Clarence Tedi, Darlene en Delphi in de woonkamer bezighield met grappen over dikke mensen en dieettips, stond Mercy aan het aanrecht aubergines, courgettes en een gele pompoen fijn te snijden voor een roerbakgerecht.

'Dat is een nieuw mes; pas op dat je niet in je vingers snijdt.'

Ivy stond bij het fornuis te roeren in een pan kokend water waarin ze wat rijst had gegooid.

'Bedankt voor de waarschuwing.'

'En, wat is er aan de hand?'

Haar moeder had gelijk. Het mes gleed met gemak door de aubergine. 'Moet er iets aan de hand zijn als ik met u alleen wil zijn?'

'Nee, maar nu je Clarence de keuken uit hebt gejaagd met het dreigement dat je anders geweld zou gebruiken, bedacht ik dat je daar vast een reden voor hebt. Ik weet dat het moeilijk is om hem uit de buurt van etenswaren te houden, maar –'

'Ik heb niet met geweld gedreigd. Ik dreigde hem mee te sleuren naar mijn praktijk om hem te wegen als hij voor de lunch nog meer lekkere hapjes naar binnen werkte.'

'Voor hem staat dat gelijk aan het gebruik van geweld. Vertel me nu maar wat er loos is.'

'Ik houd een opiniepeiling.' Mercy sneed de uiteinden van een courgette en hakte hem toen met schil en al in stukjes. 'Vindt u dat ik opnieuw met Theodore moet trouwen?'

'Nee. Volgende vraag?'

'Daar blijft het bij? Geen discussie?'

'Wat valt er te bediscussiëren? Je gaat met Lukas trouwen en leeft daarna nog lang en gelukkig.' Ivy roerde in de rijst en wierp haar dochter een meelevende blik toe. 'Heb je naar de praatjes die de ronde doen geluisterd?'

'Wat voor praatjes?'

'De gebruikelijke. Half Knolls schijnt opeens aanwezig te zijn geweest bij de bijbelstudie op woensdagavond. De andere helft reed langs op het moment dat jij en Theo onderweg naar jouw auto een langdurig gesprek van hart tot hart hadden.'

Mercy duwde het mes tot aan het heft in de gele pompoen. 'Waarom verbaas ik me er eigenlijk nog over?' mompelde ze.

'Ik zou het niet weten. Je bent hier opgegroeid. Maar jammer dat ik die bijbelstudie heb gemist. Ik had graag mijn interpretatie van de Schrift doorgegeven aan dominee Jordan en die bemoeials die hun neus in andermans zaken steken. Laat ik het zo zeggen: hij is een goede dominee, maar hij is te jong. Geen ervaring. Geef mij maar een man van ten minste veertig jaar of ouder als er behoefte is aan gedegen, op ervaring gebaseerde leer ...'

'Hoe luidt uw interpretatie dan?'

'Nou, ik weet dat wat ik ervan vind niet echt een populaire zienswijze is, maar volgens Leviticus had Theo nu dood horen te zijn.'

'U hebt toch niet toevallig uw eigen versie van de Bijbel geschreven?'

'Lieverd, ik ben nu zes jaar christen en ik heb vanwege jouw situatie speciaal de passages over echtscheiding en hertrouwen bestudeerd. In het Oude Testament werd een persoon die overspel had gepleegd, gestenigd tot de dood erop volg-

de. Als Theodore met de Israëlieten in de woestijn had samengeleefd, was hij zes of zeven jaar geleden al overleden. Dat betekent dat jij nu eigenlijk weduwe bent en Tedi wees. Volgens de apostel Paulus moeten jonge weduwen hertrouwen om niet in de problemen te raken.' Haar moeder haalde haar schouders op. 'Daar kan ik wel mee uit de voeten.'
Mercy schudde haar hoofd over haar moeders 'interpretatie'. Ze hield op met hakken, droogde haar handen af en legde het mes behoedzaam neer. Haar moeder was beslist niet iemand die een blad voor de mond nam. Opeens merkte Mercy dat haar moeder achter haar kwam staan en haar armen om haar heen sloeg.
'Heb je aan God gevraagd wat je moest doen?' vroeg Ivy.
'Ja.'
'Wacht dan op zijn antwoord. Hij zal het je geven, van hart tot hart. En vergeet niet hoeveel Hij van jou en van Tedi houdt.'
De warmte van haar moeders adem en de liefdevolle manier waarop ze haar geruststelde, maakten dat er tranen prikten in Mercy's ogen. En Gods liefde voor haar was nog groter. Hoeveel keer moest ze zichzelf er nog aan herinneren?
'Vergelijk God niet met je aardse vader, Mercy.'
'Het kost moeite om dat niet te doen', zei Mercy. 'Vroeger zag ik God als Iemand die heel groot was, alles onder controle had en die ieder moment woedend tegen mij zou kunnen uitvallen. Ik denk dat ik nog steeds af en toe dat beeld van Hem heb.'
'Maar zo is Hij niet. Hij zal je beschermen. Vertrouw Hem.'

Theodore Zimmerman zat maandagmorgen in dokter Simeons spreekkamer, deze keer met zijn kleren aan. De arts zat recht tegenover hem aan de andere kant van het brede eiken bureau. Hij was te weten gekomen dat hij niet in paniek moest raken wanneer er zorgrimpeltjes verschenen in het sterke, gelijkmatige gezicht van de internist. De rimpeltjes verschenen gewoon altijd wanneer de man zich probeerde te concentreren.

'De waarden zijn hoog', zei de arts, terwijl hij een fax over het bureau schoof en de uitslagen van de onderzoeken aanwees.

Theodore keek naar het vel papier. 'Wat betekent dat?'

'Alfa-fetoproteïne is, zoals de naam al aangeeft, een enzym dat na de geboorte niet hoort te worden aangetroffen in het menselijk lichaam. De aanwezigheid daarvan duidt erop dat er in uw lichaam in versneld tempo iets aan het groeien is, zoals een foetus groeit. Wanneer we een dergelijk hoog gehalte als bij u aantreffen, gaan we op zoek naar tumoren.'

Theodore kwam tot het besef dat hij deze keer wel in paniek zou moeten raken. 'Kanker, bedoelt u.'

'Ja. Ik wil graag een echo maken van uw lever om te zien of we aanwijzingen kunnen vinden voor verharding van de lever. Als we dat constateren, zal onze volgende stap een leverbiopsie zijn, gevolgd door een screening op metastasen –'

'Wacht!' Theo hield even zijn adem in om zijn hart, dat bijna uit zijn borst sprong, tot bedaren te brengen. 'Zegt u nu, dokter, dat ik echt kanker heb? Leverkanker?' Was hij zomaar van een gezonde man die na veertig jaar zijn leven weer op orde begon te krijgen, veranderd in een man in wiens lichaam de dood sluimerde?

De zorgelijk kijkende internist beet van concentratie een paar seconden op zijn lip. Toen boog hij zich naar voren, alsof hij zo misschien op de een of andere manier enige troost kon overdragen op de man aan de andere kant van zijn bureau. 'Ik wil nu nog geen definitieve diagnose stellen. Ik weet hoe gestrest een patiënt kan worden wanneer hij op een dergelijk bericht moet wachten, maar andere onderzoeken die u in verschillende fasen zult ondergaan, zullen beter uitsluitsel geven. Het spijt me als ik de indruk wek dat ik u tot spoed wil manen. Ik begin altijd meteen met een agressieve behandeling wanneer de verdenking bestaat dat het om kanker gaat. Tijd is in dat geval belangrijk, maar even belangrijk is een systematische, verstandige aanpak.'

Theodore moest iets in zichzelf overwinnen om nu zijn mond open te doen. 'Wat doen we nu eerst?'

'Ik wil dat er een echo van de buikstreek wordt gemaakt. Wat mij betreft gebeurt dat vandaag nog. Als daaruit blijkt dat uw lever aan het verharden is, wil ik u doorverwijzen naar een vriend van me in Springfield, dokter Huffman. Deze gastro-enteroloog zal bij u de biopsie verrichten. Ik heb hem vanochtend gesproken en hij is bereid dat op korte termijn te doen, waarschijnlijk aanstaande woens...'

'Ja, maar wacht nu eens even, dokter.' Theodore had een gevoel alsof zojuist de lucht uit zijn longen was geperst. 'Moet dat allemaal zo snel? Kunt u die biopsie niet zelf doen voordat u mij doorverwijst naar Springfield?'

'Jawel, maar als de echo inderdaad een verharding te zien geeft, moet ik u toch doorverwijzen. In Springfield hebben ze veel meer ervaring met leverbiopsies.'

'U gaat er dus al van uit dat er sprake zal zijn van een verharding.'

'Ik heb voor u al een afspraak voor een echo in dit ziekenhuis gemaakt. Over een halfuur moet u zich daar melden.' De arts keek op zijn horloge. 'Over vijfentwintig minuten.' Met een sombere uitdrukking op zijn gezicht boog hij zich steunend op zijn ellebogen opnieuw naar voren. 'Dan weten we het zeker. Als het om kanker gaat, kan het een gemene vijand zijn, meneer Zimmerman. Ik heb u al verteld dat ik agressief te werk wil gaan. Dat is de enige manier waarop we hiertegen kunnen vechten. Geeft u mij daarvoor toestemming?'

Theodore dacht aan de zaterdagmiddag die hij samen met Tedi had doorgebracht. Voor het eerst in maanden was hij met haar alleen geweest en hij had het heerlijk gevonden. Hij wilde dat graag nog vaker meemaken. Veel vaker. 'Ja. Ik wil me hiertegen verweren met alles wat ik in me heb.'

Clarence zat om twee uur 's nachts op de stevige bank in Ivy's woonkamer voor de enige televisie in huis en zapte gedachteloos van de ene naar de andere zender. Voor zijn eigen veiligheid had hij het geluid uitgezet. Hij had al zo vaak vroeg in de ochtend gekeken dat hij uit zijn hoofd wist wat erop kwam. Hij kon kiezen tussen een programma dat allerlei artikelen aanprees – 'O jawel, ik kan best zo veel geld uitgeven aan een set mengkommen' – en een fitness-programma. En dan had je natuurlijk ook nog de zender die kookprogramma's uitzond waarin varkensvet het belangrijkste ingrediënt was. 'Ik zal jullie wat varkensvet laten zien', mompelde hij. Hij zapte verder tot hij een paar in blitse sportkleding gestoken, lachende jongens die hooguit twintig waren, in het oog kreeg. Met grote stelligheid beweerden ze dat zij de oplossing hadden gevonden om met vijf minuten oefenen per dag van een te dikke buik af te komen, zonder je aan een dieet te houden. Alles wat je daarvoor nodig had, zat in een kleine doos.

Clarence pakte een kussen en smeet het naar het televisietoestel. Hoe konden die mensen het met zichzelf uithouden? Ze konden toch niet zo naïef zijn dat ze zelf geloofden in deze schreeuwerige reclame?

In het halfdonker achter de televisie bewoog iets. Een gestalte bukte zich om het kussen op te rapen. Clarence begon bijna te schreeuwen van angst, totdat hij de enigszins mollige gedaante van Delphina Bell herkende. Ze ging gekleed in een spijkerbroek en een trui die Ivy haar de vorige dag had gegeven. Delphi kwam niet verder de kamer in; ze bleef staan waar ze stond met het kussen voor zich, alsof het een schild was. Hoelang stond ze daar al naar hem te kijken? Had ze hem horen praten tegen de televisie? Dacht ze dat hij gek geworden was? Of was ze misschien bang omdat ze dacht dat hij boos was? Voor Delphi was het vast moeilijker om naar een man te kijken die boos werd dan naar een man die gek werd.

'Kom maar verder, Delphina. Ik zal niet bijten. Zoveel trek heb ik nog niet. Wat is er, kun je ook niet slapen?'

Ze schudde haar hoofd en kwam behoedzaam een stap dichterbij, alsof ze het ieder moment als een bang konijn op een lopen kon zetten. 'Ik dacht ... dat ik hierbinnen geluiden hoorde.'

'Dat klopt. Ik was het maar. Maak je niet druk. Ik doe niemand kwaad, behalve wanneer ze tussen mij en mijn koekjes met chocoladesnippers in staan.' Hij drukte op de uitknop van de afstandsbediening en het tv-scherm werd zwart. Op datzelfde moment werd het in de hele kamer donker. Hij zette de televisie weer aan, zonder daarbij te bedenken dat dan het geluid niet meer uit stond. Oefenmuziek daverde door de kamer – en waarschijnlijk door het hele huis. Hij was onhandig met de afstandsbediening in de weer, totdat hij de uitknop weer had gevonden. Opnieuw werd het donker en stil om hen heen.

In de stilte hoorde hij gesnuf. 'Je bent even onhandig als een hond die in een boom probeert te klimmen, Clarence', mompelde hij bij zichzelf. 'Er is niets aan de hand, Delphina, echt niet', zei hij zo vriendelijk mogelijk, terwijl hij naar het uiteinde van de bank waggelde en naar de lamp reikte. Hij deed het licht aan zonder de lamp omver te duwen.

Delphina stond nog op dezelfde plek als daarnet, haar hoofd gebogen, haar gezicht vertrokken alsof ze pijn had. Ze duwde haar vingers zover in het goudgeel met blauwe kussen dat Clarence dacht dat het niet veel scheelde of de vulling kwam naar buiten.

'Hé, gaat het wel goed met je? Kom maar gauw hier zitten. Sorry dat ik je zo bang gemaakt heb. Kom maar.' Hij gebaarde dat ze bij hem op de bank moest komen zitten, maar dan wel aan de andere kant ervan. Hij had met zijn gewicht zo'n grote kuil in de kussens gemaakt dat ze anders omver zou kieperen en bij hem op schoot zou terechtkomen.

Ze aarzelde nog even voordat ze langzaam naar de bank liep en op het randje ging zitten, het kussen nog steeds tegen zich aan geklemd.

'Goed zo. Zeg, waarom vertel je me nu niet even waarom je niet kunt slapen? Dan vertel ik jou daarna waarom ik niet kan slapen.'

Ze haalde haar neus op. Hij trok een paar tissues uit een mooie met bloemen versierde doos die op de lage tafel stond, en gaf ze aan haar. Ze pakte ze aan en snoot haar neus; het kussen hield ze daarbij op haar schoot. Ze begon weer te huilen.

'Je bent nog steeds bang dat hij je zal vinden, hè?' zei Clarence.

Ze knikte.

'Weet je, ik heb in een van Mercy's leerboeken alle passages over huiselijk geweld nagelezen. Naar wat ik daaruit te weten ben gekomen, ben je veilig zolang je met andere mensen samen bent. Voor een man die zijn vrouw mishandelt, is typerend dat hij wil dat iedereen denkt dat hij een beste brave vent is. Dat betekent dat hij niet met geweld zal binnendringen wanneer er andere mensen bij jou in de buurt zijn. Dat zou hem in een kwaad daglicht stellen. Hij doet er juist alles aan om iedereen te laten denken dat je het allemaal hebt verzonnen.'

Ze schudde haar hoofd en snoot nog een keer haar neus. 'Ik geloof niet dat het hem iets kan schelen hoe andere mensen over hem denken. Die tijd is geweest. Dat is sinds afgelopen najaar anders geworden.'

'Hoezo? Wat is er toen dan gebeurd?'

'Hij werd zo dronken dat hij het bewustzijn verloor. Ik heb toen met zijn hoofd op het beton gebonkt.'

Clarence probeerde te voorkomen dat aan zijn gezicht te zien was hoe schokkend hij dit vond. Hij geloofde niet dat hij het er goed afbracht, maar gelukkig keek ze niet naar hem. Ze staarde alleen maar naar iets aan de andere kant van de kamer, terwijl ze het kussen tegen haar borst gedrukt hield.

'Hij moest met de traumaheli overgebracht worden naar Springfield', mompelde ze. 'Ik wou dat hij toen was overleden.'

Clarence hoopte dat zijn oogbollen niet uit hun kassen schoten. Hij bleef roerloos zitten, in de hoop dat ze verder zou praten. Alleen op die manier werd dit gesprek nog wat; hij kon geen woord meer uitbrengen. Hij hoopte maar dat Ivy niet toestond dat Delphi hier in huis gebruikmaakte van messen of andere scherpe voorwerpen. Hij kon er maar beter voor zorgen dat ze nooit boos op hém werd.

Maar hij moest zichzelf voorhouden wat ze allemaal had doorstaan. Op dit moment maakte ze hem alleen maar deelgenoot van wat ze dacht. Nou, fraai waren die gedachten niet. Hij had liever niet geweten dat ze had geprobeerd haar echtgenoot te vermoorden, en dat ze vurig naar zijn dood verlangde.

'Ik moet morgen naar dokter Mercy', zei Delphi. 'Ze zal mij helemaal onderzoeken en een borstfoto laten maken om er zeker van te zijn dat dit kuchje geen longontsteking of iets dergelijks is. Daarna verdwijn ik uit Knolls. Ik kan hier niet blijven.' Ze draaide zich om naar Clarence en keek hem aan. 'De eerstvolgende keer dat hij mij te pakken krijgt, is de kans groot dat hij mij of misschien iemand anders vermoordt. Hij raakt door het dolle heen en weet dan niet meer wat hij doet. Het ene moment is hij in gepeins verzonken, het volgende moment barst hij in snikken uit. Daarna wordt hij van het ene op het andere moment woedend en slaat hij alles van het aanrecht. Of slaat hij met zijn hand een ruit aan diggelen. Dat weet ik van tevoren. Ik heb het allemaal al meegemaakt. Hij is gek.'

Clarence staarde haar aan en probeerde ondertussen een intelligente reactie op haar relaas te bedenken. Maar wat zeg je tegen een mishandelde vrouw die geprobeerd heeft de schedel van haar echtgenoot zo te bewerken dat deze deel uitmaakte van de vloer van de garage?

'Ga je met me mee?' vroeg Delphi op bedeesde toon.

Clarence bleef haar nog even aankijken. 'Eh, mee waarnaartoe?'

'Naar dokter Mercy morgen? Mevrouw Richmond zegt dat jij ook een afspraak bij haar hebt, en mevrouw Knight en zij zijn morgen allebei weg. Dokter Mercy heeft tegen me gezegd dat je gebruik mag maken van haar auto.'

Clarence had kippenvel gekregen, maar dat schudde hij nu van zich af. Hij mocht niet meer zo snel klaarstaan met zijn oordeel. Hoe Delphi's leven eruitzag, kon hij onmogelijk weten. Stel dat hijzelf een angstige jonge vrouw was met een gemene, waanzinnige man als echtgenoot? Hoe zou hij dat vinden? 'Natuurlijk ga ik met je mee, Delphina. Maak je maar geen zorgen.'

23

Op de spoedeisende hulp van het ziekenhuis van Herald was op dinsdagochtend niets te beleven. Alle personeelsleden, op Lukas na, lasten daarom een pauze in om Carmens verjaardag te vieren. Lukas was er ook voor uitgenodigd, maar er moest iemand aanwezig zijn om de telefoon op te nemen en in geval van nood in te springen, vond hij. Zo kwam het dat hij opnam toen meneer Amos belde. Het telefoontje was ook voor hem bestemd.

'Dokter Bower, het heeft zo moeten zijn dat ik u nu net aan de lijn krijg.' De stem van de onzichtbare man klonk minder grof en boos dan de laatste keer dat Lukas hem had gesproken, maar hij was nog verre van vriendelijk. Je kon duidelijker horen dat hij door zijn neus praatte, zoals een jongen van het platteland die zijn best doet niet in dialect te spreken. 'Ik heb uw epistel gisteren ontvangen.'

'Ja?' Epistel?

'Ingevolge uw verzoek heb ik uw contract grondig bestudeerd. Mijn interpretatie van paragraaf vijf op pagina twee is dat beide partijen mogen verklaren dat dit contract van nul en generlei waarde is wanneer beide partijen ermee instemmen.'

'O. En stemmen beide partijen ermee in?'

'Ik denk dat beide partijen ermee gebaat zouden zijn. Mee eens?'

'Jazeker, meneer Amos.' Een overweldigend gevoel van opluchting nam opeens bezit van Lukas. 'Wanneer, denkt u, kan deze ... overeenstemming van kracht worden?'

'Toevallig heb ik een CV ontvangen van een arts uit Jefferson City die te kennen geeft dat hij graag wil ontsnappen naar het platteland. Hij heeft momenteel geen werk, en ik meen dat het in deze kwestie mijnerzijds een gepast besluit is dat ik u toestemming geef om uw baan ter beschikking te stellen.'

Lukas schudde zijn hoofd. Waarom kon de man niet gewoon zeggen: 'Ik heb een vervanger voor u gevonden, dus opgeruimd staat netjes'?

'Ik ben zo vrij geweest uw werkrooster te bekijken,' vervolgde Amos, 'en vrijdag is kennelijk de laatste dag dat u deze week hier werkt.'

'Dat klopt. Ik ben pas weer ingeroosterd voor volgende week dinsdag.' Hij had zich verheugd op het lange weekend. Was het nog te vroeg om te hopen dat hij vrijdag in zijn jeep zou kunnen stappen –

'Ik ga ervan uit dat ik het zo kan regelen dat vrijdag de laatste dag is dat u bij ons in dienst bent, dokter Bower.'

Hij klonk geïrriteerd, maar waarom? Als hij een vervanger had gevonden, waarom was hij dan uit zijn humeur? Maar wanneer was meneer Amos eigenlijk niet uit zijn humeur? Lukas zou nooit van zijn leven ziekenhuisdirecteur willen worden. 'Dat lijkt me goed, meneer Amos.'

'U mag aan mevrouw Pinkley doorgeven dat zij u volgende week in Knolls kan verwachten.' Ja, absoluut chagrijnig.

Wacht eens even ... mevrouw Pinkley? 'U kent de directeur van het ziekenhuis in Knolls?'

'Natuurlijk. Haar scherpzinnigheid en wijsheid zijn legendarisch onder de ziekenhuisdirecteuren in deze omgeving ... en ik had het voorrecht gistermiddag een telefoongesprek met haar te voeren.'

Aha! Estelle had dus inderdaad over het contract gebeld! Hij had tegen haar gezegd dat hij deze kwestie zelf wilde afhandelen, en dat had hij gedaan. Hij zou het eigenlijk vervelend moeten vinden dat ze zich ermee had bemoeid, maar dat was niet zo.

Zodra meneer Amos had neergelegd, draaide hij het nummer dat hem rechtstreeks in verbinding bracht met Estelle. 'Je vertrouwt me niet', beschuldigde hij haar zodra ze opnam.

'Natuurlijk vertrouw ik je, Lukas.' Ze deed niet alsof ze zich afvroeg waar hij het over had. 'Ik vond het alleen nodig er wat meer vaart achter te zetten. Meneer Amos zou naar mijn idee makkelijker tot rede te brengen zijn als ik uitlegde met welke problemen we hier te maken hebben zonder jou.'

'Je hebt hem onder druk gezet.'

'Helemaal niet. Ik heb hem zelfs nog advies gegeven betreffende een rechtszaak die hem boven het hoofd hangt.'

'Een rechtszaak?' Had ze het nu over Hershel Moss? Of sleepte iemand het ziekenhuis voor de rechter vanwege de ondermaatse zorgverlening? Misschien hingen hem wel veertig rechtszaken boven het hoofd zonder dat Lukas er ook maar iets van wist.

'Volgens meneer Amos kan ik ervan uitgaan dat ik jou maandag hier zie verschijnen', zei Estelle.

Lukas glimlachte en had het heerlijke gevoel dat er vrede op hem neerdaalde. 'Ja. Ik verheug me erop je dan te zien.' Hij zei gedag en legde neer. De eerste patiënt die daarna binnenliep, hoorde dokter Lukas Bower hardop lachen van opluchting en blijdschap. Vanaf volgende week maandag zou hij weer met Mercy samenwerken.

'Drie pond afgevallen sinds vrijdag.' Mercy liep met Shannons dossier naar haar bureau en ging tegenover haar zwijgende patiënt zitten. 'Volgens je moeder eet je nog steeds niet.'

'Weet ik.' Shannons somber kijkende ogen leken erg groot in haar afgetobde gezicht dat de kleur had van perkament.

'Het spijt me.' Ze keek Mercy niet aan, ze staarde uit het raam naar het wintergras en grijsbruine bomen.

Mercy werd zich bewust van de ironie van de situatie. Daarnet was gebleken dat de arme Clarence, die zo erg zijn best had gedaan om af te vallen, een kilo was aangekomen. Shannon daarentegen scheen zichzelf er niet toe te kunnen zetten om te eten. Beide patiënten waren in de ban van gevoelens. Neerslachtige gevoelens. Kon ze hen nu maar helpen meer grip te krijgen op die gevoelens, dan kwam het met de rest ook wel goed; daar was ze zonder meer van overtuigd. Shannon zou haar normale gewicht terugkrijgen en weer een kwebbelende vrolijke tiener worden. Clarence zou zich weer man voelen. Maar ze kon geen wonderen verrichten; dat kon alleen God.

Mercy moest zichzelf voortdurend voorhouden dat niet van haar werd verwacht dat ze deze mensen in het gareel hield. Ze had niet kunnen voorkomen dat Kendra te veel van zichzelf had gevergd in het fitnesscentrum. Ze had niet kunnen voorkomen dat Shannon op gewelddadige wijze werd verkracht en daarbij schade had opgelopen aan lichaam en ziel. Clarence had ze niet eens gekend in de tijd dat hij zoveel zwaarder was geworden. Ze kon alleen maar voor hen bidden en hun laten weten dat ze om hen gaf. En ze moest weten wanneer ze streng moest zijn en wanneer ze moest loslaten.

De tijd was aangebroken om voor deze patiënt streng te zijn.

Ze duwde het dossier opzij en kwam achter haar bureau vandaan. Dit meisje moest niet het gevoel krijgen dat ze naar het kantoor van het schoolhoofd was gestuurd. Daarom ging Mercy nu naast Shannon zitten en verschoof haar stoel, zodat ze elkaar konden aankijken.

'Het spijt me, meisje, maar ik ben bang dat dit niet gaat werken.' Ze bleef zacht praten, op een niet bedreigende toon, maar ze maakte Shannon wel duidelijk dat het haar ernst was. 'Je probeert jezelf uit te hongeren en dat kan ik niet laten gebeuren. Als je nog meer afvalt, kun je last krijgen van osteoporose en zou ook je hart eronder te lijden kunnen krijgen. Je zou het gevoel in je handen en voeten kunnen kwijtraken en dat is dan nog maar het begin.'

Shannon hield haar handen ineengeklemd op haar schoot en keek niet op. 'Ik heb wel geprobeerd om te eten, dokter Mercy. Ik ben water gaan drinken, sloten water. Ik ... ik kan het gewoon niet.'

'Weet ik en ik weet ook waarom. Als ik vijftien jaar was en in jouw situatie verkeerde, probeerde ik misschien ook af te komen van alles wat bewijst dat ik een vrouw ben, zodat nooit meer iemand op die manier naar me kijkt. Misschien knipte ik dan ook al mijn haar af en ging ik ook in een veel te groot overhemd en een broek van mijn vader lopen. Misschien vergat ik dan ook dagenlang me te douchen en mijn tanden te poetsen. Misschien zou ik me ook in mezelf terugtrekken en nooit meer iemand vertrouwen.'

Shannon knikte en keek nu wel op naar Mercy. In haar ogen was geen sprankje hoop te bespeuren.

'Ik kan jou dat niet laten doen.' De wanhoop van het meisje maakte dat Mercy's ogen even vochtig werden.

Shannon keek er een moment aandachtig naar. 'U gaat ervoor zorgen dat ik word opgenomen, hè?'

'Niet in Knolls. Ik kan jou niet helpen, Shannon. Jij moet naar een instelling waar ze zich speciaal bezighouden met psychische stoornissen. Ik heb al met je moeder besproken dat ik je naar een ziekenhuis wil sturen waar ze je goed kunnen helpen, en zij stemt ermee in.'

Shannon verroerde zich niet. Ze knipperde niet eens met haar ogen. 'Waar dan?'

'In Tulsa is een ziekenhuis dat wat dit soort stoornissen betreft goed bekend staat.' Mercy hoopte nu maar dat ze er bij Shannon vroeg genoeg bij waren. Dan hoefde bij haar het genezingsproces niet zo lang te duren als soms bij andere patiënten het geval was. Wanneer in 75% van de gevallen genezing optrad, werd dat gezien als een goed resultaat, en de behandeling duurde gemiddeld zeven jaar.

Aanvankelijk leek het meisje niet eens de energie te hebben om zich verontrust te tonen. 'Dat is ver van huis.'

'Het is vijf uur rijden hiervandaan. En het genezingsproces zal tijd en veel moeite van jou en je familie vergen. Ben je bereid een poging te wagen?'

Shannon boog zich naar voren totdat haar voorhoofd op haar knieën rustte. Mercy zag hoe duidelijk haar puntige schouderbladen en haar ribben zich aftekenden. Haar schouders gingen op en neer en ze haalde haar neus op. Mercy had het meisje het liefst in haar armen genomen om haar te troosten.

'Ik wil niet echt dood, dokter Mercy', klonk het een poosje later gesmoord. 'Mijn vader en moeder zouden eraan onderdoor gaan. Dat wil ik hun niet aandoen. En mijn broertjes en zusjes ... ik wil niet dood. Ik wil alleen maar niet nog een keer worden verkracht.'

Mercy leunde achterover. Eindelijk kwam de kern van het probleem ter sprake. 'Weet je wat, Shannon? Jij gaat naar dat ziekenhuis en wordt weer gezond, en ik zal er persoonlijk voor zorgen dat jij een volledige cursus zelfverdediging mag volgen. De eerste de beste keer dat dan zo'n smeerlap aan je zit, belandt hij in het ziekenhuis. Afgesproken?'

Na een langdurige aarzeling richtte Shannon zich op, keek Mercy aan en haalde de rafelige mouw van haar vaders oude werkoverhemd over haar gezicht. 'Ik ga het proberen.'

'En ik zal voor je blijven bidden totdat je weer helemaal beter bent, Shannon', zei Mercy zacht.

Ik ga terug naar Knolls ... ik ga terug ... Lukas moest zichzelf ertoe dwingen zich te concentreren op de monitor in de speciaal voor hartpatiënten uitgeruste traumakamer. Meneer Bennett, een gezette man van achter in de vijftig, lag op de onderzoekstafel; hem werd via een canule in zijn neus zuurstof toegediend. Hij had onmiskenbaar pijn, hoewel hij al vier aspirines had geslikt en hem ook nog nitroglycerine was toegediend door Tex, zodra ze een infuus had ingebracht. Als dat zo bleef, kreeg hij nog een tablet nitro onder de tong.

Zijn vrouw stond naast hem en hield zijn hand vast. 'Zijn gezicht was bleek en hij transpireerde hevig vlak voordat we vertrokken om hiernaartoe te gaan, dokter Bower. Het is zijn hart. Ik weet dat het zijn hart is. Zijn vader is overleden aan een hartaanval toen –'

'Pa was zeventig toen hij overleed', snauwde meneer Bennett. 'Rustig nou maar, vrouw. Het komt wel goed met mij.'

Lukas las nog een keer het opnameformulier door waarop Tex haar waarnemingen had opgeschreven. De patiënt rookte twee pakjes sigaretten per dag en dronk iedere dag zes flesjes bier. De bloeddruk was bij binnenkomst 180/95 geweest. Tex had al bloed afgenomen, een infuus ingebracht en een thoraxfoto met het verrijdbare röntgenapparaat aangevraagd.

'Meneer Bennett, we maken een ECG om te zien hoe het hart het momenteel doet', zei Lukas. 'Wanneer de uitslag van het bloedonderzoek binnen is, zullen we er een beter idee van hebben hoe wij u moeten behandelen.'

De grijsharige patiënt schudde zijn hoofd al voordat Lukas was uitgesproken. 'Ik kan hier niet blijven, dok. Mijn moeder is met het vliegtuig onderweg hiernaartoe voor de familiereünie die dit weekend plaatsvindt. Mijn broers komen hiernaartoe gereden vanuit Sedalia en St. Louis en er komen vrijdag ook nog tantes en ooms. Het is een hele bedoening met –' Zijn gezicht vertrok en zijn adem stokte; zijn ogen werden stijf dichtgeknepen.

'Meer pijn? Op uw borst?' vroeg Lukas.

De man knikte; zijn ogen bleven gesloten.

Lukas gaf hem nog een tablet nitroglycerine onder de tong. Als de pijn niet afnam, was er nog morfine.

'Hij is zo wakker geworden', zei mevrouw Bennett. 'Hij zei dat hij maagpijn had en hij ademde met horten en stoten. Heb ik u verteld dat hij diabeet is?'

'Nee, maar dat is nuttige informatie', zei Lukas, terwijl hij al zijn aandacht op zijn patiënt richtte. 'Meneer Bennett, hebt u de laatste tijd vaker last gehad van dit soort klachten?'

'Ja', zei mevrouw Bennett uit eigen beweging, voordat haar man antwoord had kunnen geven. 'De laatste paar weken minstens vier keer, maar zo erg als nu is het nog niet ge-

weest. Hij heeft me deze keer zelfs wakker gemaakt. Dat doet hij anders nooit. Stoere kerels doen dat niet, snapt u.'
'De dokter wil mijn levensverhaal vast niet horen', snauwde meneer Bennett.
'Jawel, hoor.' Lukas bleef naar de monitor kijken. Daarop was te zien dat de hartslag zo nu en dan onregelmatig was, maar ook dat de frequentie afnam. 'Hoe is het nu met de pijn, meneer Bennett?'
De patiënt haalde een paar keer diep adem en keek op naar Lukas. 'Beter.'
'Helemaal verdwenen?'
'Nee, maar dat komt wel. Ik kan niet blijven.'
Dat was niet voldoende. 'Laten we nog maar even afwachten totdat de uitslagen van de onderzoeken binnen zijn.'

De vlammen in het hout van het bureau van dokter Simeon begonnen op een tergende manier dansend en flikkerend in elkaar over te lopen onder invloed van het zonlicht dat schuin door het raam van de erker naar binnen viel. Buiten blies de wind tegen de kale takken van een meidoorn. Theodore zat intens geboeid te kijken naar alles wat zich daarbuiten bewoog: naar de mezen en vinken die vliegensvlug van de ene tak op de andere hipten, naar de voortijlende wolken met op de achtergrond een winterlucht zo ijsblauw als ze alleen in Missouri kon zijn. Niets voorkwam echter langer dan een paar seconden dat zijn gedachten met hem aan de haal gingen. De bewolking werd luguber donker.
Bezorgdheid riep zoveel herinneringen en angst op dat Theo last kreeg van heftige buikkramp. Hij had zaterdag tijdens hun lunchafspraak niet eens de moed gehad Mercy te vertellen over zijn afspraak met dokter Simeon. Hij was als een lafaard weggelopen. Maar dat was ook gekomen doordat Tedi erbij was. En hij wist het nog steeds niet zeker ... niet absoluut zeker.
De kramp werd nog erger toen de deur openging en de arts binnenkwam, net als altijd met zijn dossier in de hand. De frons in zijn voorhoofd was nog dieper dan anders, hij bewoog zich trager en hield zijn hoofd gebogen.

'Dag, meneer Zimmerman.' Hij ging zozeer op in zijn gedachten dat hij Theo geen hand gaf.

Theodore kon zich niet bewegen, kon geen woord uitbrengen.

De arts ging met een zucht in de stoel achter zijn bureau zitten. Hij legde het dossier op het bureau en schoof ermee totdat het precies recht lag. 'Het spijt me dat ik dit moet zeggen, maar we moeten een biopsie verrichten.'

Theodore kreunde bijna hardop. Het liefst had hij een kreet geslaakt. Het liefst had hij God huilend willen smeken dit niet te laten gebeuren. Hij slikte. 'De echo heeft een probleem te zien gegeven?'

De internist knikte. 'We hebben in de lever een grote plek gezien die daar niet thuishoort.'

'Dus het is echt kanker.'

'Het spijt me.'

'Hoe erg is het?' Theo zag een moment een zweempje onbehagen in de ogen van de arts. 'Zegt u nu maar gewoon waar het op staat, dokter. Ik zal u heus niet aanklagen wanneer u op dit punt een verkeerde diagnose stelt.'

Dokter Simeon keek hem verwijtend aan.

Theo begon zich ogenblikkelijk te schamen. Vier je frustratie niet bot op de boodschapper. 'Neemt u mij niet kwalijk. Dat had ik niet moeten zeggen. Het is alleen ... een hele schok voor me. Ik heb gebeden. Ik ben bij de dominee geweest om met hem mijn toestand te bespreken en hij heeft met me gebeden. Ik kan alleen nergens anders meer aan denken. Dat je je van alles blijft afvragen, dat is het ergste.'

'Nee, dat is het ergste niet.' De arts leunde achterover in zijn leren draaistoel en boog zijn hoofd van de ene naar de andere kant om gespannen nekspieren op lengte te brengen. 'U zult wat dit betreft vertrouwen in me moeten hebben; ik heb dit al vaker meegemaakt. Ik heb patiënten gehad die in dit stadium voorbarige conclusies trokken. Zij kwamen tot de slotsom dat ze gingen sterven en gaven de moed op. Ze begonnen te rouwen terwijl ze hadden moeten terugvechten. In dit stadium van de procedure trekken we nog geen conclusies, dat zou voorbarig zijn.'

Theodore liet zich kalmeren door het gelijkmatige ritme waarin de arts sprak. Hij had natuurlijk gelijk. 'U beweert nu toch niet dat de uitslag van het onderzoek niet hoeft te kloppen?'

'Nee. Er zit iets. Maar we hebben aan een echo niet genoeg om de diagnose te stellen dat –'

'Maar het is kanker.'

'Meneer Zimmerman –'

'Weest u alstublieft duidelijk, dokter.'

'Ik wil onmiddellijk een biopsie laten verrichten. Het is een vorm van kanker, maar welke soort weten we niet en dus weten we ook nog niet hoe we de ziekte moeten bestrijden. Omdat we geen vroegere beelden hebben als vergelijkingsmateriaal, heb ik er geen idee van hoe snel of langzaam het groeiproces is. Dit weet ik echter wel: hoe eerder we het aanpakken, des te beter is uw prognose. U kunt morgenmiddag om drie uur bij dokter Huffman in Springfield terecht.'

Theodore aarzelde niet. 'Ik zal er zijn.' Maar eerst ging hij iets doen wat nog moeilijker was. Hij moest Mercy en Tedi op de hoogte stellen.

Een halfuur nadat de eerste onderzoeken bij meneer Bennett waren verricht, waren de uitslagen binnen. Lukas bestudeerde ze. Wat een opluchting! Het ECG gaf niets te zien dat op een hartinfarct wees; het bloedonderzoek had niets abnormaals opgeleverd behalve een veel te hoog glucosegehalte. De thoraxfoto gaf niets te zien waaruit hij kon opmaken dat er sprake was geweest van hartfalen.

'Ik voel me nu uitstekend, dokter Bower', zei de man. 'Ik had al tegen u gezegd dat ik moet maken dat ik wegkom.'

'Het spijt me, maar ik kan u niet laten gaan', zei Lukas. 'Ik heb een telefoontje gepleegd met een cardioloog in –'

'Nee, u begrijpt het niet.' Meneer Bennett begon de plakkers met de draden die hem met de hartmonitor verbonden van zijn harige borst te trekken. 'U zult me moeten laten gaan. Ik blijf niet. Ik ga.'

'Leonard, houd daarmee op!' protesteerde zijn vrouw terwijl ze opstond uit haar stoel en haastig naast hem kwam staan. 'Je kunt niet weggaan als de dokter het niet goed-vindt dat –'

'O nee? Let dan maar eens op.' Hij trok het zuurstofslange-tje uit zijn neus. 'Als ik weer klachten krijg, kom ik terug. Ik zal braaf zijn; ik zal de sigaretten weggooien en het bier door de gootsteen spoelen. Ik zal niet hardlopen en geen spelletjes doen met mijn nichtjes en neefjes. Ik zal binnen blijven en alleen maar toekijken, maar dit is waarschijnlijk de laatste familiereünie die we nog zullen meemaken, en daar wil ik per se bij zijn.' Hij reikte naar het infuus.

'Nee, niet doen!' Lukas greep zijn hand vast om te voorko-men dat hij het infuus uit zijn arm trok. 'U zult gaan bloe-den.'

'Haal de naald er dan zelf uit.'

'Goed, dat zal ik doen. Rustig nu maar, meneer Bennett. Ik kan u niet dwingen hier te blijven als u dat niet wilt. U zult dan wel een briefje moeten ondertekenen waarin staat dat u tegen mijn advies in het ziekenhuis verlaat.'

'Prima, ik zet wel een handtekening. U zei, meen ik, toch dat het bloed en het ECG er goed uitzagen?'

'Het is slechts in veertig tot vijftig procent van de gevallen mogelijk om op basis van een hartfilmpje de diagnose te stellen dat het om een hartaanval gaat. Het duurt zes uur voordat het lab heeft kunnen vaststellen dat er sprake is ge-weest van een hartinfarct. Het zou hier in het beste geval kunnen gaan om een onstabiele angina pectoris, en dat kan zonder waarschuwing vooraf leiden tot een hartaanval. Ik denk niet dat uw familieleden willen dat u het risico loopt –'

'U kent mijn familie helemaal niet.' Het was een zakelijke bewering, zonder boosaardigheid of woede. Meneer Ben-nett leek niet van streek te zijn, maar slechts vastberaden. 'Ik heb de laatste twee keer dat er een familiereünie was, gemist omdat ik het te druk had. Mijn broers hebben erover geklaagd, mijn moeder is een half jaar boos op me geweest – deze keer kan ik niet ontbreken. Wilt u nu zo vriendelijk zijn die naald uit mijn arm te halen?'

Lukas deed het met tegenzin. 'Oké, meneer Bennett, maar komt u alstublieft terug wanneer u weer pijn krijgt. Er bestaat bij mij geen twijfel over dat dat zal gebeuren.'
'Dan ziet u mij terug.'

Clarence zat helemaal ontmoedigd in de praktijk van dokter Richmond, luisterend naar klassieke muziek, op Delphi te wachten. Het mocht een wonder heten dat hij zich vanmiddag achter het stuur van Mercy's auto had weten te wurmen. Twee weken lang had hij vaak pijn en honger geleden, last gehad van gasvorming doordat hij veel vezelrijke dingen had gegeten en was hij aan het oefenen geslagen telkens wanneer Ivy de zweep liet knallen. Toch was hij een kilo aangekomen. Hij had zaterdagavond slechts een half koekje opgegeten toen hij op zoek was naar wat te eten. Hij had met hangen en wurgen zo veel cornflakes als ontbijt en rauwkost als lunch naar binnen gewerkt, dat hij nu eigenlijk manen en een staart zou moeten hebben en zou moeten hinniken als een paard – of balken als een ezel. Was dat dan allemaal voor niets geweest?
Mercy had hem gerustgesteld. Ze had tegen hem gezegd dat hij een bepaald niveau bereikt had en nu gewoon moest doorzetten, totdat het hem lukte het daaropvolgende niveau te bereiken. Ze had hem er verder aan herinnerd dat hij in minder dan een jaar bijna vijftig kilo was afgevallen, het grootste gedeelte daarvan pas in de laatste drie maanden. Dat hielp een beetje, maar hij wenste dat ze dat bericht zou doorgeven aan de tiener die met een vriendje aan de andere kant van de wachtkamer zat. De twee zaten hem aan te staren en elkaar gniffelend aan te stoten. Ze mocht het wat hem betreft ook doorgeven aan de oude vrouw met de opeengeperste lippen en ogen in de kleur van hondendrollen, die op een andere stoel was gaan zitten toen hij naast haar plaatsnam.
Hij kon uitsluitend zichzelf de schuld geven. Hij stopte zelf het eten in zijn mond. Hij was ook niet van plan om klaaglijk uit te roepen: 'Wat kan ik er nou aan doen?' Hij had er geen behoefte aan de slachtofferrol op zich te nemen; dat hadden al genoeg anderen gedaan.

De deur van de wachtkamer ging open. Clarence keek automatisch op: op de drempel stond een boom van een vent. Zijn haar hing in strengen voor zijn bloeddoorlopen ogen en hij had zich minstens drie dagen niet geschoren. Er stroomde koude lucht door de openstaande deur naar binnen, maar hij nam in alle rust de wachtkamer in zich op voordat hij naar binnen stapte en de deur achter zich dichttrok. Toen keek hij naar Clarence.

Clarence huiverde. De koude lucht moest er de oorzaak van zijn. Wat hij voelde, kon niet worden veroorzaakt door de wezenloze uitdrukking op het gezicht van de man, of door de manier waarop hij dwars door Clarence heen naar de muur achter hem leek te staren. De man keek nog een keer rond en ging toen op een van de stoelen bij de ingang zitten. Hij liep niet eens even naar de receptie om zich te melden.

De eigenwijze tiener maakte weer een grappig bedoelde opmerking tegen zijn vriend; ze moesten allebei grinniken. Op de balie ging de telefoon van de praktijkassistente. Het wachten duurde voort.

Clarence schoof ongemakkelijk heen en weer op zijn gammele stoel. Gelukkig had de stoel geen leuningen; hij had al een keer vastgezeten in een dergelijke stoel. Toen hij alle moeite deed om eruit op te staan, was bijna zijn broek gescheurd. Hij kon zich voorstellen hoeveel aandacht dat in deze wachtkamer zou hebben getrokken. En stel nu dat de toename van zijn gewicht niets te maken had met het bereiken van een bepaald niveau? Stel dat hij weer vijftig kilo aankwam of misschien nog meer? Dan paste hij niet eens meer in een stoel. Hij zou zo dik kunnen worden dat Buck hem achter in zijn pick-up zou moeten proppen als hij ergens naartoe moest.

Wat zou Ivy zeggen wanneer ze te weten kwam dat hij een kilo was aangekomen? Zou ze een preek afsteken? Dreigen te stoppen met het bakken van koekjes met chocoladesnippers? Een stappenteller op de loopband laten installeren zodat ze kon nagaan hoever hij iedere dag liep? Kon het vandaag nog beroerder worden?

'Je elleboog ziet er goed uit', verzekerde Mercy Delphi terwijl ze de mouw van de roze katoenen trui weer naar beneden trok. 'Hetzelfde geldt voor de blauwe plek rond je oog. Je kunt een laagje make-up op de geelgroen verkleurde huid smeren totdat de plek is weggetrokken.' Ze duwde zachtjes op het jukbeen. 'Doet dat pijn?'

Delphi vertrok geen spier. 'Een beetje.'

'Daar heb ik niet veel aan', plaagde Mercy. 'Je hebt een hoge pijngrens. Toen ik nog op school zat, had ik een vriendin die dat ook had. Jackie brak bij een val op het ijs haar schouder, maar ging niet naar de dokter om ernaar te laten kijken. Ze dacht gewoon dat ze een paar spieren had verrekt en dat de pijn wel weer zou overgaan. Zes maanden later ging ze met een paar vriendinnen een kanotochtje maken. Toen ze een kilometer of vijftien de rivier waren afgezakt, kwam ze tot de pijnlijke ontdekking dat er overduidelijk nog steeds iets mis wat met haar schouder. Toen er eindelijk röntgenfoto's werden gemaakt, was de schade aan de schouder zo groot dat het genezingsproces lang duurde en er zeven maanden lang fysiotherapie nodig was.' Na een korte stilte raakte Mercy Delphi's schouder aan totdat ze oogcontact hadden. 'Jackie zou veel beter af zijn geweest als ze meteen om hulp had gevraagd nadat ze was gevallen en zich had bezeerd. We moeten allemaal af en toe om hulp vragen.'

Delphi keek de andere kant op. 'U hebt me goed geholpen, dokter Mercy. Het is zoals u zegt: het gaat nu weer goed met me.'

'Lichamelijk gezien gaat het prima met je. Daar maak ik me verder geen zorgen over, maar wel over de rest van je leven.' Mercy liep naar haar bureau om een visitekaartje te pakken dat ze onlangs had gekregen. 'Op de dag dat de politie jou vorige week hier bracht, heb ik je over Crosslines verteld.' Ze gaf het kaartje aan Delphi. 'Omdat je helemaal onder invloed van medicijnen was, betwijfel ik of je nog weet dat ik het erover gehad heb. Het echtpaar Arthur en Alma Collins heeft de leiding in dit centrum. Ze hebben voor de zending in Mexico gewerkt, tot vorig najaar toen ze werden aangereden door een auto. Alma verloor daarbij haar been.

Vorige week waren ze in Springfield omdat Alma daar therapie krijgt als voorbereiding op het aanmeten van een prothese.'

Delphi bestudeerde het kaartje alsof het een giftige spin was. 'Wat heeft dat met mij te maken?'

Mercy ging op haar krukje zitten en keek op naar Delphi. 'Zij kunnen je helpen. Heb je al nagedacht over wat je de rest van je leven gaat doen?'

Delphi haalde haar schouders op. 'Ik denk dat ik Clarence zo gek probeer te krijgen dat hij me naar een plek buiten Knolls brengt. Ik kan hier niet blijven zolang Abner nog in de buurt is.'

'Dus jij verwacht van Clarence dat hij je zomaar in een of andere plaats afzet bij een stelletje vreemde mensen? Het spijt me, maar dat is geen optie.' Mercy besefte dat haar stem opeens scherp, ongeduldig klonk. Ze zuchtte. Nu Abner ter sprake was gekomen, kwamen weer de oude vertrouwde gevoelens van frustratie boven. 'Ik weet dat ik dit al heel vaak heb gevraagd, maar waarom wil je nu niet gewoon bij de politie aangifte –'

'Nee.' Delphi liet zich van de onderzoekstafel glijden en reikte naar het dikke, zachtgroene jack dat Ivy haar een paar dagen geleden had gegeven. 'Dat haalt niets uit, behalve dan dat Abner woest wordt. Ze kunnen hem niet tegenhouden, dokter Mercy.' Ze trok behoedzaam het jack aan, alsof haar elleboog nog een beetje stijf was. 'Ik denk dat ik maar beter kan maken dat ik wegkom, anders krijgt Clarence nog genoeg van het wachten.'

'Crosslines komt voor jou niet in aanmerking?' Mercy liep achter haar patiënt aan de gang op.

'Weet ik niet. Ik zal erover nadenken', riep Delphi over haar schouder terwijl ze naar de knop van de deur reikte die de behandelkamers van de wachtkamer scheidde. Ze trok de deur open en bleef met een ruk op de drempel staan. Ze slaakte een kreet en deed met doodsangst in haar ogen een paar wankele stappen achteruit.

Abner Bell stond aan de andere kant van de drempel.

'Nee, blijf bij me uit de buurt!' Delphi draaide zich vliegensvlug om, duwde in haar wanhoop Mercy opzij en rende haar voorbij.

'Delphi!' riep Abner tandenknarsend. 'Kom terug! Ik wil alleen maar met je praten.' Hij wilde achter haar aan stormen, maar aarzelde toen Mercy hem de weg versperde.

'Dat zal best, makker, maar daar komt niets van in!' Clarence kwam achter hem aan gedenderd. 'Hé, waag het niet!'

De man keerde zich woedend om naar Clarence en haalde met zijn elleboog uit naar Clarences schouder, maar Clarence week niet. In plaats daarvan gaf hij Abner grommend, met inzet van heel zijn lijf, een harde duw zodat alle lucht uit Abners longen werd geperst. Er werd in de wachtkamer iets geschreeuwd.

'Bel de politie!' riep Clarence. 'Iemand moet de politie bellen.'

Abner deed een verwoede poging om bij Clarence vandaan te komen. Hij maakte een draaibeweging, keerde zich na een paar wankele passen om en vluchtte via de voordeur naar buiten.

24

Op dinsdag deed Mercy al om half zeven het licht uit, de beveiligingslampen in de spreekkamer uitgezonderd, en zette het antwoordapparaat aan. Clarence kon ieder moment hier zijn om haar op te halen.

Arme Clarence. Nadat Delphi in paniek via de achterdeur van de kliniek naar buiten was gerend, was hij naar haar op zoek gegaan. In Mercy's auto was hij straten en stegen in en uit gereden. Ondertussen had hij het zichzelf kwalijk genomen dat Abner Delphi had kunnen benaderen waar hij bij stond. Maar wie had kunnen verwachten dat Abner zo brutaal zou zijn? Clarence had niet eens geweten hoe de man eruitzag. De politie was gekomen, had verklaringen opgenomen en uiteindelijk toegegeven dat zij niet zo veel kon doen omdat Delphi nooit een klacht had ingediend. Abner had niemand aangevallen, op Clarence na, en daar kon tegen ingebracht worden dat het zelfverdediging was geweest. Hij had ook niemand bedreigd en hij was verdwenen voordat de politie arriveerde.

Maar hoe had Abner geweten dat ze hier was? Had hij ergens in de buurt op de loer gelegen om van een afstand de praktijk in de gaten te houden? Een kort telefoongesprek was vanmiddag voldoende geweest om vast te stellen dat Abner al anderhalve week niet was komen opdagen in de ijzerfabriek waar hij werkte; dat betekende dat hij geen werk meer had.

Huiverend liep Mercy nog een keer naar de voordeur om zich ervan te vergewissen dat deze op slot zat. Vervolgens liep ze naar het raam aan de voorkant om naar de avondlucht achter haar spiegelbeeld te kijken. Eind januari was het altijd al donker wanneer ze de praktijk verliet, ook wanneer ze op tijd klaar was. De maan stond hoog aan de hemel en er waren her en der heldere sterren te zien, ondanks het licht van de lantaarnpalen en de gloed van de verlichting van het ziekenhuis verderop in de straat.

Haar blik dwaalde naar de schimmige gedaanten van de arbeiders die bezig waren met de herbouw van de SEH. Terwijl de mannen hamerden, smeedden en ladders op en af klommen, smolten hun silhouetten samen om zich daarna weer van elkaar te scheiden in het sterke licht van de schijnwerpers om hen heen.

Drie maanden geleden had Mercy iets heel anders gezien toen ze uit dit raam keek. Die muren daarginds hadden in lichterlaaie gestaan en Lukas Bower, Estelle Pinkley en nog een heleboel anderen waren omsingeld geweest door vlammen die hen dreigden te verteren. Op het moment dat haar angst ondraaglijk werd, had ze eindelijk onder Alma's behoedzame leiding geleerd de controle uit handen te geven aan Iemand die oneindig veel machtiger was dan zij. Kort daarna had ze haar hele leven in zijn handen gelegd.

Waarom had ze zich de afgelopen paar weken dan toch niet helemaal aan Hem kunnen overgeven? Waarom bleef ze zich zorgen maken? Waar was de vrede gebleven die toen, wist ze nog, bezit van haar had genomen?

Er dook een andere schimmige gedaante op in haar gezichtsveld; met grote passen liep deze over de parkeerplaats naar het trottoir voor haar praktijk. Happend naar adem deed ze snel een stap terug, het donker in. Het was Clarence niet. Met een snellere ademhaling dan normaal bleef ze zijn bewegingen volgen.

Even later liet ze de ingehouden adem ontsnappen. Het was Abner niet! Toen de man dichterbij kwam, zag Mercy in het licht van een straatlantaarn dat hij lang was, zijn gezicht glad-geschoren en zijn haar kort en blond. Theodore! Zijn oren waren niet beschermd tegen de kou, zijn handen staken diep in de zakken van zijn jas. Halverwege de deur van de praktijk bleef hij stilstaan, kennelijk omdat het hem opviel dat er geen auto's bij de praktijk van dokter Mercy geparkeerd stonden. Daar was zo te zien vanavond niets meer te beleven.

Zijn schouders zakten naar voren en zijn hoofd boog zich. In het licht van de lantaarns achter hem tekende zich de omtrek van zijn gelijkmatige gezicht af. Heel even dacht ze dat hij stond te huilen, maar dat was vast gezichtsbedrog. Theo had toch helemaal geen reden om te huilen?

Mercy kon zich er niet van weerhouden om, gedreven door bezorgdheid, de voordeur van het slot te doen en de kou in te stappen. 'Theodore?'

Ze hoorde dat zijn adem stokte. Hij verstijfde en keek haar kant op. Toen rechtte hij zijn schouders en kwam op haar af. 'Mercy.'

'Wat doe jij hier? Gaat het goed met je?'

Na een korte stilte antwoordde hij: 'Ik heb me laten vertel-len dat jullie hier vandaag een heel gedoe hebben gehad. Ik dacht, ik loop er even naartoe om rond te kijken, om er zeker van te zijn dat het allemaal weer goed is gekomen.' Zijn stem klonk nerveus. 'Waar is je auto?'

'Die heeft Clarence mee. Als het goed is, komt hij me zo dadelijk ophalen. Je hebt gehoord over die toestand met Abner?'

'Er wordt in heel Knolls over gesproken. Ik heb een paar uur geleden in de drukkerij gehoord wat er is gebeurd.' Hij kwam een stap dichterbij. 'Ik maakte me zorgen, Mercy.'

Glimlachend keek ze naar hem op. 'Het is hierbuiten koud. Laten we maar binnen wachten totdat Clarence komt. Dan kan hij jou ook thuisbrengen. Ben je helemaal van de an-dere kant van Knolls hiernaartoe gelopen om te kijken of het goed met me was? Dat is heel lief van je, maar had je niet beter simpelweg kunnen bellen?'

Hij gaf geen antwoord. Achter haar aan liep hij de praktijk in en sloot de deur achter hen. Hij zuchtte en keek met een afwezige blik in zijn ogen de schaars verlichte wachtkamer rond. De lucht van inkt en oplosmiddel uit de drukkerij vermengde zich met de onaangename geur van ontsmettingsmiddelen in de praktijk.

'Je kunt je waakzaamheid laten verslappen', zei Mercy. 'Alleen wij zijn hier en de alarminstallatie staat aan, behalve bij de voordeur. Bill Petersen zal zijn best doen om elk uur met zijn patrouillewagen langs te rijden, maar Abner heeft geen enkele reden om terug te gaan naar een praktijk waar niemand meer aanwezig is. Hij is op zoek naar zijn vrouw.'

Theodore knikte en keerde zich naar haar toe. Omdat het overduidelijk was dat hij er nog steeds niet helemaal met zijn gedachten bij was, bleef Mercy nieuwsgierig naar hem kijken. Afgelopen zaterdag had hij zich tijdens de lunch ook al zo gedragen.

'Theodore, er speelt nog iets anders. Vertel het me nu maar.'

Hij deed zijn mond open om iets te zeggen, maar zag er vervolgens hoofdschuddend van af. Hij wreef over zijn nek. 'Kunnen Tedi en jij morgen met me lunchen in het petit restaurant?'

Toen ze aarzelde, zei hij: 'Alsjeblieft, Mercy, ik moet met jullie praten, ik ...' Hij maakte de zin niet af. In plaats daarvan draaide hij zich om en keek uit het raam.

'Goed', zei ze langzaam. 'Wat is er aan de hand? Kun je niet –'

'Ik heb kanker.'

Hij bleef met zijn rug naar haar toe staan en ze zag dat zijn schouders opeens schokten, alsof hij huilde. En ze bleven schokken, onophoudelijk. Nadat hij een keer diep had doorgeademd, liet hij zijn hoofd zakken en bracht hij een hand naar zijn gezicht. Mercy was zo geschrokken van zijn woorden dat ze het gevoel had dat ze een elektrische schok had gekregen. Ze kon even niet nadenken. Voordat ze in zoverre was bijgekomen van de schrik dat ze kon reageren, zag ze koplampen de straat inkomen. In al het licht dat het ziekenhuis verspreidde, kon ze duidelijk zien dat het haar auto was. Clarence kwam haar eindelijk ophalen.

Theodore deed onmiskenbaar zijn best om zijn gevoelens onder controle te brengen; hij haalde zijn neus op en rechtte zijn rug. 'Dokter Simeon heeft een alfa-fetoproteïne test laten doen; die leverde hoge waarden op. Op de echo was in mijn lever iets te zien dat daar niet thuishoort. Ik ga morgenmiddag naar het ziekenhuis in Springfield voor een leverbiopsie.'

Mercy werd overspoeld door heftige emoties, alsof hij al dood was, en die reactie verbaasde haar. 'Hepatocellulair carcinoma?'

'Leverkanker, bedoel je? Ja, daar denkt dokter Simeon aan.'

In de lange stilte die daarop volgde, zagen ze hoe Clarence de oprijlaan rechts van de praktijk op reed. Hij stopte en schakelde de koplampen uit. Het binnenlichtje floepte aan. Clarence duwde het portier open en duwde zijn kolossale lichaam op van de stoel.

'Een bloedonderzoek wees uit dat ik positief ben voor hepatitis B', zei Theodore. 'Volgens de arts is de ziekte chronisch geworden.' Nu draaide hij zich pas weer om naar Mercy. 'Ik ben twee weken geleden naar het ziekenhuis geweest voor een algeheel bloedonderzoek, omdat ik zeker wilde weten ... Ik dacht als het ervan komt dat jij en ik ... Als de kans al bestond dat wij opnieuw met elkaar zouden trouwen, wilde ik jou niet infecteren met ...' Hij liet zijn hoofd hangen. 'Alle verhoudingen ...'

Van het ene op het andere moment prikten er tranen van medelijden en verdriet in haar ogen. 'O, Theodore', fluisterde ze.

'Het spijt me zo. Ik kan je niet vertellen hoeveel spijt ik heb. Ik wou dat ik kon goedmaken wat Tedi al die jaren heeft moeten doorstaan, maar ik denk dat ik daar de tijd niet meer voor krijg.'

'Nee, zo moet je niet praten.' Over zijn schouders zag ze dat Clarence naar de deur kwam gesjokt. Ze wilde nog zoveel zeggen, hem op allerlei manieren geruststellen zoals ze dat bij een van haar eigen patiënten zou doen. Er is nog hoop, we kunnen ons ertegen verzetten, het betekent niet per se dat je overlijdt, had ze willen zeggen, maar ze wist dat dit nu niet mogelijk was. Er mocht niemand bij zijn wanneer hij over de kanker praatte, en Clarence stond op het punt de deur open te doen.

'Tedi en ik zien jou morgen', verzekerde ze hem terwijl Clarence binnenkwam.

'Ze moet erop voorbereid zijn ...' begon Theo, maar opnieuw bleef de rest in de lucht hangen.

'Wat is het buiten koud, zeg!' was het eerste wat Clarence zei. 'Ik hoop nu maar dat Delphi een plek heeft gevonden waar ze het warm genoeg heeft. Hé, Theodore, hoe gaat het met jou? Ik neem aan dat je hebt gehoord wat er is gebeurd. Ik kan haar nergens vinden. Het leek me goed om gauw even iets te gaan eten. Als ze dan nog niet boven water is, leen ik na het avondeten Ivy's auto om verder te zoeken.'

Lukas zag en rook het meteen toen hij zijn spijkerbroek dinsdagavond aan het eind van de avonddienst uit zijn kast haalde: op de rechterpijp van de broek zat een enorme betadinevlek. Kreunend hield hij hem tegen het licht. Daarna keek hij argwanend de ruimte rond, alsof de dader er nog rondhing om te zien hoe hij reageerde. 'Weet je,' riep hij naar de afwezige grappenmaker, 'je zou een bewijs moeten hebben dat je de kleuterschool hebt afgemaakt voordat je in een ziekenhuis mag werken. Dat is in dit geval duidelijk niet zo.' Hij smeet de spijkerbroek op het bed en haalde zijn jasje uit de kast. Hij moest voor de zoveelste keer in zijn witte pak naar huis.

Hij wist dat hij het zichzelf niet moest toestaan boos te worden. Aan het eind van de week vertrok hij, om nooit meer terug te keren. Hij hoorde vrolijk te zijn. Hij moest eigenlijk in een feestelijke stemming zijn dat hij nu nog een keer herinnerd werd aan de pesterijen die hij niet langer zou hoeven te verduren. Maar hij was allesbehalve in een feestelijke stemming.

Hij duwde de kastdeur dicht en liep gedecideerd vanuit de piketkamer de SEH op, waar de nachtploeg nog bezig was met de overdracht aan de dagploeg. De laborant die 's nacht altijd dienstdeed op zowel het lab als de röntgenafdeling stond bij de verbindingsdeur tussen de SEH en het lab met Carmen te praten. Het ambulanceteam dat de laatste keer was uitgereden om een patiënt op te halen in het verpleegtehuis twee straten verderop, was ook nog aanwezig. Quinn en zijn nieuwe partner zaten nog aan de balie een verslag te schrijven.

'Neem me niet kwalijk', zei Lukas.

Ze lieten geen van allen merken dat ze hem hadden gehoord. Het zachte geroezemoes hield aan.

Lukas schraapte zijn keel en zei met enige stemverheffing: 'Ik zei: neem me niet kwalijk.'

Dit had wel de gewenste uitwerking. Het werd opeens stil op de afdeling. De personeelsleden keken hem verbaasd aan. Kon hij nog terugkrabbelen of was dit een ongelukkig moment om zijn woede alsnog in te slikken? Nee, hij moest nu zeggen wat hij op zijn hart had.

'Iemand hier vindt het leuk om in de piketkamer van de artsen allerlei stunts uit te halen', zei hij. Hij keek eerst Sandra aan, toen Quinn en ten slotte Carmen. Carmen wendde haar blik af. Hij moest denken aan de gel op het stuur van zijn jeep. 'Ik heb er niets van gezegd toen de afvalemmer was omgekeerd op het bed, een wit pak aan elkaar geniet en er met een lunchpakket geknoeid was.' Hij keek eerst in de richting van de temperamentvolle laborant en toen naar Jane, de nachtverpleegkundige. 'Ik heb tot op dit moment geen actie ondernomen na het vandalisme aan mijn jeep en het afknippen van de pijpen van mijn nette broek.'

Carmen kwam opeens adem tekort; haar mond viel open. Ze wierp een beschuldigende blik in de richting van de deuropening, maar Lukas kon niet zien naar wie ze keek.

'Ik weet niet wie deze vervelende grappen uithaalt, maar ik waarschuw de persoon in kwestie dat ik, als er zich nog zoiets voordoet terwijl ik hier werk,' zei Lukas, 'aangifte zal doen bij de politie. Hij of zij zal het niet al te moeilijk vinden om zich in te houden, want ik ben hier nog maar drie dagen. Daarna kun je naar hartelust mijn vervanger het leven zuur maken. Ik heb de overtuiging dat je iemand de andere wang moet toekeren, maar ik heb onderhand geen wang meer over.'

Opeens schaamde hij zich dat hij zo was uitgevallen en dat hij er geen betere bewoordingen voor had kunnen bedenken. Zonder verder nog iets te zeggen liep hij de afdeling af.

Nadat ze Theodore bij zijn appartement had afgezet en Clarence bij het huis waar hem een maaltijd wachtte, reed Mercy naar huis door een laan waarin de straatlantaarns af en toe een geel schijnsel wierpen op het wegdek. Ze kon gedachten aan Theodore niet uit haar hoofd zetten; medelijden met hem overstelpte haar. Nog overweldigender echter waren haar gevoelens van angst voor haar dochter. Hoe zou Tedi reageren op het bericht dat haar vader kanker had? Hoe zou ze het verwerken als Theo overleed nadat ze het afgelopen jaar al zoveel op haar bordje had gehad?

De komende paar dagen zou met zekerheid worden vastgesteld hoe vergevorderd de kanker was. De biopsie morgen zou daarover uitsluitsel geven en uit vervolgonderzoek moest dan blijken of er uitzaaiingen waren. Mocht dit onverhoopt het geval zijn, dan had hij geen goede vooruitzichten. Robert Simeon zou er tegen hem niets over zeggen voordat alle onderzoeken achter de rug waren, maar dan had hij nog hooguit drie tot zes maanden te leven.

Ze reed in een langzamer tempo haar straat in. Haast had ze niet. Tedi bleef een nachtje bij Abby slapen. Het huis zou leeg lijken zonder haar, maar Mercy nam zich voor de tijd dat ze alleen thuis was goed te gebruiken. Het leek tegenwoordig te wemelen van de mensen in haar leven. Er werd zo veel van haar gevergd dat ze onmogelijk aan alle behoeften kon voldoen, hoe snel en hoe hard ze ook werkte. Ze had een gevoel alsof er van alle kanten druk op haar werd uitgeoefend. Voordat Tedi weer bij haar kwam wonen, was de eenzaamheid af en toe zo intens geweest dat ze met opzet 's avonds in het ziekenhuis bij haar patiënten was gebleven. Als afleiding, maar ook om haar inkomen aan te vullen waarmee ze twee huishoudens draaiende moest houden, had ze dienstgedaan op de SEH. Nu was ze niet eenzaam meer. Ze voelde niet de behoefte om het contact met haar vrolijke dochter af en toe te onderbreken, maar soms wenste ze wel dat zij tweeën een paar dagen ergens anders zouden kunnen doorbrengen; dat ze het wat rustiger aan zou kunnen doen. De stilte in het donkere huis viel op haar toen Mercy vanuit de garage naar de keuken liep en op de knop drukte om de garagedeur te laten zakken. Alleen op de veranda aan de voorkant van het huis brandde een lamp; die liet ze altijd aan wanneer ze in de nacht thuis zou komen.

Ze deed de lampen boven de gootsteen aan en liep vervolgens naar de studeerkamer, waar Tedi en zij het zich 's avonds meestal gemakkelijk maakten om in de Bijbel te lezen. Ze deed de lamp naast de bank aan en ging op het oude vertrouwde plekje zitten. Heel even liet ze zich door de stilte omhullen. Geleidelijk drongen de geluiden van het huis zich op: het zachte zoemen van de koelkast, de bijna geluidloze verplaatsing van de lucht uit de ventilatieschachten van de centrale verwarming, het tikken van de klok aan de muur.

Haar blik viel op de in zwart leer gebonden Bijbel. Terwijl ze die pakte, wenste ze dat ze meer wist van wat erin stond. Op dit moment echter was ze vooral blij, blij dat ze een intieme relatie had met de Auteur ervan. Ze had Hem nodig.

Ze boog haar hoofd. De gebeurtenissen van die dag overmanden haar en er prikten tranen in haar ogen. 'O, God, help ons', fluisterde ze. 'Help Theodore. Waarom overkomt hem dit, nu hij juist zijn leven weer op orde begint te krijgen, nu hij zijn vertrouwen op U heeft gevestigd?'

Nog niet zo lang geleden was ze tot de ontdekking gekomen dat ze Theodore nog steeds niet alles had kunnen vergeven. Dat maakte haar klein. Wat voor voorbeeld had ze daarmee Tedi gegeven? Ja, ze had medelijden met Theodore nu hij ziek was, maar als hij morgen gezond werd verklaard, als dit allemaal een grote vergissing was geweest, hoe zou ze zich dan voelen?

'Heer, vergeef mij in Jezus' naam. Laat me opnieuw zien hoe ik de persoon die ik niet kan liefhebben, zo lief kan krijgen als U mij liefhebt. Zorgt U alstublieft dat ik niet voorgoed in deze verwarrende situatie blijf steken.'

Ze moest denken aan wat Lukas vrijdag had gezegd: dat hij in verwarring raakte wanneer hij probeerde te raden wat God vervolgens zou gaan doen.

'Heer, sterk Theodore alstublieft en geef hem uw zegen. Laat hem, laat ons allemaal merken dat u een God bent die geneest. Geef Tedi vrede en vertrouwen in U; neem haar angst en pijnlijke herinneringen weg. Ze is nog maar een klein meisje, Heer. Laat haar alstublieft niet nog meer beschadigd raken dan ze al is.' De tranen begonnen rijkelijk te vloeien nu ze moest denken aan wat Tedi allemaal al had meegemaakt. 'Bescherm haar morgen alstublieft, Heer, wanneer we haar op de hoogte stellen.'

Ze wachtte en luisterde en probeerde niet de tranen te bedwingen. Als een genezing brengende vloed liet ze ze komen.

Delphi dook in haar gedachten op en weer kwamen er tranen, nu om haar. Hield ze zich ergens in de koude duisternis schuil, te bang om onderdak te zoeken omdat Abner haar dan misschien zou vinden? En Shannon ... en Kendra ... Er waren in deze wereld zoveel mensen die pijn en verdriet hadden. Zoveel beschadigde mensen die de weg waren kwijtgeraakt. Hoe kon ze de zorg voor hen op zich nemen wanneer ze niet eens haar eigen dochter kon begeleiden in haar geestelijke nood?

Mercy bad voor hen allemaal en deed toen wat ze zo moeilijk vond: ze legde hen opnieuw in de handen van Degene die machtiger en liefdevoller was en beter kon vergeven dan zijzelf. Het bidden had een kalmerende, bemoedigende uitwerking. Tegen de tijd dat ze was uitgebeden, had ze pijn in haar rug en bonsde haar hoofd van het onophoudelijk huilen, maar was er in haar hart iets veranderd. Ze had zich tot God gewend en bij Hem moest ze zijn. Ze deed nu wat Hij wilde dat ze deed: wachten. En tijdens het wachten zou ze haar best doen dit gemakkelijker te maken voor de anderen die samen met haar wachtten. Dit kon ze niet in eigen kracht doen, maar dat hoefde ook niet. Het geloof dat een week geleden nog zo wankel had geleken, stroomde nu met kracht door haar heen. God zou haar niet loslaten.

Er werd zo veel lawaai gemaakt bij het werken aan een voertuig dat Clarence kwaad werd. Als ze daar niet gauw mee ophielden, zou er iets beschadigd raken. Hij probeerde hen toe te schreeuwen dat ze daarmee moesten ophouden, maar toen hij zijn mond opendeed kwam er geen geluid uit. Toen hij dwars door de grote garage wilde lopen, wilden zijn benen niet in beweging komen.

Het lawaai nam toe en begon zich meer op te dringen, totdat hij met een schok wakker werd. Hij maakte een onbesuisde beweging, zodat hij het bed onder zich voelde trillen. En het lawaai duurde voort ... Het leek nu alleen meer op getik. Op een raam. Fronsend keek hij de duisternis in. Hagelde het buiten? Of ijzelde het weer?

Van de kant van het slaapkamerraam aan de achterkant kwam een gedempt gesis. 'Clarence!'

Hij tuurde naar buiten en zag naast de struiken een schim. Een mensengedaante. Er werd opnieuw getikt. 'Ja, ja, ik kom al.' Hij wreef zich over het gezicht om iets beter wakker te worden, duwde het dekbed naar achteren en kwam moeizaam uit bed. Het kwam nu van pas dat hij in bed altijd een boxershort en een T-shirt droeg.

Hij stommelde door de donkere kamer, tuurde nog aandachtiger naar de schim en stond opeens paf. 'Delphi?' Ja, ze was het. Zo snel en zo zachtjes mogelijk schoof hij het raam een stukje omhoog. 'Loop naar de achterdeur, dan –'

Maar ze had zichzelf al door het raam naar binnen laten zakken. Een stroom ijskoude lucht kwam met haar mee naar binnen. Clarence had haar het liefst omhelsd.

'Het gaat goed met je! Je bent veilig! Waar heb je gezeten? Ik heb overal naar je gezocht, maar –'

'Sst!' Ze draaide zich om en deed onhandig het raam dicht. 'Vertel aan niemand dat ik hier ben, oké?' fluisterde ze. 'Het is koud buiten! Kan ik hier bij jou in het appartement blijven tot morgenochtend? Ik had al ver hiervandaan moeten zijn, maar –'

'Iedereen maakt zich zorgen over je!'

'Sst!' Delphi legde haar vingers tegen haar lippen. 'Geen licht aandoen. Stel dat hij achter me aan is gekomen? Stel dat hij weet dat ik hier eerder ben geweest? Hij wist waar ik vandaag was. Ik wil geen enkel risico meer nemen. Mag ik alsjeblieft vannacht hier bij jou op de bank slapen?'

'Dat spreekt toch voor zich, Delphi. Ik zal even een deken voor je uit de kast halen en dan zorgen dat het je verder aan niets ontbreekt. Heb je honger? In de koelkast staat nog een restje van wat we vanavond gegeten hebben. We hebben een bord vol voor je bewaard, gewoon voor de zekerheid.'

Delphi reageerde er niet meteen op. Het had er alle schijn van dat ze in het donker naar hem stond te turen. Toen sloeg ze haar armen zo goed en zo kwaad als dat ging om hem heen en klemde zich uit alle macht aan hem vast.

25

Mercy werd woensdagochtend om zes uur wakker, een half-uur voordat haar wekker afliep. Ze wilde wel een poging wagen, maar ze wist dat ze niet weer zou kunnen wegdoezelen. Ondanks de voortdurende bezorgdheid om Theodore had ze eindelijk weer een keer goed geslapen. Ze voelde de behoefte om te bidden. Ze voelde ook de behoefte om met Lukas te praten. Ze wilde graag de troost en liefde in zijn stem horen en voelen dat ze een band met hem had, ook al waren ze kilometers van elkaar verwijderd.

Ze reikte naar de draadloze telefoon, haalde hem uit het basisstation en toetste het rechtstreekse nummer van Lukas in. Toen liet ze zich terugvallen in de kussens. De telefoon ging vier keer over voordat ze iemand slaapdronken 'Hallo' hoorde zeggen. Ze werd een moment aan het twijfelen gebracht.

'Lukas? Met Mercy. Sorry dat ik je zo vroeg bel. Ik had het wel kunnen uitstellen totdat –'

'Nee, geeft niets.' Hij klonk al niet slaperig meer. 'Mercy.' Lukas Bower was de enige persoon op de wereld die haar naam zo kon uitspreken dat hij klonk als een symfonie. 'Heb je de kaart gekregen?'

'Bedoel je de kaart waar ik nu naar kijk? De kaart die ik op mijn nachtkastje heb gezet zodat ik hem de volgende ochtend het allereerst zou zien?'

Er werd aan de andere kant van de lijn gegrinnikt. 'Ik hoop dat dat de kaart is die ik bedoel.' 'Ja.' Ze keek even naar zijn onleesbare handtekening en wist nog hoe blij ze was geweest toen ze de kaart ontving. Ze had hem drie keer moeten lezen om alle woorden te kunnen ontcijferen, maar dat had er alleen maar toe geleid dat ze nog meer was opgefleurd. 'De tekst op die kaart heeft me doen besluiten jou te bellen.'

'Echt waar?'

'Nou ... dat was niet de enige reden. Ik moet je weer om raad vragen.'

Het bleef even stil, maar de ernst waarmee ze gesproken had galmde nog na. 'Dezelfde soort raad als je vrijdag nodig had?'

Ze sloot haar ogen en haalde een keer diep adem. 'Het gaat weer over Theodore, maar deze keer is het iets ernstigers. Hij heeft kanker.' Zonder ook maar een detail weg te laten stelde ze hem op de hoogte van alles wat Theodore haar gisteravond had verteld.

Toen ze uitgesproken was, fluisterde Lukas: 'O nee. Is er al een biopsie verricht?'

'Dat gaat vanmiddag in Springfield gebeuren. Ik lunch vanmiddag met Theo zodat we het Tedi kunnen vertellen.'

'Hoe gaat Theodore ermee om?'

'Hij is in shock. Ik heb hem gisteravond niet zo lang gesproken.'

'Mercy ... hij heeft in Knolls en omstreken verder geen familie, hè?'

'Nee.'

'Dan staat hij er alleen voor.'

Alleen. Wat een afschuwelijk woord. 'Ja ... dat denk ik wel.' Er welde opnieuw medelijden in haar op. Hoe zou zij zich voelen als ze er alleen voor stond, er geen liefhebbende familieleden in de buurt waren, het niemand iets kon schelen of ze bleef leven of overleed? Theodore had geen andere vrienden dan drinkebroers en vrouwen die hem waarschijnlijk hepatitis B hadden bezorgd. Sinds hij een ander mens was geworden, meed hij hen. Zijn ouders waren allebei overleden; zijn jongere halfbroer woonde in Florida en wilde niets met hem te maken hebben.

'Ik had jou anders later op de ochtend zelf gebeld.' Lukas liet een korte stilte vallen, alsof er hem nu net een gedachte te binnen schoot. 'Vrijdag is de laatste dag dat ik hier in Herald werk. Ik ben van plan in de jeep te stappen zodra mijn dienst is afgelopen, en uit dit plaatsje te verdwijnen. Hoe zal Theo reageren als ik hem opbel, denk je?'

Mercy voelde zich tot haar eigen verbazing opeens opgelucht. Voor het eerst durfde ze te bekennen dat ze zich verantwoordelijk voelde voor Theo sinds ze hem gisteravond had gesproken, ook al had ze er met geen woord over gerept. 'Ik denk dat hij er wel iets aan kan hebben, Lukas. Hij moet weten dat ... iemand om hem geeft.' Ze dacht even na over wat Lukas daarnet ook nog had gezegd. 'Kom je echt vrijdag terug? Naar Knolls?' Naar haar?

'Ja.' Lukas zweeg weer even om na te denken. 'Theo mag waarschijnlijk niet alleen blijven na de biopsie wanneer ze hem ontslaan uit het ziekenhuis.'

Daar had Mercy nog niet aan gedacht. Waar moest Theodore blijven? Ze hielden hem waarschijnlijk in het ziekenhuis totdat de onderzoeken waren verricht die moesten uitwijzen of er sprake was van uitzaaiingen. Wat zou er daarna met hem gebeuren en waarom had ze het gevoel dat zij opeens Theodores hoeder was?

'Lukas, ik ga iets afschuwelijks zeggen. Mag ik erop vertrouwen dat je me er niet om veroordeelt?'

'Dat zou ik niet over mijn hart kunnen verkrijgen. Zeg het maar, Mercy.'

'Bij mij komt steeds de gedachte op dat ... dat Theodore ...'

'... dit zelf over zich heeft afgeroepen', maakte Lukas de zin voor haar af. 'En dat het nu naar ons gevoel onze verantwoordelijkheid is geworden om op de gevolgen daarvan in te spelen, en dat dat niet eerlijk is.'

Mercy kreeg het opeens warm. Ze wist niet goed of dit nu

vooral kwam doordat ze zich schaamde over haar veroordelende houding, of doordat ze blij was dat hij zo veel om haar gaf dat hij precies wist wat er in haar omging. 'Hoe komt het dat je zo goed weet wat ik denk?'

'Iedereen reageert in eerste instantie zo. Ik ben er ook toe geneigd en moet daarmee oppassen. Ik moet mezelf eraan herinneren Wie aan de touwtjes trekt en bij Wie genade is te verkrijgen.'

'Ik wil er niet op deze manier over denken.'

'Een paar dagen geleden heb ik in Matteüs 20 een gelijkenis gelezen. Misschien heb je er iets aan.'

'Vertel.' Mercy wierp een blik op de wekker; het was bijna tijd om afscheid te nemen. 'Je mag er alleen niet te lang over doen. We kunnen het ons vandaag geen van beiden veroorloven te laat op ons werk te komen.'

'Oké. Het gaat, kort gezegd, over een man die naar de marktplaats ging om arbeiders in te huren die voor hem op het veld moesten werken. Hij nam er een paar vroeg in de ochtend in dienst en ook nog een paar enkele uren later. Omdat hij nog meer hulp nodig had, nam hij in de loop van de dag nog meer arbeiders in dienst. Toen het tijd werd om hun het loon uit te betalen, gaf hij hun allemaal hetzelfde bedrag: één dagloon.'

'Ook degenen die hij het laatst in dienst nam?'

'Ja.'

'Maar dat is niet …'

'... eerlijk? Dat zeiden de mannen die de hele dag bezig waren geweest ook. Maar de werkgever herinnerde hen eraan dat ze er allemaal mee ingestemd hadden om voor een dagloon aan de slag te gaan, en dat het zijn geld was dat hij uitgaf. Zij hadden alleen maar het werk verricht waarvoor ze waren ingehuurd. Wie had het recht om zich daarover te beklagen?'

Mercy ging rechtop in bed zitten en liet haar benen over de rand zwaaien.

'Omdat we God toebehoren en erin hebben toegestemd voor Hem te leven, horen we dus bereid te zijn alleen datgene te doen wat Hij zegt dat we moeten doen. En we moeten ophouden met klagen over het werk en het loon en over wat anderen van Hem krijgen.'

Na een bedachtzame stilte zei Lukas: 'Theodore bevindt zich in de situatie dat hij veel te verliezen heeft. Misschien zal hij zijn dochter niet zien opgroeien.'

Mercy sloot haar ogen. Ze kon zich niet voorstellen wat voor gevoel dat zou geven. 'Weet ik. Daar moet ik ook steeds aan denken.'

'Ik zal bidden voor Tedi.'

Mercy hoefde alleen maar zijn stem te horen om te weten dat deze man het hart op de juiste plaats had. 'Bedankt, Lukas. Ze begint haar vader net weer voorzichtig te vertrouwen. Hem vergeven is nog steeds een brug te ver voor haar, maar als er nu iets met Theodore gebeurt ... zou haar dat diep raken.'

'Zo te horen is hier iemand aan het woord die uit ervaring spreekt.'

'Onwillekeurig moet ik daaraan terugdenken. Ik wil niet dat Tedi moet doormaken wat ik heb doorgemaakt.' Bij Mercy was al tot uiting gekomen dat ze boos was op haar vader toen ze een jaar of elf was. Een normale relatie met haar vader was toen niet meer mogelijk: haar boosheid was verhard tot verbittering. Eenmaal volwassen geworden kwamen de schuldgevoelens. Toen haar vader zes jaar geleden was overleden, worstelde ze er nog steeds mee ondanks het feit dat ze met haar vader had samengewerkt in zijn praktijk – wanneer hij daartoe in staat was, wanneer hij niet was gaan stappen. Tijdens zijn leven was ze nooit de wrok te boven gekomen over wat hij met zijn alcoholverslaving zijn gezin had aangedaan.

'Mercy,' zei Lukas zacht, 'er is een verschil. Theo is veranderd en Tedi zal de kans krijgen om dit te verwerken. Het zal haar moeite kosten, ze zal ermee worstelen, maar zij kan zich verlaten op jouw en haar eigen geloofsovertuiging.'

Mercy liet zich door zijn woorden geruststellen alsof God zelf ze had uitgesproken. Ze twijfelde er niet aan dat God Lukas had gebruikt om invloed uit te oefenen op haar le- ven,   om haar over Hem te vertellen, om haar ertoe te brengen zich aan Hem over te geven.

'Lukas, weet je wel hoeveel ik van je houd?'

'Dat kan ik wel raden. Ik weet hoeveel ik van jou houd.'

Ondanks alle zorgen werd ze intens blij van deze woorden. Ze hoorde aan de andere kant van de lijn op de achtergrond een wekker aflopen.

Lukas kreunde. 'Het is voor mij tijd om op te staan,' zei hij, 'maar vrijdagavond ben ik weer in Knolls. Ik zal vanochtend nog proberen Theodore te bellen. Laat jij me de uitslag van de biopsie weten?'

'Doe ik. Ik ben zo blij dat je terugkomt naar Knolls, Lukas.'

'Ik ook.'

Meneer Bennett was woensdagochtend weer op de SEH terug, nog geen vierentwintig uur nadat hij een handtekening had gezet om tegen Lukas' advies in het ziekenhuis te verlaten. Dat zou vandaag niet weer gebeuren. Zijn ECG wees op een acuut myocardiaal infarct – hij had een hartaanval. Zijn vrouw, zijn moeder en twee broers hadden geprobeerd zich de speciaal voor hartklachten ingerichte traumakamer binnen te wurmen voordat de SEH-verpleegkundige iedereen behalve mevrouw Bennett naar de wachtkamer stuurde. Op de SEH dreunde het van het lawaai van rondwentelende wieken toen buiten de grote traumahelikopter landde.

Meneer Bennett stootte een klaaglijk geluid uit. Hij zag bleek en transpireerde; nitroglycerine had deze keer niet voor verbetering gezorgd. Lukas liet morfine en heparine toedienen via het infuus en nog had de man veel pijn. Ook de belangrijkste troef – het middel om bloedklonters op te lossen – leek weinig effect te hebben terwijl het zich door zijn bloedbaan verspreidde.

'Ik had niet met de kinderen moeten spelen', mompelde hij tegen zijn vrouw die nog steeds zijn handen vasthield en zich onmiskenbaar grote zorgen maakte.

'Stil nu maar', zei ze. 'Geef de moed niet op. Dokter Bower heeft alles al geregeld om je te laten overvliegen naar Jefferson City. We zullen zorgen dat je daar op tijd aankomt.'

De helikopter was niet meer te horen en even later kwam het mobiel medisch team met zijn apparatuur naar binnen gemarcheerd. Lukas kon nu niets anders meer voor zijn patiënt doen dan bidden.

Toen Theodore in de levendige bruine ogen van zijn dochter keek, leken de geur van het bakken en braden en het geklets van de koks en serveersters in het petit restaurant naar de achtergrond te verdwijnen. Hij prentte in zijn geheugen hoe blij ze keek terwijl ze de barbecuesaus van haar vingers likte en haar mond afveegde met een servet. Hoelang zou het hem nog zijn vergund van haar te genieten?
Hij had zich grote zorgen gemaakt en vaak gebeden sinds dokter Simeon hem had verteld dat hij kanker had. Toch was hij, vreemd genoeg, het meest van streek geraakt door het telefoontje vanmorgen rond half elf van Lukas Brouwer. Het was een vriendelijk, bemoedigend telefoontje geweest en Lukas had beloofd dat hij voor hem zou bidden. Vervolgens had hij gezegd dat Theodore bij hem kon logeren wanneer hij zich na de biopsie niet goed genoeg voelde om alleen thuis te zijn. Wat hij niet hardop had gezegd – wat hij zorgvuldig had vermeden te zeggen – was dat hij verwachtte dat Theodore achteruit zou gaan. Lukas en Mercy verwachtten dat de leverkanker bij hem een slecht beloop zou hebben. Dat kon Theo horen aan hun stem en hij kon het zien aan de bezorgde blik in Mercy's ogen.
'Papa, als u uw tosti niet opeet, krijgt u geen toetje.' Tedi's op plagende toon uitgesproken waarschuwing sleurde hem terug naar het hier en nu.
Hij knipoogde naar haar. 'Ik neem hem mee naar huis om hem later op te eten.' Tedi had blijk gegeven van een gezonde eetlust. Ze had niet alleen haar tosti opgegeten, maar ook nog haar bord met salade schoon leeggegeten en anderhalf glas limonade opgedronken. Mercy, zag hij, had drie happen salade genomen en een glas water bijna leeggedronken. Tijdens de lunch ontmoetten hun blikken elkaar af en toe en hij las in haar ogen nog steeds bezorgdheid. Daaruit kon hij veel meer opmaken dan hij eigenlijk wilde weten.

Mercy pakte haar glas om nog een slokje water te nemen, zette het neer en duwde haar bord weg. Ondertussen probeerde ze voor de zoveelste keer zijn blik te vangen. Het was zover.

Hij keek met afschuw naar het eten op zijn bord dat hij niet had aangeraakt. Toen schoof hij zijn stoel naar achteren, een stukje bij de tafel vandaan. 'Tedi, je moeder en ik moeten iets met je bespreken.'

Tedi hield op met eten; haar levendige manier van doen maakte plaats voor ernst. 'Oké.' Ze pakte haar limonadeglas om nog een slokje te nemen en zette het zacht weer neer. 'Waar gaat het over, pap?'

'Ik ga vanmiddag voor een onderzoek naar Cox South in Springfield.'

Er kwam geen verandering in haar gezichtsuitdrukking. 'Bent u ziek?'

'Waarschijnlijk wel, ja. De artsen hebben gezegd dat dat zo is. Ik heb hepatitis B en daardoor is mijn lever aangetast. Ze gaan een biopsie doen.'

Tedi's ogen werden een fractie groter. 'Denken ze dat u kanker hebt?'

'Ja.' Hij keek Mercy aan; ze legde een hand op zijn arm. Bemoedigd door dat gebaar praatte hij verder. 'De kans is groot dat ze willen dat ik na de biopsie nog een paar dagen in het ziekenhuis blijf. Ze willen dan nog kijken of de kanker is uitgezaaid.'

Dit keer reageerde Tedi niet meteen. Theodore kon wel huilen om wat hij op slag bij haar zag veranderen. De blik in haar ogen versomberde, haar gezichtsspieren verstrakten door de onverwachte spanning en ze haalde oppervlakkiger adem.

'Mogen wij u daar komen opzoeken?' Haar stem klonk zachter.

'Dat zou ik natuurlijk fijn vinden, maar je moeder –'

'Ik kan morgen wel', zei Mercy op warme toon, maar er klonk ook bezorgdheid in door. Dat deed hem goed. 'We komen na schooltijd.'

Voor het eerst in maanden ... nee, in jaren ... had hij het gevoel dat hij werkelijk een gezin had dat met hem mee-leefde. Hij was er goed in geworden opkomende tranen binnen te houden. Hij slikte moeizaam en bad dat hij het voor Tedi zo gemakkelijk mogelijk zou kunnen maken.

'Bent u bang, papa?' vroeg Tedi.

Hij moest wel eerlijk zijn. 'Ja, maar ik wil niet dat jij je zorgen maakt.'

'Zal ik niet doen. Ik ga alleen maar bidden. Dat doet u toch ook, papa?'

'Ja.' Hij glimlachte. Was zijn vertrouwen maar net zo groot als dat van haar. 'Ik doe bijna niets anders.'

'Wij zullen ook voor je bidden', zei Mercy. Ze kneep even in zijn arm voordat ze haar hand terugtrok. 'En wij zullen je thuisbrengen wanneer je uit het ziekenhuis wordt ontslagen.'

Hij staarde haar een moment zwijgend aan. 'Dat hoef je niet te doen, Mercy. Joseph Jordan brengt me en hij heeft aangeboden –'

'Wat heb je liever, dat de predikant of dat je dochter je komt ophalen uit het ziekenhuis?'

Hij staarde in Mercy's donkere ogen die zo sterk op die van Tedi leken. Er was zo veel medeleven in te lezen dat hij haar het liefst tegen zich aan had gedrukt. 'Mijn dochter uiteraard.'

Mercy glimlachte. 'Dan hoeven we het er niet meer over te hebben.' De deur ging open en zes mensen kwamen het petit restaurant binnen. Mercy keek op haar horloge: tegen twaalven. 'We kunnen maar het beste maken dat we wegkomen voordat het hier volloopt.'

Terwijl Theodore de rekening betaalde en met Mercy en Tedi naar buiten liep, viel hij ten prooi aan een mengeling van vreugde en spijt. Het had zo lang geduurd voordat hij het idee had gekregen dat het beter ging tussen hem en zijn dochter. Wat zou er nu gaan gebeuren?

Lukas stond uit het raam aan de voorkant van de spoedeisende hulp naar de oever van het meer te staren. Hij had daarnet het bericht ontvangen dat meneer Bennett onmiddellijk na aankomst in Jefferson City naar de operatiekamer was gereden. Hij had vier omleidingen gekregen en lag nu op de intensive care; hij maakte het naar omstandigheden goed. De verpleegkundige die de informatie had doorgegeven, had het niet kunnen waarderen dat hij daarna vroeg hoe het met de rest van de familie ging. De reünie werd nu kennelijk in de wachtkamer van de intensive care gehouden.

Tegen beter weten in begon Lukas zich af te vragen wat beter had gekund, zoals hij altijd in dit soort gevallen deed. Had hij gisteren beter zijn best moeten doen om meneer Bennett ervan te overtuigen dat hij beter kon blijven? Had hij meer kunnen doen toen de man vanmorgen terugkwam met alle symptomen van een hartinfarct?

Buiten joeg de ijzige wind het water op tot golfjes die tegen de stenen en het bruine gras op de oever uiteenspatten. Het leek wel, vond hij, of er door de kieren in de slecht geplaatste ramen naar hem werd gespuwd. Dit was een diepgaand gevoel. Je had van die dagen dat geen enkel bericht een goed bericht was, dat niemand bereid leek te luisteren naar medisch advies. Maar goed, meneer Bennett leefde in ieder geval nog.

Lukas draaide zich om naar zijn werkplek en zag dat Carmen hem heimelijk in het oog hield. Snel wendde ze haar blik af en ging verder met het invoeren van gegevens in haar computer. Toen hij ging zitten en een dossier oppakte, hield Carmen op met tikken en keek opnieuw even naar hem. Uiteindelijk draaide hij zich met draaistoel en al naar haar om. 'Is er iets?'

Ze dook ineen en keek de andere kant op, de blik in haar grijze ogen met donkere wimpers mismoedig. Ze schudde haar hoofd en zuchtte, waarna ze opnieuw naar hem keek. Nadat ze de afdeling rond en ook de gang in had gekeken, liet ze haar kantoorstoel dichter naar zijn werkplek toe rollen en boog zich naar voren. 'Dokter Bower, ik wist niet dat ze al die dingen met u uithaalden.' Ze zei het zo zacht dat het duidelijk was dat ze niet wilde dat iemand hoorde wat ze zei.

Hij was een moment nog zo ver weg met zijn gedachten dat hij niet begreep waar ze het over had.

'Ik wil maar zeggen ... ik wist van de gel, maar ik heb het niet gedaan! Ik wist niet dat ze uw broek hebben stukgeknipt en ook nog andere kleding hebben bedorven. Ik wist niet van al die andere dingen totdat ik hen in de lunchpauze hoorde lachen om –'

'Hén?' Hadden ze in dit ziekenhuis een actiegroep die zich tot taak had gesteld vervelende grappen uit te halen? 'Carmen, heeft meer dan een persoon zich hieraan schuldig gemaakt?'

'Nee, maar iedereen wist ervan.'

'Over wie hebben we het nu?'

Ze keek weg en perste haar lippen opeen, niet goed wetend wat te doen.

'Over Quinn?' vroeg Lukas.

Ze knipperde met haar ogen van verbazing. 'Quinn? Nee. Hij hangt hier voortdurend rond terwijl iedereen graag wil dat hij weggaat. Hij heeft het altijd over grootse plannen om zo snel mogelijk veel geld te verdienen en dan Herald achter zich te laten. Niemand luistert nog naar hem.'

'Wie heeft dan de pijpen van mijn broek afgeknipt en waarom neem je hem in bescherming?'

'Pas toen u hier kwam binnengestormd, vuurspuwend om alle schade die u had geleden, realiseerde ik me dat hij –'

'Het is dus een hij?' Aha, een aanwijzing! Er waren in dit ziekenhuis niet zo heel veel mannelijke verpleegkundigen of laboranten.

Carmen sloeg een hand voor haar mond en liet haar ogen rollen. 'Nou, goed dan, het was Brandon Glass. U weet wel, de laborant die 's nachts zowel in het lab als op de röntgenafdeling dienstdoet.'

En óf Lukas wist wie hij was. Het was de man die Tex Frankenstein noemde. Het was de man die altijd liep te mopperen wanneer hij het te druk had. Dit verbaasde Lukas feitelijk. Brandon was niet op hem overgekomen als de soort persoon die vervelende geintjes uithaalt – hij had geen gevoel voor humor.

'U moet niet denken dat hij iets heeft tegen u persoonlijk, dokter Bower. Hij heeft dezelfde geintjes uitgehaald met dokter Moss.'

'En ik heb van Tex gehoord dat dokter Moss de situatie beter in de hand heeft weten te houden dan ik.'

Carmen snoof. 'Dokter Moss had de slechte gewoonte om alles in de hand te houden, als u begrijpt wat ik bedoel.'

Lukas deed zijn best om er niet op te reageren, maar hij merkte dat hij het zo warm kreeg van verlegenheid dat hij rood begon aan te lopen.

Carmen schudde haar hoofd. 'Arme Tex. Iedereen in het ziekenhuis behalve zij weet dat dokter Moss niet van de vrouwtjes kan afblijven.'

Ja, dat klopte met het beeld dat Lukas laatst van hem had gekregen.

'Handtastelijk is hij, weet u. Hij legde altijd "per ongeluk" zijn handen op plekken waar ze niet thuishoren. Als iemand zich daarover beklaagde, bood hij zijn verontschuldigingen aan en deed hij alsof hij zich van geen kwaad bewust was. Nog erger maakte hij het wanneer hij de persoon in kwestie zover probeerde te krijgen dat ze medelijden met hem kreeg. Omdat zijn vrouw vorig jaar is overleden, heeft hij "speciale behoeften". Ik heb gelukkig niet veel met hem te maken gehad. Een paar dagen nadat ik hier ben begonnen, werd hij ontslagen, maar ik ken dat soort mannen. Hij was waarschijnlijk gewoon te bang om iets met Tex uit te halen. Zij was de enige die verbaasd was toen die patiënt een klacht indiende.' Carmen zette een zuur gezicht. 'Tex is een geweldige verpleegkundige, maar van mannen heeft ze geen kaas gegeten.' Na een korte stilte voegde ze eraan toe: 'Behalve van Quinn. Ze had heel snel door wat ze aan hem had. Ze heeft hem nooit sympathiek gevonden.'

'Hij is toch niet ook handtastelijk?'

'Erger dan dat.' Carmen keek weer even de nog steeds verlaten afdeling rond. Toen liet ze haar stoel nog dichter naar Lukas toe rollen en begon nog zachter te praten. 'Herinnert u zich nog die avond dat mevrouw Moores situatie zorgwekkend werd? Nou, Quinn ging een telefoontje plegen terwijl iedereen alle zeilen moest bijzetten! Wat heb je nu aan zo'n vent! Ik kreeg zelfs het idee dat een mensenleven in zijn ogen geen cent waard is. En toen de jonge vrouw was overleden, deed hij alsof hij helemaal van streek was en –'

'Hij was aan het bellen!' Lukas kwam half overeind uit zijn stoel. 'We hadden te maken met een hartstilstand en Quinn liep weg om te bellen?'

Carmen sloeg haar armen over elkaar. 'Ja, en daaruit kunt u al wel opmaken wat voor verpleegkundige hij is. Ik denk nu dat ik er iets over had moeten zeggen tegen u, maar alles was nog zo nieuw voor me dat –'

'Met wie voerde hij dat gesprek? Wat heeft hij gezegd?' Lukas had zich terug laten zakken in zijn stoel, maar praatte niet meer op gedempte toon. Van hem mocht iedereen dit horen. 'Ik was op dat moment heel druk, maar ik weet nog dat ik hem een naam hoorde noemen ... Raymond, geloof ik of ... nee ... Raynell misschien? Nee, wacht eens even ... het was Ramey! Ja, dat was het. Omdat hij merkte dat ik meeluisterde, begon hij zachter te praten en kon ik verder niet meer horen wat hij zei. Ik had trouwens ook belangrijkere dingen aan mijn hoofd, maar ik weet dat ik hem zoiets heb horen zeggen als: "Ramey, met Quinn. Je moet iets voor me doen." Ik weet niet zeker dat hij dat woordelijk zo heeft gezegd, maar het was in ieder geval iets dergelijks. Het spijt me, dokter Bower. Ik had het eerder aan iemand moeten vertellen, maar ik was zoals gezegd zo –'

'Ramey', zei Lukas. 'Waar heb ik die naam eerder gehoord?'

Carmen haalde haar schouders op en reed met haar stoel terug naar haar eigen werkplek. 'Ik ken alleen een mevrouw Ramey. Ze woont hier ergens in de buurt en past op de kinderen van mijn zuster. Ze is in de zestig. Wat zou er de reden van kunnen zijn dat Quinn iemands leven in gevaar brengt om een kinderoppas op te bellen?'

Lukas had er helemaal geen behoefte meer aan om de vervelende grapjas ter verantwoording te roepen. Hij wilde Quinn ter verantwoording roepen, maar eerst moest hij nog met een paar andere mensen praten.

26

Op woensdag deed Theodore laat in de middag zijn ogen open in de uitslaapkamer en zag vaag een man in operatie-kleding naast zijn bed staan. Knipperend met zijn ogen tilde hij zijn hoofd een stukje op en herkende toen zijn maag-darmarts dokter Huffman.

'Meneer Zimmerman, de uitslag van de biopsie is positief, zoals u vast al vermoedde.' Er klonk medeleven door in de woorden van de arts.

Theodore probeerde zich af te zetten tegen de matras om rechtop te gaan zitten, maar hij was daarvoor nog te suf.

'Nee, blijft u nog even roerloos liggen. Ontspant u zich. U blijft een dag of twee bij ons. U hoeft geen haast te maken.'

De man sprak op vriendelijke, sussende toon. Het was on-miskenbaar zijn bedoeling Theo gerust te stellen, maar die uitwerking hadden de woorden van de arts niet. Hij had van tevoren de verslagen van onderzoeken naar voortge-schreden hepatocellulair carcinoma gelezen.

De arts liet hem weten dat ze de volgende ochtend een screening op metastasen zouden verrichten. Theodore knik-te, maar hij luisterde niet. Hij wist al wat er nu verder ging gebeuren. Morgenochtend zou hij nog een aantal onderzoeken ondergaan om te kijken of de kanker was uitgezaaid. Totdat het zover was, zou hij moeten worstelen met zijn paniek en angst. Hij moest de dominee bellen. Hij moest zijn baas bellen. Hij wilde zo lang mogelijk voorkomen dat zijn gedachten de vrije loop namen.

Hij onderbrak opeens dokter Huffmans monoloog over wat er voor donderdag op het programma stond. 'Bidt u wel eens met uw patiënten?' vroeg hij.

De arts aarzelde een moment; deze vraag overviel hem kennelijk. Toen ontspande hij zich en antwoordde glimlachend: 'Jazeker. Wilt u dat ik voor u bid, meneer —'

'Theodore. Noemt u me alstublieft Theodore. En ja, dat zou ik graag willen als u het niet erg vindt.'

'Helemaal niet.' Huffman was een jongeman van rond de dertig, jong genoeg om zijn grote blauwe ogen te laten prijsgeven dat hij met zijn patiënt meeleefde, en dat hij wist wat er nog komen ging. Hij raakte Theo's schouder aan, sloot zijn ogen en boog zijn hoofd.

Pas toen het rustige gebed van de arts door de kamer zweefde, voelde Theodore zich meer getroost dan een mens met zijn hart of handen zou kunnen bewerkstelligen. Er bestond geen twijfel over Wie het voor het zeggen had.

Op woensdagavond zeven uur pakte Lukas zijn colbertje van het haastig dichtgeslagen bed in de piketkamer. Daarna haalde hij het restant van zijn middageten uit de kleine koelkast naast het bureau en maakte aanstalten om weg te gaan. Ver kwam hij niet. Tex versperde hem de weg; met haar handen in haar groene jack en haar hoofd mismoedig gebogen stond ze in de deuropening.

'Hallo, dokter Bower.' Allesbehalve energiek stapte ze de kamer binnen. Haar blonde krullen hingen voor haar gezicht, haar neus was rood en haar gezicht bleek en bedrukt. Haar groene ogen schitterden van de ingehouden tranen.

Lukas staarde haar verbaasd aan. 'Tex? Ik dacht dat je vandaag vrij had.'

'Uitgeschakeld was, kunt u beter zeggen.' Ze had onder haar jack geen wit pak aan, maar een oude, versleten zwarte trui.

'Wat is er loos?' vroeg Lukas.

Ze liep naar de enige stoel in het vertrek, liet zich erin zakken en boog zich naar voren. Haar ellebogen rustten op haar knieën en haar kin steunde in haar handen. 'Hebt u even?'

'Ja, zeg het maar.' Hij gooide zijn colbertje en etenswaren op het bed en ging ernaast zitten.

'Ik ben ontslagen.' Tevergeefs deed ze haar best om de woorden nonchalant te laten klinken. Haar stem trilde.

Lukas kon er niet meteen op reageren; hij begreep niet goed wat ze hem nu vertelde. Ontslagen? Hij had het vast niet goed verstaan. Ze keek fronsend naar hem op. 'U wilt toch niet zeggen dat u al op de hoogte was?'

'Nee, absoluut niet. Zei je *ontslagen*? Waarom? Je bent de beste verpleegkundige die ze hebben.'

Deze opmerking bleek een verzachtende uitwerking op haar te hebben; haar gezicht lichtte enigszins op. 'Ik ben niet echt verpleegkundige; ik ben niet gediplomeerd.'

'Jij bent arts', zei hij. 'Daarvoor heb je toch gestudeerd?'

Ze liet haar ogen rollen. 'Ik heb die studie moeten afbreken, dus daar schiet ik niets mee op. Meneer Amos heeft me vanmiddag gebeld. De flapdrol had niet eens het lef om het mij in mijn gezicht te zeggen. Het verbaast me eigenlijk dat hij er niet iemand anders voor heeft laten opdraaien.'

'Wat zei hij?'

Hij kreeg een moment de indruk dat ze niet van plan was antwoord te geven. Ze rechtte haar rug, leunde achterover en haalde haar vingers door haar haren. 'Iemand heeft mij met Hershel samen gezien en een aanklacht ingediend.'

'Ze hebben jullie gezien? Waar?'

'Weet u nog dat ik laatst met hem mee ben gegaan om een hapje te eten? Nou, u zou het niet geraden hebben, maar toen liepen we toevallig iemand uit Herald tegen het lijf. Ze is hier een paar keer geweest vanwege migraineaanvallen en u weet vast wel dat er verschrikkelijk wordt geroddeld.

Iedereen hier voelt zich verplicht op de hoogte te blijven van alle laatste nieuwtjes. Toen die mevrouw mij dus zag, viel haar mond even open; toen marcheerde ze het restaurant uit. Ik geloof ... eh ... dat Hershel op dat moment zijn arm om me heen had.'

Wanneer had Hershel eigenlijk niet zijn arm om haar heen gehad? 'En dit kwam meneer Amos ter ore.'

'Uiteraard', zei Tex bitter. 'Ik zei tegen Amos dat ik zelf uitmaak met wie ik omga buiten werktijd. Dat pakte niet goed uit.'

Lukas was er intussen van overtuigd geraakt dat de mening die hij zich over Hershel Moss had gevormd, juist was. Dat nam niet weg dat het verkeerd was om naar ziekenhuisroddels te luisteren. Lukas wist uit eigen ervaring dat de geruchten in het begin vaak met boosaardige opzet worden verspreid. Maar Carmen had eerder iets gezegd dat wel waar leek.

'Hij zei ...' Tex haalde een keer diep adem en blies de lucht toen zo fel uit, dat de krullen die voor haar gezicht waren gevallen, in beweging kwamen. 'Hij zei dat er niets deugde van mijn manier van optreden aan het bed.' Opnieuw werden haar ogen vochtig van de tranen, maar huilen deed ze niet.

'Dat geloof ik niet', zei Lukas. 'De man kan helemaal niet weten hoe jij je aan het bed gedraagt. Hij komt zijn kantoor niet uit. Verder zou hij nooit het woord "deugen" gebruiken.'

Schouderophalend stemde ze met een hoofdgebaar daarmee in, alsof hij zojuist een logische verklaring had gegeven.

'Je bent fantastisch aan het bed', vervolgde Lukas. 'Je weet hoe je de patiënten op hun gemak moet stellen. Je weet hoe je niet alleen je eigen werk moet doen, maar ook het werk van alle anderen, dat van mij daarbij inbegrepen. Ik heb nog nooit een patiënt over jou horen klagen, en geloof me, als er iets te klagen valt, zullen de patiënten hier dat doen.'

De tranen droogden op en haar gezicht stond niet zo triest meer. 'Dat kan wel zijn, maar dat heeft hij toch min of meer gezegd.' Ze trok haar schouders naar achteren en perste met een zweempje van haar oude bravoure haar lippen opeen, in een onhandige poging om de ziekenhuisdirecteur na te doen. 'Het spijt me, mevrouw McCaffrey,' zei ze ernstig op dezelfde nasale manier als Amos sprak, 'maar u voldoet niet aan de hoge eisen die aan de mensen worden gesteld die wij in deze instelling in dienst nemen. Voorts leidt uw voorliefde voor controversen nog steeds tot een onplezierige werkomgeving voor het personeel.'

Lukas grinnikte en werd daarvoor beloond met een zweempje ondeugende humor in haar ogen. Tex was op dit moment nogal van streek, maar ze kon tegen een stootje. Ze kwam er wel weer bovenop. 'Met andere woorden,' zei hij, 'jij zegt wat je op je hart hebt. Volgens mij ben je dan voor een arts uit het goede hout gesneden.'

Verscheen er nu even een glimlach om haar mond? Helemaal zeker was hij er niet van, vooral niet omdat ze daarna onderuitzakte in haar stoel en zuchtte. 'Denkt u nu echt dat ik een goede arts zou zijn?'

'Je bent al een heel eind op weg. Zorg dat je je coschappen kunt gaan doen. Niets houdt je nu meer tegen, dus doe het nu.' Na een heel korte stilte voegde hij eraan toe: 'En doe het voordat je emotioneel te sterk betrokken raakt bij Hershel.'

Ze keek hem doordringend aan. 'Ik ben niet –'

'Probeer me niet om de tuin te leiden, Tex. Subtiel ben je wat dat betreft bepaald niet geweest. Je weet toch nog wel wat je laatst zei over ... Wat heb je ook alweer gezegd? Toch dat mensenkennis niet je sterkste punt is?'

Ze keek hem zo vernietigend aan dat hij de neiging kreeg weg te kruipen, maar hij hield haar blik vast. 'Het spijt me, Tex. Ik ben ook geen beste mensenkenner, maar ik heb in het verleden voldoende ervaring opgedaan met zowel mannelijke als vrouwelijke charmeurs om er een te herkennen.'

Hij zag een moment pijn oplichten in haar ogen, gevolgd door woede. Tijd om er wat nader op in te gaan.

'Tex, ik ben een paar jaar geleden als arts-assistent de laan uitgestuurd vanwege een wraakzuchtige verpleegkundige met veel invloed in de hogere regionen. Haar vader was hoofd van de afdeling interne geneeskunde. Ze had een baby gekregen zonder getrouwd te zijn en overtuigde hem ervan dat ik de vader was. Neem maar van mij aan dat ik daarin geen enkele rol heb gespeeld en dat maakte haar nu juist zo boos. Ik moest het ziekenhuis voor de rechter slepen om mijn goede naam terug te krijgen, maar mijn opleidingsplaats was ik voorgoed kwijt. Daarvan heb ik geleerd hoe ik mensen die misbruik maken van hun medemensen, kan herkennen. Misschien ben ik sindsdien een beetje te veel op mijn hoede, maar Hershel komt op me over als een rare snuiter. Ik houd niet van geroddel, maar schuif niet te snel terzijde wat de vrouwen hier over hem zeggen. En ik heb gezien hoe hij naar je kijkt ... en hoe hij je aanraakt.'

Tex liet zich opnieuw onderuitzakken in haar stoel en er welden weer tranen op in haar ogen. Ze haalde haar neus op en veegde geïrriteerd de tranen weg. 'Nogal logisch, dokter Bower. Welke verstandige man zou zo'n kluns als ik willen hebben? Soms denk ik dat ik alleen maar goed ben voor –'

'Elke verstándige man zou zijn geluk niet op kunnen wanneer hij iemand als jij tot vrouw zou kunnen krijgen, Tex. Geef jezelf er niet de schuld van dat er niet zo veel van dat soort mannen rondlopen.' Omdat ze moeite moest doen om haar kalmte te herwinnen, wachtte hij even voordat hij verder sprak. 'Als je een aanbeveling voor de coschappen nodig hebt, krijg je die van me.'

Haar kin trilde en ze veegde opnieuw een paar tranen weg. 'Denkt u echt dat ik –'

'Je bent een natuurtalent. Geloof meneer Amos niet wanneer hij het tegendeel beweert. Wat weet hij er nu van? Hij is een accountant die niet eens weet hoe hij goed personeel moet vasthouden.'

Ze keek neer op haar in elkaar geklemde handen. 'Als ik u zo hoor, moet het een makkie voor me zijn.' In haar omfloerste stem klonk een lichte aarzeling door.

'Werken als coassistent is niet makkelijk. Het zal een van de moeilijkste ervaringen zijn die je ooit zult hebben in je leven.'

'Nee.' Ze werd opeens rustig en nadenkend. 'Toekijken terwijl je moeder sterft, dat is pas zwaar.'

Lukas begreep precies wat ze bedoelde. 'Dat is niet met elkaar te vergelijken, Tex. Over de dood heb je geen controle, maar jij hebt nu de vrijheid om te beslissen wat je met je leven gaat doen. Heeft je moeder niet veel opgeofferd om jou naar de universiteit te kunnen sturen?'

Ze knikte. Haar stevige kin kwam een fractie naar voren, alsof ze een verwoede poging deed om haar emoties onder controle te brengen.

'Wanneer je de kans laat lopen, houd je daarmee niet haar nagedachtenis in ere.'

Haar gezicht vertrok en ze sloot haar ogen.

'Wat houdt je hier?' drong hij aan.

Ze gaf niet direct antwoord. Op de afdeling ging de telefoon en de secretaresse nam op. Op de gang lachten en flirtten een verpleegkundige en een laborant met iemand van onderhoud. 'Ik denk dat ik gewoon heb gedacht ... dat het misschien toch mogelijk is om een goede relatie te hebben met een man. Ik dacht dat Hershel meer wilde dan vriendschap.'

'Geloof me nu maar,' zei Lukas, 'een man die het offer waard is, staat niet toe dat je dat offer brengt. Je bent te ver gekomen om het erbij te laten zitten.'

Ze beet op haar onderlip en staarde een moment voor zich uit. Toen knikte ze en ze keek hem recht aan. 'Meende u het toen u zei dat u bereid bent mij een aanbeveling te geven?'

'Wanneer je maar wilt.'

Ze bleef zijn blik vasthouden. Hij kon uit haar gezichtsuitdrukking opmaken dat ze niet overtuigd was, dat ze nog geen besluit had genomen. Op een nietszeggende manier knikte ze. 'Ik meen het.'

Ze keek weg. 'Dank u wel, dokter Bower. Dat ú hiermee komt, betekent veel voor me.'

'Graag gedaan, Tex. En of je het nu leuk vindt of niet, ik ga bidden dat je de juiste beslissing zult nemen.'

Ze trok een scheef gezicht, fronste en haalde haar schouders op. 'U doet maar.' Daarna stond ze op.

Lukas moest nog weer even aan Quinn denken. 'Ik wil je nog iets vragen.'

'Zegt u het maar.'

'Hoe heette de kinderoppas die jij ervan verdacht dat ze aan Angela's kinderen kalmeringsmiddelen had gegeven?'

Er verschenen rimpels in haar voorhoofd. 'Hebt u het nu over Ramey?'

Bingo. 'Heb jij me niet verteld dat ze een tijdje voor de ambulancedienst heeft gewerkt?'

'Ja, als boekhouder en parttime coördinator. Ze hebben haar erop betrapt dat ze onder het werk dronk. Toen ze een nader onderzoek instelden, kwamen ze bovendien tot de ontdekking dat ze fictieve posten op de rekeningen zette.'

'Herinner jij je de dag dat Angela met haar kinderen hiernaartoe kwam? Ze vertelde ons toen dat mevrouw Ramey niet meer wilde oppassen en dat ze ging verhuizen. Is ze ook werkelijk verhuisd?'

'Nee. Ik heb haar gisteren nog in de supermarkt gezien. Ze trok een stuk of zes kinderen met zich mee door de gangpaden.' Tex schudde haar hoofd. 'Ik kan niet geloven dat zo veel ouders in Herald nog steeds hun kinderen aan haar toevertrouwen sinds dat kleine meisje uit het plantsoen is verdwenen. Ik heb u toch verteld dat Ramey haar kinderoppas was?'

'Ja. Kennen Quinn en zij elkaar?'

Tex kneep haar ogen tot spleetjes; dit begon steeds interessanter te worden. Ze maakte geen aanstalten meer om te vertrekken. 'Ja, hij werkte daar ook toen ze ontslag kreeg, maar ik weet niet of ze met elkaar bevriend zijn of zoiets. Het is u waarschijnlijk wel opgevallen dat hij en ik nu niet bepaald boezemvrienden zijn. Waar denkt u aan? Wat is er aan de hand?'

'Dat weet ik nog niet goed, maar Carmen heeft me iets interessants verteld. Herinner je je de avond dat Quinn wegliep terwijl de toestand van Marla Moore zorgwekkend werd?'

'Jazeker.' Tex keek lelijk. 'De lapzwans.'

'Hij belde naar iemand die Ramey heette.'

Tex' mond viel open. 'Terwijl wij met een noodsituatie te maken hadden!'

'Inderdaad.'

'Dat is idioot! We hadden hem nodig. Waarvoor belde hij haar op?'

Lukas herhaalde wat Carmen hem had verteld. 'Mijn vraag is wat er de oorzaak van zou kunnen zijn dat hij opeens wegliep om een telefoontje te plegen. Wat is er vlak daarvoor gebeurd?'

'Dat weet ik niet. Waarom vraagt u dat niet aan zijn voormalige partner? Sandra kreeg genoeg van hem en ging op andere tijden werken. Ik heb haar een paar dagen geleden nog gesproken.'

'Dat zal ik zeker doen. Ga jij ondertussen kijken welke mogelijkheden er zijn om af te studeren als basisarts, Tex?'

Ze knikte en liep naar de deur. 'Ja, dokter Bower, dat zal ik doen.' Opeens bleef ze staan en draaide zich om. Haar groene ogen werden groot. 'Natuurlijk! De baby is verdwenen! Jerod Moore. Daar denkt u aan, hè? U denkt dat Quinn mevrouw Ramey heeft opgebeld om de baby te ontvoeren zodra hij de kans kreeg om te bellen.' Ze begon zich steeds meer op te winden. 'Dat zou best eens kunnen kloppen! U denkt dat Quinn en Ramey die baby hebben ontvoerd!'

Het was woensdag laat op de avond. Theodore kon niet slapen, ondanks de pijnstillers die de verpleegkundige hem een uur geleden had gegeven. Telkens wanneer hij zijn ogen sloot, zag hij Tedi's gezicht voor zich, hoorde hij Mercy's stem of rook hij haar parfum. Zijn zintuiglijke waarnemingen waren zo sterk dat ze hem dreigden te overweldigen. Gebeurde dat met alle terminale patiënten?

Toch bleef hij zich verzetten tegen de gedachte dat zijn dood ophanden zou kunnen zijn. Eerder had hij gedacht dat hij met die mogelijkheid in het reine was gekomen, maar vanavond, in de stilte en het donker, wist hij dat hij er niet klaar voor was. Geestelijk gezien wel. Emotioneel gezien niet. Hoe zou hij ook de gedachte kunnen verdragen dat hij zijn gezin zou moeten achterlaten, en dat zij een leven zonder hem onder ogen zouden moeten zien?

Hij pakte de hoorn van de haak van de telefoon naast zijn bed en draaide het nummer dat Mercy hem eerder had gegeven. Hij wist dat het al laat was. Daarom wachtte hij ingespannen terwijl de telefoon twee ... drie ... vier keer overging. Toen werd er opgenomen.

Na een kort kuchje klonk er een onbestemd geluid.

Theo's hart begon harder te bonzen en hij had het idee dat zijn keel werd dichtgeknepen, zozeer dreigden zijn emoties hem opeens de baas te worden. Hij slikte en sloot zijn ogen. 'Lukas?' Het klonk alsof hij werd gewurgd. 'Ik weet dat het al laat is. Je spreekt met –'

'Theodore', zei Lukas. Zijn stem klonk opeens helder en vol bezorgdheid. 'Gaat het goed met je? Ben je nog in het ziekenhuis?'

Lukas' bezorgdheid deed hem goed. Theo liet een snik ontsnappen en daarna nog een; zijn schouders schokten zo heftig dat het bed ervan schudde. Hij voelde een pijnscheut op de plek waar de wond van de biopsie zat. Hij huilde, overspoeld door lichamelijke en emotionele pijn waartegen hij zich niet kon verzetten, al wilde hij dat nog zo graag. Desondanks hoorde hij dat Lukas hem probeerde te troosten, voor hem bad en vervolgens zijn best deed om hem te kalmeren. Op het moment dat er vrede neerdaalde in zijn hart, wist hij dat hij dit telefoontje had moeten plegen. Lukas hoorde bij God; hij kon hem vertrouwen.

'Neem me niet kwalijk', zei Theodore toen hij weer een beetje op adem was gekomen. 'Toen jij mij vanochtend belde, heb je tegen me gezegd dat ik altijd een beroep op je mocht doen.' Hij haalde zijn neus op en trok een tissue uit de doos die op zijn nachtkastje stond, om de tranen weg te vegen.

'Dat meende ik.'

Theo haalde een keer diep adem. 'Lukas, wil je iets voor me doen?'

'Zeg het maar, en ik beloof je dat ik alles zal doen wat in mijn vermogen ligt.'

'Zorg ... zorg alsjeblieft voor Mercy en Tedi voor mij.' De tranen zaten alweer hoog, maar Theodore slikte ze weg. 'Wanneer ik er niet meer ben, moet jij een vader zijn voor mijn dochter, zo'n vader als ik nooit heb kunnen zijn. Let op hen, en –'

'Ja, maar wacht eens even.' Lukas' stem klonk paniekerig. 'Theo, waarom praat je zo? Heb je pijnstillers gekregen na de biopsie? Die kunnen soms de uitwerking hebben dat je verward raakt. Waarom praten we niet gewoon even zodat je de kans krijgt om rustig te worden?'

'Ik heb medische tijdschriften doorgelezen', zei Theo. 'Ik heb alles over hepatocellulair carcinoma gelezen waar ik de hand op kon leggen. Ik ken de cijfers. Ik weet dat de kanker is uitgezaaid. Ik heb hooguit nog een paar maanden.'

'Nee. Zo moet je niet –'

'Toe nou, Lukas. Stel me gerust, dat heb ik nodig. Meer vraag ik niet. Beloof me nu maar gewoon dat je zult zorgen voor –'

'Dat beloof ik, maar ik kan niet toestaan dat jij jezelf zo makkelijk afschrijft. Komt tijd komt raad, Theo, en alleen God weet hoeveel tijd je nog hebt. Maak gewoon het beste van de tijd die je nog rest, of het nu maanden, jaren of tientallen jaren zijn, en laat de rest aan Hem over. Je bent nog altijd Tedi's vader.'

'Maar je belooft dat jij de zorg voor hen op je zult nemen wanneer ik er niet meer ben, wanneer dat ook zal zijn?'

Er viel een zwaarbeladen stilte. 'Ja, Theodore, dat beloof ik.'

'Voor hen allebei?'

'Ja.'

Theodore liet zich terugzakken in zijn kussen en had eindelijk het gevoel dat zijn lichaam zich kon ontspannen. 'Dankjewel, Lukas, dat moest ik van je horen. Ik denk dat ik je nu maar welterusten wens.'

27

Op donderdagmiddag bracht Clarence Ivy's Saturnus voor
het nieuwe Crosslines-gebouw tot stilstand en zette de motor uit. Hij trok de sleutels uit het contactslot en liet ze in
het zakje van zijn shirt vallen. Toen hij zich realiseerde dat
hij ze nog nodig had om de auto op slot te doen, haalde hij
ze er weer uit. Omdat hij twee jaar lang met niets had gewerkt dat ingewikkelder was dan de afstandsbediening van
een tv, was hij nog steeds nerveus wanneer hij in Ivy's nieuwe auto reed.

Hij keek even opzij naar zijn passagier. Delphi's profiel wekte de indruk dat ze verdrietig was. De kringen onder haar
ogen getuigden ervan dat ze haar pijn en verdriet nog niet
had verwerkt; haar mondhoeken hingen af als de uiteinden
van een gebroken boog. Zo dadelijk zou ze alles wat haar
vertrouwd was achterlaten om een wereld vol vreemde mensen binnen te stappen. Clarence wenste dat hij iets kon zeggen waaraan ze iets zou hebben. Hij zou met haar meegaan
als dat kon, maar ze zou het in haar eentje al moeilijk genoeg krijgen. Ze had er geen behoefte aan een tweehonderd
kilo zware gorilla met zich mee te zeulen.

Ze was een taaie. Ze kon zichzelf redden als ze er maar de kans voor kreeg. Daarom was hij hier: om ervoor te zorgen dat ze die kans kreeg.

Hij verbrak met zijn zware stem de stilte in de auto. 'Je zult Arthur en Alma vast aardig vinden', zei hij. 'Ze zullen goed voor je zorgen.'

Er kwam geen verandering in haar gezichtsuitdrukking.

'Het komt allemaal goed', zei hij zachter. 'Dat zul je zien. Alma heeft vanochtend tegen me gezegd dat ze vrienden hebben die in Sikeston een tehuis hebben voor mishandelde vrouwen en kinderen. Zij zijn altijd op zoek naar banen voor dergelijke mensen om hen te helpen weer vaste grond onder de voeten te krijgen. Misschien krijg je zelfs wel de kans om een cursus marketing of zoiets te doen. Je kunt er aan een heel nieuw leven beginnen.'

Zuchtend draaide ze eindelijk haar hoofd om en stelde een cynische vraag. 'Wat levert het hun op?'

Hij moest er onwillekeurig om lachen. Vorig jaar voorjaar had hij dezelfde vraag gesteld aan Lukas Bower. Hij wist nog wat Lukas' antwoord was geweest. 'Eeuwige roem.'

Ze fronste. Ze kon kennelijk geen waardering opbrengen voor ironie. 'Niemand helpt je voor niets. Er hangt altijd een prijskaartje aan.'

'Dokter Mercy heeft je toch ook niets in rekening gebracht? En Ivy ook niet. Zij zorgen al maanden voor mijn zuster en mij en ze willen niet dat wij de kosten terugbetalen.'

Het cynisme wankelde niet. 'Jij danst naar hun pijpen. Je bent al heel wat kilo's kwijtgeraakt.'

'Dat deed ik voor mezelf, niet voor hen. Ik zou zijn overleden als ik niet was afgevallen. Maar dan zouden ze nog voor me hebben gezorgd. Zo zijn deze mensen.'

Delphi bleef hem onderzoekend aankijken. 'Zo ben jíj', zei ze na een korte stilte. 'Waarom doe je dit?'

Die vraag had hij zichzelf nog niet gesteld omdat hij het zo opwindend vond dat hij kón helpen. Maar hij wist dat hij er niet meer geweest zou zijn als hij om te beginnen niet bereid was geweest hulp aan te nemen van Lukas, Mercy en Ivy. En hij wist ook Wie hem zover had gebracht.

'Ooit gehoord van Jezus Christus?'
Ze liet haar ogen rollen en reikte naar de hendel om het portier open te maken. 'Ja hoor, van die mensen die mij de eerste keer dat ik probeerde te ontsnappen, terugstuurden naar Abner. Omdat ze er niets voor voelden me in huis te nemen, zeiden ze tegen me dat het "Gods wil" was dat ik terugging en zorgde dat het beter ging met mijn huwelijk.'
'Misschien hadden ze het over een andere god. Heel veel mensen willen niet helpen of bij zoiets betrokken raken. In dat geval gebruiken ze Gods wil als excuus. Ik kan het weten. Ik heb dat ook meegemaakt. Ik zie het zo, dat die mensen juist "Gods naam misbruiken", zoals dat in de Bijbel staat.'
'Misschien heb je daar gelijk in.'
Voordat Delphi uitstapte, keek ze even in de achteruitkijkspiegel en daarna van de ene naar de andere kant van de straat. Het had er alle schijn van dat dit een gewoonte van haar was geworden. 'Weet je zeker dat je niemand achter ons aan hebt zien rijden? Die oude bruine roestbak waarin hij rijdt, kun je niet over het hoofd zien.'
'Ik heb verschillende rondjes gereden voordat ik hiernaartoe ging, en ik heb opgelet of we werden gevolgd. Ik heb niets verdachts gezien, Delphi. Kom, laten we naar binnen gaan.'
De voordeur van het Crosslines-gebouw zwaaide open toen Clarence en Delphi halverwege het pad waren. Arthur Collins kwam met grote passen naar buiten, op zijn gebruinde, verweerde gezicht een glimlach ter verwelkoming. De winterzon liet de rode tinten in zijn grijzende haar oplichten. Hij schudde Clarence hartelijk de hand.
'Jullie zijn precies op tijd. Alma staat te popelen om onze gast te ontmoeten en te pronken met haar nieuwe prothese. Ik voorspel dat een onbekende over twee weken niet zal kunnen zeggen dat ze niet twee benen van vlees en bloed heeft zoals wij allemaal.' Vervolgens richtte hij zijn aandacht volledig op Delphi. Zij bleef bij Clarence in de buurt, opeens stilletjes en op haar hoede.

Clarence stelde hen op een onhandige manier aan elkaar voor, raakte Delphi's arm aan en gaf haar een zetje. 'Deze mensen bijten niet, hoor.' Hij zag haar aarzelen en boog zich naar haar over. 'Zij misbruiken Gods naam niet. Het zou mij meteen opvallen als dat wel zo was', zei hij zacht.

Delphi keek Clarence in de ogen alsof ze wilde zien wat er in zijn hart leefde. Toen keek ze naar Arthur die voor hen uit liep naar de voordeur. Aarzelend kwam ze in beweging.

Alma zat in haar rolstoel in de deuropening om hen welkom te heten. 'Clarence, jongen, wat ben ik blij je weer te zien.' Ze glimlachte nog net zo stralend als altijd en omhelsde hem. Daarna liet ze het zuivere licht dat ze uitstraalde op Delphi vallen. 'Hallo, jongedame. Jij moet Delphi Bell zijn.'

Geen reactie.

Alma reed dichter naar haar toe en raakte voorzichtig Delphi's arm aan. 'Ik weet dat je bang bent en dat je je afvraagt wat er nu gaat gebeuren, maar lieverd, je bent op het juiste adres beland. We zullen alles wat in ons vermogen ligt doen om ervoor te zorgen dat je op een veilig, nieuw adres je leven weer op orde kunt brengen. Wacht maar af. Heb je trek? In de keuken staat wat lekkers. Wil je niet binnenkomen om ons iets beter te leren kennen?'

Delphi bleef nog steeds staan waar ze stond, totdat Clarence even haar schouder aanraakte. Ze draaide zich om en keek hem met een stil pleidooi in haar ogen aan.

'Ik denk niet dat ik alweer ga', zei hij. 'Alma, heb je soms koekjes met chocoladesnippers in huis? Eén lekker hapje kan geen kwaad.'

De opluchting in Delphi's blik verzachtte de klap dat er geen koekjes in huis waren. Hij zou genoegen moeten nemen met zelfgebakken brood met appelstroop. Het was een teleurstelling, maar daar kwam hij wel overheen.

Op donderdagmiddag trof Lukas eindelijk Quinns voormalige partner op de ambulance thuis, bijna vierentwintig uur na zijn gesprek met Tex. Het was niet meegevallen om deze dame op te sporen.

Sandra's zachte, vriendelijke stem was moeilijk te verstaan over de telefoon toen ze hem vertelde waarom ze niet langer met Quinn samenwerkte. 'Hij gaf niets om de patiënten, dokter Bower. U had moeten horen hoe hij over hen praatte en soms ook om hen lachte, nadat we de SEH hadden verlaten.'

Het kostte Lukas geen enkele moeite om zich dat voor te stellen. 'Ik heb genoeg gehoord toen jullie een paar weken geleden meneer Powell binnenbrachten', zei hij. 'Herinner jij je mevrouw Ramey die een tijdje bij de ambulancedienst op kantoor heeft gewerkt? Waren Quinn en zij met elkaar bevriend?'

'Ja.' Lukas kon horen dat deze vraag haar verbaasde. 'Ze konden het goed met elkaar vinden, maar ze hadden beslist geen relatie. Ze is oud genoeg om zijn moeder te zijn.'

'Gingen ze buiten werktijd met elkaar om?'

'Dokter Bower, bent u bezig een onderzoek in te stellen of iets dergelijks? Ik wil niemand in de problemen brengen. Ik wil gewoon niet meer met hem samenwerken.'

'Vind je niet dat de mensen in Herald recht hebben op goed, zorgzaam medisch personeel?'

'Eh ... ja, maar –'

'Maak je geen zorgen, ik vraag dit slechts na op persoonlijke titel. Morgen werk ik voor het laatst in het ziekenhuis van Herald. Ik ga terug naar het zuidelijk deel van Missouri. Zou je me nog iets meer kunnen vertellen over Quinn en Ramey? Het is echt belangrijk voor me, Sandra. En neem nu maar van me aan dat ik niet de opzet heb iemand schade te berokkenen.'

Ze aarzelde nog even, maar scheen zich toen te ontspannen. 'Nou, goed dan. Ze zijn een paar keer samen naar Kansas City geweest. De volgende dag hoorde je ze dan praten en lachen over gokspelletjes aan boord van een rivierboot. Omdat Quinn de hele nacht had zitten gokken, lukte het me nauwelijks om hem wakker te houden wanneer we moesten uitrukken.'

'Gokken?' Lukas vond dit geen verbazingwekkende onthulling. 'Heeft Quinn zich er ooit over uitgelaten hoeveel geld hij had verloren?'

Ze aarzelde weer even voordat ze antwoordde: 'Ja. Hoe wist u dat? Hij heeft een paar keer geprobeerd geld van me te lenen, maar ik heb tegen hem gezegd dat hij meer verdiende dan ik, en dat hij maar moest leren verstandiger met zijn geld om te gaan.'

Lukas glimlachte bij de gedachte dat de bedeesde Sandra Quinn vriendelijk maar beslist op zijn nummer had gezet. Ze mocht dan wel verlegen zijn, maar ze liet niet met zich sollen. 'Hielden Quinn en Ramey contact met elkaar nadat Ramey was ontslagen?'

'Ja, ik heb hen een paar keer samen gezien. Ook zijn we een keer bij haar langs gegaan op de terugweg naar de ambulancestalling. Ruim een week geleden was dat. Zodoende weet ik ook dat ze nog steeds met elkaar bevriend zijn.' Sandra zweeg even en zei toen: 'Het verbaast me dat hij nog steeds hier is.'

'Hoezo? Heb je een klacht ingediend?'

'Nee. Ik had gewoon het idee dat hij niet van plan was erg lang in Herald te blijven. Al de tijd dat we hebben samengewerkt, heeft hij tegen mij hoog van de toren geblazen. Hij zou zijn baan eraan geven en maken dat hij hiervandaan kwam.'

'Hoe was hij van plan dat te doen als hij geen geld had?'

Ze lachte zachtjes. 'O, hij bleef beweren dat de dag zou komen dat hij van het gokken rijk zou worden.' Ze zweeg een moment. 'Maar dat is niet gebeurd. Hij is er alleen maar geld mee kwijtgeraakt. Een paar weken geleden heeft hij vast heel veel geld verloren, want toen was hij tijdens een rit echt niet te genieten. Hij bleef maar mopperen dat hij voor de rest van zijn leven hier zou moeten blijven als hij geen drastische maatregelen nam. Hij was echt heel somber gestemd.'

'Drastische maatregelen? Wat denk je dat hij daarmee bedoelde?'

'Hoe zou ik dat moeten weten? Meeliften in een goederentrein? Een bank beroven? We hebben het hier over Quinn. Alles is mogelijk. Dokter Bower, kunt u mij nu vertellen wat er aan de hand is? Waarom vraagt u dit allemaal? Heeft Quinn zich in de nesten gewerkt?'

'Dat weet ik nog niet, Sandra. Je zei net dat alles mogelijk is ... Acht je het mogelijk dat Quinn een rol heeft gespeeld in de ontvoering van Jerod Moore?'

Van schrik stokte haar adem en bleef het een hele tijd stil, voordat ze fluisterde: 'Weet ik niet.'

'Stel dat de politie een onderzoek instelt. Ben je dan bereid hun te vertellen wat je mij hebt verteld?'

'Natuurlijk ... Ik weet dat ik dat hoor te doen ... het is de waarheid.'

'Hoe goed herinner jij je de avond dat Marla Moore overleed?'

'Die avond zal ik nooit vergeten. Het was afschuwelijk. Het viel mij op dat Quinn van streek was, maar dat gold voor ons allemaal. Ik heb er toen niet bij stilgestaan. Hij had per slot van rekening ook een potje gemaakt van de intubatie.'

'Waarin kwam tot uiting dat hij van streek was? Weet je nog wat hij heeft gezegd?'

Het bleef aan de andere kant van de lijn even stil voordat er zacht werd gezucht. 'Hij was echt nerveus, zat geen moment stil. Hij dwong me terug te rijden naar Marla's appartement, waar het wemelde van de politie. Hij liet het voorkomen dat hij zich zorgen maakte over de baby en vroeg aan iedereen of ze hem hadden gezien. Toen hij weer in de ambulance stapte, bleef hij herhalen: "Wat heb ik gedaan, wat heb ik gedaan ... wat hebben we gedaan?" Ik had zelf ook last van schuldgevoelens. We hadden ons moeten realiseren dat er een baby in het spel was, maar Marla was er zo slecht aan toe ... Ik heb niet eens overwogen dat de kans bestond ... Dokter Bower, misschien heeft hij de baby ontvoerd!'

Nadat Lukas het telefoongesprek met Sandra had beëindigd, nam hij contact op met de politie.

'... uitgezaaid ...' Dokter Huffmans zacht uitgesproken mededeling bezorgde Theodore het gevoel dat zijn hart werd doorboord met een reuzeninjectienaald. Hij liet zijn hoofd achterover zakken, sloot zijn ogen en deed zijn uiterste best om kalm te blijven. Hij had de hele ochtend gebeden om zich hierop voor te bereiden. Telkens wanneer hij de afgelopen nacht wakker was geworden, had hij gevraagd of God hem wilde helpen in het reine te komen met wat er komen ging. Hij werd nu niet gekweld door angst voor of verdriet over zijn eigen overlijden, maar door spijt. Hij had zo veel goede uren kunnen doorbrengen met Tedi ... hij had een goede man voor Mercy kunnen zijn. Dat hij zo veel jaren had verspild, knaagde aan hem. Hij had vrede gesloten met God of, beter gezegd, hij had de vrede die God hem had aangeboden, aanvaard. Hij wist dat hij de eeuwigheid zou doorbrengen in de hemel. Dat nam echter niet weg dat hij het gevoel had dat zijn leven hier op aarde nutteloos was geweest. Hoeveel tijd zou hij nog hebben om het goed te maken? Een paar maanden? Hoe kon hij in slechts enkele maanden aan Tedi laten zien hoeveel hij van haar hield? Dat zou hij op geen enkele manier voor elkaar kunnen krijgen. Hij had haar zoveel te vertellen dat hij er een heel leven voor nodig zou hebben.

'Meneer Zimmerman?' Dokter Huffman boog zich bezorgd over hem heen. 'Voelt u zich wel goed? Wilt u –'

'Nee, het komt wel goed met mij', antwoordde Theodore. En daar was hij ook van overtuigd. De laatste paar dagen had hij het gevoel gehad dat hij alle zeilen moest bijzetten om niet het contact met deze wereld te verliezen. Het werd tijd om los te laten. Hij moest uitzien naar het leven hierna en erop vertrouwen dat God zou zorgen voor degenen die hij achterliet.

'Hebt u kinderen, dokter Huffman?'

'Ja, ik heb een zoontje van vijf en een dochtertje van zeven.'

'Mijn dochter is elf.' Theodore bestudeerde dokter Huffmans gezicht. Aan de vage kraaienpootjes van verdriet rond zijn ogen kon hij zien hoezeer de man met zijn patiënt bewogen was. 'Ik kan maar weinig dingen noemen die meer waard zijn dan de tijd die een vader met zijn kinderen doorbrengt. Een carrière is niet zo belangrijk. Mensen zoals ik onderzoeken laten ondergaan ... is ook lang zo belangrijk niet.' Hij realiseerde zich pas dat hij huilde toen er tranen over zijn gezicht liepen.

'Wat denkt u, meneer Zimmerman, zullen we nog een keer samen bidden?' vroeg dokter Huffman.

'Graag.' Theodore raakte even de arm van de arts aan. 'Dank u wel.' Hoe het precies werkte wist hij niet, maar het menselijk contact voorkwam dat hij wegzakte in een depressie of door angst werd overspoeld. Het stelde hem in staat zijn aandacht volledig op het gebed te richten. Terwijl dokter Huffman zacht bad, sloot Theodore zijn ogen en zond ook zelf stilzwijgend een smeekbede op. Onmiddellijk ervoer hij dat God aanwezig was; dat zijn aanwezigheid hem volmaakte vrede gaf en hem troostte. De nadering van de dood en het feit dat hij dat aanvaardde, brachten hem, geestelijk gezien, dichter bij Gods troon. De Geest van God deed in Theodores hart de zekerheid groeien dat er na alle moeiten een belofte in vervulling zou gaan. Theodore moest zich met heel zijn wezen naar die belofte uitstrekken.

Doordat er donderdagavond half acht vanuit het westen een wolkendek was binnengedreven, was de temperatuur buiten opgelopen tot net boven het vriespunt. Lukas was daar blij om toen hij uit het ziekenhuis kwam en over de donkere parkeerplaats naar zijn jeep liep. Hij zou de auto vanavond zo vol mogelijk laden en wegrijden zodra hij morgen klaar was met zijn werk.

Een ding moest nog afgehandeld worden: de politie wilde hem ondervragen over Quinn. Hij wist niet of het mogelijk was dat ze morgen op de SEH langskwamen om zijn verklaring op te nemen. Het kon ook zo zijn dat ze van hem verwachtten dat hij dat hele eind terugreed –

'U maakt lange dagen, dokter.' De zware stem klonk zo onverwacht op vanuit het donker vlak achter zijn jeep, dat hij bijna struikelde voordat hij stil bleef staan. Een omvangrijke gestalte doemde voor hem op.

Lukas ontspande zich. 'Catcher.' Hij was waarschijnlijk toch een beetje zenuwachtig geworden van de spanningen rond Quinn. 'Diensten van twaalf uur zijn feitelijk normaal voor een afdeling spoedeisende hulp op het platteland.'

'Morgen uw laatste dag?'

'Ja.'

Catcher stopte zijn handen in de zakken van zijn spijker-broek en leunde tegen de jeep. ''k Hoop dat u zonder pro-blemen terugrijdt naar Knolls.'

'Bedankt, Catcher. Ze zeggen dat het morgen ... mooi weer zal zijn. Maar wacht eens even – hoe weet u dat ik terugga naar Knolls?'

De man lachte opeens breed, zodat zijn glimmende witte tanden zichtbaar werden. 'U bent sinds vorig jaar april werkzaam geweest in het streekziekenhuis van Knolls. Half oktober hebt u een tijdelijke baan aangenomen, nadat een explosie ervoor had gezorgd dat u een paar maanden zonder werk zat. In Knolls bent u een held omdat u na de explosie het brandende gebouw bent binnengegaan om –'

'Hoe weet u dit allemaal?' Wat was daarvan de zin? En wat wist hij nog meer?

Catcher haalde zijn schouders op en schopte met de punt van zijn laars zacht tegen de linkerachterband van de jeep. ''k Moest uw gangen nagaan.'

'Waarvoor?'

Catcher gaf niet meteen antwoord. Hij schraapte zijn keel, gaf nog een keer een schopje tegen de band en bleef Lukas in het donker aankijken. 'Als u niet was doorgegaan op de aanwijzing die Quinn in beeld bracht, had waarschijnlijk niemand vermoed dat hij of Ramey achter de verdwijning van de baby zat.'

'Maar wat hebt u –'

'Nadat u vandaag de politie had gewaarschuwd, is de een-heid Ernstige Delicten in Missouri nog iets dieper gaan gra-ven. Quinn en Ramey zijn in bewaring gesteld en mevrouw Ramey is alles aan het opbiechten.'

Lukas staarde hem met open mond aan. 'Dus zij hebben Jerod inderdaad ontvoerd?' En waarom wist een vakantie-houdende motorrijder, die stevig dronk, zo veel van de ont-voering? Of ...

'Ooit gehoord van het verhandelen van baby's op de zwarte markt?' vroeg Catcher. 'In Missouri zijn de laatste paar weken nog drie kinderen als vermist opgegeven, onder wie Rachel Anderson, het kleine meisje dat uit het plantsoen in Herald is verdwenen.'

'En Quinn en Ramey hebben ook die kinderen meegenomen?'

Catcher haalde zijn schouders op en keek even de andere kant op. 'Gezien eerdere ervaringen lijkt dat voor de hand te liggen.'

'Maar ze hebben Jerod teruggebracht.'

Catcher reageerde er niet op.

'U werkt nog steeds voor de politie, hè?' zei Lukas.

In de lange stilte die nu viel, bestudeerde de zwartgeklede motorrijder Lukas peinzend. 'Kunnen we zeggen dat dit een vertrouwelijk gesprek is tussen arts en patiënt?'

'Wat mij betreft wel.'

'Is er ooit iets aan u toevertrouwd, waarbij de persoon in kwestie afsloot met de opmerking dat hij desgevraagd alles zou ontkennen?'

'Ja, maar –'

'Ik heb deze zaak grondig verknoeid, man.' Hoofdschuddend sloeg Catcher zijn ogen neer en krabde aan zijn ongeschoren gezicht. Een hele poos hoorden ze niets anders dan de stemmen van de personeelsleden die voor de ingang van het ziekenhuis stonden te roken. 'Als ik mijn verstand erbij had gehouden, zou ik op de avond dat Jerod werd meegenomen, aanwezig zijn geweest in het flatgebouw. Ik ben minder op mijn hoede geweest dan ik had moeten zijn.'

'Werd er van u verwacht dat u de boel in de gaten hield?'

'Nee, maar dat had ik wel moeten doen. Een dag nadat de kleine Rachel verdween, ben ik met mijn motorclub naar het centrum van Herald gereden. Terwijl de anderen allemaal gingen doen wat ze altijd doen – een feestje bouwen en de inwoners van Herald de stuipen op het lijf jagen – ging ik op onderzoek uit. Toen Jerod vorige week verdween, ging ik bij mevrouw Ramey langs om haar een paar pittige vragen te stellen. Ik zag aan haar ogen dat ze daarvan schrok. Ze hebben Jerod vast teruggekregen omdat zij dat aan Quinn heeft verteld.'

'Dus zij heeft ook Jerod meegenomen?'

'Dat is nog niet zeker. Ik denk dat ze in ieder geval mede-plichtig is. Naderhand deed ze alsof ze van streek was omdat een van haar "lieve schatten" was verdwenen. Ze ging zoge-naamd op zoek naar het jochie en maakte daarvan een hele heisa.'

'Hoe zit het dan met de andere kinderen?'

Op Catchers verweerde gezicht verscheen een tevreden grijns. 'Daar is de politie nu mee bezig. Ik zei toch al dat Ramey alles aan het opbiechten is!'

'Waarom bent u hiernaartoe gekomen om mij dit te vertellen?'

De grijns verscheen weer. 'Sinds ik vorige week die baby aantrof naast mijn motor, heb ik me bezorgd afgevraagd wat er met mijn eigen kleinzoon zou kunnen gebeuren als deze griezels dit ongestraft kunnen doen. Wie weet welk kind er hierna aan de beurt is?' Hij gaf Lukas een tikje op de arm. 'Ik vind gewoon dat fatsoenlijke kerels erover geïnfor-meerd horen te worden wanneer ze de juiste weg hebben bewandeld.'

28

Vrijdagmiddag laat werkte Lukas de patiëntendossiers weg waaraan hij nog niet was toegekomen. Ook pakte hij de spulletjes in die hij de laatste paar weken op het bureautje in de piketkamer had laten liggen. Omdat alle artsen van dat bureautje gebruikmaakten, was het niet veel. Hij was bezig nog enkele aantekeningen in het dossier van zijn laatste patiënt te maken toen de secretaresse hem liet weten dat ze iemand aan de lijn had voor hem.

Hij verwachtte een bericht over een van zijn patiënten die hij die ochtend had doorgestuurd naar Jefferson City. Snel nam hij op. 'Spoedeisende hulp, met dokter Bower.'

Het bleef even stil. 'Lukas.' De zachte vrouwenstem trilde, alsof de tranen hoog zaten.

Hij wist onmiddellijk wie hij aan de lijn had. 'Mercy? Wat is er?'

Ze zuchtte. 'Ik heb tussen twee patiënten in wat tijd over. Ik moest jou even bellen ... even je stem horen.'

'Waarom, Mercy? Wat is er gebeurd?'

'Ik heb Theodore vanochtend gesproken.'

'Ligt hij nog in het ziekenhuis? Heeft hij de uitslagen van de onderzoeken al te horen gekregen?'

'Ja. Het ziet er slecht voor hem uit, Lukas.'

Lukas liet een korte stilte vallen om zich schrap te zetten. 'Hoe slecht?' De laatste paar maanden was Theodore er de oorzaak van geweest dat hij het emotioneel zwaar had gehad. Toch voelde hij zich met Theodore verwant, misschien wel deels doordat ze allebei belang stelden in Mercy en Tedi en ze samen van alles meegemaakt hadden.

'Ze hebben gisteren metastasen gezien in zijn longen en lymfeklieren', zei ze. 'Ze hebben vanochtend een botscan gedaan; ook zijn ribben zijn aangetast.'

Lukas liet zich onderuitzakken. De kanker had zich verspreid naar meer dan één lichaamsdeel. Arme Theo.

'Hij heeft alles gelezen wat hij over leverkanker te pakken kon krijgen', vervolgde Mercy. 'Hij beseft dat hij niet veel tijd meer heeft.'

Lukas werd opeens overspoeld door verdriet. Hij schudde zijn hoofd. *Waarom, Heer? Hij heeft nog niet echt de kans gehad om voor U te leven. Toch laat U nu toe dat hij wordt weggenomen van zijn dochter. Waarom?*

'Tedi en ik nemen hem vanavond mee naar huis. Hij wil niet nog een nacht in het ziekenhuis blijven. Over chemotherapie valt niet met hem te praten.'

'Helemaal niet?'

'Nee. Hij weet dat ze nog maar weinig voor hem kunnen doen.' Ze klonk uitgeput, alsof er emotioneel zo veel van haar werd gevergd dat ze zich niet meer kon ontspannen.

Lukas kon zich niet indenken hoe hij zou reageren wanneer hij in haar schoenen stond ... of in die van Theodore. Hoe zou hij zich voelen wanneer hij zelf onder ogen moest zien dat hij erg ziek was en de dood erop zou volgen? 'Hoe klinkt hij, psychisch gezien?'

'Rustig, maar heel verdrietig. Hij zei tegen me dat hij er vrede mee heeft én dat hij dat aan jou te danken had.'

'Aan mij? Ik heb hem woensdag maar kort gesproken.'

'Jij hebt hem vorig najaar over Christus verteld, toen hij uit de ontwenningskliniek was ontslagen en wij allemaal niets met hem te maken wensten te hebben. Jij hebt hem de kans geboden om voorgoed verandering te brengen in zijn leven op een tijdstip dat hij daar wanhopig naar op zoek was.'

'Die kans gaf God hem, niet ik.' Lukas schaamde zich ook nu nog wanneer hij bedacht dat hij helemaal geen zin had gehad om met Theodore te praten. Nog beschamender was het dat hij het ergerlijk had gevonden dat er slechts enkele woorden gesproken hadden hoeven te worden om Theodore tot inkeer te brengen. Diep in zijn hart had hij gewild dat Theodore langer had moeten lijden en veel meer moeite had moeten doen. De reden daarvan was geweest dat hij wist dat Mercy nog niet had kunnen bevatten dat een almachtige God zich om haar wilde bekommeren.

'Is het nog steeds de bedoeling dat je vanavond terugkeert naar Knolls?' vroeg ze.

'Ja. De jeep is volgestouwd en de benzinetank zit vol. Ik probeer na zevenen zo snel mogelijk te vertrekken, maar je weet dat je er op de SEH niet op kunt rekenen dat je op tijd weg kunt.'

'Zou je onderweg naar huis bij mij thuis langs kunnen komen?' vroeg Mercy. 'Theodore wil je graag zien en Tedi en ik moeten je even zien. Ik weet niet' – haar stem brak – 'ik weet niet hoe Tedi dit zal oppakken.'

Lukas greep de hoorn steviger vast. Hij kon begrijpen dat ze bezorgd was. 'Ik kom zo gauw mogelijk naar jullie toe, Mercy. In mijn gedachten en mijn gebeden ben ik al bij jullie.'

Vrijdagavond reed Clarence tien minuten na een karig maal voor de vierde keer in twee dagen in Ivy's auto door de rustige straat die voor Mercy's huis langsliep. Hij wist dat Mercy en Tedi nog niet terug waren uit Springfield, maar hij voelde zich al rusteloos sinds hij Delphi gisteren bij Arthur en Alma had afgeleverd. Het was alsof Delphi haar angst voor Abner op hem had overgedragen. Daar was niet veel voor nodig geweest nadat hij Abner in Mercy's praktijk tegen het lijf was gelopen. Dat had hem uit zijn evenwicht gebracht.

Waartoe was Abner Bell nog meer in staat? Nadat Delphi vorige week op het toneel was verschenen, had Clarence een paar artikelen gelezen over huiselijk geweld. Wat daar allemaal in stond, kwam niet helemaal overeen met hoe Abner zich gedroeg. Geweldplegers spelen mooi weer in het bijzijn van andere mensen en misdragen zich achter gesloten deuren, zei men. Abner had geen mooi weer gespeeld.

En hoe zat het met die 'oude bruine roestbak', zoals Delphi Abners auto had genoemd? Toen Clarence naderhand nadacht over wat ze had gezegd, herinnerde hij zich dat Tedi had verteld dat er vorige week een oude bruine auto langs hun huis was gereden. En wat te denken van de verdachte sigarettenpeuken in hun voortuin? Delphi had een keer gezegd dat Abner al hun geld uitgaf aan sigaretten en sterke drank.

Clarence had Tedi's angstgevoelens serieuzer moeten nemen. Hij zou met Mercy praten zodra ze vanavond thuiskwam. Het kon geen kwaad om in de tussentijd rondjes te rijden door de buurt, gewoon voor de zekerheid.

Lukas keek om half zeven even op zijn horloge; de laatste patiënt van de toestroom na werktijd was zojuist vertrokken. Duurde het nu nog maar tot even na zevenen voordat de talloze feestgangers van de vrijdagavond kwamen binnenvallen, dan stond het hem vrij om te vertrekken. Het was mooi weer; het verkeer zou geen problemen geven, een dronken weggebruiker niet meegerekend. Als hij erom gevraagd had, zouden Catcher en zijn vrienden hem als motorescorte helemaal tot aan Knolls hebben begeleid. Hij zou hen missen.

Tot zijn ongenoegen hoorde hij om kwart voor zeven de deuren van de SEH opengaan. Hij rekte zich uit om over de balie heen te kijken. Hij ontspande zich toen hij een bekende lange gedaante met dik, krullend blond haar in het oog kreeg. Het was Tex.

'Hallo, dokter Bower.' Ze liep langs de niet-bezette werkplek van de secretaresse, haalde de lege stoel naar zich toe en reed ermee naar zijn werkplek. Ze draaide de stoel om en ging er net als altijd achterstevoren op zitten, haar ellebogen op de beklede rugleuning. Ze droeg haar groene jas op een spijkerbroek en een trui. Ze glimlachte zo warm dat haar gezicht ervan oplichtte en ze anders leek dan anders.

Tex McCaffrey was goed beschouwd zeker zo knap als haar nicht.

'Neem me niet kwalijk', plaagde Lukas. 'Ken ik u? Ik heb niet de persoon voor me die onlangs in de piketkamer tranen met tuiten huilde –'

'Ik huilde geen tranen met tuiten', zei ze. 'Dat wil zeggen ... niet toen ik hiervandaan ging. U had mij veel stof tot nadenken gegeven. Zeg, ik heb uw bericht op mijn antwoordapparaat over Quinn afgeluisterd.' Ze stak haar duim naar hem op. 'Fantastisch, dok!'

Lukas lachte. 'Dankjewel. Je hebt erover nagedacht om je studie geneeskunde af te maken?'

Ze trok een lelijk gezicht en zuchtte op een overdreven manier. 'U doet me denken aan een buldog, weet u dat? Het is alsof ik mijn moeder hoor. Nu we het daar toch over hebben ...' Ze haalde uit de diepe rechterzak van haar jas een in vloeipapier gewikkeld voorwerp dat ongeveer even groot was als haar vuist. 'Ik denk dat mijn moeder zou hebben gewild dat u dit kreeg.' Ze stak hem het geschenk toe. 'Vooruit, pak aan. Waar ik naartoe ga, kan ik het nergens neerzetten.'

Argwanend bezag Lukas het voorwerp en keek haar toen recht aan. 'Waar ga je dan naartoe?'

'Hé, ik geef u nu een afscheidscadeau. Heb dan alstublieft het fatsoen om het geval uit te pakken en te kijken wat het is, voordat u me het vuur na aan de schenen legt!'

Aarzelend pakte Lukas het pakketje aan. Het was tot zijn verbazing zwaarder dan de omvang deed vermoeden. Hij haalde de lagen vloeipapier eraf. Er kwam een schitterende kristallen replica van een vogel tevoorschijn, met de vleugels zo gespreid dat hij aanstalten leek te maken om weg te vliegen.

Hij keek Tex opnieuw aan.

'Het is een duif', zei ze.

'Ja, dat weet ik.' Wist ze waar die vogel symbool voor stond? Moest ze ook aan de plaat met Psalm 23 erop denken die in zijn appartement aan de muur hing?

'Het is Oostenrijks kristal', zei ze.

'Hij is prachtig.' Hij hield het kristal tegen het licht. Het werkte als een prisma dat het licht breekt en in verschillende kleuren doet uiteenvallen. Vol bewondering bleef hij ernaar kijken. Een dergelijk kostbaar geschenk kon hij echt niet aannemen. Hij wist dat Tex niet veel geld had. 'Heb je deze duif voor mij gekocht?'

'Nee. Hij is van mijn moeder geweest. Ze heeft er maandenlang voor gespaard nadat ze hem in een winkel bij het meer had zien staan. Ik heb eraan meebetaald toen ik een baan kreeg in het ziekenhuis.'

'Hij is van je móéder geweest?' Voorzichtig zette hij de kristallen vogel op de balie. 'Ik kan dit geschenk niet aannemen, Tex. Ik kan me niet voorstellen dat je moeder ermee ingestemd zou hebben dat je zo'n prachtig siervoorwerp weggeeft aan iemand met wie je nog geen maand hebt samengewerkt. Je kunt niet –'

'Ik ga mijn studie afmaken, dokter Bower', zei ze rustig. Ze keek hem niet aan; haar blik bleef de hele tijd op de duif gericht. 'Ik kan niet al mijn spullen meeslepen, telkens wanneer ik als coassistent op een andere locatie aan de slag moet. Ik heb er het geld niet voor om al die tijd opslagruimte te huren, en ik wil niet het risico lopen dat ik hem kwijtraak. Toen ik gisteren alles op een rijtje zette, bedacht ik ... U hebt gedaan wat ik wil doen. U hebt uw vleugels uitgeslagen en u door niets en niemand laten tegenhouden. Dankzij u ben ik me gaan realiseren dat ik hetzelfde kan doen. Dat vertegenwoordigt voor mij deze vogel.' Nu keek ze pas naar hem op. 'Neemt u het geschenk alstublieft aan. Het is u van harte gegund.'

'Weet je waar deze duif in de ogen van je moeder voor stond?' vroeg hij.

Ze blies van ongeduld. 'Ja. Maakt u zich geen zorgen, mijn moeder heeft me alle bijbelverhalen voorgelezen en me zo lang ik me kan heugen meegenomen naar de zondagsschool en de kerk. Dat heb ik u trouwens al verteld, dokter Bower. Kerkgang is niet –'

'Ik heb het nu niet over de kerk, ik heb het over God. Soms moet er tussen die twee onderwerpen een brede kloof worden overbrugd. Dat vind ik jammer. Je zult niet door iedere kerk of gemeente zo gekwetst worden als klaarblijkelijk is gebeurd.'

Tex hield zijn blik even vast. 'Dat zei mijn moeder ook altijd.'

'Ja, maar hoe is jouw relatie met God? Dat is het allerbelangrijkste.'

'Ik zal erover nadenken, oké?' Ze keek even naar de klok aan de muur. 'Dokter Bower, het is bijna zeven uur en u hebt nog niet die aanbeveling voor me geschreven. Wilt u hier blijven zitten, ruziënd over een stuk geslepen glas, of wilt u op weg gaan naar Knolls om uw vriendin te zien?'

Lukas pakte het geschenk weer in en stond op. 'Bedankt, Tex. Ik zal de vogel voor je bewaren totdat je afgestudeerd bent als basisarts. Dan geef ik hem terug.'

Tex haalde haar schouders op. 'Doet u maar wat u niet laten kunt.' Met een brede grijns op haar gezicht stond ook zij op en omhelsde hem onverhoeds zo stevig dat het niet veel scheelde of alle lucht werd uit zijn longen geperst. Toen wierp ze opnieuw een blik op de klok. 'U hebt nog drie minuten om die aanbeveling te schrijven.'

Vrijdagavond reden Mercy, Tedi en Theodore in het donker over de snelweg richting Knolls. Om vijf voor acht zagen ze de lichtjes van de oude vertrouwde watertorens van hun woonplaats voor zich opdoemen. Theodore liet zich achterover zakken op de stoel naast de bestuurder en zuchtte. 'Thuis', murmelde hij. 'Zo lang ik me kan heugen, heten die twee torens mij welkom bij thuiskomst.'

Mercy keek even opzij. In het licht van het dashboard zag hij bleek en maakte hij een afgetobde indruk. 'Gaat het?'

'Ik heb me weleens beter gevoeld.' Hij sloot zijn ogen. 'Weet je, vorige week voelde ik me nog uitstekend totdat dokter Simeon me vertelde dat ik ziek was. Dat kan toch niet alleen maar suggestie zijn geweest?'

Mercy richtte haar aandacht weer op de weg. 'Je zult een paar dagen last hebben van de naweeën van de biopsie', zei ze. 'Geef de wond de tijd om te genezen. Daarna ga je je vast wel beter voelen.' Ze zei er maar niet bij dat hij zich daarna ongetwijfeld opnieuw ziek zou voelen.

'Ja, papa, en daarvoor kunt u maar het beste bij ons blijven logeren', zei Tedi vanaf de achterbank. 'Ik zou er maar van profiteren als ik u was. We hebben de logeerkamer voor u klaargemaakt en staan te popelen om u te verwennen. Omdat ik de eerste paar dagen niet naar school hoef, mag ik daarmee beginnen.'

Theodore lachte. 'Een betere dokter kan ik me niet wensen.'

Op vrijdagavond acht uur voelde Clarence zich een malloot met achtervolgingswaanzin. Toen hij die avond voor de vijfde keer langs Mercy's huis reed, was de lamp op de veranda nog aan. Binnen was het nog steeds donker. Mercy, Tedi en Theodore konden ieder moment thuiskomen uit het Medisch Centrum Cox South in Springfield. Zodra ze naar binnen gegaan waren, zou Clarence aanbellen en zichzelf voor schut zetten door Mercy bij wijze van waarschuwing te vertellen wat Tedi hem had verteld. Was hij niet goed wijs dat hij daaruit de conclusie had getrokken dat Abner Bell hun huis in de gaten hield?

Op zijn zoveelste rondje reed hij drie straten verderop langs een oude bruine auto die langs de stoeprand stond geparkeerd, buiten het directe felle licht van de straatlantaarns. Er zat niemand in.

Op slag voelde hij zich helemaal geen malloot meer. Hij kon maar het beste nog een keer een rondje door de buurt maken, om te zien of er iemand door de straten zwierf – of zich misschien ophield in een steegje ergens vlakbij. Hij wist waar hij op moest letten.

Geholpen door Tedi – ook al was dat niet echt nodig – stapte Theodore behoedzaam uit. Hij had pijn in zijn zij. Als hij een verkeerde beweging maakte, had hij een gevoel alsof een reuzenwesp hem in de buik stak. Toch voelde hij zich sterk genoeg om op eigen benen, zonder hulp, het paadje naar het huis op te lopen. Toen Tedi echter voorzichtig een arm om hem heen sloeg, deed hij alsof hij het heel prettig vond dat hij op haar kon leunen.

'Gaat het, papa? Hebt u de krukken niet nodig?' Ze keek zo lief en zo bezorgd naar hem op dat hij haar niet meer wilde loslaten.

'Het gaat prima zo, Tedi.' Hij leunde iets minder zwaar op haar schouders. 'Als jij met me meeloopt, red ik het wel tot ik binnen ben, denk ik.'

Ze voerde hem in het zwakke licht dat de afstandsbediening van de garagedeur verspreidde, mee door de garage. 'Ik hoop dat u houdt van havermout met honing, amandelen en bosbessen als ontbijt. Oma maakt dat heel vaak klaar en ze heeft haar speciale recept met al de goede kruiden voor mij gekopieerd. Morgenochtend zal ik het voor u klaarmaken.' Ze bleef staan bij het stoepje voor de deur die toegang gaf tot het huis, totdat Mercy de deur had opengemaakt en voor hen uit naar binnen liep.

Theodore deed alsof hij in alle opzichten van Tedi's hulp afhankelijk was om het stoepje te nemen, maar hij wist dat zij wist dat hij best op eigen kracht het huis had kunnen binnengaan. Het was lang geleden dat hij op een dergelijke prettige manier contact had gehad met zijn dochter; hij wilde niet dat er een eind aan kwam. Kon hij haar nu maar door middel van een aanraking of door de klank van zijn stem laten weten hoe bijzonder hij haar vond. Kon hij nu maar de vaderlijke liefde en trots van een heel leven in de paar dagen proppen ... of weken ... of misschien maanden die hij nog te leven had.

Ze kwamen allereerst in de voorraadkamer. Mercy deed er het licht aan en bleef opeens staan. Vliegensvlug draaide ze zich om naar Theo die op dat moment juist vanuit de garage de keuken binnenstapte. Haar ogen waren groot van schrik. Ze greep Tedi bij de schouders. 'Wegwezen!' riep ze. 'Ga terug –'

'Nee!' zei een onbehouwen mannenstem vanuit de donkere keuken achter haar. 'Nog voordat je de garage hebt bereikt, heb ik al een kogel door je lijf gejaagd.'

Tedi slaakte een kreet van schrik en viel tegen Theo aan toen ze onhandig een stap achteruit deed. Er was uit het donker een reusachtig monster opgedoken, met sliertig haar, een woeste blik in zijn ogen en een zwart pistool in de hand.

29

Clarence reed nog een keer in een slakkentempo een rondje en keek oplettend naar elke donkere plek tussen de huizen, de struiken en onder de bomen. Hij moest steeds aan die bruine auto denken. Het stond hem niet aan. Het leek hem eigenlijk het beste om nu maar de politie te bellen. Hij wist alleen niet hoe hij gebruik moest maken van de autotelefoon die Ivy altijd in het handschoenenkastje van haar auto had liggen. Nadat hij nog een keer langs Mercy's huis was gereden, zou hij bellen vanuit de telefooncel bij de delicatessenwinkel, besloot hij.

Hij reed langzaam langs, remde toen hij zag dat de lamp op de veranda nog steeds brandde. Er brandde nu nog ergens licht, zag hij. Een zwak schijnsel viel door het raampje in de garage naar buiten. Het was hem bekend dat het licht in de garage zo was afgesteld dat het na korte tijd automatisch uitging. Omdat het nu nog brandde, waren ze ongetwijfeld nog maar net thuis.

Hij keek van de ene naar de andere kant van de straat. Was het mogelijk dat de ellendeling vanaf een plek in het donker hem of het huis in de gaten hield? De haren in zijn nek prikten toen hij het portier van de auto openduwde en zich met heel zijn gewicht opduwde uit de stoel. Het leek hem het beste om Mercy te waarschuwen voordat hij de politie belde. En als hij dan toch bij haar binnen was, kon hij meteen van haar telefoon gebruikmaken. Hij liep langs de mooie haag van winterharde struiken en stapte in het licht dat vanaf de veranda op het pad viel. Wat vreemd dat er in het huis zelf nog nergens licht brandde! Je zou toch denken …

Ergens in het donker was vaag een zware, boze mannenstem te horen. Fronsend bleef Clarence staan. Hij kon niet meteen uitmaken waar het geluid vandaan kwam. Toen hij het nog een keer hoorde, hield hij zijn adem in. Het geluid kwam uit Mercy's huis.

Nu moest hij toch echt uitvogelen hoe hij die autotelefoon moest gebruiken, en snel.

'Je houdt haar hier ergens verborgen, zeker weten! Waar is ze?' Het geschreeuw weergalmde door het huis alsof er een duivel tekeerging. Waanzin klonk erin door, een rauwe intense vorm van waanzin, vermengd met woede. Mercy zag in de ogen van hun belager een grimmigheid die angstaanjagender was dan het wapen dat hij op haar gericht hield.

'Abner, ik weet niet waar je het over hebt. Wat moet je met dat wapen?' Mercy vroeg het instinctief en op scherpe toon en Abner keek eerst haar en vervolgens Theo vernietigend aan. Zijn woedende blik bleef uiteindelijk als een vloek op Tedi rusten.

Werktuigelijk kwam Mercy in beweging om hem het zicht op Tedi te belemmeren. Ook dat was een verkeerde zet.

Hij greep het wapen zo stevig vast dat zijn hand ervan beefde. 'Blijf waar je bent! Verroer je niet!' De loop van het wapen zwenkte van Mercy naar Theo. Toen Abner zijn blik op Theo richtte, was het hem aan te zien dat hij even in paniek raakte. Hij had kennelijk niet verwacht dat Theo bij hen zou zijn. 'Kom bij die deur vandaan! Nu meteen!' riep hij.

Van ontzetting kon Mercy geen stap meer verzetten; haar hart bonkte, de adrenaline golfde door haar lijf. Ze voelde dat Theo zijn hand op haar rug legde en haar een licht duwtje gaf. 'Doe wat hij zegt, Mercy.' Zo zacht en sussend klonk het, dat het haar hielp de impuls om in paniek weg te rennen te onderdrukken. Ze deed een stap naar voren; de sussende stem sprak verder.

'Moet u horen,' zei Theo tegen Abner, 'ík weet niet wie u bent, maar ik denk dat u op het verkeerde adres bent terechtgekomen.' Met een onopvallende manoeuvre wist hij te bewerkstelligen dat hij naast Mercy en voor Tedi kwam te staan. 'Ik heet Theodore –'

'Geen stap meer!' Deze keer koos Abner Mercy weer als doelwit. Zij verstijfde en hoorde achter zich Tedi's adem stokken. Achter hen ... buiten Abners gezichtsveld ... zo lang dat zo bleef ...

'Goed, goed,' zei Theo, wiens hand nu op Mercy's schouder rustte, 'we zullen geen stap meer verzetten.' Zijn stem klonk honingzoet, en Mercy herinnerde zich dat hij die toon ook had aangeslagen al die keren dat hij als makelaar een pand had verkocht. Theodore was er prat op gegaan dat hij mensen voor zich kon innemen – voornamelijk cliënten van het vrouwelijke geslacht – maar met manipulatie had hij bij zowel mannen als vrouwen veel succes gehad.

Mercy bad vurig dat deze hebbelijkheid, die ze zo lang had verafschuwd, nu weer de kop zou opsteken.

'Het is misschien voor ons allemaal prettiger als we in de eetkamer aan de tafel gaan zitten. Daar kunnen we dan bezien hoe we deze situatie tot een goed einde kunnen brengen', zei Theo. Alleen als je heel goed luisterde, kon je horen dat zijn stem trilde. 'We kunnen natuurlijk ook naar –'

'Houd je kop, jij!' Abner wees naar Theo met het wapen. 'Met jou heb ik niks te maken. Ik wil maar een ding.' Het wapen werd weer op Mercy's gezicht gericht. 'Ik wil dat zij me vertelt waar ze mijn vrouw naartoe heeft gebracht.'

Mercy raakte opnieuw in paniek; wanhopig deed ze haar best om die gevoelens onder controle te krijgen. 'Ik heb haar nergens naartoe gebracht', zei ze volkomen oprecht en op even rustige, sussende toon als Theo gesproken had. 'Ik weet niet waar ze is, Abner.' Het kostte haar veel moeite om haar stem vlak te houden en haar met de minuut toenemende woede niet tot uitbarsting te laten komen. Hoe durfde hij haar dochter op deze manier in gevaar te brengen!

'Leugenaar!' riep hij. 'Je liegt! Je hebt haar tegen mij opgezet. Je hebt haar van alles wijsgemaakt, haar doen geloven dat ik gevaarlijk ben!'

Met opeengeklemde kaken wierp ze een veelbetekenende blik op het wapen. Hij vond een zwaar kaliber pistool niet gevaarlijk? 'Ik weet dat ze een dag of twee geleden Knolls heeft verlaten.' Blijf praten. Haal de angel uit de situatie. Geef hem de kans om in te binden. 'Ik had het zo druk met andere patiënten dat ik geen tijd had om met haar te praten.' Ze ademde een keer diep door, in een uiterste poging om de woede die in haar binnenste kolkte en naar buiten dreigde te komen, tot bedaren te brengen. Ze kon de situatie niet naar haar hand zetten. Ze mocht al blij zijn wanneer ze haar eigen gevoelens onder controle zou weten te houden; dat bleek al een hele opgave te zijn.

'Ik geloof je niet!' Hij begon wild met het wapen te zwaaien en sprong opeens op hen af. 'Bij jou heeft ze haar toevlucht gezocht! Jij hebt tegen haar gezegd dat ze mij moest verlaten!'

Hij boog zich dicht naar Mercy toe, zodat een vleugje van zijn naar sigaretten stinkende adem haar neusgaten binnendrong.

'Wil je me nu vertellen dat het je geen moer kan schelen wat er met haar gebeurt?' Daar moest hij hard om lachen.

Het was alsof er op de vloer een onzichtbare streep was getrokken. Als een in de val gelopen dier dat in contact komt met de tralies van een kooi, hield hij zich opeens in en deed een stap terug. Daarna bleef hij in de keuken heen en weer lopen. Mercy moest denken aan de nuttige techniek om een situatie niet te laten escaleren. Daarvan had ze in het verleden gebruikgemaakt wanneer patiënten gewelddadig werden, maar hoe ze ook haar best deed, ze kon zich die techniek niet herinneren.

Ze slikte een keer en schraapte haar keel. 'Ik ben erg begaan met mijn patiënten, Abner, en ik heb momenteel heel veel patiënten.' Ze zweeg even toen hij zich omdraaide en de andere kant op begon te ijsberen. Hij hield zijn gegijzelden constant in het oog hoewel zijn ogen van de ene naar de andere kant van de keuken schoten; naast zijn rechteroog trilde voortdurend een spier. 'Jij bent er een van en misschien heb jij op dit moment mijn hulp het meest nodig.' Ze hoopte dat hij niet aan haar stem kon horen dat ze er niets van meende.

Met tot spleetjes dichtgeknepen ogen van argwaan nam hij haar van top tot teen op, terwijl hij heen en weer bleef lopen. 'Je hebt mij nog nooit geholpen! Je zou me het liefst zien wegrotten!'

'Ik was anders wel degene die vorig jaar oktober ontdekte dat je een hersenbloeding had. Als ik niet snel in actie was gekomen, had je nu niet meer geleefd.'

'Als je Delphi niet tegen mij had opgezet, zou ze niet geprobeerd hebben me te vermoorden!' Zijn stem kraakte als een cementmolen en hij hield nog steeds het pistool op haar gericht.

Het viel haar echter op dat de loop van het wapen iets meer naar beneden was gericht. Als hij nu de trekker overhaalde, zou hij haar in de buik raken. Was hij iets minder op zijn hoede geworden of begon hij gewoon zijn zelfbeheersing te verliezen? Dat wapen was niet alleen groot, maar waarschijnlijk ook zwaar. 'Ik kan je niet iets vertellen wat ik niet weet, Abner, maar ik kan wel zorgen dat je hulp krijgt. Het is nooit te laat om je problemen –'

'Mijn probleem staat hier voor mijn neus!'

Zijn adem dompelde haar opnieuw in de lucht van verschaalde rook, maar hij stonk niet naar sterke drank. Dat had haar meteen moeten opvallen. Was hij soms high van de drugs? Omdat hij een jasje aanhad, kon ze niet zien of zijn armen sporen vertoonden die daarop wezen. Ze had een keer geprobeerd hem zover te krijgen dat hij naar een ontwenningskliniek ging, maar hij had gereageerd op een manier die typerend is voor een verslaafde: woedend was hij haar spreekkamer uit gestormd. Het was waarschijnlijk geen goed idee hem nu daarover vragen te stellen. Maar stel dat ze hem al pratend kon beïnvloeden zodat zijn woede afnam ...

'Je laat duidelijk blijken dat je om je vrouw geeft', zei ze vriendelijk. 'Je hebt heel veel moeite gedaan om haar te vinden en tijdens je zoektocht heb je verschillende keren contact met mij opgenomen.' Zou hij zich realiseren hoeveel moeite ze had gedaan om zich ervan te verzekeren dat zijn zoektocht op niets zou uitlopen? 'Wanneer iemand zo zorgzaam is, is hij naar mijn idee bereid nog iets verder te gaan en de stap te zetten die leidt tot verzoening.'

Hij bleef naar haar kijken met een kille, griezelige blik in zijn troebele bruine ogen.

'Ben je bereid met een therapeut te bespreken –'

'Nee!' Terwijl hij dit zei, bewoog onwillekeurig de vinger waarmee hij de trekker zou kunnen overhalen. Mercy hield even haar adem in en was zich er scherp van bewust dat Theo de greep op haar schouder verstevigde. 'Je lijkt precies op Delphi – jij weet ook niet wanneer je je kop moet houden!' Hij draaide zijn hoofd opzij en mompelde binnensmonds: 'Net als Delphi ... net als die domme wijven op het werk ...'

Mercy kon aan de ademhaling van haar dochter horen dat ze nog steeds bang was. Opnieuw damde ze haar eigen woede en frustratie in. Ze moest helder blijven denken. Ze wilde dat Tedi uit dit huis was verdwenen voordat hij zijn zelfbeheersing verloor. Tegen beter weten in bleef ze naar het dodelijke wapen in zijn hand kijken.

Hij bleef staan en draaide zich om, als een slang die zich oprolt om tot de aanval over te gaan. 'Als jij haar niet hebt geholpen te verdwijnen, wie heeft dat dan gedaan? Die dikzak heeft haar een keer naar jouw praktijk gebracht. Dat heb ik zelf gezien en hij reed in jouw auto. Probeer dat maar eens uit te leggen!'

Ze aarzelde geen moment. 'Weet je dan niet, Abner, dat je vrouw gewond was geraakt? En ze was misselijk. Ze had een uit de kom geschoten elleboog en een akelige blauwe plek op haar gezicht.' Het was moeilijk om niet in de woorden te laten doorschemeren dat ze hem daarvan de schuld gaf.

'Toen het vorige week ijzelde, liep ze buiten rond zonder jas. Ze had medische verzorging nodig.'

'Niemand heeft mij gebeld! Je wist dat ik naar haar op zoek was, maar je hebt me niet gebeld om me te laten weten dat het goed met haar ging!'

Mercy sloot haar ogen en boog haar hoofd om te voorkomen dat duidelijk werd dat ze de man verafschuwde. Het lukte haar even niet om dat gevoel volledig te onderdrukken. Hij was er de oorzaak van geweest dat zijn vrouw zoveel pijn had gehad en zoveel had geleden. De man deugde niet.

Even later keek ze toch weer naar hem op. 'Ik ben verplicht me te houden aan de belofte dat ik als arts het vertrouwen van een patiënt niet zal beschamen. Die dag dat jij haar in mijn praktijk kwam zoeken, overviel je ons, Abner. Daar schrok Delphi zo van dat ze de achterdeur is uitgerend. Ben je de praktijk in de gaten blijven houden?'

'Ja,' siste hij, 'en ik heb ook jouw huis in de gaten gehouden.' Zijn bewegingen werden onrustiger en zijn stem werd heser. Voor het eerst stapte hij over de onzichtbare streep op de keukenvloer en verhief zich hoog boven zijn gegijzelden. Het pistool hield hij daarbij hooguit tien centimeter van Mercy's borst af. 'Ik weet hoe laat je 's avonds thuiskomt en hoe laat in de avond je het licht uitdoet!'

Zijn stemgeluid was oorverdovend en ze kon horen dat hij zijn zelfbeheersing begon te verliezen.

'Ik weet wat er op de kentekenplaat van je Subaru staat.' De hand waarmee hij het wapen vasthield, zwaaide heen en weer. Terwijl hij die met zijn andere hand ondersteunde, richtte hij zijn blik eerst strak op haar gezicht, toen op dat van Theo en daarna op een punt achter hen. 'Ik weet waar je dochtertje op school zit.'

Mercy moest een paar keer naar adem happen, alsof ze in de buik was geschopt. In Abners ogen zag ze in een flits voldoening.

'O ja,' zei hij met zijn kraakstem, 'ik weet hoe ik jou moet krijgen waar ik je hebben wil.' Hij boog zich dichter naar Mercy toe en keek over haar schouder. 'Ga aan de kant.' Hij maakte aanstalten om langs de beschermende muur te stappen die Mercy en Theo vormden met hun eigen lichaam. 'Ik kan je dwingen me te vertellen wat ik weten wil.'

Hij probeerde Mercy met zijn elleboog opzij te duwen. De loop van het pistool wees daarbij naar het plafond.

Op dat moment schoot Theo naar voren en greep Abners dikke rechterarm met zijn beide handen vast. 'Rennen!' riep hij. 'Tedi, rennen! Mercy, neem haar mee naar buiten! Zorg dat –'

Met een luide knal en een verblindende lichtflits ging het pistool af. Stukjes plafondtegel dwarrelden door de keuken. Mercy en Tedi draaiden zich snel om, Tedi duwde de deur achter hen open en drukte op de knop om de garagedeur te openen. Het licht floepte aan en de motor sloeg aan, maar terwijl Tedi de stoeptreden af rende, schoof Abner met een brul van woede Theo opzij. Hij raakte hem stevig op zijn zwakste plek – de wond van de biopsie. Kreunend van pijn viel Theo tegen het aanrecht.

Mercy zag dat het pistool niet meer omhoog wees, maar op Tedi werd gericht. Ze sprong op Abner af en liet haar rechterknie omhoogschieten tegen zijn arm. 'Rennen, Tedi! Maak dat je wegkomt!'

Er werd opnieuw in het wilde weg geschoten. Abner schudde Mercy van zich af, alsof ze niet meer was dan een blazend, krabbend katje. Hij duwde de loop van het pistool hard tegen haar wang. Het metaal voelde koud aan. Luisterend naar het welkome geluid waarmee de garagedeur openging, dook ze ineen en liet zich tegelijkertijd wegrollen. Theo vloog naar voren en ramde Abner van opzij. Hoeveel moeite de mannen er ook voor deden, ze konden geen van beiden voorkomen dat ze tegen het aanrecht vielen. Het wapen ging opnieuw af.

Er echode een derde schot door de avond. Clarence greep de hoorn steviger vast. 'Zorg nu maar gewoon dat er snel iemand hier is! In het huis wordt geschoten! Waarschuw de politie!'

De telefonist van de meldkamer droeg hem op aan de lijn te blijven.

'Sorry, maar dat kan ik niet doen.' Hij legde de autotelefoon wel op de stoel naast zich, zonder de verbinding te verbreken. Hij wist niet hoe dat moest en hij had geen tijd om dat uit te vinden. In paniek draaide hij zich om naar het huis en hoorde de garagedeur in beweging komen. Langzaam kwam hij omhoog. Voordat de deur halfopen was, zag hij een schim ineengedoken naar buiten stuiven.

Hij herkende de compacte gestalte. 'Tedi!'

Ze veranderde van richting en kwam naar hem toe gerend. 'Clarence!' bracht ze hortend uit. 'Help ze! Hij heeft mijn vader en moeder en hij is aan het schieten!' Ze klonk ronduit hysterisch. 'Hij is aan het schieten!'

Clarence greep haar bij de schouders en schudde haar zacht door elkaar. 'Ja, goed, ik ga al. De politie is onderweg. Maak jij nu maar dat je wegkomt! Bel aan bij mensen aan de overkant. Vooruit, nu!' Hij gaf haar een duwtje in die richting. Toen draaide hij zich om en rende zo hard als hij kon in de richting van het huis. Er was geen tijd meer om op de politie te wachten.

Theo voelde een afschuwelijke, stekende pijn in zijn borst en besefte dat er zich ergens vlakbij iemand ophield die als een beest tekeerging. Hij besefte ook dat Mercy in haar eentje de strijd met dat beest zou moeten aanbinden. Hij kon niets doen om haar te helpen. Volledig machteloos stond hij. *God, bescherm haar.*

Tedi was veilig. Dat was de reden dat het beest zo tekeerging. Die wetenschap ging gepaard met een tevredenheid die door geen pijn kon worden aangetast. Theo was haar schild geweest. Voor het eerst in zijn leven was hij opgetreden als haar vader. En zijn eigen Vader wachtte op hem. Hij merkte dat Hij erbij was, dat hij die kracht kreeg waaraan hij zelf niets kon toe- of afdoen. Hij voelde dat hij bemind en aanvaard werd, en hij wist dat God hem vasthield met een sterkere liefde dan hij zich ooit zou kunnen voorstellen. Het liep God nooit uit de hand.

Het werd steeds donkerder, maar op de plek waar hij naartoe ging, was het nooit donker. De weg daarnaartoe was al voor hem gebaand.

Hijgend bleef Abner even dwars over Theo's vooroverliggende roerloze lichaam liggen. Ondertussen reikte hij naar het pistool, maar hij kon er net niet bij. Mercy zag dat en wist dat hij dat wapen niet te pakken mocht krijgen. Ze moest het door de keuken schoppen of het weggrissen en het op een lopen zetten. Abner was zo te zien nog wel even te versuft om in actie te komen. Er liep een straaltje bloed uit zijn neus en mond doordat Theodore hem daar verschillende keren had geraakt.

Ze kon niet de tijd nemen om te kijken hoe het met Theodore was. Ze hoorde hem niet ademen, alleen Abner, en het monster kwam met iedere ademhaling meer bij zijn positieven. Nog steeds biddend om bescherming voor haar dochter en voor zichzelf, stapte ze over de gevallen mannen heen en richtte al haar aandacht op het pistool.

Ze moest het wapen te pakken zien te krijgen.

Haastig stapte ze om de hoek van het aanrecht heen, bukte zich ... en keek in de griezelig ondoorgrondelijke ogen van Abner die zijn troebele blik op haar had gevestigd.

In haar wanhoop reikte ze toch nog gauw naar het pistool. Ze greep met allebei haar handen de loop vast en bracht het wapen omhoog. Abner liet zijn hand uitschieten en greep haar bij de enkel. Hij kneep er hard in, zodat Mercy een kreet van pijn slaakte. Hij gaf een nog hardere ruk aan haar enkel. Ze verloor haar evenwicht en viel tegen de koelkast, maar het pistool hield ze nog steeds stevig vast. Het liefst had ze het dwars door de keuken gesmeten, ver genoeg bij zich vandaan om te voorkomen dat hij de situatie weer onder controle kreeg voordat ze kon ontsnappen. Maar ze moest allereerst zien dat ze bij hem uit de buurt kwam. Ze gaf hem met haar vrije voet een schop, maar hij bleef haar vasthouden, alsof hij haar in beton had gegoten. Ze haalde uit met het pistool. Met een doffe, misselijkmakende klap kwam de zware handgreep van het wapen tegen de zijkant van zijn hoofd.

Hij kreunde en liet zijn greep verslappen. Snel schuifelde ze achteruit. Hij schudde zijn hoofd en gromde als een boze beer. Met ogen die vlamden van woede keek hij haar aan. 'Als ik jou was, zou ik dat ding maar gebruiken.' Hij liet een laag, onmenselijk lachje horen. 'Doe je dat niet, dan doe ik het.'

Mercy krabbelde overeind en rende naar de eetbar die de keuken van de eetkamer scheidde. Als ze eroverheen zou kunnen klimmen ...

Abner hees zichzelf overeind en kwam met wankele passen op haar af. Mercy ging in tegen alles wat ze instinctief had geleerd: ze richtte met beide handen het wapen en hield haar vinger aan de trekker. 'Stop!' riep ze.

Hij bleef op haar afkomen.

Mercy richtte op een punt ver boven zijn linkerschouder en schoot. De knal was oorverdovend en door de terugslag viel ze achterover. Abner aarzelde even, maar kwam toen toch weer achter haar aan, niet geleid door gezond verstand, maar als een dier door instinct. Ze schoot nog een keer, maar ze kon zich er niet toe brengen op zijn hoofd of borst te mikken.

Op zijn linkermouw verscheen een rode vlek en hij gromde van woede en pijn. Vliegensvlug stak hij zijn goede arm uit, in een poging het wapen af te pakken. Mercy haalde nog een keer de trekker over en hij wankelde achteruit. Uit zijn schouder spoot opeens bloed. Er waren geen kogels meer over. Ze smeet het wapen van zich af en probeerde hem voorbij te rennen.

Zijn grote hand schoot uit, greep haar bij de keel en sloot zich eromheen als de kaken van een krokodil.

Ze schopte naar hem, stompte hem in het gezicht en probeerde te schreeuwen, maar hij had alleen aandacht voor wat hij met zijn ene sterke hand bezig was te doen. Hij blokkeerde haar luchtwegen en bloedsomloop; het werd minder licht in de keuken.

Ze zond een geluidloos gebed om hulp op. Ze kon zich niet door hem laten vermoorden. Ze kon Tedi niet in de steek laten ... maar het duister overmande haar en ze kreeg geen lucht meer. *Alstublieft, God! Niet op deze manier ...*

De hand rond haar nek liet onverhoeds los, zodat ze opzij viel.

Een nog niet eerder gehoorde, zware stem riep boos door de keuken: 'Laat haar met rust!'

Twee reusachtige mannenlijven sloegen tegen de vloer in een wirwar van ledematen en geluiden. Mercy moest alle moeite doen om weer op adem te komen en buiten het bereik van de vechtende mannen te blijven. Toen ze weer beter kon zien en haar longen zich weer vulden met zuurstof, zag ze dat haar ruim tweehonderd kilo wegende redder Abner tegen de vloer gedrukt hield.

'Mercy, alles goed met jou?' riep Clarence over zijn schouder.

'Ja', zei ze met verstikte stem.

'Ik heb hem. Hulp is onderweg en Tedi is bij mensen aan de overkant.'

Via de openstaande garagedeur drong het geloei van meer dan een sirene tot hen door, dat tot hun geruststelling steeds beter te horen was. Mercy liet zich op haar knieën vallen naast Theodore en zag de wond in zijn borst. Ze boog zich over hem heen en huilde.

Het rood en blauw van zwaailichten flitste als vingerwijzingen door de lucht, toen Lukas die avond Mercy's straat inreed nadat hij de snelweg had verlaten. Onmiddellijk spanden zijn spieren zich, zoals altijd gebeurde wanneer hij de tekenen zag die erop wezen dat ergens vlakbij sprake was van een noodgeval. Omdat hij wist dat de SEH van Knolls nog steeds buiten bedrijf was, dwong hij zichzelf ertoe zich meteen weer te ontspannen. Tegelijkertijd besefte hij echter dat het niet zo kon zijn dat de ambulancedienst patiënten bij Mercy thuis afleverde.

Pas toen hij dichterbij kwam, ontdekte hij tot zijn schrik dat Mercy's huis wel degelijk het middelpunt was van alle drukte. Langs beide kanten van de weg en op haar oprijlaan stond een reeks politieauto's en ambulances. Er was ook een aantal nieuwsgierigen te hoop gelopen.

Met bonzend hart remde Lukas aan het begin van de straat en parkeerde daar zijn jeep. Hij deed zijn best om niet in paniek te raken terwijl hij uitstapte en door de straat naar de dichtstbijzijnde agent in uniform rende. Voordat hij bij de man was aangekomen, hoorde hij vanuit een ambulance zijn naam roepen.

Toen hij die kant op keek, zag hij dat Tedi wegsprong van de ambulanceverpleegkundige en op hem af kwam gerend. 'Lukas!' De tranen stroomden haar over het gezicht en haar ademhaling ging gepaard met hikken en snikken.

Lukas stak zijn armen uit en ze stortte zich erin. Ze greep hem stevig rond zijn middel vast en duwde haar gezicht tegen zijn borst. Ze huilde zo hard dat ze een moment niets kon uitbrengen. Terwijl Lukas haar vasthield en haar probeerde te troosten, vlogen zijn gedachten ongecontroleerd alle kanten op. 'Wat is er gebeurd?' riep hij naar de politieagente die op hem afkwam. 'Waar is Mercy? Is ze –'

'Dokter Richmond is nog in het huis bij de rechercheur die dit onderzoek leidt', zei ze terwijl ze dichterbij kwam. Door de rode nevel van de zwaailichten keek ze hem onderzoekend aan. 'Bent u niet dokter Bower van de afdeling spoedeisende hulp?'

'Ja.'

De vrouw kwam nog iets dichterbij en legde bij wijze van medeleven een hand op Tedi's schouder. 'Dit meisje heeft het aan haar vader te danken dat ze nog leeft.'

'Hij is dood.' Tedi's stem werd gesmoord door Lukas' dikke wollen trui. Een hele poos later hief ze haar hoofd op en keek hem aan. De tranen stroomden nog steeds over haar wangen. 'Abner Bell probeerde op me te schieten omdat hij kwaad was dat mama Delphi had geholpen bij hem weg te gaan.' In haar stem was nog een zweempje doodsangst te bespeuren. 'Papa sprong voor me en Abner schoot toen op hem in plaats van op mij. Lukas, hij is dood!'

Lukas sloot zijn ogen en trok haar hoofd weer tegen zijn borst. Hij begroef zijn gezicht in haar haren en hij merkte dat hij zelf ook stilletjes huilde van schrik en verdriet.

'Je mag ons nooit meer in de steek laten, Lukas.' Tedi greep hem nog steviger rond zijn middel vast. 'Laat ons alsjeblieft niet nog een keer in de steek.'

Hij drukte een kus op haar hoofd. 'Dat zal ik niet doen, Tedi. Dat had ik al aan je vader beloofd.'

Weer hoorde hij iemand zijn naam roepen en hij keek in de richting van het huis. Mercy kwam tussen Clarence en een agent in door de openstaande garagedeur naar buiten. Haar broek en haar sweater zaten vol bloedvlekken en in haar hals en aan de zijkant van haar gezicht zaten snijwonden en blauwe plekken.

'Tedi, daar heb je je moeder', zei Lukas zacht. Samen draaiden ze zich om en maakten tussen hen in plaats voor Mercy. De drie klemden zich aan elkaar vast en huilden.

Epiloog

Op zondag veertien februari reed Lukas langzaam Mercy's oprijlaan op en parkeerde zijn auto. Het was ongewoon warm buiten voor de tijd van het jaar. De wegen waren schoon, zodat hij niets had aan de vierwielaandrijving van zijn jeep.

Wat bazelde hij nu? Hij was hier voor een speciale gelegenheid. Een heel speciale gelegenheid.

Hij staarde een moment in stilte naar de voordeur van Mercy's huis. Hij was een beetje te vroeg, maar dat was opzet. Mercy rende waarschijnlijk nog steeds van hot naar her, terwijl ze zich gereedmaakte voor de kerk, het ontbijt voor Tedi klaarmaakte en haar aanspoorde te eten terwijl ze zelf niets nam.

Lukas trok aan het boord van zijn overhemd dat naar zijn idee veel te strak zat. Hij had het overhemd helemaal dichtgeknoopt en een stropdas omgedaan. Het mocht een wonder heten dat hij zich nog herinnerde hoe hij een stropdas moest strikken. Mercy viel misschien wel flauw wanneer ze hem zag. Die gedachte deed hem grijnzen, maar de grijns werd weggevaagd doordat hij het opeens koud kreeg van angst.

Voordat hij het in zijn hoofd kon halen er als een haas vandoor te gaan, stapte hij uit. Hij begon sneller adem te halen en zijn hartslag bonkte in zijn oren, maar hij verzette zich tegen de paniek die hem dreigde te overspoelen. Was hij er te snel mee? Er waren nog maar twee weken verstreken sinds Theodores rouwdienst. Was dit ongepast?

Theo had er zelf om gevraagd. Theo had zelf de wens geuit dat Mercy en Tedi met liefde en zorg zouden worden omringd. Als dit niet goed was, zou Mercy hem dat duidelijk maken en zouden ze nog een tijdje wachten. Maar hij geloofde niet dat hij het verkeerde moment had uitgekozen. Hij had ervoor gebeden en was er geleidelijk aan steeds meer van overtuigd geraakt dat dit goed was, ook al had hij nu de zenuwen. Dat was gewoon een reactie die iedere man op een moment als dit vertoonde. Dit was zoals het hoorde te zijn.

Hij liep naar de voordeur en wilde net aanbellen toen de deur openvloog. Tedi stond voor zijn neus, haar donkerbruine haar nog nat van het douchen. Ze lachte oogverblindend en haar bril gleed bijna van haar neus.

'Hé Lukas, wat ben je vroeg! En wat zie je er fantastisch uit!' Nadat ze hem even had bewonderd, liet ze de deurknop los en wervelde in het rond. Ze droeg een satijnachtige hemelsblauwe jurk die in soepele plooien afhing van haar schouders en op haar haren de uitwerking had dat bepaalde plukjes oplichtten. 'Wat vind je ervan? Is hij niet prachtig?'

'Heel mooi.' Wat leek ze toch op Mercy.

'Dit is mijn lievelingskleur.'

Dat wist Lukas. 'Hij is precies zoals hij moet zijn.'

'Oma heeft hem gisteren voor me gekocht. Mama is zich nog in de slaapkamer aan het aankleden.' Ze boog zich samenzweerderig naar Lukas toe en zei zacht: 'Ze liep de hele ochtend te mopperen dat haar kleren te strak zaten.'

Lukas moest erom grijnzen terwijl hij naar binnen liep en naast Tedi op de bank ging zitten. Hij wist dat Mercy niet tevreden was over haar gewicht. Hij had haar gisteren nog tegen Lauren horen klagen dat ze weer vijf pond was aangekomen, en dat ze maar niet meer op de weegschaal ging staan. Hij vond dat ze er prima uitzag – als ze al was aangekomen, hadden de extra pondjes zich op de goede plekken genesteld. Toch had hij het onderwerp nooit ter sprake gebracht, hoelang ze ook al met elkaar omgingen. Hij was lang geleden al tot de ontdekking gekomen dat vrouwen snel aangebrand waren wanneer hun gewicht ter sprake kwam, welke maat ze ook hadden.

Hij was nog niet op de bank gaan zitten of Tedi kroop naast hem en drukte zijn arm liefkozend tegen zich aan. Ze was nooit bang geweest om hem haar gevoelens te tonen, maar de afgelopen twee weken was hij 's avonds bijna altijd hier in huis geweest nadat hij de hele dag bij Mercy in de praktijk aan het werk was geweest, en was Tedi nauwelijks van zijn zijde geweken. Het was alsof ze de schade wilde inhalen van de maanden dat ze van elkaar gescheiden waren geweest omdat hij buiten Knolls had gewerkt als plaatsvervangend arts. Hij wist dat er nog mogelijkheden genoeg zouden komen om het gemis goed te maken, maar hij voelde onwillekeurig toch spijt. Wanneer hij voor dezelfde beslissing zou komen te staan, maakte hij echter waarschijnlijk toch dezelfde keus. Theodore, Mercy en Tedi hadden de tijd nodig gehad om als gezin een nieuw begin te maken.

'Raad eens wie er verkering heeft?' Tedi duwde haar bril weer goed op haar neus en keek met bewondering in haar ogen naar hem op.

'Verkering? Ik weet niet ... je oma?'

'Ach, Lukas, dat is oud nieuws. Ik bedoel Darlene! Ze heeft verkering met meneer Walters, mijn meester op school. Wist je dat zijn vrouw twee jaar geleden is overleden? Hij gaat naar de kerk van de methodisten. Ze zijn de laatste twee weken drie keer met elkaar uit geweest en hij kwam een keer bij ons thuis eten. Het was wel een beetje vreemd om samen met de meester te eten, maar het ging goed. En zal ik je nog eens wat vertellen?'

Lukas leunde achterover en keek op haar neer, gecharmeerd van haar lach en van de lichtjes in haar ogen. Theodores overlijden en de gebeurtenissen op die vrijdagavond hadden haar diep geraakt, maar Lukas wist dat ze dat alles te boven zou komen. Er zouden littekens van achterblijven, maar ze hadden nog de tijd gekregen om elkaar te vergeven. En het was Lukas' bedoeling er nu verder voor haar te zijn wanneer ze het moeilijk had, wanneer ze last had van nachtmerries, wanneer de twijfels haar bekropen. Hij wilde er voor haar zijn, ongeacht wat ze nog te verstouwen zou krijgen.

Tedi wachtte op Lukas' reactie totdat ze het nieuwtje niet langer kon binnenhouden. 'Het gaat over Clarence', barstte ze los. 'Raad eens?'

'Hij is nog meer kilo's kwijtgeraakt?'

'Ja, dat ook, maar dat bedoel ik niet.'

'Hij heeft ook verkering ... hij gaat bij de politie ... Nee, wacht, ik weet het al! Hij gaat een fitnesscentrum openen.'

Haar hand verstevigde dreigend de greep op zijn arm. 'Toe nou, Lukas,' zei ze, 'even serieus.'

'Ik ben zo serieus als ik maar zijn kan. Waarom zou hij al die dingen niet kunnen doen? Hij is een held, weet je. Hij heeft je moeders leven gered.' De dikke man was geen gemakkelijk mens, maar dat was slechts een façade waarachter echt het hart van een held klopte.

Tedi kon het niet meer voor zich houden. 'Clarence gaat bij Crosslines voor Arthur en Alma Collins werken', flapte ze eruit.

'Gaat hij voor hén werken?'

'Eerst alleen nog maar als vrijwilliger, maar hij vindt het echt geweldig. Hij heeft me er gisteren alles over verteld. Het was alsof hij net een grote geldprijs had gewonnen.'

Op de gang hoorden ze een warme altstem zeggen: 'Voor Clarence is dit nog beter.'

Lukas' adem stokte toen hij Mercy de zitkamer in zag komen. Ze was gehuld in zachte witte zijde, die zo over haar mooi gevormde rondingen was gedrapeerd dat ze geen beweging kon maken of de zijde was daarmee in volmaakte harmonie. Haar donkere haar was opgestoken en achter op haar hoofd vastgezet, zodat het op bevallige wijze over haar schouders viel. En toen ze haar blik op hem liet rusten, lichtten haar ogen op een speciale manier op. Hij vond Mercy de mooiste vrouw die er bestond; alle andere vrouwen vielen bij haar in het niet. Zij diende als maatstaf, met haar dichte, donkere wenkbrauwen, hoge jukbeenderen, stevige kin en talloze verschillende uitdrukkingen die ieder moment glans konden geven aan haar gezicht. Op dit moment verried de glans een diepgaande genegenheid ... nee, meer nog ... een diepgaande liefde.

Hij stond op, zich bewust van zijn onbeholpenheid in de nabijheid van dit toonbeeld van volmaaktheid. 'Wow.'

Haar ogen lichtten nog sterker op en ze glimlachte. 'Dank je, dat had ik nodig. Nou, je mag er zelf ook zijn!' Bewonderend liet ze haar blik van zijn ogen naar de neuzen van zijn blinkend gepoetste zwarte veterschoenen dwalen. 'Dit moet een speciale gelegenheid zijn.'

'Dat klopt.' Terwijl hij zich verzette tegen dat oude vertrouwde gevoel van onbeholpenheid, bleef hij naar haar kijken.

'Zal ik een glaasje sinaasappelsap inschenken? Je bent vroeg. Ik had niet gedacht –'

'Nou, het was eigenlijk ook mijn bedoeling om hier wat te vroeg aan te komen.' Hij stak zijn rechterhand in de zak van zijn nette jas om te kijken of de met fluweel beklede doosjes er nog in zaten. Hij ging wat verder van de bank af staan en gaf Mercy met een handgebaar te kennen dat ze moest gaan zitten. 'Ik heb jullie allebei iets te zeggen voordat we zo dadelijk naar de kerk gaan.' Hij hield Mercy's gezicht in het oog. Had ze al geraden wat hij ging zeggen? Hij zag haar donkere ogen een fractie groter worden. Vragend keek ze naar hem op.

Ze ging naast Tedi zitten.

Hij schraapte zijn keel en haalde twee doosjes tevoorschijn: een bleekroze voor Tedi en een rood voor Mercy.

Hij stak Tedi het roze doosje toe. 'Een valentijnscadeautje voor jou.'

De opwinding die hij vanaf zijn aankomst in haar ogen had gezien, straalde ze nu zo sterk uit dat ze bijna tastbaar was. 'Voor mij?' Ze pakte het doosje aan en maakte het in een beweging open. Haar mond viel open van verbazing; ze slaakte een kreet toen ze de glinstering zag van kleine edelsteentjes, gezet in de vorm van een hart op een ring van goud.

Hij knielde op een knie voor het meisje neer dat, hoopte hij, ooit zijn dochter zou worden. 'Tedi, deze ring is het symbool van een belofte van mij aan jou. Ik beloof dat je zo lang als ik leef een beroep op me mag doen. Ik zal je als een vader liefhebben en beschermen, alsof je mijn eigen kind bent. Ik zal nooit vragen of ik de plek van je vader in je hart mag innemen, maar misschien kan ik een plekje delen –'

'O, Lukas, ik houd van je!' Ze sprong met haar armen wijd open tegen hem op; hij sloeg bijna tegen de grond. Ze sloeg haar armen stijf om zijn hals en haar gezicht was opeens nat van de tranen. 'Ik houd van je, Lukas.' Haar stem trilde.

Toen hij even over zijn schouder keek, zag hij dat ook haar moeder vreugdetranen in de ogen had.

Tedi liet hem los en kreeg het doosje in het oog dat nog niet was opengemaakt. 'Is dat een verlovingsring? Ga je eindelijk aan mama vragen of ze met je wil trouwen? Moet dit een huwelijksaanzoek aan ons allebei voorstellen?'

Hij lachte. Niets was beter dan met open armen te worden ontvangen. 'Nee, het is ook een ring als symbool van een belofte.' Hij draaide zich om naar Mercy en gaf haar het rode doosje. Hij keek naar haar ogen, terwijl ze het doosje openmaakte en de smalle gouden ring zag met kleine robijnen, smaragden, saffieren en diamanten in de vorm van een hart. 'O, Lukas', fluisterde Mercy terwijl ze de ring bijna eerbiedig uit het doosje pakte.

Lukas vergat door te ademen toen hij, nog steeds op een knie, zag hoe de belangrijkste vrouwen in zijn leven de ring pasten – de symbolen van zijn belofte aan hen. Ze pasten precies.

Mercy stak haar linkerhand omhoog om er meer licht op te laten vallen en wierp hem een blik vol ontzag toe. 'Hoe wist je –?'

'De verkoopster in de juwelierszaak gaf me zo'n geval mee waarmee je kunt bepalen hoe groot een ring moet zijn. Terwijl jullie tweeën afgelopen week andere bezigheden hadden, heb ik even in jullie sieradendoos geneusd.'

'Was dat helemaal je eigen idee?'

'Ivy heeft me een beetje geholpen, maar ik heb ze helemaal zelf ontworpen.'

Haar gezicht drukte respect uit. 'En de belofte?' Er klonk enige aarzeling door in haar stem. 'Wat houdt die in?'

'Dat ik jou met Gods hulp terzijde zal staan.' Hij ving haar blik en hield die vast. Toen kon hij zich niet meer inhouden: hij raakte even haar gezicht aan. 'Dat ik van je houd en elke dag voor je bid. Zo lang als je me nodig hebt, ga ik niet weg.'

In haar donkere onpeilbare ogen glinsterden opnieuw tranen. Ze legde haar hand over de zijne. 'Stel dat ik nu zeg dat ik je de rest van mijn leven nodig heb?'

Hij lachte van opluchting. 'Dan is mijn reactie dat het mijn grootste vreugde zal zijn om je al die tijd terzijde te staan.'

'Zou dat niet makkelijker zijn als je met me getrouwd was? Daar gaat het toch om in een huwelijk?'

'Doe je me nu een aanzoek?'

Ze knikte en in haar heldere blik kwamen alle vreugde, hoop en voldoening van de laatste maanden in een keer tot uitdrukking.

'Ik zeg ja.'

'Hoera!' Tedi pakte hen allebei van opzij vast. Lukas viel daardoor bijna languit op de grond. 'We gaan trouwen! We gaan trouwen!' Ze zoende hen allebei op de wang en sprong toen op om naar de kamer ernaast te gaan. 'We kunnen onze verloving vanochtend in de kerk bekendmaken. Zo'n goede Valentijnsdag heb ik nog nooit meegemaakt! Ik ben benieuwd wat oma ervan zal zeggen.' Omdat ze de gang in liep, was ze minder goed verstaanbaar. 'Zodra we weer thuis zijn, ga ik Abby bellen en ...'

Lukas ging naast Mercy zitten en trok haar dicht tegen zich aan. Zo wilde hij wel voor altijd hier blijven zitten. 'Ik houd van je, Mercy, en dat zal ook altijd zo blijven. Dat beloof ik je.'

Dankbetuiging

We blijven onze redacteuren David Horton, Terry McDowell en Jeremy Greenhouse bedanken omdat zij ons iedere keer weer de goede kant op sturen. We bedanken Jack Cavanaugh en dr. Michael Block voor hun pastorale inzicht dat ons hielp bij moeilijke theologische kwesties; en mr. Erwin Hodde, een uitstekende schrijver die ons een blik in zijn hart gunde.

Voor onvermoeibare hulp bij de pr en het herschrijven bedanken we Lorene Cook, Ray en Vera Overall, Jack Bolton, Barbara Warren, Grant, Bonnie, Jessica en Megan Schmidt, Jerry Ragsdale, Brenda Minton, en talloze broers, tantes, ooms, neven en nichten in en buiten de Verenigde Staten. Voor adviezen uit hoofde van hun functie bedanken we de politiemannen Jerry Harrison en Mike Abramovitz – alle vergissingen betreffende door de politie gevolgde procedures in dit boek zijn volledig aan onszelf te wijten.